中国禁书文库

马松源◎主编

线装书局

图书在版编目(CIP)数据

中国禁书文库. 6/马松源主编.—北京:线装书局,2010.3

ISBN 978-7-5120-0092-6

Ⅰ.①中…　Ⅱ.①马…　Ⅲ.①古典文学-作品综合集-中国　Ⅳ.①I212.01

中国版本图书馆 CIP 数据核字(2010)第 027210 号

中国禁书文库

主　　编：马松源

责任编辑：崔建伟　赵　鹰

封面设计：博雅圣轩工作室

出版发行：线装书局

地　　址：北京市鼓楼西大街 41 号(100009)
　　　　　电话：010-64045283
　　　　　网址：www.xzhbc.com

印　　刷：北京彩虹伟业印刷有限公司

字　　数：3600 千字

开　　本：787×1092 毫米　1/16

印　　张：336

彩　　插：8

版　　次：2010 年 3 月第 1 版 2010 年 3 月第 1 次印刷

印　　数：1-1000 套

书　　号：ISBN 978-7-5120-0092-6

定　　价：4680.00 元(全十二卷)

ISBN 978-7-5120-0092-6

9 787512 000926 >

目　　录

第三篇　民间藏禁毁私刻本

《春灯影》

一

二

目录

三

第四篇　民间藏绣像珍稀秘本

《情梦柝》

中
国
禁
书
文
库

目
录

五

《鸳鸯配》

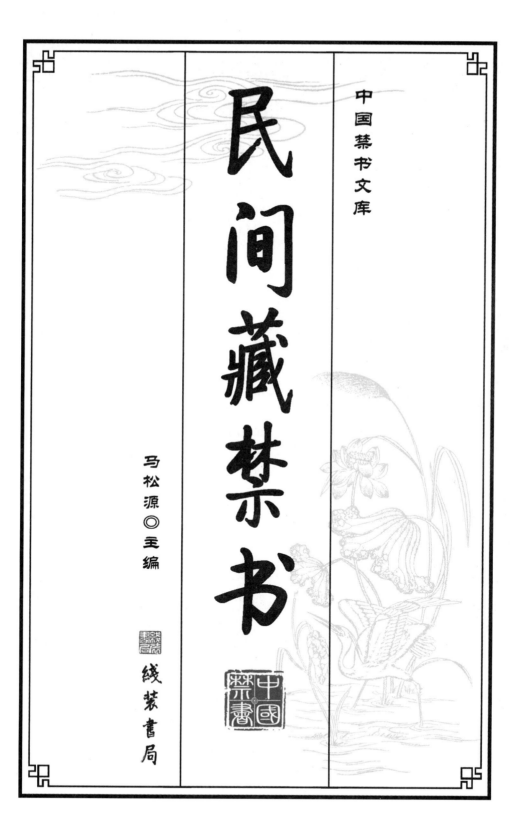

中国禁书文库

民间藏禁书

马松源◎主编

线装书局

民间藏禁毁私刻本

第三篇

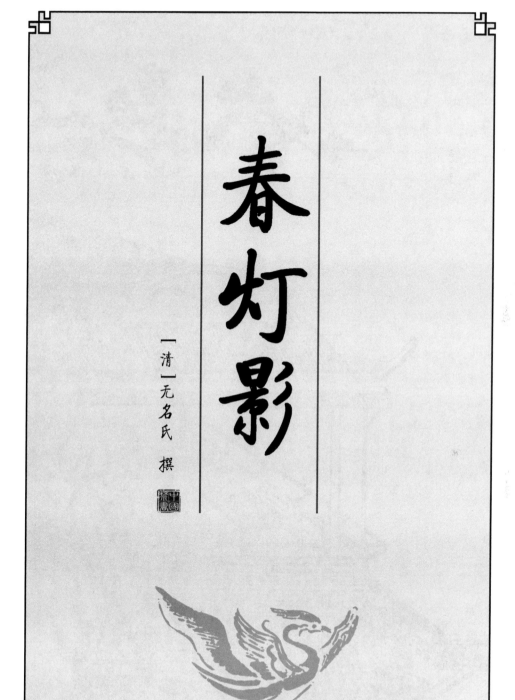

春灯影

[清] 无名氏 撰

第一回　小神童联姻富室
穷医士受害官舟

诗曰：

> 莫怨天公赋畀偏，穷通才拙似浮烟。
> 空思他日开屯运，难定今朝缔好缘。
> 有聚终须风雨散，无情何必梦魂牵。
> 庄周似蝶还非蝶，总与乾坤握化权。

这两首诗，是说人的婚姻富贵，贫穷落难，都由天定，非人力可为。无奈世人，终不安分明理。见人一时落难，即要退婚绝交，使从前一团和好，两相弃绝。谁想他恶运一去，忽然富贵，自己倒要去靠着他。所以古人说得好："十年富贵轮流转。"以见人心，必不可因眼前光而不计其日后也。至于妇人，惟重贤德贞静，不在容貌美丑。如容颜俊美，不能守节，非惟落于泥涂，甚至为娼为妓，遗臭万年；若容貌丑陋，而能坚贞守困，岂特名标青史，且至大富大贵，享用不尽。今我说一桩赖婚安分的，与众位听听。

话说江南苏州府，有个少年解元姓金，名桂，号彦庵。父亲官为参政，因朝中权奸当道，正直难容，早早致仕在家。母亲白氏，自生子彦庵，即染上弱症，不复生产。参政因是独子，十六岁就替他做了亲，娶妻黄氏，才貌双全，夫妻十分恩爱，十七岁就生一子。生得骨秀神清，皎然如玉。夫妻爱如珍宝，取名金玉，字云程。赋性聪明，一览百悟。六七岁即有神童之号。

且说彦庵，十八岁上进学，二十岁乡试，就中了解元。三报联捷，好不兴头。其妻黄氏，又产下一女，就取名元姑。到冬底，彦庵正打点进京去会试。不料母亲白氏

忽然病重，至二月初十身亡。彦庵在家守制，将近服满。哪知参政因夫人死了，哀痛惨伤，也染成一病。病了两年，也就相继去世。彦庵夫妇，迭遭凶变，痛慕日深，居丧尽礼，至念六岁，方才服阕，算来会场，尚有一年。在家读书教子，以期来年会试。

且说苏州阊门外，有一土富，姓林名旺，字攀贵，人都唤他林员外。院君张氏，做人最是势利。只生两女，长女取名爱珠，年方十岁，有沉鱼落雁之容，闭月羞花之貌。琴棋书画，件件皆精，歌赋诗词，般般都晓。只是赋性轻浮，慕繁华而厌澹薄，居心乖戾，多残刻而鲜仁慈。父母因她才貌，爱如珍宝，必要择一个富贵双全、才貌俱备的，方才许亲。所以此翁专喜趋炎附势，结交官宦，意欲于官宦人家，选一十全的女婿。奈他是个臭财主，哪个大官显宦来结交他？所结交的，无非衙官学师、举人、贡生、生监等。思量遇着一个将发达的公子，就好为大女儿结亲。其次女名唤素珠，相貌生得中中，小爱珠四岁。教她念书识字，她便道："女儿家，要识字何用？将来学些针指，或纺棉绩麻，便是我们本等。"父母因她才貌平常，将来原只好嫁一个乡庄人家，故全不放在心上。

一日偶然在外间走，访得苏州府学学师，今日上任，系徽州府人，两榜出身。急急到家换了衣服，出城迎接。明日学师，免不得来看他。原来那学师姓金，名素绥，号诚斋，与金彦庵是乡榜同年。因同姓，又系同房，榜下就结为兄弟。彼便连捷，殿在三甲，就了教，今选苏州府学教授。一到先看彦庵，然后来看林旺。林旺有心要结交他，正值园中牡丹盛开，随即发帖，请学师赏花。因想彦庵，是他同年兄弟，且是少年解元，将来发达的乡宦，正要结交他，便也发帖，请来陪学师。那一日，学师与彦庵，都到林家园内。吃了半日酒，彦庵回家发帖，于十五日请学师。随也发一帖，请林旺相陪，还了他礼。至期二人俱到。茶罢，学师道："闻年侄甚是长成，今年几岁了？"彦庵道："十岁了。"学师道："闻得六岁就有神童之誉，如今自然一发好了，何不请出来一会。"彦庵道："理应叫他出来拜见，只是小子无知，惟恐失礼，获罪尊长。"学师道："说哪里话，自家兄弟，何见外至此。"彦庵便命小厮，唤出儿子先拜见了伯伯，然后叫他拜员外。员外一见云程，生得眉清目秀，美如冠玉，先已十分爱慕，又见他十数岁的孩子，见了客人彬彬有礼。见礼毕，就在彦庵肩下旁坐了。学师问他些经史文字，他便立起身来，对答如流。至坐席吃酒，又随着父亲送酒送席，临坐，又向各位作揖靠坐。彦庵送色盆行令，学师有意要试他，故意说些疑难酒头酒底，弄

得林旺一句也说不出，云程反句句说来如式。喜得学师大赞道："奇才，奇才，将来功名，必在吾辈之上。神童之名，信不虚也。"林旺见他举动言语，应对如流，先已称奇。今又见学师如此叹赏，方知实是才貌双全的了。且他父亲是个解元，将来必中进士，他的文才既好，科甲定然可望，年纪却与大女儿同庚，许嫁与他，岂不是一个快婿！只是当面不好说得，席散到家，便在张氏面前，极口称赞："金解元之子，才貌十全，将来功名必然远大。年纪与大女儿同庚，若与结亲，真一快婿。须极早央人说合，不可错过。算来只有金学师是他相好同年兄弟，必须求他去说方妥。"张氏道："我女儿这般才貌，怕没有一个好女婿？员外何须性急。我闻得金家，虽是乡宦，家中甚穷。解元中后，父母相继去世，不能连科及第，看来命也平常。儿子就好，年纪尚小，知道大来如何？休得一时错许，后悔无及。依我主见，待他中了进士，再议未迟。"林旺道："院君差矣！他若中了进士，又有这样好儿子，怕没有官宦人家与他结亲！还肯来要我家女儿么？"张氏见丈夫说得热闹，便道："员外既看中意了，就听凭你去许他罢。只是要还我一个做官的女婿便罢。倘若没有出息，我女儿是不嫁他的。"林旺道："但请放心。这样女婿若不做官，也没有做官的了。"于是次日，特到学中拜看学师，求他到金解元家，与大女儿为媒。学师口虽应允，心上便想道："我那侄儿如此才貌，必须也要才貌双全的女子，方好配得他来。不知林老的女儿如何？须要细细一访，方好为媒。"于是随即着人外边去访。谁知林爱珠，才女之名，久已合县皆知。只因他是个臭财主，乡宦人家，不肯与他结亲，平等人家，他又不肯许他。所以，尚待字闺中。学师访知，便往金家竭力说合。金家也向闻此女才貌，果然甚美，随即满口应允。学师面复了林家，林旺即刻将大女儿的八字送去。金家也不占卜，择了十月念四，黄道吉日，将将就就备了一副礼，替儿子纳了聘。林家回盒，倒十分齐整。定亲之后，彦庵就择了十一月二十上京会试。林家知道，又备礼送行不表。

　　且说彦庵到京，候至场期，文章得意，放榜高高中了第二名会魁。殿试本拟作状元，只因策内犯了时忌，殿在三甲榜下，就选了陕西浦城县知县。到家上任，拜望亲戚朋友，上坟祭祖，又到林亲翁家辞行。林员外先备礼奉贺，又请酒饯行，借此光耀门闾，骄傲乡里。又在张氏面前夸嘴说："我的眼力何如？不要说女婿将来的贵显，即如眼前先是香喷喷一个公子了。"张氏与爱珠闻之，也觉欢喜。不数日，彦庵夫妇带了一双儿女，一个老家人俞德，一同上任不题。

　　且说爱珠小姐，才貌虽好，奈她器量最小，每每自恃才貌，看人不在眼中，连自己妹子，也常笑她生得粗俗。说她这样一个蠢东西，将来只好嫁一个村夫俗子。不比我才貌双全，不怕不嫁一个富贵才郎，终身受用不了。后见父亲将她许与金家，公公是个解元，丈夫是个神童，已十分矜狂，欣喜见于颜面。后又见公公中了进士，选了知县，更加荣耀。想自己将来一个夫人，是稳稳可望的了。便任情骄纵，待下人丫鬟，动不动矜张打骂，父母也不敢拗她。一日，忽对父母说："家中这些丫头，个个都是粗蠢的，不是一双大脚，就是一头黄发。只好随着妹子，纺棉绩麻还好。若要随着孩儿焚香煮茗，却没有一个中用的。"张氏道："这个何难！对爹爹说，讨一个好的来服侍你便了。"张氏随即与员外说知。员外就叫家人，去唤了一个媒婆来，说道："我家大小姐房中，要讨一个细用丫头，脚要小些，相貌也要看得过，又要焚香煮茗，件件在行，字也要略识几个的方好。你晓得我家大小姐，是个才女，又许在金老爷家，将来少不得要随嫁的。倘若不好，乡宦人家去不得。我价钱倒也不论，妈妈须拣上好的，领来便了。"媒婆连连答应，随即别了员外，出去四下寻访不题。

却说苏州胥门外，有一个不交时的名医，姓石，名道全，医道样样俱全。怎奈时运不济，贫穷的请他一医便好，富贵的也不来请他。就是请去，少不得还请几个时医参酌，好的也叫不好，焉能见效？所以虽是名医，家中穷苦不堪。更兼他一心只想行善，贫穷的不请便去，不但不索谢，有时反倒贴他药资。富贵人家，也不去钻刺，有人请他，总是步行，并不乘轿。家中又无药料，到人家开了方子，听他自去买药。谢仪有得送他，也不辞，没得送他，也不要。父母久已去世，并无兄弟伯叔。祖上原是旧家，妻子周氏，也是旧家之女，只生一子一女。女儿年已十二岁，名唤无瑕，有七八分姿色，得一双小脚，也识得几个字，走到人前，居然大家女子，待父母极孝，父母也甚爱她。儿子年方八岁，小名丑儿，表字有光。生得肥头大耳，有一身膂力，要吃一升米饭，专喜持枪弄棍，常同街坊小厮们上山寻野味，下水捉鱼虾，路见不平，就帮人厮打，大人也打他不过。幸喜他只欺硬不欺软，所以人都叫他好。一日同了小厮们到教场中玩耍，适值那日守备带领营兵下操。丑儿竟去将他大刀拿起。那时守备姓李名绍基，看见七八岁小厮，拿得起大刀，颇以为奇，就唤来问道："你今年几岁了？怎拿得动大刀？可会骑马么？"丑儿道："八岁。马实从未骑过，想来也没有什么。只人小马高，上去难些。"守备道："我着人扶你上去，你不要害怕跌下来便好。"丑儿道："只要骑得上去，一些不怕，也不愁跌下的。"守备就着营兵扶他上马。他拿了缰绳，不慌不忙，满教场一转，仍走到原处，营兵扶他下来，竟像骑过的一般。守备更加称奇，说："你小小年纪，有这般本事，姓什名谁？住居何处？"丑儿道："姓石，名

有光，乳名丑儿，家住胥门外。"守备道："你父亲作何生理？"丑儿道："行医。"守备道："行医也是斯文一脉。你有这般臂力，我三六九下操日期，你可到来学习骑射，我再教你些武艺，大来也好图个出身。"丑儿连忙磕头道："多谢老爷。"于是每逢下操，丑儿必到。那守备果然教他，丑儿一教就会。不数年，十八般武艺精通，连武弁多不如他，此是后话。

且说石道全合当有事。忽有一个过往官员，姓利名图，号怀宝。捐纳出身，做过几任州县，奇贪极酷。趁来银钱，交结上台。今升杭州府同知，带了家眷上任。夫人常氏，破血不生。娶妾刁氏，利图十分宠爱。生子年已十二，取名爱郎，生得清秀轻佻。利图刁氏，最所宠爱，一同上任。

船到胥门，夫人忽然抱病。利图吩咐立刻住船，去请医生。谁知上岸就是石道全家。请了道全下船，诊了夫人的脉，说道："夫人此病，是气恼上起的，没甚大病，只须两服药就好的。"写下方子，利图送了一封谢仪别去。利图即着人买了两帖药，一面开船，一面就着丫鬟，煎药与夫人吃。原来夫人的病，都因刁氏恃宠而骄，看夫人不在眼里，日常间骂狗呼鸡，屡行触犯。夫人是个好静的人，每事忍耐，故郁抑成病。刁氏正喜中怀，今见医生说她就好，心上好生不快。忽起歹心，想老爷旧年合万亿丹，有巴豆余存，现带在此，私自放在药里，与她吃了。虽不死，泻也泻倒她。于是就将数粒研碎，和入药中。夫人哪里知道？吃下去一个时辰，巴豆发作，霎时泻个不住，至天明足足泻了数十次。谁知病虚的人，哪里当得起泻，泻到天明，忽然晕去。吓得一家连连叫唤，刁氏也假意惊张，鹅声鸭气喊叫，捧住了夫人的头，反将手在她喉间一捏，夫人开眼一张，顿时气绝。那老爷溺爱不明，大哭一场，不去拷问家中人，反归怨到医生身上，道："夫人虽有病，昨日还是好好的，吃了那医生的药，霎时泻死，明明是他药死的。先叫住船，一面备办后事，一面着几个家人小厮，赶回苏州，打到石道全家，打他一个罄空。再将我一个名帖，做一状子，送到县中去，断要他偿命。"众家人闻命，个个磨拳擦掌，驾了一只小舟赶去。那石道全正是闭门家里坐，祸从天上来。不知性命如何，且看下回分解。

第二回　署印官串吏梦赃
贤孝女卖身救父

诗曰：

只缘运寒触藩篱，世上难逢良有同。

负屈空思明镜照，申冤惟有孔方宜。

明知行贿能超雪，无力输官莫可医。

幸赖捐躯有弱质，孝心一点未为痴。

话说石道全，看了利夫人病，回去吃了饭，又到各家看了半日的病，至晚回家安睡。谁知一夜梦魂颠倒，天明起来，只听到屋上乌鸦高叫，满身肉跳心惊。便对周氏道："我今夜梦魂颠倒，怎么如今又心惊肉跳，乌鸦又如此叫，不知有什祸事来？"周氏道："如今是春天，春梦作不得准。至于心惊肉跳，不过因做了恶梦，所以如此。若说乌鸦叫，它有了嘴，难道叫它不要叫？我家又不为非作歹，又不管人家闲事，有什祸来？"说话间，适有人来请他看病，他便出去了一会儿。回来吃饭，见丑儿不在家，便问道："丑儿哪里去了？"周氏道："他先吃了饭出去的，想又玩到教场里去了。"只听得乌鸦更叫得慌，道全道："乌鸦如此乱叫，必有事故。想来没有别事，莫不丑儿到教场去，闯出祸来？我且寻了他回来再处。"周氏道："这也虑得不差。你吃完饭，去寻了他回来便了。"道全果然放了饭碗，就向教场寻儿子去了。

谁想道全方出门，周氏与无瑕饭碗尚未收拾完，只见外边走进许多大叔来，口中大叫道："石先生在家么？"周氏只道是请看病的，便道："不在家。"众家人道："不好了，想是知风脱逃了。"又一个道："他或者知道了，躲在里边，也不可知。我们打进去便了。"那时就一齐动手，打进内室。锅灶也打破了，床帐也打坏了，值得几个钱的家伙，乘隙也被人抢去了。把家中打得雪片还不住手，口口声声只要石道全。吓得周氏与无瑕，哭哭啼啼，也无从分辨，不知是何缘故。邻舍见众人大模大样，十分凶狠，不知是怎么乡宦人家。又闻是人命重情，谁敢来管闲帐。周氏直等他们打完了，方说道："列位为什事，也须好说。怎么把我家打得这般光景？我又不知什事？无从辨得。"一个家人道："放你娘的屁！你家药杀人郎中，把我家夫人活活药死。我家已告在本县，立刻要他去偿命，还说这样太平话。他丈夫既不在家，就将这妇人拿去，不怕她不招出丈夫来。"一个道："且等差人来叫她，不怕她也逃了去。"周氏听了，吓得魂飞魄散，母女相抱大哭。未几，差人已到。原来县官到南京见总督去了，不得就回。家人先到县丞处禀了，要他出差，且先将石道全拿去，录了口供，送在监中，候县官到家，申详上去。那衙官巴不得有事，又见说是人命，立刻出差。来到石家，闻说道全不在家，又无使用，即刻就要拿周氏去回官。无瑕一把扯住了母亲大哭，家人们正要来拆开拿去。恰好道全到教场寻见了儿子，看见守备正教他射箭，只得看了一会。等完了，方同儿子回来。一进门，只见家中闹了一屋人，打得一空如洗，不知是什缘故。到里边，又见众人竟将周氏锁了要走，女儿扯住痛哭，丑儿竟要上前去打。倒是道全止住道："不可乱动，且待我问一个明白再处。"正要上前去问，家人认得是道全，便道："道全回来了。"就要上前去打。差人见说道全已回，便将周氏放了，来锁道全。见众人要打他，便道："列位大叔，且不要动手，有事在官，且到官去，不怕他不死。"家人听说，便也放手，捉拥而去。丑儿初见众人要打他父亲，正要上前去打，后见差人说有事在官，又见众人也住手了，仍恐打出事来，反害父亲，且待问明了何事，再救父亲未迟。

　　且说石道全拿到县前，差人就禀了县丞。县丞见两边俱无礼送来，只得坐堂，将就一问。且待将来哪边礼厚，就好偏着哪边了。当时先叫原告知数一问，知数道："家老爷升任杭州府同知，同夫人上任。昨日在此经过，夫人偶有小恙，请石道全去看。据他也说没有大病，两服药也就好的。不想昨晚吃了他药，霎时就大泻起来。泻了一夜，早晨就死了。这明明是他药死的，求老爷问他就是。"县丞就叫石道全上来，先将气鼓一拍，道："你这该死的奴才，怎么将利夫人活活地药死了！人命重情，非同小可，快快从直招来，免受刑法。"石道全道："老爷是明见万里的。医生有割股之心，利夫人与小的又的无宿冤，岂有药死之理？况医生又不发药，不过开一方子，方子现

在利老爷处，求老爷取来一验。若有一味泻药在内，小的就死也甘心。况利老爷既告人命，人命哪有不验尸之理？真正是极天冤枉，望老爷详察。"县丞道："胡说！药与病相反，甘草也能杀人。利夫人昨日还好好的，吃了你药就死了。还说不是你药死的，你说方子现在，方子上即使没有药死人的药，焉知不与夫人的病相反？亦难免庸医杀人之罪。若说人命验尸，或是杀死、打死、毒药毒死的，便有伤可验。如今是你有意用错了药药死的，有什么伤验？况她是个诰命夫人，据说与你无仇，难道将假命来图诈你么？看来人命是真的。今日你造化，县太爷不在家，我老爷是最软心的，或者可以替你挽回从宽。又看你的造化，如今我也不打你，且寄监，迟日再审。"那时将道全上了刑具，送进监中。又唤利家如数上来说道："你回去禀知你老爷，夫人虽服药身死，据医生说：他又不曾发药，方子现在你老爷处，夫人又不便验尸。人命关天，不可草草。你老爷若必要问他一个抵偿，也是易事。且候你老爷主意如何？我替他行便了。"

知数谢了一声，随即赶到杭州，回复家主。那利图一时气头上，便着家人去告石道全。过了几日，被刁氏百般引诱，万种调情，竟将夫人忘记了。今见家人回复，县丞如此口气，明明要我去买嘱他。我想死者不可复生，医生又与我无仇，不过庸医杀人，看他方子，实无泻药在内，这是我夫人命当如此，丢开罢了。又兼刁氏是心虚的人，诚恐弄到实处，干涉到自己身上来。又与医生无仇，已经害了他，如何还好下毒手？所以乘家主不认真，便也从中力阻。利图竟去上任，也不来禀究了。

怎奈县丞得了这桩事，以为生意上门。今见利家竟没有人来，只有打合石家来上钩，从轻发放便了。倘若倔强不来，我据状子上提他出来，以人命认真，严刑夹打，不怕不来上钩。于是就叫差人进来吩咐道："石郎中这桩人命事，要真也可以真得，要假也可以假得，全在我老爷作主。你去对他说，不要睡在鼓里。我若再审一堂，详到堂上，就不能挽回了。"差人领命，就到监中，将县丞的话，细细对道全说了，叫他急急料理要紧。道全哭道："大哥是晓得的，我家中本来原穷，前日又被利家人打抢一空，饭也没得吃，哪有钱来料理！况官府面上要料理，至少也得十数金，杀我也只好看得，实出无奈。"差人道："性命紧，你也不要说煞了。家中有人来，你且与他商议。我明日来讨你回音，方去回复本官。"道全道："多谢大哥。万分是假的，只有听天了。"

不说差人别了出去，且说丑儿那日，见差人捉了父亲去，便央几个邻舍，同到县前打听，方知是这桩事。看县丞口气，一句凶，一句淡，明明想要银钱。奈家中这般光景，哪来银钱？连进监差房使用一无所有，免不得进监受些苦楚。后来牢头等晓得他穷，想难为他，也是枉然，倒有些怜惜。故丑儿来看父亲，竟不要他常例，一到就开他进去。今差人方去，丑儿适来。道全一见儿子，便大哭道："我的性命是必然难保的了。留了你母子三人，如何过日？"丑儿道："这事只要等县官回来，诉他一状，审一堂就完了。爹爹为何说起这样话来？"道全便将差人之言，述了一遍，说："县丞见我不理他，必然夹打成招，硬详上去，等县官回来已迟了。况他们官官相护，知县官又是怎样的！"丑儿见说，也痛哭一场，说："爹爹且宽心，孩儿出去，与母亲商议，明日再来看你。"

别了父亲，回到家中。将父亲说话，一一对母亲说知。周氏便放声大哭道："如此怎了！莫说十数金，就是一钱五分，也是难的。"无瑕也哭道："如此说，难道看了爹爹受罪不成！"周氏道："你看家中一无所有，兄弟又年小，我与你又是女流，屋又是别人的，门房上下，又没有亲戚，朋友又没有好的。况人家见我如此光景，就有也不肯借我，叫我如何救得！他倘果问实，惟有一死相随于地下矣。"无瑕道："爹爹母亲，若果如此，孩儿何忍独生！"想一想道："罢！罢！罢！孩儿倒有一计在此，可以救得爹爹。"周氏忙问道："儿有何计，快快说来。"无瑕道："孩儿想来，并无别计。只有孩儿身子原是爹娘养的。不如急急将孩儿去卖了，便可救爹爹了。"周氏道："我儿说哪里话来！我家虽然穷苦，祖上也是旧家，岂有将你卖到人家为奴为婢，成什体面！这个断断使不得。"无瑕道："母亲差矣！人生各有命运，孩儿若命好，爹爹也不犯这样事了。况且说：留得青山在，不怕没柴烧。救得爹爹出来，倘有发达之日，赎了孩儿回来，原有好日，也不可知。若只贫穷，孩儿就终身为婢，也是孩儿的命了。母亲须极早算计，不可差了主意。"周氏道："断断不可。虽救了爹爹回来，何忍见你到人家去做使女。我常见人家使女，主母好的，一日服侍到晚，还可安息一夜；若遇着不好的，动不动打骂，凌辱不堪。还有主人不好的，暗地调情，不怕你不从；主母妒悍，百般敲打，不怕你不忍。还要磕人的头，受人的气。我将你宝贝一般养大，岂忍使你如此！"无瑕道："据母亲说，将孩儿宝贝一般养大。如今爹娘有难，不能相救，要养孩儿何用？至于怕受主人主母凌辱，孩儿自有主意，决不辱没爹娘。不见《双冠诰》

上碧莲，受两重封诰，独不是丫鬟么！"周氏道："这不过是做戏，哪里真有此事。决然使不得。"无瑕道："母亲决意不忍孩儿卖身。孩儿又何忍见爹爹受罪？不如寻个自尽罢。"说完就向墙上乱撞，吓得周氏与丑儿，一头扯住，一头哭。正在难分难解之际，适值王媒婆在门前走过，听见里边哭声震天，向来原是认得的，就走进去张一张。只见无瑕要寻死，周氏、丑儿乱哭乱扯。王婆道："大姐，为何如此光景？"周氏抬头，见是王婆，便道："妈妈来得正好，替我劝她一劝。"王婆就来扯住无瑕道："大姐，小小年纪，为着何事，这般寻起短见来？"无瑕道："妈妈，不要劝我，烦你劝劝我母亲依了我，我便不死了。"王婆道："这也奇了！娘娘是最爱你的，有什事不肯依你？"就转身对周氏道："娘娘，你家大姐要什么？你不肯依她，使她寻死觅活。"周氏道："不要说起，说来连你也要伤心。我家官人，今日也医病，明日也医病，病便医好多少，不曾见他趁得银钱。只说做些好事济世，还望有个好报。谁想前日，有个过路官员的夫人有病，请去看了，并无大病，开了一个方子。承他送了一钱二分银子，回来十分欢喜。不想那夜，夫人忽然大泻身死，那官员竟说是我官人药死的。告到县中，县官不在家，竟告在二衙。你想衙官岂肯空过的！不问是非曲直，叫差人来说：有钱则生，无钱则死。我家弄到这般光景，哪里有钱。不想我那痴女儿救父心急，定要卖身。我想家中虽穷，事情虽急，念祖上也是旧家，何忍将女儿卖到人家去。她见我不从，便说不忍见父亲受罪，定要寻死。你道伤心也不伤心？"王婆听了，就将无瑕相了一相道："如此说来，竟是个孝女了。难得难得。不是我敢于劝娘娘说大官人性命要紧，难得大姐有如此孝思。虽说卖到人家下贱，我看见人家这些姐姐，好不快活哩。命好的，后来原做夫人、太太。况你家大姐如此孝心，皇天也决不负她。救出大官人来，他是行医的人，只要几个月好运，便好赎了大姐回来，许一个好人家，原是个大家了。"周氏道："虽承妈妈如此说，卖了出去，要想赎也就难了。况且如今就要卖，急切哪得个好人家来买她。"王婆道："只怕娘娘不肯卖，若果要卖，如今到有一个绝好的人家在此。"周氏道："是什么人家？"那王婆就说出那个人家来。正是无针不引线，引线巧成缘。要知王婆所说谁家？卖得成卖不成？救得父救不得父？且看下回分解。

第三回 一场空徒成画饼
三不受相决终身

词曰：

> 急雨狂风，顷化作晴空千里。才过眼，炎凉反覆，谁为为此。人世大都
> 多此态，天公作俑何妨尔。笑伊家、忽喜忽然悲，诚哉鄙。　　鼓棹去，随
> 波驶，叉手立，看云起。任英雄狡狯，闻雷丧也。放我逍遥。春梦外，容君
> 千百秋毫里。叹人间，逝者总如斯，徒然耳。

右调《满江红》

话说王婆见无瑕要卖身，说有个好人家，原来就是林员外家，说他家大小姐如何
样好。许与金老爷家，金家又如何样好。周氏终于不忍。无瑕道："莫说人家好，就是
不好，只要救得爹爹，死也甘心。"王婆又再三相劝，周氏只得允从。王婆随即叫一乘
小轿，将无瑕抬到林家。爱珠一看，甚是中意。员外就问要多少身价？王婆道："她原
是好人家，因父亲冤狱在监，二衙要他银子，许出脱他，没奈何卖身救父的。要三十
金。"员外道："太多。只好二十金。"王婆两边说合，说到二十四金，方才立契。员外
又道："二衙与我最好，他要送银子与他，何不存在我处，我代去送，还可省些。且二
衙不好违拗，包他即刻释放。"王婆与周氏说知，周氏也大喜，说定十八两。员外一力
包妥当，只付出银六两。

且说员外扣了十八两，只封银四两，又随封八钱，也不通知书办，竟亲手送进二
衙。那县丞初受了这张状词，满望两边贿嘱。谁知利家一去不来，石家又穷，打合不
上，心已冰冷。忽见林员外来说这事，竟送银四两八钱，喜出望外，满口应允，即刻
释放。员外亦喜十三两二钱，稳稳到手。随即别去县丞就叫书办，即刻查卷释放。

谁知那书办是王婆壁邻，王婆卖了无瑕，回家将无瑕卖身救父，员外扣银，代送二衙，一一对老公细讲，都被书办听见。满拟明日必来近他，也好趁一个大东道。谁知员外竟亲自与官说妥，竟不理他。趁官要查卷，便说："林家来送老爷多少银子？"县丞道："四两。"书办道："好心狠。"县丞道："怎么心狠？"书办道："石家卖了女儿，扣十八两在林家送老爷，他只送四两，倒留了十三四两，岂不心狠！"县丞道："何不早讲，今已应允，奈何？"书办道："这何难，一面将银退回林家，一面上紧吊审。不怕这银子不一并送来。"县丞道："妙！妙！妙！你真是我的招财神道了。就着你送还林家，即刻出票提审，倘果如数送来，将小礼一总与你便了。"书办道："这个都在我。只老爷也要拿定主意，不足此数，不要应允。"县丞道："这个自然。"随将银付书办，立刻送到林家，说："事情重大，恐利家还有说话，老爷担当不起。原礼璧上，多多致意。"说完去了。

员外听说，吓了一呆，想县丞不过请益之意，竟不留书办商议。随又添了几两，重复送进。县丞不允，必要十六金，随封在外。员外一想如数送他，自竟落空。即刻唤王婆来说："二衙必要二十四金方妥，要他将找去六两头退来方能妥当。"王婆辞出，要到石家。行至半途，恰好遇见丑儿。原来周氏见丈夫不放，叫丑儿来问王婆。适王婆被林家唤去，门儿锁着。丑儿问她邻里，恰好问着了二衙书办，原认得的，便道："你父亲事，怎不早早妥当了。县官将回，本官就要讯供详解了。"丑儿道："我正为此来寻王妈妈。"书办道："这事我也知道。只你投差了人了。闻得你扣十八两银子，在林家送官。他只将四两送进，本官大怒，立刻璧还了。你若拿来自送，我包你今日就妥当。方才林家来唤王婆，想就为此，你候上去，总问她退银子就是了。"丑儿听说，果候到半路撞见王婆，便将员外之言一说。丑儿道："既不妥，还我银子罢。"王婆道："员外说，银子十八两，已送进去了。只要找去就妥当，哪里退得出？"丑儿就对面一啐道："事又不妥，银又不退。终不然，白送你罢。"王婆道："我是好意，替你说说。怎反伤触我？"

两人相争起来，竟扭住厮打。适遇守备经过，齐齐叫喊，带到衙门，见是丑儿，便问道："连次下操，久不见你，今日怎么与这老婆子厮打？"丑儿便将父亲冤狱，阿姊卖身，王婆作中，林家扣银送官，事情不妥，又不退银，一一禀知。守备就叫王婆吩咐道："石家为事在狱，他女儿卖身救父，也出于无奈的了。你怎么还拴通林家扣他

银子，又不替他妥当，反在街坊叫喊。本应责你一顿板子，可惜我是武职衙门，权且饶打。可即刻到林家照数要还石家银子。倘有毫厘短少，我移送到府，活活把你敲死。快些去罢！"吓得王婆急到林家说知。员外原知守备与四府知县都好不敢违拗，只得忍着肉痛，照数付还不题。

且说守备发付王婆去后，就对丑儿道："你父亲既有此事，如何不来与我商议？这二衙理他怎，他今日得了银子，就放了。县官回来，利家再告，此事原不完。我想你父亲不过开一方子，又未发药。那夫人突然泻死，其中必有缘故。不是家人买药毛病，定是侍妾妒忌奸谋。你只要将这缘故做一辩状，县尊不在家，竟向四府投递。那四府是最有风刀不怕事的，又与我最好，我去会他，要他行一角文书，到杭州吊家属对证。他决然不肯，反要从宽完结了，岂不做得干净么。"丑儿道："多谢老爷妙算，只是小人向蒙老爷教习武艺，尚苦家贫无物孝敬。这事怎敢又来惊动老爷？"守备道："你这话又差了。我们山东人，与人相与了，头颅也肯赠人。这样小事，难道我也与县丞一般，想你谢么。如今也不迟，你快快做辩状，到四府去投。我就去会他，要他即速行提便了。"丑儿大喜，果将辩状向四府投递，守备果去说了。立刻批准行文，一面提讯，县丞哪里知道。书办打听林家银已付还，石家竟不来说。对官说知，立刻提出，正要用刑，四府恰已来提，只得交付去了。县丞气得要死，归怨书办，将他到手银子退去，又叫他拿定主意，送到十二两不受，今弄得一场空，押着要他赔。书办又怨官不会趁银子，互相怨恨不题。

且说刑厅文书到杭，果不出守备所料，家属没有付来一角回文，倒求四府从宽释放。刑厅也不深究，随将道全释放回家，周氏接着大喜。道全不见女儿，问起方知要救她卖身林宅，便大哭一场。又知全亏守备出力相救，急同儿子到守备衙门叩谢。过了两日，又到林家看看女儿。幸喜女儿在彼，小姐甚是喜她，同伴亦甚相好，道全便也放心回家。身价尚存十八九两，置些粗用家伙，用去三四金，尚存十四五两。买些杂货等物，门前卖卖，意欲积聚积聚，以为赎女之计。又立誓再不行医了。丑儿见事妥当，下操日仍到教场学武。

一日，适同父亲在店中，忽见一个相面先生，到店中买纸，将丑儿细细一看，便道："好相，好相。"道全见他赞得奇异，便道："先生你叫哪个好相？"那先生道："小子李铁嘴，在江湖上谈相二十余年。富贵贫贱的相，相过了多少，从未看差一人。

中国禁书文库

春灯影

二三〇九

今见二位尊相都好，想是乔梓了。"道全道："这个正是小儿。但先生说，从未相错一人，今叫愚父子都是好相，只怕就错了。"相士道："岂有此理！尊相若不嫌繁，待小子细细一谈何如？"道全道："极愿请教。只小弟贫穷，出不起相金，不敢劳动。"相士道："说哪里话。小子不是利徒，不见招牌上有三不受么！目下贫贱，将来富贵的不受；目下富贵，将来贫贱的不受；目下贫贱，终于贫贱的不受。盖因贫贱的，送出也有限，要等他相准后，受他的厚谢。富贵的，无不喜奉承，说他将来贫贱，必然大怒，说我不准，还想他厚谢么？至于终身贫贱的，不如我多了，怎还要他相金？故言三不受。若贤乔梓，正小子将来厚望之人，岂敢要相金！"道全道："据先生如此说，愚父子果有好日么？"相士道："尊相休得看轻了。依小子看来，上年春季不利，该有飞灾横祸，幸有阴德纹化解，不至大害。今年尊庚几何？"道全道："三十二岁。"相士道："目下还只平平。交四十岁，到鼻运就好了，足足有四十年好运。虽不能事君治民，那皇封诰命，却也不小，大约不出一二品之外。若论富贵显荣，还不止于此，只怕还有半子的大显荣哩。"

道全道："先生又来取笑了。小弟虽有一子一女，不瞒先生说，上年三月，果犯一桩飞灾横祸，几乎一命难保。亏得小女一点孝心，情愿卖身救我，我便救了出来。一个女儿，现在人家做丫鬟，何来半子之荣？就这小儿，年方八岁，一字不识，也无力送他读书，封诰从何而来？"相士道："尊相差矣。我又不要你相钱，奉承你怎么？我也不晓得令爱卖不卖，只据尊相该有极贵的半子，至于封诰，一些不差。现有这位令郎，尊相甚合，将来必然大贵。依小子看，原用不着读书，眼上带杀，功名当在枪头上得来，一二品皇封，是拿得稳的。不消多年，十年后便见到。那时不要不认得小子便好。"道全道："说哪里话。不要说这般富贵，倘得稍有际遇，定当相报。"相士说完要去，道全道："多承先生美意，不要相金。但讲了半日，小弟也不安，先生想还未用饭，若不嫌简慢，请些便饭何如？"道全道："饭是早晨已用过了。即蒙盛情，不敢相却。"道全就叫丑儿看了店，自同到里边坐了。周氏拿出饭来，相士看见，就立起身来道："老亲娘叨扰了。"周氏道："好说。只是简慢，莫怪。"放下就进去了。相士又将周氏看了一眼，对着道全道："我的谢仪，稳稳讨得成了。"道全道："为何？"相士道："适见尊嫂，却又是一位诰命夫人的相。一家的相相合，岂还有相错的理？"

未几饭罢，道全进去取茶。周氏道："那先生夸嘴说从不相错，难道我家果有此造

化么？"道全道："只求有碗饭吃，赎了女儿回来，也就罢了。哪里指望这个田地。"周氏道："我闻林员外最喜算命相面，何不荐他去一相。一则我家没有相钱，荐他去多得些相金也好。二则女儿在彼，趁便也好一相。"

道全甚称有理。便与相士说了，同到林家。员外闻知甚喜，就叫"请进！"先自己与他一相。相士把员外上下一看，便道："小子是最直的，员外莫怪。"员外道："原要直说。"相士道："看尊相腰身端厚，天仓隆起，一生财禄丰盈。可惜眉目不清，贵不敢许。头皮宽厚，面色红黄，寿遇古稀。再看只身肥下削，诚恐子息艰难。幸喜右颧红光吐露，倒有半个贵子收成。"员外相完，就请他坐了。走进去对院君道："石道全荐一个相面的来，倒也有些准，说我财主有寿，只不能贵，儿子难招，只该有半个贵子收成。我想：年将半百，家中快活，原不想做官，儿子想来也难，半个贵子。大女儿的女婿，将来必然显达。至于二女儿生得粗俗，又不要好，料无贵婿要她。岂不句句都准？"院君道："是石道全荐来的，我家事情，哪一件不知？必然先对他说知，哪有不准的理。若要试他，只有将两个丫头与两个女儿，改换装扮了与他相，连石道全都瞒过，不要放他进来，准不准就试出来了。"员外道："妙！妙！妙！你快去叫女儿丫头，改扮起来。我去同他进来相。"院君就到大女儿房中，说："石道全荐个相士来，你爹爹叫他相得准，恐道全先与说知，叫你姊妹二人，与两个丫鬟，改扮了与他相，就好试他眼力。我想莫如叫无瑕扮了你，小桃扮了妹子，你二人扮了丫鬟，你道可好么？"

爱珠道："孩儿与无瑕改扮，倒无不可。虽然贵贱各别，无瑕打扮起来，外貌还充得过大家女子。只孩儿扮了丫头，恐天下没有这样好丫鬟。若庸俗相士，或者看不出。至于妹子与小桃，倒不必改扮，妹子本来粗蠢的，想来相也平常，相得不好，也难定他不准。至于小桃，走到面前，就是一个丫头。即使改扮，也不脱丫头的相。倒要被他看出破绽来，连孩儿与无瑕，也必然看破，反为不美。"院君道："我儿言之有理，你快与无瑕改扮起来。我去叫妹子一同出去相便了。"院君出去了，爱珠就将自己的花裙花袄、大红绣鞋、金珠首饰给无瑕打扮起来，居然是个大家小姐。爱珠也将无瑕的布衣布裙，通身换了，也像一个丫鬟。就叫妹子一同出去。正是人不可以貌相，海水不可斗量。不知相士相得出相不出？且看下回分解。

第四回 林小姐因相生嗔 金进士过江被劫

词曰：

> 莫道相无准，骨骼生来定。婢妾岂长贫，胡为太认真。贵贱多更变，安份休留恋。试看绿林豪，尘嚣枉自劳。

右调《醉公子》

话说爱珠与无瑕打扮完了，就同妹子与众丫鬟等，一齐出去，在内堂等候。员外出去，就叫石道全厢房少坐。自己同了相士进来，先叫无瑕上前，"这是大小女，请先生一相。"相士细细将无瑕一相，心中想道："亏此老，倒生得出这样一个好女儿。"便道："请小姐咳嗽一声。"无瑕便轻轻咳嗽一声。相士便对着员外道："恭喜员外，有这样一位好令爱，小子方才说员外有半个贵子，还不想有这般大贵的令爱。"员外听了，已不觉好笑道："被我试出来了。且不说破，看他说如何好法。"相士道："我看令爱尊相，肩抱日月，定作朝廷之贵。眉湾星宿，准为王者之妃。目如秋水，声似凤鸣。但嫌嘴脸少狭，山根略断。为此早年蹭蹬，不能母仪天下。然亦必为侯伯夫人，后来还有大贵儿孙，寿元八十八、九，夫妻荣贵，子媳团圆。小子在江湖上二十余年，这样好女相，见得甚少。再请第二位来相。"员外就唤过素珠说："这是二小女，请相。"相士又将素珠细细一相，也叫咳嗽一声。说："二令爱尊相，虽大不如大令爱，然也是一位贵相。你看她五岳端厚，骨气磊落，神色温和，坐视不凡。面虽紫黑，而红光暗现；声虽高大，而响亮神清。一二品荣封可保，夫荣子贵无疑。小子前看员外，该有半个贵子，该应在二令爱身上。适见大令爱如此大贵之相，员外就不该只有半子之荣了。难道小子先前看错了不成？"员外道："这且不要管他。我家这些丫头里边，可也有个

好些的相么？你们一齐来同立了，也烦先生相一相。"那时有六个丫头，一般打扮，爱珠亦杂在其中。先生两边细细一看，对着员外道："六位尊婢，相总不相上下。一生衣禄无夸，后来都也有些收成。要十分大出息的，却也没有。"员外见他相不出大小姐，便指着大小姐说道："那五个丫头原是我家生的，只这一个，是我上年外边讨来伏侍大小女的。前日有个相士，说她目下虽是丫鬟，将来倒有夫人之份。请先生再细细相她一相，果是如何？"相士又将爱珠一看，便道："今日相多了，迟日再相罢。"员外道："只这一个，何难一相。虽是丫鬟，相金自然照数奉送。必要请教的。"相士道："小子哪论相金，只因这位尊婢，相貌可疑，说来诚恐员外见怪。"员外道："想是她的相还好过小女么？说来恐小女们怪。这个不妨。丫头原有好相，只要据相直言便了。"相士道："既如此，姐姐们请便。我与员外细谈便了，只不要怪。这位尊婢，若果相好，何妨直言。方才员外说：有个相士说她目下虽是丫头，将来倒有夫人之份。这话大相反了。目下丫鬟，倒还屈了她三分。若说将来，不但夫人无分，就要学这五位尊婢，只怕还赶她不上脚根哩！"员外道："哪有此理！"相士道："女人最忌有媚无威，举止定然轻狂。面薄唇浇，作事定然刻薄。颧高带杀，定主刑夫。山根细软，定难招子。兴腰如摆柳，贫贱无疑。两目似流星，臭声难免。气短色浮，难过三九。幸喜伏侍大令爱，若能真心着意靠她宏福，或者还有小小收成。若一离心，不要怪小子说，不作青楼之女，定为乞丐之妻。死了，棺木还要别人捐助哩！"言未毕，员外早已气得发昏，道："放屁！放屁！眼睛也没有，还要出来相面。"里边院君也大喊道："这样放屁！叫家人们挖去他的眼珠，拿粪来灌他。石道全这老奴才，荐这样人来相面，也与他些粪吃吃。"爱珠道："总是无瑕这贱人，叫老子领这放屁的相士来骂我，我只打这贱人。"吓得相士连连赔罪道："小子原说相多了，相得不准，员外何必着恼。"

员外正要叫人来打他，因想前日在外闻得新按院，是江西人，久已在此私行。知道这相士是谁？不要打出事来。赶他去罢。

且说石道全在外，听见里边大闹，不知何故。只见相士急急地跑出来，正要问他，相士一把将他扯了就走。出了墙门，走到一个庙中，方才立定。相士便将进去先相小姐，后相丫鬟，如何好，如何歹；又另相上年新讨的丫鬟，相甚坏到不堪。因我直言，一家怒骂。并累老兄也骂，还要叫人打我二人。幸喜走得快，方免一顿打。

道全听说，大惊道："不瞒先生说，上年新讨的就是小女。据先生说，是极坏的相

了。先生还说我有半子显荣，却从何来？"相士一想道："决然不是！若是令爱，不过是他家一个丫鬟。我就说她不好，他也未必这般恼怒。即使恼怒着我，决不为了你令爱，倒把你也骂。况还隐隐听得一个娇声，说：'都是无瑕这贱人，叫老子领来骂我的，我只打这贱人。'即此一言，可知不是令爱无疑。她说我相坏了她，要打令爱，其非丫头又无疑。想来先相的大小姐，倒是令爱。另相的丫鬟，倒是大小姐。她们改扮了来试我的。若果如此，尊相一发准了，我相此老，决没有这样好女儿的。我说他半子之荣，当应在二小姐身上，那里还有一个贵女。"道全道："如此说，我女儿倒要吃打了。"相士道："不消虑得。令爱如此好相，目下就吃些苦，不几年就看她不得了。小子且别，数年后，等你女儿贵显，你做封君，那时再来奉候罢。"说完分别而去。

道全一路懊悔，来到家中，将前言一一对周氏说了。周氏便痛哭起女儿来。道全又怨说都是妻子叫荐去的，彼此怨悔不题。

且说爱珠，就将无瑕一把扯进房，叫她换去了裙袄、绣鞋，命她跪下，说："贱人！好一个皇后夫人。你叫人来，说得你这般好，说得我这般贱。你且到粪缸里照一照嘴脸，看不信你是夫人皇后，我倒不如你？说我刻薄，又说我轻狂，你也到我家两年了，我刻薄了你什么来？如今总是叫我刻薄轻狂了，且从你夫人皇后面上刻薄起来。"便拿起门闩，一连打了二三十。无瑕凭她打完，说："这是小姐与我改扮了，那相士看不出，胡言乱语道的，与小婢无涉。"爱珠道："还说与你无涉。是你老子领来，明明叫他骂我的。"又提起门闩，打了一二十，无瑕也不敢再辩。亏院君在外，听见打得多了，便走进把无瑕骂了一场，将爱珠劝了一会儿，方才住手。

自后疑神疑鬼，见无瑕与同伴讲句话，就疑是笼她，便要打。偶与二小姐一处，便说你夫人对夫人，在那里说我，又要打。不但无瑕常常受打，连素珠也常常受阿姊的气不提。

且说金彦庵带了家眷，一同上任。一日，船到江心，只见一只小船，在他船边飞一般摇了过去，少停又飞一般摇了转来。如此者三四回。彦庵虽然惊奇，也不放在心上。晚间住了船，吃罢夜饭，公子见月色甚好，老家人俞德在梢上，他也到梢上看月。忽见几只小船，摇到船边，就有十数人各持刀斧，跳到船头上来，打入舱中，吓得老爷、夫人、元姑俱跌倒在船板上。众强盗就将什物罄掳一空，并将老爷、夫人、元姑俱活捉过船，飞也似摇去了。那梢工水手，见强盗上船，各抢一块板。跳入江中去了。

俞德见船家水手，都跳下水，情知不好，也抢一块大板，抱了公子一同也跳下江中，且按下再表。

先说众强盗掳老爷等解到山上。原来此山唤大炉山，大王姓萧，名化龙。自幼响马出身，后来招兵买马，渐渐想起大事业来。年纪四十，尚未有妻。于三年前，在江中劫得陕西西安府铁知府一家，那时将知府抛在江中。夫人解氏十分美貌，一子年方六岁。夫人见丈夫抛在江中，也便望江中就跳，被大王一把抱住。知府在水中冒起说："忍辱存孤要紧。"一句话沉了下去。夫人就想："我家世代单传，如今只有此一子。我若死节，此子必不能独存，岂不绝了铁家后嗣！杀夫之仇，谁人来报？所以相公叫我忍辱存孤。且待儿子长大，报得此仇，那时寻一自尽便了。"于是便勉强忍住，被强盗掳上山来，就要夫人成亲。夫人一想：拼得忍辱从他，须要与他一个下马威，以保众人性命，以留报仇地步。便道："奴家是个诰命夫人，要杀就杀，休得妄生痴想！"大王再三哀求。夫人道："若必要我相从，必须力行王道，指望有个收成结果，也不枉为失节之妇。若照目今所为，专以杀人掳掠为事，倘遇官兵到来，原不免于一死，徒然遗臭万年。莫若死于今日，还留得个完名全节，以见丈夫于地下。岂肯贪生怕死，苟延性命于一时么？"大王道："夫人之言极是。只不知王道如何行法，但求吩咐，决不有违。"夫人道："若要我从，先须依我三件。"大王道："夫人若肯顺从，莫说三件、三十件、三百件，无有不依。"夫人道："既要了我，凡一应妇人，不许再近一个；第二件，我的儿子，须要极力保护，抚养长大；第三件，自此以后，凡一应过往官员客商，不许轻杀一人。"大王道："都依，都依。第一件，有了这样美貌夫人，还要别个妇人何用？第二件，我今年已四十，尚无子嗣，你的儿子，就是我的儿子一般，哪有不极力保护之理！第三件，我只要银钱，原与人无仇，自后立誓，不伤一命，只将活的捉来听凭夫人发落何如？如今没得讲了，就请过来拜堂。"夫人无奈，只得含羞忍辱，随了大王。幸而大王事事遵夫人之命，果然半点不敢违拗。所以今日金彦庵夫妇，得免杀害。解上山来，大王就请夫人出来发落。夫人出来坐定，强盗就将三人解到案前。彦庵也不跪。夫人问道："你二人可是夫妻？何等样人？"彦庵道："我是两榜进士，今选陕西浦城县令，同夫人女儿上任，被你们劫了上来，要杀就杀，不必多问。"解氏听说，物伤其类。心中伤感道："原来是位两榜，请坐了，有话商量。"回向大王道："孩儿年已九岁，正要读书，恨无名师指教，难得今日到来，意欲屈为西宾，训诲儿子。大王以为何如？"大王道："夫人之言甚是。就叫收拾西厅，让他夫妇居住。择日开学便了。"彦庵道："休得妄说。我是朝廷命官，岂作强盗先生么！"解氏道："大人不必推却，且请西厅暂住。明日着小儿来相商便了。"彦庵也不答应，推到西厅，夫妻想起儿子与老家人，必然死于江中，痛哭一场，一夜何曾合眼。

明日早晨方起，只见一个八九岁的孩子，走来作揖道："先生拜揖。"彦庵一见，

想来是强盗的儿子了，也只得还了个半礼，道："小官何来？"那孩子就将门关上，扯彦庵到内一间去，跪下痛哭，道："学生姓铁，家住浙江，绍兴山阴县人，父亲名廷贵，也是两榜出身。前年升任陕西西安府知府，带了我母子到任，在此经过，也被这强盗劫了，将我父亲抛在江中。我母亲随欲投江自尽，被强盗扯住。可怜我父亲，在水中冒起，对着母亲说：'忍辱存孤要紧。'如此而死。母亲因我家世代单传，母死子亡，必然绝嗣。又因父亲之言，要留学生为报仇之地，随立三件，要强盗依允：一不许奸淫妇女；二要抚养孤儿；三不许杀害一人，捉来人口，俱要母亲发落。那强盗要母亲顺从，样样允从。只可怜我母子忍辱事仇，今已三年，如坐针毡。今见先生，心中甚喜，欲屈先生暂时将就，训诲学生，一有机会，共报此仇。谅强徒决不敢来相犯。"彦庵道："如此说来，你是我的世侄了。令祖与家父同年，尊翁曾做过敝府吴江县令。那年来看家父，我也会过，若果是真，我也只得权住，只恐令堂已顺强徒，果肯再报仇否？"孩子道："先生说哪里话！家母虽则相从，日夜暗自啼哭，急思报仇，并无虚假。"彦庵随亦应允。那孩子报知母亲，各各欢喜。先将掳他物件一一送还，然后择日开学，送儿子拜见先生。彦庵就替他取名纯钢。

拜见毕，大王备下筵宴两席。外边彦庵与大王对席，纯钢坐在旁边。内里夫人与解氏对坐，元姑坐在旁边。未几席散，各各安睡。自后彦庵尽心教诲纯钢。幸喜纯钢甚是聪明，更兼苦读，彦庵每每冷眼看他，读书之时，常常暗泪，方信是真。读书之暇，又教他些武经七书，并叫他学些武艺，以为报仇根本。正是"天下无难事，只怕用心人"，不数年文武精通，师生母子，常想报仇。奈大王势焰日盛，急切难于下手。不知此仇几时得报，金彦庵可有出头之日，且看下回分解。

第五回 救小主穷途乞食 作大媒富室求亲

诗曰：

忿尔遭奇祸，猿闻也惨然。椿萱皆见背，贫病复相连。弹铗归无路，招魂赋可怜。藉非忠义仆，安望得生全。

话说彦庵夫妇留住在山，与纯钢母子日夜想杀贼报仇，难于下手。今日暂停不提。且说老家人俞德，同公子跳下江中。幸喜俞德善于水性，将公子托在板上，在浪里乱颠，登时漂去数十里，漂到沙滩上方住。俞德幸而无恙，看公子时，像已死了，便号啕大哭，道："老爷夫人小姑，想已死在强盗之手，我只望救得公子，还可延了金氏一脉。不想公子又死，眼见金氏无后了，我还要这性命何用！只是公子尸首，不要说棺木没有，就要领破席包一包，要块土埋一埋，也不能。这便怎么处？"一头哭，一头将公子身上一摸，见心口还热，喉间尚有微微一息，道："谢天地，还有些气。只是如此荒凉所在，哪得火来一烘、热汤来一灌便好。"见天已微明，四边一望，见东角上一箭之地，有一间茅屋在那里，且将公子背到那边再处。怎奈自己虽然无恙，在江中漂了一会儿，是虚弱的，如何背得动？只得一步一步，捱到茅屋边。原来是一个茅庵，走进一看，并无锅灶。只见一个道者，打坐在内，便上前拜见。那道者道："你是何人？如何将一个死孩子，背到我庵中来？"俞德道："老汉是江南金老爷家人。我老爷新选了陕西浦城县尹，来此上任。不料江中遇盗，一家被害，老汉急急将公子相救，跳下江中，随浪漂到此地。不想这般光景，幸而还有一息之气，欲到宝庵，借些柴火一烘，弄些热汤一灌，倘得活转，也不枉救他一场。"道人道："老人家来差了。贫道随地化缘，随处打坐，又无烟灶，何来柴火热汤？快快背到别处去罢。"俞德四边一看，见空

空的一间草房，实无一些柴火。到外边一望，又绝无人烟。便大惊道："罢！罢！罢！金氏当绝了。老爷、夫人、公子俱遭大难，我还依靠何人？不如也死了干净！"便一把捧住公子大哭，道："老奴不能救你了，只有随你到阴司，服侍你罢。"说罢，要撞死。

道人急止住，道："善哉！善哉！看你这般忠义，贫道岂忍坐视。我有小衣一件，你可将去替公子着在贴身，外边仍旧穿上湿衣。我还有丹药两粒，你可吃一粒，将一粒放在公子口中，自然就活。"俞德道："多谢老师。"接来一看，是一件黄布单背心，中间有一珠砂大印。两粒丹药，只有芥菜籽大。想道："这件单背心，有什热气？若仍旧穿上湿衣，连这件少不得也湿了。至于丹药，芥菜籽一般，只好放在牙齿缝内，如何救得？"谁知俞德肚内思想，道人早已知道，说："老人家，不要看差了这两件东西：这件小衣，有万法教主玉印在上，受热的穿上，便冷；受寒的穿上，便热。这还不足为奇：倘遇急难时，穿在身上，刀箭不能伤，邪魅不敢犯，不但目下可以救得公子，将来正有用处，不要轻弃了。至于丹药虽小，一粒可使七日不饥，精神满足。快快救公子，再迟一刻，就无救了。"俞德听说，就先将一粒，放在自己口中。将那一粒，放入公子口内。便将公子湿衣脱去，穿上黄布背心，又将湿衣仍旧穿好。不一盏茶时，公子口中，吐出多少水来。

未几，忽然气转，叫一声："吓死我也！"俞德看见大喜，捧住公子道："老奴在此。"公子开眼一看，道："你是俞德么？强盗哪里去了？老爷、夫人在哪里？"俞德道："强盗去了，老爷、夫人在船上。我与公子跳下江中，漂流到此，蒙这位师父丹药救你的。"公子道："身上甚热，扶我起来。"俞德果将公子扶起。谁知身上暖烘烘的，湿衣都干了，好不奇怪！连连对着道者磕头，道："小主蒙老师相救，无家可归，情愿相随老师出家。"道人道："此时尚早，金家宗嗣无人，况有多少俗缘未了，岂是出家时候！"俞德道："但不知公子将来前程若何？如今流落此地，盘费全无，眼见家乡难到，如何是好？"道人道："你们吃了丹药，此去七日，可以不饥。七日之后，一路富饶，求吃回家，盘费何须虑得？"俞德道："不知老师是何道号？将来何处再得拜见否？"道人道："我云游四海，并不知有号。若要相逢，十五年后，杭州天竺再得一会。我当着徒弟铁嘴道人，指引行藏便了。"那时公子也起来了，见说道者救他的，便同了老家人一齐拜谢。拜了几拜，抬起头来，道人忽然不见，连茅庵也没有了。二人俱在露天，深以为奇。喜得身子比前更加强健。方知那道者是个神仙。我说这沙滩上，哪

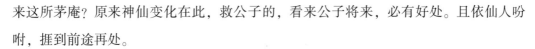

来这所茅庵？原来神仙变化在此，救公子的，看来公子将来，必有好处。且依仙人吩咐，捱到前途再处。

于是走了六、七日，公子忽然病倒。原来公子漂荡江心，寒湿入骨，亏穿了仙衣，吃了仙丹，捱过七日，方才发作。也是他命中还有数年厄运，婚姻上该有变更，遇上神仙，也不能挽回。那时俞德将他扶入一个破庙中，神前拜板上睡下，意欲到里边，讨些热汤与公子吃。

谁知那庙中，有两个道士，老道唤做无虚，徒弟名唤拂尘，甚是穷苦。亏拂尘外边化缘养师，那日不在家。无虚做人是最刻薄的，见俞德要汤，不但没有，反走出一看道："此是神圣殿上，怎么将个病人睡在此？快些扶了出去。"俞德再三哀求，无虚必要赶出。恰好拂尘化斋回来，看见问起，知是落难的公子，便劝进师父，对俞德道："既是一位公子，这破殿上风又大，有病之人，如何睡得？可扶到里边厢房里睡，只是贫道穷苦。只好早晚烧些汤水，照看照看，饭却供你不起。"俞德道："只求如此，已感激不尽了。饭食我自去求讨来吃。"遂将公子扶入厢房安睡。

拂尘又收些汤米与他吃了，又对俞德道："我师父老年人，未免言三语四，要看我面上，不要理他。"俞德道："这个我晓得。"俞德便出去，买了一方黄布，央道士写了情节，背在背上，各处求化。幸遇好善的多，讨来吃了。剩下就请医调治公子，奈公子恶运未脱，神仙尚不能救。况凡医岂能医治？在庙中足足病了三年，方得痊愈。饮食稍进，正想要行，忽然身上发一身疯癞，满头满脸皆生遍。公子哭对俞德道："我命运如此颠倒！方得病愈，又癞到这般光景。莫说没有出头之日，就要见人，也无面目。倒不如死了，还得干净。三年受你与师父恩德，大约要来生补报了。"俞德道："公子说哪里话！你在江中漂到沙滩的时节，稳稳必死，尚赖仙翁赐丹救活。到此庙中病倒，若非师父收留，三年内怎能得活？处处遇着救星，得以病痊。正是大难不死，必有后福。至于身上疯癞，不过皮毛之病，不久自痊。请自放心。"拂尘也道："公子正在青年，前程远大。疥癞之病，何必介意？小道将来，全仗护法。"公子道："在此带累师父，吵闹圣像，倘有好日，定当重兴庙宇，再塑金身。只怕不好，就要负你了。"无虚听说便道："这也不指望，只愿你远退他方，别处利市去罢。"拂尘急急止住道："师父说哪里话！读书人鱼龙变化。将来我们正要靠他，做大护法哩！"无虚道："等他来护法，我们好死了百十年了。"俞德见他师徒争论，住了两日，就同公子拜辞起身，一路

乞食回家。

走了两月，来到苏州。一想田产原无，房屋又上任时典与汪家，开了典当。家伙什物尽带上任，已一无所有，无家可归。欲再求乞，又都认得的，恐失公子体面。想来无处安身，只有金学师老爷，是老爷同年兄弟，最相契厚。公子的亲事，是他为媒，不知可还在此？且到学中一访再处。

于是同了公子来到学前一问，原来还在此作教。亏得新任理刑厅是他会同年，彼此往来甚密，府尊相待也甚好。他又是个好静的人，所以就了教职，安分守己，绝不钻谋升转。到任五载有余，倒也颇颇过得。常常想念金彦庵，上任几及四年，怎么音信全无？想是他因家内无人，所以不通音信？然我与他这般相好，也该带一信来问候我。就是到任四载，也该升转了。心中甚是疑惑，又想道："他儿子亲事，是我做媒，算起来，今年已十六岁了。做亲也在早晚，想为路远音信难通，将来自然打发儿子回来做亲。他的亲家林员外，也常常进来问信，要带一封字去问候他。外边访问，总不得个便人。难怪他没有信来。"

正在想念，只见门斗来说："陕西去的金老爷家管家俞德，在外求见。"学师听说大喜，道："我正在此想念，来得正好，快唤进来。"门斗出去唤了俞德进来，一见老爷就跪下去磕头。学师急急止住，道："起来！起来！你老爷一家都好么？"俞德跪下大哭道："不要说起，说来甚是伤心！"学师大惊道："却是为何？快快说与我知道。"俞德就将家中起身说起，并江中遇盗、劫掳，公子江中逃命几死，遇仙人化茅庵，赐衣赐丹相救，又病在庙中三年，复生一身疯癫，求乞到家，今日方到，无家可归，特来叩见，一一说完。吓得学师大惊失色，道："我道你老爷一去四载，如何音信全无？原来遭此大难！如今公子在哪里？'"俞德道："现在外边。"学师道："快请进来。"俞德便去同了公子进来。学师将公子一看，只见满头满脸，皆癞得不堪。不但不像当年美貌，并不像个人形。又见身上衣衫褴褛，头上方巾无角，脚下鞋袜无根。走到面前，不要说丰韵全无，更有魋魋之状。走上前叫一声："伯伯请上，待侄儿拜见。"学师见此光景，甚觉伤心，便道："贤侄少礼。不想你一家遭此大难，老夫闻之，好不伤感。幸而贤侄得了性命，回归故里。虽疥癞之疾未除，然吉人天相，不久自痊。我虽是个穷教官，与你父亲如同胞兄弟一般，决不使你失所。况你令岳家中颇好，又无儿子，闻得你妻子，是他最最爱的。你且在此权住，我迟日替你去说，招赘了去，便有照看了。"

公子道："承伯伯美情，使侄无家而有家，无父而有父了。但侄儿如此狼狈，人人见了远避，岳父母知道，岂肯将一个心爱的女儿，赘我到家么？即使岳父母肯了，我那妻子是个富室娇儿，如何肯从我这样癞子？必然讨她许多凌贱。况侄儿如此光景，好也甚难，只怕终于不久人世，何苦去害人家女儿这段婚姻？只怕也只好付之流水了。"学师道："侄儿说哪里话来！自古一丝为定，千金不移。你岳丈虽是个土富，也在外边要结交人。又闻得妻子是才女，无书不读，难道不知女子守一而终的道理？岂有因你抱病，就不肯之理？况老夫在内为媒，又是他来强我撮合的，只怕要赖婚也不敢。倘若果有此事，我就同他到府尊刑厅处去讲。看他赖得成，赖不成？"公子道："蒙伯伯天高地厚之恩，替侄儿出力，谅岳父也不好赖。只侄儿病势不痊，也不忍害他女儿。"学师道："侄儿又差了。你若未经聘定的，如今有病后去要他女儿，这便是骗她害她了。莫说你不肯，就是我也不肯去说。至于林家亲事，是你家正兴头的时节，他来仰攀的。倘然你做了官，就作成她做夫人了。如今有病，怎好说害她？况且你如今年纪尚小，只要医好了癞，将来功名富贵，正未可量。他的女儿命好，焉知将来不愿做夫人？命若不好，就不嫁你也未必好。侄儿且安心保养，我请医生来替你医便了。"就叫小厮送金相公书房中住，可对奶奶说："取一副被铺出来，再将我衣裳鞋袜，送一套与金相公换。"俞管家就叫他在书房陪伴公子。一面又着人去请医生。哪知医生初看定说一医就好，连病人吃药也高兴。到后来不见功效，渐渐地懒散，连医生也不来了。连请几个，总是一般。一则公子灾星未退，二则都是碌碌庸医。就说病患得深，实难医治，弄得学师也无可如何。

日复一日，不觉又捱过半年。学师一面再访名医调治，一面就去林员外家说招赘的话。原来公子一到家，员外久已知道，彦庵遇盗，一门杀死，只留公子、俞德两人，一路讨饭到家，公子生得一身疯癞，十分狼狈。早已惊得半死。想害了女儿终身，妻子必然争闹，且瞒了再处。谁知一传两，两传三，早已吹入院君耳中，终日与丈夫吵闹，欲要赖婚。又怕媒人甚硬，员外正没奈何，走到外边散闷。忽报金学师来拜，正是欲躲雷霆恰遇霹雳。不知金学师来说入赘，员外如何回答？且看下回分解。

第六回　林攀贵情极自缢　石无瑕代嫁成婚

中国禁书文库

春灯影

诗曰：

　　不是前生配，天公巧转移。有缘成匹偶，无福强分离。贤哲亨于困，凡庸乖是痴。何如守贞洁，履险自如夷。

　　话说林员外因妻子吵闹，思量走出来躲避。忽报学师来，情知就为金家亲事。这一惊也不小，不知出去如何说法。一时心上，就如十七八个吊桶，一上一下，没了主意。然又不敢怠慢，只得出厅迎接，就吩咐家人看茶，急急迎进。揖罢，分宾主坐定，说："不知老师降临，有失远迎，多多有罪。"学师道："好说。小弟无事，也不敢来惊动，只因令亲家金年兄，远任陕西，不想路途忽遭大难，老亲台想已知道。幸而令坦得免。今春回家，来到敝衙。当欲着他来拜见岳父母，因彼时受了些风湿，一病三年。后来病愈回家，身上生了几个疥癞，小弟意欲替他医好，然后来拜见。奈目下尚未痊愈，因他与令爱，年俱长成，正当婚嫁之时，且令婿无家可归，住在敝衙，亦非长策，意欲叫他招赘到府，亲翁未有令郎，半子即如亲子。令坦既失椿萱，则岳父母就如父母，实为两便。不知尊意若何？"员外听了，一发没有主意，回答不出。停了一会儿，说道："小女年纪尚幼，迟几年再商何如？"学师道："男女俱已二八，如何还说年幼？昔年令亲家，也是十六岁做亲，十七岁就生了令坦。今令坦又是单传，亦须早些做亲，生子为妙。何须推托？小弟暂且告别，待择日再来奉闻罢。"员外道："请少坐奉茶。亲事且待商酌奉复，择日未迟。"

　　坐了一会儿，家人方在外边，拿进茶来吃了。别去，员外送出墙门。刚刚走进厅门，只见厅上已大哭大骂，闹得好不开交。原来员外叫看茶，家人不知就里，来到里

边，对院君说："府学金老爷在外，员外吩咐要茶。"院君一闻学师来，晓得为金家亲事，便道："什么金老爷、银老爷，都是他做得好媒，害了我家大小姐，还有茶与他吃，尿也没得与他吃哩！"家人见院君此说，只得到茶店上买一壶茶来，吃了起身。院君茶便没有，却走到厅后，听学师说话。听见说要将癞子招赘到来，心中一发大怒，竟要发作。奈他是个官长，只得忍住。候他前脚出门，院君便到厅上，候丈夫进来，与他吵闹。一见员外走进，便赶上一把胡须扯住，骂道："你这老王八，许得好女婿！我女儿又不丑臭，忙忙地十岁就要许人。我那时原说，金家虽做官，家中甚穷，儿子虽好，年纪尚小，知道大来如何？你那时曾说，'金家千好万好'，又说'这样女婿不做官，也没有做官的了'。如今做什么官？做水判官、癞皮官、叫化官。索性那癞虾蟆，也死了，出脱了。我女儿也罢了。亏他还说来招赘我家，怕少了一个小鬼，要他来镇风水么？如今死不死，活不活，女孩儿年纪渐渐大了，嫁又嫁不得，赖又赖不得。终不然，叫我那花枝一般的女儿，真个伴那活魑魅不成？老贼，快快还我女儿一个了当来！"员外道："院君不要如此，有话好好商量。"院君道："有什商量！我女儿是断不嫁他的。"员外道："当初结亲时节，他家好不兴头。女婿真好才貌，哪里晓得一坏至此。我如今也甚懊悔，在女婿这般光景，就赖了他的，也不怕他去申冤理枉。奈金学师做了媒，此老是个性躁负气的人，倘若赖了，必然叫女婿告状，他做干证。府尊与他相好，刑厅是他同年，女儿必然断去，徒自出丑。千算万算，总无良法。我想那年相面的说，大女儿许多不好相，我还不信。如今看起来，只怕倒有些准。"张氏道："放你的屁！这是那时改扮了，那瞎相士相不出，难道我女儿，果然去嫁那癞化子么？若说是准，那无瑕小妖精，真个作夫人皇后不成？"

原来爱珠见母亲到厅上去，她也到厅后细听。听见父亲说相面的准，便赶出厅来大闹道："爹爹说相面的准，明明说女儿是贱相了。金家这癞化子，又不是女儿私自结认的，爹爹人也不识，将孩儿许与他。如今不替孩儿算一个长策，倒说孩儿的相不好，不是我做女儿的敢于违逆，你若要我嫁这化子，就千刀万剐也不去的。省得我这贱相的女儿辱没了你，不如寻个自尽，等你将无瑕这小贱人认做女儿，将来做了夫人皇后，好封赠你做个皇亲国戚。"一头说，就望墙上乱撞，吓得院君急急扯住，道："女儿休得如此！有我做娘的作主，不怕哪个来抢了你去。包管退却那化子，许一个大富大贵的丈夫。做了大大夫人，那时去寻见那相士，挖去他眼珠方罢。"爱珠见说方住。

员外仔细一想，道："看女儿院君这般光景，是决不肯嫁他的了。方才看金学师口气，又急于要做亲。叫我哪里另有一个女儿嫁他？一定要弄到成讼的地位，算来又敌他不过，倒不如我寻一自尽，听凭他们罢！"算计无策，走到书房，看了台子几转，忽叹一口气，道："罢了！是前世冤仇。"随将门闭上，取下一条丝绦，竟向梁上缢死。幸亏一个小厮，送茶进来，见门闩上，在窗眼一张，吓得三魂失去，六魄全无。急急赶到里边喊叫道："不好了！员外缢死了。"院君听得，犹如冷雨淋身，急跑到书房。幸喜有几个家人，听得小厮叫喊，先已跑到书房，将门打开，把员外放下，抱在身上，将膝盖紧紧地抵住粪门，缓缓地解开颈上死结，用手轻摩。一头叫唤约莫半个时辰，渐渐魄返魂回，微微转气。院君急取热汤来灌下，方才苏醒。张氏那时已吓坏，想："女儿原是丈夫亲生的，向来又最所钟爱，岂不要她好？一时许错，亦出无奈。我看女儿，还是假死。员外情急，倒是真死。倘果死了，叫我一发没有主了。"

自此以后，便不敢吵闹。只夫妻女儿三口，日夜算计退婚。奈怕学师，又不敢说退。院君忽想道："除非寻一个女子，替代了女儿嫁去。他又不认得我女儿，岂不两全？"员外道："此计虽好，只是这样穷癞子，女儿不肯嫁他，别人哪个肯来抵这死杠？就是一时替了去，见了他奇形怪状，身上又丑臭，家内又赤贫，不肯成亲。说明代替的，可不赔了夫人又折兵？"张氏道："外边寻来的，恐她不肯，要说破。不如把家中这些丫头，选一个去，吩咐了她，倘若说破，断要处死。若能安分成亲，我们便权认她做女儿，岂不抬贵了她！怕还不肯么？"员外道："也不妥。大女儿才貌合县闻名的。家中这些丫头，哪个假得来。"爱珠听说丫头代替，十分欢喜。见父亲说她才貌无人能假，忽想："无瑕相貌，也还好妆。扮起来也像个大家女子，只才学平常，也还识得几个字。想这穷癞鬼娶了这样一个妻子，也够了。难道怕他考文不成？况相面的说她大富大贵，如今将她嫁与癞化子，料想永无出息，富贵何来？岂不先灭了那相面人的嘴。"算计已定，便对父亲说知。员外道："好便甚好！只是她却外边讨来的，还有父母在彼，不比家生女，她也决不肯。就是肯了，她父亲知道，必然先向那边说破，也是画虎不成先类狗了。"张氏道："你也不要这般说煞，且先叫无瑕来一问，拼得再与她些东西赠嫁，她自然肯了。至于她的父母，家中甚穷，许他事妥之后，再与他几两银子，他自然也乐意的。"员外道："既如此，且先叫她出来问一问看。"

爱珠随即将无瑕唤出。院君道："无瑕，我有一件事，要与你商议，你却不要违拗

我。我定当十分照看你。"无瑕道:"院君说哪里话。无瑕既卖与院君家,此身就是院君的了。院君要我生就生,要我死就死,除非无瑕做不来的,便不敢应允。若做得来的,岂敢违拗?"院君道:"疑难之事,我也不好强你。只为大小姐许与金老爷家,是你知道的。不想老爷夫人,遇盗身亡,公子一病三年。目下病好了,昨日学中金老爷来,说要招赘到来。我想招赘,是好回他的。他若要娶,却回他不得。闻得公子病虽好了,身上生了些疥癞。你晓得大小姐是最爱洁净的,生了一个水瘰也怕的。闻得公子生了疥癞,断不肯嫁他。我与员外商议,赖又赖不得,嫁又大小姐必不肯。只有寻一个人代替嫁去。他原不认得,定然和好。奈家中这些丫头,不是一双大脚,就是一头黄发,哪个假得来大小姐?算来只有你。原是旧家之女,妆扮起来,也冲得过小姐。你若肯去,我就当你女儿一般看待。你意下何如?"无瑕道:"别事可以代得,这是小姐的婚姻,做奴婢的,怎敢僭越?"

院君道:"这是小姐不愿嫁他,要你代替。又不是你抢夺小姐的婚姻,何为僭越?想是你见金家贫穷,公子生了疥癞,也不愿嫁他么?"无瑕道:"院君说哪里话!他家虽穷,是个乡宦人家。公子虽癞,也是两榜公子。我做丫环的,嫁了这样人也罢了,有什不愿?只是那疥癞或有好的日子,读书人鱼龙变化,倘或一朝富贵,那时可不说我夺了小姐的姻缘,使我置身无地矣。"小姐道:"你如今若肯代我去,后日就中到状元,情愿让你做状元夫人。就做到皇帝,也情愿让你做皇后娘娘。决无反悔!只还有一说,我也要讲过了。倘你嫁去,见他穷到极处,癞到不堪,也不可反悔。说破代替,又波累到我。"无瑕道:"小姐又过虑了。我方才说,要我死,也情愿代死。难道贫穷疥癞,不还胜于死么?"

院君道:"据你这样说来,竟是个义婢了。我就当你做女儿,定然照看你。只还有一说,你便肯了,不知你爹娘心上如何?"无瑕道:"爹娘已卖我在此,就是员外院君的人了。他哪里还作得主?"院君道:"不是这样说。不是怕他不肯,只恐他心上不愿,到那边去破了纲,就不妥了。"无瑕道:"既员外、院君不放心,就着人去唤我爹娘来,待我对他说便了。"院君道:"说得有理。"就着人到胥门,唤了道全夫妇到来,就问:"员外院君,呼唤愚夫妇来,有何吩咐?"员外道:"我的事,已与你女儿说了,你去问你女儿便知。"道全夫妇果来问无瑕。无瑕就将金公子穷生癞,小姐不肯嫁他,员外院君要我代替嫁去,——对父母说了。

道全道："这个如何使得？婚姻大事，名份所关。岂可代替？况我闻得金公子，一贫如洗，家都没有，还亏得学官收留在彼。倘然升任去了，便无家可归。又闻得满身癫得难堪，连头面都没有空的，身上还有气息，甚是难当。断断使不得！"周氏听了，也道："这却果然使不得。"无瑕道："爹爹母亲差矣！孩儿既卖在此，此身就是他家的了。要孩儿生就生，死就死。况当了女儿出嫁，如何不从？至金家虽穷，也是个公子；癫虽臭恶，或者还有好日。且爹爹外科甚精，只要竭力医治，安知不好？莫若如今做个好人，应承了他，看孩儿命运罢了。只方才我曾说过：将来倘有好日，却不要说我夺了小姐的好姻缘便好。"周氏道："这倒虑得不差。女儿既情愿，我们就去回复员外院君，把女儿所料的话，也再说一明白便了。"随即来对员外院君道："员外院君之命，小女不敢违拗。我夫妇亦无他说，就死也决不反悔。只女儿说：这是小姐已成的婚姻，将来公子倘有好日，小姐却不要懊悔，说我女儿占了她丈夫，弄得我女儿不上不下。"员外道："小姐方才已说过，他就中了状元，做了皇帝，也情愿让你女儿做夫人、皇后，决无他说。只你如今也断不可破纲。"道全道："这个自然。"那时员外一家欢喜，留道全夫妇吃了饭，打发去了。

员外就去回看学师，回说招赘，两下不便。若要嫁娶，听凭择日便了。学师道："有什么不便？"员外道："亲翁虽不在，彼系独子，岂有娶媳，不到家中拜祖，反使赘入他人之室？故仔细想来，断无入赘之理。况舍下尚有次女在家，早晚出入不便。且寒族舍侄辈，见弟无子，都虎视眈眈。若见女婿赘入，必多物议。因此不能从命。"学师见说，也难强他。

员外别去，再三算计，只有他家屋价尚亏数百余金，与公子商议，到汪家再三说找。起初不肯，还说许多可笑话。闻学师作主，怕他与府厅相好，恐要成讼，勉强找出三百金，定要写了听赎不找。公子只得允从，将五十金典了一所小屋，又将二三十金，置了家伙什物。就择了十月初三，不将吉日迎娶。员外又假意推托一会儿，说妆奁一些未备，借此就好草草打发无瑕代嫁过去。正是姻缘本是前生定，不是姻缘定不成。要知无瑕嫁到金家如何，且看下回分解。

第七回 助贤夫梅香苦志 逢美女浪子宣淫

词曰：

> 美尔执妇道，惟愿永为好。既以我御穷，何愁鲜有终。堪笑淫奔女，私自将身许。但顾眼前花，谁知日后差。

右调《醉公子》

话说无瑕嫁到金家，拜堂送房已毕，私将公子偷眼一窥，见果然癫得难看。幸而心上原是晓得的，倒也不惊。倒是公子见岳父母肯将小姐嫁来，喜出望外。妆奁虽薄，也不在他心上。只愁小姐是个美貌才女，见了我这副鬼形，莫说做亲，惊也要惊死了她。欲待吹灭灯烛，使她不见，暗中摸索，成了亲再处。又想："三朝少不得要看见。倘闹将起来，虽得片刻欢娱，反要受万千气恼。不如明公正气说过，虽不能使彼心悦诚服，亦省得阵后兴兵。"故此全然不避，欲使新人瞧见，作何动静。谁想鼓已三更，新人静坐不动。欲上前相近，又恐怕她性发；欲再不动，各各坐到天明，如何坐得过？只得走到新人身边，道："娘子，卑人不幸，父母俱遭大难，自己一病几死。今虽病愈，生得一身疯癫，人不像人，鬼不像鬼，本不敢妄想天鹅，蒙年伯念我父母单传，诚恐绝嗣，故敢到府相求。多蒙岳父母慨允，又蒙娘子不弃，惠然肯来。诚卑人万千之喜。但仔细思量，娘子系富室娇儿，千金贵体，卑人如此鬼魅，岂敢亲近，有污玉体。夜已三鼓，娘子且请安寝，卑人决不敢来相犯。"

无瑕见说，忙立起身来，道："官人说哪里话来。妾身既许君家，就是君家的人了。君之不幸，即妾之不幸。今既百辆迎归。彼此便同一体。何云美丑。君请放心静养，妾当尽心服侍。延医调治，天相吉人，不久自能愈好。即使终身如此，妾亦安心

相守。夫妇间决无厌憎之理。"公子听说，反大惊道："人心难测，真不可料。我料娘子，是个富室娇娥，嫁到寒家，必然不悦，况又遇此恶疾，不知怎样憎嫌厌恶。谁知娘子如此贤慧，使卑人更觉不安。今且各被而睡，倘皇天有眼，恶疾消痊，方可同衾共枕。"无瑕道："官人恁般病体，血气必枯，固不可以女色相侵。但既为夫妇，同被何妨。"二人随各宽衣同睡。

未几三朝已过，满月又来。林家送盘送盒，亦假亲热。过了满月，无瑕就对公子道："我有个乳娘，住在胥门。奶公名唤石道全，医道甚好，外科更精。只因昔年行医淘了气，所以立誓不医。莫若请他来一看，或者医好，亦未可知。"公子道："既有如此名医，又是娘子的奶公，自然尽心医的，何不请来一看。"就叫俞德到胥门请了石道全来。

俞德领命，来到胥门，访到石道全家。道全正在店中闲坐，俞德上前问道："石道全先生，可就是尊驾么？"道全道："在下正是，老翁有何见教？"俞德道："老汉是府学前金家。因公子生了疥癞，林小姐说了，特来请先生去一看。"道全听说，知是女儿那里来的。正要去看看女婿，会会女儿。随叫丑儿看了店，同了俞德就走了。不半刻，来到金家。公子接进，俞德取茶来吃了。然后将公子满身一看，又诊了脉，道："纯是一片风湿，更兼心上抑郁不舒，所以不能就好，医是好医的。只是日子久了，恐怕一时不得就效，必须一个贴心服侍，早晚抚摩，衣被血腥，不时要煎洗。第一还当戒气恼，免愁烦，自然吃药便效。"公子道："全仗先生用心医治。倘有好日，定当图报。"道全道："公子说哪里话！林小姐是我老妻乳大的，总与自己一般。岂敢不尽心力？"随开了一个煎方，又开了几味洗的药，付与公子，叫快去买了来。自己便要进去看看小姐。公子就叫俞德去买药，自己正要同道全进去，只见俞德来说："学中金老爷，来看公子。"公子急急出去接见，就叫俞德送道全进去。道全一到里边，就对俞德道："你快去买药，我在此等合了去。"俞德答应去了。

道全遣去了俞德，独自走进。无瑕一见父亲，独自一个进来，急急上前，叫道："爹爹来了么？公子在哪里？"道全道："方才我已看过，正要同我进来，适金学师到来，出去接见了。"无瑕道："原来如此。爹爹、母亲、兄弟，一向都好么？"道全道："都好的。只是从你嫁来之后，我与你母亲，日夜挂念着你，不知在此可好？故方才一来请，急急就来的。"无瑕道："爹爹与母亲说，不要挂念孩儿，孩儿在此甚好。公子虽穷，骨格不凡；身上虽癞，情义最重。依孩儿看来，将来必有好日。不知爹爹看他疥癞如何？"道全道："只因受了风湿，心上不宽，所以生此，有何难医？只恐日子久了，不能就好。多则一年，少则半载，保全痊愈。"无瑕道："只要痊愈，一年半载，也不为久。望爹爹常来看看便好。"道全道："我到此又不多路，何须说得？只有一件，公子只知我是你的奶公，在公子面前须要留心，不好叫我爹爹。"无瑕道："这个我晓得，只称乳伯便了。"

言之未已，只见公子走进，无瑕道："学师去了么？"公子道："去了。先生在此，失陪有罪。"道全道："公子说哪里话。总与自己家里一般，何用客套？"无瑕道："方才我细问乳伯，说你的疮，医治保好的。只日子久了，不能速效。须得一年半载，方能痊愈。但要息心静养，不要心烦气恼便好。"公子道："这倒容易，只方才先生说，须得一个人贴心服侍，时时抚摩，衣裤被褥，须当洁净，一染脓血，便要湔洗。这个人倒甚难。"无瑕道："这便过虑了。现有奴家在此，还要何人？"公子道："娘子到我家来，不曾有半点好处到你，况你是个富室之女，腌腌脏脏，龌龌龊龊，怎好累着娘子？"无瑕道："一发讲差了。从来做妇人的，在家从父，出嫁从夫，何分贫富？何云带累？"公子听了大喜，连声称赞，道："难得娘子如此贤德。不知可有好日图报万一否？"道全道："公子不须忧虑，包在老汉身上，替你医好便了。"正说间，俞德药已买回，又买了些点心，请道全吃了，将药配准辞去。自后道全常常来看，无瑕尽心服侍。幸而员外恐人疑心，也常来看看，或三钱五钱，不时送些买药之资。

谁知恶运未脱，刚刚医未两月，略有些好。忽报金学师丁忧，立刻起身回去。公子闻知大惊，急急赶到学中一看，见学师已将行李搬下船。一见公子，便大哭道："我指望再与贤侄相与数年，看你病愈成名，我心始安。不料忽遭母丧，寸心已乱，正要来请你一别。你岳丈是个势利中人，幸你妻子贤慧，我心稍宽。奈我俸薄，不能厚赠，只有白银十两，你可收下，权为医药之费。倘得痊愈，务必苦志攻书，以图上进，莫负令先尊训子一片苦心。"公子哭拜在地，道："蒙伯伯终始周旋，深恩难报。不料婆婆仙游，伯伯还乡。不知可还有相会之日？又承恩赐，何以克当。"学师道："些需何足挂齿！至于相会日期，将来贤侄疮愈成名，仕途正可往来，亦不须介意。"公子见他行色匆匆，只得大哭拜别，学师下船回去不题。

且说公子别了学师回家，心中忧闷，癞疮刚刚有些好意，忽又重发出一身，更觉

难看。员外闻知学师已去，公子癞疮更甚，不但绝不往来，还懊悔白送去一个无瑕，又倒贴了几两银子。若学师早去三个月，谅这癞子，做得出什么事来？就倒立在我家门上，也不将无瑕嫁他。如今生米已煮成熟饭，也是癞子的造化，无瑕的晦气。

且不说员外懊悔。且说爱珠小姐，自无瑕代嫁后，心中还虑那边看破，学师不能无说，终于怀着鬼胎，日日坐在绣房，不敢见人。今闻学师已去，心中大喜，道："金学师已去，这癞化子就知道是假的，他得了无瑕这样妻子，已是天大的造化了，还敢来想天鹅肉么？只无瑕去了，许多不便，就是那癞化子，将一个无瑕，白白送与他，还把我的名头，都说嫁了癞化子。心上终不甘服，莫若与母亲商议，只说单接她回门，扣住了不容再去。他今无人相帮，怕他跳破了天么？"随即与张氏一说，张氏也没了主意，便与员外商量。员外道："这个如何使得？无瑕已安心随他了。她父亲又日日替他医治，骗了回来，不容她去，知道他们心上如何？况学师虽去，闻得他起身时，府尊刑厅去送他，都谈了半日而别，焉知不将此癞化子托他么？不要弄出事来。假的赖不成，连真的还要断了去哩！"爱珠听说，此念方息。但自己便无顾忌，见园中百花开放，日日到园中玩耍。父母爱她，也不管她。不觉春去夏来，爱珠因天气炎热，对父母说了，在园中荷池亭上，收拾一间书房，做了卧室，早晚在内焚香做诗，看书写字，总不到里边去。因家中这些大丫头，都是粗蠢的，不要她近身，只拣一个小丫头小燕，稍有姿色，在房服侍。员外、院君，因小姐住在园中，便吩咐家人小厮，不许进园。就是丫头仆妇，知小姐不喜她，也吩咐除送供给之外，也不许擅入。就是员外夫妇，虽爱她，晓得她好静，也不大进去。爱珠在内，安闲快乐，做诗写字之外，将些淫词艳曲，私藏觑看。

一日，天气甚热，荷花开放。见荷池中一对鸳鸯戏水，看动了心，将一本浓情快史一看，不觉两朵桃花上脸，满身欲火如焚，口中枯渴难当，想青果泡汤解渴。随将几个钱，叫小燕去买顶大的青果，立刻要泡汤吃。小燕应了一声，就开了园门出去，见没有青果，望前直走了去。走到半塘桥，只见河下一只大酒船内做允，小燕一看，竟看痴了。爱珠等了一会儿，不见小燕来，就拿了快史一本，睡在床上看，看一回难过一会儿，不觉沉沉睡去。

且说六年前杭州府同知利图，到任一味贪赃，结交上司。遇着上司，又同病相怜，非但不坏他，反将他举了卓异。奉旨升了江南扬州府知府，满心欢喜。此时儿子已十七岁，刁氏公然做了正夫人，带了一同上任。来至苏州间门住船，一来参见抚院，二来到布政司领凭。谁知凭尚未到抚房，司房晓得他是个贪官，都要想他，故意迟延，说尚要耽搁一月。利图无可奈何，明知房中要想他，只得设席在半塘桥，酒船上做戏。

请抚院上房并司房，与他讲盘。一面就去拜苏州府县官，并有相与的乡绅。那些官府，乡绅免不得来回拜，也有请酒的，十分热闹。惟有公子在船无事，在苏州四处游玩。奈他在杭州五六年，名山胜景，也不知看过多少。苏州虽有好处，怎及得杭州十分之一！游了三、四日，不见什么好，也不去游名山胜景了。只带一个十来岁的小厮，向僻静巷内闲闯，希图闯着私窠小娘家耍耍。那日见父亲在半塘酒船上，做戏请人。他便带了小厮，上岸闲走。忽走到一座花园门首，见园门半开。走进一看，远远望见一池荷花，他便叫小厮在外等候，自己独走进去。来到池边，看了一会儿荷花，正要走出，只见一座荷亭，甚是精致，走上一看，只见左边一间书房。图书满室，文琴高挂。台上一座金炉，香烟未断。心中一想，道："此必主人书室，无人在内，不便进去。"又一想，道："书室如此精致，主人必是妙人。我就进去一看，何妨？即使主人撞见，见我如此打扮，再拼得与他说明履历，怕他还敢把我当贼么？"定了主意，又复转身走进，先四边一看，果然精致异常。见书案上几本浓情快史，想道："主人看这样书，自然是个风流人了。"回头一看，见上边还有小小圈门两扇，莫非主人在内？索性进去一看，遇见主人也好。你道此处是哪里，原来就是爱珠的卧室。门内就是床，小姐正睡着在床上。园门是小燕出去未关，小姐哪里知道？被利公子闯了进来，也是邪缘凑合。公子不知，跨进房门，见床上有人睡着，还道是主人，走到床前一看，见是个绝色女子，吓得望外就走。走到园门一想，道："天下哪有这样绝色女子？我也算一个好色的都头！女人见过千千万万，美貌的也多，何曾见这般绝色。今日无意中撞见，莫非有缘？园内又不见有人，不可当面错过。想女子睡的所在，料无男人进来，即使叫喊起来，跑了出来就是。"随走出园门，叫小厮先下船："我还要看看荷花下来。"那小厮正想要去看戏，听说一声飞跑去。公子重进园中，把园门闩上，来到荷亭，见一路门虽多，总不通外边的。又走到后边一看，只有一门通着内里，便也轻轻关上闩了。想内外闩断，人是不能进来的了。饶她叫喊，也无人听见，不怕她了。算计已定，一直竟进房中。正是白酒红人面，美色动人心。不知公子进去，爱珠如何相待，且看下回分解。

第八回 风流姐野战情郎
势利婆喜攀贵婿

词曰：

> 喜杀当初立志坚，一时悔却恶姻缘，而今方得伴郎眠。
>
> 此日兴随莲并长，他年人共月同圆，千金一刻莫迁延。

右调《浣溪沙》

话说利公子，将内外园门闩断，四边门户看明，放心大胆，一直竟进卧房。走到床前一看，见小姐手托香腮，尚是沉沉熟睡。身上穿一领白纱衫，酥胸微露，下边鱼白纱裙，露出大红纱裤，娇艳非常。更有一双尖尖小脚，大红绣鞋，将手一跨，刚刚二寸有零，十分可爱。又见枕边一本快史，反折绣像在外，像上全是春宫。公子一想，道："原来在此看这样书，定是看动了欲念，昏昏睡去，此女必是风流人物，不要怕她。"随将双手轻捧了小姐的脸，嘴对嘴一亲。只见小姐在睡梦中，反把手来一抱，口中叫道："我的亲哥，爱煞我也。"开眼一看，大吃一惊！原来小姐看书，动了兴睡去，就梦见一个人来扯着他云雨。公子亲她嘴时，正梦中高兴之时，故不觉双手一抱，口中叫起亲哥来。及至开眼一看，方知是梦。见果有一个美少年在身边，吓得缩手不迭，道："你是何人，如何直闯到内房，调戏良家闺女，还不快快出去。我若叫喊起来，叫你了不得。"公子见她梦中如此光景，今又不就叫喊，更觉胆大，便道："小生姓利，家父新升扬州知府，小生相随上任。偶尔闲步到此，忽见小姐尊容，不是嫦娥再世，定然仙子下凡，若竟弃之而去，天下哪有这般不情的蠢物。"小姐道："你既是个黄堂公子，也该稍知礼法，我叫人来拿住，不怕不当贼论。"公子道："小生得近小姐尊躯，即使立刻置之死地，亦所甘心。况以贼论何妨，也不过是一个偷花贼罢了。"一面说，

一面又要来抱。小姐道："天下哪有这样歹人，青天白日，闯入内房行奸，应得何罪！小燕快来！"公子道："不瞒小姐说，尊婢并没有在此。内外园门，俱被我闩上了。这园中只有小生与小姐两个。倘蒙小姐怜念，得赐片刻之欢，小生决不有负。若心推阻，小生出去，少不得相思病也要害死。不如死在小姐，阴司去也好与你做对死夫妻哩！"小姐道："厌物，说得这般容易！奴家千金之躯，岂肯失身于你，叫我将来如何为人？"公子道："小生尚未有妻，倘蒙不弃，我即刻就对家父说了，遣媒说合，嫁了小生何如？"小姐道："既如此，你快快去遣媒来说，奴家原未受聘，定然成就。那时明婚正娶，岂不两全！"公子道："小生满身欲火如焚，岂能等得婚娶。望小姐可怜，稍效鱼水之欢，以救目前之急，断不敢有负。"小姐道："这个断断使不得，今日草草苟合，必然难免白头之叹。"公子连忙跪下，道："老天在上，我利探今蒙小姐先赐成婚，若不娶为妻室，死于刀刃之下。"小姐道："快些起来，成什模样。"公子道："小生跪了下去爬不起，望小姐扶一扶。"小姐道："我不会扶。"公子道："我也不会起来。"小姐笑一笑，只得将尖尖玉手来扶他，道："厌物，还不起来，快快出去。"公子趁势一把抱住，道："小姐，叫我出去，我如今倒要进去哩。"就将小姐抱到床上，解衣扯裤。小姐看书已动春心，睡去又做春梦，正当欲火难禁之候，况兼公子少年美貌，极意温存，亲嘴搂抱，脱裙扯裤，已先弄得遍体酥麻，神魂飘荡。口中虽则推托，心上早已允从。故趁他来扯，假意手脱，被他脱得精赤条条，紧紧搂抱，任情取乐。一个是贪花浪子，最会调情；一个是风流闺女，初得甜头。一个说前生有分，今朝喜遇娇娘；一个道异日休忘，莫作负心男子。说尽了山盟海誓，道多少浪语淫声。足足两个时辰，方才云收雨散。只见鲛帕上猩红点点，酥胸前香汗淋淋。云雨已罢，各自穿衣，恩恩爱爱，依依不舍。小姐道："奴家千金之躯，一旦失之君家，奴之身即君之身矣。可即央媒说合要紧。"公子道："这个自然。但不知尊翁是何名号？"小姐道："我父亲名唤林旺，字攀贵。奴家小字爱珠。"公子道："这也奇，小姐名爱珠，小生乳名爱郎，是见取名之时，就该做你的郎君了。"小姐道："恐丫头们来，快出去罢。"公子道："后会有期，还求小姐再赐一乐。"小姐道："你急急央媒说合，后会不远，何云无期？"公子道："急急说合，也要十日半月耽搁，叫我如何撇得下。"小姐道："你晚间可能出来么？"公子道："我另是一船，只要小厮们睡熟，就好出来，不知小姐可有良法，再赐一会否？"小姐道："奴家独住在此房中，只一小丫头，睡着人事不知的。在外还有两

个大丫头来相伴我，她却住在那边房。只要等她来睡了，我便开你进来，五更出去。人不知，鬼不觉。可不好么！只是说亲要紧，我身已被你点污，再不嫁别人的了。"公子道："这个何消嘱咐。"两人随各穿好衣服，手对手送至园门，相别而去。是夜小姐打发丫头们睡熟，独自一个到园门守候。公子到船，也急急吃了夜饭，直等船上人都睡静，方轻轻开出。幸有月色，不数步来到园门。见门闭着，又不好敲，只得轻轻咳嗽一声。小姐早已听见，知是情郎来了，便开门接进，仍复闩好。公子便将小姐搂搂抱抱，同到房中。小姐点起两枝红烛，如同白日，急急解带宽衣，先在旁边凉床上恣意取乐了一会儿，方同上牙床共枕而眠，相抱而睡。至五更两人再整鸳鸯，重翻红浪，直至天色微明方去。至晚又来，如此早去晚来，不觉已经十日。那十夜之中，千般做弄，万种恩情，只不见媒人来说，爱珠忽起疑心。那夜公子进来，搂搂抱抱看着爱珠，却是怏怏不乐，眼中泪下。公子大惊道："我与你如此欢娱，每常见你十分欣喜，今日为何忽然不快，请道其故。"爱珠道："奴家一时错了主意，随顺了你。如今身已被污，悔之无及，想来惟有一死。"公子一发大惊，道："小姐，何出此言，小生与你正要做长久夫妻，何得忽发此不利之语。"小姐道："你不要再骗死了人，你是个贵介公子，自然想娶一个千金小姐，奴家丑陋村姑，怎做得你贵人的妻子？"公子道："说哪里话！我与你山盟海誓，言犹在耳，小姐何忽起疑？"小姐道："你的盟誓，全是骗局。谁来信你？你又不是久居此地的，你父亲一领了凭，就要起身了。若果真心，今已十余日，还不见媒人来说。分明一时局骗，起身后便把奴撇在脑后了，还说什长久夫妻。我仔细思想，只怕连公子都是假的。不知哪里来一个游方光棍，冒称公子，将奴奸骗上手，只图眼下欢娱，哪管他人死活。"公子道："小姐多疑了。不是我不央媒来说，只因这几日父亲有事，所以还未道及。"小姐道："足见你的真心了。婚姻也是大事，怎么有事未曾道及？等你家事完，可不要起身去了。"公子道："小姐说得不差。小生一心对着小姐，竟忽略忘怀了。明日包管就有人来说，断要娶了一同起身。"小姐道："这便才是。只怕还是鬼话。"公子道："小生若有半句虚言，欺了小姐，天诛地灭。"小姐道："若果如此便罢。不然，我死也决不与你甘休的。"公子："小姐请放心，小生若要负心，决不肯立此恶誓的。今已夜深，请睡罢。"小姐那时也欢喜了，两个搂抱上床，你替我解衣，我替你脱裤，情意更浓，不可言述，直待五更别去。你道因何久不遣媒来说，原来公子一会爱珠之后，回家就在父母面前再三说过。怎奈他父亲利图，

也专在势利上做工夫的。见儿子说，便细细访问。知林员外是个臭财主，只有两个女儿，大女才貌双全，是他最所钟爱，已嫁与金家，闻说妆奁还一些没有。况次女貌甚平常，又非所爱，一无可取，所以丢开。今日公子受了小姐许多言语，一到船上，睡了一睡，起来就到母亲处，又苦苦相求，断要央媒到林家说合，趁便要娶了同去。刁氏是最爱公子的，即刻又对丈夫说知。利图道："非是我不央人去说，但闻林家虽则财主，是个臭窨不堪的。又是个白衣人，他有两个女儿，大的好些，又嫁了。小的相貌又平常，我家堂堂知府，怕没有门当户对的千金小姐来做媳妇？痴儿贪她哪一件？"刁氏道："媳妇只要贤慧，哪在才貌。况儿子中意，我们何必拗他。至于白衣，他既财主，要做官何难？从来说会娶娶对头，不会娶娶门楼。还是央媒说合为是。"利图道："你唤爱郎来，我问他，贪她哪一件？定要他莫要娶过门来，悔之无及。"刁氏果叫人请了公子来，利图道："痴儿子，你苦苦要我央人到林家说亲，你究竟贪她哪一件？"公子道："夫妇为人伦之首，要一生相处。娶得不好的，虽是千金小姐，必为终身之累。孩儿闻得林小姐才貌双全，德性又好。若一错过，哪里还有好是她的？"利图道："你莫非听错了？我也闻得，他大女儿才貌果好，久已嫁与金家。他第二个女儿，并无才貌，不要听了虚言，娶到家时，悔之晚矣。至说她德性好，你何从知道？"公子道："孩儿也不晓得他大女儿、小女儿，只知她名唤爱珠，尚未受聘，才貌是孩儿亲眼见的，并无差错。"利图道："胡说！她是个深闺处子，何从见来？况才在她肚里边，一发无从看见。你莫非做梦么？"公子自知失言，只得设言强对，道："孩儿前日偶然闲步，见林家园内荷花大开，进去一看，那荷池上面有书室一间。四壁贴满诗词，都是爱珠名字，台上图书满架，还有荷诗一首，墨迹未干。正在观玩，忽见里边有个绝色女子，同了一个丫环走进，见了孩儿，那女子便避了进去。那丫环就对着孩儿说：'这是我家爱珠小姐的书室。你是何人？乱闯进来！'那时孩儿对说：'偶尔看荷，无心到此。不知是你家小姐书室，但你家小姐是个女人，难道晓得读书，要这书室么？'那丫头就说：'难道独有男子会看书？若说我家爱珠小姐的才，合郡驰名，哪个不知？哪个不晓？只怕苏州城内，没有这样才子，得配我家小姐哩！'孩儿又问：'难道这样才女，还没有许过人家么？'她说：'我家员外，慎于择婿。岂肯容易许人？'因此孩儿说是亲眼见的。望爹爹央人去，只求爱珠小姐便了。"那利图终是个禽犊之爱，听了公子一片假话，信以为真。就叫一个门客冯成写一名帖，去拜林旺，求他爱珠小姐，与公子为室。

　　冯成领命，来到林家。家人接帖投进，员外不知何人？只得出厅接见，分宾主坐下。茶罢，员外道："不知尊客到来，有何赐教？"冯成道："小子冯成，蒙扬州府知府利公收在门下效劳，无事也不敢惊动。只因利公单生一位公子，有才有貌，心上必要择一个才貌双全的小姐为配。怎奈总未有中意的，所以担迟至今，年已十七，尚未受室。目下利公到此领凭，闻得令爱爱珠小姐，才貌俱全，可称匹配，特命小子作伐奉求，不识尊意若何？"员外听说现任知府的公子求他女儿，好不喜欢，道："利公目下来领凭，不知是何处升转的，公子可同在此？"冯成道："是杭州府同知，新升的。"员外一想，道："莫不六年前在此请石道全医夫人病的么？"冯成道："正是。"员外道："如此说，公子没有尊堂了。"冯成道："公子原是二夫人所生。如今二夫人已为正室，一家全是她作主哩！"员外闻知大喜，道："冯兄请少坐，小弟进去与房下商酌奉复。"随即别了员外，笑嘻嘻走到里边，将冯成来意，细细与院君一说。院君听说现任知府的公子求她女儿，更觉欢喜。还恐女儿心上不愿，又到园中私问女儿。哪知原是女儿勾引来的，有什不从。员外随将个大红全帖，写了爱珠年庚，付冯成取去。利家也不占卜，单到课命处，选了一个毕姻吉日，只隔十日，便连夜买了绸缎花柏，换了金珠首饰，又封金百两。先命冯成去说知，随即送去。又当下聘，又当通信。员外见日子甚近，幸喜妆奁久备。只衣裳还要添些，即刻叫了数十裁缝做起衣服。等花轿到门，就打发女儿上轿。先于隔夜，将妆奁送下船去。利公、刁氏见妆奁十分齐整，先已欢喜，厚赏来人。次日，花灯鼓乐，执事旗伞，相迎下船，就在船中拜了天地父母，送入房舱，饮过合卺杯，丫鬟送出，闭上舱门，尽道一对新人欢喜，谁知两般旧物成交。正是解带宽衣，不用新郎代替，淫声浪语，哪怕船户闻知。要知两人成亲之后如何，且看下回分解。

第九回　去沉疴一朝发达
闻捷报顿悔初心

诗曰：

> 人世穷通迭变更，霎时夺锦便成名。
>
> 果能动举宁终困，只要坚心获大亨。
>
> 秋榜方开声誉遍，锦袍才着俗人惊。
>
> 试看季子多金日，父母争先遮道迎。

话说林爱珠小姐嫁了利公子，原是先奸后娶，夫妻恩爱是不待言。就是利图、刁氏见妆奁甚厚，媳妇美貌，也甚欢喜。不觉过了三朝，利图文凭已到，随即拜别亲家，开船起身到任不提。

且说金玉送学师后，心中忧闷，癞疮更坏，林家从此绝不往来。幸亏石道全早晚来看，尽心用药医治。又亏无瑕不辞劳苦，不怕腌臜，痛痒则代他抚摩，脓腥则时常渧洗。知他愁闷，百般宽解，见他要吃，极意调和。日无一刻之停，夜无半时着枕。稍有余闲，做些针指，换些柴米，以供食用。倒是公子见了心甚不安，道："娘子，我身上这般光景，哪能得好？就好些也料无出息，今朝就死也不足惜。你这娇怯身躯，岂堪受此脓腥血臭？早晚勤劳，倘然弄出病来，叫我如何安稳？"无瑕道："官人不须多虑，从来做妇人的，随夫贵，随夫贱。你果身子不好，我亦何惜此身。"于是愈加殷勤服侍，绝无半点烦苦。还有时公子心上烦躁，伤触了她，也只是含忍，反多方承顺。不上一年，癞疮渐渐平复。一年之后，满身疮痂尽脱。依旧头光面滑，肌细肤荣，仍然是一个美少年。分明脱皮换骨，再投个人身一般。无瑕喜欢不必说，就是俞德与石道全一家，好不欢喜。道全就买了几味鱼肉之类，沽了一大壶酒送来，与公子起病。

公子道："这也反事了。蒙他替我医好了，不要说没有谢他，连酒也没有请他吃杯，怎么反要他破费。"就与无瑕商议，叫俞德添了几味菜，请道全来致谢。大家欢喜，直吃到一鼓方散。公子也有些醉了，送了石道全起身，关上房门，就一手搭在无瑕肩上，道："娘子，我这样十死九生的身子，奇形鬼怪的病状，人见了畏避。若非娘子不怕腌臜，辛勤调理，哪能得有今日？虽蒙娘子不弃，成亲数月，略尽夫妇之情。然后时醒醒病躯，终不敢恣意相近。今日须要极尽欢娱为妙。"无瑕就将公子手推去，道："官人说哪里话！你疮虽痊愈，身子尚未强健，保养要紧。若女色相侵，旧病复发，就难好了。从今须要各被而睡，且过一年半载，再讲夫妇之情。"公子道："娘子差了！我做亲时，这样身子，诚恐有污尊体，不敢相近。尚蒙娘子不弃，稍效鱼水之欢，同衾共枕。今日好了，反要各被而睡，岂不大奇？"无瑕道："没有什么奇处。官人是读书之人，难道不明这种道理？奴既嫁到你家，生是你家人，死是你家鬼，须要替你算一个长久之策。公公婆婆只生你一个，彼时死多生少，金学师恐你绝嗣，所以急急要来娶我。我若嫌你腌臜，不与你近身，要娶我何用？故成婚相近，意欲替你度一种子，以延金氏一脉，并非他意。今幸身子已好，我二人年纪尚少，后日夫妻正长，如今极该保养强健，苦志攻书，以图上进。岂可孩子气，不惜身命么？"公子听说，哑口无言，只得听其各睡。又过数月，十分强健。无瑕就劝他读书，自己做些针指相陪，有时直至三更方睡。公子每求欢合，无瑕只是不允，直至两次三番，不得已略略见情而已。若再相强，便正言劝谏，道："官人读书上进要紧，如何只想这事？你若要想此事快乐，只要功名成就，多娶几个美妾，凭你快活便了。奴家生性粗蠢，只好做你的中馈之妇，风流之事，莫要缠我。"公子道："娘子何出此言？卑人岂是好色之徒！只因娘子恩深义重，情爱顿生，所以如此。若说富贵娶妾，莫说富贵难期，美色难得，即使贵比王侯，色如西子，卑人若一动情，有忌娘子恩义，真禽兽不如矣。"无瑕道："倒不必如此。只要你努力功名，替祖父接续了书香一脉，奴家亦与有荣。至于娶亲，你见富贵的人，哪个不娶几个？难道都是忘恩负义的么？"公子道："娶妾休题。今蒙娘子吩咐，自后定当苦志攻书，必不敢再生邪念，直待请得夫人封诰，方报答娘子恩情。"无瑕道："多谢官人，但愿如此才是。"

此后公子果然勤苦读书。他自幼本是神童，今又苦读，不上一年，学业更进。适遇文宗行文考试，公子报名在县，县取送府，府取送院。不两月，文宗发案，取入苏

州府学第一名，作儒士科举。场期已近，要往江宁乡试。奈无盘费，夫妻正在苦难，林员外忽然来到。你道员外为何久不来往，今日忽来？原来向日因公子癫到不堪，只说不久必死。无瑕不过是个丫鬟，一时掩人耳目，权认女儿代嫁。见学师去后，原就懊悔无瑕都白送去了，哪里还来管他。所以，不但不与往来，还恐这边缠扰。今闻公子癫已痊愈，又新进了学，不觉大惊，道："人不可以貌相。我只说这癫子是最无出息的了，不想好了又能进学，当初相面的相无瑕曾说她有夫人之份，如今现做了秀才娘子，将来竟不可料了。幸喜我的女儿原嫁一个贵公子，目下还强似她，只是无瑕那边也不好断绝往来。倘日后他富贵，不怕不是我的女婿。"随走进与院君说知，院君的势利心肠更不比员外。一闻此言，即欲掇转面皮，去认女儿女婿。怎奈苏州人嘴口不好，见金公子癫病方痊，读书未久，必然文理欠通，又因文宗是他父亲的同年，都说他进学是情面上来的，要中举就不能够了。此风吹入院君耳内，信以为真，便道："如此说，虽侥幸进学，来年换了文宗岁考，连秀才还恐难保。幸喜不曾去认他，休得引狗上门。"便拿定主意，原不与他往来。员外却知道他自幼就是神童，今日进学未必全是情面，须要结交在未遇之前，一误不可再误。遂瞒了院君，袖了六两银子，来到金家，公子与无瑕接见。员外便满面笑容，道："我儿贤婿，恭喜！我因家中有事，许久不曾来看你。昨闻你进学，就要到南京去乡试，特备赆仪六金，为贤婿一程之费，望即收纳。"公子道："小婿病体初安，侥幸进学，尚未登堂拜见，反蒙岳父厚赐，何以克当？"无瑕道："长者赐，不敢辞。官人不须推却，父亲母亲处，自然要去拜见的。"员外因院君晓了讹言，诚恐去说些什么，反为不美，便道："贤婿行色匆匆，到舍不能久停，不如待乡试回来，同你一齐回门罢。"说完，随即别去。

公子见有了盘费，就要带了俞德往省中乡试。因念无瑕独自一个在家，无人陪伴，如何是好？无瑕道："这个不难，着人去接我乳娘到来，相伴同住便了。"公子甚称有理，立刻着俞德去接周氏。周氏正忆念女儿，见俞德来接，立刻叫了一乘小轿，别了丈夫，吩咐了儿子几句，上轿而去。不片刻到了金家，公子见接到了乳娘，放心起身而去。

在路四五日，方到南京。只见纷纷士子齐到，各各寻寓安歇。公子就寻在贡院对河桃叶渡口关帝庙中居住，以候场期。未几，三场已毕，自觉得意，功名可望，便在寓中候榜。至九月初一日早晨，只听得和尚开门出去，未几笑欣欣走进，连声高叫道：

"金相公，恭喜！恭喜！已经挂榜，相公中第一名解元，报录的即刻就到，快快打点赴鹿鸣宴去。"公子与俞德听了，皆大惊大喜，道："果是真么？"和尚道："是小僧特特去查看，第一行就是相公的。大名下注苏州府学，附学生民籍，习诗经，一些不差。若看得不清，也不敢来妄报。"公子道："既得侥幸，只是盘费已完，去吃鹿鸣宴，闻说要多少费用，报录的来，报钱还没有在此打发，这便怎么处？"和尚道："相公不须过虑，既在小房作寓，就是本庙的施主，赏封报钱，还要见老师、会同年，许多费用，都在贫僧身上，替相公措办料理。待相公回府，带来付还就是。"公子道："在此叨扰，已感谢不尽，怎还好劳重师父料理，又累师父应用，更觉不当。但一时实无处措办，只得遵命，奉借应用，到家定当即刻加利奉上。"和尚道："好说。相公且早些请用饭，报录的一来，就要吃鹿鸣宴去的。"俞德随即取饭来，与公子吃完。报录的早已乱打进来，请解元老爷写赏单，要花红，立刻请去赴鹿鸣宴。吓得俞德与公子手忙脚乱。幸亏和尚是在行的，代为料理，先打发了报录的去，替他封了些赏封，又代他借了一套衣冠靴带，穿了方去吃鹿鸣筵宴。然后又参主考，拜房师，会同年，请酒，足足忙了半个多月。送座师、房师起了身，直至九月二十外，方才别了和尚，起身回家。

到得自家门首，只见门儿封锁，绝无一人，又吃了一惊，对俞德道："怎么门儿锁在此，娘子哪里去了？"俞德道："莫非林员外接回去了。"解元道："你且去问一声邻舍看。"俞德果去问隔壁做豆腐的王公，王公一见俞德，先叫道："俞叔回来了，恭喜！你家相公又中了，父子解元，真是难得。"俞德道："便是，请问老哥，我家大门为何锁了？可知我主母何往？"王公道："俞叔，你难道还不知？前初二日，你家报录的报过之后，林员外一家到此，热闹了两天，第三日晚上，就同了你主母一齐搬到你家当初的大房子里去了。"俞德道："此屋久已卖与汪朝奉家，开当在内，如何搬进去？"王公道："这个我倒不知，你到那里，自然晓得。"俞德别了王公，将他所说回复解元，解元亦深以为奇。

主仆二人随即急急到旧宅一看，忽见门首两枝旗杆，高接青云，红旗绣带，金字分明。走进墙门，见解元匾额，金光灿烂，大门阀阅，油漆如新。更见屏门上报单贴满，墙壁上黑白分清。二人心中更加骇异。你道怎么缘故？原来林院君听了讹言，心上还道金玉虽侥幸进学，中固不能，还恐换了文宗，连秀才都不能保，所以原不曾去理他。至九月初二，听得外边纷纷报录，她又无亲戚与考，也不在心上。忽见员外在外笑欣欣乱喊，进来道：“院君在哪里？女婿中了解元了。”院君听说，只道利公子中了解元，心中大喜，直赶出来道：“哪个来说的，利家有人在外么？”员外道：“哪里利家女婿，是金家女婿。”院君听了，吓了一呆，道：“这个癫子，前日入学，还说是情面来的，怎么竟会中起解元来？”员外道：“还要说他怎么。我当初原估他决好的，所以把大女儿强许与他。哪知女儿命运不济，他家忽然遭这几年厄运，女儿不肯嫁他，倒作成了一个无瑕，如今是稳稳一个夫人了。”院君道：“前日进学的时节，我原要去将她当做亲女一般亲热起来，不怕他们不欢喜认我，谁知又被外边讹言中止。如今他是一个香喷喷的解元了，解元或者不知委曲，还肯相认。无瑕是晓得的，见我一向冷淡了，她未必肯认，奈何？”员外道：“还好，你前日不去理他，我却晓得他自幼就是神童，他的进学未必全是情面，故私自去送他六两赆仪。他当时就要来拜见我们，我恐你听了讹言，怠慢了他，回他乡试后一同女儿回门，有什不认？”院君大喜，道：“这等还好。只你既知这个缘故，为何不对我说知？多送些与他便好，怎么只送六两，亏你拿得出手。既有这个机会，如今事不宜迟。他家甚穷，报录的报去，莫说报钱没有，就要吃也难。况既中了解元，自然要竖旗杆、钉牌匾、官府往来，这几间小屋也不成局。闻得他家大房子卖在汪家，我们又无儿子，这些家当，少不得是别人的。何不拿数百金，替他赎了屋，再替他竖两枝旗杆。我如今就带了些鱼肉柴米，先到他家，将无瑕竟认了嫡嫡亲亲的女儿。女婿回来，怕他不欢喜？”员外道：“院君主意不差。我今就带了些银子，到汪家去赎屋，你就叫轿子来就去，我停妥了屋也就来的。还有无瑕身上，衣服也没有，须带两套去换换便好。”院君道：“这个我晓得。你到汪家去了，就到那边，回头我便了。”员外取了数百金，着两个家人随了先去。院君也就收拾了一皮箱衣裳裙袄、金珠首饰、风鱼火肉、柴米银两，带了三四个丫鬟仆妇，上轿而去。正是贫居闹市无人问，富贵深山有远亲。不知院君过去，见了无瑕如何，且看下回分解。

第十回 传胪日欣逢圣主 谒相时触怒权奸

诗曰：

> 头插宫花接御筵，鳌头独占冠群仙。幸邀圣眷声名重，能触权威意念坚。
> 鼎镬顿投难夺志，显荣甘让不垂涎。他年试看水山倒，始信清高胜附膻。

话说无瑕自丈夫去后，与母亲同住，做些针指度日。至九月初一晚，灯花连爆，初二早，喜鹊齐鸣。无瑕便对周氏道："喜鹊连日在此叫，莫非官人中了，今日报来？"言犹未毕，只听得外边许多人直打进来，周氏急急赶出一问，见果是报录的，说报公子高中第一名解元，母女二人大喜。只苦家中一无所有，不知如何打发？喜得报录的见此光景，心上已冷了一半，便道："我们还要别家去报，迟日来领赏罢。"忙忙地贴上报单，飞也似去了。报录的才出门，只见几个丫鬟妇女，走进说："小姐，恭喜！院君来了。"无瑕一看，认得都是林家的丫鬟仆妇，便道："原是姊姊姐姐们，院君在哪里？"一个仆妇道："轿已到门进来了。"无瑕同了母亲，急急接出。果见院君已进来，一见无瑕，便笑嘻嘻地，道："我儿恭喜！我一向要来看你，因家中有事，不曾来得。今早闻得你丈夫高中解元，特来道喜。"无瑕道："多谢院君，不知院君到来，有失远接。"院君道："我儿差了。我和你认为母女，何得不以母女相称，还叫起院君来。"无瑕道："在官人面前，只得权称父母。今官人不在家，岂敢僭妄。"院君道："我的儿，你也太谦了。自后断不可如此。"无瑕道："既蒙母亲抬举，请母亲上坐，待孩儿拜见。"院君道："不消拜得，就是常礼罢。"无瑕早已把毡单铺下，拜了四拜起来。周氏亦来拜谢。院君与她平见了礼，就要坐下，无瑕道："母亲在上，无瑕不敢陪坐。"院君便来扯着无瑕坐下，道："又来过谦了。我和你母女之间，哪有不坐的理？"周氏便

要去烧茶，院君知道，止住道："不烦费心。我各色带来的。"就叫仆妇丫鬟，把带来的柴米菜蔬拿去收拾，煮饭来吃。又对无瑕道："我儿今是个解元夫人了，恐有人来看你，我带一皮箱衣裳首饰在此，你可知拣心爱的去穿戴起来。"无瑕道："孩儿裙布荆钗惯了，诚恐穿了绸缎带了珍珠，反觉不称。"院君道："将来凤冠已到头上了，这几件粗衣首饰有什么不称?"就叫丫鬟快拿皮箱过来开了，与小姐更换。无瑕灭不得院君的情，只得拣几件素淡些的穿戴了。仆妇们便拿上饭来，三人用过，只见员外兴匆匆也来了。无瑕急急接见，员外道："我儿，恭喜!"院君就问："屋停妥了么?"员外道："停妥了。"又对着无瑕道："我与你母亲商议，女婿中了，门前要竖旗杆，钉牌匾，官府往来，这边屋小不便。我方才将七百金到汪朝奉处，替你家赎了旧宅子。汪朝奉说你家官人问他找价，他曾语言冒犯，今见中了解元，正要设法请罪，见我说你要赎房子，便欢天喜地收了银子，即刻将契付还，连银色戥头都不曾要补，还说定明日就搬出屋。我又到星士家，看了迁移吉日，他说后日戌时大吉，有天富天贵、玉堂金马、许多吉星在内。我待他搬去，就要叫人去打扫收拾，旗杆木也买了，家伙、床帐、什物，我家都有。这边东西且封锁在此，等解元回来再处。"又将屋契二纸，付与无瑕，道："这是汪家赎回的屋契找契，你可收了，等官人回来付还。"无瑕道："怎好要父亲、母亲破费这许多银子，又费心费力，叫孩儿怎生承受?"院君道："又来了。自家儿女怎说这样客话?"又问员外道："你可曾吃饭么?"员外道："我方才在汪家扰了他点心，又到木行里扰了他饭了。我如今要去叫各匠，还要买些作料，今日不来了。你住在此，到后日送女儿进了宅回去罢。"说完去了。院君就叫人回去，取了被铺来，住在金家两日。只听得女儿长女儿短，小姐前小姐后，叫得十分热闹，又十分亲热，弄得无瑕倒通身不安。

到后日晚上，员外备了三乘大轿，四乘小轿，与众人坐了。又备了灯笼、火把、火盆、安息香，候到戌时进宅。道全知道，也来送一路。高声大炮，十分热闹。来到大宅，抬进内厅出轿。无瑕看见房屋甚是高大，又收拾得十分洁净，台椅、屏风摆列厅上。未进房中，床帐被褥、厨箱器皿，件件完备，色色皆精。原来员外替大小姐做妆奁，连二小姐的也做停当的。今要奉承无瑕，便一并移来，摆设在内。酒饭亦唤厨子整备停当。员外与石道全外边一席，院君与周氏、无瑕内里一席，家人使女们俱各用过。那晚便一齐住在金家。

明日报录的闻知，冷心肠重新热起来，急急到新宅来，扯着员外要太爷写赏单。员外亦甚欢喜，连忙叫厨子备酒，戏子做戏，请报人做了一本《满床笏》，又打发了数

十两报钱。亲戚邻里都来先贺太翁，员外一发快活，俱做戏请酒，足足也忙了半个月，至十八日方回家去。院君又与她两个丫鬟服侍，一个名秋桂，一个名春杏，也赠她三百两碎银子，十千大钱，五十担白米。无瑕再三致谢，方才别去。到廿五日，正想丈夫该回来了，忽见俞德进来通报，知解元已回。俞德也不及细问缘故，无瑕也不及细说，急急地出厅接见，道："官人，恭喜！容妾身拜贺。"解元道："皆出娘子所赐，卑人正要拜谢。"丫鬟铺下红毡，两人对拜已毕，一同进内。见各处焕然一新，什物齐备，而且十分华美，并有丫头两个相随，心中甚是奇异。因细问无瑕，无瑕便一一将林员外与院君代赎屋，代打发报钱，做戏请酒，并赠什物家伙、床帐、衣服、首饰、银米、酒席，直至十八忙完方回家去的话说完，解元方知备细，感谢岳翁岳母。明日，就同无瑕一齐到林家拜谢。员外院君接待，就如接现任上司一般。当日就叫厨子做戏相待，次日就同了到林家房族亲戚处拜望，炫耀乡里，各家又请酒。员外又备酒，代解元还席。足足又热闹了一月有余。

解元缠扰得甚苦，思想：在家终无安静，家中可无内顾之忧，出门可免穷途之苦。随与无瑕商议，拜别亲朋，多带盘费，原着俞德相随，早发进京静养，以候会场。择了十一月十六起身，在路耽耽搁搁，直至十二月二十方到京中。因爱清静，就在城外寻一寺院安寓。直到二月初旬，方迁到城中，另寻小寓。候至初八进场，初九早散，题目到手。原来七个题目都是做过的，便从从容容写完七真七草。方到起更时候，厅外边已有交卷的，开门放牌，金玉也就交了卷子。出场到寓，主人尚未睡，见金玉出场，便来称贺，道："老爷，出场甚早，定然得意。"金玉道："题目都是做过的，草草完场而已，有什得意？"俞德就拿饭来吃了，又烧汤与主人洗了浴，服侍睡了。初十静养一日，十一又进场，二场一发容易，十二下午就出来了。十四又进去，十五晚上出场。房主已备酒相候，金玉见房主美情，又自觉三场得意，酒落快肠，不觉吃得沉沉大醉，睡了一夜。明日，仍迁往城外寺中居住，四处游玩，将京师胜景览遍。候忽过了半月，至三月初一日放榜，报人报到寓所，金玉高高中了第五名会魁。此番不比乡场，身边盘费尽多，即刻赏了报人，就去赴琼林宴。见座师，拜房师，会同年，忙了半个多月。皇上选了三月十八日，登殿传胪。纷纷举子，齐集午门，待候皇上坐朝。金玉同众随班，朝见毕。皇上见四边盗贼蜂起，就出了《弭盗策》一道。众进士各各对就呈上。读卷官宣读鸿胪寺唱名，点第一甲第一名，就是金玉名字。金玉应名上殿，

皇上见状元少年美貌，龙颜大喜，当赐宫花、袍帽和御酒三杯，又赐满朝銮驾，游街三日，雁塔题名。红缨白马，同榜眼、探花，一路笙箫鼓乐，前呼后拥，好不兴头。正是"一色杏花红十里，状元归去马如飞。"未几，状元游街已毕，就有多少长随长班、相随家人投靠。状元见京中有人，便着俞德到家迎接夫人，并请林员外夫妇、石道全一家，一同到京，同享荣华。俞德领命，当即起身回家不题。

且说状元打发俞德起身后，即着长班相随，会同戴榜眼、徐探花，谒见在京各大老，都见状元年少，人人称羡。不觉惊动了当朝阁老。卢丞相号启封，他播弄朝纲，威权倾主，满朝文武，皆出其门，一见状元少年美貌，皇上宠隆，便留意着。他有一女儿未字，意欲招他为婿，见他履历上是已娶林氏，不觉意兴索然，思量招致他来拜在门下，将来也好做一个帮手。谁料金玉虽然年少，持己端严，方欲锄奸除佞，怎肯附势趋炎？久闻得卢丞相立朝不正，虽暂时显赫，譬若冰山当日。没奈何，只得也同众去参谒，不过虚应个故事。哪知卢相有心要他在门下，待得十亲热。但见榜眼、探花，俱逢迎谄媚，还恐不当其意，而状元独默默无言，不去亲近他，有问不过唯唯而已。茶罢，即便起身辞出。丞相留他不住，只得留住榜眼、探花二人。待状元去后，便对他二人道："我看殿元年少才高，圣上宠眷，只是有些恃才狂妄。老夫待罪宰相，掌握朝纲，百官迁降，尽吾作主。试看朝中显要，各省大臣，哪一个不出吾门下么？殿元我意欲帮助他，做一个将来宰辅，怎么今日见我这般冷淡？他道皇上宠任，就看老夫不在眼里，只怕皇上还要听看我的说话哩！"榜眼、探花连连打恭，道："谅殿元怎敢冷淡太师？或者他少不谙事，礼节未娴，初登相府之堂，未免惊迟畏避耳。待晚生辈去责备他，唤他来负荆请罪罢。"未几，酒饭摆下，吃罢起身辞别。随即来到状元公馆中，状元急忙接进坐定，说道："卢太师留住二位年兄，不知有何话说。"探花接口道："太师着实属意年兄，我看年兄方才太觉倨傲，难怪太师不悦。据弟愚见，我辈新进，正要依仗着他，况他有心招致，还说要帮助年兄，做个将来宰辅。故此同戴年兄来约年兄，去负荆请罪，一同拜在他门下何如？"状元道："年兄差矣！我辈既入仕途，当先自立品行为重。岂有初得微名，便图保守富贵，复何面目立于朝廷之上？昔王孙贾将，媚奥媚灶讽夫子，子曰：'获罪于天，无所祷也。'又弥子瑕把卫卿来歆动，子曰：'有命，进礼退义。'是夫子一生守经大节。我辈读孔圣之书，即当依着孔圣行事。年兄你道卢太师如引此烜赫，可作终身依靠么？窃恐冰山一倒，反被累及，那时

悔之晚矣。"榜眼接口道:"年兄之论极是,弟辈岂不知道?但圣人守经,还须达权。如今威福全是卢太师主掌,倘拂了他意,奇祸立至,我辈望登金榜,不图富贵何为?年兄还是从权,莫要如此执板。"状元道:"富贵愿让,年兄辈图去。小弟是拘执不通的,不敢从命。"二人见状元说不动,只得起身回归。到明早往卢相府中谢酒,太师一见,便问道:"二位曾会见金状元否?"二人道:"晚生辈别过太师,就到金状元处,道及太师许多美意,奈他执迷不悟,仍然倨傲太师,所言恃才狂妄,一些不差。"卢相闻言,大怒道:"小畜生!我好意照看他,他反这等不中抬举。且看他保守得这状元否?"吓得二人连连打恭,道:"金玉之罪难逃,还望太师宽洪大度,饶恕了他,晚生辈代为荆请。"卢相道:"要我宽恕也不难,他若知悔,愿来拜在我门下,从前狂悖,我一总不究了。二位可再去开导他。"二人连忙打恭道:"是。"拜别相府,又到状元寓所,备述太师言语,道:"年兄到底还该去修好,莫要祸到临头,悔之无及。"状元闻言,大笑道:"二位年兄,你道小弟是个贪生怕死的么?小弟幼随双亲遇难,此身已置度外。后来又染奇疾,自料必无生理。今日死中得活,侥幸成名,实出望外。卢太师倘必欲置我于死地,譬如当日死于江中,亡于痼疾,还是泯没无闻的,所以小弟独不怕死。若要我去依附他,这个断断不敢奉命。"二人见他说话斩绝,料难相强,只得辞别,再将状元之言去回复卢相。卢相闻言更怒,即欲算计害他。奈他是皇上新点的状元,未曾出仕,又无过犯,急切难于下手。便耐住性子,冷笑一声,道:"且看将来如何?二公请回,不必提起了。"二人拜辞而出,太师终是心中不快,必要设法处他。正是明枪易躲,暗箭难防。要知卢相如何设法,且看下回分解。

第十一回　过妖道强徒肆横
　　　　　　得西安官将遭擒

词曰：

　　草寇欲兴兵，妖道来相引。可惜西安锦绣城，蹂躏真堪悯。　　邪术任胡行，守将皆遭殒。看你横行到几时，识者从旁哂。

右调《卜算子》

　　话说卢太师因状元不肯依附，心中大怒，要设法害他，且按下再表。且说金彦庵夫妇，被强盗留住在山，训诲铁纯钢。五六年，纯钢已文武精通。师生、母子常常私自商议，报仇以图出头。不想他们厄运未脱，强盗恶贯未盈，不但兵多将广，难于下手。且生了恶念，天又忽然生出一个邪人来助他。一日，大王与众谋士商议，道："我如今兵精粮足，此山终非久居之地。我意欲起合山之兵，于就近州县，夺他一两座城池，进可有为，退可有守，渐渐就好共图大事。不知诸将士以为何如？"众将道："以大王之威，众将之力，似亦可图。但陕西潼关交界之处，朝廷设立兵将把守，亦甚不少。且闻西安一府，良将百余员，战兵十数万，时常操习。我军虽众，尚未精练，还宜稍缓，再图机会为妙。"大王闻言，甚称有理，遂将起兵之念稍缓。不想正在迟疑间，忽见小喽罗来报："山下有一道者，自称'铁罐仙师'，别号'风火道人'，说从终南山来，要求见大王，有大事相商，不知可容相见否？"大王道："何来道者要见我？有何事相商？且着他进来，看是如何？"

　　喽罗领命下山，就同了一个道人进来。大王举眼一看，见他头绾双髻，身着衲衣，脚穿大红云履，背负两个葫芦，腰系青锋宝剑，两眼大似铜铃，相貌清奇古怪，飘然若有仙气。大王见了，知他必有来历的，便急急立起，迎下堂来，道："老师何来？有

何赐教？洒家不知鹤驾光临，有失远接，多多有罪。"道人道："大王说哪里话！贫道是太乙真人位下第十代孙，铁罐道人是也。在终南山修道，已百有余年。欲得真主辅助，未遇其人。近观星象，见帝星照于此地，一路望气寻来，始知大王乃将来之真主。时候已到，惟恐错过，急急赶来叩见，愿相辅佐。"大王闻之惊喜，道："洒家虽有此心，方才正与众谋士商议，欲暂取一二城池，安顿了兵马，再图大事。据众谋士说，西安有百员上将、十万雄兵时时操习，我兵恐难取胜。故尔正在迟疑，忽蒙老师光降，何愁大事不成。但老师说帝星照临本山，只恐洒家未必有此大福。"道人道："大王休得自己看轻了。贫道上知天文，下识地理，又善观气色。寻访真主数十余年，岂肯轻易许人？今见大王实是真命帝王，故肯出身辅佐，共成大事。大王何必多疑？明日黄道吉日，就可发兵，包管所向无敌。若云西安兵将，莫说上将百员、雄兵十万，即使千员上将、百万雄兵，只要贫道嘴一开，手一动，管叫都成齑粉。"大王道："不知老师有何妙法，可好请教，略道一二否？又据老师方才说，在终南山修道已百有余年，我看老师尊容只像二三十岁，未免此言有误。"道人道："贫道容颜虽少，今年已一百二十四岁矣。不瞒大王说，终南山修道的，四五百岁的都有，容颜总是一般的。若问贫道法术，此系兵机，不可预先泄漏。大王放心起兵，到临阵，贫道自有妙用，决不有误。众将既虑西安兵马，如今就先取西安，等贫道略施小术，管叫西安指日可得。"大王大喜，道："若果如老师所言，真天使助我也。洒家今日就筑坛拜为军师，一应兵符令箭交付老师，悉听指挥调度。倘果成功，当与老师平分天下。"道者道："大王说哪里话。贫道若要想人间富贵，视取天下如反掌耳。不瞒大王说，贫道原系天仙降凡，奉玉帝敕旨，使我下界辅佐真主，成功之日，原归仙班，岂肯恋人间富贵？且大王亦系金身罗汉转世，当为四十年一统太平天子，子孙相传十有余世。他人岂能分受？"大王大喜，道："如此说来，洒家是真命天子，老师又是真仙降凡。何虑大事不成？明日既是黄道吉日，就拜军师登坛，发令起兵便了。"一面请道者东厅暂住，一面就吩咐筑台，明日五鼓拜授军师印信，各色停妥，安息一晚。次早五鼓，点齐兵将，喽罗请军师上台。大王拜了八拜，递上印信，军师拜受。然后，兵将喽罗等一一参见。叩首毕，军师就吩咐擂鼓三通，兵将上坛听点。一点大将乌合，带领喽罗一百，往西安东方临潼县界口埋伏，倘有追兵到来，可出迎敌，许败不许胜，我自着人接应也。一点大将巫论，带领喽罗一百，往西安西南鄠县界口埋伏，候有追兵到来，可出迎敌，许败不许胜，我自着人接应也。一点大将何庸，带领喽罗一百，往西安西方三原县界口埋伏，候追兵到来，可出迎敌，许败不许胜，我自着人接应也。一点大将毕书，带领喽罗一百，往西安北方高陵县界口埋伏，候追兵到来，可出迎敌，许败不许胜，我自着人接应也。一点大将卜成功，带领喽罗五百，打西安东门，战至一二十合，即向鄠县界口逃遁，自有伏兵接应也。一点大将芮风刀，带领喽罗五百，打西安西门，战至一二十合，即向鄠县界口逃遁，自有伏兵接应也。一点大将于敌退，带领喽罗五百，打西安南门，战至一二十合，即向三原县界口逃遁，自有伏兵接应也。一点大将闻声怕，带领喽罗五百，打西安北门，战至一二十合，即向高陵县界口逃遁，自有伏兵接应也。又吩咐众将放心迎敌，依吾号令，即遇官兵强勇，不须害怕，我当着神兵相助，捉拿官将，使他一人不返。尔等便重复杀转，俱换官兵旗号盔甲，使守城将士急忙中一时莫辨，长驱直入，我再着神兵从空相助，西安一府，一战可得。再点大将房仁，带领喽罗三百，在西南总路捉拿官兵将佐，一一解到西安发落。再点大将符义，带领喽罗三百，在东北总路，捉拿官兵将佐，一一解到西安发落。其余喽罗、将士，俱随大王同合山人马，随我往西安，正位再发兵前进便了。军师分派十队兵马已毕，便放炮起兵，各各得令而去。

且说西安城中，督抚司道，不计其数。镇守武官有：提督徐俊杰，将军杨光武，总兵王经、陈昭、苏士林、薛世禧皆有万夫不当之勇。又有都统黄璋、孙龙、赵显、姚景、胡贵、李文焕等六员，亦俱智勇兼全。手下各有名将十数员，兵十万余众。因近潼关，恐有外邦相犯，时时训练兵马，真是安如磐石，哪知内地有变。

一日，忽有飞骑来报大炉山强徒起兵，来打西安。督抚闻之，皆大惊，复大笑道："谅此乌合草寇，杀客劫商，久欲剿灭，因彼不过疥癣之病，不在心上。谁知今日竟来犯我城池，这是他恶贯满盈，自来送死了。何须大兵对敌，只要几个小卒相迎，便可一朝灭尽矣。"军校道："大老爷，不要小看了他，闻得他将兵马分作十队，鸣金擂鼓，浩浩荡荡，杀奔前来。口出大言说：'不出三日，要取西安'。"督抚道："胡说。他就有数十万兵马杀来，莫说城中粮草充足、兵强将广，就是一个空城，城池如此坚固，一时也难攻打，如何三日取得西安？"言之未已，只见又有一飞骑来报道："禀大老爷，贼兵势甚浩大，闻他新得一个妖道，拜为军师，法术高强，能呼风唤雨，撒豆成兵，须要预作整备。"总督道："休得胡说。那妖道若果有如此本事，何不向大处投奔，却

来归附这无名小贼？这不过贼兵虚张声势，惑我军心，不必管他。"抚院道："谅贼兵妖道，难有小术，我军兵多将广，何足为虑？我军固不可为之惶惑。然兵来将敌，水来土湮。我这里也不可玩敌，须会齐提督、将军、总兵、都统等各领本营兵马，分守各门，并对敌贼兵便了。"当即着小校各衙门报了。未几，各将齐集，分派四员总兵，分守四门。提督将军扎营坚守，都统黄璋、孙龙、赵献、姚景扎营各门，离城十里迎敌，胡贵、李文焕四门巡察救应。一声号炮，各各领兵扎营已毕。只见贼兵果到。孙龙迎住卜成功，黄璋迎住芮风刀，赵献迎住于敌退，姚景迎住闻声怕，各门厮杀。原来贼营难称大将，不过乌合之众，怎敌得都统之勇。莫说军师叫他十数合即退，即使不许他退，他也抵敌不来也。有四五合即退的也有战至七八合退的。都统见是无能贼将，领兵追赶。吓得贼将亡命飞逃，带去喽罗，被官兵杀死者不计其数，贼将卜成功等俱各危急。只听得一声炮响，各路埋伏兵将杀出。乌合迎住孙龙厮杀，巫论迎住黄璋厮杀，何庸迎住赵献厮杀，毕书迎住姚景厮杀。卜成功等方幸脱身未死，怎奈乌合等更是没用，刚刚三四合，望后便退。幸亏房仁、符义上前迎敌接应。谁知官兵里边又来了胡贵、李文焕接住厮杀。十分危急之际，忽听得霹雳一声，现出数万奇形怪状神兵神将。也有三头六臂的，也有青脸獠牙的，也有兽头人身的，也有人头兽体的。从天而下，将官兵团团围住，刀枪齐上，吓得官兵尽皆倒地，自相践踏，尽被贼兵杀害。六员都统俱被神兵捆翻，可怜六员上将，五六万雄兵，不曾走脱一人。贼兵将佐未伤一个。此皆道人法术。那时贼将尽皆欢喜，共称军师神术，助我成功，尽依号令，将官兵身上盔甲自己换了，并将官兵旗号扛起，飘飘荡荡，打着得胜鼓，假装官兵得胜回城一般。城中总兵，各门把守，见贼兵几合即退，官兵大胜追去，又有两支接应兵相随追赶，再不想片刻之时，各路兵将俱全军覆没，所以都不放在心上。未几，听得金鼓声响，各往城楼远远一望，见旗号兵将尽是官军，知是得胜回营，吩咐开城放进。直至城下，方知是假，急令闭门，下城厮杀。奈兵将尽未整备，贼兵已陆续进了一半，四处相杀。总兵急欲提兵下城，只见眼中一暗，昏天黑地，鬼哭神嚎，情知事败。王经拔刀自刎而亡。陈照见势急迫，堕城身死。苏士林刚刚下城，不见天东地西，被贼兵杀死。薛世禧急逃出城，被贼兵一箭射伤右臂，已作废人。提督徐俊杰、将军杨光武匆忙无备，俱被活捉去了。那时贼兵一齐进城，杀进督抚司道各衙门，各家老小尽皆杀死。大王就将总督衙门做了公署，抚院衙门做了军帅府，其余司道府州县衙门，分派众将居住。只见房仁、符义将六员都统解进军师，吩咐羁紧，劝其归降。一面就请大王在总督大堂，权为宫殿，立号称尊，众将群呼万岁。大王就封道人为正一天仙，护国军师，掌一应兵符令箭。封解氏为皇后，铁纯钢为东宫太子。封金彦庵为翰林院东宫日讲官兼内阁大学士。封乌合、卜成功等俱为护国大将军。吩咐摆酒，大宴功成，人人大喜。只有解氏与纯钢外边假作欢容，暗暗十分愁苦。想强盗如此横行，又有妖道相助，眼见报仇甚难。还虑他渐渐势大，自己的约法不行，便死无葬身之地，名实皆空。悔不当初，随夫死节。现有金彦庵夫妇，日想与纯钢报仇，还有出头之日。今见他如此势大横行，料无报仇之日，欲寻自尽，不肯授职朝见。幸亏纯钢母子内边劝解周全，说他不是不肯授职，只因京中亲族甚多，仍恐朝廷知道，遗害亲族，将来大事成后，方敢授职。大王原是爱惧解氏的，听得母子之言，也不去责备彦庵了。纯钢又到彦庵处再三相劝，说："强盗虽横，终是乌合之人，妖道虽有法，亦不过是邪术，决不长久。先生且耐心再看机会，学生此仇必要报的，还仗先生帮扶。"彦庵见劝，也只得忍耐住了不题。

且说大王僭号称帝之后，就与军师商议，颁发伪诏一道，到各府州县。限一月内，各官俱要到西安朝贺，各加三级，仍还原职，量才开用。如限满不来朝贺者，即刻起兵征剿，合县尽皆屠戮。诏一下，各府州县闻知，俱各大惊，想西安省城之地，城池如此坚固，兵将如此强盛，被他起兵杀去，不三日而官军全军覆没，城池轻轻得去，督抚大臣尽为杀害。何况区区小府州县，怎能抵敌？于是投降朝贺者十有六七，挂冠逃避者十有二三。陕西一省，不动刀兵尽为贼有。渐渐传到别省各处，督抚提镇纷纷告急，疏章雪片到京。正是恶贯未盈君莫羡，来迟来早不差分。要知各省奏章上去如何？且看下回分解。

第十二回　逆奸相翰院兴兵　获先锋西宾合计

词曰：

> 权奸报怨机缘凑，文臣奉旨征强寇。堪叹一书生，如何会用兵。　　更兼遇邪术，安望成功日。亏得着仙衣，妖邪不得施。

> 　　　　　　　　　　　　　　右调《菩萨蛮》

话说各省告急，疏章来到兵部。兵部奏闻圣上，圣上大惊，急发各大臣议奏。旨意传到卢太师处，太师眉头一皱，计上心来，道："可奈金状元这小畜生，恃才倨傲，招致他不来，久欲设法处他。我如今乘此机会，在圣上面前只说他有文武全才，着他领兵征剿大炉山萧化龙，我想西安多少上将雄兵，尚且敌他不过，被他一阵杀尽，金玉一白面书生，岂能对敌？只消圣上一准，不怕他不死于贼人之手。"算计已定，随连夜写成奏章，特荐状元为征西大元帅，领兵征剿叛寇，断能奏功。皇上批准，立刻发出旨意。卢相又想："萧化龙势甚猖獗，又兼军师法术高强，今命状元征剿，虽报了一己私仇，但他的声势，必然更盛，恐成大事，不可不预先交结他。"遂差一细作写书一封，说："征西大元帅是新科文状元，不过一白面书生，一些武艺不知，是我有意骗皇上，所差不难扑灭。倘得杀到京城，愿为内应，伏望收用。"等语。写完封好，先打发细作先行不题。且说状元着俞德到家，迎接夫人等进京。家中又已报过。先报会魁时，林员外夫妇闻知，立刻赶来道喜，奉承无瑕，比报解元时更甚。报钱待报，不但不要无瑕费心，并不要报人开口，都是他料理。见报人声声"太爷"不绝口，他听得满身酥麻，打发更加从厚。还有亲戚人家的仆妇、邻舍人家的妇女，更有三姑六婆，都到夫人处磕头道喜。见了院君，也都称"太太恭喜"，跪下磕头。弄得院君骨头没有四两

重，一色赏封。包头、鞋面、手巾都是她带来替夫人打发。外边人来庆贺，也都是员外周知。正忙乱未完，忽又鼓乐放炮，鸣金掌号，来报状元。报单是黄缎泥金的，报人也不比报举人、进士，一连就是十报，门前贴了十报已捷。员外家中虽未报过举人、进士，还看见人家报过。至于报状元，却从不曾见过。见报人又多问太爷要押录、要花红，员外竟没了主意，口中连连答应，总只银子晦气，足足费去数百金，方才妥当。心上十分快活，又十分懊悔。私对院君说："可惜一个状元夫人明明是大女儿的，如今竟让无瑕了。"院君道："她原不好，当初就说'将来中了状元，也情愿让你做状元夫人。'哪知这句话，倒做了无瑕的谶语，如今果然把一个状元夫人让她了。"二人正在私议，只听得外边送进两个揭帖，说是府县官请夫人撒谷，明早备鼓乐执事来奉迎，今日先来说知员外。又对院君道："夫人撒谷，必在我家门首过，挤得备些酒饭，执事人与他些赏封，迎到家中稍歇，岂不更觉光彩？"院君也道："甚好！"随与夫人说知，先回家候迎。次早，果有多少状元的职事、鼓乐炮手、轿马后拥到门伺候。又有许多媒婆捧了凤冠霞帔到来，说是府县官送来的，先磕了头，然后替夫人穿戴请出上轿。媒婆等也上小轿跟随。放了三个大炮，鼓乐齐鸣，前呼后拥去了。

道全夫妇送出墙门走进。道全道："看这女儿不出，果有这般大福，相面之言竟应了。"周氏道："她自幼就另是一个性子，见你在监，定要卖身救你，见我不肯，就要寻死。我说：'丫鬟贱役'，她偏说：'只要命好，丫鬟原有做夫人的。'后来，林家要她代嫁，你说金公子许多不好，我也不肯。偏是她又说：'病有好的日子，读书人鱼龙变化，只要看我的命。'还要与小姐断定说：'富贵了，不要说夺她的婚姻。'我彼时还道，这话是多虑的。哪知竟像先知的一般。还有大小姐又说得好：'就中了状元，也情愿让你做状元夫人。'哪知这话都说着了，可不奇么？"

不说二人欢喜私议，且说夫人撒谷，林家留酒，至晚方回。过了一会儿，俞德到家迎接，心中大喜，就着俞德到林家说知，请他一同上京。员外因家中有事，未能同行。石道全一家，原住在金家，便带了儿子，一同夫人进京。状元接着，好不欢喜！见道全一家送来，亦慰谢一番。知员外未到，说："迟日再着人相接。"

时光易过，不觉过了一年。一日，正夫妇闲谈，忽见朝报送来，见内阁卢一本特荐将才事云："文状元金玉，有文武全才。陕西萧化龙造反，若差金玉征剿，必能剿灭。圣旨准奏。封金玉为征西大元帅，即日起兵。"状元一看，大惊道："祸事到了！"

无瑕道："何事？"状元道："我初中时，卢丞相要我拜他门下。我因他是弄权奸相，决意不从，反在榜眼探花面前，伤触了他几句，他怀恨在心。今见萧贼肆横，各省告急，他不为朝廷选将兴师，单要报一己之怨，竟诬奏皇上，说我有文武全才，命我出征剿贼。我想别个贼犹可，闻得萧贼兵精粮足，还有军师妖法厉害，陕西多少大将，尽为所杀，城池坚固，唾手而得。况我一白面书生，怎能对敌？"夫人道："这也不难，只消上一本说：'未谙武事，请别选良将，不敢有误朝廷。'你是个文官，朝廷决不好怪你。"状元道："夫人不知，我既立身于朝，此身便是朝廷之身。圣上有命，岂敢推辞！况卢贼奸计百出，圣上又十分信任。见我辞脱，必然另生他计害我，一发速取其祸了。"夫人道："既如此，那时来招致你做门生，也是一片好意，就该顺从，怎反去伤触他？"状元道："夫人差矣！士人立身，礼义为重。我若阿附权奸，便是进不以礼了。况将来权奸败露，阿附者必然波及，还要得一个千古臭名，怎好去阿附他？如今虽为所害，死也死得无愧。事已如此，不必再言，可为我急急收拾行李，待圣旨一到，即刻就要起身。从来说：夫妻本是同林鸟，大限来时各自飞。你如今现有身孕，将要达月，可保养身子。你速回家，倘幸生男，可雇一乳母领好，接续金氏一脉。我此去大约凶多吉少，倘邀天之幸，使贼人自败，得以生还，也不可知。总之，你不须忆念着我。"夫人闻言，不觉泪下。见是出兵吉日，不敢放声痛哭，惟有将言宽慰而已。

正说间，只见俞德进来，道："老奴几乎忘了，昔年在沙滩，仙师赠老爷黄布衣一件，救活老爷，曾对老奴说：此衣有万法教主玉印在上，受热的穿上便冷，受寒的穿上便热。倘遇急难时穿上，万箭不能伤，邪魅不能犯，将来正有用处，不要轻弃。老奴所以紧紧藏着。今老爷出征，且闻贼道妖术厉害，正用着此衣之时了。老爷带去，临时穿在身上，或者可以破他妖术，也不可知。"状元道："如此甚妙，可为我收拾在随身行囊里边。"

又见丑儿进来，道："老爷为义忘身，为国忘家，自古忠臣义士，无有过于老爷的了。小子颇有膂力，愿随老爷出征剿贼，不知老爷可肯信用否？"状元道："行军正在用人之际，有甚不好？只你不知可曾习过武艺否？"丑儿道："不瞒老爷说，十八般武艺，样样习过，般般练熟，听老爷拨用便了。"状元大喜，道："既如此，甚妙。我今日就下教场考选兵将，看你武艺果好，就点作先锋便了。只不知你父母心上如何？"道全闻之，尚在迟疑未答。只见周氏欣喜对答道："孩儿蒙状元收用，极好的了，有什不肯。我想孩儿此去，倒定然成功的。"道全道："何以见得？"周氏道："你难道忘了？那年李铁嘴，曾相孩儿有一二品前程，当在枪头上得来，十年后便见。如今齐头十年了，今随状元出征，岂不应在此举么？"道全道："果然，果然，我倒忘了。如此，状元放心前去，一定成功的。李铁嘴的说话果是灵验。他说我孩儿有一二品功名，虽未应验，他原说十年后方见。说我女儿当为极品夫人，如今已半应了，此去定然全应哩！"状元闻言，大惊道："我一向不知你有女儿，今嫁在何处？"道全说得高兴，一时竟忘怀了。见状元问起，只得勉强支吾，道："状元行色匆匆，慢慢地说知。"

状元因出军紧急，却也无暇细问。且遇圣旨已到，兵将伺候。状元随即带了丑儿，到教场祭旗点将，考选武艺，果算丑儿第一。就点作先锋，连夜起兵前去，所过地方，秋毫无犯。不觉已到潼关界口，吩咐扎营，摆开阵势，着小校打探贼情，然后出战。

且说大王与军师商议，正要杀入潼关，直取河南府。忽见喽罗来报，道："朝廷差征西大元帅，统领十万兵马杀来，扎营潼关，特来报知。"大王道："你可曾探得元帅何名？有什本事？先锋何人？"喽罗道："细情尚未探实。"大王道："既如此，再去打探。"喽罗领命方去，又见两个喽罗绑进一人，上前禀道："小的是夜巡兵，昨晚拿得一个奸细，口称是北京卢丞相差来，要求见大王的。小的不敢自专，解来请大王与军师发落。"大王将那人一看，问道："你这狗头，明明是个奸细，如何口称卢丞相所差，要见孤家？我且问你，卢丞相是谁？要见孤家何事？快快说来！倘有一字支吾，着刀斧手伺候。"那人吓得半晌不敢开口，慢慢定了性，方说道："小的实是卢丞相所差。我丞相是当朝首辅，久仰大王威名，如雷贯耳，欲思拜谒，奈机会未便，又恐大王不肯信用。前见各省奏章，请旨发兵，丞相便乘机保举了一个文状元，假说他有文武全才，着他领兵前来。实是一个白面书生，一无所能。但做人狡猾，仍恐投降大王，听信将来必生异心，特修书道达。倘大王起兵到京，丞相愿为内应。"一面将书呈上，大王与军师一看，大喜道："此诚天助我也。"将来人打发酒饭，一面就传太子出来，吩咐他："劝降向日西安所获诸将，并领兵保守城中。孤与军师，即刻起兵，打破潼关，杀了那书呆，再起大兵便了。"纯纲道："闻朝中差来征西大元帅，想亦是个武官，如何是个书呆？"大王道："我儿不知其中缘故，有书一封在此，你去一看便知。"将书付与纯钢，即同军师领兵去了。

不两日，来到潼关。果见官军已摆成阵势相候，两边射住阵脚。只见官兵中丑儿杀出，贼兵中乌合敌住。战不数合，乌合抵挡不住。巫庸上前接住，又数合，败下。卜成功出马，更是无用，被丑儿一枪搠死。吓得芮风刀赶上迎敌，又被搠死。于敌退、闻声怕两将齐上，奈丑儿武艺高强，两个也不是他对手，被他左一枪，右一枪，两上齐齐落马，被官兵活捉去了。军师见势不好，急差何庸、毕书、房仁、符义一齐杀出。状元见贼将齐出，恐丑儿一人难于招架，又着三员副将出关接应。两边斗至十数合，贼将又将要败。只见军师口中念念有词，忽天上降下多少天兵天将，官军尽皆捆倒，被贼将活捉过来。军师急令斩首，大王道："我看他先锋武艺甚好，且羁紧，要他归降，我军益强矣。况我家有两员大将被他捉去，我若杀他先锋，彼必杀我大将。且待捉了那书呆，一同杀也不迟。"军师道："既如此，可将囚车囚了，解到西安与太子收管，待贫道再施小术，拿那书呆便了。"一面将丑儿解回西安，一面又着兵将攻打潼关。

　　且说状元见丑儿被获，一发惊慌，不敢再与抵敌。军师见他不出，知他是个没用的官儿，便又念念有词，忽天上降下无数天兵天将，杀上关去，料来决胜。谁知状元身上穿了仙衣，见鬼兵杀进，正在危急，忽见一尊小小圣像，从状元顶上现出。鬼兵见了，纷纷跌下，尽成纸豆。军师见此法不灵，背上取下两个葫芦，口中一念，只听得呼呼大风，飞砂走石，又见火龙火马，火将火箭，都向关上烧去，满想此法万无一灵，不怕那书呆不死于风火。哪知看看近关风火，忽然反望本阵吹来，贼兵烧死无数。吓得军师急急收法，大王已经跌倒在地，连忙扶起，面上已烧得漆黑，胡须烧去一半，对军师道："方才军师法术亦甚厉害，如何一近到关，神兵忽然不见，风火反向我军吹来，莫非他也有神术么？"军师心上也慌张，只得勉强支吾，道："他就有术，怎敌得我的正法，想他命还未该就绝，大王但请放心，总在贫道身上，数日内包管成功便了。"大王道："全仗军师神力，只是方才孤家受此一惊，心上十分慌忽。"奈何军师见法不灵，巴不得大王去了，可以掩饰，便道："大王既心上不快，且先请回宫静养。这边之事，全在贫道便了。"大王大喜，就将一应兵将，尽留军师调度，自己乘了暖轿，先回西安去了。正是青龙与白虎同居，吉凶事全然未保。要知回去如何？且看下回分解。

第十三回　锦帐中强徒授首
华筵上妖道分尸

诗曰：

翰院权为帅，功成瞬息间。兴师不血刃，已唱凯歌还。

又曰：

妖道居然称是仙，霎时身死在筵前。笑伊不获封侯伯，何若山中自在眠。

话说铁纯钢送大王军师起身后，然后将大王所付的书一看，见是朝中卢丞相私通卖国的书，方知领兵大将是一个书生，新中文科状元，就是卢丞相保举来要害他的性命的。先嗟叹了一回，来到书房一一告知先生。彦庵亦甚伤感，说：“朝中有如此奸贼，大将焉得成功。可惜那状元方能得中，不知怎么得罪了他，必欲置于死地。”闻说强盗、妖道，已经领兵去了，更是惊慌，道：“潼关一失，大事去矣。我辈还有何望？”纯钢道：“事已如此，且再看机会。”一面着人往来打探消息。五日后，只见探子来报：“官兵先锋，十分强勇。我家兵将尽被杀败。卜、芮二将军，被他搠死，于、闻二将军被他挑下马，活捉去了。幸亏军师妙术，方拿得他住。大王见他武艺高强，解来千岁收管，要劝他归降。”纯钢闻之，又不觉感叹了一会儿。未几，果见喽罗将囚车解进，纯钢吩咐：“囚在后营，待孤家慢慢劝他归降便了。”自便随即来与先生商议，说他家先锋既有如此本事，倘然投降，大事一发完了。趁他们不在家，今晚且唤他来一试，看是如何？彦庵道：“此言甚是有理。我正要问他领兵状元是何人？如何触怒奸相的缘故。”不一会，天色已晚，就着书房紧身服侍的一个心腹小校，到后管将先锋唤到书

房。小校对他道："这是东宫千岁，快跪下。"只见那先锋年纪，只好十七八岁。见了纯钢，非惟不跪，反仰天呵呵大笑，道："东宫千岁，在北京宫中。此地何来东宫，擅称千岁么？"小校再要呼喊，纯钢止住，叫他回避，将书房门紧紧关好，方问有光道："方才小校来说，将军十分英雄，大王甚是爱慕，命我相劝，倘肯顺从，当封大将，食禄万钟。不知将军尊意若何？"有光大怒道："我乃朝廷良将，金元帅亲选先锋，量你这无名小贼，岂在区区话下！不过伏此妖道邪术，被你所获，要杀就杀，何必多言。"纯钢道："将军不要错了念头，倘果不从，性命必然难保。"有光道："既到此地，性命已置度外，说他怎么，快快请杀。"纯钢道："此言果真么？不要刀至头上，方才顺从，就迟了！"有光道："休得胡说！小看了我天朝人物，我元帅是个少年状元。卢丞相要招致他拜在门下，因守着礼义，不肯屈事权奸，情愿身入危地。性命尚然不顾，何况区区小将。蒙他提拔之恩，今朝就死，已经有负。若再顺你，何颜再见金元帅之面！不要说一刀两段，即使刀山在前，油锅在后，若要我顺从，宁可万死，断难从命。"纯钢道："难得，难得。据将军如此说来，竟是一心为国的忠臣了。再要请问那状元，是何处人？因何丞相必要招致他在门下？"有光道："我元帅是江南苏州府吴县人，今年方二十三岁，得中状元。卢丞相见他少年美貌，才学过人，又且皇上十分宠眷，因此要招致他做个帮手。哪知我元帅一入仕途，便想除奸去佞，岂肯依附着他？"

言之未已，只见彦庵赶出，道："请问将军，状元名唤什么？"有光道："你要问他怎么？"彦庵道："闻将军说，他是苏州吴县人姓金，却是老夫同乡同姓，所以相问。"有光道："虽同乡同姓，品行各别，要问他怎么？"彦庵道："其中有个缘故，必要请教。"有光见问得奇异，便道："我元帅姓金名玉。"彦庵接口道："表字可叫云程？"有光道："正是。你想得认得的么？"彦庵道："还要请问他夫人可是林氏？是林攀贵的女儿么？"

有光道："一些不差。他父亲名桂，号彦庵。原是两榜进士，选了陕西浦城县尹，江中遇盗，夫妇双亡。我元帅也是九死一生，逃出来的性命哩！"彦庵闻之大喜，又忽大哭道："不瞒将军说，老夫便是金彦庵，元帅就是我的孩儿。我彼时遇盗，见老仆俞德，同我孩儿跳下江中，满疑死于江内，原来还活在此，得中状元，实为可喜。只如今领兵到此，强盗如此横行，妖道术法厉害，我儿性命必然难保，岂不可伤。"只见纯钢急急止住，道："先生请噤声，倘被强盗闻知，我辈性命休矣！今幸将军在此，又系

春灯影

先生乡亲，正好商议报仇之事，以图出头。至于世兄当初大难不死，反中大魁，足见吉人自有天相，或者妖道强徒，自得灭亡也不可知。当再着人打深，看有机会再处。"

有光见说，竟摸不着头脑，对彦庵道："先生既是状元之父，如何在此？"又指着纯钢，道："他是强盗之子，怎么又说报仇？此话一些不明。"彦庵道："此位并非强盗之子，也是被劫来的。其中有多少缘故。"随将纯钢母子始末根由，并自己强留在此许多缘故，一一说明。又说："方才相劝归降，正怕将军肯降，我辈之事，一发难为。故特以言相试，幸将军一片忠心，故把真情相告。但不知机会若何？"有光听说，方知就里，便道："既如此，且看机会，自当相助。"纯钢道："今已说明，大家总是一家了。将军且请后营稍息，待有机会再请商议。"便将有光送到后营去了，一面又着人向潼关打听。

去未片刻，忽又转来报道："小的方走出城，军中已有人回来说：昨日捉伊先锋之后，彼军竟无人出战，军师行法降下多少天神天将，望关上杀去，满拟决胜，谁知天将到关，忽化为纸豆，纷纷落下。军师情急，又将两个葫芦念动真言，更觉厉害。忽然起了大风，飞砂走石，又有多少火兵火将、火龙火马、火鸦火箭，都向关上吹去。哪知到关风火忽然回转，向本阵吹来，吓得军师急急收法。本军将士已烧坏无数，连大王也惊倒在地，心中着实不快，将兵马尽托军师掌管，乘了暖轿，即刻回宫静养了。"纯钢见报，外边假做惊慌，急急着人远接，肚内暗暗欢喜，随到书房一一报知先生，说："机会到了，妖道如此法术，到关随即破败，足见世兄系文曲星，邪术不能相犯。今兵马俱留关前，强盗独自到家，又受惊之后，正好趁此私自杀死。再假传令箭，赐酒与妖道慰劳。如此如此，这般这般，岂不大事成矣！"彦庵大喜，道："妙！妙！妙！事不宜迟，速与令堂商议，并知会先锋，乘其不意便好。"纯钢急往里边，与母亲说知。解氏也大喜，急叫厨下备酒，候大王到家压惊，酒中私下了迷药。

料理妥当，适大王已回。解氏急急接进，道："闻大王受惊了，妾身特备水酒一杯，为大王压惊。"大王道："多谢娘娘美意，只寡人心上不快，不耐烦饮酒，奈何？"解氏道："以大王如此兵威，军师如此法术，得天下如反掌。偶尔不挫，何足为虑。今到家，正该与妾等共寻快乐，何必闷闷不乐？"大王听说，不觉精神顿起。原来解氏虽顺从了他，终于心上不乐，从未与他尽欢，今见她说"共寻快乐"四字，不觉心中大喜。侍女摆上酒来，解氏杯杯亲劝，做出许多情态，弄得大王一发昏了。取到就吃，

一吃就干。哪知三杯药酒入肚，人事不省，四手如瘫，急急扶到床上睡倒。那时纯钢已同有光藏在房中，见大王睡倒床上，纯钢终于手软，亏有光走上，道："此时不下手，更待何时！"言未毕，而刀已下。只见强盗在睡梦中，将两脚跳了几跳，早已见阎君去了。有光割下首级，就将帐子下了，走出把房门闭上，外边绝无人知道。到天明，纯钢就手拿令箭出来，先到后营，假意劝降向日所擒诸将。谁知诸将已有有光私自说知，齐齐假称愿降，就各付军器，命有光一同前去助阵。又将令箭一支说："大王有令说，军师与众将在潼关劳苦，特命我带了羊酒，到军前去慰劳军将，城中之事，大王亲自起来把守。诸将可都随我到关前去。"

众兵将见说赏劳，谁不向前。纯钢就着抬了几百坛好酒，一同出城，来到潼关。又对军师等宣说了来意，又验过令箭，军师大喜。原来这数日，军师竭力行法，怎奈法总不灵，心中闷闷。正在无可奈何之际，忽见纯钢带来多少美酒，慰劳众兵将。心中欢喜："谅关中兵微将弱，决不敢出战我的神术，潼关指日可破。既蒙大王赐宴，可即传令诸将收兵，且快饮一番。倘关中见我们收军，乘机杀出，我等正好一鼓而胜矣。"纯钢道："他那里领兵，大将不过一白面书生，其余将佐，更是无名小卒。我军虽退，谅他也决不敢杀出，军师请自宽心。孤家出来时，父王又再三吩咐，必须代我亲敬军师三杯，大家尽欢而止。命军士取大杯来，先敬军师三杯，然后坐席。大王又吩咐各将士，俱要各奉三杯，但将士甚多，孤家不能一一亲奉，可各付大杯一双，待我敬军师时，诸将士随班，各奉三杯，以遵大王之命。"

诸将尽各欢喜，见纯钢敬军师一杯，他们也各饮一杯、二杯、三杯，俱一般饮完，便请军师入席，诸将就坐。谁知刚刚坐定，酒尚未饮。只见军师与诸将，尽皆醉倒，昏迷不醒。外边一声炮响，四边金鼓齐鸣，众军只道关中杀出，正在惊慌。外面已有多少兵将杀入。纯钢先动手拔出宝剑，将军师一刀分为两段，死在桌边。兵将就将醉倒诸将纷纷砍杀，犹如切菜一般。吓得众军尽皆跪倒求命。纯钢就吩咐道："尔等不必惊慌，强盗与妖道肆逆横行，今已诛尽。汝等原系朝廷子民，只要随我归顺天朝，自有好处，决不杀害。"众军齐声道："我等原系不得已落草的，今小大王既欲归顺天朝，小的们怎敢不一同归顺。"纯钢道："我原系天朝西安府知府铁太爷的公子，被捉上山，强为父子，久欲报仇，奈无机会。今幸强盗失败，得以归顺天朝，重见故土。汝等何得以小大王称之？"军士道："如此说，以后称铁大爷便了。"

安抚将士已毕，就要有光先到关上，报知元帅，以便入关相见。有光听说，随即上马，先到关前去了。你道军师诸将，刚吃得三杯酒，如何尽皆醉倒？原来纯钢带来的酒，都下了迷药，与有光诸将等约定，先假传大王之令，将军师等先敬三杯药酒，迷翻后，放炮为号，有光等杀人，尽皆杀死。你想军师虽足智多谋，即原是酒色之徒。见美酒赏劳，又有大王令箭，太子亲来，有什疑惑？故中了纯钢之计。正是君子尚可欺以方，何况无知妖道与贼将，怎不入其局中。

且说关中状元，自领兵以来，自知一无本事，料来决难取胜，惟拼一命以报朝廷。起初犹幸有先锋武艺高强，略略可恃。后见先锋被捉，妖法厉害，万无生理。望外一看，见妖道又行法术，忽见天上降下无数天神天将，奇形鬼怪，直杀上来，决然难敌。后见到关，忽化纸豆落下，心中稍定。忽又闻大风顿起，天日无光，更有火神、火将、火龙、火马，直烧到关。此番更在危急，近关忽又翻去，不知何故。哪知全亏身上着了仙衣，邪术一见便解。但思妖法虽未受害，终难取胜。那日，正在忧闷，忽见彼军尽退，又不知何故。未几，探子来报，先锋单骑到关，要见元帅。状元闻知大惊，道："他被捉去，怎得回来。莫非投降贼人，来做说客么？不可放进，待我关上看来。"

随即上关，一看果见有光单骑到来，后面并无追兵。决非逃回，断是投降无疑。可惜，我误用了人了。便问道："汝为先锋，不能取胜，被贼所擒，急宜一死，以报朝廷，犹不失为忠义。汝今好好回来，莫非怕死归降，来做说客么？"有光道："元帅多疑了。谅小将也是一条汉子，急欲杀贼成功，以报朝廷与元帅任用之恩，只因妖术被擒，原拼一死，岂有投降贼人之理。幸而朝廷洪福齐天，元帅忠心贯日，强徒妖道，尽皆剿灭。故此，小将来请元帅，急进西安恢复旧业，抚将安民，然后奏凯。"状元道："休得胡说，欺瞒本帅。本帅这边又未出兵，谅汝一被擒之将，何能剿灭凶寇，不过骗本帅出关，便图进取。本帅岂是三岁孩童，听你欺骗么？"有光道："小将受元帅知遇之恩，怎敢欺骗元帅。谅小将一人，岂能剿灭。实有许多辅助之人，元帅还有大喜，请放小将进关，细细禀知。"元帅道："本帅有什大喜，还有谁人辅助？且叫开关，放他一个进来。"有光进关，一一禀上。正是绝处逢生，他乡遇故。要知元帅父子相逢，且看下回分解。

第十四回 复西安欣逢亲父 到扬州喜得麟儿

诗曰：

> 满拟相逢在九泉，谁知骨肉庆重圆。
> 更兼灭寇功成日，侯爵荣封衣锦旋。

又曰：

> 方苦征西命，谁知是福基。
> 成功在旦夕，又喜产麟儿。

话说金元帅疑心有光归顺贼人，来做说客，细细盘问。有光进关来，方将金彦庵夫妇被获、上山遇纯钢、母子先前被劫、忍辱相从、留作西宾、共图报仇，并前日强盗惊回、骗醉杀死，并假令慰劳军师、赏劳兵将、药酒迷翻、一齐杀死，小将特来报知。元帅听说大喜道："杀贼成功，已为大喜。若说我父母果在一同杀贼，更喜出意外。天地间哪有这般大快之事？只怕还是假话。"有光向外一望，道："元帅不信，外边铁公子现拿了强盗、妖道首级前来了，请元帅一验便知。"

原来纯钢安顿了众将，拿了两颗首级，前来报功。见元帅在关上，便上前道："元帅在上，小将铁纯钢，仗元帅天威，石将军大力，强盗已诛，妖道已斩，特将首级呈上。请元帅即往西安，抚将安民，还有尊翁先生、尊堂师母并令妹，都在城中，专等元帅去相会。"元帅见果是强盗、妖道首级，心中大喜。立刻下关相会，深谢救亲之德，便道："小弟向年江中遇盗，抛亲逃难，满拟一家死于盗手。方才有光来说，方知二亲、舍妹性命全亏世兄伯母保全。此恩此德，没世难忘。更兼杀贼成功，忠孝可嘉，容当复命保奏。稍表寸心。"纯钢道:"此皆元帅正气所感，妖术不能相犯，贼徒当败，众将合力除凶，小将何功之有？恐先生悬望，请元帅速行为妙。"元帅就命副将把守潼关，自与有光、纯钢，一同起身向西安而去。

且说彦庵自纯钢等去后，还虑妖道厉害，不知可能中计，心如热石蚂蚁一般，坐立不定，又不能着人打听。直至数日后，纯钢先着人来报知，方才大喜。还等不及他到来，亲向城楼远望。只见远远旌旗蔽日，金鼓声喧，一队一队，兵马成群。便见两匹马上，坐着铁、石二将，后边红缨白马上坐一位元帅，年方二十余岁，威风凛凛，貌似莲花，果是儿子模样。心中大喜，急急下城相会。纯钢望见，先自下马，有光也随即下马，报知元帅。元帅听说，吓得下马不及。远远望去，果是父亲，便急走上前拜倒在地，道:"孩儿不肖，久离膝下。适见有光与世兄道及，方知父亲、母亲、妹子，俱各无恙，不胜欣喜，恨不能飞到膝前。今见尊颜，此心稍安。不知母亲、妹子在何处？孩儿急思一见。"彦庵道:"都在城中，即刻就见。我且问你:那日船上，我见你同俞德跳下江中，料来必无生理，不知如何得救？俞德怎么样了？"

金玉便将江滩遇仙赐衣、赐药相救，并抱病在庙，亏俞德乞求，同回相投学师，做亲医癫得中，直说到奸相陷害，以致出征，今日相逢方住。彦庵道:"如此说，你吃了大苦了。今日杀贼成功，父子重逢，固是纯钢、有光之力，亦上天默佑之功，可称意外之喜。汝可快去安了民，再见母亲、妹子，然后班师复命。还有奸相私书一封，亦须面奏圣上要紧。"金玉道:"原来这奸贼还私通贼寇，罪不容诛矣。孩儿当即刻飞章奏闻便了。"有光急急止住，道:"元帅不可性急，这奸贼心腹，布于满朝，皇上又十分信用，若奏章进去，走漏消息，恐难达于圣前。奸贼闻知，必要施奸谋暗算，不但无益，反要受他所害。莫若只当不知，就到朝房遇见，还该谢他举荐之恩，直至圣上面前，出其不意，将私书奏上。他虽奸谋百出，一时亦难抵赖矣。"

金玉道:"此言甚是有理。"吩咐军中不许走漏。大家上马进城，见儿童父老、男男女女，尽执香花果酒，迎接道途。元帅一一慰劳毕，早到总督衙门，进去拜见母亲、妹子，并请解氏拜谢。解氏道:"恭喜元帅功成旦夕，一门完聚。老身理合拜贺。"金玉道:"此皆贤母子之功。不日还朝，定当表奏。请伯母上坐，容小侄拜谢。"解氏道:"这怎敢当！可怜老身，夫死子孤，大仇未报，不得已忍辱事仇，今朝就死，已为失节之妇，实为可愧。幸赖元帅军威，一旦剿灭，死可瞑目矣。只求再借贼人之首，望江祭奠丈夫一番，先夫亦必称快。"金玉道:"夫人虽则失身，全为铁氏保孤，不失为义；

杀贼虽为报仇，实为朝廷除寇，不失为忠义两全。尚当旌表，有何可愧？既欲贼首祭奠，吩咐速备祭礼，小侄亦当同往一奠。"解氏道："这个一发不敢当。小儿蒙先生教诲，已得成人。或再蒙元帅提携，先夫在九泉，已经感谢不尽矣。"

次日，母子二人带了首级，到江边祭奠。解氏大哭一场，到焚帛时，忽望江一跳，吓得纯钢急扯不及，虽即救起，已不能活了。纯钢抱住痛哭，尽礼殡葬不题。

且说元帅分派各营兵将把守西安，自同父母、妹子并铁、石二将等，班师进京，五鼓入朝复命。到朝房，见卢太师已先在彼。原来，卢太师自从差去细作之后，满拟金玉万无生还之理。不料后来报到，不但不曾死于贼手，反将贼人杀尽，恢复西安，指日班师。不觉吃了一惊，道："这小畜生，有什本事？闻得强盗十分凶猛，军师法术厉害，西安多少大将尽被杀害，如何他反得胜？别事犹可，我的私书寄去，倘被知道，如何了得？"欲再设法害他，急切又无从下手。终日愁闷，兀兀不安。那日忽报元帅已班师到京，明早面圣。他是心虚的人，一夜睡不着。未到五鼓，先到朝房等候。一见金玉进来，便满面笑容，道："殿元回来了，恭喜！贺喜！如此大寇，尽皆剿灭，一战功成，实为难得。"

金玉道："此皆赖圣天子洪福，老太师提拔，晚生侥幸成功。一到京，即欲登门拜见。只因朝命在身，不敢先尽私情。今适相逢，请太师台坐，容晚生叩谢。"太师道："此皆殿元大才，老夫不过为国荐贤，何谢之有？"金玉必要拜谢，太师亦连忙答礼。太师见金玉这般谦恭，绝非向日骄傲之态，只道真个感谢他，心中暗喜，候圣驾登殿，放心同进朝见。只见状元复命毕，皇上大喜，金墩赐坐、赐茶，十分慰劳旌奖。太师暗想是他举荐的人，亦觉光彩，还望圣上加恩于己。哪知金玉忽又跪奏《请除奸相事》，皇上一看，不觉大怒，道："谁知这奸贼私通贼寇，卖国害贤，罪不容诛矣！他的亲笔私书何在？"金玉急将卢太师私书呈上。皇上一看，立刻着殿前校尉，将卢太师拿下，道："老贼！你官居极品，位压百僚，朕待你也不薄，怎么私通贼寇，几乎把朕的江山轻轻送去，该得何罪！"卢太师见金玉一团好意，声报致谢，哪料还有此举。及至面奏，方知私书已露，吓得心胆俱碎，怎敢还辩。皇上就赐红罗三尺，立刻着他自裁，家产籍没入官。金玉封镇西侯，西安起造侯府，妻林氏封一品夫人，三代俱封赠伯爵。金玉又奏知：有功将士，并带俞德一功，又请旨给假祭祖。皇上一一准奏，封石有光、铁纯钢，为镇西侯手下左右大将军。西安旧将，各复旧职，加三级，遇缺即升。俞德封守备之职，听镇西侯拨用。金玉准给假三月到任。旨意一下，金玉领了镇

西侯兵符印信，立刻同父母等，起身回家不题。

且说无瑕，送丈夫起身后，即同爹娘叫船，一路回家。一日，船到扬州，夫人忽然腹痛难忍。吓得周氏惊慌，急叫丈夫来看。道全将女儿脉一看，便道："我儿恭喜！要分娩了。必然是个男喜。"速叫住船，快唤稳婆。未几，稳婆叫到，又过了一会，方才产下，果是一个公子。大家欢喜，只夫人身子虚弱，产后不就有乳。周氏道："你官人出门时，曾对你说：生了儿子，须雇乳母。今到家尚有数日，何不就在此地雇了带回。"道全道："此言甚是有理。"因对稳婆道："妈妈，你此地急切要雇乳母，可有么？"稳婆道："这个论不得，出来做乳母的，乡间人多，有起来要几十个也有，没有起来，急切哪里去寻？至少也得三天五天，到各媒婆家访问，或者有也不可知。"道全道："我们就要开船的，哪里等得。"稳婆又一想，道："有倒有一个极好的在此，只怕夫人不要。"夫人道："我正要雇，所以问你。既有极好的，怎么倒不要？"稳婆道："好是果然，极好的奶也有，一说也就成，只有几种不合适，所以说恐夫人不要。"夫人道："据你说，奶又有的，人又好的，有什不合适？"稳婆道："这个女子，不是本处人，是个官宦人家媳妇，她娘家也是苏州人。只因公公犯了事，婆婆丈夫都死了。亏欠了官银，官府发来官卖的。我间壁沈媒婆，是个官媒，发在她家，半个月了，急切要出脱。岂不一说就成的？我常到沈家，见她乳浆甚多，只相貌生得十分标致，年纪只好二十多岁，恐老爷回来看见，毛手毛脚起来，夫人可要吃醋，这一样不合适处。二则雇一个乳娘，至多十四五两银子，还不要全付她。这是官卖抵赃的，丈夫又没有，或要讨她终身服役，或讨她配人生男育女，子子孙孙都是你家奴婢，价钱虽贵，也是值的，夫人要雇乳娘，怎肯出重价？故又不合适。"夫人道："要多少价钱？"稳婆道："闻她要卖六十金纹银，还要部砧在外。一个小丫头，要二十金，一齐要卖。"夫人道："若果然好，价钱也不算多。况我原要长久的，省得年满回去了，孩子哭哭啼啼。若说标致更好，孩子吃了她乳，每每要像她。至于虑我家老爷见了不正经，我家老爷决不是这样人。我也不是个妒妇，有什吃醋。就烦妈妈去一说，若可以成，就成了她罢。"

稳婆道："老身是最直的，有话就直说出来了。不比这些媒婆的口，夫人莫怪。既夫人要讨，人是包管好的。上去路远，往来烦难，何不太爷带了银子，同老身去一看。若果好，就同沈媒婆当官交了银子，领了官凭，叫乘小轿抬了下船，岂不便益？"夫人道："既如此说，就请爹爹去一看。若好，就成了罢。"道全道："我上去是极易的，只恐眼力不济，看差了，误了你的事。"夫人道："爹爹说哪里话！父女总是一体的。爹爹看了好，自然是好。有什误事？"道全道："如此，就去便了。"

夫人赏了稳婆五钱银子，吃罢午饭，要叫轿来抬了道全去。道全道："不消，我是走得动的。"夫人就取出纹银八十两一包，外又将碎银十两，付道全带去，恐在外有些费用。道全接银袋了，就同稳婆上岸，转弯抹角，足足走了四五里，方到稳婆家。稳婆请道全坐了，就去取一杯茶奉上，说："太爷请茶。老身先过去说一声来，请太爷去看。"道全道："我要紧下船，你快去说了就来。"稳婆道："我晓得，不消太爷吩咐。"说完，正要出门，只见稳婆的老公进来，道："你到哪里去？这位太爷是谁？"稳婆道："这是征西大元帅夫人的太爷，夫人在船上生了一位公子，要雇一个乳母，又即刻就要开船。我说：急切哪能凑巧？想起沈家前日发来官卖的妇人，乳浆倒甚好。方才说起，夫人就请太爷同我来一看，看中就要讨她。"老儿道："你又多嘴了。这个妇人并这个小丫头，要八十两足纹银，连使费要到九十金，夫人不过要雇乳母，怎肯出此重价？你话也不说明，就来多事了。"稳婆望着老公脸上一啐，道："你这老老，真是坐井观天，只晓得说这小家子话，可不先被太爷笑坏了。她是一位大元帅的夫人，整千整万也只平常，希罕这几十两银子，方才的话，我已都细细对夫人说了。她说：只要人好有奶，价钱也不为多。故请太爷同来的，银子也带在此了。谁要你这痴老老，虚吃力，假惊慌，埋怨死了人。"

老儿闻言，陪笑道："何不早对我说，这般来得凑巧，刚刚差人在他家大闹说，已经发来半月，如何没有银子去交，定要带那妇人与媒婆去比。吓得那妇人寻死觅活，我方才也劝了一会儿来。差人还在吵闹，巴不得即刻有人买去。如今说，再无不成的。"稳婆听了大喜，叫老公陪了道全，自己过去。不一盏茶时，只见稳婆笑嘻嘻地进来，道："已说了。不但差人、媒婆欢喜，那妇人听说了，与小丫头两个都大喜道：'有出头日了！'又再三扯住我，央求说：'不论什么人家，情愿为奴为婢，小心服役，只求早成。'请太爷就去一看。若好，便即刻交银，抬人下船便了。"道全就与稳婆同去一看。见那妇人果然生得标致，随欲交银停妥。正是十年主仆轮流转，命相生成难强求。要知那官卖的妇人是谁？且看下回分解。

第十五回 署关差客商受害
谋粮宪漕户遭殃

中国禁书文库

春灯影

词曰：

> 作宦岂容贪，见利须当省。但想婪财饱己囊，万姓嗟穷窘。　抱恨向谁言，含泪徒思拯。惟望清廉按院来，方得蠹民惩。
>
> 右调《卜算子》

话说那沈媒婆家官卖的妇人，你道是谁？原来就是林爱珠小姐。你道爱珠小姐嫁了利子，随公公扬州上任，好不兴头，因何到官卖？原来，利公本性贪婪，在杭州数年，地皮刮尽。幸遇上台同病相怜，拼得银钱结交，不但不坏，反升了知府，一发肆无忌惮。当初同知是冷静衙门，虽贪有限。且儿子年纪还小，助纣为虐的，不过一个刁氏。今到扬州知府，已不比同知了。谁知贪财的人，偏又遇着交财的运。刚刚到任，未及数月，钞关上主事丁忧了。上台因利公是卓异的官，必然多才，就着他署了关差的印。你想贪财的人，走到银子窠里去，如何肯不贪？登时将天平放大了，杆子做小了，货物到关，报多了还说报少漏税。轻则索诈加添，重则连货籍没。客商无用的，忍气吞声去了。不服的，与他理论，便拿到衙门，非刑拷打，无处伸冤，客商受害，是不必说。更有本衙门的事，日日着人外边各县细访，倘遇着富翁有事在县，不论事情大小，原告被告，并不管县中已审未审，审得是审得不是，就一扇牌下去，劈空提了上来，将就过一过堂，就着人打合要多少银子，如数送进。即使无理的事，他便扭曲作直，一面情词，审到他大胜，哪管穷人死活！倘富翁吝惜，不肯出手，即使有理到极处，也不管他，不弄到他家破身亡不住。更有各县钱粮，必要按月完清报数，倘不足数，就要将花户解府亲比，并每县府中，设柜一张，凡解府钱粮，都要完在府柜，

火耗极重，串钱要双倍，一一缴进。更有刻毒处，粮户完不足数的，或本人远出，即要将亲族代解，有妻子的，便将妻子解来，不论绅衿、士庶、男女，解到就送监，完足释放。不然，三日一比，女人都要责杖。百姓无不切齿痛恨。这还是他一人的恶迹。更有刁氏与儿子、媳妇，人人想做私房，着人外边四处招摇，有事到府，不论贫穷富贵，一千五百也要，一两五钱也要，或送夫人，或送公子，或送大娘，得了银子，或明对利公说，要他如何审，或瞒了利公，私弄手脚。大约有钱必赢，无钱必输。外边人便有"一印四官"之名。奈上司也是好财的，见他有得送，眼睛就像瞎的，耳朵就像聋的。就有人告发，一概不准。利公一发放心作恶，公子更加肆无忌惮。不独贪财，更兼贪色。对父亲说，监中男女混杂不便，须另设一女监在衙门内。访得各县有奸情事，或牵连妇女在内的，就发牌下去，拘了上来。男的送在男监，女的送在女监。公子便假称察监，私入女监，调戏妇人。那妇人若果是奸情没廉耻的，知是太守公子，便顺从调戏，百依百顺。虽真正奸情，必在父亲面前说：访得那妇人千贞万烈，奸情是冤枉的。倘果是冤枉的正经妇人，公子去调戏她，必然不从，定触其怒，他便对父亲说：访得这起奸情是真的，闻得那妇人，最刁最恶，必须严刑拷打方得真情。利公本是溺爱不明的，更兼刁氏从旁撺掇，只说儿子访闻必确。可怜真的审假，倒还犹可。那假的，必要审真，百般凌辱拷打，那清清白白的女子，必要陷入奸情，怎肯服气？以至自尽送命者，不一而足。公子又盘坐在钞关，遇过往空船，向来不过一看，将就放去，他必要一应箱笼打开细查，稍有当上税的，便说漏税，任意吓诈。若有女人在船，更觉噜嗦，不管官宦人家、夫人小姐，定要她上岸，到船中细看。倘女人不肯上来，他便亲自下船，以看舱为名，直闯进内舱，将船中女子看个足意方往。稍有违阻，便道朝廷设关查察，你想是带了私货，不容我查，倒大是皇上么？将些大帽子话压他，虽是官宦家，谁敢拗他？幸而不上半年，新主事到任，关上方得安静。谁知他财运亨通，关印才交去，适遇盐道升了去，他就谋署了盐道的印。那些盐商个个遭瘟，没有一个不替他诈到，弄得盐价昂贵，百姓又受其大害。未及半年，新盐道到了，交去印信。不上两个月，忽江苏粮道缺了，他又到督抚处，钻刺署了粮道的印。那番管了下江一省，更觉听其施为。又适遇收漕时候，便逼令各县漕米，每石要漕规二升。早早先解上去了，便无话说。不然就有许多苛求责备。又向各县以查察为名，倘有粮户呈告收书的，便将县官收书，任意索诈，满其所欲，便翻转面来，说粮户阻闹仓场。重则亲提拷讯，轻则发县枷责。那县官与收书，犹如加了一道敕，漕米不满的也满了，斛子不放的也放了。总之，百姓受害，有冤莫诉，有苦无伸。

且说那时早已惊动了一个势利翁林员外，一向要到扬州看看女儿，望望亲翁女婿。只因家中事多，又无儿子，脱不得身，所以中止了。后来，闻得亲翁署了本省粮道的印，欣喜无比，逢人卖弄，处处惊张，竟想借势欺压乡民，炫耀邻里，与院君商议要备一副盛礼，先到扬州拜贺。院君又是势利头儿，撺掇丈夫速速该去。员外就费数十余金，备了一副极盛的礼，连夜叫船赶到扬州。将一名帖同礼物，一齐投进。利公见是亲翁，正要接见。只见媳妇急急赶来止住，道："公公不可接见，他是一个白衣人，如今又做了公公治下的子民，他只该安分在家还藏拙，如何到此？被衙役们知道，是公公的亲家、媳妇的父亲，可不被他辱没杀了。若接见相待，叫媳妇有何颜面？不如将礼物收了，送他四两盘费，打发他回去便了。"利公听说，心中暗喜：媳妇之言，正合我意。原来利公因他是个白衣，原不肯与他结亲，只为儿子专要她，刁氏又再三撺掇，勉强成的，原不要与他往来的。今欲接见，不过因媳妇面上不好意思。今见媳妇一说，喜出望外，便依了她，封四两程仪，着人出来回说："大老爷署了粮道的印，苏州亦属该管地方，迟疑之际，不便相见。送程仪一封，请收了。"员外见说，大惊失色，心中想道："我费了数十金，备了礼来收了，怎么面也不得一见？送我四两程仪，打发我起身，轻薄至此。"欲要发作，奈他是本地上司官，只得忍气吞声，对衙役道："烦你多多拜上大老爷，程仪断不敢领。可代我禀一声，替我拿一只船，贴上一条封皮回去，也体面些。倘大老爷不允，可私自传语我家小姐就是。"衙役见是小姐父亲，小姐又甚是有权，不敢怠慢。便依了员外的，说话到转桶上传进。管转桶的，就将此言先禀知小姐，然后去禀老爷。谁知小姐听了，心中大怒，道："爹爹好不知风色，偏要在衙役面前说我的父亲，来羞辱我。他要公公拿一只船，与他一条封皮贴上、不是好意，不过要借我的名头，去吓人讲情，断断不可理他。他向来原欢喜交结官府的，如今回去，借我家的势，必然在外招摇生事。所以要封皮船只，不可不预先弄断他。"一面就对转桶上说："他哪里是我父亲，不过自幼寄名与他的。且是大老爷的子民，送四两程仪予他，也算抬举他的了。他不受便罢，船与封皮是没有的，叫他快快去罢。休得要讨怠慢，也不必禀知大老爷，程仪留在此，也不必与大老爷说知。"转桶上照爱珠之言传出门皂，转对员外说了，员外道："该与我家小姐说便好。"门皂道："若与大老

爷说，倒未必如此待你。这些话，都是小姐吩咐的，不曾许禀大老爷。况且小姐说，又不是你养的，不过自幼寄名的，有甚相干，不如好好的回去罢。"员外听了，几乎气得发昏，想："这门皂与他辩也无用。"忍了气走出，心中大怒道："世间有这样女儿，前日金状元寄书回来接家眷，无瑕还再三请我同去共享荣华，谁想嫡亲女儿，反要逐父不认，幸而我还薄有家产，不要靠她。"心中闷闷，只得有兴而来，败兴而去。哪知爱珠小姐，又去劝哄公公说："我父亲向来欢喜结交官府，讲情说事。今公公做了本省粮道，他必然拿我们的势，去衙门讲情，可不坏了公公的名头，媳妇面上也不好看。须发一扇牌到苏州府，仰吴县将他前后门封锁断了，只留旁边小门出入，再问地方讨了看管。邻里出了甘结，并给示禁，止闲人往来，方能绝得这条门路。"利公深以为是，就依她即刻施行。可怜林员外，见亲翁做了本省粮道，正要借他的势恐吓乡民，结交府县，一团高兴，备了盛礼到扬州庆贺，指望十分厚待。谁知反讨了一场怠慢回来，与院君一说，连院君也几乎气死，还叫瞒了，思量掩人耳目。哪知又发下一扇牌、一张告示，将他前后门封锁，反要地方看管，邻里甘结，禁止闲人往来。不但不能恐吓人，别人倒要来查察他。不但不能结交府县官，连向来结交的衙官、学师等，都不敢往来。员外夫妻气得相对大哭，说："这小贱人，我们当宝贝一般爱她，巴望她好。她没福做状元夫人，嫁了利家。见利家兴头，我们还欢喜。哪知如此一个报答！昔日相面的说她'作事定然刻薄'，我还不信，不想果然刻薄至此。还说她许多下贱，只怕也要准哩。"只得在家闷头，不敢出头。

你道爱珠小姐，父母如此爱她，她待父亲如此刻薄，天理已经难容。哪知她只奉好了公婆，骗好了丈夫，恶薄还不止于此。她公公又只知奉好了上台，横行更是无穷。官运又偏生甚好，难道果无天理么？殊不知不过恶贯未盈，时辰未到耳。

不数月，新粮道到任，交去印信，仍行府事，扬州百姓，灾运未满。又过数月，朝廷新点了江南巡按，姓曾名师望，又新选一个扬州府理刑，姓车名静斋，都是金玉同年，铁面冰心，一清如水，彼此敬服的，今又同任一处。静斋欢喜不必言，师望更加欢喜。你道为何？原来曾巡按是杭州人，家中甚穷，田产婢仆全无，只夫妻二人，幸喜中了举了，要盘费进京会试，只得将住房卖了，带了妻子一齐进京。船过钞关，正利公子盘查之时，见师望妻子不肯上岸，便到他船中，将他妻子看了又看。师望见他看得恶状，便道："空空的一只小船，一望就知，有内眷在舱，如何闯进舱去，眼光

忒忒，怎么模样？"公子道："放屁！朝廷设立的关，理应查看的。就是官宦家的内眷，也要出来了，凭我看，希罕你这穷措大蠢妇人，就送我，利爷也不要。难道描了她样

子么？"师望还要与他对口，船家急急劝住，将船摇过。师望道："这狗头，如此可恶。我正要骂他一场，你如何阻住了。"船家道："相公不知，这是扬州府太爷的公子，太

爷署了关差的印，他在关上盘查，人人唤他活太岁。遇见了他，平平静静过了，还要烧利市，如何还去与他角口。"师望道："据你说，不过一个太守，就署了关差，也只平常。他儿子如何这般肆横？难道没有皇法的么？"船家道："今日世界，有什皇法！这个太爷，先做过几年杭州府同知，人也不知害了多少，杭州地皮都刮尽了，不曾见坏，反升了扬州太爷。到任数月，扬州百姓，又没一个不怨声载道。偏偏这样一个好关差，又与他署了印。过往客商，哪一个不骂。上司只要有银子孝敬他，哪个来替百姓伸冤理枉？所以我劝相公忍耐，急急摇了来，倘然争论起来，他人多势大，哪里敌得他过？吃了亏何处去伸冤？"师望道："原来就是这狗官！他在我杭州作恶多年，人人受害。如今又到此地害人。我若有出头之日，断要为民除害，决不与他开交。"谁知利图恶贯将满。师望到京，果然联捷中了，偏偏点了江南巡按，又却好一个相好同年，选了扬州府理刑，所以心中大喜。自己还要辞朝领敕，耽搁数天。车理刑早已领过了凭，限期紧急，拜别在京同年并各大老，然后辞别按院先出京。曾按院就托他："一到任，先要将扬州府利图一门恶赖，细细访实开明了，我一到就要访拿的。不要走漏消息便好。"理刑领命，先去到任。正是有势莫使尽，常愁狭路逢。未知车理刑与曾巡按出京，利知府如何结局，且听下回分解。

第十六回 贿上官京师遭骗
拿下吏万姓群欢

词曰：

　　贿嘱清廉无路，银交马扁成空。错认舅爷真姓贾，误投老叟假司农。堪怜撞木钟。　访察有心得实，密拿无计潜踪。满拟黄金能免罪，哪知狭路适相逢，乘机万姓攻。

右调《破阵子》

　　话说车理刑领了文凭，别了按台，不一月已到扬州公座，看城行香放告毕，就与同僚相见，拜望乡绅，参见上台。公事完了，就细细察访扬州府的过恶。谁知扬州府的过恶，不消细访的。人人受害，个个称冤，一桩一件，都有确实。车理刑一一记明了，录成一册，候按台到任送进。

　　那利图还睡在鼓里，如何知道？他一闻按院点了曾师望，访得他是个穷官，必然爱钱。早已打发儿子，带了一万几千银子，赶进京中谋为。并吩咐到京要看机会，或拜门生，或拜干儿。只要妥当，不可惜银钱。公子领命，带了银子，连夜起身来到京中。访知按台尚未出京，甚是欢喜。四处一问，奈无门路，日日到他寓所门前窥探。一日，只见一人慌慌张张从内出来，见公子在门首窥探，便问道："你是哪个？要寻何人？"公子见问，便道："这里可是江南巡按曾大老爷寓所么？"那人道："正是，你要问他怎么？"公子道："请问曾大老爷何时出京。"那人道："尚早哩。盘费也没有，还欠了几千两京债，被人缠住不放。我日日替他撮弄，只弄得数百金，又被人逼去了。如今还要替他去设法。"公子听说，心中暗喜，道："请问尊驾是他什人？为何替他这般着急？"那人道："我是他的妻舅，大人是我嫡亲。家姊、家姊丈是最多情的，替他

设法了银子上任，将来一世受用不尽哩！"公子道："原来是舅爷，晚生有句话要相商可好？屈舅爷到前面茶坊上一坐，何如？"那人道："家姊丈托我设法银子，立等要紧，哪得功夫。有话迟日相商罢。"公子道："不多几句话，请略停一刻。要银子也易事，晚生可以代为设法的。"那人道："既如此，前面礼聚茶室甚是清静，且去坐一坐，有话快些说了。我要紧去。"两人同到茶坊坐定。公子道："请问舅爷尊姓？"那人道："小弟姓贾，有什商量？快请教。"公子道："有个人要送些银子来，与令姊丈。闻得令姊丈，一个钱也不要，绝无门路打通处。舅爷又说，盘费俱无，急于措银，为何又说不要？"那人道："长兄真是诚实人，想从未到过京中么？"公子道："晚生实未到过，正要请教。"那人道："京师耳目之地，朝廷设立多少监察御史，动不动风闻一本。一个新进士点了巡按，那个不虎视眈眈？谁敢要钱？即如家姊丈一点了此差，江南一省的官，哪个不来打点。若明公正气要钱，几十万也有了，何在这几千。只因外边闭断了门路，送的无处送，要的不敢要，所以甚难。不瞒长兄说，小弟方才说设法银子。你想京债欠了，正在此讨还，到何处去借？就要去闯闯，那些要来打点的，遇见几个有缘的，私自替他停妥一两件。一则可以救了家姊丈之急，二则替那人做得稳当，无人知道。此是小弟直言，长兄切勿外边说破，所关非小。"公子听说，大喜道："原来如此。晚生正有事要求令姊丈，今日何缘得遇舅爷？万望周全，银子要多少，都在晚生身上。"那人又故作惊疑道："小弟方才失言，长兄却断不可张扬。请问长兄贵处，那里有何事要求家姊丈？"公子道："晚生姓利，家父名图，现任扬州知府。闻令姊丈巡按江南，特命晚生备礼求见，拜在门下，愚父子都要恳求青目。"那人道："带多少礼物来的？"公子道："还未备得带，白银万金在此。"那人一惊，道："既有这些银子，必然有事要家姊丈周全。我今也可不消再应允别人了。但长兄送这些银子，须将事情一一讲明了，等小弟好去说，事情若重大，小弟人微言轻，也不敢私自担当。倘家姊丈到任忘记了，岂不是小弟失言？还要讨长兄疑心小弟拐了你的银子，不曾说得。莫若先等小弟说妥当了，必要再弄一个兴头，大老当面交与家姊丈，便万妥万当了。"公子道："如此更好了。晚生也并无别事相求，只要拜在门下，将来意欲到京，捐一官做做，要他帮衬帮衬。家父在扬州两年，蒙各上台见家父有才干，委署了几个要缺。家父事事秉公，不顾情面，未免众怨所归，仍恐按台一到，众口烁金。所以，先要细细禀明，倘有好升缺，并求提拔。望舅爷先代禀知，得蒙一见，感戴不尽。"那人道：

"在我身上，少停，就在此等回音罢。"公子道："晓得。"两人出了茶馆，正要分别，那人又问道："家姊丈长兄向来可曾看见过么？"公子道："从未见过。"那人道："既如此，小弟一发不敢斗胆了。你两人从不认得，我一人在内做事，倘不应口，只说我是假话了。家姊丈日日出去吃酒拜客的，他又没有轿出入，总是乘马的。你认他一认，我再领你当面一会便了。"说毕，拱一拱手别去。

公子有心随在后，只见他原到曾巡按门首，已有一个小厮立在门首，见了那人，便叫道："舅爷哪里去了？这一回大老爷要出去吃酒，等你回来说话，快请进去。"那人就同了小厮，急急进去了。不一时，又见那小厮手中拿着大红金帖，口中叫道："马夫在哪里？快备马，大老爷要去吃酒，已出来了。"公子有心看他帖子，名字反折在外，正是曾师望名字。未几，里边走出一个人来，小厮道："大老爷出来了。"公子一看，见他器宇不凡，却像个贵人模样。上马，小厮相随去了。随即那个舅爷出来，见了公子，一把扯到前所坐的茶坊内坐下，道："长兄恭喜！事甚凑巧，小弟方才在此与兄讲话，谁知那讨京债的，又来催逼。见没有还他，竟要到都察院告状，弄得家姊丈出京不得。家姊丈情急，叫小厮四处寻找，替他算计银子，进去将长兄之言一说，家姊丈大喜，说：'有了这些银子，数日内就好出京。'方才，就要来请长兄相会，一则因寓中耳目众多，恐人知道，彼此不便；二则小弟也不肯，上万银子送他，只小弟一个看见，长兄说：'尊大人为众怨所归，诚恐众口烁金。'此也虑得不差。倘到任后，果有人言三语四，家姊丈忘了，叫小弟哪里说得他转，可不叫我做事不得当了。况长兄还要他帮衬银子，岂可轻易出手？我方才对他说，必要一个大老居间，方将银子付他，便无反悔。"公子道："多承盛情，极妙的了。但此事又不便张扬，急切哪得个大老来居间？"那人道："兄不要虑，有个绝妙的所在，有个极兴头的大老在那里，只经由了他，要空一个加一，只恐家姊丈不肯，所以难他一难。他情急了，不怕他不走这条门路。长兄放心。"

言之未已，只见随去的小厮，急急赶来，对着那人耳上道："大老爷说，事情急了，就是今晚，请舅爷同了所说的人，带了银子，就到城外脱空庵许大老爷处一会罢。大老爷吃完酒，也不回寓，一脚就到那边来了。"那人道："我知道了。我同利爷就到许大老爷处候便了。"小厮出去，那人笑对公子道："何如？我说他情急，不怕不走这条门路。"公子道："许大老爷是何人，为何又在庵中？"那人道："这是家姊丈的老

师，做大司农的。近因有恙，要告假回籍，圣上不从，奉旨在庵养病一月。朝中最得时的闻说，将来要升吏部尚书。他待家姊丈最好，家姊丈有事，也不瞒他，只要送他加一。所以不肯经由他。今情急了，只得去的。你如今可带了银子，我同你先出去，将你的事先细细与许老说知，托他一托。少停，家姊丈来，他便好从中帮衬了你。若还有银子，或在外送些与许老，先拜在他门下。他是个大司农，若果转了吏部，则天下的官，都是他作主。且长兄要进京捐纳，得他帮衬，可不更胜了家姊丈么！"公子大喜，道："果然甚好。只恐许大人未必肯。"那人道："有银子送他，我再替你去说，有什不肯？事不宜迟，快快出去，候他便好。"

公子急急回寓，雇了牲口，着几个家人带了银子，同那人来到脱空庵。走进，甚是清静，里边进去，五间静室，鱼池花草，盆景假山，十分幽雅。只见一个老者，盘坐榻床上，三四个小厮，烹茶的、浇花的、焚香的，一个立在旁边。见那人进去，那老者略起一起身，依旧坐下。那人对老者说了一会儿，只见一个小厮出来，道："哪一位是利爷？大老爷吩咐，请进相见。"公子听得一请，忙忙随了小厮走进，那老者立起身来，那人先接着对公子道："这是许大老爷，方才利兄说要拜在门下，我已说过，就请相见。"公子就手持揭帖，忙忙跪下。老者就命小厮扶起，收了揭帖。公子又递上礼单，是礼仪千金。那老者笑嘻嘻地道："老夫病躯，本欲告回养闲，蒙圣上命我在此静养一月。这一月内，一应事情不管。方才贾老来说，贤契要拜在老夫门下。老夫老迈无能，诚恐有负贤契，不敢应允。盛礼更不好受，只因贾老又说尊翁任扬州，要敝门生提拔照拂。我想：他是个江南巡按，贤契要拜他门下，他倒是多情的人，贤乔梓倒可以着实得他的力。只是他做人，清奇古怪的性子，他令舅还拿他不定，必要老夫在内介绍。老夫对他说，他果然不敢违拗。若不受你盛礼，只说老夫不肯代说，有心作难了。且权领在此。"命小厮将银子收过。公子就铺下红毡，拜了四拜，老者还了半礼，坐下，公子又细细恳求老者转恳按台。话才讲完，只见先前随按院小厮，拿了一个门生的帖子进来，道："曾大老爷要见大老爷。"老者道声："请进！"那舅爷就扯了公子，到旁边一间屋内，道："我们且这边略坐一坐，等许大人先说了，出来相见。"公子道："是。"在门内一望，只见按台走进来，见了师生礼，坐在老者旁边。老者与他说了好一会儿，只听得巡按道："老师吩咐，自当遵命，利生可在此么？"老者道："同令舅在内。"按院道："既在此，就请出来相见。"小厮听说来请，二人同出。公子也与见老者一般，送礼拜见毕，按院收了，命坐。茶罢，开口道："贤契之事，舍舅已先道达，今又蒙敝老师吩咐，我自然一一留心，到任之后，贤契倘有什事要见我，可私打关节来，我值堂的叫王恩，现在此，叫进来贤契一认，有话叫他传进。我着舍舅出来会你。"就叫过一个老家人来，吩咐道："这利相公，是扬州知府的公子，今拜在我门下，你可认一认。倘有什话传进，你可急急代传，不许阻挠。"王恩领命，按院又对公子道："京中耳目众多，你速速起身回去，不可在此耽搁，到我寓中窥探。倘被人看破，连我也不便。况我明后日也就出京了。"公子领命，怎敢有违？遂即拜别二位老师出来，那些小厮与王恩等，齐齐送出讨赏。公子也不敢轻慢，每人送他十二金，王恩加倍在外，又送舅爷四十金。别了回寓，急急收拾行李，连夜起身回扬州，共费去一万二千余金，对父亲说了。利图亦甚欢喜，道："儿子做事妥当，如今是安如磐石了。"放心做去，更无忌惮。公子因拜了两个兴头老师，意气洋洋，愈加贪得无厌，放胆横行。谁知都被刑厅访去。

不数日，按院已到，各官迎接。独留刑厅进去，细问利知府之事。刑厅呈上款册，按院一看，大怒道："这狗官，一门作恶，如此害民，罪不容诛矣。但未有告发，不好拿他一个。出示招告，必要将他一门处死，方能为百姓伸冤。将来还要借重年兄严讯，断要尽法重处的。"理刑领命辞出。

且说曾按院在京当面受了利公子一万银子，拜在门下，又有老师许大司农与舅爷再三说得停停当当，连按院自己，也满口应允。又叫他有事传与堂官王恩转达，王恩都叫他认明，真是一团好意。如何刚刚到任，又不曾有人告发，就忽然变了脸，反要去拿他，难道在理刑面前说假话么？谁知其中有多少缘故。哪里有什么许司农、贾舅爷与王恩等？原来是班京骗子、大光棍。见公子是不在行的，四处访问按院门路，被他们看破了，知按院又是一个新进书生，出入总是步行，不乘轿马，无人认得，他的寓所又人家甚多，屋宇甚广，前后通家，四通八达的。所以这班光棍，做成圈套，在城外赁了这个庵，连和尚都瞒了不知。公子如何知道？只说受了银子去，按台亲许，万妥万当，欢喜到家。哪知曾按院虽穷，是正经人，哪里有此事？正是运退黄金失，时衰鬼弄人。要知按院访拿如何，且看下回分解。

第十七回 伤天理父子下狱 快民心姑媳遭殃

诗曰：

> 造恶终须报，只争早与迟。居官无恻隐，保赤鲜仁慈。但想盈囊橐，徒思括地皮。按台挈访日，万姓快心时。

话说按台行香、放告已毕，就发一搧密牌，仰扬州理刑，立拿贪官扬州府知府利图，摘印送监候讯。一面又发一告示招告。利图在衙，如何得知？那日正坐堂审一桩屈事，是泰兴县一个穷秀才，自幼聘定一个妻子。地方上有个土豪，名强虎，看见她标致，定要讨她作妾。因女子父母不从，竟黑夜统众抢去，强逼成亲。幸那女子贞烈，寻死觅活，必不肯从。土豪就将她锁闭深房，着几个丫头仆妇，看守劝从。女子的父母就通知了女婿，大家出状，在县中告了。幸县官清廉，立刻提来审明，将女子断还了秀才。幸未失身，也不择日就做了亲。将土豪家人枷责，事已完了。谁知利公子访知，就着人打合土豪来告府状。那土豪因县中断了，正在气闷，果然告了府状，利图批准亲提。私与土豪讲，要五百金，包管断他作妾。土豪就送三百金，利图允从。公子又在外要一百两，后手又着人去说，老爷是没主见的，全要夫人大娘帮衬，每人要大珠一串，再无不妥。那土豪已上了恶马背，果又送了二十粒大珠，原合成五百之数。利图遂即出牌提人，土豪又贿嘱了差房，擒拿燕雀一般，将秀才夫妇，并女子的父母，立刻拿到。惊动了三学秀才，人人不服，来动公呈，被利图扯得粉碎。大骂道："你们这班秀才，犹如疯狗一般，动不动就是公呈。做秀才的人，强占了人家女子，本府审了，还要通详各宪，你们自己各保前程，不要自来送死。"众秀才道："且看你怎么样审？审得不公，我们去见按台，必要辩明的。"利图大笑道："你们要见按台么？我叫

你一个个都死在按台座下！"吩咐赶出去。那些秀才终是斯文人，怎经得衙役如狼似虎，赶了出去，就带土豪进审。那土豪前面原捏就一张卖契，买了一个硬中，说："那女子久已买她，养作外宅，近来私自结识了这秀才，她父母得银卖奸，职员知道了，领了回去，那秀才不思自悔，反恃着县主情熟，挽通女子父母，倒告职员劫抢。县中一面情词，不问曲直，反将小妾断与奸夫，还将卖契扯去。情实不甘，求太老爷明断。"利图就叫唤秀才上来，不问清头，先骂道："你这没行止的狗头，做了一个秀才，不思闭户读书，专想出入衙门，结交官府，奸淫妇女，谋占为妻，本府已经细细访实，你还有何辩么？"秀才道："这明明是生员自幼聘定的妻子，那土豪谋娶不从，强劫抢回，蒙县父母，已经审实断还。生员岂是奸淫谋占之人？"利图道："还要强辩，谁不知县官是你相熟，一面情词，胡图断结。本府今日审实你这狗头，死在目前，通详各宪，连那县家也不得干净，下去！"唤那女子上来，利图先将气鼓一拍，道："你这小小年纪，父母卖与强虎为妾，就该安分相守才是。怎么又私通那秀才？廉耻丧尽，还不知自悔，竟安安稳稳，随了奸夫快活，难道没有皇法的么！你今日好好仍随强虎去，本府也不深究了，若再违拗，本府刑法厉害！"那女子道："小妇人自幼父母许与秀才，明媒聘定，何曾卖与强虎？今蒙县主明断，父母主婚，何曾随什奸夫？"利图大怒道："你这淫妇，在本府眼前，还敢强辩，恋着奸夫么？拶起来！"可怜那女子十指尖尖，被皂隶狠狠地扯出，套上拶指。吓得那父母急急赶上叫屈。利图道："我不叫你，谁许乱我堂规，把那两个狗男女也夹拶了，着他快快一齐招上来！"皂隶都是得了土豪贿赂的，官一吩咐，就将夹拶取到，将他夫妇二人，扯下要上。只见秀才大跳上堂，道："是非曲直，也须细审，怎么得了强虎银子，将人乱拶乱夹，逼士人之妻为土豪妾，难道没有皇法的！现今按院降临，岂无耳目？"利图恃着按院已经讲妥，便拍案大怒，道："你说是个秀才，打你不得，如此放肆。我打且稍缓，取短夹棒来，先夹死你这狗头，不怕你按院处告了我来。"皂隶听说，果取过夹捧，要扯秀才的鞋袜。秀才强住不从。外边众生员闻知要夹秀才，也大闹起来。奈衙役众多，推住不容进去。

正在难解难分之际，只见四府来到，众生员上前告诉。四府道："诸生不必啰唣，本厅进去，自见分晓。"四府仪门下轿，也不候通报，望堂上直走。利图见四府不候通报，直闯进来，甚是奇怪。见已到堂下，只得走出座来，要上前相问。见四府取出按院密牌送看，一面就叫带来衙役，替太爷去了冠带，上了刑具，带去收监。只听得堂

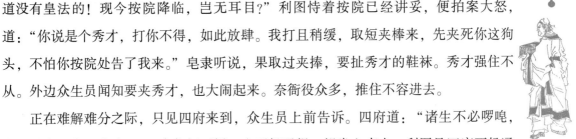

下看审的人，齐齐高叫："天开眼了！"那秀才就上堂跪下，禀四府道："生员自幼定的妻子，被土豪强抢了去，幸县父母断归。今强虎送五百金与利太爷，强要断去。今日不问曲直，非刑夹挺。若非太公祖老爷到来，生员已被夹死。望太公祖老爷作主。"刑厅道："将强虎带着，本厅细审便了。"

且不说利图下监。且说公子在后堂看审，见刑厅忽来摘印，将父亲拿去，起初不知何故？细细一访，方知按院拿访的，心中大骇，道："他受了我一万银子，还有许大司农与舅爷说妥，还当面许我，有话传与堂官王恩，说了叫舅爷出来会我。此言尚未一月，难道就忘了？就是忘记，也不该反来拿访。其中必有缘故。如今且到他辕门上，问一问再处。"当即赶到察院衙门，望辕门直闯，被把门军士盘问，只说要会堂官王大爷说话的。门皂见他体体面面，又要寻内里人讲话，只道果是官府有一脉的，不敢阻挡。来到号房，对上房一拱，便自通脚色说："大老爷当面吩咐，叫我来寻堂官王恩，有一句话进，烦通报一声。"上房不敢隐瞒，将他的话向内禀知。巡按大怒道："我正要拿他。只因未有告发，单拿利图下狱。怎么他自来投死？"吩咐拿下，打点开门。吓得公子失去三魂，想到人情奸险，一至于此。又一想，道："他虽反面无情，当面受我一万银子，终是软胎，我总拼一死，当堂叫破，看他如何抵对！"言之未已，按台已坐堂叫带那光棍过来。公子只说按院还是得银子的，便大着胆跪上去。按院一看，见就是那年查关下船啰唣的人，拍案大怒道："原来就是你这狗才！你父子济恶，本院正要拿你，你如何擅闯本院的辕门，冒称寻堂官讲话，希图钻刺，难道不晓得本院是一尘不染的么？"叫剥去衣冠，先捆打四十，再慢慢地问他。公子听说，心中想道："他明明得了我一万银子，还在公堂上撇清说一尘不染，分明要打死我以灭其迹，不如叫破了，也不过一死罢了。"公子见军牢来扯，便大喊道："等我说明了，死也死得甘心。"巡按听了，止住道："有什说明，容他快说。"公子道："你点了巡按，盘费俱无，还欠了几千京债，没得还，难以出京。着贾舅爷在外寻门路，弄银子，来打合我送你一万银子，许提拔我父子。你的亲阿舅，晓得你做人，反复不肯担当，你又央你老师许大司农，在城外脱空庵过付，你又着堂官王恩与我相认，说有话叫我亲来寻他传进，叫舅爷出来会我。如今不指望你提拔，反一到就叫刑厅来拿我父亲，又无故将我要打，分明要打死了，以灭其迹。殊不知人迹可灭，天理难容，就死到阎罗殿前，也不肯甘休的。"巡按听了，大惊道："你这狗才，想见了鬼了！叫书吏录了他的口供，本院奉旨钦点，现给有盘费，为何没有？又何曾欠什京债，我夫人姓施，并无兄弟，何来有姓贾的舅爷？若说我乡场老师，一个姓马，现放山东巡抚，一个姓竹，现任翰林院侍讲。会场老师，一个大学士方，一个都察院黄，何尝有姓许的？且朝中历来不曾有许大司农，可不句句都有假话，要污辱本院么？还说有什家人王恩，这话一发荒唐了。本院寒素传家，并无家人小厮，随身只有一个长班，谁人不知，敢于冒讲么？你且抬起头来，认一认本院，只怕本院认得你，你倒未必认得本院了。"公子听说吃了一惊。果抬头一看，哪里是京中拜见的？方大哭道："罢了！罢了！小的该死。"按院道："你认明了么？本院可是受你银子的？"公子连连磕头道："不是，不是。小的遇了京拐了，该死！该死！"巡按又命将遇拐细情，一一说上来，倘有半字隐瞒，取夹棒伺候。公子只得将京中之事，细细说上。按院道："你夤缘贿嘱钦差，已该万死，今又无故污辱本院，罪更难容。如今还不甘服么？"吩咐捆起来，着实打。可怜公子一向娇养的，如何受得起按院的板子。打到二十，早已将死。按院就叫放起，带去收监。一面就拜疏，历呈利图父子恶迹，并带私行贿嘱京拐，冒污钦差，伏惟查究。又写一书与都察院黄老师，恳求严查积拐，以清官凭。黄公接到门生的书，适遇皇上将疏批发都察院严查，随即将脱空庵和尚密拿到私宅一审，招说并非通谋，事情果有。黄爷就着几个和尚改作俗装，随各门巡城御史，识认诸拐。三日内，果查出一人，即向日之假司农。唤来一夹，个个招出，立刻拿到。每人三十枷号两月。贿银追出修城。放明，面上各刺"积拐"二字。自后，京拐藏形，话不细表。

　　且说利图送到监中，心中气闷，还暗想："按院得了银子，如何反来拿我？须叫儿子去见他，拼得再送几万银子与他，偏要弄复了扬州府，将方才这些幸灾乐祸的人，个个处死方快。"正在思想，忽见禁子背人进来，一看却是儿子，见打得这般光景，问他又不开口，细问禁子，方知是按院打的，更觉奇怪。直过了一会儿，公子方醒。利图一把抱住，道："我儿，按院得了银子，不指望他提拔，怎忽反面无情，将我拿了，又将你打到这般光景。"公子道："哪里是按院反复，总是孩儿该死，害了父亲了。"利图道："这怎么说？"公子逐将京中遇拐，并非按院一一说明。利图方大惊大哭道："如此说，我们是断然没命的了。须寄信出去，拿些银子来监中使用，衙门上打点。不知按院可有门路？"公子道："据他堂上撇清说一尘不染。只有四府是他同年，先送些银子与他，要他转恳巡按，拼得送他一二万金，他见了银子，难道真个不要么？若果不

要，还有一个顶大的门路，连按院都要弄坏他方住。"利图道："若有这个门路，极妙的了。是哪个？"公子道："我前日在京闻，卢丞相权势最重，又极贪财。家中现有十数万银子，连夜打发母亲同妻子进京，送与他。还怕不妥么？"利图听了，正中欢喜，忽见一个家人急急赶进监来，大哭道："老爷不好了，昨日摘印后，公子才走出外边，就有数万人将衙门围住，直打进来，夫人躲不及，被众人扯出，衣裳裙裤扯得精光，登时乱拳打死，可怜阴户都挖穿。幸喜大娘逃避得快，躲在后边粪窑里面，方才得免。直到四府急急赶来安民，方才渐渐退去。可怜衙中抢得罄空，莫说银钱一些没有，就要一只箸、一丝布也没有了。夫人精赤条条，死在血泊之中，衣衾棺木全无，老奴只得到至诚会中，领了一口棺木，身上脱下一件布衫，将就掩盖盛殓了。百姓还要来打材，亏车老爷押去埋了。可怜大娘，直至众人散后，方才爬起，虽未伤命，满身蛆虫、臭粪，又无衣换，又无汤洗，只得到荷池中，将满身衣裳裙裤一齐脱去，洗净身体。又将衣服等逐件洗濯，可怜脚带内，都是蛆虫，衣服洗了，又无日晒。老奴只得将些打坏的什物，烧起烘干，与大娘穿了。那些丫鬟、小厮、家人、仆妇等，见这光景，也趁势早早携了些东西逃去了。只剩得老奴与大娘房中一个小燕，还恐百姓再要打来。衙中又一无所有了，晚上同了大娘，私自出来，借住在段门子家。那门子还甚是可恶，夜间竟来调戏大娘，被我说了几句，还受他多少气。今早要到四府去禀他，谁知有数百人到按台处告老爷，都发在四府收，正在嚷闹，吓得老奴急急赶来禀知。"

　　家人话未说完，利图一交晕倒，吓得公子老仆，急急相救。正是屋漏更遭连夜雨，船迟又遇打头风。未知利图性命如何，且看下回分解。

第十八回　追赃银招攀亲父
　　　　　　雇乳母得遇故人

诗曰：

　　恻隐人皆有，胡为尔独无？
　　不思孽自作，生父也相诬。
　　仁孝膺多福，贪残鲜有终。
　　妍媸难强合，天谴两相逢。

　　话说利图闻言晕去，急急唤救。奈老年人痛入骨内，连叫不醒。禁子急去报官，着官医生看脉，已经无救。四府验过，着地方买棺，在牢洞拖出殓了。四府又恐百姓还要来打材，立刻叫扛到坛中，乱葬地上壅埋。可怜利图与刁氏，贪财刻薄，做到四品黄堂，只落得死同一日，葬同一处，便是他终身受用了。

　　且说公子原是打得半死的人，今见父母都死，银子什物抢空，妻子又借住门子家，据老仆说，门子当夜就来调戏她。想妻子又是个最淫的。前月生了儿子，刚刚满月，闻说儿子又被众人吓死了。那段门子生得甚是清秀，我曾弄过他后庭，妻子如何不爱他？如今一室同居，干柴烈火，焉能无染。我虽不死，亦无面目见人。况众人纷纷告状，父亲已死，少不得我受罪，只求早死，反得干净。哭了一会儿，也就昏去。禁子急急通了病呈，到第三日，也呜呼了。按院准了许多状词，款款是实，件件是据，赃银不计其数，发在四府严讯。就是那穷秀才，也有一状。这是四府目见的，先提来一讯，将强虎重处，秀才夫妇释放还家。又罚强虎银一百两，助秀才为灯火之资。其余状词，因利图夫妻父子俱死，家产已被抢光，无从追究了。只查向年解府比下的钱粮，侵欺了万余金。又状子里边，有几张牵连他媳妇林氏，私得赃银一千余金。理刑见林

氏尚在，难于宽释，差人提讯。谁知林氏被段门子藏在家中，竟如夫妇一般。林氏也忘了翁姑丈夫，重新调脂弄粉，与门子快活。老家人见她不成器，也各寻头路去了。今差人拿林氏，竟无处寻访，被众百姓日夜察访，访知段门子藏在家中，便齐齐赶到他家。那时天色微明，门尚未开，被众人打进，见林氏与门子并头相抱而睡，梦中惊醒，被众人扯去单被，两个精赤条条，将绳一总捆了，扛到街上，齐齐动手要打。幸亏差人知道，赶来道："众位不要动手，有事在官解去，少不得死。"众人见说，也就住手，只不许他穿衣裤，就精赤捆了，解进四府。刑厅急急坐堂，见这光景，不觉感叹，就叫皂隶将两人放开，将衣裳与他穿了。然后抽签，先各打二十迎风板。将门子枷号示众，候详定夺。林氏却有千余金赃物，并他公公侵欺钱粮万余金，在她身上追比。立刻唤齐原告，一一证实，送监立限带比。可怜爱珠小姐，自恃才貌双全，不知怎样好处？谁知今日精赤条条，公堂受责，送进监中，无银使用，还受禁子许多凌辱，就该深知愧悔才是。怎奈其心甚毒，想："我在此受罪，银子又无，爹爹家中甚好，不如扳他出来，一万五千不怕不替我上。"主意定了，到追比时，起初抵赖，刚说要拶，便道："小妇人银子，都寄在父亲处。"刑厅道："你父亲是谁？住在哪里？"林氏道："父亲名唤林攀贵，住在苏州府阊门外。"刑厅立刻禀知按台，一张宪牌，仰苏州府立拿林攀贵解讯。

且说林员外向来结交官府，佃户不敢欠他租，放债九扣三分，无人敢少。所以一日富一日，增起数万家产。因嫁大女，赔去数千金。奉承金家，又赠去数千金。历年钱粮，与粮房做首尾，不曾大完。后因亲翁做了粮道，正思得志施为。不想一扇宪牌，一张告示，将门封锁，出头不得，反弄到租也欠了，债也少了，钱粮尽行放出来了。欲要申诉，那些佃户债户动不动倒以"恃势欺人"四字装头，似乎是他痛腿，官府也不便认真。至于钱粮，更无处申诉，只得重完一倍，弄得家中渐渐坏了。幸喜新粮道到，方敢出头。今正闲坐在家，忽见三四个差人赶进，将铁索往员外颈上一套，员外大惊道："我又无罪，如何锁我？"差人道："你想是梦还未醒？私藏了数万钦赃，按院发牌立拿的钦犯，还说无罪？"员外反笑起来，道："这等说，列位走差了！我家又无人做官，何来钦赃？"差人道："放屁，我们人也不知拿过多少，怎得有错？现有宪牌，是你女儿亲口招扳的，说你女婿有数万银子，藏在你家，怎么诈呆不认，反说我们走差。"员外一想，道："是了。我闻得金状元得罪了卢丞相，自然被他弄坏，无瑕扳扯

我的了。我想无瑕虽不是我女儿，我这样待她，也不该如此忘恩负义。"便对差人道："我家安分守己，可曾寄人的银子？若说女儿招扳我，只两个女儿，小女还在家未嫁，大女儿现嫁与扬州府利太爷的公子，并没有第三个女儿了。"差人道："呸！如今招扳你的，正是扬州府的媳妇，难道不是你的女儿？这却不差了。"员外大惊道："利太爷现在做官，怎说女儿扳我？"差人道："你还不知么？"随将利家的事从摘印送监，夫妻父子身死，并他女儿门子家捉出，比赃招扳，细细说知。员外听了，又气又羞，又喜又急，喜他如此刻薄，该有此报，急着自己被扳，怎得干净。只得将银子打发了差人，带了千金连夜同差人起身，来到扬州四府投到。刑厅知利家一无所有，钱粮系钦赃，断不能免，闻攀贵手中果好，且系他女儿亲口招扳的，便着在他身上追完，当日也寄了监。员外一到监中，见了女儿，便大骂道："你这小贱人，我自小当宝贝一般养大了你，将你许与金家。金家偶然落难，生了疯癫，也有好的日子，你就立意不肯嫁他。你母亲埋怨我，你不劝也罢了，又将我十分抢白，逼得我走投无路，一命几乎送去。幸亏无瑕肯代你嫁去，你看她小小妮子，倒有见识，说读书之人，鱼龙变化，倘病愈成名，虑你反悔。亏你还说就中状元，也情愿让你做状元夫人。她竟安心相守，绝不憎嫌。哪知病愈，果中了状元，真个做了状元夫人，好不兴头，还不自大。惟你这贱人，自己拣一个丈夫，先奸后娶，全无羞耻，反自洋洋得意。偶然公公署了粮道的印，我好意备一副盛礼来贺你，你反撺掇公公不要理我。这也罢了，又叫公公发一扇牌、一张告示，弄得我走投无路，我只道你富贵千年不认爹娘了，谁知今日天败，人亡家破，你又去结识门子，被人捉破，出尽了丑。索性不认父母也罢了，怎么又扳扯了我，你何曾有银子寄在我家，枉口作古，良心丧尽，看你怎么样死？"爱珠道："爹爹不要破口，若好好替我完了赃银，还留你一个性命，若破口再骂，不弄到你家破人亡也不算手段。"员外道："真只是真，假只是假，不怕你这小贱人。"两个争论，被禁子劝住。

明日带比，爱珠果然一口咬煞，说公公的银子都寄在他家，四五万有余。刑厅道："别的赃还可缓，朝廷的钱粮是迟不得的。快快交上。"员外再三分辩，爱珠道："爹爹，不是我女儿不替你隐瞒，只为受刑不起，没奈何实说的。现有二万银子是女儿亲手交你的，女婿送来的在外，如今只求你替我上了一万四千钦赃，余剩的若蒙太老爷宽缓，悉听你几时还我罢。"员外对面一啐，道："你这贱人，莫非热昏了，银子是哪

一只手交我的？"刑厅道："是你嫡亲女儿，若没有，怎好招扳你，你若不招，本厅就要用刑了。"员外道："银子实不曾有，叫小的如何招？"刑厅就叫夹起来，夹棍一上，员外杀猪一般叫喊。爱珠全无怜惜之心，还一口咬定。员外受刑不起，只得认了愿赔。刑厅便着人押了，限半月交上。

员外到家，将田产住房，尽行变卖了，凑得一万六千银子，同差人到扬州交上，连使用色平齐头用完。刑厅见一万几千银子果然依限交足，疑心寄银是真。还要将赃银一并押在他身上，哪知员外已倾家荡产，就夹死也无可奈何了。刑厅倒有宽免之意，奈爱珠还不肯轻放。那日又当带比，又要动刑。员外情极哀告道："小人其实受刑不起了，望太爷看女婿面上，饶恕了罢。"刑厅只道就说利公子，便道："如今是你女儿在此证你，怎说倒看女婿面上？"员外道："着二女婿面上。"刑厅道："二女婿是谁？"员外道："是新科状元金玉。"刑厅听了一惊，道："状元是你女婿么？"员外道："正是。"刑厅叫取同年录出来一查，见果是娶林氏苏州林攀贵女。便对员外道："你何不早讲。我看你也苦了，只是你女儿这赃银如何出处？"员外道："这是她自作自受，小的也顾不得。"刑厅道："既如此，你去罢。"员外谢了出去，爱珠还来证他。刑厅大怒，道："这事明明是屈的，你见你父亲手中好，不过要他替你上些银子，本厅见你没有得上，他是你父亲，代上些也平常，所以着他身上替你上了一万五千钦赃。他的家产也完了，你还要我追比他，天下也没有你这狼心狗肺的妇人。即使他果然有你的银子，也没有女儿证父亲的理，我晓得你家银子，都被众人抢散了，想你也上不起，本厅替你报一个家产尽绝详上去，候按台批详下来，看你的造化。"当晚就做了详文详上去。数日后批下来，赃银免追。林氏与小燕官卖银八十两，限二十日缴。刑厅见批详一下，就将二人发官媒婆沈妈家，限半个月交银八十两。

沈婆奉刑厅之命，同二人到家，日日外边寻主顾，奈地主上人，一则因价钱贵，二则因前日段门子家精赤了捉到刑厅，打了二十，后来又知她扳了亲父，人人都道她没廉耻，没良心的恶妇，哪个还要她？所以直到限期已满，差人催逼，弄得沈媒婆也没奈何。爱珠也情急，适遇无瑕要雇乳母，稳婆说起，石道全带银来看。道全虽常到林家，却从不曾看见过爱珠，爱珠虽晓得石道全也从不曾见他的面，且听说征西大元帅的夫人要讨，哪里晓得就是无瑕。当时道全看中，各人欢喜，就同到刑厅，交了银子，领了官票，谢了差人等。天色已晚，路又远，就叫了三乘小轿，连道全也坐了一

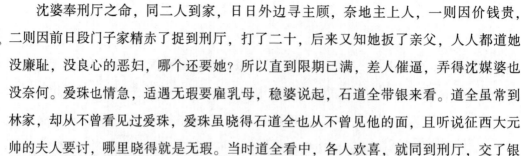

乘，正要起身，只见稳婆也叫了一乘小轿，要送下船。道全见天色已晚，恐城门要关，再三谢她。稳婆道："不妨。城门上我们收生有常例的，半夜三更都开的。"爱珠因害羞，也巴不得她送去。遂一同上轿，顷刻到船。周氏与丫头们都已睡熟，只无瑕尚未睡着，见道全下船，说人已讨来了，无瑕便坐在床上，只见稳婆先进房舱说："夫人恭喜，人已讨成了。我说甚好，太爷一看果然中意，急急交兑银子，给起官票来。已经晚了，惊动夫人。"夫人道："反说了。夜晚劳重妈妈又来，却是不当。"稳婆道："夫人说哪里话，夫人托了我，怎敢不来回复，况我们收生是半夜三更出入惯的。"就对着爱珠、小燕道："两个姐姐过来磕夫人的头。"爱珠只得同了小燕向着夫人磕了四个头。夫人因身子还软弱，不及细看，说一声："起来罢。"你道两下见了，如何不认得？原来无瑕新产，把包头齐眉扎了，又晚间坐在床上，如何看得亲切。爱珠一向是点脂搽粉、绫罗锦绣，妆得美人一般的。今在监中多时，又发到媒婆家半月，身上衣衫褴褛，人不像人，鬼不像鬼，绝无本来面目。夫人又未细看，如何认得？道全就封了一个赏封，四封轿钱，打发稳婆去了，就对爱珠道："夫人辛苦要睡了，你两个且到后舱与丫头们权睡了一夜，明日夫人打发你被铺另睡便了。"爱珠到此，已比媒婆家与监中快活多了，将将就就，在丫头等脚后板上和衣睡了。见天微明，就起来，问丫头们借木梳梳头，丫头们都在梦中，道："为何这般早？梳具都在桌上，你梳就是了。"爱珠一看见各色都有，就重施脂粉，再整云鬓，许久不梳的头，重将香油梳刷，依旧美人一般。又替小燕也梳了，方见丫头起来。彼此一相，各吃一惊。丫头道："你好像我家大小姐，与小燕如何到此？"爱珠也道："你好像我家秋桂、春杏，如何也在此？"春杏道："我两个是院君送来服事夫人的。小姐嫁利老爷家甚是兴头，如何这般光景？"爱珠道："我的话一言难尽。且问你夫人与我家绝无亲戚，院君为何把你们送来服事她？"秋桂道："小姐难道不知？"就对着爱珠耳上低低将夫人根脚说出，弄得爱珠犹如痴呆一般，满肚懊悔满脸羞耻。正是：饶伊掬尽湘江水，难洗今朝满面羞。不知夫人见了爱珠如何相待，且看下回分解。

第十九回　慕原夫三偷不就
　　　　　　拷梅香一讯知情

词曰：

　　主婢相逢，今朝翻转真悲恸。凭天播弄，坠落钗头凤。　　还想兴戎，巧语将情控。真惶恐，一场春梦，究竟成何用？

右调《点绛唇》

　　话说爱珠闻知夫人根蒂，遂将自己始末假言说明。便道："夫人既是无瑕，怎么公然受我磕头？"春杏道："她做人最谦虚，连我们都不当丫环看待。何况小姐？昨晚一定不知，我去对她说，看是如何。"遂到房舱对夫人道："昨日讨来的原来就是爱珠小姐，夫人可知道么？"夫人道："休得胡说，闻小姐嫁在利家，公公现任为官，如何卖身？"春杏道："她说公公做官清廉，巡按贪酷，无银送他，被他拿访，一门处死，还将她与小燕官卖银八十两。夫人不信，唤来一问便知。"夫人道："既是小姐，如何说唤，快去请来。"春杏出去，果同小姐进来。夫人一见，忙道："原来果是小姐，奴家不知，多多得罪，贱体虚弱，不能起床，望小姐恕罪，快请小姐坐了。"小姐道："彼一时，此一时，只怕不好坐得。"夫人道："小姐何出此言？昨晚限于不知，已经开罪，今既知道，奴家倒无座位，小姐如何反说？一到家即送小姐到员外院君处便了。"小姐道："多蒙夫人厚情，感戴不尽。若说送我回家，我是断断不去的。但愿与夫人始终相同罢了。"夫人道："小姐果肯与奴家终身相叙，是极妙的了。奴家情愿虚左以让。"两个说说话话，倒也投机。原来一个是真心，一个是假意。彼时爱珠实无好处去，只得权时骗好了夫人再处。夫人却是老实人，见小姐如此，便也真心相待。不数日到苏州，夫人满拟林员外一家必来，不想到家两日，探望者甚多，独不见林家一人来到，心中

疑惑，即刻着人去问候，回来说："林家房子已卖。都说为了官事，产业尽去，到别处完了案，到家带了妻女一齐出门去了。"又说："不知何往。"夫人大惊道："员外安分家居，何来有别处？官司既已妥当，为何反又出门？可怜两个老人家这些年纪，怎受得风霜之苦。"不觉伤感了一会儿，倒是爱珠闻知心上暗喜，若然相见，必无好处。幸夫人相待甚厚，快活过去。

光阴迅速，倏忽又经数月。忽报西边大捷，不数日，又报状元班师，封镇西侯，石有光封大将军，一同钦赐归里，然后到任。道全夫妇欢喜，是不待言。夫人更觉大喜，想官人既封侯爵，该有三宫六院，爱珠小姐原是他原聘，虽悔亲另嫁，今幸重归我家，看她口气，也欲同嫁官人，将来正好使她重续前盟。官人义气深重，决不恋新忘旧。小姐与我甚好，决不忘情负义。即使让她作正，亦理所当然。只官人看了节义最重，若与说明，决然不要，莫如只说是我结义姊姊，立誓同归一处，骗他成了亲，慢慢说明便了。主意已定。未几状元到家，各官出郭迎接，前呼后拥，八人宪轿，先自回家，然后打发职事轿马，迎接父母妹子。夫人方知公婆无恙，一同到家，随与状元一齐墙门跪接。彦庵夫妇久知媳妇贤德，一见好不欢喜。未几，房族亲朋向来不理他的，今见他富贵封侯，尽来拜贺，状元极意周旋，无一点骄矜之气。急急上坟祭祖，设席请人，足足忙了半个多月。夫人每欲劝他娶小姐，奈到家未有半刻之闲，难于开口，直至事情稍定，夫妻闲坐，夫人道："妾身有一事久欲与相公商议，因未闲空，未敢启齿，万万不可违拗。"状元道："夫人说哪里话，下官的性命、官爵皆系夫人成全，有什话说，怎敢违拗？"夫人道："如此极妙的了。别事决不敢越分相强，妾身有个结义姊姊，与奴同庚，曾与立誓生死相同。向因家贫无暇及此，高发后正要对你说，又忽有皇命出征，今幸得胜封侯。诸侯原该有三宫六院，故将姊姊久已接回，望相公成全，择日成婚，一则此女终身有托，二则妾身可以朝夕相依，不负前盟，岂不一举而三得么？"状元听说大惊道："夫人何出此言？我与你夫妻相合，情义最深，终身相守，犹恐报答不尽，虽蒙圣上封侯，不过派得浮名，犹如戏场上的纱帽，一时热闹而已，怎么认起真来，说什三宫六院。自后切勿再言，下官必不相从，徒伤夫妇之谊。"夫人道："妾身与她立誓在前，今相公决意不从，置此女于何地？"状元道："这有何难，待下官替她为媒，许她一个好丈夫。夫人既与结义，多赠她些妆资，以后至亲往来，岂不情义兼到么？"夫人道："此计虽好，妾身终要与她同事相公，方得称心，望相公曲从为妙。"状元道："这个断难从容。"说完竟出去了。夫人见丈夫劝不转，只得又假设一计，去求公婆，说媳妇有句说话，要求公婆作主。彦庵夫妇道："媳妇有什么说话，我们自然依你的。"夫人道："媳妇因身子虚弱，常常有病，前日将相公与媳妇的八字到星家一算，说相公命硬，该犯重妻，媳妇命薄，不应独主中馈，当另娶一人帮助，方得齐眉。媳妇自幼原有一个结义姊姊，两下立誓，终始必要相同适遇，媳妇命又如此，相公又封侯爵，原该有三宫六院，媳妇久已将姊姊接在家中，公婆亦曾看见，今早劝相公成就，苦苦不从，特来恳求公婆作主。"彦庵夫妇道："别的事我自然替你作主，独此事只怕不妥。"夫人道："却是为何？"彦庵夫妇道："你官人前日曾对我说，当初江中得命，全亏俞德。后到家娶亲时，满身疯癫，命在呼吸。若非媳妇多方调治，朝夕勤劳，不顾性命，不辞辛苦，性命必然难保。今日功成名遂，父子相逢，皆汝之力。此恩此德，没世不忘，怎肯重婚另娶，想来说也徒然。"夫人道："铺床叠被，亲操井臼，做妻子的理当服侍，有什恩德。但既蒙相公悬念，就该为媳妇算计，倘果依星士所言，一旦丧命，上不能奉事公婆，下不能抚养儿子，有负相公恩情，岂不反害着媳妇了。"彦庵道："媳妇既如此说，我们就对孩儿说便了。只是我见那女子虽生得标致，嘴口浇薄，面肉横生，两眼邪视，行步轻佻，恐是个不情之女，媳妇也须斟酌，不要后来懊悔。"夫人道："她就不情，媳妇终守此义，决无懊悔。"彦庵道："贤哉媳妇！我待孩儿进来对他说便了。"未几，云程进来，彦庵果将媳妇之言一说。云程必意固辞，说："媳妇如此贤德，岂有不寿之理，算命之言，何足为凭。孩儿向年一病几死，若非媳妇调治，焉有今日？彼时已在神前立誓，终身断不二色。况今媳妇已经有子，可免无后之虑。若因富贵而悔誓盟，此心何以对天地而治万民，故宁受违命之罪，决不敢为负义之人，望爹爹母亲相谅。"彦庵夫妇齐道："好媳妇劝夫娶妾，绝无妒忌之心，孩儿立身守义，全无贪色之念，不是媳妇也配不得孩儿，不是孩儿也配不得媳妇，难得，难得，真吾门之幸也。"随将儿子之言对媳妇说了，夫人也无可奈何，思欲慢慢再劝他。

哪知爱珠小姐久已怨之不了，骂之不绝。原来云程到家时，爱珠先私自偷看，见他相貌堂堂，威风凛凛，绝非利公子轻佻形状，十分爱慕，思想他系父母自幼许的丈夫，懊悔退了，反作成无瑕这贱人受用，心实不甘。起初还望无瑕撮合，重续前盟，便好慢慢离间了他，不怕不弄到独主乾坤。谁知到家已久，只见他夫妻相好，朝欢暮

乐，绝不将她提起。至于夫人极意周旋，她却全然不知，故想一会儿云程，便骂一会儿无瑕。

一日忍耐不住，知云程书房在花园中，便私自走进，希图闯见云程，便可通情。一直来到书房，见无人在内，台上图书满案，走到台前，将书翻看了一会儿，无情无绪，见旁有榻床，便去睡倒榻上，恨不得云程走进，相抱同睡，方才快心。哪知云程果然来到，见榻床上睡一少年美貌女子，大吃一惊，说："姑娘何来？如何睡我床上，莫非花月之妖么？"爱珠急急立起，相告道："相公堂堂侯府，花妖月魅，谁敢轻入？"云程道："既非妖魅，男女有别。此是我的书室，难道不怕旁人议论么？古语云：'瓜田不纳履，李下不整冠。'怎么独自睡我书房？"爱珠道："奴家有许多苦情，来到园中散闷，适见书室无人，偶尔进来一看，不知相公到来，有失回避，不厌絮烦，请自坐了，待奴细细告禀。"云程道："有什苦情，快快说来，倘可效力，自当为汝申冤。"爱珠大喜，正要扭捏些话迷惑云程，谁知口还未开，忽见一个丫头走进说："夫人请侯爷讲话。"云程便起身对爱珠道："我进去有事，你有话迟日讲罢。"说完竟同丫头进去了。弄得爱珠一团高兴化为冰冷，又气又恨。

原来云程虽无邪念，爱珠听他说话竟道有情。夫人来请实出无心，爱珠亦认作有意，如何不恨？只得闷闷回房，将夫人足足咒了三日三夜，恨不得咒死了让她。又想云程临别曾说有话迟日讲罢。这明明是厌她，她倒认说约她迟日再去。故念念不忘，时时察访，访着云程独在书房，竟不顾羞耻闯将进去。云程一见便喝道："你究竟是谁家女子，前日无心到此，这也罢了。今又如何有意闯入书斋，是何道理？"爱珠道："奴家有多少苦情，前日即欲告知相公，因相公有事进去，未及控诉。今特来细细禀知。"云程道："我与你水米无交，你的苦情何必苦苦要告诉我。况我有夫人在内，她做人最是贤德，你有话只合禀知夫人，等夫人转述才是，如何竟到书斋？终属不便，快快出去。"爱珠道："奴家到此已经数月，夫人岂不知道。若肯为我周旋，早早对相公说了，何待今日自来告禀。"云程道："如此说你莫非夫人所说的结义姊姊么？若果是结义姊姊，就是我的姨娘了，有话一发该向夫人说了，阿姨怎好与姊夫面谈，快请进去。"爱珠道："相公你还不知，被人欺瞒哩，我与夫人哪里是什么结义姊姊，你开口是贤德夫人，闭口是贤德夫人，还不知她的根蒂。"云程道："我夫人是林员外的女儿爱珠小姐。怎不知她的根蒂哩。"爱珠道："尚早哩，我便是林爱珠小姐，是你幼年原聘的夫人，她是我房中服侍的丫环，名唤无瑕，做人最不正气，常与小厮儿玩耍，有了私胎，我爹娘要处死她，是奴相救，怎说是贤德夫人？"云程道："胡说，你既是林小姐，彼时我来迎娶你，如何不嫁来，倒把丫环代替么？"爱珠假意啼哭道："你不提起也罢，提起来，叫我好不伤心！从来一丝为定，千金不移，奴家自许与君，便是君家的人了。谁知爹娘误传公婆凶信，又见相公贫病相连，遂起赖婚之意，逼奴改嫁。奴家决意不从，受了许多打骂，奈系生身父母，拗他不过，只得效钱玉莲故事，到半塘桥投河自尽。遇着扬州沈妈妈在杭州进香，转来船泊半塘，将奴救起，见她是个孤身寡居，遂认为母女，随到淮扬。只道她是好人，谁知住了三年，竟将奴与小燕私自卖银八十两。闻说与征西大元帅的夫人。奴家本欲到船依旧投河自尽，直至下船一看，原来就是无瑕。问起根由，方知爹娘见奴死节，难于回你，将她假作奴家嫁你的。我想奴家千贞万烈，为你守节，她倒现成做了夫人，心中不甘，要等你回来说破。她情极再三求我，情愿让还夫人，自居侧室，我倒也罢了。谁知相公到家一月，绝不提起，今日若不自言，此心何日得白。"云程道："此言即真，你也只好怨父母误你，我却不知。今日夫人皇封已受，名份已正，说也迟了。"爱珠走近一步，竟将手搭在云程肩上，道："相公怎说迟了，皇封虽受，原是封林氏的。她一向冒受，今日理应归还原主。若说名份，我原是主，她原是婢，今日将她作妾，也不屈了她。若虑她不肯，相公现居侯位，这样不正气女子，就将她处死也不为过。"云程大怒，将她手推去，道："休得胡说，看你这样形状，胡言乱道，也不像个贞节女子，快快出去，待我细细访实再处。"

爱珠还想歪缠，忽见一个小厮进来禀道："抚院请酒，已着中军官登门三次矣。"云程道："何不早讲。"吩咐打轿，随即便衣上轿，一面对小厮道："以后着你在园门看守，方才这女人不许放进，若再到我书房，重责三十。"小厮答应看守不提。

且说爱珠又讨了一场惶恐，心犹不死。想两番都被人闯破，哪有这般不凑巧，必然都是无瑕这贱人有意叫来的，此仇不可不报。只须再将几句巧语去打动他，谅无不妥。正是但知利口巧如三尺剑，哪知灯蛾赴火自烧身。要知爱珠又思何计，且看下回分解。

第二十回　正纲常法斩淫邪
　　　　　　存厚道强言恩义

词曰：

　　　鱼目有时眯眼，燕石终非难辨。识者岂无人，现真形。　　孰正孰邪分界，除恶除淫莫怪。掣剑斩妖魔，不饶它。

右调《昭君怨》

　　话说爱珠小姐到园中，讨了两次怠慢，心上终放不下云程，眠思梦想，一夜不曾合眼，又做了许多巧话，思量再去引诱云程。候至饭后，要到园中。谁知未到园门，正要走进，只见一个小厮急急阻住，道："不要进去，侯爷在书房内有事。"爱珠道："我是进去得的，不要你管。"说完又要跨进，被小厮一把扯住，道："侯爷吩咐，独不许你进去，若放了你进去，要打三十板哩。"爱珠道："放屁！你道我是何人，如此放肆。"小厮道："你不过是夫人的结义姊妹罢了，也不该开口就骂我放肆。"爱珠道："我哪里是什么夫人结义的姊妹，我是侯爷原聘的夫人，如今的夫人是我的使女。你休得听了她的话来得罪我，我若对侯爷说了，叫你死在我手。"一面说，一面又要走进。被小厮一把又扯出，道："呸！我倒为夫人面上，好好地与你说。若论侯爷，你便想他，他却不来想你，你这样要迁就人，不如来就我小厮，倒还用得你着哩。"爱珠大怒，正要发作。只见一个丫环，提了一篮花在园中走出。爱珠看见，一发大怒道："现在她们进去，怎么我独进去不得？"小厮道："她是奉夫人之命进去采花，你却是献花。侯爷正恼你胡缠，独不许你进去，别的原不禁。他请你收了这邪念，向别处去寻人罢。侯爷是缠不上的，休得要讨出丑。"爱珠听了，又羞又恼又恨，欲与小厮争闹。又来往之人不绝，都掩口而笑，不好意思，只得闷闷而回。欲要不去，又舍不下云程。欲要再去，又恐受小厮的气。千思万算，忽想道："那小厮一定是无瑕这贱人吩咐了他，独阻我一人，金郎哪里知道？我想金郎虽见我的貌，还不曾晓得我的才，那小厮听了无瑕只阻我一人，丫环原不阻挡，我不免做诗一首，再教了小燕的话，叫她送进去。饶他佛菩萨，也不怕他不动心。"算计已定，就做诗一首，又词一首，极言自己为他守节之苦，又责他宠爱丫环，负她情义之意。做完就叫小燕来，细细教了她说话。打听云程独在书房，就着她将诗词送进。原来小厮为云程吩咐，果然只阻爱珠一人，小燕并不阻挡，一脚竟到书房，见云程独自一人在内，便走进去磕了四个头，呈上诗词。云程一手接诗，一面就问道："你是谁家使女，此字是谁人着你送来的？"小燕道："小婢是林家使女，名唤小燕。此字是我家爱珠小姐着我送来的。"云程道："我与你小姐并无瓜葛，如何送字来与我看？你小小年纪，敢作红娘的故事么？可知我却不是张生，休得认差了人。"小燕道："我小姐也不比莺莺，小婢也不是红娘。小姐说她是侯爷自幼聘定的夫人，为因守节不肯改嫁，受了许多苦楚，要求侯爷不负前盟之意，请侯爷看诗便知。"云程果将诗词一看。诗曰：

> 妾是林家真爱珠，为君守节历崎岖。
>
> 从今重结鸳鸯带，婢窃夫人应让吾。

后又有词一首。词曰：

> 守贞以俟，不是逢场聊作戏。喜得重圆，犹恨他人占我先。　当年原聘，灯下凭君仔细认。才貌绝殊，自识林家真爱珠。

右调是《减字木兰花》词。看完大笑，思道："诗才果好，只诗意甚是不通。不说他爹娘负我，反说我负了她。且看她如此轻狂举动，也不像个正经守节之人。且前日对我说夫人许多不正气的话，我想夫人十六岁嫁来，犹然处子。至今六七年，相处相敬如宾，一言不苟，岂是不正之人？即此一言，可见她的话就不实了。我前日正欲细访，奈又不好问得夫人，其余又无人可问。今看小燕必然尽知，但好好问她，必然教了来

的，须将刑法吓她，方能吓出实情。"算计已定，就问小燕道："你还是自幼服侍小姐的，还是远来随她的！"小燕道："我爹娘就是林家的人，小婢生长出来就服侍小姐的。"云程道："既自幼服侍小姐，则小姐前后事情自然都知道的了，可细细说与我知道。"原来小姐的一片假话都教了小燕来的。小燕不慌不忙，依小姐先前的话一字不改述了一遍。云程道："据你说，沈妈妈将小姐与你一同卖来的，难道当初小姐出去投河，你也随去投河的么？"此一剥，小燕却未曾打点，停了一会儿道："小姐去投河，小婢随去劝她，幸遇沈妈相救，便随着去的。"云程道："这就假话了。小姐说我夫人也在她房中服侍的，那时你只八九岁，夫人已有十六岁了，怎么你八九岁的尚知去劝她，难道年长的倒不去劝她么？"小燕道："那时夫人已睡熟了，实是不知。"云程道："难道你小小年纪倒不想睡？况且你若无知，决然不去，你果有知，就该报知员外院君，即不然也该对夫人说知，大家劝转，岂有八九岁的丫头就能劝她转来么？一派都是鬼话，还不从直讲来，若再半字支吾，叫你先受我拶指的刑法。"小燕道："实是句句真话，并不敢欺瞒侯爷。"云程道："还说真言么？"叫小厮将这小贱人拶起来。小厮便将拶指扯出，小燕两手套上，轻轻一收，小燕已杀猪一般大叫道："小婢实是初进来的，以前之事实是不知，望侯爷饶恕。"云程道："胡说，你方才明明说自幼在她家生长的，如今又说初进来的，这等可恶，收起来！"小厮又狠狠地一收。小燕道："侯爷饶命！小婢实是受刑不起。"云程道："只要你细细直讲，自然放你，若再支吾，莫说拶断你手指，我还有宝剑在此，要斫你的头哩！"小燕道："若是小婢直讲，小姐知道刑法，也当不起，还求侯爷饶命。"云程道："不妨，有我在此，直说了保你无事。"小燕一想，说也是死，不说也是死，索性尽行说明，就死还可稍缓。遂将学师说亲时，院君吵闹，小姐要去寻死，员外情极，缢死救活。当时小姐不肯嫁，侯爷又要娶，退又不能退，只得将如今夫人代嫁的一一说来。云程道："夫人究竟是何等样人，果是与你一般服侍小姐的么？"小燕道："我是他家生的，夫人是外边讨来的，就是石太爷的女儿。"云程道："哪个石太爷？"小燕道："就是住在此石将军的太爷。"云程道："是几岁上卖来的？她为何要卖？"小燕道："夫人十二岁上，石太爷医死了人，送在监里，夫人卖身救父，员外院君讨来服侍小姐的。"云程道："你嫁之后，小姐便怎么样？"小燕又要支吾，云程拔出宝剑就要斫。吓得小燕就将荷亭避暑，利公子闯入私通，先奸后娶，随翁上任，直说到巡按拿访，百姓打闹，一门俱死，小姐躲避，私通门子，被人捉出，理刑责打，比赃扳父，以至父女成仇。云程止住，道："闻员外院君甚是爱她，何不好说，却去扳他？"

小燕又将员外备礼来贺，小姐拒绝不见，又给示封门一番，结怨于前，故难好说，后又发沈婆家官卖，夫人不知，讨下船认出，如何相待，一一说完。云程一想道："此言一些不差，我在扬州经过，怪不得曾车二年兄向我请罪，说得罪令亲。我心中不解，原来就是此事。这样恶妇，岂容一刻存留。"吩咐将小燕放了拶，正要算计处治爱珠。

谁知爱珠见小燕去了许久不来，自己走来打听。见小厮不在园门，竟走到书房，正听得将小燕放拶，心中一吓，恐小燕说破，急急赶进，意欲还去胡缠。谁知云程正在大怒，一见爱珠走进，不觉怒上加怒，赶上一把头发扯倒，提起宝剑就要杀。吓得爱珠连连哀求，云程要她自己供招，小燕见势头不好，急急赶进求救夫人。夫人闻知也大惊，急急赶到书房，见丈夫扯着爱珠，只是要杀。夫人上前相劝道："相公有话好讲，为何提刀弄剑起来？"云程道："夫人，我与你相处多年，难道还不晓得我性情，前日还亏你骗我，说什么结义姊妹，劝我收她，幸而我有主意，决意不从。倘然收了，可不被她污辱尽了。快请进去，不要管她，我断要杀这淫妇。"夫人道："相公且请息怒。小姐即有不是，罪不至于杀身，还宜从容斟酌。"云程道："夫人怎说她罪不至于杀身？若论其罪，万剐犹轻，今将她一刀杀死，还便宜了她哩。"爱珠道："奴家有什罪，求相公讲一明白，使奴死也甘心。"云程道："你要我讲明白，只怕你的罪擢发难数哩。你且听着，女人最重名节，你也晓得一丝为定，千金不移。你自幼许我，见我贫穷有病，就寻死觅活，不肯嫁我，致父亲情极自缢，还骗我说守节投河。你的节在哪里？罪之一也；女人又最重廉耻，你独处园中，私通利氏之子，先奸后娶，廉耻丧尽，罪之二也；为人要有仁心，你嫁到利家，随翁任所，见翁姑丈大贪财害民，你就该劝谏，怎反助纣为虐，百姓尽皆切齿，仁心何在？罪之三也；万恶淫为首，百善孝为先，你不见夫人因父有难，情愿卖身求父，虽一时有屈，如今现受一品皇封，上天何曾亏负她？你这贱人，公公偶署道印，你父亲备礼来贺，即使你公公轻薄他，你还该暗地周全，怎反从中阻挠，拒绝不认，即此一端，就该天雷打死，罪之四也；自古说：一夜夫妻百夜恩，你与利公子先奸后娶，臭味相投，也可谓情深义重的了，怎么丈夫还在狱中，你就私通，下贱忘义，贪淫至此极矣！罪之五也；人最不可忘本，你被百姓捉出理刑，责比追赃，把父母体面丧尽，他不怨你也罢了，你反扳害亲父破家

荡产，奔走他方，罪之六也；为人要知恩义，你发媒婆家官卖，地方上知你淫恶，无人要你。亏夫人讨你来家，又待以上宾，还劝我收你，此恩此德，天高地厚，怎反在我面前离间她，恩将仇报，罪之七也；为人要识时务，你已背盟失节，只合安分悔过，如何连次到我书斋，希图狐媚惑人。岂知我秉烛云长，焉能受汝狐媚，罪之八也；为人良心不可丧尽，夫人节义自守，忠孝兼全，卖身代嫁，一则为亲，二则为你，嫁到我家，见我贫穷恶疾，绝未憎嫌，数年同处，相敬如宾，从未一语入邪。你就说她许多不正，良心丧尽，罪之九也；心肠不可太毒，莫说夫人待你如此恩德，即使有仇，还该稍存厚道，怎就叫我杀她，人心恶毒一至于此，罪之十也。即此十罪，死有余辜矣，还有何辩么？"吓得爱珠一字难言，惟有跪地哀求乞命而已。

夫人急急上前止住，道："相公数说小姐十罪，奴家也不敢与辩，但妾代相公算计，也有三不可杀。"云程道："为何有三不可杀？"夫人道："朝廷特赐尚方宝剑，要你斩除贪官污吏、势恶土豪，如何发轫之始，先斩一妇人，可不轻了圣上所赐么，一不可杀；二则小姐曾许过相公，虽则背盟，原将奴代嫁，后来员外院君许多厚赠，皆小姐面上来的，相公须看员外院君情面，二不可杀；三则妾身在他家数年，小姐相待甚好，今又是妾身留她在此，若然杀了，知道的还说小姐不好，为相公所杀。不知道的，定然说奴家妒忌，撺掇相公杀的，叫我这妒忌不义之名，何处分辩？还望相公看奴薄面，断断不可轻杀。"一面说，一面也跪下去代求。云程看见，急急扶起，道："夫人难道不知，下官岂是刻薄的人？只因此女恶毒已极，若不早除，必多大害。"说完又要杀下。夫人道："相公既不听奴所劝，奴家根蒂已露，你堂堂侯府，奴家出身微贱，如何受你的封诰，你须早早另娶，妾身即当退守空门，看经念佛，以终天年便了。"云程道："夫人何出此言。松柏虽好，不过岁寒，如何见其独盛？夫人若不卖身，何由见你的孝？下官若非贫穷生病，何由见你的义？这正是天公要成就你我姻缘，幻出许多更变，使魍魉自现，玉石顿分。至于偶尔屈身，一发无害，不见韩信亦曾受辱于胯下，伍员亦曾吹箫于吴市，后来各建大功，谁人道他微贱？况你原是旧家，不过救父心急，屈身行孝，正是你的好处，下官正思报答深恩，夫人何反多疑？若必要救这贱人，我就看夫人面上饶她一死，但本境断难容留，叫小厮将我令箭一枝，着旗牌官押交汛地，捱铺递解，逐出境外交令。"小厮答应押出，夫人还想再劝，见人已押出，知难挽回，急急进去，取银十两、衣裳两套，送与爱珠，执手宽慰。爱珠此时也

知夫人一片真心待她，彼此悲伤而别。

且说云程发去爱珠之后，就将前后细情一一禀知父母，请出石道全夫妇两亲翁亲母交拜了，然后又同夫人重新拜见岳翁岳母，并与有光拜认了。郎舅设席，合家欢会，然后择日起身上任。亲族邻友闻知，家家送礼，个个请酒。又有本地乡绅官府俱来送行，云程一概致谢。因想一路去，各官迎送缠扰，必然耽搁，恐违限期，遂打发家眷从水路慢慢到任，自己先带了铁纯钢、石有光并诸将士，从陆路先行。正是不是一番寒彻骨，怎得梅花扑鼻香。要知一路风光若何，且看下回分解。

第二十一回 报深恩破庙重兴 逢故旧穷途得志

诗曰：

书生未遇莫相轻，到得峥嵘恩怨明。

回想当年受惠处，万金不惜答深恩。

堪叹穷途难自支，忍教骨肉暂分离。

当年势利今何在，犹幸他乡遇故知。

话说夫人等在水路，慢慢而行。且说云程率领兵将在陆路而行，早到陕西界口。许多兵将迎接，前呼后拥，十分威武。不觉已到向年养病之所，云程想起拂尘情义，要思报答，吩咐住轿。走进庙中，拂尘不见。只见许多人扯着无虚要打，还有多少人拿着锄头钉耙要拆毁圣像。见有兵将官府进庙，不知何故，只得住手。无虚脱身，忙躲入灶窝中发颤，想道："只说卢太师已死，其势败了，徒弟与他争论，被他捉去，今日竟来拆庙，我还说地方或有公论，不想他又到哪里请了些兵将来，今番断要占去的了。"

你道无虚为何如此说？原来那庙是前朝皇帝造与国师住的，庙基有二十余亩，大殿有六七座，后有花园、山水、池亭、台阁，无粮香火田一千亩，道士数十房，第一兴头的大庙。只因近了卢太师的庄子，渐渐谋去一半，后来势大，竟全占去了。道士稍有违拗，非打即骂，吓得尽行逃散。只存小屋数间，无虚师徒住之房，即云程养病处也。不想卢太师赐死后，城中大房子尽行籍没去了，只存这庄子并占庙中的无粮田。亏府尊是他家门生，县尊是他家长随出身，替他朋比隐漏，未开籍没之内。卢公子扶柩归里，就住在庄上，请地师看地安葬。地师看到庙基，道："此地就是个大地，目下

正该兴旺，若葬了真穴，富贵不必说，只怕做到帝王还不止哩。"公子大喜，道："此地总是我家的，查听点穴就是。"地师又四边一看，看到无虚的住屋，便道："真穴在此屋内。"公子就对无虚说，要他出去，拆毁造坟，吓得无虚开口不得。拂尘道："大爷阴地不如心地好，劝你将就些罢，不要想别人的，连自己的都送去了。"公子见他说话有因，明明道破他隐漏之意，便大怒道："这道士可恶，送到县中去，叫知县送他在监中处死他。一面就叫做工的拆去神像，老道若放肆，也打他一个死。"家人领命，果将拂尘捉去，领了做工的来拆圣像，打老道。恰遇云程到来。住手细问，方知是镇西侯，晓得是太师的对头，急急赶回报知公子去了。无虚哪里知道，还疑卢家叫来的兵将。

谁知云程进庙，先问拂尘，众人不敢答应，去扯无虚出来，吓得无虚竟要钻入灶堂中去。云程见无人答应，自己走进，见众人乱扯无虚，无虚惊慌躲避，便喝退众人，笑对无虚道："老道不须害怕，你当初说死了百十年来做护法的金云程在此。"无虚听说，举眼一看，虽然气象不同，声音面貌还认得，见他蟒袍玉带，知已做了大官，只得起来磕头乞命。云程扶起道："我昔年在此受你徒弟大恩，又吵闹了圣像。曾许重修庙宇，再塑金身。今日特来报谢还愿，谁来计较你。你徒弟在哪里？快请出来相会。"无虚闻言，方大喜道："如此说，神圣果然有灵。"随将庙宇始末，卢家以前谋占，今欲拆毁造坟，将徒弟捉去送监，一一禀知。云程道："卢家已经籍没，如何他儿子还敢如此横行，难道地方官不畏王法，敢助他作恶么？"无虚道："府太爷是他家门生，县太爷是他家长随出身，谁敢拗他。"云程道："原来如此。"叫旗牌将令箭一枝，速着府县官立拿卢公子。并请拂尘师立刻到来，毋得迟误。

旗牌官得令，先到府，后到县，宣说令旨，吓得府县魂魄俱无，知镇西侯是卢家对头，怎敢还顾情面。一面就差人卢家拿人，一面就亲到监中请出拂尘，求他在镇西侯面前方便。拂尘竟摸不着头脑，不知镇西侯是何人？如何反要他方便？未几，差人来回复，卢公子先有家人报知，投河身死，尸首现在。其余家属尽行逃散，不知去向。府县更觉惊慌，只得同了拂尘到庙回复。只见镇西侯远远望见拂尘，亲自下阶，一把手扯了，道："老师可还认得本爵么？十年前在此蒙你收留大恩，今日特来奉谢。"拂尘举眼一看，方知镇西侯就是金公子，心中大喜，连忙跪下磕头，道："原来是金侯爷，向日多多得罪，怎敢云谢。"云程急急扶起，命他同坐。拂尘决意不敢，被强不过，只得在旁坐了。云程就唤府县，骂道："你这两个狗官，朝廷命你做府县，叫你替百姓伸冤理枉，不曾叫你替卢家做鹰犬。卢公子何在？"府县官连连磕头，道："卢公子先有家人报知，侯爷要拿他，情急投河身死，家人尽皆逃散，获到解上。"云程道："明明是你放走了，敢来欺瞒本爵么？左右拿下，带到衙门重究。"拂尘慌忙跪下，道："在府县官徇情，固当重究，但他二人，实受卢家大恩，见他势败尚不有负，也是一点好处，况公子实系身死，尸首可验，望侯爷宽恕。"云程道："既师父讨饶，造化了他，好好回衙去罢。"打发府县去后，对拂尘道："方才你师父说你庙基地有二十余亩，无粮田有一千亩，都被卢家占去，本爵到任，即仰藩司清理付还。"还说："庙貌尚有图样可查，可叫各匠公估照式造起，要费多少钱粮，本爵先着俞德送万金来，将就造起，慢慢收下田租，本爵再当凑来，恢复旧业便了。"拂尘连连磕头称谢。云程当付银一百两为香烛之资，然后拜辞神像，起身到任去了。吓得地方上向来欺道士的尽来请罪贺喜，将一个穷道士登时抬在九霄云上。连无虚也把徒弟奉承得了不得，道他"眼力如何这般好，这般一个穷病鬼，留他住在此三年，早晚烧茶送水服侍他，我心上厌他不过，只怪徒弟多事，零星碎语不知说了多少。临去时亏你还说将来全仗他护法，我说等他护法好死了百十年了。哪知未及十年，就做了侯爷。若不是他来，此时圣像也毁去了。我与你性命也难保了。看起来竟是一个大护法，以后我再不作主了。"拂尘道："落难之人，原不可轻贱他的，从来与人方便，自己方便，彼时不救他的难，今天谁来救我的难？"无虚就取出庙图，叫各匠估了作料。一月后，俞德果将一万银子送来。拂尘接着大喜，彼此称谢，择日兴工，不半年已草草成局，三年之后竟依式造完。当初逃散的道士尽来归附，比以前更兴旺，竟成了一个圣境。拂尘一无所事，日夜打坐修真，直活得一百余岁，无疾而终。死时香闻数里，一月而散。此是后话。

且说金夫人随即也就同了翁姑父母，下船起身，一路趁便游山玩景。一日，船到汉口，驿前正要查点人夫，只见岸上有几个花子，捉着一个老花子在那里厮打，口中道："你既不当官，就不该到此地来叫化，夺我们的生意。"又听得老者道："叫化天下去得，我是别处人，暂时流落在此讨饭，又不吃你驿里的钱粮，如何要我扯捽。"众花子道："放你娘的臭屁！你既是别处人，只该在别处讨饭吃，谁许你在我地方上来讨？"齐齐扯住要打，适值俞德上岸出恭，下船看见，心中不平，上前喝住，众花子见是镇西侯船上大叔，便不敢动手，要上前告诉。那老者也要上前告诉，把俞德一相，道：

"大爷好似苏州俞大叔么?"俞德也将他一相,道:"你莫非是林员外么?"老者道:"我正是苏州林攀贵。大叔因何到此?"俞德道:"原来果是员外。夫人一到家,就着人相请,说员外为了官司,家产变卖,出门去了。夫人不胜悬念?怎么流落在此?"员外道:"夫人一向好么?大老爷可曾回来了?"俞德道:"员外还不知么?大老爷又已得胜还朝,封为镇西侯,已经上任去了。夫人与太老爷、太夫人从水路上任,都在船内。"员外大喜,又大惊,道:"原来夫人在此,请问太老爷是谁?"俞德道:"就是我家太老爷了。"遂将彦庵被盗留住,父子相逢同归的话说了,便道:"员外请少待,我下船去禀知太老爷与夫人,拿衣服来换了,请下船相会。"说完,急急下船去了。那些众花子听说,尽皆吓死。早有一人报知驿丞,驿丞也吓慌,赶来问员外道:"你与镇西侯有亲么?"员外道:"镇西侯是我嫡嫡亲亲的女婿,我女儿夫人现在船中,方才大叔已下船去说了。"吓得驿丞连忙跪倒,众花子齐齐磕头,道:"有眼不识泰山,望太爷饶恕。"员外道:"要我饶你们也不难,只是你们方才把我衣服都扯破了,我身边积聚几两银子都抢去了,快快赔还了我便罢。"驿丞明知他要诈银子,急取出两锭银子,叫众花子也急急凑出,共成四两,送与员外方住。

只见俞德已拿了衣帽靴袜上来,与员外换了,一同下船。先到彦庵船上,彦庵已在舱门迎接,道:"亲翁久违了。"员外一躬直打到地,道:"亲翁太老爷,恭喜,贺喜!末亲没有一日不想念,今日幸会,使末亲与有荣矣。"彦庵道:"小弟江中遇盗,小儿患病颠连,久已不齿于侪类,幸赖媳妇贤德,石亲翁医治,侥幸得有今日,怎如令爱才貌双全,令坦贵介公子令亲翁本省上台共荣,更当何如?小弟正要恭贺。"员外听说,吓得开口不得,惟有连连打拱,局促不安。彦庵方呵呵大笑,道:"亲翁不必如此,以前之事,我已尽知,不关亲翁薄情,都是令爱看事不破,只道贫穷的终是贫穷,富贵的终于富贵。哪知总有命在,幸亏替身甚好,小儿倒因祸得福,遇此佳偶,连性命功名都是她成就的。然亦亏亲翁屡次厚赠,方有盘费考试,小儿也决不相负的。请问亲翁何故远出?近况若何?宝眷何在?"员外道:"一言难尽。小女不肖,亲翁尽知,末亲也不敢相瞒。末亲家中也颇颇过得,都是这贱人起初兴头不认,后来扳害累赘。害得寸草无存,安身无地。多蒙令郎以前家信回来,约我进京共享荣华。彼时有事未去,后来无处安身,带了敝房小女,意欲到令郎处暂且安身。不想到京,令郎出征去了,夫人又回来了,只得依旧回家。来到此地,盘费已尽,至亲三口,进退无门,幸遇白衣庵女僧留敝房小女相帮，末亲系男人不便留住，独自一个，只得求乞度日。今遇太老爷，犹如绝处逢生了。"彦庵道："好说。既是亲母、小令爱在庵，可一齐接下船，同到西安再处。"员外连连叩谢。

夫人在那边船上闻员外与公公会过，即着人请过船相会，重诉苦情。夫人十分伤感，就着俞德带了秋桂、春杏，唤两乘轿子并衣服首饰，随员外到庵迎接院君和二小姐。

且说院君、小姐在庵，那些尼姑好不恶刻，一日只与她们几碗薄粥，粗重生活都要她做，还道做得不好，不时打骂赶逐，二人苦无去处，只得隐忍。那日正因扛水偶然失脚，泼湿地上，尼姑等齐齐打骂，要赶她出来。院君、小姐跪着相求，适值员外等叩门进去看见，便道："院君、女儿快起来，有出头日了。"院君抬头一看，见员外大帽乌靴，身穿华服，后随两个女子，满身绸绢，急与小姐立起，上前一看，认得是秋桂、春杏。急问："你们从何到此？"二人道："小婢奉夫人之命，特来迎接院君、小姐。毡包内首饰衣服，请院君、小姐更换。轿子在外，快请下船。"院君道："夫人回家已久，怎么船才到此？"春杏道："夫人京中到家已半年多了，如今大老爷得胜还朝，封镇西侯已上任去了。今夫人到陕西任上去哩。"院君大喜道："原来如此，可喜，可喜！"即打开毡包，见衣服首饰甚是齐整，母女二人换了。正要上轿，只见众尼姑问明来历，各各惊慌，齐向院君、小姐请罪。院君不理，小姐道："人情世态，个个如此。我们向日流落无依，也亏师父们收留，母亲决不计较，快快请起，不要使我们反觉不安。"尼姑俱磕头道："小姐如此大量，将来定然洪福齐天。"母女二人上轿，不片刻已到船中。夫人迎接下船，说："母亲小姐来了么，我前日一到家，就着人奉候，说一家人都出门去了，甚是悬念。"院君道："多谢我儿夫人，恭喜贤婿高封显爵，我儿诰封一品，方知相士之言一些不差。只我那大狐狸不知怎么样了？如今小女儿终身尚无着落，相士曾说她有夫人之份，全仗我儿夫人提携。"夫人道："小姐之事，一到任所，与相公商议，包她一位夫人便了。只大小姐说起，实是可伤。"院君道："我儿夫人，你晓得她的下落么？"夫人便从官卖讨回，直说到她自己说破，被杀被逐而住。院君道："真正天下第一个贱人了。夫人如此待她，她反自己说破，难怪贤婿要杀她，那时夫人不该劝，这样贱人，忘廉丧耻，杀了倒干净，如今到别处去，又不知怎样害人哩。"

正说间，只听得外边掌号开船。在路迅速，不久已到西安。云程已着诸将等远远迎接，自己也摆了半朝銮驾出来相迎。正是一子受皇恩，合家食天禄。未知到任后如何，且看下回分解。

第二十二回　宫殿上四美成婚　孤城中两忠遇难

诗曰：

> 姻缘难逆料，造化常颠倒。才貌自矜夸，一败如秋草。曾笑妹无才，容颜欠姣好。岂敢嫁公卿，只堪乐纂缟。谁知赋桃天，居然一大老。虽非美而文，统兵守丰镐。海寇猝难平，朝廷命征讨。一战又成功，合门加旌表。孰谓相无凭，于今分白皂。女子别贞淫，配偶天然巧。

话说金云程接进父母、妻子并岳父母、员外、院君、小姐等，到得衙署。众人一看，只见堂高数丈，屋宇深沉，房屋百间，尽是雕梁画栋；园庭一座，无非台阁亭池，左右数间公馆，铁、石二将分居门前；一带班房，书皂轮班各守；赞堂的都是文臣武将，袍甲鲜明；守门的尽皆刽子军牢，刀枪森列；内堂中一派笙箫鼓乐，华筵上早陈海味珍馐。接风家宴已毕，外边贺礼纷纷。云程一概不受，足足又忙半月。

一日，理事稍暇，云程到父母处问候了一会，来到夫人房中闲坐。夫人就说起林家二小姐，道："她才貌虽则中平，恭容德性色色俱全，大非阿姊轻狂体态。那年李铁嘴曾相她有夫人之份，看来实像一位夫人之相。我曾许她到任后与相公商议，替她为媒，不知相公可有处成全她否？"云程道："夫人既看中意，许她为媒。下官倒想着一人在此，年又相当，嫁去实是一位夫人了。"夫人道："是谁？"云程道："就是令弟尚未有亲，说成岂不是一位夫人？"夫人道："好便甚好，只恐家寒，兄弟粗蠢，员外、院君未必肯。"云程道："夫人说哪里话，岳父原是旧家，大舅一身本事，已受皇封，将来正未可量。员外、院君有什不肯，只不知小姐可有此福否？夫人且去与岳父母、大舅商酌，下官先禀明了父母，就与员外、院君说便了。"夫人道："多谢相公盛情，

妾身就对爹娘兄弟说知。侯相公回音定夺。”云程随即到父母处，将此事禀知，要代林小姐与大舅做媒。彦庵听说大赞道：“二人正当男婚女嫁之时，门户又相当，年纪又相若，实是一对好姻缘。我儿正该速速为媒才是。我也有一事正要与你说知，你妹子年纪也长成了，还未许人。我看来没有个中意的女婿，只有铁纯钢年纪相当。原与我家世谊，又是我的学生，且一家性命全亏他母子保全，算来甚好，只自己不便启齿，须得一个媒人便好。”云程道：“果然甚好，要媒人不若就烦岳父便了。”彦庵道：“我儿之言有理，你可先与员外说妥，去回复你岳父，就好烦他为媒了。”云程领命，就到员外处请出员外、院君。见礼毕，院君道：“贤婿唤愚夫妇出来，不知有何话说？”云程道：“有一头亲事，小婿要代小姨作伐，不知岳父母尊意若何？”员外、院君齐道：“贤婿作伐，自然极妙的了，有什不从？但不知是哪家？”云程道：“就是石家大舅，他年纪与小姨同庚，正当婚嫁之时。小婿方才与夫人商议，夫人说只恐大舅生得粗蠢，岳父母不愿。小婿特来请教。”员外、院君大喜，道：“夫人怎说这话，只恐小女丑陋，不堪为将军之配，倘蒙不弃，是小女之福，听凭择日成婚便了。”云程就别了员外，来到石道全处，夫人已先说妥，道全夫妇亦甚欢喜。云程又将父亲之言，托道全到铁纯钢处为媒，道全随即过去与纯钢说知。纯钢更觉欢喜，一则向来看见元姑小姐美貌端庄，心中久已爱慕，只为自己难于启齿；二则因云程已封侯爵，他的品级相悬，诚恐不肯，不敢开口。今见道全一说，正合己怀。便道：“小姐系侯府千金，金枝玉叶，小将系标下将士，怎敢仰攀？”道全道：“小婿曾说将军原系世谊，况敝亲翁全仗将军保全，感恩不浅，彼此相德，何必过谦？”道全遂即回复了云程。又请出彦庵说了，就择吉成亲。四个新人，恰好都是同年，就选了十一月初三日大吉。云程急急备办妹子妆奁，并代林小姐也一色备完。到初三日，两对新人齐齐打扮，堂前金鼓喧天，席上笙歌迭奏，众官送礼庆贺，诸将备酒送房，两边俱十分热闹。当夜合衾成欢，夫妻恩爱不言可知。自此以后，有光就将员外夫妇接到自己署中居住。安闲快乐，铁嘴所言，半子之靠却又应了。

且说云程到任一年，治民察吏，井井有条，考将练兵，时时不倦。军民相得，百姓欢娱，正是一载化成，中外悦服，且按下不题。

且说学师金诚斋那年丁忧到家，守孝三年，起服补了江宁府学教授。未及一年，特举了卓异，升任钱塘县尹，清廉正直，抚字心劳，万民欢庆。方及两载，就升了湖州府同知，驻扎乌镇。刚刚到任，适遇海塘冲倒，抚院就差他料理修治。一则他官运亨通，二则他才略原好，不上一年，工程告完，塘岸修起。上台因他有功，就提了府。又未几，转了道，镇守台湾等处要缺。到任之时，四方平静，民安物阜，甚是安闲。地方还有一个总兵镇守，那总兵姓李，武艺高强，手下参游千把不计其数，马步军兵数万有余。海中虽常有贼盗窃发，总兵不过差几个兵卒杀出，便望风逃避去了。从来不以为意，所以守道衙门虽兼武备，从无惊扰。所入也有限，在诚斋原非贪利之人，见衙门清淡，倒喜安闲快乐，自谓得所。谁知一年之后，海船造反，报到总兵衙门，总兵也不以为意，差一个千总两个把总，带了兵将迎敌。刚刚一阵，被他杀死者一半，活捉者一半，只逃得几个回来报知。吓得总兵大惊，道："向来海贼最是无用，我军从未失利，今日如何全军覆没，却是何故？"报子道："大老爷不知，向来海贼不过各恃武艺相杀，谅他在水中强横，登陆地就完了。如今不知哪里来了一个贼头陀，好生厉害。头带一个金箍，发披数尺余长，两耳四个金环大如茶杯，面如锅底，手似乌鸦，身穿一领火烈袈裟，颈挂一串骷髅念珠，手持两口丧门宝剑，对人念咒，禀气不足的，一咒便死；禀气强盛的，被他一咒也就痴呆了。所以我军厮杀并未弱他，都被这贼头陀念咒咒死了一半，一半被他捉去，以致全军覆没。小的若非见机早走，也被咒死了。望大老爷早作准备，不可轻看了他。"总兵道："胡说，天下哪有咒得死的人，还是他们玩敌致败，你可再去打听。我这里一面知会道爷，一面亲自领兵征剿便了。"

报子领命自去。总兵当即通知诚斋，传齐诸将，即日祭旗起兵，来到海边。只见海船一字摆开，旌旗蔽日，金鼓喧天，船头上个个金盔亮甲，枪刀密布，大非向日光景。总兵恃着武艺高强，兵多将广，也不在心上，遣将摆开阵势，杀上前去。贼兵见官兵杀来，也齐齐上岸对敌，两军相杀三十余合，贼兵枪法已乱，急急收兵。总兵恐果有头陀念咒，不敢追上前去，也鸣金收军，得胜回城。着人打听贼船犹然摆开，并不逃去，心中疑惑道："向来这班海贼一败就望风逃去了，如今不逃，必有所恃。倘果头陀邪术咒人，我军为之惶惑，如何是好？"急到守道署中商议。诚斋出接，道："闻得海贼横行，邪术咒人，昨差兵将征剿，都入其术中，本道亦甚惶惑。今幸老总戎亲临监阵，一战得胜。足见小鬼跳梁，只欺得无名小将。头陀邪术，亦只咒得软弱军兵，一遇老总戎英雄武艺，正直行兵，邪术何能相犯？本道亦蒙覆庇，可喜，可贺！"总兵道："道爷休得过奖。小弟此来，正是为此，要求道爷斟酌一个御敌之法。"诚斋道：

"以老总戎之英雄武艺，谅这海贼一战潜踪，何须本道商酌。况本道虽备员分守，实系起家学博，武事未谙。向年同事姑苏老总戎所素知，不识有何斟酌？"总兵道："道爷不知，那些贼子，莫说武艺平常，即使十分强勇，也能抵敌得过。只是他向来窃发，一战而逃，今已大败，仍然耀武扬威，必有所恃，想来头陀之言信不谬矣。弟虽系武夫，但知一往直入，那邪术咒诅，无由破法，兵书有云：'将在谋而不在勇。'昔年诸葛武侯，原不过草庐中一个书生，后来先主请出，拜为军师，鼎分天下，全系武侯掌略之中。故上阵厮杀虽用武将当先，帐中经略，实赖书生妙计。请道爷算一妙策，弟依计而行，岂不全美。"

诚斋细细一想，忽大笑道："老总戎方才说武侯神算，倒触着了本道一个小计，不知有济否？"总兵道："道爷妙计，必然不差，请道其详。"诚斋道："吾闻武侯曾有木牛流马之法，如今头陀必要对面咒人，不若吩咐军中，连夜赶做数百木人木马，人用金盔亮甲，马足都用车盘，马腹可以藏人，马口俱藏火炮。老总戎调兵出战，待他杀败逃去，须大震金鼓，喊叫追赶，就将木人木马拨动机关，假作人马追在海边，使彼一时莫辨。头陀必在船头弄拨，那时马口火炮齐发，不怕头陀贼船不弹为齑粉。此计不知可好？请老总戎商酌定夺。"总兵大喜道："人说读书人胸藏甲胄，信不谬也。弟虽有武艺，只知上阵相杀，哪有这些神机妙算。今闻道爷妙策，谅这贼头陀指日可破矣。望道爷画一图样，连夜着木匠做就便了。"诚斋当即画就木人木马图，送到总兵处，总兵果叫木匠连夜做就，肚内果可藏人，拨动机关，走如飞马，远至百步，便看不出是真是假。马口俱藏火炮，一一妥当。正要出兵，算来神出鬼没，虽有奸恶头陀，怎逃马口神炮。谁知不应木马成功，点兵时，忽有一个马兵邹狗儿酒醉不到，总兵大怒道："行兵之际，岂容临点不到，发令箭一枝，速速绑赴辕门，斩首示众。"内有一兵与狗儿有亲，急急报知。狗儿自知难免，趁令箭未到，先逃到海船，将木人木马之计，一一报知，以为进身之地。头陀海贼闻知，尽吃一惊，道："此计果然厉害，幸邹狗儿报知，不然我军尽入局中矣。为今之计，只有即以其人之道，还治其人之身。速点兵将百员，埋伏海口，候他木马追来时，可将木马尽行拨转，使向彼军跑去，火炮一发，岂不反皆弹死。"算计已定，就发兵对敌。

总兵哪里知道，原用前计，将木人木马去，谁知将近海口，被伏兵拨转木马，反向本阵赶回，火炮齐发，吓得兵将急急躲避，已弹死大半。总兵急急收兵入城。知为邹狗儿所卖，无可如何，惟有闭城固守，与守道连夜做就文书报知。督抚达部又修成疏章，奏知皇上，请发救兵。皇上见疏，大惊道："台湾系江浙门户，台湾若失，江浙危矣。"速命大臣会议，发兵救应要紧。当有兵部尚书启奏道："臣昨观观来文云：海贼屡战屡败，甚是无用，即一总兵李绍基足堪抵敌，无用救兵接应。所虑者头陀邪术厉害，无人敢当，故请兵相助。今观在朝诸将，武艺高强者虽多，能灭邪破法者鲜有。只有镇西侯金玉与左右二将铁纯钢、石有光，昔年萧化龙造反，道人妖法更比头陀厉害，皆赖彼三人之力，一朝破法斩除。今若要破头陀，除此三人，无人可去，不识圣意若何？"皇上迟疑半晌，道："卿所举虽是，但西安亦系要地，况平定未久，若将兵马撤回，诚恐余贼乘机窃发，危害不浅，必要想一两全之策为妙。"早有左丞相出班："启奏吾皇，臣闻圣虑果是不差，但尚书所举，亦不为谬。依臣遇见，将军铁纯钢久居西安，民情地理素所熟悉，不若使他权护镇西侯印信，镇守西安。将军石有光武艺甚好，可命征海之任。镇西侯金玉正直无私，邪魅不能相犯，可为监军之职，前往破法，岂不一举而三得乎。不识圣意若何？"皇上道："卿言甚是有理，可速传旨镇西侯金玉，加封靖海公，带领兵马，速征台湾，监军破法。其镇西侯印信着将军铁纯钢署理，镇守西安。将军石有光封征海大将军，带领兵马前往台湾，征伐海寇。有功之日，另行升赏。"旨意一出，兵部即刻着人飞马赍到西安。

金玉闻知，同铁、石二将接过圣旨，见旨意紧急，又知台湾守道就是诚斋，危在旦夕，遂即将印信、兵符、令箭交与纯钢署理，自同有光拜别父母，急要点将起身。彦奄知道，立刻写书一封寄候诚斋。夫人道："妾身向年曾许天竺香愿，至今未还。今相公既往浙江，妾可好同到杭州，还了香愿，何如？"金玉道："救兵如救火，一则旨意紧急，二则伯父有难，刻不容缓，岂能带得家眷。夫人既要还愿，可禀知公婆前去便了。我若侥幸成功，或者在彼相会也不可知。"说完，遂同有光领兵去了。正是欲报君恩又兼私谊，未知此去若何，且看下回分解。

第二十三回 破妖术故旧相逢 宴太平恩情聚义

中国禁书文库

春灯影

词曰：

荡平东海乱，天竺酬香愿。会合证前因，眼前休认真。

人生难预料，祸福由心召。论相纵无讹，其如阴骘何。

右调《醉公子》

话说金玉与有光拜别父母夫人，连夜进兵马不停蹄，人不着枕，早到浙江界内。有光在前，金玉压后，只见高岗上一个道者迎将下来，对着有光道："将军一向好么？可还认得贫道否？"有光仔细一看，虽略有些面善，一时再想不起。道者道："贫道十五年前，曾在尊府谈相，原说过尊相到十年之后必然前程远大，那时富贵了，不要不认得我。如今将军果应吾言，却又果然不认得贫道了。"有光一想道："如此说来，师父是铁嘴先生么？几时出了家，如此打扮，叫我如何认得？"铁嘴道："贫道的师父原是道家之祖，今在天竺修真练性，贫道随着学些内养功夫，所以也出了家。今日将军兵马匆匆，无暇细谈，迟日在天竺相候一会罢。"有光道："师父且请稍缓，我如今领兵讨贼，不知胜负若何，请为我看一看气色何如？"铁嘴道："不消看得，此去马到成功，还有故人相会，我当初许你二三品前程，今观尊相，满面阴骘纹，只怕功名还不止一品哩。只是一说此去头陀咒法厉害，须当预作准备。"有光道："便闻得头陀法术厉害，不知如何准备好。"铁嘴道："靖海公现有我师父赠他的万法教主玉印在身，邪术原不能相犯。至于将军与兵将等，可书太上老君四字，藏于盔内，邪术亦不能相犯矣。只须将兵马分调，如此如此，这般这般，包管他一人不及。只旁边另有海船三只，内中俱系所擒官将，不可有伤，牢牢记着，后边监军来了，速速前去。贫道在天竺奉

三三二

候便了。"将手一拱，飘然而去。有光还要再问，已不知去向。

适遇监军到来，有光就将遇见铁嘴之言，一一禀知。金玉深悔来迟，未得一见，然所闻破术之法，心中大喜。幸印衣原带在此，将近台湾，立刻亲书太上老君四字数千余张，散与众兵将，各藏盔内，然后依计调发兵马杀上不题。

且说李总兵、金守道自从拜了告急请兵疏章，闭城固守。匝月以来，城中粮草将尽，民间柴米俱无。贼兵见城中不敢出战，愈觉铁桶一般围住，日夜攻打，势甚危迫。总兵见内无粮草，外无救兵，想守也是死，战也是死，不如趁粮草未绝之时，出城一战，倘侥幸成功，固然甚好，即使战败身亡，也尽我为臣一点报国之心。算计已定，急点兵将，开城杀出，贼兵见官兵突然杀出，恐又有计，倒吃一惊，只得上前迎敌，战未数十余合，贼兵大败逃去。谁知总兵预知他杀败就逃，恃着头陀在船念咒，便先拨兵半路埋伏，阻其去路，首尾夹攻，不使到船。贼兵哪里知道，果入局中，官兵大胜回城。诚斋开城门接进，各各欢喜庆贺。满拟此番海贼必然逃去，谁知探子来报，海船依然不动，又复聚众杀来。总兵见说贼兵仍复杀到，思量若再坚守粮草将完，不如乘胜杀出，决一死战。便吩咐开城领兵杀出，两军对敌，数十余合，贼兵望后又退。总兵原照前已有兵将埋伏，放心追起，原想两面夹攻，哪知头陀知半路有伏兵，先在半路相候，见伏兵一出，先行术咒倒，追兵一到，仍用此术，被他杀的杀，活捉的活捉，连总兵都挣不住，一时头昏眼暗，两手软弱，动弹不得，兵器已失，亦被捉去。只存几个小兵逃脱，报到城中。诚斋听说大惊，急急吩咐闭城。贼兵已到，仍然铁桶一般团团围住，攻打更甚。诚斋一想：粮草已尽，兵将尽失，城池指日必破，性命岂能保全，上不能报答朝廷，下不能覆庇百姓，不如速速自尽，听凭他们归降，免得攻破城池，百姓遭其荼毒。便对众人道："本道受朝廷厚禄，不能为国杀贼，保护尔等，若待攻破城池，尔等必共遭屠戮，本道有何颜面苟存性命，不如一死以报朝廷，尔等可将吾头投献海贼，庶免百万生灵。"说完拔剑欲刎，吓得众人齐齐将剑夺住，道："大老爷固受朝廷的厚禄，难道我们就不是朝廷的子民么？情愿与大老爷生则同生，死则同死，决无异心的。吉人自有天相，或者救兵一到，杀退贼兵亦未可知。"

正说间，只听得城外炮声震天，众人又齐吃一惊，向城外一望，见贼兵纷纷退去，不知何故。又远远望见一派火光冲天，更是疑惑。急着人打听来报，方知救兵已到，贼将闻知，退去抵敌。头陀亦随往行术，哪知都有正法解禳，头陀咒得极凶，官兵杀得更兴。头陀见咒不灵，望后逃走。贼兵全仗头陀之术，见他咒已不灵，望风先遁，如何还敢对敌？且战且走，还望逃下船去，谁知将到海边，海船尽被火烧，岸上还有许多官兵，杀人放火，见旁边三只船无恙，急逃到船边，见船头都是官兵，各持器械，指点杀人。头陀也吓慌，东奔西躲，口中还念咒不住，被有光赶上，一把拿住，将铁索锁上琵琶骨。狗血当头一淋，将他上了囚车，解进城中监禁。其余贼将围在中间，乱刀砍去，不曾走了一个。然后将所擒官将，一一查点。你道那岸上指点烧船的官将是谁？船上指点杀人者又是谁？原来都是铁嘴传授的妙法。有光领兵对敌，监军领兵放火箭烧船，绝其归路。又着人到旁边船上放出所擒兵将，各与器械，共杀逃兵，所以贼兵一个不曾走脱。事平之后，监军着将被捉放出官将，一一查点报名。点到总兵李绍基，金玉将他一看，见他汉仗魁梧，英雄气概，便道："李总兵，我向闻你英雄盖世，武艺高强，如何也被所捉。"总兵道："海贼造反已非一次，小将从未一阵输他，前日只因粮草将完，救兵未到，只得与他决一死战，使伏兵首尾夹攻，贼兵不曾走脱一个。昨日又用此法，谁知头陀半路行术，先把伏兵咒倒，后来追去，亦被用术擒拿，实是有力难施。"金玉道："我也知你为国为民，舍身死战，虽被捉获，皆系妖术厉害，非失机可比。本爵面圣，必当保举。"总兵拜谢，正要过去。只见有光将他一看，问道："将军好生面善，想在哪里会过？"总兵也将有光一看，却记不起。有光又道："你且将从前做官履历说与我知道。"总兵道："小将武举出身，初任镇江千总，后升苏州守备。"有光道："且住。你在苏州做守备，到今有几年了？"总兵道："有十余年了。"有光道："一些不差，我记起来了。"就对金玉道："此人是小将的恩师，一向要访他，谁知在此。"就将昔年在教场教武，代父伸冤，一一禀知。金玉道："如此说，果是你的恩人了。恩怨不可不明，你且与他说明相见。"有光随即下堂，扯住总兵道："我的恩师李老爷，弟子哪一日不想念，再不料此地相逢，难道不认得了！快请台坐，容弟子拜谢。"总兵道："元帅莫非认错了，快请自重，不要折杀小将。"有光道："怎得有错？十五年前，弟子到教场玩耍，蒙恩师教我骑射武艺，后因家父有难，又蒙四府伸冤。此恩此德，没世难忘。"说完跪下就拜。吓得总兵急急跪下，道："原来就是石元帅，长得如此威武，小将竟一时不认得了。元帅自幼天生将才，小将不过偶尔指点，怎敢当元帅如此悬念。在小将被贼所擒，自分必死，今蒙元帅杀贼相救，活命之恩，杀身难报。"有光道："这是为国杀贼，并非有意相救。至于弟子的武艺，若非恩师教

海，焉能杀贼成功。"二人彼此称谢，金玉叫请上堂，道："二位彼此感恩，将来仕途正好共相辅助，为朝廷出力。本爵也有一个恩人在此，分守道员不知今在何处？"总兵道："莫非是金道爷么？"金玉道："然也！"总兵道："现在城中。那道爷终日与小将共守城池，他虽是个文官，足智多谋，竟有诸葛之才，可惜为人奸所卖，未得成功。"遂将木马之计，一一禀知，尽皆赞赏。未几，兵将点完，摆道进城。

　　且说诚斋打听的实知靖海公将入城，即率众官百姓，香花酒果，半途跪接。金玉马上远远望见众官跪接，第一个正是诚斋。急急下马，上前一把扶起，道："恩伯一向好么？如何行这个礼？"诚斋抬头一看，还有些认得，忙立起道："莫非就是云程贤侄么？"金玉道："小侄正是。"诚斋道："闻老侄封镇西侯，镇守西安，何由到此？"金玉就将圣上特命救应台湾，加封靖海公，一一说完。诚斋闻言大喜，又忽感叹道："记得那年与贤侄分别时节，只望你病愈成名，身登翰院，就不负尊公训子之心了。谁知一飞冲天，名登甲首，又两地建功，位列公侯，将来复命，必然还有恩典。功名至此，可为显荣极矣。只可惜令尊、令堂不能目睹其盛，只好受你的荣赠了。"金玉道："原来恩伯还不知家父家母现在。"便将西安父子重逢，一家完聚，许多缘故，一一说知。并云："家父现有书札奉候。"诚斋听说，更加大喜，道："原来还有如此大喜，真做梦也不想有此，不识几时可得一会否？"金玉道："家父久欲到家祭祖，会晤谅亦不远。"说完各各上马进城，同到公堂，太平宴两席已经摆设。金玉吩咐再添两席，推诚斋上坐。诚斋道："这是太平公宴，朝廷序爵，不必过谦，老夫旁坐奉陪。"金玉道："如此老伯台坐了。"次及有光，又推总兵，总兵也不肯，与诚斋左右旁坐了。酒过三杯，诚斋道："昨日老总戎失利之后，贼兵仍复围城，城中兵将已无，粮草又缺，想来孤城难保，思欲自尽，以报朝廷，以救百姓，被众劝住。适遇贤侄救兵到来，一战成功，真出意外。"金玉道："此系恩伯忠心贯日，天相吉人。小侄来迟，使恩伯受惊，多多有罪。"彼此谈论了一会儿，诚斋又问："令岳林员外一向好么？"金玉道："恩伯还不知，其中还有许多笑话哩。少停慢慢禀知。"说话之间，早已食供三套，乐奏八音。华筵已毕，金玉要与诚斋说明林家之事，待席散之后，两人携手进内坐定，将爱珠赖婚，无瑕代嫁，直说到驱爱珠，收留员外，代伊次女为媒，嫁与有光，有光即代嫁夫人之弟，细细说明。诚斋道："原来有这许多更变，那爱珠见你贫穷有病，只道终无好日，谁知今日这般显荣，反让另人受用。真是君子乐得为君子，小人枉自为小人。此时爱珠不知流落何处，更作何状。"说罢天色已晚，各归安寝。明早安抚军民，慰劳父老，发令箭急提粮草，得胜表先奏朝廷。然后拜别诚斋，有光也拜辞总兵，齐敲金鼓，共唱凯歌，班师进京。

一路来到杭州，只见有三只小座船停泊岸边，候着金玉住船，就有人过船来，却是俞德。原来夫人送丈夫起身后，就禀知公婆，要往天竺进香。太夫人道："我们遇盗几死，今得一门完聚，皆赖大王阴空保佑，也要去进一炷香，少酬心愿。"随叫船同了石道全夫妇林员外夫妇并石有光的夫人，一同起身。先到家中，各家上坟祭祖，耽搁了月余。就叫小座船三只：太老爷、太夫人一只；石道全夫妇与夫人一只；林员外夫妇与女儿石夫人一只。一路游山玩景，来到杭州。早已见报说台湾海寇已平，金玉等班师在即。遂吩咐住船候儿子到来，一同到天竺进香，故金玉船一到，即着俞德过船通知。金玉随即过去拜见父母。彦庵说起等他同往天竺进香，云程道："父亲、母亲同媳妇去总是一般的了。孩儿不同去罢。"彦庵道："既同在此，也无什耽搁，一家同去，方见诚心。"正说间，有光也进来求见。闻彦庵要儿子同去，便上前禀道："公爷断该同去。前日授法破敌，皆铁嘴先生之力。他说在天竺候我们班师一会，并说赠衣的仙师也在那边，如何不亲去谢他一谢。"俞德听说，也禀道："老奴倒忘了，那年沙滩上仙师赠衣时节，曾道十五年后到天竺来见我，我着徒弟铁嘴道人指点行藏便了。如今算来齐头十五年了，仙师决不诳言，公爷断该同去。还好问一问将来的前程结果，也未尝不可。"金玉道："果有此言，我也几乎错过。"吩咐快备轿马，明日绝早一同上天竺便了。当时又同有光到夫人船上见了岳父母，会了夫人。又到林员外船上相会了。

次日清晨，摆了半朝銮驾，四乘八人大轿，六乘四人大轿，又十数乘小轿，百十骑马，前呼后拥到天竺进香。正是功成名就朝天竺，富贵荣华一满门。要知到天竺如何，且看下回分解。

第二十四回 小结局淫邪现世 大团圆富贵蚩仙

词曰：

　　戏到团圆万事了。离合悲欢，一一从头缴。报应只争迟与早，何曾善恶无分晓。　　试看那奸淫弄巧。自取灭亡，要得收成好。忠孝不求温与饱，天恩隆重频旌表。

右调《蝶恋花》

　　话说金公爷同了夫人父母，并石、林两家眷属，前呼后拥，同上天竺，且按下不表。今先将一个人的行止，一一叙明，然后再接续进香。你道是谁？就是那爱珠小姐，被云程逐出境外，却好逐至杭州，幸巧夫人赠银赠衣，不至冻饿。然终无着落，东奔西闯，街坊上人见她标致，调戏她的甚多，收留她的却没有。一日到一衙内，只见一个老妈妈，立在门首，见爱珠标致，独自一人，便问道："女娘何往？"爱珠道："奴家是落难女子，无家可归，偶尔到此，往无定所。"老奴道："难道没有翁姑、父母、丈夫么？"爱珠道："都死了。"老妈道："你不像这边人，因何到此？"爱珠道："我是苏州人，因孤身一人，特来寻一亲戚，指望依靠他，谁知遍寻不见，不知搬往何处去了。"老妈道："既有亲戚在此，慢慢寻访不迟。且请到我家来吃箸便饭，与你商量。"爱珠口说："怎好相扰"，身已随了进去。老妈取出饭来，却是六碗菜，都是海味鱼肉之类。吃完了，老妈道："女娘既无去处，可肯承继我，做个女儿，住在我家么？"爱珠道："若蒙收留，奴家就得生了。莫说做女儿，就做丫鬟，服侍你老人家，也是好的，有什不肯。"老妈道："你既肯做我女儿，我自然另眼相看，只有句话要与我说明，我本是个门户人家，专靠女儿养家的，你可情愿么？"爱珠停了一会儿道："事已至此，

也说不得了，只闻得人说妓女是最下贱的。"老妈道："你但知妓女下贱，还不知妓女的尊贵哩。你且坐了，我细细说与你知道。有一等粗蠢丫头，头蓬脚大，牙黄口臭，无人要她，这便是个下贱。若才貌俱全的，名闻四海，价值连城，吃的是珍馐美味，穿的是锦绣绫罗，戴的是珍珠玛瑙，睡的是锦帐牙床；来往的全是王孙公子，伴宿的无非俊雅郎君；金银财宝日积月多，绸缎簪钗，日新月异。锦帐中我奉他三分，他还要奉我十分。枕头边我说的假话，他必当我真言。倘相与了皇亲国戚，即使大臣官员，还要个个低头。若结识了风流天子，就是皇后娘娘，尚思让我三分。只怕到兴头时节，就封你做一品夫人，也不屑去做哩。"爱珠听了，眉欢眼笑，就要下拜。老妈扯住道："且住，可洗了浴，换了衣裳，先拜了我的家堂神圣，要他保佑你无灾无难，千人见千人喜，万人见万人爱哩。"就叫了丫头，"快取香汤与你姐姐洗澡，再将我上等衣服首饰，与你姐姐满身都换了，来拜神圣爷爷。"丫头答应，同爱珠到后边洗了浴，梳了头，将白绫脚带包了脚，取出衣服首饰穿戴了。到家堂前先拜了，然后拜见老妈。老妈一看大喜道："我的儿换了几件衣服，竟是嫦娥下降，仙子临凡。不要说男人见了要爱杀，就是老娘见了也动火哩。你可还会些技艺么？"爱珠道："诗词歌赋，棋琴书画，色色俱精，就是吹弹歌舞，也略知一二。"老妈道："如此说，竟是个宝贝了。"次日就有同行中并杭州中的蔑片，都送份来庆贺，老妈设席请酒。一传出去，就有许多豪华公子、风流名士，尽来要梳笼她。老妈高抬身价，要索厚礼，从十两说起，直讲到百金方允。还断过只住十夜，自后总要八两一夜。谁知闻名来嫖者，一日定有十数起，老妈只拣多的允了，其余回得口干。那些人见捱不上，都愿增价弄到十二两一夜。见还热闹，竟分起昼夜来。一日八两，一夜十二两，一日一夜竟至二十两，足足闹了三年，老妈趁了数万金。谁知爱珠贪淫，不顾性命，老妈贪财，也不顾她。嫖客出许多银子，也不肯草草完事，定用了春药，昼夜不息。爱珠起初快活，后来竟弄到害怕，然已落在其中，哪由她做主？到得三年，身子也坏了，春药也用多了，毒气攻心，忽发一身杨梅疮，破烂起来，臭气难闻。老妈急急请医调治，不但不好，且满身满头，遍发无空，又兼了痨弱之症，老妈还恐她过了别的妓女，嫖客知道，久已没得上门。老妈情急，反转面皮，不说亏她趁了多少银子，反说白养了她三年，将她衣服首饰尽行拿去，仍是旧时打扮，赶逐出门。当初还有夫人赠的衣银，不至冻饿。如今身子有病，满身恶疮，腰无半文，衣无替换，无可奈何，只得求乞度日。幸有一班少年花子，不怕腌臜闻她向日之名，原与亲近。且见她这般形状，骗得动烧香的善男信女，可以借她做个讨饭的招牌。便日中背她到热闹处讨饭，夜间扶她到孤庙内同眠。

那一日，众花子又将她扛到天竺山门口，放下求乞。只见地方总甲，急急赶来道："公爷同家眷到此进香，即刻就到，闲人走开，快些打扫洁净，不是儿戏的。"和尚闻知，急将芦席毡单，从山门直辅到大殿，将众花子俱赶开了。只因爱珠是个女人，又兼有病，扶她山门侧边，金刚脚下睡倒，又吩咐："不许做声，惊动公爷，不是儿戏的。"

言之末已，铺兵开道，銮驾已到，合寺和尚，尽跪山门外迎接。只见四乘八轿到得山门，出轿步行进殿。先是太老爷、太夫人，后是公爷与夫人。爱珠偷眼一看，见前面的分明是金云程父母，后面随着的确是云程与夫人。身上都是蟒袍玉带，头上冲天冠，夫人是金凤冠，好不齐整。一时忍不住又几步爬上去，将夫人一把扯住，正要说明哀求，被军牢几鞭，吓得和尚急急扯开，还亏夫人吩咐，为烧香到此，不许打人，爱珠方才得免。又见四轿六乘走出，认得是石道全夫妻父子，后又三人，却是父母与妹子，也是蟒袍凤冠。欲再上前，已被打怕，只叫一声"父亲、母亲、妹子，救我一救！"和尚又急急乱喝，员外等也不解其意，竟进去了。后又小轿十数乘，齐齐下轿，身上都是绫罗绸缎，大家笑嘻嘻，一同走进。爱珠一看，只有几个不认得，其余都是金林两家一向最恼的黄发大脚粗蠢丫头，不觉长叹一声道："罢了！罢了！才貌原来一些没用的，我父母把我许了一个绝好的丈夫，偶然落难，只合安分自守，如何便料他再无好日，强生生不肯嫁他，把一个丫鬟代夫。至于妹子，虽生得粗俗，也是同胞姊妹，怎就笑她无出息，事事欺她。还有生身父母，爱我最深，如何拒绝于前，招扳于后，使他破家荡产，恨我如仇。就是这些丫头，虽然生得丑陋，服侍总是一般，如何一见如仇，说她只好服侍妹子，如今果然都随着他。我的好丫头何在？就是石道全荐来相士，我与无瑕改扮她，又不知不过，据相直言，如何便要打他，还迁怒到无瑕身上。他相无瑕是极品夫人，如今随了公爷，岂不已经极品么？他说妹子是二、三品夫人，我也不服，如今这般打扮，岂不也应了。他说我靠了无瑕弘福，还有小小收成，若一离心，不作青楼之女，定为乞丐之妻。又说我气短色浮，难过三九，如今句句应了，却好今年是三九之年，一病至此，大约三九之说，又要应了。还有何颜再见他们，不如寻个自尽，等他们出来看见，或者施一口棺木掩埋，庶可免抛尸露骨，便是我的好收成了。"想罢，遂向金刚座上几撞，登时血流满地，死于金刚脚下。

且说公爷等进寺烧香毕，到山后游玩，只见铁嘴道人迎上，只彦庵夫妇与云程从未会过，其余都是见过的，因改了道妆，都不认得，有光说起，方大家知道，齐齐相见。云程急问："仙师安在？"铁嘴指着上边一尊老君道："此不是仙师么？"云程与俞德上前一看，果与沙滩上赐衣赐丹的一毫不差。云程道："原来仙师就是老君。"齐齐下拜，拜毕问铁嘴道："彼时仙师曾说十五年后天竺相见，再着铁嘴道人指引行藏，今日果见仙师。又适遇老师在此，请问弟子等将来收成结果，却是如何？"铁嘴道："公爷等此去前程远大，一路平安，无烦贫道饶舌。既蒙下问，且将公爷等本原来历，略道一二。幸各留心，以期反本归原，无忘故我。"云程道："正要请教，乞道其详。"铁嘴道："公爷是仙师座前守灯仙史，夫人系添油仙女，只因偶起凡情，被鼠精偷吃灯油，罚降下界一昼夜，以了宿缘，复归仙界，算来还有七十余年，那时贫道再来接引。牢记牢记。"云程道："据老师说，只有一昼夜，今已二十七年，如何还有七十余年？"铁嘴道："仙家一昼夜，人间已百年。"云程道："原来如此，只是那鼠精偷了灯油，难道倒罢了？"铁嘴道："如何罢得，现在人间受了多少苦楚，今已死在金刚脚下，押赴酆都去了，少停便见仙师。还有两个炼丹弟子，两个守丹童女，也因起了凡情，罚降人间，配为夫妇，辅佐公爷同归仙界，乃铁、石二将军是也。"云程又问父母。铁嘴道："受朝廷极品荣封，还有四十余年同谐到老。"有光亦问父母并岳父母。铁嘴道："尊翁令岳十五年前已经说过，寿元都有八旬上下，只令岳母少些，亦不脱古稀之年。公爷与将军复命要紧，夫人等还有故人在外候她相送，速速起行罢，贫道不敢相留了。"云程道："教师既是仙师徒弟，因何也降凡间。"铁嘴道："我乃仙师执佛弟子，已经归班五载矣。如今在仙师左边，执拂的就是。"众人齐齐向上一看，果有一执拂弟子，俨然铁嘴无二，回头铁嘴已不知去向。问和尚，方知铁嘴已于五年前在天竺尸解了。众人大惊，重复下拜。拜完起身来到山门，见了金刚，想起铁嘴之言，将金刚脚下一看，忽见一个女人睡倒，满头鲜血。急唤地方来问，说是一个名妓，名唤爱珠，才貌双全，且嫖多了人，生了一身恶疮，被鸨儿赶出，靠着众花子日日在此讨饭，不知方才为何忽然撞死在此。夫人听说，对石夫人道："难道是大小姐不成？"石夫人道："只怕有些像，我进来时听得好像有人叫妹子救我一救，我也不解其意。"夫人道："如此一些不差，怪道我进来时，她爬上一把扯住我，只说是花子求乞，不曾理她，方才

仙师又说山门口有故人候我们相送，一定无疑了。"叫丫头上前细认，都说果是大小姐。夫人与石夫人听说，只得禀知翁姑父母与丈夫，商议买具棺木，各取衣裳首饰，替她满身换了，亲自看她入殓，扛到野外择地埋葬了，方开船起身。云程又吩咐地方官将鸨儿重处。地方官役知她趁了大银，立刻拿来了打了二十枷号在彼。鸨儿只得买上买下，将所趁金银用完，方得释放回家。这也是天理当然。更有爱珠入殓时，土工看见衣服首饰甚是动火，侯公爷开船后，夜间盗开棺木尽剥一光，连棺木都不曾盖好，将就掩埋。此亦刻薄人遇着刻薄之报。

且说云程同有光等进京复命，龙颜大喜，赐坐赐茶，各赐御酒三杯。光禄寺摆宴，命东宫出陪。宴罢，云程又将金守道、李总兵为国为民一片妙算苦心，细细奏知。皇上发典部议，封金玉平定王，妻石氏封平定后，荣封三代，子孙世袭。即命苏州起造王府，赐为宅第。命一年巡川陕等处，一年巡视浙闽等处，封石有光靖海侯，妻林氏封靖海夫人。封铁纯钢实受镇西侯，妻金氏封镇西夫人。两家三代俱封赠侯爵，子孙世袭。金诚斋升福建巡视抚，李绍基升福建提督全省水师兼辖澎台水师官兵左都提督，俞德赐五品禄，听金玉调用。一一封赐已毕，各各到任，经理事物，海贼外邦尽皆畏惧深服，一路太平无事。各生子女，五家互相婚聘。光阴迅速，倏忽已四十余年，金彦庵、石道全、林员外夫妇六人俱已相继去世，金玉与有光极尽孝道，见儿孙都已婚配，功名尽皆显达，各将王侯之位传与长子，寻收拾一所静室，塑老君、铁嘴仙师圣像，三对夫妇在内修真。又经三十年，一日，忽见铁嘴来迎，那时王侯之位都传与长孙，儿媳安居在家，立刻唤齐，从容话别，霎时飞升，尽见半空中五色祥云，长幡宝盖引接而去。香闻数里，一月而散。儿媳辈亦皆悲痛，急唤塑匠，就在老君座前塑就六位神像，至今庙貌犹存，合地传为美谈。尚有能言其事者，无不称颂夫人贤德，痛骂爱珠淫贱。正是：好的流芳百世，坏的遗臭万年。今之赖婚改嫁欺贫重富者，看此能不触目惊心，汗流浃背乎！

何人肯就恶姻缘，系定红丝莫怨天。
才子每遭嫫母配，巧妻常伴拙夫眠。
若言贫富轮流转，说到穷途倏变迁。
试看破窑骤显达，休轻寒士附腥膻。

人生何事太匆忙，百岁悠悠梦一场。

留点仁慈终受福，多行不义定遭殃。

思趋炎日如驹过，欲靠冰山岂久长。

张眼红尘多碌碌，何如一枕乐羲皇。

总　评

　　此书作者，全为欺贫、重富、赖婚者而作。一个相字，为一部之纲领；姻缘二字，为一部之主见；绝处逢生，为一部之枢纽。盖言富贵不足恃，才貌不足恃，贫贱不可欺，患难不足虑。但能安分自守，节孝自持，便是成家立业之本，一生受用之机。试看此书恩怨分明，报应不爽，自始至终，一路贯穿，未尝有丝毫遗漏；针针相对，未尝有半点脱根。阅之必须熟读细味，方得其中深意，幸勿忽之。

　　夫相者，天公赋形之时，穷通贵贱早已端端正正摆在五官部位之中。能通相术者一目了然。在上等之人，广行阴德，日记功过，相原未尝不因心而转。即如石有光，只应有二三品前程，因籍没卢家，火焚了余党，册全了数百人性命功名，救了数十家家产牵连。后封靖海侯，子孙世袭。天公原未尝限住他，但不能为上等之人。庶几安分自守，坏的不能改好，好的不至改坏。即如爱珠极坏的相，铁嘴还许她真心靠着无瑕，原有小小收成。奈她总恃着才貌，不肯安分，所以走到顶坏的路上去，原合到顶坏的相方住，岂不可惜？如无瑕虽是好相，也亏她见父有难，即思卖身救父，情愿去做丫环。后来员外要她代嫁，明知金家不好，想此身已卖，由不得自己，便也安心去随那穷癞子。所以被她守出这般贵显来。以见相有定相，亦有时而无定相。无定相实未尝无定。故开头以相而起，后来以相而结。李铁嘴之一相，非一部之纲领乎？

　　夫姻缘者，前生注定。贵贱相同、贫富合一、生则同衾、死则同穴、子孙相传、百世血食，此五伦中一大伦也。岂由人之强求？即如爱珠，许与金家。父母有命，媒妁有言，庚帖已过，聘礼已行，端端正正一个结发夫妻。她若安心嫁去，实意相守，更不比无瑕吃苦，父母必然帮助，丫环代她服侍，后来一个平定后的封诰走到哪里去？即使错了姻缘，以至儿子不招，寿命不长，不能身受荣封，一个嫡室的诰赠谁能夺得她去？总之不是姻缘。天公幻出许多更变来试弄，愚人成全即孝，而愚人果为之迷而不悟。倘彦庵不遇盗，堂堂县令也；云程不生病，翩翩公子也；员外、院君、爱珠方喜所许得人，岂肯赖婚？且石道全不犯事，无瑕决不卖身，何由代嫁？不代嫁何来为云程之正室而受极品之荣封？盖由前定姻缘，知彦庵遇盗，云程得病，以致林家要赖婚又怕诚斋的势，故把无瑕代嫁，巧合而成姻缘也。此孟子所云：为渊歐鱼者，獭也。

为丛殴爵者，毡也。为汤武殴民者，桀与纣也，今之为云程、无瑕殴而成婚者，强盗也。爱珠也，利图也，县丞也，其实天之所使也。更有石有光之娶林氏、铁纯钢之娶金氏，亦皆天使巧合而成者。素珠虽非父母所爱，怎肯许了丫环之弟，皆由无瑕代嫁而显荣，有光因姊而得贵，别人流落而相依，反若仰攀而成就。至于金氏，一千金之女，纯钢已为强盗之儿，何能得合。只因一则随父遇盗，一则父报仇，从师得遇年家，杀贼幸逢世谊，遂至巧合成婚，故姻缘前定，作者以之为主耳。

夫绝处逢生者，每见世人。见人落难，便笑他再无翻身之日；见人贫穷，便欺他永无出息之期。殊不知自己寻到绝路上去，便无可如何。至于天使之落难，贫穷原不可限量。太甲曰：天作孽，犹可违；自作孽，不可活。信不谬也。试观此书，彦庵遇盗于江中，一绝也，幸逢纯钢之从师。云程湮死于沙滩，二绝也，幸遇老君之相救。半途病倒破庙，三绝也，而得道士之收留。到苏州无家可归，四绝也，犹有诚斋之尚在。守潼关妖道行法，五绝也，老君之衣化解。征海寇头陀咒诅，六绝也，铁嘴之计成功，此金家之绝处逢生也。若夫道全在监有孝女之相救，员外在驿有俞德之相迎，有光被获而遇纯钢同谋杀贼，绍基被擒而逢有光杀贼焚舟，更有诚斋自刎而适遇救兵，破庙将毁而欣逢护法。此皆绝处逢生也。人之会合全在乎此，故曰一部之枢纽。

夫谓富贵才貌之不足恃者，如卢丞相官居宰辅，赫赫之势，谁不钦仰，一封私书弄得家破人亡。还有利氏一门，堂堂刺史，署关差，署粮宪，可为富贵逼人。谁知巡按一拿而冰消瓦解。若云才貌，爱珠第一，又处极美之境，只因节孝有亏，廉耻不顾，遂至为娼为丐死于非命，反不如粗蠢之妹、丑陋之婢。更不如卖身之女，节孝自持，受皇封之极品，随夫子之恩荣，所谓富贵才貌者何能及其万一。故曰不足恃。

夫谓此书恩怨报应，针针相对，丝毫不爽。试亦举而一一言之。云程病倒破庙，若非道士收留性命必然难保，此云程之命道士所救也。后来破庙将毁，若非云程护法，道士之命亦难保，此又道士之命云程所救也。云程到家若非诚斋之力，莫说妻子难得，即性命亦休矣，此云程之性命、妻子皆诚斋之力也。后来诚斋守城自刎，若非云程破贼，莫说升迁无份，即性命亦休矣，此诚斋之性命、升迁又云程之力也。又李绍基遇石有光，遂教伊武艺于前，救伊父难于后。后来绍基被贼所擒，而得有光领兵破贼，救伊性命于前，保伊升迁于后。还有院君之奉无瑕，以一箱之衣服、首饰相赠，而尼庵之接院君，亦以一包之女服首饰相答。员外之奉云程，以现成巧珠之妆奁相送，后

中国禁书文库

春灯影

来巧珠之妆奁，原是云程代备。至于见云程之屋小而代赎原产，见无瑕之贫穷而赠银米，使之一朝而致富。后来员外流落汉口，得无瑕之相接，云程之相留，与有光之结亲，使之无家而有家。虽彼此心事各别，而两家之报答又相对。其余冤冤相报，难以尽举。即如爱珠因俞德之求乞回家，云程之满身疮癞，开口即以癞花子称之。谁知十数年后，满身恶疮求乞山门，癞花子之名反为自己实受。利公子之贪淫好色，以致妻子之荒淫无度。利图肆横于杭州，以致媳妇为娼于杭郡。刁氏因妒忌而害正室，百姓因贪赃而辱刁氏。凡此，皆天公之报应，毫忽无差。究之，皆人之自作自受，天公何尝有偏私？故太上曰：祸福无门，惟人自招。善恶之报，如影随形。又曰：吉人语善视善行善，一日有三善，三年天必降之福；凶人语恶视恶行恶，一日有三恶，三年必降之祸，胡不勉而行之？

乾隆十四年岁次己巳仲春穀旦日省斋主人重录

定情人

［清］不题撰人 撰

第一回　本天伦谈性命之情
遵母命游婚姻之学

诗曰：

好色原兼性与情，故令人欲险难平。

苦依胡妇何曾死，归对黎涡尚突生。

况是轻盈过燕燕，更加娇丽胜莺莺。

若非心有相安处，未免摇摇作旆旌。

中国禁书文库

定情人

话说先年，四川成都府双流县，有一个宦家子弟，姓双，因母亲文夫人梦太白投怀而生，遂取名叫做双星，表字不夜。父亲双佳文，曾做过礼部侍郎。这双星三岁上，就没了父亲，肩下还有个兄弟，叫做双辰，比双星又小两岁。兄弟二人，因父亲亡过，俱是双夫人抚养教训成人。此时虽门庭冷落，不比当年，却喜得双星天性颖异，自幼就聪明过人，更兼姿容秀美，佼佼出群。年方弱冠，早学富五车，里中士大夫见了的，无不刮目相待。到了十五岁上，偶然出来考考耍子，不期竟进了学。送学那一日，人见他簪花挂彩，发覆眉心，脸如雪团样白，唇似朱砂般红，骑在马上，迎将过去，更觉好看。看见的无不夸奖，以为好个少年风流秀才，遂一时惊动了城中有女之家，尽皆欣羡，或是央托朋友，或是买嘱媒人，要求双星为婿。不期双星年纪虽小，立的主意倒甚老成，自小儿早有人与他说亲，他只是摇头不应。母亲还只认他做孩提，不知其味，孟浪回人；及到了进学之后，有人来说亲，他也只是摇头不允。双夫人方着急问他道："婚室乃男子的大事，你幸已长成，又进了个学，又正当授室之时，为何人来说亲，不问好丑，都一例辞去，难道婚姻是不该做的？"双星道："婚姻关乎宗嗣，怎说不该？但孩儿年还有待，故辞去耳。"双夫人道："娶虽有待，若有门当户对的，早定下了，使我安心，亦未为不可。"双星道："若论门户，时盛时衰，何常之有，只要其人当对耳。"双夫人道："门户虽盛衰不常，然就眼前而论，再没有个不捡盛而捡衰的道理。若说其人，深藏闺阁之中，或是有才无貌；或是有貌无才，又不与人相看，

那里知道他当对不当对。大约婚姻乃天所定，有赤绳系足，非人力所能勉强。莫若定了一个，便完了一件，我便放一件涯。"双星道："母亲吩咐，虽是正理，但天心茫昧，无所适从，而人事却有妍有媸，活泼泼在前，亦不能尽听天心而自不做主。然自之做主，或正是天心之有在也。故孩儿欲任性所为，以合天心，想迟速高低定然有遇，母亲幸无汲汲。"双夫人一时说他不过，只得听他。

又过了些时，忽一个现任的显宦，央缙绅媒人来议亲。双夫人满心欢喜，以为必成，不料双星也一例辞了。双夫人甚是着急，自与儿子说了两番，见儿子不听，只得央了他一个同学最相好的朋友，叫做庞襄，劝双星说道："令堂为兄亲事十分着急，不知兄东家也辞，西家也拒，却是何意，难道兄少年人竟不娶么？"双星道："夫妇五伦之一，为何不娶？"庞襄道："既原要娶，为何显宦良姻，亦皆谢去？"双星道："小弟谢去的是非且慢讲，且先请教吾兄所说的这段亲事，怎见得就是显宦，就是良姻？"庞襄道："官尊则为显宦，显宦之女，门楣荣耀，则为良姻。人人皆知，难道兄转不知？"双星听了大笑道："兄所论者，皆一时之浅见耳。若说官尊则为显宦，倘一日罢官降职，则宦不显矣。宦不显而门楣冷落，则其女之姻，良乎不良乎？"庞襄道："若据兄这等思前想后，说起来，则是天下再无良姻矣。"双星道："怎么没有？所谓良姻者，其女出周南之遗，住河洲之上，关雎赋性，窈窕为容，百两迎来，三星会合，无论宜室宜家，有鼓钟琴瑟之乐。即不幸而贫贱，糟糠亦画春山之眉而乐饥，赋同心之句而偕老，必不以夫子偃蹇，而失举案之礼，必不以时事坎坷，而乖唱随之情。此方无愧于伦常，而谓之佳偶也。"庞襄听了，也笑道："兄想头到也想得妙，议论到也议得奇，若执定这个想头议论去娶亲，只怕今生今世娶不成了。"双星道："这是为何？"庞襄道："孟光虽贤却非绝色，西施纵美岂是淑人？若要兼而有之，那里去寻？"双星道："兄不要看得天地呆了，世界小了。天地既生了我一个双不夜，世界中便自有一个才美兼全的佳人与我双不夜作配。况我双不夜胸中又读了几卷诗书，笔下又写得出几篇文字，两只眼睛，又认得出妍媸好歹，怎肯匆匆草草娶一个语言无味、面目可憎的丑妇，朝夕与之相对？况小弟又不老，便再迟三五年也不妨。兄不要替小弟担忧着急。"庞襄见说不入，只得别了，报知双夫人道："我看令郎之意，功名他所自有，富贵二字全不在他心上。今与媒人议亲，叫他不要论门楣高下，只须访求一个绝色女子，与令郎自相中意，方才得能成事。若只管泛泛撮合，断然无用。"双夫人听了，点头道是，遂吩咐媒人各处去求绝色。

　　过不得数日，众媒人果东家去访，西家去寻，果张家李家寻访了十数家出类拔萃的标致女子，情愿与人相看，不怕人不中意。故双夫人又着人请了庞襄来，央他窜掇双星各家去看。双星知是母命，只得勉强同着庞襄各家去看。庞襄看了，见都是十六七八岁的女子，生得乌头绿鬓，粉白脂红，早魂都消尽，以为双星造化，必然中意。不期双星看了这个嫌肥，那个憎瘦，不厌其太赤，就怪其太白，并无一人看得入眼，竟都回复了来家。庞襄不禁急起来，说道："不夜兄，莫怪小弟说，这些女子，夭夭如桃，盈盈似柳，即较之沉鱼落雁，闭月羞花，也自顾不减，为何不夜兄竟视之如闲花野草，略不注目凝盼，无乃矫之太过，近于不情乎？"双星道："兄非情中人，如何知情之浅深？所谓矫情者，事关利害，又属众目观望，故不得不矫喜为怒，以镇定人心。至于好恶之情，出之性命，怎生矫得？"庞襄道："吾兄即非矫情，难道这些娇丽女子，小弟都看得青黄无主，而仁兄独如司空见惯，而无一个中意，岂尽看得不美耶？"双星道："有女如玉，怎说不美。美固美矣，但可惜眉目间无咏雪的才情，吟风的韵度，故少逊一筹，不足定人之情耳。"庞襄道："小弟只以为兄全看得不美，则无可奈何。既称美矣，则姿容是实，那些才情韵度，俱属渺茫，怎肯舍去真人物，而转捕风捉影，去求那些虚应之故事，以缺宗嗣大伦，而失慈母之望，岂仁兄大孝之所出。莫若勉结丝萝，以完夫妻之案。"双星道："仁兄见教，自是良言。但不知夫妻之伦，却与君臣父子不同。"庞襄道："且请教有何不同？"双星道："君臣父子之伦，出乎性者也，性中只一忠孝尽之矣。若夫妻和合，则性而兼情者也。性一兼情，则情生情灭，情浅清深，无所不至，而人皆不能自主。必遇魂消心醉之人，满其所望，方一定而不移。若稍有丝忽不甘，未免终留一隙。小弟若委曲此心，苟且婚姻，而强从台教，即终身无所遇，而琴瑟静好之情，尚未免歉然；倘侥幸而再逢道蕴、左嫔之人于江皋，却如何发付？欲不爱，则情动于中，岂能自制；若贪后弃前，薄幸何辞？不识此时，仁兄将何教我？"庞襄道："意外忽逢才美，此亦必无之事。设或有之，即推阿娇之例，贮之金屋，亦未为不可。"双星笑道："兄何看得金屋太重，而才美女子之甚轻耶？倘三生有幸，得遇道蕴、左嫔其人者，则性命可以不有，富贵可以全捐。虽置香奁首座以待之，犹恐薄书生无才，不褻于归，奈何言及金屋？金屋不过贮美人之地，何敢辱我才慧之淑媛？吾兄不知有海，故见水即惊耳。"庞襄道："小弟固不足论，但思才美为虚

定情人

二三三九

名虚誉，非实有轻重短长之可衡量。桃花红得可怜，梨花之白得可爱，不知仁兄以何为海，以何为水？"双星道："吾亦不自知孰为轻重，孰为短长，但凭吾情以为衡量耳。"庞襄道："这又是奇谈了。且请教吾兄之情，何以衡量？"双星道："吾之情，自有吾情之生灭浅深，吾情若见桃花之红而动，得桃花之红而即定，则吾以桃红为海，而终身愿与偕老矣。吾情若见梨花白而不动，即得梨花之白而亦不定，则吾以梨花为水，虽一时亦不愿与之同心矣。今蒙众媒引见，诸女子虽尽是二八佳人，翠眉蝉鬓，然觌面相亲，奈吾情不动何！吾情既不为其人而动，则其人必非吾定情之人。实与兄说吧，小弟若不遇定情之人，情愿一世孤单，决不肯自弃，我双不夜之少年才美，拥脂粉而在衾裯中做聋聩人，虚度此生也。此弟素心也，承兄雅爱谆谆，弟非敢拒逆，奈吾情如此，故不得不直直披露，望吾兄谅之。"庞襄听了，惊以为奇。知不可强，遂别去，回复了双夫人。双夫人无可奈何，只得又因循下了。正是：

> 纷丝纠结费经论，野马狂奔岂易驯。
> 情到不堪宁贴处，必须寻个定情人。

过了些时，双夫人终放心不下，因又与双星说道："人生在世，惟婚宦二事最为要紧，功名尚不妨迟早，惟此室家，乃少年必不可缓之事。你若只管悠悠忽忽，教我如何放得心下。"双星听了，沉吟半晌道："既是母亲如此着急，孩儿也说不得了，只得要上心去寻一个媳妇来，侍奉母亲了。"双夫人听了，方才欢喜道："你若肯自去寻亲，免得我东西求人，更觉快心。况央人寻来之亲，皆不中你之意，但不知你要在那里去寻？"双星道："这双流县里，料想寻求不出，这成都府中，悬断也未便有。孩儿只得信步而去，或者天缘有在，突然相遇，也不可知，那里定得地方？却喜兄弟在母亲膝下，可以代孩儿侍奉，故孩儿得以安心前去。"双夫人道："我在家中，你不须记挂，但你此去，须要认真了辗转反侧的念头，先做完了好述的题目，切莫要又为朋友诗酒留连，乐而忘返。"双星道："孩儿怎敢。"双夫人又说道："我儿此去，所求所遇，虽限不得地方，然出门的道路，或山或水，亦必先定所向往，须与娘说明，使娘倚闾有方耳。"双星道："孩儿此去，心下虽为婚姻，然婚姻二字，见人却说不出口，只好以游学为名。窃见文章气运，闺秀风流，莫不胜于东南一带，孩儿今去，须由广而闽，

二三四〇

则闽而浙，以及大江以南，细细去流览那山川花柳之妙。孩儿想地灵人杰，此中定有所遇。"双夫人听见儿子说得井井凿凿，知非孟浪之游，十分欢喜。遂收拾冬裘夏葛，俱密缝针线，以明慈母之爱。到临行时，又忽想起来，取了一本父亲的旧同门录，与他道："你父亲的同年故旧，天下皆有，虽丧亡过多，或尚有存者。所到之处，将同门录一查自知，设使遇见，可去拜拜，虽不望他破格垂青，便小小做个地主，也强似客寓。"双星道："世态人情，这个那里望得。"双夫人道："虽说如此，也不可一例抹杀。我还依稀记得，你父亲有个最相厚的同年，曾要过继你为子，又要将女儿招你为婿，彼时说得十分亲切。自从你父亲亡后，到今十四五年，我昏懵懂的，连那同年的姓名都记忆不起了。今日说来，虽都是梦话，然你父亲的行事，你为子的，也不可不知。"双星俱一一领受在心。双夫人遂打点盘缠，并土仪礼物，以为行李之备，又叫人整治酒肴，命双辰与哥哥送行。又捡了一个上好出行的日子，双星拜辞了母亲，又与兄弟拜别，因说道："愚兄出门游学，负笈东南，也只为急于缵述前业，光荣门第，故负不孝之名，远违膝下。望贤弟在家，母亲处早晚殷勤承颜侍奉，使我前去心安。贤弟学业，亦不可怠惰。大约愚兄此去三年，学业稍成，即回家与贤弟聚首矣。"说完，使书童青云、野鹤，挑了琴剑书箱，铺程行李，出门而去。双夫人送至大门，依依不舍。双辰直送到二十里外，方才分手，含泪归家。双星登临大路而行。正是：

> 琴剑翩翩促去装，不辞辛苦到他乡。
> 尽疑负笈求师友，谁道河洲荇菜忙。

双星上了大路，青云挑了琴剑书箱，野鹤负了行囊衾枕，三人逢山过山，遇水渡水。双星又不巴家赶路，又不昼夜奔驰，无非是寻香觅味，触景生情，故此在路也不计日月，有佳处即便停留，或登高舒啸，或临流赋诗，或途中连宵僧舍，或入城竟日朱门，遇花赏花，见柳看柳。又且身边盘费充囊，故此逢州过府，穿县游村，毕竟要留连几日，寻消问息一番，方才起行。早过了广东，又过了福建，虽见过名山大川，接见了许多名人韵士，隐逸高人，也就见了些游春士女，乔扮娇娃，然并不见一个出奇拔类的女子，心下不觉骇然道："我这些时寻访，可谓尽心竭力，然并不见有一属目之人，与吾乡何异？若只如此访求，即寻遍天涯，穷年累月，老死道途，终难邀淑女

之怜，岂不是水中捞月，如之奈何？"想到此际，一时不觉兴致索然，怏怏不快。因又想道："说便是如此说，想便是如此想，然我既具此苦心，岂可半途隳念，少不得水到成渠，决不使我空来虚往。况且从来闺秀，闺阃藏娇，尚恐春光透泄，岂在郊原岑隰之间，可遇而得也。"因又想道："古称西子而遇范伯，岂又是空言耶？还是我心不坚耳。"于是又勇往而前。正是：

天台有路接蓝桥，多少红丝系凤箫。

寻到关雎洲渚上，管教琴瑟赋桃夭。

双星主仆三人，在路上不止一日，早入了浙境。又行了数日，双星见山明水秀，人物秀雅，与他处不同，不胜大喜。因着野鹤、青云歇下行囊，寻问士人。二人去了半晌，来说道："此乃浙江山阴会稽地方，到绍兴府不远了。"双星听了大喜道："吾闻会稽诸暨、兰亭、禹穴、子陵钓台、苎萝若耶、曹娥胜迹，皆聚于此，虽是人亡代谢，年远无征，然必有基址可存。我今至此，岂可不流览一番，以留佳话。"只因这一番流览，有分教：溪边钓叟说出前缘，兰室名姝重提往事。不知双星所遇何人，且听下回分解。

第二回　负笈探奇不惮山山还水水
逢人话旧忽惊妹妹拜哥哥

词云：

　　随地求才，逢花问色，一才一色何曾得。无端说出旧行藏，忽然透出真消息。

　　他但闻名，我原不识，这番相见真难测。莫惊莫怪莫疑猜，大都还是红丝力。

寄调《踏莎行》

　　双星一路来，因奉母命，将父亲的同门录带在囊中，遂到处查访几个年家去拜望。谁知人情世态，十分冷淡，最殷勤的款留一茶一饭足矣，还有推事故不相见的。双星付之一笑。及到了山阴会稽地方，不胜欢喜，要去游览一番。遂不问年家，竟叫青云、野鹤去寻下处。二人去寻了半日，没有洁净的所在，只有一个古寺，二人遂走进寺中，寻见寺僧说知。寺僧听见二人说是四川双侍郎的公子，今来游学，要借寺中歇宿，便不敢怠慢，连忙应承。随即穿了袈裟，带上毗卢大帽，走出山门，躬身迎接道："山僧不知公子远来，有失迎迓勿罪。"遂一路迎请双星入去。双星到了山门，细看匾额上是惠度禅林；到了大殿，先参礼如来，然后与寺僧相见。相见过，因说道："学生巴蜀，特慕西陵遗迹，不辞远涉而来，一时未得地主，特造上刹，欲赁求半榻以容膝，房金如例。"寺僧连忙打恭道："公子乃名流绅裔，为爱清幽，探奇寻趣，真文人高雅之怀。小僧自愧年深萧寺，倾圮颓垣，不堪以榻陈蓄，既蒙公子不弃，小僧敢不领命。"不一时，送上茶来。双星因问道："老师法号，敢求见教。"寺僧道："小僧法名静远。"双星道："原来是静老师。"因又问道："方才学生步临溪口，适见此山青峦秀色，环绕寺门，不知此山何名？此寺起于何代？乞静老师指示。"静远道："此山旧名剡山。相传秦始皇东游时，望见此中有王气，因凿断以泄地脉，后又改名鹿胎山。"双星道："既名剡山，为何又名鹿胎？寺名惠度，又是何义？"静远道："有个缘故。此寺乃小僧二百四十六代先师所建，当时先师姓陈，名惠度，中年弃文就武。一日猎于此山，适见

一鹿走过，先师弯弓射中鹿腹。不期此鹿腹中有孕，被箭伤胎，逃入山中，产了小鹿。先师不舍，赶入山追寻，只见那母鹿见有人来，忽作悲鸣之状。先师走至鹿所，不去惊他，那母鹿见小鹿受伤，将舌舔小鹿伤处。不期小鹿伤重，随舔而死。那母鹿见了，哀叫悲号，亦即跳死。先师见了，不胜追悔，遂将二鹿埋葬，随即披剃为僧，一心向佛，后来成了正果。因建此寺，遂名惠度寺。"双星道："原来有这些出处。"遂又问这些远近古迹，静远俱对答如流。双星大喜，因想道："果然浙人出言不俗，缁流亦是如此。"静远遂起身邀公子委委曲曲，到三间雪洞般的小禅房中来。双星进去一看，果然幽雅洁净，床帐俱全。因笑对静远道："学生今日得一佛印矣。"静远笑道："公子实过坡公，小僧不敢居也。"青云、野鹤因将行李安顿，自出去了，不一时，小沙弥送上茶点，静远与双公子二人谈得甚是投机，双星欢然住下歇宿不提。

到了次日，双星着野鹤看守行李，自带了青云，终日到那行云流水，曲径郊原，恣意去领略那山水趣味。忽一日行到千岩竞秀，万壑争流，古木参天之处，忽见一带居民，在山环水抱之中，十分得地。双星入去，见村落茂盛，又见往来之人，徐行缓步，举动斯文，不胜称羡。暗想道："此处必人杰地灵，不然，亦有隐逸高士在内。"因问里人道："借问老哥，此处是什么地方？"那人道："这位相公，想是别处人，到此游览古迹的了。此处地名笔花墅，内有梦笔桥，相传是江淹的古迹，故此为名。内有王羲之的墨池，范仲淹的清白堂，又有越王台、蓬莱阁、曹娥碑、严光墓，还有许多的胜迹，一时也说不尽，相公就在这边住上整年，也是不厌的。"双星听见这人说出许多名胜的所在，不胜大喜，遂同青云慢慢的依着曲径，沿着小河而来。正是：

关关雎鸟在河洲，草草花花尽好述。

天意不知何所在，忽牵一缕到溪头。

却说这地方，有一大老，姓江名章，字鉴湖，是江淹二十代的玄孙，祖居于此。这江章少年登第，为官二十余年，曾做过少师。他因子嗣艰难，宦途无兴。江章又虑官高多险，急流勇退。到了四十七岁上，遂乞休致仕，同夫人山氏回家，优游林下，要算做一位明哲保身之人了。在朝为官时，山氏夫人一夜忽得一梦，梦入天宫，仙女赐珠一粒，江夫人拜而受之，因而有孕。到了十月满足，江夫人生下一个女儿。使侍女报知老爷，江章大喜。因夫人梦得珠而生，遂取名蕊珠，欲比花蕊夫人之才色。这蕊珠小姐到了六七岁时，容光如洗，聪慧非凡。江章夫妻，视为掌上之珠，与儿子一般，竟不作女儿看待。后归，闲居林下，便终日教训女儿为事。这蕊珠小姐，一教即知。到了十一二岁，连文章俱做得可视，至于诗词，出口皆有惊人之句。江章对夫人常说道："若当今开女科试才，我孩儿必取状元，惜乎非是男儿。"江夫人道："有女如此，生男也未必胜他。"这蕊珠小姐十三岁，长成得异样娇姿，风流堪画。江章见他长成，每每留心择婿，必欲得才子配之方快。然一时不能有中意之人，就有缙绅之家，闻知他蕊珠小姐才多貌美，往往央媒求聘，江章见人家子弟，不过是膏粱纨袴之流，俱不肯应承。这年蕊珠小姐已十四岁了，真是工容俱备，德性幽闲。江章、夫人爱他，遂将那万卉园中拂云楼收拾与小姐为卧室。又见他喜于书史，遂将各种书籍堆积其中。因此，楼上有看不尽的诗书，园中有玩不了的景致。又有两个侍女，一名若霞，一名彩云，各有姿色，惟彩云为最，蕊珠小姐甚是喜他，小姐在这拂云楼上，终日吟哦弄笔，到了绣倦时，便同彩云、若霞下楼进园看花玩柳，见景即便题诗，故此园亭四壁，俱有小姐的题咏在上。这蕊珠小姐，真是绮罗队里，锦绣丛中，长成过日，受尽了人间洞府之福，享尽了宰相人家之荣，若不是神仙天眷，也消受不起。

且说这日江章闲暇无事，带领小童，到了兰渚之上，绿柳垂荫之下，灵圯桥边，看那湍流不息。小童忙将绣墩放下，请江章坐下，取过丝纶，钓鱼为乐。恰好这日双星带着青云，依着曲径盘旋，又沿着小河，看那涓涓逝水。走到灵圯桥，忽见一个老者坐着，手执丝纶，端然不动。双星立在旁边，细细将那老儿一看，只见那老者：

> 半垂白发半乌头，自是公卿学隐流。
>
> 除去桐江兼渭水，有谁能具此纶钩。

双星看了，不免骇然惊喜道："此老相貌不凡，形容苍古，必是一位用世之大隐君子，不可错过。"因将巾帻衣服一整，缓步上前，到了这老者身后，低低说道："老先生钓鳌巨手，为何移情于此巨口之细鳞，无亦仿韬晦之遗意乎？"那老者看见水中微动，有鱼戏钩，正在出神之际，忽听见有人与他说话，忙抬头一看，只见是一个儒雅翩翩少年秀士，再将他细细看来，但见：

亭亭落落又翩翩，貌近风流文近颠。

若问少年谁得似，依稀张绪是当年。

　　老者看见他人物秀美，出口不俗，行动安详，不胜起敬，因放下丝纶，与他施礼。礼毕，即命小童移过小杌，请他坐下，笑着说道："老夫年迈，已破浮云。今日午梦初回，借此适意，然意不在得鱼耳，何敢当足下过誉！"双星道："鱼爱香饵，人贪厚爵。今老先生看透机关，借此游戏，非高蹈而何？"江章笑道："这种机关，只可在功成名遂之后而为。吾观足下，英英俊颜，前程远大，因何不事芸窗，奔走道路，且负剑携琴，而放诞于山水之间，不知何故？然而足下声音非东南吉士，家乡姓名，乞细一言，万勿隐晦。"双星见问，忙打一恭道："小子双星，祖籍西川。先君官拜春卿，不幸早逝，幼失庭趋，自愧才疏学陋，虽拾一芹，却恨偏隅乏友，磋琢无人，故负笈东南，寻师问难，寸光虚度，今年十九矣。"那老者听见双星说出姓名家乡，不觉大惊道："这等说来，莫非令尊台讳佳文么？"双星忙应道："正是。"那老者听了大喜，忙捻着白须笑嘻嘻说道："大奇，大奇，我还疑是谁家美少年，原来就是我双同年结义之子。十余年来，音信杳然，我只认大海萍踪，无处可觅，不期今日无心恰恰遇着，真是奇逢了。"双星听了，也惊喜道："先君弃世太早，小侄年幼，向日通家世谊，漠然不知。不知老年伯，是何台鼎？敢乞示明，以便登堂展拜。"那老者道："老夫姓江名章，字鉴湖，祖居于此。向年公车燕地，已落孙山，不欲来家，遂筑室于香山，潜心肄业，得遇令先尊，同志揣摹，抵足连宵，风雨无间；又蒙不弃，八拜订交，情真手足。幸喜下年春榜，我二人皆得高标。在京同官数载，朝夕盘桓。这年育麟贤侄，同官庆贺，老夫亦在其中。因令堂梦太白入怀，故命名为星。将及三周，又蒙令先尊念我无子，又使汝拜我老夫妻为义父母。朝夕不离，只思久聚。谁知天道不常，一旦令先尊变故，茕茕子母无依，老夫力助令堂与贤侄扶柩回蜀。我又在京滥职有年，以至少师。因思荣华易散，过隙白驹，只管恋此乌纱，终无底止。又因后人无继，只得恳恩赐归，消闲物外，又已是数年余矣。每每思及贤母子，只因关山杳远，无便飞鸿，遂失存问。不期吾子少年，成立如斯，真可喜也。然既博青衫，则功名有待，也不必过急。寻师问学，虽亦贤者所为，然远涉荆湘，朝南暮北，与其寻不识面之师，又不如日近圣贤以图豁然通贯。今吾子少年简练，想已久赋桃夭，获麟振趾，不待言矣。只不知令尊堂老年嫂别来近日如何？家事如何？还记得临别时，尚有幼子，今又如何？可为我细言。"双星听了这番始末缘由，不胜感叹道："原来老伯如此施恩，愚侄一向竟如生于云雾。蒙问，家慈健饭，托庇粗安。先君宦囊凉薄，然亦无告于人。小侄年虽及壮，实未曾谐琴瑟之欢，意欲有待也。舍弟今亦长成矣。"江章道："少年室家，人所不免。吾子有待之说，又是何意？"双星道："小侄不过望成名耳，故此蹉跎，非有他见也。"江章听了大喜道："既吾子着意求名，则前程不可知矣。但同是一学，亦不必远行，且同到我家，与你朝夕讨论如何？"双星道："得蒙大人肯授心传，小子实出万幸。"江章遂携了双星，缓步而归。正是：

> 出门原为觅奇缘，蓦忽相逢是偶然。
>
> 尽道欢然逢故旧，谁知恰是赤绳牵。

江章一路说说笑笑，同着双星到家。走至厅中，双星便要请拜见，江章止住，遂带了双星同入后堂，来见夫人道："你一向思念双家元哥，不期今日忽来此相遇。"夫人听了又惊又喜道："我那双元哥在那里？"江章因指着双星道："这不是。"江夫人忙定睛再看道："想起当时，元哥还在怀抱，继名于我。别后数年，不期长成得如此俊秀，我竟认不得了。今日不期而会，真可喜也。"双星见江老夫妻叫出他的乳名来，知是真情，连忙叫人铺下红毡，请二人上坐，双星纳头八拜道："双星不肖，自幼迷失前缘，今日得蒙二大人指明方知，不独年谊，又蒙结义抚养为子，恩深义重，竟未展晨昏之报，罪若丘山矣！望二大人恕之。"江章与夫人听了大喜，即着人整治酒肴，与双公子洗尘。双星因问道："不知二大人膝下，近日是谁侍奉？"江章道："我自从别来，并未生子，还是在京过继你这一年，生了一个小女，幸已长成，朝夕相依，到也颇不寂寞。"双星道："原来有个妹妹承欢，则辨弦咏雪，自不减斑衣了。"江章微笑道："他人面前，不便直言，今对不夜，自家兄妹，怎好为客套之言。你妹子聪慧多才，实实可以娱我夫妻之老。"双星道："贤妹仙苑明珠，自不同于凡品。"江夫人因接着说道："既是自家兄妹，何不唤出来拜见哥哥。"江章道："拜见是免不得的。趁今日无事，就着人唤出来拜见拜见也好。"

江夫人因唤过侍女彩云来，说道："你去拂云楼，请了小姐出来，与双公子相见。

若小姐不愿来，你可说双公子是自幼过继老爷为子的，与小姐有兄妹之分，应该相见的。"彩云领命，连忙走上拂云楼来，笑嘻嘻的说道："夫人有命，叫贱妾来请小姐出去，与双公子相见。"蕊珠小姐听了，连忙问道："这双公子是谁，为何要我去见他?"彩云道："这个双公子是四川人，还是当初老爷夫人在京作官时，与双侍郎老爷有八拜之交，双侍郎生了这公子，我老爷夫人爱他，遂继名在老爷夫人名下。后来公子的父亲死了，双公子止得三岁。同他母亲回家，一向也不晓得了，今日老爷偶然在外闲行，不期而遇，说起缘故，请了来家。双公子拜见过老爷夫人了。这双公子一表非俗，竟像个女儿般标致，小姐见时，还认他是个女儿哩。"小姐听了，半晌道："原来是他，老爷夫人也时常说他不知如何了。只是他一个生人，怎好去相见?"彩云道："夫人原说道，他是从小时拜认为子的，与小姐是兄妹一般，不妨相见。如今老爷夫人坐着立等，请小姐出去拜见。"小姐听了，见不能推辞，只得走近妆台前，匀梳发鬓，暗画双蛾，钗分左右，金凤当头。此时初夏的光景，小姐穿着一件柳芽织锦绉纱团花衫儿，外罩了一件玄色堆花比甲，罗裙八幅，又束着五色丝绦，上缩着佩环，脚下穿着练白绉纱绣成荷花瓣儿的一双膝裤，微微露出一点红鞋。于是轻移莲步，彩云、若霞在前引导，不一时走近屏门之后，彩云先走出来，对老爷夫人说道："小姐请来也。"此时双星久已听见夫人着侍女去请小姐出来相见，心中也只道还是向日看见过的这些女子一样，全不动念。正坐着与夫人说些家事，忽见侍女走来说小姐来也，双星忙抬头一看，只见小姐尚未走出，早觉得一阵香风，暗暗的送来。又听见环佩叮当，那小姐轻云冉冉的，走出厅来。双星将小姐定睛一看，只见这小姐生得：

> 花不肥，柳不瘦，别样身材。珠生辉，玉生润，异人颜色。眉梢横淡墨，厌春山之太媚；眼角湛文星，笑秋水之无神。体轻盈，而金莲躄躄展花笺，指纤长，而玉笋尖尖笼彩笔。发绾庄老漆园之乌云，肤凝学士玉堂之白雪。脂粉全消，独存闺阁之儒风，诗书久见，时吐才人之文气。锦心藏美，分明是绿鬓佳人，彤管生花，孰敢认红颜女子。

双星忽看见蕊珠小姐如天仙一般走近前来，惊得神魂酥荡，魄走心驰。暗忖道："怎的他家有此绝色佳人。"忙立起身来迎接。那小姐先走到父母面前，道了万福。夫人因指着双星说道："这就是我时常所说继名于我的双家元哥了。今日不期而来，我孩儿与他有兄妹之分，礼宜上前相见。"小姐只得粉脸低垂，俏身移动，遂在下手立着。双星连忙谦逊说："愚兄巴中远人，贤妹瑶台仙子，阆苑名姝，本不当趋近，今蒙义父母二大人叙出亲情，容双星以子礼拜见矣。因于贤妹关手足之谊，故不识进退，敢有一拜。"蕊珠小姐低低说道："小妹闺娃陋质，今日得识长兄，妹之幸也，应当拜识。"二人对拜了四拜。拜罢，蕊珠小姐就退坐于夫人之旁。双星此时，心猿意马，已奔驰不定，欲待寻些语言与小姐交谈，却又奈江老夫妻坐在面前，不敢轻于启齿，然一片神情已沾恋在蕊珠小姐身上，不暇他顾。江老夫妻又不住的问长问短，双星口虽答应，只觉说得没头没绪。蕊珠小姐初见双星亭亭皎皎，真可称玉树风流，也不禁注目偷看。及坐了半晌，又见双星出神在己，辗转彷徨，恐其举止失措，露出相来，后便难于相见，遂低低的辞了夫人，依旧带着彩云、若霞而去。双星远远望见，又不敢留，又不敢送，竟痴呆在椅上，一声不做。江老见女儿去了，方又说道："小女虽是一个女子，却喜得留心书史，寓意诗词，大有男子之风，故我老夫妻竟忘情于子。"双星因赞道："千秋只慕中郎女，百世谁思伯道儿。蕊珠贤妹且无论班姬儒雅，道蕴才情，只望其林下丰神，世间那更有此宁馨？则二大人之箕裘，又出寻常外矣。"正说不了，家人移桌，摆上酒肴，三人同席而饮。饮完，江章就着人同青云到惠度寺取回行李，又着人打扫东书院，与双星安歇做房。双星到晚，方辞了二人，归到东书院而去。只因这一住，有分教：无限春愁愁不了，一腔幽恨恨难穷。不知双星果是如何，且听下回分解。

第三回 江少师认义儿引贼入室
珠小姐索和诗掩耳偷铃

词云：

　　有女继儿承子舍，何如径入东床，若叫暗暗捣玄霜，依然乘彩凤，到底饮琼浆。　　才色从来连性命，况于才色当场。怎叫两下不思量，情窥皆冷眼，私系是痴肠。

寄调《临江仙》

　　话说双星在江少师内厅吃完酒，江章叫人送在东书院歇宿，虽也有些酒意，却心下喜欢，全不觉醉。因暗想道："我出门时曾许下母亲，寻一个有才有色的媳妇回来，以为蘋蘩井臼之劳，谁知由广及闽，走了一二千里的道路，并不遇一眉一目，纵有夸张佳丽，亦不过在脂粉中逞颜色，何堪作闺中之乐。我只愁无以复母亲之命，谁知行到浙江，无意中忽逢江老夫妻，亲亲切切认我为子，竟在深闺中，唤出女儿来，拜我为兄。未见面时，我还认做寻常女子，了不关心。及见面时，谁知竟是一个赛王嫱、夸西子的绝代佳人。突然相见，不曾打点的耳目精神，又因二老在坐，只惊得青黄无主，竟不曾看得像心像意，又不曾说几句关情的言语，以致殷勤。但默默坐了一霎，就入去了，竟撇下一天风韵，叫我无聊无赖，欲待相亲，却又匆匆草草，无计相亲；欲放下，却又系肚牵肠，放他不下。这才是我前日在家对人说的定情之人也。人便侥幸有了，但不知还是定我之情，还是索我之命。"因坐在床上，塌伏着枕头儿细想。因想着："若没有可意之人，纵红成群，绿作队，日夕相亲，却也无用。今既遇了此天生的尤物，且莫说无心相遇，信乎有缘，即使赤绳不系，玉镜难归，也要去展一番昆仑之妙手，以见吾钟情之不苟，便死也甘心。况江老夫妻爱我不啻亲生，才入室坐席尚未暖，早急呼妹妹以拜哥哥，略不避嫌疑，则此中径路，岂不留一线。即蕊珠小姐相见时，羞缩固所不免，然羞缩中别有将迎也。非一味不近人情，或者辗转反侧中，尚可少致殷勤耳。我之初意，虽蒙江老故旧美情，苦苦相留，然非我四海求凰之本念，尚不欲久淹于此。今既文君咫尺，再仆仆天涯，则非算矣。只得聊居子舍，长望东墙，再看机缘，以为进止。"想到快心，遂不觉沉沉睡去。正是：

蓝桥莫道无寻处，且喜天台有路通。
若肯沿溪苦求觅，桃花流水在其中。

　　到了次日，双星一觉醒来，早已红日照于东窗之上。恐怕亲谊疏冷，忙忙梳洗了，即整衣，竟入内室来问安。江章夫妻一向孤独惯了，定省之礼，久已不望。今忽见双星像亲儿子的一般，走进来问安，不禁满心欢喜。因留他坐了，说道："你父亲与我是同年好友，你实实是我年家子侄，原该以伯侄称呼，但当时曾过继了一番，又不是年伯年侄，竟是父子了。今既相逢，我留你在此，这名分必先正了，然后便于称呼。"双星听了，暗暗想道："若认年家伯侄，便不便入内。"因朗朗答应道："年家伯侄，与过继父子，虽也相去不远，然先君生前既已有拜义之命，今于死后如何敢违而更改。孩儿相见茫茫者，苦于不知也，今既剖明，违亲之命为不孝，忘二大人之恩为不义，似乎不可。望二大人仍置孩儿于膝下，则大人与先君当日一番举动，不为虚哄一时也。"江章夫妻听了，大喜不胜道："我二人虽久矣甘心无子，然无子终不若有一子点缀目前之为快。今见不夜，我不敢执前议苦强者，恐不夜立身扬名以显亲别有志耳。"双星道："此固大人成全孩儿孝亲之厚道，但孩儿想来，此事原两不相伤。二大人欲孩儿认义者，不过欲孩儿在膝下应子舍之故事耳，非图孩儿异日拾金紫以增荣也。况孩儿不肖，未必便能上达，即有寸进，仍归之先君，则名报先君于终天，而身侍二大人于朝夕，名实两全，或亦未为不可也。不识二大人以为何如？"江章听了，愈加欢喜道："妙论，妙论，分别的快畅。竟以父子称呼，只不改姓便了。"因叫许多家人仆妇，俱来拜见双公子。因吩咐道："这双公子，今已结义我为父，夫人为母，小姐为兄妹，以后只称大相公，不可作外人看待。"众家人仆妇拜见过，俱领命散去。正是：

昨日还为陌路人，今朝忽尔一家亲。
相逢只要机缘巧，谁是谁非莫认真。

双星自在江家认了父子，便出入无人禁止，虽住在东书院，以读书为名，却一心只思量着蕊珠小姐，要再见一面。料想小姐不肯出来，自家又没本事开口请见，只借着问安之名，朝夕间走到夫人室内来，希图偶遇。不期住了月余，问安过数十次，次次皆蒙夫人留茶，留点心，留着说闲话，任他东张西望，只不见小姐的影儿，不独小姐不见，连前番跟小姐的侍妾彩云影儿也不见，心下十分惊怪，又不敢问人，惟闷闷而已。你道为何不见？原来小姐住的这拂云楼，正在夫人的卧房东首，因夫人的卧房墙高屋大，紧紧遮住，故看不见。若要进去，只要从夫人卧房后一个小小的双扇门儿入去，方才走得到小姐楼上。小姐一向原也到夫人房里来，问候父母之安，因夫人爱惜他，怕他朝夕间，拘拘的走来走去辛苦，故回了他不许来。惟到初一、十五，江章与夫人到佛楼上烧香拜佛，方许小姐就近问候。故此夫人卧房中也来得稀少，惟有事要见，有话要说，方才走来。若是无事，便只在拂云楼上看书做诗耍子，并看园中花卉，及赏玩各种古董而已，绝不轻易为人窥见。双星那里晓得这些缘故，只道是有意避他，故私心揣摩着急。不知人生大欲男女一般，纵是窈窕淑女，亦未有不虑标梅失时，而愿见君子者。故蕊珠小姐，自见双星之后，见双星少年清俊，儒雅风流，又似乎识窍多情，也未免默默动心。虽相见时不敢久留，辞了归阁，然心窝中已落了一片情丝，东西缥缈，却又无因无依，不敢认真。因此坐在拂云楼上，焚香啜茗，只觉比往日无聊。一日看诗，忽看见："无可奈何花落去，似曾相识燕归来"二句。忽然有触，一时高兴，遂拈出下句来作题目，赋了一首七言律诗道：

乌衣巷口不容潜，王谢堂前正卷帘。
低掠向人全不避，高飞入幕了无嫌。
弄情疑话隔年旧，寻路喜窥今日檐。
栖息但愁巢破损，落花飞絮又重添。

蕊珠小姐做完了诗，自看了数遍，自觉得意，惜无人赏识，因将锦笺录出，竟拿到夫人房里来，要寻父亲观看。不期父亲不在，房中只有夫人，夫人看见女儿手中拿着一幅诗笺，欣欣而来，因说道："今日想是我儿又得了佳句，要寻父亲看了？"小姐道："正是此意。不知父亲那里去了？"夫人道："你父亲今早才吃了早饭，就被相好的一辈老友拉到准提庵看梅花去了。"小姐听见，便将诗笺放在靠窗的桌上，因与母亲闲话。不期双星在东书院坐得无聊，又放不下小姐，遂不禁又信步走到夫人房里来，那里敢指望撞见小姐。不料才跨入房门，早看见小姐与夫人坐在里面说话。这番喜出望外，那里还避嫌疑，忙整整衣襟，上前与小姐施礼。小姐突然看见，回避不及，未免慌张。夫人因笑说道："元哥自家人，我儿那里避得许多。"小姐无奈，只得走远一步，敛衽答礼。见毕，双星因说道："愚兄前已蒙贤妹推父母之恩，广手足之爱，待以同气，故敢造次唐突，非有他也。"小姐未及答，夫人早代说道："你妹子从未见人，见人就要腼腆，非避兄也。"双星一面说话，一面偷眼看那小姐，今日随常打扮，越显得妩媚娇羞，别是一种，竟看痴了。又不敢赞美一词，只得宛转说道："前闻父亲盛称贤妹佳句甚多，不知可肯惠赐一观，以饱馋眼？"小姐道："香奁雏语，何敢当才子大观。"夫人因接说："我儿，你方才做的什么诗，要寻父亲改削。父亲既不在家，何不就请哥哥替你改削改削也好。"小姐道："改削固好，出丑岂不羞人。"因诗笺放在窗前桌上，便要移身去取来藏过，不料双星心明眼快，见小姐要移身，晓得桌上这幅笺纸就是他的诗稿，忙两步走到桌边，先取在手中，说道："这想就是贤妹的珠玉了？"小姐见诗笺已落双星之手，便不好上前去取，只得说道："涂鸦之丑，万望见还。"双星拿便拿了，还只认作是笼中娇鸟，仿佛人言而已，不期展开一看，尚未及细阅诗中之句，早看见蝇头小楷，写得如美女簪花，十分秀美，先吃了一惊。再细看诗题，却是"赋得'似曾相识燕归来'"。因先掩卷暗想道："此题有情有态，却又无影无形，到也难于下笔，且看他怎生生发。"及看了起句，早已欣欣动色，再看到中联，再看到结句，直惊得吐出舌来。因放下诗稿，复朝着蕊珠小姐，深深一揖道："原来贤妹是千古中一个出类拔萃的才女子，愚兄虽接芳香，然芳香之佳处尚未梦见。今日若非有幸，得览佳章，不几当面错过。望贤妹恕愚兄从前之肉眼，容洗心涤虑，重归命于香奁之下。"小姐道："闺中孩语，何敢称才？元兄若过于奖夸，则使小妹抱惭无地矣。"夫人见他兄妹二人你赞我谦，十分欢喜。因对双星说道："你既说妹子诗好，必然深识诗中滋味，何不也做一首，与妹子看看，也显得你不是虚夸。"双星道："母亲吩咐极是，本该如此，但恨此题实是枯淡，纵有妙境，俱被贤妹道尽，叫孩儿何处去再求警拔，故惟袖手藏拙而已。"小姐听了道："才人诗思，如泉涌霞蒸，安可思议。元兄为此言，是笑小妹不足与言诗，故秘之也。"双星踌躇道："既母亲有命，贤妹又如此见罪，只

得要呈丑了。"彩云在旁听见双公子应承做诗，忙凑趣走到夫人后房，取了笔砚出来，将墨磨浓，送在双公子面前。双星因要和诗，正拿着小姐的原稿，三复细味，忽见彩云但送笔砚，并没诗笺，遂一时大胆，竟在小姐原稿的笺后，题和了一首。题完，也不顾夫人，竟双手要亲手送与小姐道："以鸦配凤，乞贤妹勿哂。"小姐看见，忙叫彩云接了来。展开一看，只见满纸龙蛇飞动，早已不同，再细细看去，只见写的是：

步原韵奉和

蕊珠仙史贤妹"赋得'似曾相识燕归来'"

经年不见宛龙潜，今日乘时重入帘。

他主我宾俱莫问，非亲即故又何嫌。

高飞欲傍拂云栋，低舞思依浣古檐。

只恐呢喃惊好梦，新愁旧恨为侬添。

愚兄双星拜识

小姐看了一遍，又看一遍，见拂云浣古等句拖泥带水，词外有情，不胜惊叹道："这方是大子才凌云之笔，小妹向来无知自负，今见大巫，应知羞而为之搁笔矣。"双星道："贤妹仙才，非愚兄尘凡笔墨所能仿佛万一。这也无可奈何，但愚兄爱才有如性命，今既见贤妹阆苑仙才，琼宫佳句，岂不视性命为尤轻！是以得陇望蜀，更有无厌之请，望贤妹慨然倾珠玉之秘笈，以饱愚兄之饿眼，则知己深恩，又出亲情之外矣。"小姐道："小妹涂鸦笔墨，不过一时游戏。有何佳句，敢存笥箧，非敢匿瑕，实无残沈以博元兄之笑。"双星听见小姐推说没有，不觉默然无语。彩云在旁，看见小姐力回，扫了双公子之兴，因接说道："大相公要看小姐的诗词，何必向小姐取讨？小姐纵有，也不肯轻易付与大相公，恐怕大相公笑他卖才。大相公要看不难，只消到万卉园中，芍药亭、沁心堂、浣古轩，各处影壁上，都有小姐题情咏景的诗词，只怕公子还看他不了。"双星听了方大喜，因对夫人说道："孩儿自蒙父亲母亲留在膝下，有若亲生，指望孩儿成名。终日坐在书房中苦读，竟不知万卉园中，有这许多景致。不但不知景致，连万卉园，也不晓得在那里，今日母亲同孩儿贤妹，正闲在这里，何不趁此领孩儿去看看？"夫人道："正是呀，你来了这些时，果然还不曾认得。我今日无事，正好

领你去走走。"遂要小姐同去。小姐道:"孩儿今日绣工未完,不得同行,乞母亲哥哥见谅。"遂领着彩云望后室去了。此时双星见夫人肯同他到园中去,已是欢喜,忽又听见要小姐同去,更十分快活。正打点到了园中,借花木风景好与小姐调笑送情,忽听见小姐说出不肯同去,一片热心早冷了一半。又不好强要小姐同去,只得生碴碴硬着心肠,让小姐去了,夫人遂带了几个丫鬟侍女,引着双星,开了小角门,往园中而入。双星入到园中,果然好一座相府的花园,只见:

金谷风流去已遥,辋川诗酒记前朝。

此中水秀山还秀,到处莺娇燕也娇。

草木丛丛皆锦绣,亭台座座是琼瑶。

若非宿具神仙骨,坐卧其中福怎消?

双星到了园中,四下观看,虽沁心堂、浣古轩各处,皆摆列着珍奇古玩,触目琳琅,名人古画,无不出奇,双星俱不留心去看他,只捡蕊珠小姐亲笔的题咏,细细的玩诵。玩诵到得意之处,不禁眉宇间皆有喜色。因暗暗想道:"小姐一个雏年女子,貌已绝伦,又何若是之多才,真不愧才貌兼全的佳人矣。我双星今日何福,而得能面承色笑,亲炙佳章,信有缘也。"想到此处,早呆了半晌。忽听见夫人说话,方才惊转神情。听见夫人说道:"此处乃你父亲藏珍玩之处,并不容人到此,只你妹子时常在此吟哦弄笔。"双星听了,暗暗思量道:"小姐既时常到此,则他的卧房,必有一条径路与此相通。"遂走下阶头,只推游赏,却悄悄找寻。到了芍药台,芙蓉架,转过了荷花亭,又上假山,周围看这园中的景致。忽望北看去,只见一带碧瓦红窗,一字儿五间大楼,垂着珠帘。双星暗想道:"这五间大楼,想是小姐的卧房了。何不趁今日也过去看看?"遂下了假山,往雪洞里穿过去,又上了白石栏杆的一条小桥,桥下水中,红色金鱼在水面上唼水儿,见桥上有人影摇动,这些金鱼俱跳跃而来。双星看见,甚觉奇异,只不知是何缘故。双星过了小桥,再欲前去,却被一带青墙隔断。双星见去不得,便疑这楼房是园外别人家了,遂取路而回。正撞着夫人身边的小丫鬟秋菊走来说道:"夫人请大相公回去,叫我来寻。"双星遂跟着秋菊走回。双星正要问他些说话,不期夫人早已自走来,说道:"我怕你路径不熟,故来领你。"双星又行到小桥,扶着拦杆往下看鱼。因问道："孩儿方才在此走，为何这些鱼俱望我身影急跳？竟有个游鱼唼影之意。"夫人笑说道："因你妹子闲了，时常到此喂养，今见人影，只说喂他，故来讨食。"双星听了大喜，暗暗点头道："原来鱼知人意。"夫人忙叫人去取了许多糕饼馒头，往下丢去，果然这些金鱼都来争食。双星见了，甚是欢喜。看了一会，同着夫人一齐出园，回到房中，夫人又留他同吃了夜饭，方叫他归书房歇宿。只因这一回，有分教：如歌似笑，有影无形。只不知双星与小姐果是如何，且听下回分解。

第四回 江小姐俏心多不吞不吐试真情
双公子痴态发如醉如狂招讪笑

词云：

> 佳人只要心儿俏，俏便思量到。从头直算到收梢，不许情长情短忽情消。
> 一时任性颠还倒，那怕旁人笑。有人点破夜还朝，方知玄霜捣尽是蓝桥。

寄调《虞美人》

话说双星自从游园之后，又在夫人房里吃了夜饭，回到书房，坐着细想："今日得遇小姐，又得见小姐之诗，又凑着夫人之巧，命我和了一首，得入小姐之目，真侥幸也。"心下十分快活。只可恨小姐卖乖，不肯同去游园，又可恨园中径路不熟，不曾寻见小姐的拂云楼在那里。想了半晌，忽又想道："我今日见园中各壁上的诗题，如《好鸟还春》，如《莺啼修竹》，如《飞花落舞筵》，如《片云何意傍琴台》，皆是触景寓情之作，为何当此早春，忽赋此'似曾相识燕归来'之句，殊无谓也。莫非以我之来无因，而又相亲相近若有因，遂寓意于此题么？若果如此，则小姐之俏心，未尝不为我双不夜而踌躇也。况诗中之'全不避''了无嫌'，分明刺我之眼馋脸涎也。双不夜，双不夜；你何幸而得小姐如此之垂怜也！"想来想去，想得快活，方才就寝。正是：

> 穿通骨髓无非想，钻透心窝只有思。
> 想去思来思想极，美人肝胆尽皆知。

到了次日，双星起来，恐怕错看了小姐题诗之意，因将小姐的原诗默记了出来，写在一幅笺纸上，又细细观看。越看越觉小姐命题的深意原有所属，暗暗欢喜道："小姐只一诗题，也不等闲虚拈。不知他那俏心儿，具有许多灵慧？我双不夜若不参透他一二分，岂不令小姐笑我是个蠢汉！幸喜我昨日的和诗，还依稀仿佛，不十分相背。故小姐几回吟赏，尚似无鄙薄之心。或者由此而再致一诗一词，以邀其青盼，亦未可知也。但我想小姐少师之女，贵重若此；天生丽质，窈窕若此；彤管有炜，多才若此。莫说小姐端庄正静，不肯为薄劣书生而动念，即使感触春怀，亦不过笔墨中微露一丝之爱慕，如昨日之诗题是也。安能于邂逅间，即眉目勾挑，而慨然许可，以自媒自嫁哉！万无是理也。况我双星居此已数月矣，仅获一见再见而已。且相见非严父之前，即慈母之后，又侍儿林立，却从无处以叙寒温。若欲将针引线，必铁杵成针而后可。我双不夜此时，粗心浮气，即望玄霜捣成，是自弃也。况我奉母命而来，原为求婚，若不遇可求之人，尚可谢责。今既见蕊珠小姐绝代之人，而不知极力苦求，岂不上违母命，而下失本心哉！为今之计，惟有安心于此，长望明河，设或无缘，有死而已。但恨出门时约得限期甚近，恐母亲悬念，于心不安，况我居于此，无多役遣，只青云一仆足矣。莫若打发野鹤归去报知，以慰慈母之倚闾。"思算定了，遂写了一封家书，并取些盘缠，付与野鹤，叫他回去报知。江章与夫人晓得了，因也写下一封书，又备了几种礼物，附去问候，野鹤俱领了。收拾在行李中，拜别而去。正是：

> 书去缘思母，身留冀得妻。
>
> 母妻两相合，不问已家齐。

双星自打发了野鹤回家报信，遂安心在花丛中作蜂蝶，寻香觅蕊，且按下不提。

却说蕊珠小姐，自见双星的和诗，和得笔墨有气，语句入情，未免三分爱慕，又加上七分怜才，因暗暗忖度道："少年读书贵介子弟，无不翩翩。然翩翩是风流韵度，不堕入裘马豪华，方微有可取。我故于双公子，不敢以白眼相看。今又和诗若此，实系可儿。才貌虽美，但不知性情何如？性不定，则易更于一旦；情不深，则难托以终身，须细细的历试之。使花柳如风雨之不迷，然后裸从于琴瑟未晚也。若溪头一面，即赠浣纱，不独才非韫玉，美失藏娇，而宰相门楣，不几扫地乎？"自胸中存了一个持正之心，而面上便不露一痕容悦之象。转是彩云侍儿忍耐不住，屡屡向小姐说道："小姐今年十七，年已及笄。虽是宰相人家千金小姐，又美貌多才，自应贵重，不轻许人，然亦未有不嫁者。老爷夫人虽未尝不为小姐择婿，却东家辞去，西家不允，这还说是女婿看得不中意。我看这双公子，行藏举止，实是一个少年的风流才子。既无心撞着，信有天缘。况又是年家子侄，门户相当，就该招做东床，以完小姐终身之事。为何又

结义做儿子，转以兄妹称呼，不知是何主意？老爷夫人既没主意，小姐须要自家拿出主意来，早作红丝之系，却作不得儿女之态，误了终身大事。若错过了双公子这样的才郎，再别求一个如双公子的才郎，便难了。"

蕊珠小姐见彩云一口直说出肝胆肺腑之言，略不忌避，心下以为相合，甚是喜他。便不隐讳，亦吐心说道："此事老爷也不是没主意，无心择婿。我想他留于子舍者，东床之渐也。若轻轻的一口认真，倘有不宜，则悔之晚矣。就是我初见面时，也还无意，后见其信笔和诗，才情跃跃纸上，亦未免动心。但婚姻大事，其中情节，变换甚多，不可不虑，所以蓄于心而有待。"彩云道："佳人才子，恰恰相逢，你贪我爱，谅无不合。不知小姐更有何虑？小姐若不以彩云为外人，何不一一说明，使我心中也不气闷。"小姐见彩云之问话，问得投机，知心事瞒他不得，遂将疑他少年情不常，始终有变，要历试他一番之意，细细说明。彩云听了，沉吟半晌道："小姐所虑，固然不差，但我看双公子之为人，十分志诚，似不消虑得。然小姐要试他一试，自是小心过慎，却也无碍。但不知小姐要试他那几端？"小姐道："少年人不患其无情，而患其情不耐久。初见面既亲且热，恨不得一霎时便偷香窃玉。若久无顾盼，则意懒心隳，而热者冷矣，亲者疏矣。此等乍欢乍喜之人，妾所不取。故若亲若近，冷冷疏疏，以试双郎。情又贵乎专注，若见花而喜，见柳即移，此流荡轻薄之徒，我所最恶。故欲情人掷果，以试双郎。情又贵乎隐显若一，室中之辗转反侧，不殊轸大道之秣马秣驹，则其人君子，其念至诚。有如当前则甜言蜜语，若亲若昵，背地则如弃如遗，不瞅不睬，此虚浮两截之人，更所深鄙。故欲悄悄冥冥潜潜等等，以试双郎。况他如此类者甚多，故不得不过于珍重，实非不近人情而推聋作哑。"彩云道："我只认小姐遇此才人，全不动念，故叫我着急。谁知小姐有此一片深心，蓄而不露。今蒙小姐心腹相待，委曲说明，我为小姐的一片私心方才放下。但只是还有一说——"小姐道："更有何说？"彩云道："我想小姐藏于内室，双公子下榻于外厢，多时取巧，方得一面。又不朝夕接谈，小姐就要试他，却也体察不能如意。莫若待彩云帮着小姐，在其中探取，则真真假假，其情立见矣。"小姐听了大喜道："如此更妙。"二人说得投机，你也倾心，我也吐胆，彼此不胜快活。正是：

定是有羞红两颊，断非无恨蹙双眉。

万般遮盖千般掩，不说旁人那得知。

却说彩云担当了要帮小姐历试双公子有情无情，便时常走到夫人房里来，打听双公子的行事。一日打听得双公子已差野鹤回家报知双夫人，说他在此结义为子，还要多住些时，未必便还。随即悄悄通知小姐道："双公子既差人回去，则自不思量回去可知矣。我想他一个富贵公子，不思量回去，而情愿留此独居，以甘寂寞，意必有所图也。若细细揣度他之所图，非图小姐而又谁图哉？既图小姐，而小姐又似有意，又似无意，又不吞，又不吐，有何可图？既欲图之，岂一朝一夕之事，图之若无坚忍之心，则其倦可立而待。我看双公子去者去，留者留，似乎有死守蓝桥之意。此亦其情耐久之一证，小姐不可不知。"小姐道："你想的论的，未尝不是。但留此是今日之情，未必便定情终留于异日。我所以要姑待而试之。"

二人正说不了，忽见若霞走来，笑嘻嘻对小姐说道："双公子可惜这等样一个标致人儿，原来是个呆子。"小姐因问道："你怎生见得？"若霞道："不是我也不知道，只因方才福建的林老爷送了一瓶蜜饯的新荔枝与老爷，夫人因取了一盘，叫我送与双公子去吃。我送到书房门外，听见双公子在内说话。我只认是有甚朋友在内，不敢轻易进去。因在窗缝里一张，那里有甚朋友！只他独自一人，穿得衣冠齐齐整整，却对着东边照壁上一幅诗笺，吟哦一句，即赞一声'好！'就深深的作一个揖道：'谢淑人大教了！'再吟哦一句，即又赞一声"妙！"又深深作一个揖道：'蒙淑人垂情了！'我偷张不得一霎，早已对着壁诗，作过十数个揖了。及我推门进去，他只吟哦他的诗句，竟像不曾看见我的一般。小姐你道呆也不呆，你道好笑也不好笑？"小姐道："如今却怎么样了？"若霞道："我送荔枝与他，再三说夫人之话，他只点点头，努努嘴，叫我放下，也不做一声。及我出来了，依旧又在那里吟哦礼拜，实实是个呆子。"小姐道："你可知道他吟哦的是什么诗句？"若霞道："这个我却不知道。"

这边若霞正长长短短告诉小姐，不期彩云有心，在旁听见，不等若霞说完，早悄悄的走下楼来，忙闪到东书院来窃听，只听见双公子还在房里，对着诗壁跪一回，拜一回，称赞好诗不绝口。彩云是个急性人，不耐烦偷窥，便推开房门，走了进去，问双公子道："大相公，你在这里与那个施礼，对谁人说话？"双星看见彩云，知他是小姐贴身人，甚是欢喜。因微笑笑答应道："我自有人施礼说话，却一时对你说不得。"

彩云道："既有人，在那里？"双星因指着壁上的诗笺道："这不是？"彩云道："这是一首诗，怎么算得人？"双星道："诗中有性有情，有声有色，一字字皆是慧心，一句句无非妙想。况字句之外，又别自含蓄无穷，怎算不得人？"彩云道："既要算人，却端的是个甚人？"双星道："观之艳丽，是个佳人；读之芳香，是个美人；细味之而幽闲正静，又是个淑人。此等人，莫说眼前稀少，就求之千古中，也似乎不可多得。故我双不夜于其规箴讽刺处，感之为益友；于其提撕点醒处，敬之为明师；于其绸缪眷恋处，又直恩爱之若好述之夫妇。你若问其人为何如，则其人可想而知也。"彩云笑道："据大相公说来，只觉有模有样。若据我彩云看来，终是无影无形。不过是胡思乱想，怎当得实事？大相公既是这等贪才好色，将无作有，以虚为实，我这山阴会稽地方，今虽非昔，而浣纱之遗风未散，捧心之故态尚存，何不寻他几个来，解解饥渴？也免得见神见鬼，惹人讥笑。"双星听了，因长叹一声道："这些事怎可与人言？就与人言，人也不能知道。我双不夜若是等闲的蛾眉粉黛可以解得饥渴，也不千山万水，来到此地了，也只为香奁少彩，彤管无花，故捡遍春风而自甘孤处。"彩云道："大相公既是这等看人不上眼，请问壁上这首诗，实是何人做的，却又这般敬重他？"双星道："这个做诗的人，若说来你到认得，但不便说出。若直直说出了，倘那人闻知，岂不道我轻薄？"彩云道："这人既说我认得，又说不敢轻薄他，莫非就说的是小姐？莫非这首诗，就是前日小姐所做的赋体诗？"双星听见彩云竟一口猜着他的哑谜，不禁欣然惊讶道："原来彩云姐也是个慧心女子，失敬，失敬！"彩云因又说道："大相公既是这般敬重我家小姐，何不直直对老爷夫人说明，要求小姐为婚？况老爷夫人又极是爱大相公的，自然一说便允。何故晦而不言，转在背地里自言自语，可谓用心于无用之地矣！莫说老爷夫人小姐，不知大相公如此至诚想望，就连我彩云，不是偶然撞见问明，也不知道，却有何益？"

双星见彩云说的话，句句皆道着了他的心事，以为遇了知己，便忘了尔我，竟扯彩云坐下，将一肚皮没处诉的愁苦，俱细细对他说道："我非不知老爷小姐爱我，我非不知小姐的婚姻，原该明求。但为人也须自揣，你家老爷，一个黄阁门楣，岂容青衿涴辱？小姐一位上苑甜桃，焉肯下嫁酸丁？开口不独徒然，恐并子舍一席，亦犯忌讳而不容久居矣。我筹之至熟，故万不得已而隐忍以待。虽不能欢如鱼水，尚可借雁影排连以冀一窥色笑。倘三生有幸，一念感通，又生出机缘，亦未可知也。此我苦情也。

彩云姐既具慧心，又有心怜我，万望指一妙径，终身不忘。"彩云道："大相公这些话，自大相公口中说来，似乎句句有理，若听到我彩云耳朵里，想一想，则甚是不通。"双星道："怎见得不通？"彩云道："老爷的事，我捉摸不定，姑慢讲。且将小姐的事，与你论一论。大相公既认定小姐是千古中不可多得之才美女子，我想从来惟才识才，小姐既是才美女子，则焉有不识大相公是千古中不可多得之才美男子之理？若识大相公是才美男子，则今日之青衿，异日之金紫也，又焉有恃贵而鄙薄酸丁之理？此大相公之过虑也。这话只好在我面前说，若使小姐闻知，必怪大相公以俗情相待，非知己也。"双星听了，又惊又喜道："彩云姐好细心，怎直想到此处？想得甚是有理，果是我之过虑。但事已至此，却将奈何？"彩云道："明明之事，有甚奈何！大相公胸中既有了小姐，则小姐心上，又未必没有大相公。今所差者，只为隔着个内外，不能对面细细讲明耳。然大相公在此，是结义为子，又不是过客，小姐此时，又不急于嫁人，这段婚姻，既不明求，便须暗求。急求若虑不妥，缓求自当万全。那怕没有成就的日子？大相公不要心慌，但须打点些巧妙的诗才，以备小姐不时拈索，不至出丑，便万万无事了。"双星笑道："这个却拿不稳。"又笑了一回，就忙忙去了。正是：

自事自知，各有各说。

情理多端，如何能决？

　　彩云问明了双公子的心情，就忙忙去了，要报知小姐。只因这一报，有分教：剖疑为信，指暗作明。不知后事如何，且听下回分解。

第五回　蠢丫头喜挑嘴言出祸作
俏侍儿悄呼郎口到病除

词云：

> 不定是心猿，况触虚情与巧言。弄得此中飞絮乱，何冤，利口从来不惮烦。
>
> 陡尔病文园，有死无生是这番。亏得芳名低唤醒，无喧，情溺何曾望手援。
>
> 寄调《南乡子》

话说彩云问明了双公子的心事，就忙忙归到拂云楼，要说与小姐知道。不期小姐早在那里寻他，一见了彩云，就问道："我刚与若霞说得几句话，怎就三不知不见了你，你到那里去了这半晌？"彩云看见若霞此时已不在面前，因对小姐说道："我听见若霞说得双公子可笑，我不信有此事，因偷走了去看看。"小姐道："看得如何，果有此事么？"彩云道："事便果是有的，但说他是呆，我看来却不是呆，转是正经。说他可笑，我看来不是可笑，转是可敬。"遂将双公子并自己两人说的话，细细说了一遍与小姐听。小姐听了，不禁欣然道："原来他拜的，就是我的赋体诗。他前日看了，就满口称扬，我还道他是当面虚扬，谁知他背地里也如此珍重。若说他不是真心，这首诗我却原做的得意。况他和诗的针芥，恰恰又与我原诗相投。此中臭味，说不得不是芝兰。但说恐我不肯下嫁酸丁，这便看得我太浅了。"彩云道："这话他一说，我就斑驳他过了。他也自悔误言，连连谢过。"小姐道："据你说来，他的爱慕于我，专注于我，已见一斑。他的情之耐久，与情之不移，亦已见之行事，不消再虑矣。但我想来，他的百种多情，万般爱慕，总还是一时之事，且藏之于心，慢慢看去，再作区处。"彩云道："慢看只听凭小姐，但看到底，包管必无破绽，那时方知我彩云的眼睛识人不错。"自此二人在深闺中，朝思暮算，未尝少息。正是：

> 苦极涓涓方泪下，愁多靥靥故眉颦。
>
> 破瓜之子遭闲磕，只为心中有了人。

却说双星自被彩云揣说出小姐不鄙薄他，这段婚姻到底要成，就不禁满心欢喜，便朝夕殷殷勤勤，到夫人处问安，指望再遇小姐，攀谈几句话儿。谁知走了月余，也不见个影儿。因想着园里去走走，或者撞见彩云，再问个消息。遂与夫人说了。此时若霞正在夫人房里，夫人就随便吩咐若霞道："你可开了园门，送大相公到园里去耍子。"

若霞领了夫人之命，遂请双公子前行，自家跟着竟入园来。到了园中，果然花柳争妍，别是一天。双公子原无心看景，见若霞跟在左右，也只认做是彩云一般人物。因问若霞道："这园中你家小姐也时常来走走么？"若霞道："小姐最爱花草，又喜题诗，园中景致皆是小姐的诗，料小姐朝夕不离，怎么不来？"双公子道："既是朝夕不离，为何再不遇见？"若霞道："我说的是往时的话，近日却绝迹不来了。"双公子听了，忙惊问道："这是为何？"若霞道："因大相公前日来过，恐怕撞见不雅，故此禁足不敢复来。"双公子道："我与小姐，已拜为兄妹，便撞见也无妨。"若霞道："大相公原来还不知我家小姐的为人。我家小姐，虽说是个十六七岁的女子，他的志气比大相公须眉男子还高几分。第一是孝顺父母，可以当得儿子；第二是读书识字，不出闺阁，能知天下之事；第三是敦伦重礼，小心谨慎，言语行事，不肯差了半分。至于诗才之妙，容貌之佳，转还算做余美。你道这等一个人儿，大相公还只管问他做甚？"双公子道："小姐既敦伦重礼，则我与他兄妹称呼，名分在伦礼中，又何嫌何疑，而要回避？"若霞道："大相公一个聪明人，怎不想想，大相公与小姐的兄妹，无非是结义的虚名，又不是同胞手足，怎么算得实数？小姐自然要避嫌疑。"双公子道："既要避嫌疑，为何前日在夫人房里撞见，要我和诗，却又不避？"若霞道："夫人房里，自有夫人在座，已无嫌疑，又避些什么？"双公子听了沉吟道："你这话到也说得中听。前日福建的林老爷，来拜你家老爷，因知我在此，也就留了一个名贴拜我。我第二日去答拜他，他留我坐下，问知结义之事，他因劝我道：'与其嫌嫌疑疑认做假儿子，何不亲亲切切竟为真女婿。'他这意思，想将来恰正与你所说的相同。"若霞道："大差，大差，一毫也不同。"双公子道："有甚差处，有甚不同？"若霞道："儿子是儿子，女婿是女婿。若是无子，女婿可以做儿子。若做过儿子，再做女婿，便是乱伦了，这却万万无此理。"

双公子听了，忽然吃了一大惊，因暗想道："这句话，从来没人说。为何这丫头平空说出，定有缘故。"因问道："做过儿子做不得女婿这句话，还是你自家的主意说的，还是听见别人说的？"若霞道："这些道理，我自家那里晓得说？无非是听见别人是这般说。"双公子道："你听见那个说来？"若霞道："我又不是男人，出门去结交三朋四友，有谁向我说到此？无非是服侍小姐，听见小姐是这等说，我悄悄拾在肚里。今见大相公偶然说到此处，故一一说出来了，也不知是与不是。"

双公子听见这话是小姐说的，直急得他暗暗的跌脚道："小姐既说此话，这姻缘是断断无望了。为何日前彩云又哄我说，这婚姻是稳的，叫我不要心慌？"因又问若霞道："你便是这等说，前日彩云见我，却又不是这等说。你两人不知那个说的是真话？"若霞道："我是个老实人，有一句便说一句，从来不晓得将没作有，移东掩西，哄骗别人，彩云这贼丫头却奸猾，不过只要奉承的人欢喜，见人喜长，他就说长，见人喜短，他就说短，那里肯说一句实话！人若不知他的为人，听信了他的话，便被他要直误到底。"双公子听了这些话，竟吓痴了，坐在一片白石上，走也走不动。若霞道："夫人差我已送大相公到此，大相公只怕还要耍子耍子。我离小姐久了，恐怕小姐寻我，我去看看再来。"说罢，竟自去了。正是：

> 无心说话有心听，听到惊慌梦也醒。
>
> 若再有心加毁誉，自然满耳是雷霆。

双公子坐在白石上，细细思量若霞的说话，一会儿疑他是假，一会儿又信他为真。暗忖道："做了儿子，做不得女婿的这句言语，大有关系。若不果是小姐说的，若霞蠢人，如何说得出？小姐既如此说，则这段姻缘，到被做儿子误了，却为之奈何？我的初意，还指望慢慢守去，或者守出机缘。谁知小姐一言已说得决决绝绝，便守到终身，却也无用。守既无用，即当辞去。但我为婚姻出门，从蜀到浙，跋涉远矣，阅历多矣，方才侥幸得逢小姐一个定情之人，定我之情。情既定于此，婚姻能成，固吾之幸；即婚姻之不成，为婚姻之不幸以拼一死，亦未为不幸。决不可畏定情之死，以望不定情之生，而负此本心，以辱夫妇之伦。所恨者，明明夫妻，却为兄妹所误。也不必怨天，也不必尤人，总是我双星无福消受，故遇而不遇也。今若因婚姻差谬，勉强辞去，虽我之形体离此，而一片柔情，断不能舍小姐而又他往矣。莫苦苦守于此，看小姐怎生发付。"一霎时东想想，西想想，竟想得昏了，坐在石上，连人事也不知道。还是夫人

想起来，因问侍儿道："大相公到园中去耍子，怎不见出来？莫非我方才在后房有事，他竟出去了，你们可曾看见？"众侍儿俱答道："并不曾看见大相公出去，只怕还在园里。"夫人道："天色已将晚了，他独自一人，还在里面做什么？"因叫众侍妾去寻。

　　众侍妾走到园中，只见双公子坐在一块白石上，睁着眼就像睡着的一般。众侍妾看见着慌，忙问道："大相公，天晚了，为何还坐在这里？"双公子竟白瞪着一双眼，昏昏沉沉，口也不开，众侍妾一发慌了，因着两个搀扶双公子起来，慢慢的走出园来，又着两个报与夫人。夫人忙迎着问道："你好好的要到园中去耍子，为何忽弄做这等个模样？我原叫若霞服侍你来的，若霞怎么不见，他又到那里去了？"双公子虽答应夫人两句，却说得糊糊涂涂，不甚清白。夫人见他是生病的光景，忙叫侍妾搀他到书房中去睡，又叫人伺候汤水，又吩咐青云好生服侍。双公子糊糊涂涂睡下不提。

　　夫人因叫了若霞来问道："我叫你跟大相公到园中去闲玩，大相公为甚忽然病起来？你又到那里去了？"若霞道："我跟大相公入园时，大相公好端端甚有精神，问长问短，何尝有病？我因见他有半日耽搁，恐怕小姐叫，故走进去看看。怎晓得他忽然生病？"夫人问过，也就罢了。欲要叫人去请医生，又因天色晚了，只得挨得次日早晨，方才请了一个医生来看。说是"惊忡之症，因着急上起的，又兼思虑过甚。故精神昏惯，不思饮食。须先用药替他安神定气，方保无虞。"说完，撮下两帖药，就去了，夫人忙叫人煎与他吃。吃了虽然不疼不痛，却只是昏昏沉沉，不能清白。

　　此时江章又同人到武林西湖去游赏了，夫人甚是着急。小姐闻知，也暗自着惊。因问彩云道："他既好好游园，为何就一时病将起来？莫非园中冷静，感冒了风寒？"彩云道："医生看过，说是惊忡思虑，不是风寒。"小姐道："园中闲玩，有甚惊忡？若伤思虑，未必一时便病。"彩云道："昨日双公子游园，是夫人叫若霞送他去的。若霞昨日又对夫人说，双公子好端端问长问短，我想这问长问短里，多分是若霞说了什么不中听的言语，触动他的心事，故一时生病。小姐可叫若霞，细细盘问他，自然知道。"小姐道："他若有恶言恶语，触伤了公子，我问他时，他定然隐瞒，不肯直说。到不如你悄悄问他一声，他或者不留心说出。"彩云道："这个有理。"因故意的寻见了若霞，吓他道："你在双公子面前说了什么恶言语，冲撞了他，致他生病？夫人方才对小姐说，若双公子病不好，还要着实责罚你哩？"若霞吃惊道："我何曾冲撞他，只因他说林老爷劝他，与其做假儿子，不如改做真女婿，他甚是喜欢。我只驳得他一句道，

这个莫指望。小姐曾说来，女婿可以改做得儿子；既做了儿子，名分已定，怎么做得女婿？若再做女婿，是乱伦了。双公子听了，就登时不快活，叫我出来了。我何曾冲撞他？"彩云听了，便不言语，因悄悄与小姐说知，道："何如？我就疑是这丫头说错了话。双公子是个至诚人，听见说儿子改做不得女婿，自然要着惊生病了。"小姐道："若为此生病，则这病是我害他了。如今却怎生挽回？"彩云道："再无别法，只好等我去与他说明，这句话不是小姐说的，他便自然放心无恙了。"小姐道："他如今病在那里，定有人伺候。你是我贴身之人，怎好忽走到他床前去说话，岂不动人之疑？"彩云道："这个不打紧，只消先对夫人说明，是小姐差我去问病，便是公，不是私，无碍了。"小姐道："有理，有理。"

彩云就忙忙走到夫人房里，对夫人说道："小姐听见说大相公有病，叫我禀明夫人去问候，以尽兄妹之礼。"夫人听了欢喜道："好呀！正该如此。不知这一会，吃了这贴药，又如何了？你去看过了，可回复我一声。"彩云答应道："晓得了。"遂一径走到东书院书房中来。

此时青云因夜间服侍辛苦，正坐在房门外矮凳上打瞌睡。彩云便不打醒他，轻轻的走到床前，只见双公子朝着床里，又似睡着的一般，又似醒着的一般，微微喘息。彩云因就床坐下，用手隔着被抚着他的脊背，低低叫道："大相公醒一醒，你妹子蕊珠小姐，叫我彩云在此问候大相公之安。"双星虽在昏聩蒙胧之际，却一心只系念在蕊珠小姐身上。因疑若霞说话不实，又一心还想着见彩云细问一问，却又见面无由。今耳朵中忽微微听见"蕊珠小姐"四个字，又听见"彩云在此"四个字，不觉四肢百骸飞越在外的真精神，一霎时俱聚到心窝。忙回过身来，睁眼一看，看见彩云果然坐在面前，不胜之喜。因问道："不是梦么？"彩云忽看见双公子开口说话，也不胜之喜，忙答应道："大相公快苏醒，是真，不是梦。"双星道："方才隐隐听得像是有人说蕊珠小姐，可是有的？"彩云道："正是我彩云说你妹子蕊珠小姐，着我在此问候大相公之安。"双星听了，欣然道："我这病，只消彩云姐肯来垂顾，也就好了一半；何况是蕊珠小姐命来，病自勿药而霍然矣。"因又叹息道："彩云姐，你何等高情，只不该说'你妹子'三个字，叫我这病根如何得去？"彩云道："小姐正为闻得大相公为听见儿子做不得女婿之言而生病，故叫彩云来传言，叫大相公将耳朵放硬些，不要听人胡言乱语。就是真真中表兄妹，温家已有故事，何况年家结义，怎说乱伦！"双星听了，又

惊又喜道："正是呀！是我性急心粗，一时思量不到。今蒙剖明，领教矣，知过矣。只是还有一疑不解。"彩云道："还有何疑？"双星道："但不知此一语，还是出自小姐之口耶？还是彩云姐怜我膏肓之苦，假托此言以相宽慰耶？"彩云道："婢子要宽慰大相公，心虽有之，然此等言语，若不是小姐亲口吩咐，彩云怎敢妄传？大相公与小姐，过些时少不得要见面，难道会对不出？"双星道："小姐若果有心，念及我双星之病，而殷殷为此言，则我双星之刀圭已入肺腑矣，更有何病？但只是我细想起来，小姐一个非礼弗言，非礼弗动，又娇羞腼腆，又不曾与我双星有半眉一眼之勾引，又不曾与我双星有片纸只字之往来。就是前日得见小姐之诗，也是侥幸撞着，非私赠我也，焉肯无故而突然不避嫌疑，竟执兄为婿之理？彩云姐虽倾心吐胆，口敝舌颏，吾心终不能信，为之奈何？"二人正说不了，忽青云听见房中有人说话，吃了一惊，将瞌睡惊醒，忙走进房来，看见双公子像好人一般，睡在床上，欹着半边身子，与彩云说话，不胜欢喜道："原来相公精神回过来，病好了。"就奉茶水。彩云见有人在前，不便说话，因安慰了双公子几句，就辞出来，去报知小姐。

只因这一报，有分教：守柳下之东墙，窥周南之西子。不知后事如何，且听下回分解。

第六回　俏侍儿调私方医急病
　　　　　贤小姐走捷径守常经

词云：

> 许多缘故，只恨无由得诉。亏杀灵心，指明冷窦，远远一番良晤。侧听低吐，悄然问，早已情分意付。试问何为，才色行藏，风流举措。
>
> 　　　　寄调《柳梢春》

　　话说彩云看过双公子之病，随即走到夫人房里来回复。恰好小姐也坐在房中。夫人一见彩云，就问道："大相公这一会病又怎么了？"彩云道："大相公睡是还睡在那里，却清清白白与我说了半晌闲话，竟不像个病人。"夫人听了，不信道："你这丫头胡说了，我方才看他，还见他昏昏沉沉，一句话说不出，怎隔不多时，就明明白白与你说话？"彩云道："夫人不信，可叫别人去再看，难道彩云敢说谎？"夫人似信不信，果又叫一个仆妇去看。那仆妇看了，回来说道："大相公真个好了，正在那里问青云哥讨粥吃哩！"夫人听了，满心欢喜，遂带了仆妇，又自去看。

　　小姐因同彩云回到楼上，说道："双公子病既好了，我心方才放下。"彩云道："小姐且慢些放心，双公子这病，据我看来，万万不能好了。"小姐听了着惊道："你方才对夫人说他不像个病人，与你说闲话，好了，为何又说万万不能好，岂不自相矛盾？"彩云道："有个缘故。"小姐道："有甚缘故？"彩云道："双公子原无甚病，只为一心专注在小姐身上，听见若霞这蠢丫头说兄妹做不得夫妻，他着了急，故病将起来，及我方才去看他，只低低说得一声'蕊珠小姐叫我来看你'，他的昏沉早唤醒一半。再与他说明兄妹不可为婚这句话，不是小姐说的。他只一喜，病即全然好了。故我对夫人说，他竟不像个病人，但只可怪他为人多疑，只疑这些话都是我宽慰之言，安他的心，并非小姐之意。我再三苦辩是真，他只是不信。疑来疑去，定然还要复病。这一复病，便叫我做卢扁，然亦不能救矣。"小姐听了，默然半晌，方又说道："据你这等说起来，这双公子之命，终久是我害他了，却怎生区处？"彩云道："没甚区处，只好听天由命

罢了。"小姐又说道："他今既闻你言，已有起色，纵然怀疑，或亦未必复病。且不必过为古人担忧。"彩云道："只愿得如此就好了。"

不期这双公子，朝夕间只将此事放在心上，踌躇忖度，过不得三两日，果然依旧，又痴痴呆呆，病将起来。夫人着慌，忙请名医来看视，任吃何药，只不见效。小姐回想彩云之言不谬，因又与他商量道："双公子复病，到被你说着了。夫人说换了几个医生，吃药俱一毫无效。眼见得有几分危险，须设法救他方好。但我这几日，也有些精神恍惚，无聊无赖，想不出什么法儿来。你还聪明，可为我想想。"彩云道："这是一条直路，并无委曲，着不得辩解。你若越辩解，他越狐疑。只除非小姐面言一句，他的沉疴便立起矣。舍此，莫说彩云愚下之人，就是小姐精神好，也思算不出什么妙计来。"小姐道："我与双公子，虽名为兄妹，却不是同胞，怎好私去看他？就以兄妹名分，明说要去一看，也只好随夫人同去，也没个独去之理。若同夫人去，就有话也说不得。去有何用？要做一诗，或写一信，与他说明，倘他不慎，落人耳目，岂非终身之玷？舍此，算来算去，实无妙法。若置之不问，看他恹恹就死，又于心不忍，却为之奈何？"彩云道："小姐若呆呆的守着礼法，不肯见他一面，救他之命，这就万万没法了。倘心存不忍，肯行权见他，只碍着内外隔别，无由而往，这就容易处了。"小姐道："从来经权，原许并用，若行权有路，不背于经，这又何妨？但恐虚想便容易，我又不能出去，他又不能入来，实实要见一面，却又烦难。"彩云道："我这一算，到不是虚想，实实有个东壁可窥可凿，小姐只消远远的见他一面，说明了这句兄妹夫妻的言语，包管他的病即登时好了。"小姐道："若果有此若近若远的所在，可知妙了。但不知在于那里？"彩云道："东书院旁边，有一间堆家伙的空屋，被树木遮住，内中最黑，因在西壁上，开了一个小小的圆窗儿透亮。若站在桌子上往外一观，恰恰看的见熙春堂的假山背面。小姐若果怜他一死，只消在此熙春堂上，顽耍片时，待我去通他一信，叫他走到空屋里，立在桌子上圆窗边伺候。到临时，小姐只消走到假山背后，远远的见他一面，悄悄的通他一言，一桩好事便已做完了，有甚难处？"小姐道："这条路，你如何晓得？"彩云道："小姐忘记了，还是那一年，小姐不见了小花猫，叫我东寻西寻，直寻到这里，方才寻着，故此晓得。"小姐听了欢喜道："若是这等行权，或者也于礼法无碍。"彩云看见小姐有个允意，又复说道："救病如救火，小姐既肯怜他，我就要去报他喜信，约他时候了。"小姐道："事已到此，舍此并无别法，只得要

托你了。但要做得隐妥方妙。"彩云道："这个不消吩咐。"一面说，一面就下楼去了。

走到夫人房中，要说又恐犯重，要不说又怕涉私。恰好夫人叫人去起了课来，起得甚好，说这病今日就要松动，明日便全然脱体。夫人大喜，正要叫人去报知，忽见彩云走来，因就对他说道："你来的正好，可将这课贴儿拿去，唤醒了大相公，报与他知，说这个起课的先生最灵，起他病，只在早晚就好。"彩云见凑巧，接着就走。

刚走到书房门首，早看见青云迎着，笑嘻嘻说道："彩云姐来的好，我家相公睡梦中不住的叫你哩，你快去安慰安慰他？"彩云走着，随答应道："叫我做甚？我是夫人起了个好课，叫我来报知大相公的。"因将课贴儿拿出一扬，就走进房，直到床前。也不管双公子是睡是不睡，竟低低叫一声："大相公醒醒，我彩云在此，来报你喜信。"果然是心病还将心药医，双星此时，朦朦胧胧，恍恍惚惚，任是鸟声竹韵，俱不关心，只听得"彩云"二字，便魂梦一惊，忙睁开眼来一看，见果是彩云，心便一喜。因说道："你来了么？我这病断然要死，得见你一见，烦你与小姐说明，我便死也甘心。"彩云见双公子说话有清头，因低低说道："你如今不死了，你这病原是为不信我彩云的言语害的。我已与小姐说明，请小姐亲自与你见一面，说明前言是真，你难道也不相信，还要害病？"双公子道："小姐若肯觌面亲赐一言，我双星便死心相守，决不又胡思乱想了。但恐许我见面，又是彩云姐的巧言宽慰，以缓我一时之死。"彩云道："实实与小姐商量定了，方敢来说，怎敢哄骗大相公。"双星道："我也知彩云姐非哄骗之人。但思此言，若非哄骗，小姐闺门严紧，又不敢出来，我双星虽称兄妹，却非同胞，又不便入去，这见面却在何处？"彩云笑一笑，说道："若没个凑巧的所在，便于见面，我彩云也不敢轻事重帮的来说了。"因附着双公子的耳朵，说明了空屋里小圆窗直看见熙春堂假山背后，可约定了时候，你坐在窗口等候，待我去请出小姐来，与你远远的见一面，说一句，便一件好事定了，你苦苦的害这瞎病做什么！双公子听见说话有源有委，知道是真，心上一喜，早不知不觉的坐将起来，要茶吃。青云听见，忙送进茶来。彩云才将夫人的课贴儿，递与双公子道："这是夫人替大相公起的课，说这病有一个恩星照命，早晚就好。今大相公忽然坐起来，岂不是好了，好灵课！我就要去回复夫人，省得他记挂。"就要走了出来，双公子忙又留下他道："且慢！还有话与夫人说。"彩云只得又站下。双公子直等青云接了茶盅去，方又悄悄问彩云道："小姐既有此美意，却是几时好？"彩云道："今日恐大相公身子还不健，倒是明日午时，大相公

准在空屋里小窗口等候罢。"双公子道："如此则感激不尽，但不可失信！"彩云道："决不失信。"说罢，就去了。正是：

> 一片桐凋秋已至，半枝梅绽早春通。
>
> 心窝若透真消息，沉病先收卢扁功。

彩云走了回来，先回复过夫人，随即走到楼上，笑嘻嘻与小姐说道："小姐你好灵药也！我方才走去，只将与小姐商量的妙路儿，悄悄向他说了一遍，他早一毂辘爬起来，粘紧了要约时日，竟像好人一般了，你道奇也不奇？"小姐听了，也自喜欢道："若是这等看起来，他这病，实实是为我害了。我怎辜负得他，而又别有所图！就与他私订一盟，或亦行权所不废。但不知你可曾约了时日？"彩云道："我见他望一见，不啻大旱之望云霓，已许他在明日午时了，小姐须要留意。"二人说罢，就倏忽晚了。

到了次日，小姐梳妆饭后，彩云就要催小姐到熙春堂去。小姐道："既约午时，此际只好交辰，恐去得太早，徘徊徙倚，无聊无赖，转怨尾生之不信。"彩云道："小姐说的虽是，但我彩云的私心，又恐怕这个尾生，比圯桥老人的性子还急，望穿了眼，又要病将起来。"小姐笑道："你既是这等过虑，你可先去探望一回，看他可有影响，我再去也不迟。"彩云道："不是我过虑，但恐他病才略好些，勉强支持，身子立不起。"小姐道："这也说得是。"

彩云遂忙忙走到熙春堂假山背后，抬头往圆窗上一张，早看见双公子在那里伸头缩脑的痴望，忽看见彩云远远走来，早喜得眉欢眼笑，等不得彩云走到假山前，早用手招邀。彩云忙走近前，站在一块多余的山石上，对他说道："原约午时，此时还未及巳，你为何老早的就在此间，岂不劳神而疲，费力而倦？"双公子道："东邻既许一窥，则面壁三年，亦所不惮，何况片时，又奚劳倦之足云！但不知小姐所许可确？若有差池，我双星终不免还是一死。"彩云笑道："大相公，你的疑心也太多，到了此时此际，还要说此话。这不是小姐失约来迟，是你性急来得太早了。待我去请了小姐来罢。"一面说，一面即走回楼上，报与小姐道："何如？我就愁他来的太早，果然已立半晌了。小姐须快去，见他说一句决绝言语，使他拴系定了心猿意马，以待乘鸾跨凤，方不失好逑君子之体面。若听其怀忧蓄虑，多恨多愁，流为荡子，便可怜而可惜。"小姐听了

道："你不消说了，使我心伤，但同你去罢。"

二人遂下楼，悄悄的走到熙春堂来。见熙春堂无人，遂又悄悄的沿着一带花荫小路，转过荼蘼架，直走到假山背后。小姐因曲径逶迤，头还不曾抬起，眼还不曾看见圆窗在那里，耳朵里早隐隐听见双星声音说道："为愚兄忧疑小恙，怎敢劳贤妹屈体亵礼，遮掩到此！一段恩情，直重如山，深如海矣！"小姐走到了，彩云扶他在石上立定，再抬头看，见双公子在圆窗里笑面相迎，然后答应道："贤兄有美君子，既已下思荇菜，小妹荸菲闺娃，岂不仰慕良人？但男女有别，婚姻有礼，从无不待父母之命而自媒者。然就贤兄与小妹之事，细细一思，无因之千里，忽相亲于咫尺，此中不无天意。惟有天意，故父母之人事已于兄妹稍见一斑矣。贤兄若有心，不以下体见遗，自宜静听好音，奈何东窥西探，习佻佻之风，以伤河洲之化，岂小妹之所仰望而终身者也？况过逞狂态，一旦堕入仆妾窥伺之言，使人避嫌而不敢就，失此良姻，岂非自误！望贤兄谨之。"双星道："愚兄之狂态，诚有如贤妹之所虑，然实非中所无主而妄发也。因不知贤妹情于何钟，念于谁属，窃恐无当，则不独误之一时，直误之终身。又不独误之终身，竟误之千秋矣。所关非小，故一时之寸心，有如野马，且不知有死生，安知狂态！虽蒙彩云姐再三理喻，非不信其真诚，但无奈寸心恍惚，终以未见贤妹而怀疑。疑心一动，而狂态作矣，今既蒙妹果如此垂怜，又如此剖明，则贤妹之情见矣。贤妹之情见，则愚兄之情定矣。无论天有意，父母有心，即时事不偶，或生或死，而愚兄亦安心于贤妹而不移矣，安敢复作狂态！"小姐道："辗转反侧，君子未尝不多情，然须与桑濮之勾挑相远。贤兄若以礼自持，小妹又安敢不守贞以待！但行权仅可一时，万难复践。况小妹此衷，今已剖明，后此不敢复见矣，乞贤兄谅之。"双星道："贤妹既已底里悉陈，愚兄自应亲疏死守矣。但不知死守中，可能别有一生机，乞贤妹再一为指迷。"小姐道："君无他，妾无他，父母谅亦无他。欲促成其事，别无机括，惟功名是一捷径，望贤兄努力。他非小妹所知也。"双星听了，连连点头道："字字入情，言言切理，愚兄何幸，得沐贤妹之爱如此，真三生之幸也。"小姐说罢，即命彩云搀扶他走下石头来，说道："此多露之地，不敢久留，凡百愿贤兄珍重。"双星本意还要多留小姐深谈半晌，无奈身子拘在小窗之内，又不能留。只说得一声道："夫人尊前，尚望时赐一顾。"小姐听了，略点一点头，就花枝一般袅袅娜娜去了。正是：

中国禁书文库

定情人

见面无非曾见面，来言仍是说来言。

谁知到眼闻于耳，早已心安不似猿。

　　小姐同彩云刚走到熙春堂，脚还不曾站稳，早有三两个侍妾，因楼上不见了小姐，竟寻到熙春堂来，恰恰撞着小姐，也不问他长短，遂一同走回楼上。大家混了半晌，众侍妾走开，小姐方又与彩云说道："早是我二人回到熙春堂了，若再迟半刻，被他们寻着看破，岂不出一场大丑！以后切不可再担这样干系。"彩云道："今日干系虽担，却救了一条性命。"二人闲说不提。

　　且说双星亲眼见小姐特为他来，亲耳听见小姐说出许多应承之话，心下只一喜，早不知不觉的病都好了。忙走回书房，叫青云收拾饭吃。吃过饭，即入内来拜谢夫人。夫人见他突然好了，喜之不胜，又留他坐了，问长问短。双星因有小姐功名二字在心，便一心只想着读书。只因这一读，有分教：佳人守不着才子，功名盼不到婚姻。不知后事如何，且听下回分解。

第七回　私心才定忽惊慈命促归期
　　　　　好事方成又被狡谋生大衅

词云：

　　幽香才透春消息，喜与花相识。谁知桂子忽惊秋，一旦促他归去使人愁。
　　闺中帘幕深深护，燕也无寻处。钻窥无奈贼风多，早已颠形播影暗生波。

寄调《虞美人》

　　话说双星自在小圆窗里，亲见了蕊珠小姐，面订了婚姻之盟，便欢喜不胜，遂将从前忧疑之病，一旦释然，又想着小姐功名之言，遂安心以读书为事，每日除了入内问安之外，便只在书房中用功努力。小姐暗暗打听得知，甚是敬重。此时江章已回家久矣，每逢着花朝月夕，就命酒与双星对谈，见双星议论风生，才情焕发，甚是爱他。口中虽不说出，心中却有个暗暗择婿之意。双星隐隐察知，故愈加孝敬，以感其心。况入内问安，小姐不负前言，又常常一见，虽不能快畅交言，然眉目之间，留情顾盼，眷恋绸缪，不减胶漆。正指望守得父母动情，以图好合，不期一日，忽青云走来报道："野鹤回来了。"双星忙问道："野鹤在那里？"青云道："在里边见老爷夫人去了。"双星连忙走入内来。野鹤看见，忙叩见道："蒙公子差回，家中平安，夫人康泰，今着小人请公子早回。"遂在囊中取出双夫人的书来送上。双星接了，连忙拆开一看，只见上面写的是：

　　野鹤回，知汝在浙，得蒙江老伯及江老伯母，念旧相留，不独年谊深感，且不忘继立旧盟，置之子舍，恩何深而义何厚也！自应移孝事之，但今秋大比，乃汝立身之际，万不可失。可速速回家，早成前人之业，庶不负我一生教汝之苦心。倘有寸进，且可借此仰报恩父母之万一。字到日，可即治装，毋使我倚闾悬望。至嘱！至嘱！外一函并土仪八色，可致江老伯暨江老伯母叱存，以表远意。

母文氏字

中国禁书文库

定情人

双星看完，沉吟不语。江章因问道："孩儿见书，为何不语？"双星只得说道："家慈书中，深感二大人之恩，如天高地厚。但书中言及秋闱，要催孩儿回去，故此沉吟。"遂将母亲的书送上与江章看。江章看完，因说道："既是如此，只得要早些回去。"此时小姐，正立在父母之旁，双星因看小姐一眼，说道："孩儿幼时，已昧前因，到也漠然罢了。但今既已说明，又蒙二大人待如己出，孩儿即朝夕侍于尊前，犹恐不足展怀，今何敢轻言远去。况功名之事尚有可待，似乎从容可也。"夫人因接说道："我二人老景，得孩儿在此周旋，方不寂寞，我如何舍得他远行？"江章笑道："孩儿依依不去，足见孝心。夫人留你不舍，实出爱念。然皆儿女之私，未知大义。当日双年兄书香一脉，今日年嫂苦守，皆望你一人早续。今你幼学壮行，已成可中之才，不去冠军，而寄身于数千里之外，悠忽消年，深为可惜。况年嫂暮年，既有字来催，是严命也，孩儿怎生违得？"双星只得低头答应道："是。"夫人见老爷要打发他回去，知不可留，止不住堕泪。小姐听见父亲叫双星回去，又见母亲堕泪，心中不觉凄楚。恐被人看见，连忙起身回房去了。双星忽抬头，早不见了小姐。只得辞了二人，带了野鹤，回书房去了。正是：

> 见面虽无语，犹承眉目恩。
> 一朝形远隔，那得不消魂。

夫人见双星要回家去秋试，一时间舍不得他，因对江章说道："你我如此暮年，无人倚靠，一向没有双元到也罢了，他既在我家，住了这许久，日日问安，时时慰藉，就如亲子一般。他今要去。实是一时难舍。况且我一个女孩儿，年已长大，你口里只说要择个好女婿，择到如今，尚没有些影，既没儿子，有个女婿，也可消消寂寞。"江章笑道："择婿我岂不在心。但择婿乃女孩儿终身大事，岂可草草许人，择到如今，方有一人在心上，且慢慢对你说。"夫人道："你既有人中意，何不对我说明，使我也欢喜欢喜。"江章道："不是别人，就是双星。我看他少年练达，器宇沉潜，更兼德性温和，学高才广，将来前程远大，不弱于我。选为女孩儿作配，正是一对佳人才子。"夫人听见要招双星为婿，正合其心，不胜大喜道："我也一向有此念，要对你说，不知你心下如何，你既亦有此心，正是一对良缘，万万不可错过。你为何还不早说？"江章

道：“此事止差两件，故一向踌躇未定。”夫人道：“你踌躇何事？”江章道：“一来你我只得这个女儿，岂肯嫁出，况他家路远，恐后来不便。二来我堂堂相府，不便招赘白衣，故此踌躇。”夫人道：“他原是继名于我的，况他又有兄弟在家，可以支持家事。若虑嫁出，只消你写书致意他母亲，留他在此，料想双星也情愿。至于功名，那里拘得定。你见那家的小姐，就招了举人、进士？只要看得他文才果是如何。”江章道：“他的文才，实实可中，到不消虑得。”夫人道：“既是如此，又何消踌躇？”江章道：“既夫人也有此意，我明日便有道理。”二人商量不提。

却说小姐归到拂云楼，暗暗寻思道：“双郎之盟，虽前已面订，实指望留他久住，日亲日近，才色对辉，打动父母之心，或者侥幸一时之许可。不期今日陡然从母命而归，虽功名成了，亦是锦上之花。但恐时事多更，世情有变，未免使我心恻恻，为之奈何？”正沉吟不悦，忽彩云走来说道：“小姐恭喜了！”小姐道：“不要胡说，我正在愁时，有何喜可言？”彩云遂将老爷与夫人商量，要取双公子为婿之言，细细说了一遍，道：“这难道不是喜么？”小姐听了，方欣然有喜气道：“果是真么？”彩云道：“不是真，终不成彩云敢哄骗小姐？”小姐听了，暗暗欢喜不提。

却说双星既得了母亲的书信，还打帐延挨，又当不得江老，引大义促归，便万万不能停止。欲要与小姐再亲一面，再订一盟，却内外隔别，莫说要见小姐无由，就连彩云，也不见影儿，心下甚是闷苦。过不得数日，江章与夫人因有了成心，遂择一吉日，吩咐家人备酒，与公子饯行。不一时完备。江章与夫人两席在上，双星一席旁设。大家坐定，夫人叫请小姐出来。小姐推辞，夫人道：“今日元哥远行，既系兄妹，礼应祖饯。”小姐只得出来，同夫人一席，饮到中间，江章忽开口对双星说道：“我老夫妇二人，景入桑榆，自惭无托，惟有汝妹，承欢膝下，娱我二人之老。又喜他才华素习，诚有过于男子，是我夫妻最所钟爱。久欲为他选择才人，以遂室家，为我半子。但他才高色隽，不肯附托庸人，一时未见可儿，故致愆期到此，是我一件大心事未了。但恨才不易生，一时难得十全之婿。近日来求者，不说是名人，就说是才子，及我留心访问，又都是些邀名沽誉之人，殊令人厌贱。今见汝胸中才学，儒雅风流，自取金紫如拾芥，选入东床，庶不负我女之才也。吾意已决久矣，而不轻许出口者，意欲汝速归夺锦，来此完配，便彼此有光。不知你心下如何？若能体贴吾意，情愿乘龙，明日黄道吉辰，速速治装可也。”双星此时在坐吃酒，胸中有无限的愁怀。见了小姐在坐，说又说不出来，惟俯首寻思而已。忽听见江章明说将小姐许他为妻，不觉神情踊跃，满心欢喜。连忙起身，拜伏于地道："孩儿庸陋，自愧才疏，非贤妹淑人之配。乃蒙父母二大人眷爱，移继子而附荀香，真天高地厚之恩，容子婿拜谢！"说罢，就在江章席前四拜，拜完，又移到夫人席前四拜。小姐听见父亲亲口许配双星，暗暗欢喜，又见双星拜谢父母，便不好坐在席间，连忙起身入内去了。

双星拜罢起来，入席畅饮，直饮得醺醺然，方辞谢出来。归到书房，不胜快活。所不满意者，只恨行期急促，不能久停，又无人通信，约小姐至小窗口一别，心下着急。到了次日，推说舍不得夫人远去，故只在夫人房中走来走去，指望侥幸再见小姐一面。谁知小姐自父母有了成言，便绝迹不敢复来，惟托彩云取巧传言。双星又来回了数次，方遇见彩云，走到面前低低说道："小姐传言，说事已定矣，万无他虑。今不便再见，只要大相公速去取了功名，速来完此婚好，不可变心。"双星听了，还要与他说些什么，不期彩云，早已避嫌疑走开了。双星情知不能再见，无可奈何，只得归到书房去，叫青云、野鹤收拾行李。

到了临行这日，江章与夫人请他入去一同用饭。饭过，夫人又说道："愿孩儿此去，早步蟾宫，桂枝高折，速来完此良姻，莫使我二人悬念。"双星再拜受命。夫人又送出许多礼物盘缠，又书一封问候双夫人。双星俱受了，然后辞出。夫人含泪，送至中门，此时小姐不便出来，惟叫彩云暗暗相送，双星惟眉目间留意而已。江章直送出仪门之外，双星方领了青云、野鹤二人上路而行。正是：

> 来时原为觅佳人，觅得佳人拟占春。
>
> 不道功名驱转去，一时盼不到婚姻。

双星这番在路，虽然想念小姐，然有了成约，只要试过，便来做亲，因此喜喜欢欢，兼程而进，且按下不提。

却说上虞县有一个寄籍的公子，姓赫名炎，字若赤。他祖上是个功臣，世袭侯爵，他父亲现在朝中做官，因留这公子在家读书。谁知这公子，只有读书之名，却无读书之实，年纪虽止得十五六岁，因他是将门之子，却生得人物魁伟，情性豪华，挥金如土，便同着一班门下帮闲，终日在外架鹰放犬的打围，或在花丛中作乐，日则饮酒食肉，夜则宿妓眠娼，除此并无别事。不知不觉，已长到二十岁了。这赫公子因想道："我终日在外，与这些粉头私窠打混，虽当面风骚，但我前脚出门，他就后脚又接了新客，我的风骚已无迹影。就是包年包月，眼睛有限，也看管不得许多，岂不是多年子弟变成龟了！我如今何不聘了一头亲事，少不得是乡宦人家的千金小姐，与他在家中朝欢暮乐，岂不妙哉！"主意定了，就与这班帮闲说道："我终日串巢窠，嫖婊子，没个尽头的日子。况且我父亲时常有书来说我，家母又在家中琐碎，也觉得耳中不清净。况且这些娼妓们，虚奉承，假恩爱的熟套子看破了，也觉有些惹厌。我如今要另寻一个实在受用的所在了。"这班帮闲，听见公子要另寻受用，便一个个逞能划策，争上前说道："公子若是喜新厌旧，憎嫌前边的这几个女人，如今秦楼上，又新到了几个有名的娼妓，楚馆中，又才来了几个出色的私窠，但凭公子去捡选中意的受用，我们无不帮衬。"赫公子笑道："你们说的这些，都不是我的心事了。我如今只要寻一位好标致小姐，与我做亲，方是我的实受用。你们可细细去打听，若打听得有甚大乡宦人家出奇的小姐，说合成亲，我便每人赏你一个大元宝，决不食言！"这些帮闲，正要撺掇他去花哄，方才有得些肥水入己，不期今日公子看破了婊子行径，不肯去嫖，大家没了想头，一个个垂头丧气。及听到后来要他们出去打听亲事，做成了媒，赏一个大元宝，遂又一个个摩拳擦掌的说道："我只说公子要我们去打南山的猛虎，锁北海的蛟龙，这便是难了。若只要我们去做媒，不是我众人夸口说，浙江一省十一府七十五县，城里城外，各乡各镇，若大若小乡宦人家的小姐，标致丑陋，长短身材，我们无不晓得。况且重赏之下，必有勇夫，这是极容易的事。"公子听了，大喜道："原来你们这样停当，可作速与我寻来，我捡中意的就成。"

不数日，这些帮闲，果然就请了无数乡宦人家小姐的生辰八字，来与公子捡择。偏生公子会得打听，不是嫌他官小，就是嫌他人物平常。就忙得这些帮闲，日日钻头觅缝去打听，要得这个元宝，不期再不能够中公子之意。忽一日，有个帮闲叫做袁空在县中与人递消息，因知县尚未坐堂，他便坐在大门外石狮子边守候。只见一个老儿，手里拿着一张小票，一个名帖，在那里看。这袁空走来看见，因问道："你这老官儿，既纳钱粮，为何又有名帖？"那老儿说道："不要说起，我这钱粮，是纳过的了。不期新官到任，被书吏侵起，前日又来催征。故我家老爷，叫我来查。"袁空连忙在这老儿手中，取过名帖来看，见上写着有核桃大的三个大字，是"江章拜"。因点头说道：

"你家老爷，致仕多年，闻得年老无子，如今可曾有公子么？"那老儿道："公子是没有，止生得一位小姐。"袁空便留心问道："你家小姐，今年多大了？"那老儿道："我家小姐，今年十六岁了。"袁空道："你家小姐，生得如何？可曾许人家么？"那老儿见问，一时高兴起来，就说道："相公若不问起我家小姐便罢，若问起来，我家这位小姐，真是生得千娇百媚，美玉无瑕，袅袅如风前弱絮，婷婷似出水芙蓉。我家老爷爱他，无异明珠，取名蕊珠小姐，又教他读书识字。不期小姐天生的聪明，无书不读，如今信笔挥洒，龙蛇飞舞，吟哦无意，出口成章，真是青莲减色，西子羞容。只因我家老爷要选个风流才子，配合这窈窕佳人，一时高不成，低不就，故此尚然韫椟而藏。"袁空听了，满心欢喜。因又问道："你在江老爷家是甚员役？"那老儿笑嘻嘻说道："小老儿是江太师老爷家一员现任的门公江信便是。"袁空听了，也忍笑不住。不一时，知县坐堂，大家走开，袁空便完了事情回来。一路上侧头摆脑的算计道："他两家正是门当户对，这头亲事，必然可成，我这元宝哥哥，要到我手中了。"遂不回家，一径走来，寻见赫公子，说道："公子喜事到了！我们这些朋友，为了公子的亲事，那一处不去访求，真是茅山祖师，照远不照近。谁知这若耶溪畔，西子重生，洛浦巫山，神女再出，公子既具五陵豪侠，若无这位绝世佳人，与公子谐伉俪之欢，真是错过。"赫公子听了笑道"我一向托人访问，并无一个出色希奇的女子。你今日有何所见，而如此称扬？你且说是那的小姐，若说得果有些好处，我好着人去私访。"袁空笑道："若是别人走来报这样的喜信，说这样的美人，必要设法公子开个大大的手儿，方不轻了这位小姐。只是我如何敢捐勒公子，只得要细说了。"只因这一说，有分教：抓沙抵水，将李作桃。不知后事如何，且听下回分解。

第八回　痴公子痴的凶认大姐做小姐
精光棍精得妙以下人充上人

词云：

千春万杵捣玄霜，指望成时，快饮琼浆。奈何原未具仙肠，只合青楼索酒尝。

从来买假是真方，莫嫌李苦，惯代桃僵。忙忙识破野鸳鸯，早已风流乐几场。

寄调《一剪梅》

话说袁空，因窃听了江蕊珠小姐之名，便起了不良之心，走来哄骗赫公子道："我今早在县前，遇着一个老儿，是江阁老家的家人江信。因他有田在我县中，叫家人来查纳过的钱粮。我问他近日阁老如何，可曾生了公子。那家人道：'我家老爷公子到不曾生，却生了一位赛公子的小姐，今年十六岁。'我问他生得如何，却喜得这老儿不藏兴，遂将这小姐取名蕊珠，如何标致，如何有才，这江阁老又如何爱他，又如何择婿，如此如此，这般这般，真是说与痴人应解事，不怜人处也怜人。"赫公子听了半晌，忽听到说是什么百媚千娇，又说是什么西子神女，又说是什么若耶洛浦，早将赫公子说得一如雪狮子向火，酥子半边，不觉大喜道："我如今被你将江蕊珠小姐一顿形容，不独心荡魂消，只怕就要害出相思病来了。你快些去与我致意江老伯，说我赫公子爱他的女儿之极，送过礼去，立刻就要成亲了。"袁空听了大笑道："原来公子徒然性急，却不在行。一个亲事，岂这等容易？就是一个乡村小人家的儿女，也少不得要央媒说合，下礼求聘，应允成亲，何况公子是公侯之家，他乃太师门第。无论有才，就是无才，也是一个千金小姐，娇养闺中，岂可造次，被他笑公子自大而轻人了。"赫公子道："依你便怎么说？"袁空道："依我看来，这头亲事，公子必须央寻一个贵重的媒人去求，方不失大体。我们只好从旁赞襄而已。公子再不惜小费，我们转托人在他左近，称扬公子的好处。等江阁老动念，然后以千金为聘，则无不成之理。"公子道："你也说得是。我如今着人去叫绍兴府知府莫需去说。你再去相机行事，你道好么？"袁空

道：“若是知府肯去为媒，自然稳妥。”公子连忙叫人写了一封书，一个名帖，又吩咐了家人许多言语。

到了次日，家人来到府中，也不等知府升堂，竟将公子的书帖投进。莫知府看了，即着衙役唤进下书人来吩咐道：“你回去拜上公子，书中之事，我老爷自然奉命而行。江太师台阁小姐，即是淑女，公子侯门贵介，又是才郎，年齿又相当，自然可成。只不知天缘若何，一有好音，即差人回复公子也。”又赏了来人路费。来人谢赏回家，将知府吩咐的话说知，公子甚是喜欢不提。

却说这知府是科甲出身，做人极是小心，今见赫公子要他为媒，心下想道：“一个是现任的公侯，一个是林下的宰相。两家结亲，我在其中撮合，也是一件美事。”因捡了一个黄道吉日，穿了吉服，叫衙役打着执事，出城望笔花墅而来。不一时到了山中村口，连忙下轿，走到江府门前，对门上人说道：“本府有事，要求见太师老爷。今有叩见的手本，乞烦通报。”门上人见了，不敢怠慢，连忙拿了手本进来。

此时江章正坐在避暑亭中，忽见家人拿着一个红手本进来说道：“外面本府莫太爷，要求见老爷，有禀帖在此。”连忙呈上。江章看了，因想道：“我在林下多年，并不与府县官来往，他为何来此？欲不出见，他又是公祖官，只说我轻他，况且他是科目出身，做官也还清正，不好推辞。”只得先着人出去报知，然后自己穿了便服，走到阁老厅上，着人请太爷相见。

知府见请，连忙将冠带整一整，遂一步步走上厅来，江章在厅中，略举手一拱。莫知府走入厅中，将椅摆在中间，又将衣袖一拂道：“请老太师上坐，容知府叩见！”便要跪将下去，江章连忙扶住说道：“老夫谢事已久，岂敢复蒙老公祖行此过礼，使老夫不安，只是常礼为妙。”知府再三谦让，只得常礼相见。傍坐，茶过，叙了许多寒温。江章道：“值此暑天，不知老公祖何事贲临？幸乞见教。”莫知府连忙一揖道：“知府承赫公子见托，故敢趋谒老太师。今赫公子乃赫侯之独子，少年英俊，才堪柱国，谅太师所深知也。今公子年近二十，丝萝无系足之缘，中馈乏频繁之托。近闻老太师闺阃藏珠，未登雀选，因欲侍立门墙，以作东床佳婿，故托知府执柯其间，作两姓之欢，结三生之约。一是勋侯贤子，一是鼎鼎名姝，若谐伉俪，洵是一对良缘。不识老太师能允其请否？”江章道：“学生年近衰髦，止遗弱质。只因他赋性娇痴，老夫妇过

于溺爱，择婿一事，未免留心，向来有求者，一无可意之人，往往中止。不意去冬，蜀中双年兄之子念旧，存问于学生，因见他翩翩佳少，才学渊源，遂与此子定姻久矣。今春双年嫂有字，催他乡试，此子已去就试，不久来赘。乞贤太守致意赫公子，别缔良缘可也。"莫知府道："原来老太师东床有婿，知府失言之罪多多矣，望老太师海涵。"连忙一恭请罪。江章笑道："不知何妨，只是有劳贵步，心实不安。"说罢，莫知府打躬作别，江章送到阶前，一揖道："恕不远送了。"莫知府退出，上轿回府，连夜将江阁老之言，写成书启，差人回复赫公子去了。

差人来见公子，将书呈上。公子只说是一个喜信，遂连忙拆开一看，却见上面说的，是江章已与双生有约，乞公子别择贤门可也。公子看完，勃然大怒，因骂道："这老匹夫，怎么这样颠倒！我一个勋侯之子，与你这退时的阁老结亲，谁贵谁荣？你既自己退时，就该要攀高附势，方可安享悠久。怎么反去结识死过的侍郎之子，岂非失时的偏寻倒运了！他这些说话，无非是看我们武侯人家不在眼内，故此推辞。"众帮闲见赫公子恼怒不息，便一齐劝解。袁空因上前说道："公子不须发怒，从来亲事，再没个一气说成的。也要三回五转，托媒人不惜面皮，花言巧语去说，方能成就。我方才细细想来，江阁老虽然退位，却不比得削职之人。况且这个知府，虽然是他公祖官，然见他阁下，必是循规蹈矩，情意未必孚洽。情意既不孚洽，则自不敢为公子十分尽言。听见江阁老说声不允，他就不敢开口，便来回复公子，岂不他的人情就完了。如今公子若看得这头亲事不十分在念，便丢开不必提了。若公子果然真心想念，要得这个美貌佳人，公子也惜不得小费，我们也辞不得辛苦。今日不成，明日再去苦求，务必玉成，完了公子这心愿。公子意下如何？"赫公子听了大喜道："你们晓得我往日的心性，顺我者千金不吝；逆我者半文不与。不瞒你说，我这些时，被你们说出江小姐的许多妙处，不知怎样，就动了虚火，日间好生难过，连夜里俱梦着与小姐成亲。你若果然肯为我出力，撮合成了，我日后感念你不小。况且美人难得，银钱一如粪土。你要该用之处，只管来取，我公子决不吝惜。"袁空笑说道："公子既然真心，前日所许的元宝，先拿些出来。分派众人，我就好使他们上心去做事。"公子听了，连忙入内，走进库房，两手拿着两个元宝出来，都掷在地下道："你们分去，只要快些上心做事！"袁空与众帮闲连忙拾起来，说道："就去，就去！"遂拿着元宝，别了公子出来。

众人俱欢天喜地。袁空道:"你们且莫空欢喜,若要得这注大财,以后凡事须要听我主张,方才妥帖。"众人道:"这个自然,悉听老兄差遣。"袁空道:"我们今日得了银子,也是喜事,可同到酒店中去吃三杯,大家商量行事。"众人道:"有理,有理。"遂走入城中,捡一个幽静的酒馆,大家坐下。不一时酒来,大家同饮。袁空说道:"我立才细想,为今之计,我明日到他近处,细细访问一番,若果然有人定去,就不必说了;若是无人,我回来叫公子再寻托有势力的大头脑去求,只怕江阁老也辞不得他。"众人道:"老兄之言,无不切当。"不一时酒吃完,遂同到银铺中,要将银分开。众人道:"我们安享而得,只对半分开,你得了一个,这一个,我们同分吧!"袁空推逊了几句,也就笑纳了,遂各自走开不提。

却说这蕊珠小姐,自从双星别后,心中虽是想念,幸喜有了父母的成约,也便安心守候,不期这日,听见本府莫太爷受了赫公子之托,特来做媒,因暗想道:"幸喜我与双星订约,又亏父母亲口许了,不然今日怎处?"便欢欢喜喜,在闺中做诗看书不提。正是:

> 一家女儿百家求,一个求成各罢休。
> 谁料不成施毒意,巧将鸦鸟作雎鸠。

却说袁空果然悄悄走到江家门上,恰好江信在楼下坐着,袁空连忙上前拱手道:"老官儿,可还认得我么?"江信见了,一时想不起来,道:"不知在何处会过,到有些面善。"袁空笑道:"你前日在我县中相遇,你就忘了。"江信想了半日道:"可是在石狮子前相见的这位相公么?"袁空笑道:"正是。"江信道:"相公来此何干?"袁空道:"我有一个相知在此,不期遇他不着,顺便来看看你。"江信道:"相公走得辛苦了,可在此坐坐,我拿茶出来。"袁空道:"茶到不消,你这里可有个酒店么?我走得力乏了,要些接力。"江信道:"前面小桥边亭子上,就是个酒店,我做主人请相公罢。"袁空道:"岂有此理,我初到这里不熟,烦老兄一陪。"原来这江信是个酒徒,听见吃酒,就有个邀客陪主之意,今见袁空肯请他,便不胜欢喜道:"既是相公不喜吃冷静杯,小老儿只得要奉陪了。"

于是二人离了门前，走入酒店，两人对酌而饮。江信吃了半日，渐有醉意，因停杯问道："我这人真是懵懂，吃着酒，连相公姓名也不曾请教过。"袁空笑道："我是上虞县袁空。"二人又吃了半晌，袁空便问道："你家老爷，近日如何？"江信道："我家老爷，在家无非赏花赏月，山水陶情而已。"袁空道："前日我闻得赫公子央你府中太爷为媒，求聘你家小姐，这事有的么？"江信道："有的，有的。但他来的迟了，我家小姐已许人了。"袁空吃惊问道："我前日在县前会你，你说老爷择婿谨慎，小姐未曾许人。为何隔不多时，就许人了？"江信道："我也一向不晓得，就是前日太爷来时，见我家老爷回了，我想这侯伯之家结亲，也是兴头体面之事，为何回了？我家妈妈说道：'你还不知道，今年春天，老爷夫人当面亲口许了双公子，今年冬天就来做亲了。'我方才晓得小姐是有人家的了。"袁空道："这双公子，为何你家老爷就肯将小姐许他？"江信便将双公子少年多才，是小时就继名与老爷为子的，又细细说了一番，他是姨兄妹成亲的了。袁空听了，心下冷了一半。坐不得一会，还了酒钱起身。江信道："今日相扰，改日我做东吧！"

袁空别过，一路寻思道："我在公子面前，夸了许多嘴，只说江阁老是推辞说谎，谁知果有了女婿。我如今怎好去见公子！倘或发作起来，说我无用，就要将银子退还他了。"遂一路闷闷不快，只得先到家中。妻子穆氏与女儿接着，穆氏问道："你去江阁老家做媒，事情如何了？"袁空只是摇头，细细说了一遍，道："我如今不便就去回复公子，且躲两日，打点些说话，再去见他方好。"

这一夜，袁空同着妻子睡到半夜，因想着这件事，便翻来覆去，因对穆氏说道："我如今现拿着白晃晃的一个元宝，在家放着，如今怎舍得轻轻送出？我如今只得要如此此此，这般这般，到也是件奇事。况众帮闲俱是得过银子的，自然要出力帮我，你道如何？"穆氏听了，也自欢喜道："只要做得隐妥，也是妙事。"

袁空再三忖度，见天色已明，随即起来，吃些点心出门。寻见这几个分过银子的帮闲，细细说知道："江家事万万难成，今日只得要将原银退还公子了。"众人见说，俱哑口不言。袁空道："你们不言不语，想是前日的银子用去了？"众人只得说道："不瞒袁兄说，我们的事，你俱晓得的，又不会营运，无非日日只靠着公子，赚些落些，回去养妻子。前日这些些，拿到家中，不是籴米，就是讨录，并还店帐去了。你如今来要，一时如何有得拿出来？"袁空听了着急道："怎么你们这样穷？一个银子到手，就完得这样快！我的尚原封不动在那里。如今叫我怎样去回公子？倘然公子追起原银，岂不带累我受气！受气还是小事，难道你们又赖得他的？只怕明日送官送府追比，事也是有的。你们前日不听见公子说的，逆他者分文不与。我若今日做成了这亲事，再要他拿出几个来，他也是欢喜的。如今叫我怎么好？"众人俱不做声，只有一个说道："这宗银子，公子便杀我们，也无用，只好寻别件事补他罢。再不然，我们众人，轮流打听，有好的来说，难道只有江小姐，是公子中意的？"袁空道："你们也不晓得公子的心事。我前日在他面前说得十分美貌，故他专心要娶，别人决不中意。我如今细想了一个妙法，惟有将计就计，瞒他方妙。只要你们大家尽心尽力，若是做成，不但前银不还，后来还要受用不了，还可分些你们用用。你们可肯么？"众人听了大喜道："此乃绝美之事，不还前银，且得后利，何乐而不为？你有甚妙法，快些说来，好去行事。"袁空道："江家亲事，再不必提了。况且他是个相府堂堂阁老，我与你一介之人，岂可近得正人君子？只好在这些豪华公子处，胁肩献笑，甘作下流，鬼混而已。如今江小姐已被双星聘去，万无挽回之处。若要一径对公子说去，不但追银，还讨得许多不快活。将来你我的衣食饭碗，还要弄脱。如今惟有瞒他一法，骗他一场，落些银子，大家去快活罢了。"众人道："若是瞒得他过，骗得他倒，可知好哩。但那里去寻这江小姐嫁他？"袁空道："我如今若在婊子中捡选美貌，假充江小姐嫁去成亲，后来毕竟不妥。况且不是原物，就要被他看破。若是弄了他聘礼，瞒着人悄悄买个女子，充着嫁去，自然一时难辨真假，到也罢了。只是这一宗富贵，白白总承了别人，甚是可惜。我想起来，不如你们那家，有令爱的，假充嫁去，岂不神不知鬼不觉的一件妙事。"众人听了道："计策虽好，只是我们的女儿，大的大，小的小，就是不大不小，也是拿不出的人物，怎好假充？这个富贵，只好让别人罢了。"袁空道："这就可惜了。"内中一个说道："我们虽然没有，袁兄你是有的，何不就借重令爱吧！"袁空道："我这女儿，虽然有三分颜色，今年十七岁了，我一向要替他寻个好丈夫，养我过日子的。我如今也只得没奈何，要行此计了。"众人见袁空肯将女儿去搪塞赫公子，俱欢喜道："若得令爱嫁了他，我们后来走动，也有内助之人了；只不知明日怎样个嫁法，也要他看不破方好。"袁空道："如今这件事，我因你们银子俱花费了，叫我一时没法，故行此苦肉计。如今我去见公子，只说是江阁老应承，你们在公子面前，多索聘金，我也不愿多得，也照前日均分，大家得些何如？"众人听了，俱大喜道："若是如此，袁兄是扶持我们赚钱了。"袁空道："一个弟兄相与，那里论得。"众人又问道："日后嫁婆，又如何计较？"袁空道："我如今也打点在此。"因附耳说道："以后只消如此这般。"众人听了大喜。袁空别过，自去见赫公子。只因这一去，有分教：假假承当，真真错人。不知后事如何，且听下回分解。

中国禁书文库

定情人

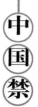

第九回 巧帮闲惯弄假藏底脚贫女穴中
瞎公子错认真饱老拳丈人峰下

词云：

> 桃花招，杏花邀，折得来时是柳条。任他骄，让他刁，暗引明挑，淫魂早已消。　　有名有姓何曾冒，无形无影谁知道。既相嘲，肯相饶，说出根苗，先经这一遭。

寄调《梅花引》

话说袁空，要将女儿哄骗赫公子，只得走回家商量。原来袁空的这个女儿，叫做爱姐，到也还生得唇红齿白，乌头黑鬓，且伶牙俐齿，今年十七岁了。因袁空见儿子尚小，要招个女婿在家养老。一时不凑巧，故尚没人来定。这爱姐既已长成，自知趣味，见父母只管耽搁他，也就不耐烦，时常在母亲面前使性儿淘气。这日袁空回来，见了这锭元宝，一时不舍得退还，就想出这个妙法来抵搪。这个穆氏又是个没主意之人，听见说要嫁与公子，想着有了这个好女婿，自然不穷了。就欢欢喜喜，并不拦阻，只愿早些成事。袁空见家中议妥，遂将这些说话，笼络了众人，又见众人俱心悦诚服，依他调度行事，便满心快活，来见公子，笑嘻嘻的说道："我就说莫知府的说话，是个两面光鲜，不断祸福，得了人身就走的主儿。不亏我有先见之明岂不将一段良缘当面错过。"赫公子听了大喜，连忙问道："江小姐亲事，端的如何？你惯会刁难人，不肯一时说出，竟不晓得我望得饿眼将穿，你须快些说来为妙。"袁空笑说道："公子怎这样性急，一桩婚姻大事，也要等我慢慢的说来。我前日一到了江家，先在门上用了使费，方才通报。老太师见我是公子遣来，便不好轻我，连忙出来接见。我一见时，先将公子门第人物，赞扬了一番，然后说出公子求婚，如何至诚，如何思慕。江太师见我说话切当入情，方笑说道：'前日莫知府来说，止不过泛泛相求，故此未允。今你既细陈公子之贤，我心已喜。但小女娇娃，得与公子缔结丝萝，不独老夫有幸，实小女之福也。'我见他应允，因再三致谢。又蒙老太师留我数日，临行，付我庚帖，又嘱我再三致意公子。"连忙在袖中取出庚帖。公子看见大喜道："我说江老伯是仕路之人，岂不愿结于我。也亏你说话伶俐，是我的大功臣了。"这几个帮闲在旁，同声交赞说："袁空真是有功。"袁空道："小姐庚帖已来，公子也要卜一卜，方好定行止。"公子笑道："从来不疑，何卜？这段姻缘是我心爱之人，只须择日行聘过去，娶来就是了。"忙取历日一看道："七月初二好日行聘，八月初三良辰结亲。"袁空依允别去了。过了两日，就约了众帮闲商量道："不料公子这般性急，如今日子已近，我已寻了一个好所在，明日好嫁娶。你们须先去替我收拾，我好搬来。"众人问道："在那里？"袁空道："在绍兴府城南，云门山那里，是王御史的空花园，与江阁老家，只离得二十多里。管园的与我相好，我已对他说明，是我嫁女儿。在赫家面前，只说江老爷爱静，同夫人小姐在园中避暑，就在此嫁娶。"众人听了大喜，连忙料理去了。袁空又隔了两日，果然将妻子女儿，移在园中住下。自己又来分派主张行礼，真是有银钱做事，顷刻而成。众帮闲在公子面前，撺掇礼物，必要从厚，公子又不惜银钱，只要好看。果然聘礼千金，彩缎百端，花红羊酒糕果之类，真是件件齐整。因是路远，先一日下船，连夜而行。众帮闲俱在船中饮酒作乐。将到天明，远远一只小船摇来，到了大船边，却是袁空，连忙上了大船，进舱对众家人们说道："幸而我先去说声，如今江老爷不在家中，已同夫人小姐，俱在云门山园中避暑静养。你们如今只往前面小河进去，我先去报他们知道。"又如飞去了。袁空到了园中，久已准备了许多酒席，又雇了许多乡人伺候。不一时，一只大座船，吹吹打打，拢近岸来。赫家家人将这些礼物搬进厅堂，袁空叫这些乡人逐件搬了进去，与穆氏收拾。袁空就对赫家家人说道："老太师爷微抱小恙，不便出来看聘了。"于是大吹大擂，管待众帮闲及赫家家人，十分丰盛，俱吃得尽欢。袁空又叫乡人在内搬出许多回聘，交与来人，然后上船而去。正是：

> 野花强窃麝兰香，村女乔施美女装。
>
> 虽然两般同一样，其中只觉有商量。

赫公子等家人回来，看见许多回聘，满心快活，眼巴巴只等与小姐做亲不提。

却说袁爱姐，见父母搬入园中，忽又是许多人服侍起来，又忽见人家送进许多礼物，俱是赤金白银，钗环首饰，又有黄豆大的粗珠子，心中甚是贪爱。又见母亲手忙

足乱的收藏，正不知是何缘故。忙了一日，到了夜间，袁空关好了房门，方悄悄对女儿爱姐说道："今日我为父的费了无限心机，方将你配了天下第一个富豪公子。"遂将始末缘由，细细告知女儿。又说道："你如今须学些大人家的规模，明日嫁去，不可被他看轻，是你一生的受用。况且这公子，是女色上极重的，你只是样样顺他，奉承他，等他欢喜了，然后慢慢要他伏小。那时就晓得是假的，他也变不过脸来了。如今有了这些缎匹金银，你要做的，只管趁心做去。"这爱姐忽听见将他配了赫公子，今日这些礼物，都是他的，就喜得眉欢眼笑起来。便去开箱倒笼，将这些从来不曾看见过的绫罗缎匹，首饰金银，细细看。想道："这颜色要做什么衣服，那金子要打造甚时样首饰。"盘算了一夜，何曾合眼。过了一两日，袁空果然将些银两，分散与众帮闲，各人俱感激他。袁空见日子已近，就去叫了几个裁缝，连夜做衣，又去打些首饰，就讨了四个丫鬟，又托人置办了许多嫁妆，一应完备。

不知不觉，早又是八月初二，赫公子叫众帮闲到江家来娶亲。众帮闲带领仆从，并娶亲人役，又到了云门山花园门首。一时间，流星火炮，吹吹打打，好不热闹。穆氏已将爱姐开面修眉，打扮起来，一时间就好看了许多。袁空与穆氏又传授了许多秘诀。四个丫鬟簇拥出堂前，上了大轿，又扶入船中。袁空随众帮闲，上了小船而来。到了初三黄昏左侧，尚未到赫家河下，赫公子早领了乐人傧相，在那里吹打，放火炮，闹轰轰迎接。袁空忙先去对公子说知："江太师爷喜静不耐繁杂，故此不来送嫁。改日过门相见，一应事情，俱托我料理。如今新人已到，请公子迎接。"赫公子忙叫乐人傧相，俱到大船边，迎请新人上轿。竟抬到厅前，再三喝礼，轿中请出新人，新郎新妇同着拜了天地，又拜见了夫人，又行完了许多的礼数，然后双双拥入洞房，揭去盖头。赫公子见江小姐打扮得花一团，锦一簇，忙在灯下偷看。见小姐虽无秀媚可飡，却丰肥壮实，大有福相。暗想道："宰相女儿自然不同。"便满心欢喜，同饮过合卺之卮，就连忙遣开侍女，亲自与小姐脱衣除髻。爱姐也正在可受之年，只略做些娇羞，便不十分推辞，任凭公子搂抱登床。公子是个惯家，按摩中窍，而爱姐惊惊喜喜婉转娇啼，默然承受。赫公子见小姐苦不能容，也就轻怜爱惜，乐事一完，两人怡然而寝。正是：

看明妓女名先贱，认做私窠品便低。

今日娶来台鼎女，自然娇美与山齐。

到了次日，新郎新妇拜庙，又拜了夫人。许多亲戚庆贺，终日请人吃酒。公子日在酒色之乡，那里来管小姐有才无才。这袁爱姐又得了父母心传，将公子拿倒，言听计从，无不顺从。外面有甚女家的礼数，袁空自去一一料理。及至赫公子问着江家些事情，又有众帮闲插科打诨，弥缝过去了，故此月余并无破绽看出。袁空暗想道："我女儿今既他做了贴肉夫妻，再过些时，就有差池，也不怕了。"忽一日赫公子在家坐久，要出去打猎散心取乐，早吩咐家人准备马匹。公子上马，家人们俱架鹰牵犬，一齐出门。只有两个帮闲，晓得公子出猎，也跟了来。一行人众，只捡有鸟兽出入的所在，便一路搜寻。一日到了余姚地方，有一座四明山，赫公子见这山高，树木稠密，就叫家人排下围场，大家搜寻野兽。忽见跳出一个青獐，公子连忙拈弓搭箭，早射中了，那獐负箭往对山乱跑，公子不舍，将马一夹，随后赶来。赶了四五里，那獐不知往那里走去。公子独自一人，赶寻不见，却远远见一个大寺门前，站着一簇许多人。公子疑惑是众人捉了他的獐子在内，遂纵马赶来。忽见一个小沙弥走过，因问道："前面围着这许多人，莫非捉到正是我的獐么？"那小沙弥一时见问，摸不着头路，又听得不十分清白，因模模糊糊答应道："这太师老爷正姓江。"赫公子忽听见说是江太师，心下吃了一惊，遂连忙要将马兜住。急奈那马走急了，一时收不住，早跑到寺前。已看见一个白须老者，同着几个戴东坡巾的朋友，坐在那里看山水，说闲话，忙勒转马来，再问人时，方知果是他的丈人。因暗想道："我既马跑到此，这些打围的行径，一定被他看见。他还要笑我新郎不在房中与他小姐作乐，却在此深山中寻野食。但我如今若是不去见他，他又在那里看见了；若是要去见他，又是不曾过门的新女婿。今又这般打扮，怎好相见？"因在马上踌躇了半晌，忽又想道"丑媳妇免不得要见公婆，岂有做亲月余的新女婿，不见丈人之理？今又在此相遇，不去相见，岂不被他笑我是不知礼仪之人，转要怪我了。"遂下了马，将马系在一株树上，把衣服一抖，连忙趋步走到江阁老面前，深深一揖道："小婿偶猎山中，不知岳父大人在此，有失趋避，望岳父大人恕罪。"江章正同着人观望山色，忽见这个人走到面前，如此称呼，心中不胜惊怪道："我与你非亲非故，素无一面，你莫非认错了？"赫公子道："浙中宰相王侯能有几个，焉有差错？小婿既蒙岳父不弃，结为姻眷，令爱蕊珠小姐，久已百两迎归，洞房花烛，今经弥月。正欲偕令爱小姐归宁，少申感佩之私，不期今日草草在此相遇，殊觉不恭，还望岳父大人恕罪。"又深深一揖，低头拱立。江章听了大怒道："我看你这

个人，声音洪亮，头大面圆，衣裳有缝，行动有影，既非山精水怪，又不是丧心病狂，为何青天白日，捏造此无稽之谈，殊为可恼，又殊为可笑！"赫公子听了着急道："明明之事，怎说无稽？令爱蕊珠小姐，现娶在我家，久已恩若漆胶，情同鱼水。今日岳丈为何不认我小婿，莫非以我小婿打猎，行藏不甚美观，故装腔不认么？"江章听了，越发大怒道："无端狂畜，怎敢戏辱朝廷大臣！我小女正金屋藏娇，岂肯轻事庸人，你怎敢诬言厮认，玷污清名，真乃无法无天，自寻死路之人也！"因挥众家人道："可快快拿住这个游嘴光棍，送官究治！"众家人听见这人大言不惭，将小姐说得狼狼藉藉，尽皆怒目狰狞，欲要动手挥拳，只碍着江章有休休容人之量，不曾开口，大家只得忍耐。今见江章动怒叫拿，便一时十数个家人，一齐拥来，且不拿住，先用拳打脚踢，如雨点的打来。赫公子正打帐辩明，要江阁老相认，忽见管家赶来行凶，他便心中大怒道："你这些该死的奴才，一个姑爷，都不认了，我回去对小姐说了，着实处你们这些放肆大胆的奴才！"众人见骂，越发大怒骂道："你这该死的虾蟆，怎敢妄想天鹅肉吃！我家小姐，肯嫁你这个丑驴！"遂一齐打将上来。原来赫公子曾学习过拳棒，一时被打急了，便丢开架子，东西招架。赫公子虽然会打，争奈独自一人，打退这个，那个又来，江家人见他手脚来得，一发攢住不放。公子发怒，大嚷大骂道："我一个赫王侯公子，却被你奴才们凌辱！"众人听见，方知他是个有名的赫痴公子。众人手脚略慢了些，早被赫公子望着空处，一个飞脚，打倒了一个家人，便挣身向外逃走。跑到马前，腾身上马，不顾性命的逃去了。江家人赶来，见他上马，追赶不及，只得回来禀道："原来这人被打急了，方说出是上虞县有名赫痴公子。"江章听了含怒道："原来就是这个小畜生！"因想道："前日托莫知府求亲，我已回了，怎他今日如此狂妄？"再将他方才这些说话，细细想去，又说得有枝有叶。心中想道："我女孩儿好端端坐在家中，受这畜生在外轻薄造言，殊为可恨！此中必有奇怪不明之事，他方敢如此。"因叫过两个家人来吩咐道："你可到赫家左近，细细打听了回我。"两家人领命去了。你道江章为何在此，原来这四明山，乃第九洞天，山峰有二百八十二处，内中有芙蓉等峰，皆四面玲珑，供人游玩。故江章同三四老友来此，今日被赫公子一番吵闹，便无兴赏玩。连夜回家，告知夫人小姐，大家以为笑谈不提。

却说赫家家人在山中打了许多野兽，便撤了围网，只不见了公子。有人看见说道："公子射中了青獐，自己赶过山坡去了。"众家人便一齐寻来。才转过山坡，却见公子飞马而来。众家人歇着等候。不一时马到面前，公子在马上大叫道："快些回去，快些回去！"众家人忙将公子一看，却见公子披头散发，浑身衣服扯碎，众家人见了大惊，齐上前问道："公子同什么人惹气，弄得这般嘴脸回来？"连忙将马头笼住，扶公子下马，忙将带来的衣帽脱换。众家人又问，公子只叫："快些回去，了不得，到家去细说！"众家人俱不知为甚缘故，只得望原路而回。两上帮闲，一路再三细问，方知公子遇着了江阁老，认做丈人，被江阁老喝令家人凌辱，便吓得哑口无言，不敢再问。就担着一团干系，晓得这件事决裂，又不好私自逃走，只得同着公子一路回家。公子一到家中，怒气咻咻，竟往小姐房中直走。爱姐见公子进房，连忙笑脸相迎道："公子回来了？"赫公子怒气填胸，睁着两眼直视道："你可是江蕊珠小姐么？你父亲不认我做女婿，说你是假的，将我百般凌辱；你今日是真是假，快还我一个明白，好同你去对证。"说罢怒发如雷。爱姐听了，方晓得事情已破，今日事到其间，只得要将父母的心诀行了。遂连忙说道："公子差了，我父亲姓袁，你是袁家的女婿，怎么认在江家名下，做女婿起来？你自己错了，受人凌辱，怎么回来拿我出气！"赫公子听了大惊道："我娶的是江阁老的蕊珠小姐，你怎么姓袁？你且说你的父亲端的叫甚名字？"爱姐道："我父亲终日在你家走动，难道公子不认得？"公子听了，越发大惊道："我家何曾有你父亲往来？不说明，我要气死也！"爱姐笑道："我父亲就是袁空。是你千求万求，央人说合，我父亲方应允，将我嫁了你，为何今日好端端走来寻事？"公子听见说是袁空的女儿，就急得暴跳如雷，不胜大怒骂道："袁空该死的奴才，你是我奴颜婢膝门下的走狗，怎敢将你这贱人，假充了江蕊珠，来骗我千金聘物！我一个王侯公子，怎与你这贱人做夫妻，气死我也！我如今只打死了你这贱人，还消不得我这口恶气！"便不由分说，赶上前，一把揪住衣服，动手就打。爱姐连忙用手架住，不慌不忙的笑说道："公子还看往日夫妻情分，不可动粗，伤了恩爱。"公子大怒骂道："贼泼贱！我一个王侯公子，怎肯被你玷辱！"说罢又是一拳打来，爱姐又拦住了，又说笑道："公子不可如此，我虽然贫贱，是你娶我来的，不是我无耻勾引搭识，私进你门。况且花烛成亲，拜堂见婆，亲朋庆贺，一瓜一葛，同偕到老的夫妻，你还该忍耐三分。"赫公子那里听他说话，只叫打死他，连忙又是一拳打来，又被爱姐接住道："一个人身总是父母怀胎生长，无分好丑。况且丑妇家中宝，你看我比江小姐差了那一件儿？我今五官俱足，眉目皆全，虽无窈窕轻盈，却也有红有白。况江小姐是深闺娇养，未必如我知疼着热，

公子万不可任性欺人。从来说赶人不可赶上，我与你既做了被窝中恩爱夫妻，就论不得孰贵孰贱，谁弱谁强。你今不把我看承，无情无义，我已让过你三拳，公子若不改念，我也只得要犯分了！"公子听罢，越发大怒，骂道："你这贱人，敢打我么？气死我也！"又是兜心一拳打来，早被爱姐一把接住，往下一撽，下面又将小脚一勾，公子不曾防备，早一跤跌在地板上。只因这一跌，有分教：骂出恩情，打成相识。不知后事如何，且听下回分解。

第十回　欲则不刚假狐媚明制登徒
　　　　　狭难回避借虎势暗倾西子

词云：

> 探香有鼻，寻芳有眼，方不将花错认。若教默默与昏昏，鲜不堕锦裀于涸。
> 触他抱恨，忤他生忿，一隙谗言轻进。霎时急雨猛风吹，早狼藉落红成阵。
>
> 寄调《鹊桥仙》

　　话说爱姐与公子厮闹，因一脚将公子勾倒，就趁势骑在公子身上，按住不放，也不打他，竟伏压着不放。公子被他压着，只是叹气，你道这赫公子，是积年在外跑马射箭，弄拳扯腿之人，前日被江家人围住打他，尚被他打了出来，怎今日被爱姐一个女人，竟轻轻跌倒，就容他骑在身上，不能施展？大凡人着了真气恼，则力被气夺，就不能为我而用。今赫公子受了无数恶气，又听见说出是袁空的女儿，一时气昏，手足俱已气软，口里虽然嚷骂行凶，又见爱姐说出夫妻恩爱，就不比得与他人性命相搏了，竟随手跌倒。又被爱姐将兰麝香暗暗把裙裤都熏透，赫公子伏在爱姐身子底下，早一阵阵触到鼻中来，引得满体酥麻，到觉得有趣，好看起来，故让他压着，竟闭目昏迷，寂然不动了，你道爱姐这个跌法，是那个教的？就是父亲袁空，晓得后来毕竟夫妻吵闹，故教了他做个降龙伏虎的护身符。爱姐身子长大，只压得公子动也动不得。房中几个丫鬟，忽见公子与主母吵闹，也只说是取笑，不期后来认真，上手交拳，在地上并叠做一块，又不敢上前劝解，一时慌了手脚，连忙跑进去告知赫夫人道："公子在房中如此如此。"赫夫人听了大惊，连忙带了许多侍女仆妇，齐到公子房中，见他二人滚在地下，抱紧不放。爱姐看见夫人走来，连忙大哭道："婆婆夫人，快来救我！"夫人连忙上前说道："你们小男小妇，做亲得几时，怎就如此无理起来，孩儿还不放手！"公子忽见母亲走到面前，便连忙放手，推开立起。爱姐得放，扯着赫夫人崩天倒地的大哭道："我生是赫家人，死是赫家鬼，怎今日好端端来家，将媳妇这般毒打！若不是夫人婆婆早来，媳妇的性命，被他打杀了。"说罢大哭。赫夫人道："小姐，你不

要与他一般见识。明日你父母闻知，像什么模样。"又说："我做婆婆的，没家教了，小姐不要着恼，待我教训他便了。"赫公子听了，便大嚷起来道："他是什么小姐！他是假货，他是贱货，那里是江家小姐！母亲趁早与孩儿作主，赶他出去！"赫夫人听见说不是江小姐，也就吃了一惊，连忙问道："媳妇为何不姓江？可为我细说。"赫公子正要将打猎遇着江阁老之事，说与母亲知道，爱姐早隔开了公子，扯着赫夫人大哭道："婆婆夫人，冤屈杀人！媳妇本自姓袁，那个说是江小姐？江小姐住的是笔花墅，媳妇借住的是云门山王御史的花园，两下相隔着二十余里。你来娶时，灯火鼓乐，约有数百余人。既是要娶江小姐，难道就没一个人认得江阁老家住在那里，为何一只船，直撑到云门山来，花一团，锦一簇，迎我上轿？若不是预先讲明了娶我，我一个贫家女儿，怎敢轻易走到你王侯家做媳妇？就是当日被人哄瞒了，难道娶我进门之后，也不盘问一声你是姓江姓袁？为何今日花烛已结了，庙已见了，婆婆夫人已待我做媳妇，家中大小已认我为主母，就是薄幸狠心，已恩恩爱爱过了月余，名分俱已定了，今不知听了什么谗言，突然嫌起媳妇丑来；恨起媳妇贫贱来，要打杀媳妇，岂非冤屈！我媳妇虽然丑陋贫贱，却是明媒正娶而来，又不是私通苟合，虽不敢称三从四德，却也并不犯七出之条。怎么轻易说个打死，你须想一想，我袁氏如今已不是贫女，已随夫而贵，做了赫王侯家的元配冢妇了。你若真真打死我，只怕就有两衙门官参你偿我之命了！"说罢大哭。赫夫人听了，方晓得是袁空掉绵包，指鹿为马。心中虽然不悦，却见媳妇说的这一番话，甚是有理，又甚中听，又婆婆夫人叫不绝口。因想了一想，忽回嗔变喜，对公子说道："人家夫妇皆是前生修结而成，非同容易。今他与你既做夫妻，也自然是前世有缘。不然，他一个穷父母的女儿，怎嫁得到我公侯之家做媳妇？虽借人力之巧，其中实有天意存焉。从来说丑丑做夫人，况他面貌，也还不算做丑陋，做人到也贤惠。这是他父亲做的事，与他有甚相干？孩儿以后不可欺他。"爱姐见夫人为他调停，连忙拭泪上前跪下道："不孝媳妇，带累婆婆夫人受气；今又解纷，使归和好，其恩莫大，容媳妇拜谢！"连忙拜了四拜。赫夫人大喜，连忙扶了起来道："难得你这样孝顺小心，可爱可敬。"因对公子说道："他这般孝顺于我，你还不遵母命快些过来相见！"此时赫公子被爱姐这一番压法，已压得骨软筋麻，况本心原有三分爱他，今见母亲赞他许多好处，再暗暗看他这番哭泣之态，只觉得堪爱堪怜，只不好就倒旗杆，上前叫他。忽听得母亲叫他相见，便连忙走来，立在母亲身边，赫夫人忙将二人衣袖扯着道："你二人快些见礼，以后再不可孩子气了。"赫公子便对着爱姐，作了一个揖道："母亲之命，孩儿不敢推却。"爱姐也忙敛袖殷勤，含笑回礼，二人依旧欢然。赫夫人见他二人和合，便自出房去了。赫公子久已动了虚火，巴不得要和合一番，一到夜间，就搂着爱姐，上床和事去了。正是：

> 秃帚须随破巴斗，青蝇宜配紫虾蟆。
>
> 一打打成相识后，方知紧对不曾差。

这一夜，爱姐一阵风情，早把赫公子弄得舒心舒意，紧缚牢拴，再不敢言语了。到了次早，赫公子起来，出了房门，着人去寻袁空来说话。不期袁空早有帮闲先漏风声与他，早连夜躲出门去了。及赫家家人来问时，穆氏在内，早回说道："三日前，已往杭州望亲戚去了。"家人只得回复公子，公子也不追问。过了些时，袁空打听得女儿与公子相好，依旧来见公子，再三请罪道："我只因见公子着急娶亲，江阁老又再三不肯，心中看不过意，故没奈何行了个出妻献子，以应公子之急。公子也不要恼我，岂不闻将酒劝人终无恶意。"公子道："虽是好意，还该直说，何必行此诡计？如今总看令爱面上，不必提了。只是我可恨那江老，将我辱骂，此恨未消。今欲写字与家父，在京中寻他些事端，叫人参他一本，你道如何？"袁空道："他是告假休养的大臣，为人谨慎，又无甚过犯，同官俱尊重他的，怎好一时轻易处得？若惊动尊翁以后辨明，追究起来，还不是他无故而辱公子。依小弟看来，只打听他有甚事情，算计他一番为妙。"公子道："有理，有理。"且不说他二人怀恨不提。

却说那日江家两个家人，一路远远的跟着赫公子来家，就在左右住下。将赫公子家中吵闹，袁空假了小姐之名，嫁了女儿，故此前日山前相认，打听得明明白白。遂连夜赶回，报知老爷。江章听了，又笑又恼。正欲差人着府县官去拿袁空治罪，蕊珠小姐听了，连忙劝止道："袁空借影指名，虽然可恨，然不过自家出丑，却无伤于我。今处其人，赫公子未必不寻人两解。此不过小人无耻，何堪较量，望父要置之不问为高也。"江章听了半响，一时怒气全消，说道："孩儿之言，大有远见，以后不必问了。"于是小姐欢欢喜喜，在拂云楼日望双星早来不提。

却说双星在路紧走，直走到七月中，方得到家。拜见了母亲，兄弟双辰，也来见

定情人

了。遂将别后事情，细细说了一番道："孩儿出门，原是奉母命去寻访媳妇，今幸江老伯将蕊珠小姐许与孩儿为妇，只等孩儿秋闱侥幸，即去就亲，幸不辱母亲之命。"说罢，就将带来江夫人送母亲的礼物，逐件取出呈上。双夫人看了道："难得他夫妻这般好意待你，只是媳妇定得太远了些。但是你既中意，也说不得远近了。且看你场事如何，再作商量。"双星见场中也近，遂静养了数日，然后入场。题目到手，有如长江大河，一泻千里；双星出场，甚觉得意。三场毕，主试看了双星文字，大加赞赏道："此文深得吴越风气，非此地所有。"到填榜时，竟将双星填中了解元。不一时报到，双家母子大喜，连忙打发报人。双星谒拜过去考房师，便要来与江蕊珠成亲，双夫人不肯道："功名大事，乘时而进，岂可为姻事停留。况江小姐之约，有待而成。孩儿还是会试过成亲，更觉好看。"双星便不敢再言。因见进京路远，不敢在家耽搁，遂写了一封家书，原着野鹤，到浙江江家去报喜。又写了一封私书，吩咐野鹤道"此书你可悄悄付与彩云姐，烦他致意小姐，万不可使人看见，小心在意。"野鹤自起身去了。双星遂同众举人，连夜起身去会试不提。

却说这年是东宫太子十月大婚，圣旨传出，要点选两浙民间女子二十上下者，进宫听选。遂差了数员太监，到各地方去捡选。这数员太监，奉了圣旨，遂会齐在一处商议道："这件事，不可张扬。若民间晓得，将好女子隐匿藏开，或是乱嫁，故此往年选来的俱是平常，难中皇爷龙目。我们如今却悄悄出了都门，到了各府县地方，着在他身上，挨查送选。民间不做准备，便捡好的选来。倘蒙皇爷日后宠幸，也是我们一场大功。"众太监听了大喜，遂拈阄派定，悄悄出京，连夜望江南两浙而来。

单说浙省的太监，姓姚，名尹，是个司礼太监，最有权势，朝中大小官员，俱尊敬他。忽一日到了浙江，歇在北新关上，方着人报知钱塘、仁和两县。两县见报大惊，连忙着人，飞报各上司，即着人收拾公馆，自己打轿到船迎接。姚太监到了公馆，不一时大小官员俱来相见。姚太监方说是奉密旨，点选幼女入宫。"因恐民间隐匿，无奇色女子出献，故本监悄悄而来。今看合省府州县官，不论乡绅士庶，不论城郭居民，凡有女子之家，俱报名府县，汇名造册，送至本监，以定去留。若府州县官，有奇色女子多者，论功升赏。如数少将丑陋抵塞者，以违旨论罪。尔等各官，须小心在意。"众官领命回衙，连夜做就文书，差人传报一省十二府七十五县去了。不一日报到绍兴府中，莫知府见奉密旨，即悄悄报知各县，莫知府随着地方总甲，各乡各保，以及媒

婆卖婆，去家家挨查，户户搜寻。不一时闹动了城里城外，有女儿之家，闻了此信，俱惊得半死。也不论男女好丑，不问年经多寡，只要将女儿嫁了出去，便是万幸。再过了两日，连路上走过的标致学生，也不问他有妻无妻，竟扯到家中就将女儿配他了。

早有袁空晓得此信，便来对赫公子说道："外面奉旨点选幼女，甚是厉害。公子所恨之人，何不如此如此，也是一件妙事。"赫公子听了，大喜道："你说得大通，不可迟了。"随即来见莫知府说道："姚公奉旨来选美女，侍御东宫，此乃朝廷大事，隐讳不得，治生久知江鉴湖令爱蕊珠小姐，国色无双，足堪上宠。老公祖何不指名开报，倘蒙上幸，老公祖大人，亦有荣宠之加矣。"莫知府道："本府闻知江太师贤淑，已赘双不夜久矣。开报之事，实为不便。"赫公子笑道："此言无非为小弟前日求亲起见，不愿朱陈，故设词推托。今其人尚在，而老公祖怎也为他推辞，莫非要奉承他是阁臣，而违背圣旨？况且有美于斯，舍之不报，而徒事嫫母东施，以塞责上官，深为不便。明日治生晋谒姚公，少不得一一报知，谅老公祖亦不能徇情也。"遂将手一拱，悻悻而去。莫知府听了赫公子这一番公报私仇之言，正欲回答，不期他竟不别而去。莫知府想了半日，竟没有主意。因想道："我若依他举事，江太师面上，太觉没情。况且他又已许人，岂有拆人姻缘之理？若不依他，他又倚势欺人，定然报出，却如之奈何？"因想道："我有主意，不如悄悄通知江相，使他隐藏，或是觅婿早嫁罢了。"随叫一个的当管家，吩咐道："我不便修书，你可去拜上江太师爷，这般这般，事不可迟。"家人忙到江家去了。

却说赫公子见莫知府推辞，不胜恼恨，遂备了一副厚礼，连夜来见姚太监，送上礼物。姚太监见了，甚是欢喜道："俺受此苦差，一些人事，没曾带来，怎劳公子这般见爱？若不全收，又说我们内官家任性了。"赫公子道："如此，足见公公直截。"二人茶过，赫公子一恭道："晚生有一事请教公公，今来点选幼女，还是出之朝廷，还是别有属意么？"姚太监笑道："公子怎么说出这样话来，一个煌煌天语，赫赫纶音，谁敢假借？"赫公子又一恭道："奉旨选择幼女，还是实求美色，还是虚应故事？"姚太监听了大笑道："公子正在少年，怎知帝王家的受用？今日所选之女进宫，俱要千中选百，百中选十，十中选一。上等者送入三十六宫，中等者分居七十二院，以下三千粉黛，八百娇娥，都是世上无双，人间绝色。如有一个遭皇爷宠幸，赐称贵人，另居别院，则选择之人，俱有升赏。今我来此，实指望有几个美人，中得皇爷之意，异日富贵非小。"赫公子道："既是如此，为何晚生所闻所见，而又最著美名于敝府敝县者，今府县竟不选进，以副公公之望，而但以丑陋进陈，何也？"姚太监听了大惊道："那有此理！我已传下圣旨，着府县严查。府县官能有多大力量，怎敢大胆隐蔽？若果如此，待我重处几个，他自然害怕。但不知公子所说的这个美人，是何姓名，又是甚么人家，我好着府县官送来。"赫公子道："老公公若只凭府县在民间搜求，虽有求美之心，而美人终不易得也。"姚太监忙问道："这是为何？"赫公子道："公公试想，龙有龙种，凤有凤胎。如今市井民间，村姑愚妇，所生者不过闲花野草，即有一二红颜，止可称民间之美，那里得能有天姿国色，入得九重之目？晚生想古所称沉鱼落雁，闭月羞花，皆是禀父母先天之灵秀而成，故绝色佳人，往往多出于名公钜卿阀阅之家。今这些大贵之家女儿，深藏金屋，秘隐琼闱，或仗祖父高官，或倚当朝现任，视客官为等闲，待府县如奴隶，则府县焉敢具名称报？府县既不敢称报，则客官何由得知？故圣旨虽然煌煌，不过一张故纸，老公公纵是尊严，亦不能察其隐微。晚生忝在爱下，故不得不言。"姚太监听了，不胜起敬道："原来公子大有高见，不然，我几乎被众官朦胧了，只是方才公子所说这个美人，望乞教明，以便追取。"赫公子道："晚生实不敢说，只是念公公为朝廷出力求贤，又不敢不荐贤为国。晚生所说的美女，是江鉴湖阁下所出，真才过道蕴，色胜王嫱，若得此女入宫，必邀圣宠。公公富贵，皆出此人。只不知公公可能有力，而得此女否？"姚太监笑道："公子休得小觑于我，我在朝廷，也略略专些国柄，也略略作得些祸福，江鉴湖岂敢违旨逆我？我如今，只坐名选中，不怕他推辞。"赫公子又附耳说道："公公坐名选中，也必须如此这般，方使他不敢措手。"姚太监听了大喜。赫公子又坐了半晌，方才别过。正是：

> 谗口将人害，须求利自身。
>
> 害人不利己，何苦害于人。

却说莫知府的管家，领了书信，悄悄走到江家门首，对管门的说道："我是府里莫老爷差来，有紧急事情，要面见太师爷的。可速速通报！"管门人不敢停留，只得报知。江章听了，正不知何缘故，只得说道："着他进来。"莫家人进来跪说道："小人是莫太爷家家人，家老爷吩咐小人道，只因前日误信了赫公子说媒，甚是得罪。不期新奉密旨，点选幼女入官，已差太监姚尹，坐住着府县官，挨户稽查，不许民间嫁娶。昨日赫公子来见家老爷，意要家老爷将太师老爷家小姐开名送选。家老爷回说，小姐已经有聘，不便开名。赫公子大怒，说家老爷违背朝廷，徇私附党。他连夜到姚太监处去报了。家老爷说赫公子既怀恶念害人，此去必无好意。况这个姚内官，是有名的姚疯子，不肯为情。故家老爷特差小人通知老爷，早作准备。"江章听了这些言语，早吃了一惊，口中不说，心内着实踌躇。因想道："我一个太师之女，也不好竟自选去，又已经许人，况且姚尹，昔日在京，亦有往来，未必便听赫公子的仇口。"因对莫家人说道："多承你家老爷念我，容日面谢罢。"就叫人留他酒饭，尚未出门，又有家人进来报道："姚太监赍了圣旨，已到府中，要到我家，先着人通报老爷，准备迎接。"江章听了吓得手足无措，只得叫人忙排香案，打扫厅堂，迎接圣旨。随即穿了朝衣大帽，带了跟随，起身一路迎接上来。只因这一接见姚太监，有分教：幽闲贞静，变做颠沛流离。不知蕊珠小姐果被他选去否，且听下回分解。

第十一回　姚太监当权惟使势凶且益凶
江小姐至死不忘亲托而又托

词云：

炎炎使势心虽快，不念当之多受害。若非时否去生灾，应是民穷来讨债。

可怜有女横双黛，一旦驱之如草芥。愁来谁望此身存，却喜芳名留得在。

寄调《玉楼春》

却说江章，见报姚太监已赍着圣旨而来，只得穿起大服，一路迎接。直迎接了四五里，方才接着。江章见了姚太监，连忙深深打恭道："不知圣旨下颁，上公远来，迎接不周，望乞恕罪。"姚太监骑在马上，拱手道："皇命在身，不能施礼，到府相见罢了。"江章果见他在马上，捧着圣旨，遂步行同一路到家，请姚太监下马，迎入中厅。姚太监先将圣旨供在中间香案前，叫江章山呼礼拜。拜毕，然后与姚太监施礼。因大厅上供着圣旨，不便行礼，遂请姚太监在旁边花厅而来。江章尊姚太监上座，姚太监说道："江老先生恭喜！令爱小姐已为贵人，老先生乃椒房国丈，异日尚图青眼，今日岂敢越礼。"江章只做不知，说道："老公公乃皇上股肱，学生向日在朝，亦不敢僭越。今日辱临，又何谦也！"姚太监只得坐下。江章忙打一恭道："学生龙钟衰朽，已蒙皇上推恩，容尽天年。今日不知老公公有何钦命，贲临下邑，乞老公公明教。"姚太监笑道："老太师尚不知么？目今皇太子大婚在即，皇上着俺数人聘征贵人，学生得入浙地。久有人奏知皇爷，说老太师小姐幽闲贞静，能为庶姓之母，故特命臣到浙，即征聘令爱小姐为青宫娘娘。"江章听完大惊道："学生无子，止生此女，荛菲陋质，岂敢蒙圣心眷顾。况小女已经许聘，不日成婚，乞公公垂爱，上达鄙情，学生死不忘恩。"姚太监听了大笑，说道："老先生身为大臣，岂不知国典，圣旨安可违乎？况令爱小姐入宫，得侍太子，异日万岁晏驾，太子登基，则令爱为国母，老先生为国丈；此万载难逢，千秋奇遇，求之尚恐不能，谁敢抗违！若说是选择有人，苦苦推辞，难道其人

又过于圣上太子么？若以聘定难移，恐伤于义，难道一个天子之尊，太子之贵，制礼之人反为草莽贫贱之礼所制么？老先生何不谅情度世，而轻出此言！若执此言，使朝廷闻之，是老先生不为贵戚贤臣，而反为逆命之乱臣了，学生深不取也。学生忝在爱下，故敢直言。然旨出圣恩，老先生愿与不愿，学生安敢过强，自入京复命矣。乞老先生将此成命，自行奏请定夺何如？"说完，起身径走。江章听见他说出这些挟制之言来，已是着急，又说到逆命乱臣，一发惊惶，又叫他自回成命，又见姚太监不顾起身，江章只得连忙扯住，凄然说道："圣旨岂敢抗违不从？学生也要与小女计较而行。乞老公公从容少待，感德不尽。"姚太监方笑说道："老太师若是应允，真老太师之福也。"因而坐下。江章道："学生进去，与小女商量，不得奉陪。"遂起身入内而来。

却说这一日，莫知府家人来报信之后，夫人小姐早已吃惊。不期隔不得一会，早又报说姚太监奉了圣旨，定名来选小姐。江夫人已惊得心碎，小姐也吓得魂飞。母子大哭，然心中还指望父亲，可以挽回。今见父亲接了圣旨，与姚太监相见，小姐忙叫彩云出来打听。彩云伏在厅壁后，细细窃听明白，遂一路哭着进来，见了夫人小姐，只是大哭，说不出话来。小姐忙问道："老爷与姚太监是如何说了？"彩云放声大哭道："小姐，不好了！"遂说老爷如何回他，姚太监怎样发作，勒逼老爷应允。尚未说完，江章早也哭了进来，对小姐说道："我生你一场，指望送终养老，谁知那天杀的，细细将孩儿容貌报知，今日姚太监口口声声只说皇命聘选入宫，叫我为父的不敢违逆。今生今世，永不能团圆矣！是我误你了！"说罢大哭起来。小姐听了这些光景，已知父亲不能挽回，只吓得三魂渺渺，七魄悠悠，一交跌倒，哭闷在地。正是：

未遂情人愿，先归地下魂。

江夫人忽见小姐哭闷在地，连忙搀扶，再三叫唤道："孩儿快苏醒，快苏醒！"叫了半晌，小姐方转过气来，哭道："生儿不孝，带累父母担忧。今孩儿上无兄姐，下无弟妹，虽不能以大孝事亲，亦可依依膝下，以奉父母之欢。不期奸人构祸，一旦飞灾，此去生死，固曰由天，而茕茕父母，所靠何人？双郎良配，今生已矣。到不如今日死在父母之前，也免得后来悲思念切！"江夫人大哭说道："我们命薄，一个女孩儿，不能看他完全婚配。都是你父亲，今日也择婿，明日也选才郎，及至许了双星，却又叫他去求名。今日若在家中，使他配合，也没有这番事了。都是你父亲老不通情，误了你终身之事！"说罢大哭，江章被夫人埋怨得没法，只得辩说道："我当初叫他去科举，也只说婚姻自在，谁知有今日之事？今事忽到此，也是没法。若不依从，恐违圣旨，家门有祸。但愿孩儿此去，倘蒙圣恩，得配青宫，异日相逢，亦不可料。今事已如此，也不必十分埋怨了。"小姐听了父亲这番说话，又见母亲埋怨父亲，因细细想道："我如今啼哭，却也无益，徒伤父母之心。我为今之计，惟有生安父母，死报双郎，只得如此而行，庶几忠孝节义可以两全。"主意一定，遂止住了哭，道："母亲不必哭泣，父亲之言，甚是有理。此皆天缘注定，儿命所招，安可强为？为今之计，父亲出去，可对姚太监说，既奉圣旨，以我为贵人，当以礼迎，不可罗唣。"

江章见小姐顺从，因出来说知。姚太监道："选中贵人，理宜如此。敢烦老太师，引学生一见，无不尽礼。"江章只得走进与夫人小姐说知。小姐安然装束，侍女跟随，开了中门，竟走出中堂。此时姚太监早已远远看见，再细细近看，果然十分美貌，暗暗称奇。忙上前施礼道："未侍君王，宜从私礼。"小姐只得福了一福。姚太监对江章说道："令爱小姐，玉琢天然，金装中节，允合大贵之相，学生出入皇宫，朝夕在粉黛丛中，承迎寓目，屈指者实无一人，令爱小姐足可压倒六宫皆无颜色矣。"忙叫左右，取出带来宫中的装束送上，又将一只金凤衔珠冠儿，与小姐插戴起来。众小内宫，随入磕头，称为"娘娘"。小姐受礼完，即回身入内去了。姚太监见小姐天姿国色，果是不凡，又见他慨然应承，受了凤冠，知事已定，甚是欢喜。遂向江太师再三致谢而去。到了馆驿，赫公子早着人打听，见谗计已成，俱各快意。正是：

> 陷人落阱不心酸，中我机谋更喜欢。
>
> 慢道人人皆性善，谁知恶有许多般。

却说蕊珠小姐归到拂云楼上，呆呆思想，欲要大哭一场，又恐怕惊动老年父母伤心。只挨到三更以后，重门俱闭，人皆睡熟，方对着残灯，哀哀痛哭道："江蕊珠，你好命苦耶！你好无缘耶！苍天，苍天，你既是这等命苦，你就不该生到公卿人家来做女儿了；你既是这等无缘，你就不该使我遇见双郎，情投意合，以为夫妇了！今既生我于此，又使我获配双郎如此，乃一旦又生出这样天大的风波来，使我飘流异地，有白发双亲而不能侍养，有多才夫婿而不得团圆，反不如闾阎荆布，转得孝于亲而安于室，如此命苦，还要活他做甚？"说罢，又哭个不了。彩云因在旁劝慰道："小姐不必过伤，天下事最难测度。小姐一个绝代佳人，双公子一个天生才子，既恰恰相逢，结为夫妇，此中若无天意，决不至此。今忽遭此风波者，所谓好事多磨也。焉知苦尽不复甘来！望小姐耐之。"小姐道："为人在世，宁可身死，不可负心。我与双郎，既小窗订盟，又蒙父母亲许，则我之身非我之身，双郎之身也。岂可以许人之身，而又希入宫之宠？是负心也。负心而生，何如快心而死！我今强忍而不死者，恐死于家而老父之干系未完而贻祸也。至前途而死，则责已谢，而死得其所矣。你说好事多磨，你说苦尽甘来，皆言生也。今我既已誓死报双郎，既死岂能复生，又有何好事，更烦多磨？此苦已尝不尽，那有甘来？天纵有意，亦无用矣。"说罢，又哀哀哭个不住。彩云因又劝道："小姐欲以死报双郎，节烈所关，未尝不是。但据彩云想来，一个人，若是错死了，要他重生起来，便烦难。若是错生了，要寻死路，却是容易。我想小姐此去，事不可知，莫若且保全性命，看看光景，再作区处。倘天缘有在，如御水题红叶故事，重赐出宫，亦或有之。设或万万不能，再死未晚。何必此时忙忙自弃？"小姐道："我闻妇人之节，不死不烈；节烈之名，不死不香。况今我身，已如风花飞出矣。双郎之盟，已弃如陌路矣。负心尽节，正在此时。若今日可姑待于明日，则焉知明日不又姑待于后日乎？以姑待而贪生惜死以误终身，岂我江蕊珠知书识礼，矫矫自持之女子所敢出也？吾意已决，万勿多言，徒乱人心。"彩云听了，知小姐誓死不回，止不住腮边泪落，也哭将起来：道："天那，天那！我不信小姐一个具天地之秀气而生的绝代佳人，竟是这等一个结局，殊可痛心！只可惜我彩云丑陋，是个下人，不能替小姐之行。小姐何不禀知老爷夫人，带了彩云前去，到了急难之时，若有机会可乘，我彩云情愿代小姐一死。"小姐听了，因拭泪说道："你若果有此好心，到不消代我于节，只消委委曲曲代我之生，我便感激你不尽了。"彩云听了惊讶道："小姐既甘心一死，彩云怎么代得小姐之生？"小姐道："老爷夫人既无子，止生我一女，则我一女，便要承当为子之事。就是我愿嫁双郎，也不是单贪双郎才美，为夫妻之乐，也只为双郎多才多义，

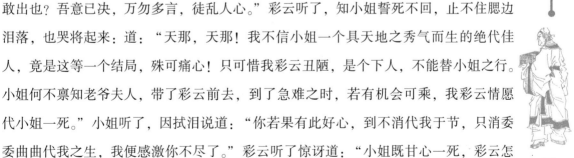

明日成名入赘，可以任半子之劳，以完我之孝，此皆就我身生而算也。谁知今日，忽遭此大变，我已决意为双郎死矣。我死，则双郎得意入赘何人？双郎既不入赘，则老年之父母，以谁为半子？父母若无半子，则我虽死于节，而亦失生身之孝矣。生死两无所凭，故哀痛而伤心。你若果有痛我惜我之心，何不竟认做我以赘双郎，而侍奉父母之余年，则我江蕊珠之身，虽骨化形消，不知飘流何所，然我未了之节孝，又借汝而生矣。不知汝可能怜我而成全此志也？"彩云道："小姐此言大差矣！我彩云一个下人，只合抱衾裯以从小姐之嫁，怎么敢上配双公子，以当老爷夫人之半子？且莫说老爷夫人不肯收灶下入金屋，只就双公子说起来，他阅人多矣，惟小姐一人，方舒心服意，而定其情，又安肯执不风不流之青衣而系红丝？若论彩云，得借小姐之灵，而侍奉双公子，则此生之遭际也，有何不乐，而烦小姐之叮咛！"小姐道："不是这等说，只要你真心肯为我续盟尽孝，则老爷夫人处，我自有话说。双郎处，我自写书嘱托他，不要你费心。"说罢夜深，大家倦怠，只得上床就枕。正是：

> 已作死人算，还为生者谋。
>
> 始知真节孝，生死不甘休。

且说姚太监见江蕊珠果美貌非凡，不胜欢喜，遂星夜行文催各州府县，齐集幼女到省，一同起程。因念江章是个太师，也不好十分紧催，使他父女多留连一日，遂宽十日之限，择了十月初二起身到省不提。

却说双星不敢违逆母命，只得同着众举人起身，进京会试。因是路远，不敢耽搁，昼夜兼程，及到京中，已过了灯节。双星寻了僻静寓处，便终日揣摹，到了二月初八入场。真是学无老少，达者为先，到了揭晓，双星又高高中在第六名上，双星不胜欢喜。又到了殿试，天子临轩，见双星一表人材，又看他对策精工，遂将御笔亲点了第一甲第一名状元及第。双星御酒簪花，一时荣耀。照例游街，惊动合城争看状元郎。见他年纪止得二十一二岁，相貌齐整，以为往常的状元，从未见如此少年。早惊动了一人，是当朝驸马，姓屠，名劳。他有一位若娥小姐，年方十五，未曾字人。今日听见外边人称羡今科双状元，才貌兼全，又且少年，遂打动了他的心事。因想道："我一向要寻佳婿，配我若娥，一时没有机缘。今双状元既少年鼎甲，人物齐整，若招赘此人，岂非是一个佳婿？只不知他可曾有过亲事？"因叫人在外打听，又查他履历，见是不曾填注妻氏姓名，遂不胜大喜道："原来双状元尚无妻室，真吾佳婿也。若不趁早托人议亲，被人占去，岂不当面错过！"遂叫了几个官媒婆去，吩咐道："我老爷有一位千金小姐，姿容绝世，德性温闲，今年一十五岁了。只因我老爷门第太高，等闲无人敢来轻议。闻得今科状元双星，少年未娶，我老爷情愿赘他为婿，故此唤你们来，可到状元那里去议亲，事成之日，重重有赏。"众媒婆听见，千欢万喜，磕头答应去了。正是：

> 有女思佳婿，为媒望允从。
>
> 谁知缘不合，对面不相逢。

这几个媒婆不敢怠惰，就来到双状元寓中，一齐磕头道："状元老爷贺喜！"双星见了，连忙问道："你们是甚么人，为何事到我这里来？"众媒婆道："我四人在红粉丛中，专成就良姻；佳人队里，惯和合好事。真是内无怨女，人人夸说是冰人；外无旷夫，个个赞称凭月老。今日奉屠驸马老爷之命，有一位千金小姐，特来与状元老爷结亲，乞求赐允。"双星听罢大笑道："原来是四个媒人。几家门户重重闭，春色缘何得入来！我老爷不嫁不娶，却用你们不着，不劳枉顾。"众媒婆听了着惊道："驸马爷的小姐，是瑶台阆苑仙姝，状元是天禄石渠贵客，真是一对良缘，人生难遇。状元不必推辞，万祈允诺。"双星笑道："我老爷聘定久矣，不久辞朝婚娶。烦你们去将我老爷之言，致谢驸马老爷，此事决不敢从命。"众媒婆见他推辞，只得又说道："驸马老爷乃当今金枝玉叶，国戚皇亲。朝中大小官员，无不逊让三分。他今日重状元少年才貌，以千金艳质，情愿倒赔妆奁，与状元结为夫妇，此不世之遭逢，人生之乐事，状元为何推辞不允？诚恐亲事不成，一来公主娘娘，入朝见驾，不说状元有妻不娶，只说状元藐视皇亲，倘一时皇爷听信，那时状元虽欲求婚，恐不可得也。还望状元爷三思，允其所请。"双星答道："婚姻乃和好之事，有则有，无则无，论不到势利上去。况长安多少豪华少年才俊，何在我一人？愿驸马爷别择良门可也。"众媒婆见他决不肯绽口

应承，便不敢多言，只得辞了出来，回复屠驸马，驸马听了道："他现今履历上，不曾填名，其妻何来？还是你们言无可采，状元故此推托。你们且去，我自有处。"屠劳便终日别寻人议亲不提。

却说姚太监已择定时日，着府县来催江小姐起身。江章夫妻无法，只得与小姐说知。小姐知万不可留，因与父母说道："死生，命也。贵贱，天也。孩儿此去，听天由命，全不挂念。只有二事萦心，死不瞑目，望二大人俯从儿志。"江章夫妻哭着说道："死别生离，顷刻之事，孩儿有甚心事，怎还隐忍不说？说来便万分委曲，父母亦无不依从。"小姐道："父母无子，终养俱在孩儿一人。孩儿今日此去，大约凶多吉少，料想见面无期，却教何人侍奉？况父母年力渐衰，今未免又要思儿成病，孤孤独独，叫孩儿怎不痛心！"江章听了，愈加哀哭道："孩儿若要我二人不孤独，除非留住孩儿。然事已至此，纵有拨天大力，亦留你不住。"小姐道："孩儿之身虽留不住，孩儿之心却不留而自住。"江章道："我儿心留，固汝之孝，然无形也，叫我那里去捉摸，留与不留何异？"小姐道："无形固难捉摸，有影或可聊消寂寞。"江章又哭道："我儿，你形已去矣，影在那里？"小姐见父亲问影，方跪下去，被母亲搀起来，说道："彩云侍孩儿多年，灯前月下，形影不离。名虽婢妾，情同姊妹。孩儿之心，惟他能体贴；孩儿之意，惟他能理会，孩儿之事，惟他能代替。故孩儿竟将孩儿事父母未完之事，托彩云代完。此孩儿眠思梦想，万不得已之苦心也。父母若鉴谅孩儿这片苦心，则望父母勿视彩云为彩云，直视彩云为孩儿，则孩儿之身虽去，而孩儿之心尚留；孩儿之形虽消，而孩儿之影尚在。使父母不得其真，犹存其假，则孩儿受屈衔冤，而亦无怨矣。"江章与夫人听了，复又呜呜的大哭起来，道："我儿，你怎么直思量到这个田地！此皆大孝纯孝之所出，我为父母，怎辜负得你！"遂叫人唤出彩云来，吩咐道："小姐此去，既以小姐之父母，托为你之父母，则你不是彩云，是小姐也。既是小姐，即是吾女也。快拜我与夫人为父母，不可异心，以辜小姐之托。"彩云忙拜谢道："彩云下贱，本不当犯分，但值此死生之际，既受小姐之重托，焉敢矫辞以伤小姐之孝心？故直受孩儿之责，望父母恕其狂妄。"江章听了，点头道："爽快，爽快，果不负孩儿之托。"小姐见彩云已认为女，心已安了一半，因又说道："此一事也，孩儿还有一事，要父母曲从。"江章道："还有何事？"小姐道："孩儿欲以妹妹代孩儿者，非欲其单代孩儿晨昏之侍寝劝餐也，前双郎临去，已蒙父母为孩儿结秦晋之盟。虽孩儿遭难，生死未知，然以双郎之才，谅富贵可期；以双郎之志诚，必不背盟。明日来时，若竟以孩儿之死为辞，则花谢水流，岂不失父母半子之望？望父母竟以妹妹续孩儿之盟，庶使孩儿身死而不死，盟断而不断，则父母之晚景，不借此稍慰耶？"夫人道："得能如此，可知是好。但恐元哥注意于你，未必肯移花接木。"小姐道："但恐双郎不注意于孩儿，若果注意于孩儿，待孩儿留一字，以妹妹相托，恐无不从之理，父母可毋虑也。"父母听了，甚是感激，因一一听从。小姐遂归到拂云楼上，恳恳切切，写了一封书，付与彩云道："书虽一纸，妹妹须好好收藏，必面付双郎方妙。"彩云一一受命。只因这一受命，有分教；试出人心，观明世态。不知后事如何，且听下回分解。

中国禁书文库

定情人

二四〇九

第十二回 有义状元力辞婚桥海外不望生还
无瑕烈女甘尽节赴波中已经死去

词云：

> 黄金不变，要经烈火方才见。两情既已沾成片，颠沛流离，自受而无怨。
>
> 一朝选入昭阳殿，承恩岂更思贫贱。谁知白白佳人面，宁化成尘，必不留瑕玷。

寄调《醉落魄》

话说江章与夫人舍不得蕊珠小姐，苦留在家，多住了几日，被府县催逼不过，无可奈何，只得择日起身，同夫人相送，到了杭州省城。此时姚太监已将十二府七十五县的选中幼女，尽行点齐，只等江小姐一到就起身。今见到了，遂将众女子点齐下船。因江章自有坐船相送，故不来查点，遂一路慢慢而来。

话说赫公子同袁空杂在人丛中，看见蕊珠小姐一家人离了岸去，心中十分得意，快活不过。袁空道："公子且慢手舞足蹈，亦要安顿后着。"公子道："今冤家这般清切，更要提防何事？"袁空皱了两眉道："蕊珠小姐此去，若是打落冷宫嫔妃，则此事万不必忧。我适才看见蕊珠宫装，俨似皇后体态，选为正宫，多分有八九分指望。若到了大婚时候，他自然捏情，到万岁台前，奏害我家。况王侯大老爷，又未知这桩事，倘一时之变，如何处之？"赫公子听了这番话，不觉头上有个雷公打下来一般，心中大惊，跌倒在地，众人忙扶回府中，交女班送进。爱姐忙安顿上床睡觉。这番心事又不敢说破，只郁郁沉在心内。痴公子自从那日受了妻子降魔伏虎钳制，起个俱内之心，再不敢发出无状，朝暮当不得袁氏秘授，父母心传，拿班捉鳖手段，把个痴公子，弄得不顾性命承欢，喉中咳嗽，身体尫羸，不满二载，阎君召回冥途耳。爱姐悔之晚矣，后来受苦不提。

却说驸马屠劳，要招双星为婿，便时刻在心，托人来说。一日央了一个都御史符言做媒。符言受托，只得来拜双星。相见毕，因说道："久闻状元少年未偶，跨凤无人。小弟受驸马屠公之托，他有位令爱，少年未字，美貌多才，诚乃玉堂金马之配。

故小弟特来作伐，欲成两姓之欢，乞状元俯从其请。"双星忙一拱说道："学生新进，得蒙屠公垂爱，不胜感激。但缘赋命凉薄，自幼已缔婚于江鉴湖太师之女久矣，因不幸先严早逝，门径荒芜，所以愆期到今，每抱惭慊。今幸寸进，即当陈情归娶。有妨屠驸马之爱，负罪良多，俟容请荆何如？"符言道："原来状元已聘过江鉴湖老太师令爱矣，但昨日驸马公见状元履历上，并不曾填名江氏，今日忽有此言，小弟自然深信，只恐驸马公谅之未深。一旦移爱结怨，状元也不可不虞。"双星道："凡事妄言则有罪，真情则何怨可结？今晚生之婚，江岳明设东床以邀坦腹，小姐正闺中待字以结丝萝，实非无据而妄言也。若虑附马公威势相加，屈节乱伦以相从，又窃恐天王明圣之朝，不肯赦臣子停妻再娶乖名乱典之罪。故学生只知畏朝廷之法，未计屠公之威势也。万望老先生善为曲辞，使我不失于义，报德正自有日也。"符言见双星言词激烈，知不可强，遂别过，将双星之言，细细述知屠劳。屠劳不胜大怒道："无知小子，他自恃新中状元，看我不在眼内，巧言掩饰。他也不晓得宦途险隘，且教他小挫一番，再不知机就我，看他有甚本事做官！"遂暗暗使人寻双星的事故害他。

且说双星一面辞了屠驸马之聘，一面即上疏陈情，求赐归完娶。无奈被屠驸马暗暗嘱托，将他本章留中不发，双星见不能与江小姐成亲，急得没法，随即连夜修书，备细说屠劳求亲之事，遂打发青云到江家说知备细，要迎请小姐来京完娶。青云领书起身去了。双星日在寓中，思念等候小姐来京成亲。正是：

> 昔年恩爱未通私，今日回思意若痴。
> 饮食渐消魂梦搅，方知最苦是相思。

却说当时四海升平，万民乐业，外国时常进贡。这年琉球、高丽二国进贡，兼请封王，朝中大臣商议，要使人到他国中去封。但封王之事，必要一个才高名重之人，方不失天朝体统。一时无至当之人。推了一个可去，不期这人，又虑外国波涛，人心莫测，不愿轻行，遂人上央人，在当事求免，此差故尚无人。屠驸马听知此事，满心欢喜道："既此便可处置他一番，使他知警改悔。"遂亲自嘱托当事道："此事非今科状元双星难当此任。"当事受托，又见双星恃才自傲，独立不阿，遂将双星荐了上去。龙颜大喜道："双星才高出使，可谓不辱君命矣。"逐御笔批准，赐一品服，前却封海外

诸王，道远涉险，许便宜行事。不日命下，惊得双星手足无措。正指望要与蕊珠来京成亲，不期有此旨意，误我佳期。今信又已去了，倘他来我去，如何是好？遂打点托人谋为，又见圣旨亲点，无可挽回，只得谢恩。受命该承应官员，早将敕书并封王礼物，俱备具整齐，止候双星起身。

却说屠劳，只道双星不愿远去，少不得央人求我挽回，我就挟制他入赘。不期双星竟不会意，全不打点谋为，竟辞朝领命。屠劳又不好说出是他的主持弄计，因想道："他总是年轻，不谙世情，只说封王容易。且叫他历尽危险，方才晓得。他如今此去，大约往返年余。如今我女儿尚在可待之年，我如今趁早催他速去早回，回时再着人去说，他自然不像这番倔强了。"屠劳遂暗暗着当事官，催双星刻日起程。双星不敢延挨，只得领了敕书皇命，出京不提。

却说江章夫妻，同了小姐在船，一路凄凄楚楚，悲悲切切，怨一番自己命苦，又恨一番受了赫公子的暗算。小姐转再三安慰父母道："孩儿此去，若能中选，得侍君王，不日差人迎接，望父母不必记念伤心。父母若得早回一日，免孩儿一日之忧。况长途甚远，老年人如何受得风霜？"江章夫人那里肯听，竟要同到京中，看个下落方回。小姐道："若爹娘必与孩儿同去，是速孩儿之死矣。"说罢，哽咽大哭。江章夫人无奈，不敢拗他，只得应承不送。江章备了一副厚礼，送与姚太监，求他路上照管。又设了一席请姚太监。姚太监满心欢喜道："令爱小姐前途之事，与进宫事体，都在学生身上。倘邀圣眷，无不怂恿，老太师不必记挂，不日定有佳音。"江章与夫人再三拜谢，然后与小姐作别。真是生离死别，在此一时。可怜这两老夫妻哭得昏天黑地，抱住了小姐，只是不放。当不得姚太监要趁风过江，再三来催，父母三人只得分手，放小姐上了众女子的船。船上早使起篷桅，趁着顺风而去。这边江章夫妻，立在船头，直看着小姐的船桅不见，方才进舱。这番啼哭，正是：

> 杜鹃枝上月昏黄，啼到三更满眼伤。
>
> 是泪不知还是血，斑斑红色渍衣裳。

老夫妻二人一路悲悲啼啼，到了家中。过不得四五日，野鹤早已报到，送上书信。江章与夫人拆开看去，知双星得中解元，不日进京会试，甚是欢喜。再看到后面说起小姐亲事，夫妻又哭起来，野鹤忽然看见，不觉大惊道："老爷夫人，看了公子的喜信，为何如此伤心？"夫人道："你还不知，自你公子去后，有一个赫公子又来求亲，因求亲不遂，一心怀恨。又适值点选幼女，遂嘱托太监，坐名勒逼将小姐点进宫去了。我二人送至江边，回家尚未数日。你早来几日，也还见得小姐一面，如今只好罢了。"说完又大哭不止。野鹤听了，惊得半晌不敢则声。惊定方说道："小姐这一入宫，自然贵宠，只可怜辜负了我家公子，一片真心，化作东流逝水。"说罢，甚是叹息。夫人遂留他住下，慢慢回去。又过不得数日，早又是京中报到，报双星中了状元。江章与夫人，只恨女儿不在，俱是些空欢空喜，忽想到小姐临去之言，有彩云可续，故此又着人打听。又不多日，早见双星差了青云持书报喜，要迎请小姐进京成亲。江章与夫人又是一番痛哭。正是：

> 年衰已是风中烛，见喜添悲昼夜哭。
>
> 只道该偿前世怨，谁知还是今生福。

野鹤见公子中了状元，晓得一时不回，又见小姐已选入宫，遂同青云商议，拜辞江老爷与夫人，进京去见公子。江章知留他无益，遂写了书信与他二人，书中细细说知缘由，又说小姐临去之言，尚有遗书故物，要状元到家面言面付。野鹤身边有公子与小姐的书，不便送出，只得带在身边，要交还公子。二人拜别而行不提。

却说蕊珠小姐，在父母面前，不敢啼哭，今见父母别后，一时泪出痛肠，又想起双星今世无缘，便泪尽继血，日夜悲啼。同船女子，再三劝勉，小姐那里肯听，遂日日要寻自尽；争奈船内女子甚多，一时不得其便，只得一路同行，就时常问人，今日到甚地方，进京还有多远，便终日寻巧觅便，要寻自尽不提。

却说双星赍了皇命敕书，带领跟随，晓夜出京。早有府县官迎接，准备船只伺候。双星上了船，烧献神祇，放炮点鼓，由天津卫出口，到琉球、朝鲜、日本去了。

却说姚太监，同着许多幼女，一路兴兴头头，每只船上，分派太监稽查看守，不一日到了天津卫地方，要起旱进京，遂吩咐各船上停泊。着府县官，准备人夫轿马。争奈人多，一时备办不及，又不便上岸，故此这些女子，只在船中坐等。这日江蕊珠小姐，忽见船不行走，先前只道是偶然停泊，不期到了第二日，还不见走，因在舱口，

问一个小太监道："这两日为何不行，这是甚么地方，进京还有多远？"小太监笑嘻嘻的说道："这是天津卫地方，离京只是三日路了。因是旱路，人夫轿马未齐，故在此等了两天。不然，明日此时，已到家了，到叫我们坐在此等得慌。"小姐听完，连忙进舱，暗暗想道："我一路寻便觅死，以结双郎后世姻缘，不期防守有人，无处寻死。今日天假其便，停船河下，若到了京中，未免又多一番跋涉。我今日见船上众人思归已切，人心怠惰，夜间防范必然不严，况对此一派清流，实是死所，何不早葬波中，也博得个早些出头。但我今生受了才色之累，只愿后世与双郎，做一对平等夫妻，永偕到老，方不负我志。"又想道："双郎归来，还只说我无情，贪图富贵，不念窗前石上，订说盟言，竟飘然入宫。殊不知我江蕊珠，今日以死报你，你少不得日后自知，还要怜我这番苦楚。若怜我苦楚，只怕你纵与彩云成亲，也做不出风流乐事了。"想到伤心，忽一阵心酸，泪流不止，只等夜深人静寻死不提。

却说青云、野鹤二人，拜了江章与夫人出门，在路上闲说道："从来负心女子痴心汉，记得我家公子，自从见了江小姐，两情眷恋，眠思梦想，不知病已病过了几场，指望与他团圆成亲，谁知小姐今日别抱琵琶，竟欢然入宫去了。我如今同你进京，报知公子，只怕我那公子的痴心肠，还不肯心死哩！"二人在路，说说笑笑，遂连夜赶进京来，这日也到了天津卫，因到得迟了，二人就在船上歇宿。只听得上流头许多官船，放炮起更，闹了一更多天，方才歇息。青云、野鹤睡去，忽睡梦中见一金甲神将，说道："你二人快些抬头，听吾吩咐：吾乃本境河神，今你主母有难投河，我在空中默佑，你二人可作速救他回蜀，日后是个一品夫人，你二人享他富贵不小！"二人醒来，吃了一惊，将梦中之事，你问我，我问你，所说皆同。不胜大惊大骇道："我们主母，安然在家，为何在此投河？岂非是奇事？"又说道："明明是个金甲天神，叫我二人快救，说他是一品夫人，难道也是做梦？"二人醒了一会，不肯相信，因又睡去。金甲神又手执铜鞭，对他二人说道："你不起来快救，我就打死你二人！"说罢，照头打来。二人看见，在睡梦中吓得直跳起来道："奇事！奇事！"遂惊醒了。船家问道："你们这时候还不睡觉？我们是辛辛苦苦要睡觉的人，大家方便些好。"青云、野鹤连忙说道："船家你快些起来，有事与你商量。倘救得人，我们重重谢你。"船家见说救人，吓得一轱辘爬了起来，问道："是那个跌下水去了？"青云道："不是。"遂将梦中神道托梦二次叫救人，细细说了一遍："若果然救得有人，我重重谢你。"船家听了也暗暗称奇，又见说救得人有赏，连忙取起火来，放入舱中，叫起妈妈，将船轻轻放开，各人拿了一把钩子，在河中守候。

却说那蕊珠小姐，日间已将衣服紧紧束好，又将簪珥首饰金银等物俱束在腰间，遂取了一幅白布，上写道：

> 身系浙江绍兴府太师江章之女，名蕊珠，系蜀中双星之妻。因擅才名，奸谋嘱选入宫，夫情难背，愿入河流。如遇仁人长者，收尸瘗骨，墓上留名，身边携物相赠；冥中报感无尽。

小姐写完，将这幅白布，缝在胸前，守至二更，四下寂然，便轻轻走近窗口，推开窗扇，只见满天星斗，黄水泛流。小姐朝着水面流泪，低低说道："今日我江蕊珠不负良人双星也！"说罢，踊身望水中一跳，跳便跳在水里，却像有人在水低下扶他的一般，随着急波滚去，早滚到小船边。此时青云、野鹤同着船家，三个人，六只眼，正看着水上，不敢转睛，忽见一团水势渐高，隐隐有物一沉一浮的滚来，离船不远，青云先看见，连忙将挠钩搭去，早搭着衣服一股，野鹤、船家，一齐动手，拖到船边。仔细看去，果然是个人，遂连忙用手扯上船来，青云忙往舱中取火来照，却是一个少年女子，再照着脸上看去，吃了一惊，连声叫道："呀！呀！呀！这不是江小姐么，为何投水死在这里？"野鹤看见，连忙丢下挠钩来看道："是呀！是呀！果然是小姐。"青云、野鹤慌张，见小姐水淋淋的，气息全无，又不敢近身去摸看。那船家见他二人说是小姐，知是贵重之人，连忙叫婆子动手来救。只因这一救，有分教：远离追命鬼，近获还魂香。不知小姐性命果是如何，且听下回分解。

第十三回　**烈小姐有大福指迷避地感神明**
　　　　　才天使善行权受贡封王消狡猾

词曰：

　　风雨催花不用伤，若还春未尽，又何妨？漫惊枝上落来忙，吹不谢，更觉有奇香。　　　　驾海岂无梁，世闻危险事，要才当，纵教坑陷到临场，能鞭策，驱虎若驱羊。

　　　　　　　　　　　　　　　　右调《小重山》

　　话说那船家看见果然救起人来，不胜欢喜。又见说是一位小姐，又见他二人不敢近身，因连忙叫过婆子来说道："这小姐既是神明托梦，叫我们救他，谅来投水不久，自然救得活。只要使他吐出些水来，就好了。"婆子依言，将小姐抱起，把头往下低着，低了半晌，只听见小姐喉中一阵阵响来，呕出了许多冷水。只见小姐忽叫一声道："好苦也！"众人听见大喜道："谢天谢地也！"老婆子连忙扶抱小姐入舱，青云、野鹤、船家三人，不敢入舱。艄婆忙取了一件棉衣来，将小姐湿衣脱下。小姐此时已醒过来，见湿衣脱去，忙将棉衣裹住。艄婆又取了几件小衣，与小姐换过。又取了一条被来，与小姐盖好，方走出舱来道："好了，好了，如今没事了。"又去烧了些滚姜汤，灌了几口，小姐又吐出了许多冷水。小姐忽哭着说道："我已拼誓死以报双郎，为何被你们救我在此？"青云、野鹤连忙在舱门口说道："小姐且耐烦，小人青云、野鹤在此。"小姐忽然听见，开眼一看道："你二人为何在此救我？人耶？鬼耶？梦耶？可快与我细说。"青云、野鹤遂将河神托梦之言，如此这般，细细说了。"不期果然得遇小姐，真是万幸。"小姐因问道："你家公子，近日如何？"野鹤道："公子回家，已中解元。公子要来与小姐完娶，老夫人逼他会试，故此公子不得已进京，着小的持书先来报喜。见了太师爷方知小姐近日之事。"青云也连忙说道："小人跟随公子到京，侥幸得中状元。不期京中屠驸马要招赘状元，状元再三苦辞，说有原聘，遂上本乞假归娶。不期屠驸马的势力大，央当事将状元的本章留中不准，状元着急，只得叫小人连夜赶

来，要迎请小姐到京完娶。小人到家，见了太师老爷，方知小姐被人暗算入宫。小的二人无可奈何，只得进京，要回复状元，不期今夜感神明之力，在此得遇小姐。只不知小姐为何在此，行此短见？"此时小姐神魂已定，心魄已宁，忽见说双星已中解元，又见说中了状元，又听见他守义不允屠驸马之婚，着人来接他，心中不觉大喜道："如此看来，方不负我这番之苦。"方说道："我被赫公子陷害入选，彼时欲寻自尽，诚恐老爷夫人悲伤，又恐抗旨遗祸于老爷，故宽慰出门，隐忍到此。今离家已远，老爷干系已脱，故甘一死以报尔公子。不期神明默佑，使你二人救我。但今救虽救了，恐太监耳目众多，不敢进京见你状元，又不敢回家惹祸，到弄得有家难奔，有国难投，却如之奈何？"青云道："适才梦中神明已吩咐明白，说救了小姐，即速回蜀。小人如今只得且送小姐回蜀中，再来报状元，也说不得了。"小姐想想道："如此甚好。但是迟延不得，此去离大船不远，倘天明知觉，踪迹起来，就不便了。"小姐因叫船家夫妇说道："我是被人暗害，落难于此，求你夫妇送我还家，我日后看顾你夫妻，决不有忘。"原来这船家叫做王小泉，五十来岁，并无男女，止得夫妻两口，撑船过日。今在旁边，见他们说出是阁老的小姐，又是状元夫人，二人便满心欢喜，以为今日得救小姐，赏赐不小，将来好做本钱。忽又听见小姐要他二人送回家去，后来看顾，他夫妻二人欢喜不过，遂悄悄商议了一番，来笑说道："我夫妇数年长斋，尚无男女，今见小姐说得这般苦楚，我二人情愿服侍小姐回家。只要养我半生，吃碗自在饭儿，强似在船上朝风暮水的吃苦不了。"小姐见他肯送，遂大喜道："若得你夫妇肯去，后日之事，俱在我身上。"二人连声称谢，遂欢欢喜喜忙到艄上收拾篷桅，驾着橹桨。此时将有四更，明月渐渐上来，遂乘着月色，咿咿哑哑，复回原路。不消几日，早又到仪征。青云、野鹤见本船窄小，恐长江中不便行走，遂雇了一只大船，请小姐上了大船。小姐叫王小泉夫妻弃了小船，王小泉遂寻人卖去。于是一行五人，在大船上出了江口，望荆襄川河一路而进。正是：

　　燕子自寻王谢垒，马蹄偏识五陵家。
　　一枝归到名园里，依旧还开金谷花。

且按下蕊珠去蜀中不提。

却说船中这些幼女，到了五更，见窗门半开，因说道："我们怎这样要睡，连窗门都不曾关，幸而不曾遗失物件。"又停了一会，天色大明，一齐起来梳洗，只不见江小姐走来，众女子道："江小姐连日啼哭，想是今日睡着了。"一个小女子，连忙走到江小姐睡的床边，揭帐一看，那里有个江小姐。便吃了一惊，连忙将被窝揭开看时，已空空如也。忙叫道："不好了，江小姐不见了！"众女子听见，也连忙走来，但见床帐被褥依然，一双睡鞋儿，尚在床前。众女子看罢，俱大惊道："我们见他连日不言不语，似有无限伤心，如今又窗口未关，一定是投河死了。"众女在舱中嚷做一团，早被小太监听见，报知姚太监。姚太监吃这一惊不小，忙走来喝问众女。又看见窗口未关，方信是投入河中死了，不禁跌足捶胸道："我为他不知费了多少心机，要将他进与圣上，学新台故事，已拿稳一片锦美前程。今因不曾提防，被他偷死了，岂不一旦付之东流！可恼，可恨！如今要你这些歹不中怎么，只好与俺内官们捧足提壶罢了。"又想起江太师再三嘱托，遂吩咐众人打捞殡殓。众人忙了一日，那见影响，姚太监兴致索然。到了次日，只得带领众女，起早到京，不论好歹，点入宫中去了。正是：

阴阳配合古人同，今日缘何点入宫？
想是前生淫欲甚，却教今世伴公公。

却说双状元出海开船，正是太平景象，海不生波，一连半日，早过了美女峰，黑水河，莲花漾，又过了许多山岛。不一日，早到了朝鲜地方，舵公抛锚打橛。早有朝鲜国地方官，看见南船拢岸，便着通事舍人，前来探问。这边船上，早扯起封王旗号。通事舍人见了，连忙上船来，相见说道："不知天使来临，失于迎接。不知天使大人，官居何职？当此重任来封吾王，乞天使说明，以便通报。"双星说道："学生是天朝新科双状元，奉皇上恩命，因国祚升平，欲普天同乐。念尔朝鲜诸国，久尊圣化，故特遣使臣，敕封汝主。可速谕知来意，使王受爵。"通事舍人听了大喜，连忙起身报知国王，细说其事。国王大喜，遂率领文臣武将，一齐出城，旌旆遍地，斧钺连天，一对对直摆到船边来接。通事舍人上船说了一遍。双状元遂将圣旨敕文，以及诸般礼物，先搬上岸来，叫人赍捧在前，双星穿戴了钦赐的一品服色，上罩着黄罗高伞，走出船头。许多番兵番将看见，忙一齐跪接。早有朝鲜国王，亲到船头，拱扶着双状元上岸，敦请双状元坐轿，国王乘马，一齐番乐欢打，迎入城来。到了国王殿上，已排列香案，宝烛荧煌，异香缭绕。双状元手擎圣谕，立在殿上开读，国王俯伏阶前恭听。双星读罢诏书，国王山呼谢恩已毕，然后大摆筵宴，请双星上坐，国王下陪。一时间吃的是熊掌驼峰，猩唇鲤尾，听的是胡笳羯鼓，许多异音异乐。国王见双状元年少才美，十分敬重，亲自捧觞进爵，尽欢畅饮。饮毕，然后送双状元馆中歇宿。双状元住有数日，因要封别国，遂辞了国王上船。国王备了称臣的谢表，并诸般贡礼，又私送了双星许多奇珍异宝，双星然后开船。于是逐次到了日本、高丽、大小琉球。一一封完。双星正欲打点回朝，不期未封诸国，晓得不封他们，大家不忿起来，遂约齐了大小百十余国，各带了本国人马，一路追来。岸上番王番将，水中战舰艨艟，随后追来。此时双星尚有封过的各国番将护送，连忙报知道："列国争封，各王带领番将追袭，乞状元主张。"双星见说，暗吃一惊。因想道："我奉诏封王，只得这几处；今已完矣，并未曾计及他国，今来争竞，如之奈何？"踌躇了半晌，因想道："幸钦命有便宜从事四字，除非如此这般，方可退得这些凶顽。"遂传了通事舍人来说道："我奉皇命而来，因尔等朝鲜诸国，素服王化，贡献不绝，故敕书封及。其余诸国，声气未通，如何引例来争？你可与我在平地上，高筑土台，待我亲自晓谕诸王。"说尚未完，只听得轰天炮响，水陆蜂拥齐到，乱嚷乱叫。这边船上通事舍人，忙立在船头，呜哩呜啦，翻了半日。只见各国王，乱舞乱跳，嘻嘻哈哈的，分立两旁。通事舍人遂叫人在空地上，筑起高堆，不时停当。次日平明，双状元乌纱吉服，带领侍从，走到台上高坐，左右通事站立。各国王见台上有人，都到台下，又呜啦了一番。双星问通事道："他们怎么说？"通事道："他说一样国王，为何不封？若不加封，难以服众。"双状元说道："天有高卑，礼分先后。从无不来而往，无故而亲之道。天朝圣度如天，草木皆所矜怜，何况各国诸王，岂有不加存恤之理？但至诚之道，必感而后通，声响之理，必叩而后应。如朝鲜、琉球等国，久奉正朔，属遵臣礼，吉凶必告，兴废必通，故封从伊始。至于各国各王列土，不知何地名号，不知何人，从无所请，却教朝廷恩命，于何而加？今忽纷争，岂以使臣单宣仁义，未及用武，遂欲肆凶逞悖耶？使臣虽止一人，而天朝之雄兵猛将，却不止一人。本当奏知天王，请加挞伐，但念尔诸王争封，本念愿是慕义向化，欲承声教，非有他也。故推广天王之量，不加深究，而曲从其请。但须各献所有，以表进贡之诚，然后速报某国某王，我好一例遵旨加封，决不食言。"通事舍人

中国禁书文库

定情人

遂高声向台下将双状元之言，细细翻了一遍。只见诸王，又呜哩呜啦的翻了一会，遂一齐拍掌，跑马的跑马，使刀的使刀，捉对儿奔驰对舞。又不一时，俱跑到台前下马，颠头跳跃。双状元又问通事道："这又怎么说?"通事说道："方才状元宣谕，见肯封他，故此欢喜。跑刀使刀，与状元看赏，以明感激。所谕贡物，一时不曾备得，随即补上，乞天使少留；今俱在台下领封。"双星道："既是这等，你可报来。"通事舍人遂将各国各王，一一报将上来。双星见一个，封一个，不一时，百余国尽俱封完。各王大喜，遂将带来的许多珍奇导宝，一齐留在台下，又在地下各打一滚，翻身上马，呼哨一声，如风雷掣电而去。正是：

分明翰苑坐谈儒，忽被谗驱虎豹区。
到此若无才足辩，青锋早已丧头颅。

双星见他们去了，方放下一天惊恐。又问通事道："台下这些东西，他们为何留下而去?"通事说道："这些东西，是他们答谢天使的。"双星道："既是如此，你可为我逐件填注，既作各国之贡，我好进呈天子，以见各国款奉之诚，不必又献了。"通事道："这是他们送与天使之物，为何不自己收留，反作公物，进与朝廷?"双状元笑道："我天朝臣子，为国尽忠，岂存私肥己耶?"通事听了，不胜称赞天朝好臣子，遂填写明白，着人搬上船来。又着人报知各国，尽皆称羡。双状元上船，通事诸人，又送过了许多地界，将到浙省地方，方才别去。正是：

被人暗算去封王，逐浪冲波几丧亡。
今日功成名亦遂，始知折挫为求凰。

双星一路平安归国不提。

却说蕊珠小姐，从长江又入川河，一路亏得船家婆子服侍，在路许多日子，到了起旱的所在，青云雇了一乘骡轿，一齐起旱。又行了许多日子，方到了四川成都双流县地方。青云先着野鹤去报夫人，细细说知缘故。双夫人听了，大惊大喜，连忙打发仆妇，一路迎来。众仆妇迎着了，忙到江小姐轿前，揭帘偷看，见小姐果然生得美貌

非常，各各磕头道："贱婢是太夫人差来迎接小姐的。"小姐见了，甚是喜欢道："多谢太夫人这般用心，又劳你们远接。"于是兴兴头头，管家们打着黄罗大伞，前呼后拥，一路上说是双状元家小，京中回来的，好不热闹。不一时到了家中，双夫人出到厅前相见。家人铺下红毡，江小姐拜了四拜。双夫人先叙了许多寒温，方说道："闻小姐吃尽辛苦，不顾生死，为我孩儿守志，殊可敬也！我今有此贤媳，何幸如之！"江小姐道："此乃媳妇分内之事，敢劳婆婆过奖。"双夫人搀了小姐，同入后堂。双夫人使双辰拜见嫂嫂，又叫家人仆妇，俱来拜见小夫人，便治酒款待。婆媳甚是欢喜。双夫人遂将中间一带楼房，与小姐做了卧房，只等双星回家做亲。正是：

> 不曾花烛已亲郎，未嫁先归拜老堂。
>
> 莫讶奇人做奇事，从来奇处始称扬。

江小姐竟在婆家等候双星，安然住下。过不得两月，早有报到，说双状元辞婚屠府，被屠驸马暗暗嘱托当道，将双状元出使外国封王去了。双夫人与蕊珠小姐听了大惊。双夫人日夜惊忧，而小姐心中时刻思想，又感念双星果不失义，为他辞婚，轻身外国，便朝夕焚香，暗暗拜祝，惟愿双星路上平安，早回故里，且按下不提。

却说双星不止一日，将船收进小河，早有汛地官员接着，见双状元奉旨封王回来，俱远远迎接，请酒送礼，纷纷不绝。遂一路耽耽搁搁，早到了绍兴府交界地方。双星满心欢喜，以为离江太师家不远，便吩咐手下住船，我老爷要会一亲戚。只因这一番去会，有分教：惊有惊无，哭干眼泪；说生说死，断尽人肠。不知后事如何，且听下回分解。

第十四回　望生还惊死别状元已作哀猿
　　　　　　他苦趣我欢畅宰相有些不相

词云：

　　忙忙急急寻花貌，指望色香侵满抱。谁知风雨洗河洲，一夜枝头无窈窕。木桃虽可琼瑶报，鱼腹沉冤谁与吊？死生不乱坐怀心，方觉须眉未颠倒。

寄调《木兰花令》

　　话说双星，自别了蕊珠小姐，无时无刻不思量牵挂。只因遭谗，奉旨到海外敕封，有王命在身，兼历风波之险，虽不敢忘小姐，却无闲情去思前想后，今王事已毕，又平安回来，自不禁一片深心，又对着小姐。因想道："我在京时，被屠贼求婚致恨，嘱托当事，不容归娶。我万不得已，方差青云去接小姐到京，速速完姻，以绝其望；谁料青云行后，忽奉此封王之命，遂羁身海外，经年有余。不知小姐还是在家，还是进京去了？若是岳父耳目长，闻知我封王之信，留下小姐在家还好，倘小姐但闻我侥幸之信，又见迎接之书，喜而匆匆入京，此时不知寄居何处，岂不寂寞，岂不是我害他！今幸船收入浙，恰是便道，须急急去问个明白，方使此心放下。"忽船头报入了温台浙境，又到了绍兴交界地方，双星知离江府不远，遂命泊船，要上岸访亲。随行人役闻知，遂要安排报事，双星俱吩咐不用，就是随身便服，单带了一个长班，跟随上岸，竟望江府而来。

　　到了笔花墅，看见风景依稀依旧，以为相见小姐，有几分指望，暗暗欢喜，因紧走几步。不一时早到了江府门前，正欲入去，忽看见门旁竖着一根木杆，杆上插着一帚白幡，随风飘荡，突然吃了一惊，道："此不祥之物也，缘何在此？莫非岳父岳母二人中有变么？"寸心中小鹿早跳个不住，急急走了进去，却静悄悄不见一人，一发惊讶。直走到厅上，方看见家人江贵从后厅走出。忽抬头看见了双星，不胜大喜道："闻知大相公是状元爷了，尽说是没工夫来家，今忽从天而降，真是喜耶！"双星且不答应他，忙先急问道："老爷好么？"江贵道："老爷好的。"双星听了，又急问道："夫人好么？”江贵道：“夫人好的。”双星道：“老爷与夫人既好，门前这帚白幡，挂着却是为何？”江贵道：“状元爷若问门前这帚白幡，说起来话长。老爷与夫人，日日想念状元爷不去口，我且去报知，使他欢喜欢喜。白幡之事，他自然要与状元爷细说。”一面说，一面即急走入去了。双星也就随后跟来。

此时江章已得了同年林乔之信，报知他双状元海外封王之事，正与夫人、彩云坐在房里，愁他不能容易还朝。因对彩云说道：“他若不能还朝，则你姐姐之书，几时方得与他看见？姐姐之书不得与他看见，则你之婚盟，何时能续？你之婚盟不能续，则我老夫妻之半子，愈无望了。”话还不曾说完，早听见江贵一路高叫将进来道：“大相公状元进来了！”江章与夫人、彩云，忽然听见，心虽惊喜非常，却不敢深信。老夫妻连忙跑出房门外来看，早看见双星远远走来。还是旧时的白面少年，只觉丰姿俊伟，举止轩昂了许多。及走到面前，江章还忍着苦心，欢颜相接，携他到后厅之上。

双星忙叫取红毡来，铺在地下，亲移二椅在上，“请岳父岳母台坐，容小婿双星拜见。”江章正扯住他说：“贤婿远来辛苦，不消了。”夫人眼睁睁看见这等一个少年风流贵婿在当面，亲亲热热的岳父长、岳母短，却不幸女儿遭惨祸死了，不能与他成双作对，忽一阵心酸，那里还能忍耐得住，忙走上前，双手抱着双星，放声大哭起来道：“我那贤婿耶，你怎么不早来！闪得我好苦呀，我好苦呀！”双星不知为何，还扶住劝解道：“岳母尊年，不宜过伤。有何怨苦，乞说明，便于宽慰。”夫人哭急了，喉中哽哽咽咽，那里还说得出一句话来。忽一个昏晕，竟跌倒在地，连人事都不省。江章看见，惊慌无措。幸得跟随的仆妇与侍妾众多，俱忙上前搀扶了起来。江阁老见扶了起来，忙吩咐道：“快扶到床上去，叫小姐用姜汤灌救。”众仆妇侍妾慌作一团，七手八脚，搀扶夫人入去。

双星初见白幡，正狐疑不解，又忽见夫人痛哭伤心，就疑小姐有变，心已几乎惊裂，忽听见江阁老吩咐叫小姐灌救，惊方定了。因急问江章道：“岳母为着何事，这等痛哭？”江阁老见问，也不觉掉下泪来，只不开口，双星急了，因发话道：“岳父母有何冤苦，对双星为何秘而不言，莫非以双星子婿为非人耶？”江阁老方辩说道：“非是不言，言之殊觉痛心。莫说老夫妻说了肠断，就是贤婿听了，只怕也要肠断！”双星听见说话又关系小姐，一发着急，因跪下恳求道：“端的为何？岳父再不言，小婿要急死矣！”江阁老连忙扶起，因唏嘘说道：“我那贤婿呀！你这般苦苦追求，莫非你还想要

我践前言，成就你的婚盟么？谁知我一个才美的贤孝的女儿，被奸人之害，只为守着贤婿之盟，竟效浣纱女子，葬于黄河鱼腹了！教我老夫妻怎不痛心！"双星听见江阁老说小姐为他守节投水死了，直吓得目瞪身呆，魂不附体，便不复问长问短，但跌跌脚，仰天放声哭道："苍天，苍天，何荼毒至此耶！我双星四海求凰，只博得小姐一人，奈何荼毒其死呀！小姐既死，我双星还活在世间做些甚么？何不早早一死，以报小姐于地下！"说罢，竟照着厅柱上一头撞去。喜得二小姐彩云，心灵性巧，已揣度定双状元闻小姐死信，定要寻死觅活，早预先暗暗差了两个家人，在旁边提防救护。不一时，果见双星以头撞柱，慌忙跑上前，拦腰抱住。江阁老看见双星触柱，自不能救，几乎急杀。见家人抱住，方欢喜向前，说道："不夜，这就大差了！轻生乃匹夫之事，你今乃朝廷臣子，又且有王命在身，怎敢忘公义而徇私情？"双星听了，方正容致谢道："岳父教诲，自是药言，但情义所关，不容苟活。死生之际，焉敢负心？今虽暂且腼颜，终须一死。且请问贤妹受谁之祸，遂至惨烈如此！"江阁老方细细将赫公子求亲怀恨说了："又逢值姚太监奉圣旨选太子之婚，故赫公子竟将小女报名入选。我略略求他用情，姚太监早听信谗言，要参我违悖圣旨，小女着急，恐贻我祸，故毅然请行。旁人不知小女用心，还议论他贪皇家之富贵，而负不夜之盟。谁知小女舟至天津，竟沉沙以报不夜，方知其前之行为尽孝，后之死为尽节，又安详，又慷慨，真要算一个古今的贤烈女子了。"说罢，早泪流满面，拭不能干。双星听了，因哭说道："此祸虽由遭谗而作，然细细想来，总是我双星命薄缘悭，不曾生得受享小姐之福。故好好姻缘，不在此安守；我若长守于此，得了此信，岂不与小姐成婚久矣！却转为功名，去海外受流离颠沛，以致贤妹香销玉碎。此皆我双星命薄缘悭，自算颠倒，夫复谁尤？"

此时夫人已灌醒了，已吩咐备了酒肴，出来请老爷同双状元排解。又听见双星吃着酒，长哭一声："悔当面错过！"又短哭一声："恨死别无言！"絮絮聒聒，哭得甚是可怜。因又走出来坐下，安慰他道："贤婿也不消哭了，死者已不可复生，既往也追究不来。况且你如今又中了状元，又为朝廷干了封王的大事回来，不可仍当作秀才看承。若念昔年过继之义，并与你妹子结婚之情，还要看顾我老夫妻老景一番，须亲亲热热再商量出个妙法来才好。"双星听了，连连摇头道："若论过继之义，父母之老，自是双星责任，何消商量！若要仍以岳父、岳母，得能亲亲热热之妙法，除非小姐复生，方能得毂。倘还魂无计，便神仙持筹，也无妙法。"一面说，一面又流下泪来。江阁老

见了，忙止住夫人道："这些话且慢说，且劝状元一杯，再作区处。"夫人遂不言语。左右送上酒来，双星因心中痛苦，连吃了几杯，早不觉大醉了。夫人见他醉了，此时天已傍晚，就叫人请他到老爷养静的小卧房里去歇息。正是：

> 堂前拿稳欢颜会，花下还思笑脸逢。
>
> 谁道栏杆都倚遍，眼中不见旧时容。

夫人既打发双星睡下，恐怕他酒醒，要茶要水，因叫小姐旧侍儿若霞去伺候。不期双星在伤心痛哭时，连吃了几杯闷酒，遂沉沉睡去，直睡到二鼓后，方才醒了转来。因暗想道："先前夫人哭晕时，分明听见岳父说：'快扶夫人入去，叫小姐用姜汤灌救'。我一向在此，只知他止生得一位小姐，若蕊珠小姐果然死了，则这个小姐又是何人？终不成我别去二三年，岳父又纳宠生了一位小姐？又莫非蕊珠小姐还未曾死，故作此生死之言，以试我心？"心下狐疑，遂翻来覆去，在床上声响，若霞听见，忙送上茶来道："状元睡了这多时，夜饭还不曾用哩，且请用杯茶。"双星道："夜饭不吃了，茶到妙。"遂坐起身来吃茶。此时明烛照得雪亮，看见送茶的侍妾是旧人，因问道："你是若霞姐呀！"若霞道："正是若霞。状元如今是贵人，为何还记得？"双星道："日日见你跟随小姐，怎么不记得！不但记得你，还有一位彩云姐，是小姐心上人，我也记得。我如今要见他一回，问他几句闲话，不知你可寻得他来？"若霞听见，忙将手指一咬道："如今他是贵人了，我如何叫得他来？"双星听了，着惊道："他与你同服侍小姐，为何他如今独贵？"若霞道："有个缘故，自小姐被姚太监选了去，老爷与夫人在家狐狐独独，甚是寂寞。因见彩云朝夕间，会假殷勤趋奉，遂喜欢他，将他立做义女，以补小姐之缺。吩咐家下人，都叫他做二小姐，要借宰相门楣，招赘一个好女婿为半子，以花哄目前。无奈远近人家，都知道根脚的，并无一人来上钩。如今款留状元，只怕明日还要假借小姐之名，来哄骗状元哩！"双星听了，心中暗想道："这就没正经了。"也不说出，但笑笑道："原来如此！"说罢，就依然睡下了。正是：

> 妒花苦雨时时有，蔽日浮云日日多。
>
> 漫道是非终久辨，当前已着一番魔。

双星睡了一夜，次早起来梳洗了，就照旧日规矩，到房中来定省。才走进房门，早隐隐看见一个女子，往房后避去。心下知是彩云，也就不问。因上前与岳父、岳母相见了。江章与夫人就留他坐下，细问别来之事。双星遂将自中了解元，就要来践前盟，因母亲立逼春闱，只得勉强进京。幸得侥幸成名，即欲恩恩归娶。又不料屠驸马强婚生衅，嘱托当事，故有海外之行诸事，细细说了一遍。江阁老与夫人听了，不胜叹息，因说道："状元既如此有情有义，则小女之死，不为枉矣。但小女临行，万事俱不在心，只苦苦放我两老亲并状元不下，昼夜思量，方想出一个藕断丝牵之妙法，要求状元曲从。不知状元此时此际，还念前情，而肯委曲否？"双星听了，知是江章促他彩云之事。因忙忙立起身来，朝天跪下发誓道："若论小姐为我双星而死之恩情，便叫我粉骨碎身，亦所不辞，何况其余！但说移花接木，关着婚姻之事，便死亦不敢从命！我双星须眉男子，日读圣贤书，且莫说伦常，原不敢背，只就少年好色而言，我双星一片痴情，已定于蕊珠贤妹矣。舍此，纵起西子、王嫱于地下，我双星也不入眼，万望二大人相谅。"说罢，早泪流满面，江章连忙搀他起来，道："状元之心，已可告天地矣；状元之情，已可泣鬼神矣，何况人情，谁不起敬！但人之一身，宗祀所关，婚姻二字，也是少不得的。状元还须三思，不可执一。"双星道："婚姻怎敢说可少？若说可少，则小婿便不该苦求蕊珠贤妹了。但思婚盟一定不可移，今既与蕊珠贤妹订盟，则蕊珠贤妹，生固吾妻，死亦吾妻，我双星不为无配矣。况蕊珠小姐，不贪皇宫富贵，而情愿守我双星一盟而死于非命，则其视我双星为何如人！我双星乃贪一瞬之欢，做了个忘恩负义之人，岂不令蕊珠贤妹衔恨含羞于地下！莫说宗嗣尚有舍弟可承，便覆宗绝嗣，亦不敢为禽兽之事。二大人若念小婿狐单，欲商量婚姻之妙法，除了令爱重生，再无别法。"江阁老道："状元不要错疑了，这商量婚姻的妙法，不是我老夫妻的主意，实是小女临行的一段苦心。"双星道："且请问小姐的苦心妙法，却是怎样？"江阁老道："他自拚此去身死，却念我老夫妻无人侍奉，再三叫我将彩云立为义女，以代他晨昏之定省。我老夫妻拂不得他的孝心，只得立彩云为次女。却喜次女果不负小女之托，寒添衣，饥劝饭，实比小女还殷勤，此一事也。小女又知贤婿乃一情种，闻他之死，断然不忍再娶，故又再三求我，将次女以续状元之前盟。知状元既不忘他，定不辜他之意。倘鸾胶有效，使我有半子之依，状元无覆绝之虑，岂不玉碎而瓦全？此皆小女千思百虑之所出，状元万万不可认做荒唐，拒而不纳也。"双星听了，沉吟细想

道：“此事若非蕊珠贤妹之深情，决不能注念及此。若非蕊珠贤妹之俏心，决不能思算至此。况又感承岳父恳恳款款，自非虚谬。但可惜蕊珠贤妹，已茫茫天上了，无遗踪可据。我双星怎敢信虚为实，以作负心，还望岳父垂谅。”江阁老道：“原来贤婿疑此事无据么？若是无据，我也不便向贤婿谆谆苦言了。现有明据在此，可取而验。”双星道：“不知明据，却是何物？”江阁老道：“也非他物，就是小女临行亲笔写的一张字儿。”双星道：“既有小姐的手札，何不早赐一观，以消疑虑。”江阁老因吩咐叫若霞去问二小姐，取了大小姐留下的手书来。只因这一取，有分教：鸳梦有情，鸾胶无力。不知后事如何，且听下回分解。

第十五回 览遗书料难拒命请分榻以代明烛
续旧盟只道快心愿解襦而试坐怀

词云：

死死生生心乱矣，更有谁，闲情满纸。及开读琼瑶，穷思极虑，肝胆皆倾此。'苦要成全人到底，热突突，将桃作李。血性犹存，良心未丧，何敢为无耻。

寄调《雨中花》

说话江太师因双状元闻知小姐有手书写他，再三索看，只得吩咐若霞道："你可到拂云楼上，对二小姐说，老爷与双状元在房中议续盟之事，因双状元不信此议出自大小姐之意，再三推辞，故老爷叫我来问二小姐讨取前日大小姐所留的这封手书。叫二小姐取与我拿出去与双状元一看，婚姻便成了。"若霞领了太师之命，忙忙入去，去了半晌，忽又空手走来，回复道："二小姐说，大小姐留下的这封书，内中皆肝胆心腹之言，十分珍重，不欲与旁人得知。临行时再三嘱托，叫二小姐必面见状元，方可交付。若状元富贵易心，不愿见书，可速速烧了，以绝其迹，故不敢轻易发出。求老爷请问状元，还是愿见书，还是不愿见书？若是状元做官，大小姐做鬼，变了心肠，不愿见书，负了大小姐一团美意，便万事全休，不必说了。若状元有情有意，还记得临行时老爷夫人面订之盟，还痛惜大小姐遭难流离守贞而死之苦，无处追死后之魂，还想见其生前之笔，便当忘二小姐昔日之贱，以礼相求；捐状元今日之贵，以情相恳。则请老爷夫人，偕状元入内楼，面付可也。至于盟之续不续，则听凭状元之心，焉敢相强？"

双星听见彩云的传言，说得情理侃侃，句句缚头缚脚，暗想道："彩云既能为此言，便定有所受，而非自利耳。"因对若霞道："烦你多多致意二小姐，说我双星向日慕大小姐，而愿秣马秣驹，此二小姐所知也。空求尚如此，安有既托丝萝而反不愿者？若说春秋两闱侥幸而变心，则屠婚可就，而海外之风波可免矣；若说无情无义，则今日天台不重访矣；若说苦苦辞续盟之婚，此非忘大小姐之盟，而别订他盟，正痛惜大

小姐之死于盟，而不忍负大小姐之盟也。若果大小姐有书可读，读而是真是伪，则书中之命，当一一遵行，必不敢稍违其半字。若鸾笺乌有，滴泪非真，则我双不夜宁可违生者于人间，决不负死者于地下。万望二小姐略去要挟之心，有则确示其有，以便恳岳父母相率匍伏楼下，九叩以求赐览。"若霞只得又领了双状元之言，又入去了。不一时又出来说道："二小姐已捧书恭候，请老爷夫人同状元速入。"江阁老因说道："好，好，好！大家同进去看一看，也见一个明白。"遂起身同行。正是：

　　　　柳丝惯会藏鹦鹉，雪色专能隐鹭鸶。

　　　　不是一函亲见了，情深情浅有谁知？

　　双星随着岳父母二人，走至拂云楼下，早见彩云巧梳云鬟，薄着罗衣，与蕊珠小姐一样装束，手捧着一个小小的锦袱，立于楼厅之右，也不趋迎，也不退避。双星见了，便举手要请他相见；彩云早朗朗的说道："相见当以礼，今尚不知宜用何礼，暂屈状元少缓，且请状元先看了先小姐之手书，再定名分相见何如？"因将所捧的小锦袱放在当中一张桌上，打开了，取出蕊珠小姐的手札来，叫一个侍妾送与双星。彩云乃说道："是假是真，状元请看。"双星接在手中，还有三分疑惑，及定睛一看，早看见书面上写着："薄命落难妾江蕊珠谨致书寄上双不夜殿元亲启密览"二十二个小楷，美如簪花，认得是小姐的亲笔，方敛容滴泪道："原来蕊珠小姐，当此倥偬之际，果相念不忘，尚留香翰以致殷勤，此何等之恩，何等之情，义当拜受。"因将书仍放在桌上，跪下去再拜。江阁老看见，忙搀住道："这也不消了。"双星拜完起来，见书面上有"密览"二字，遂将书轻轻拆开，走出楼外阶下去细看。只见上写道：

　　妾闻婚姻之礼，一醮终身。今既遭殃，死生已判。若论妾为郎而死，死更何言！一念及生者之恩，死难瞑目。想郎失妾而生，生应多恨；若不辜死者之托，生又何惭！忆自郎吞声别去，满望吐气锦归，不道谗入九重，祸从天降。自应形消一旦，恨入地中，此皆郎之缘悭，妾之命薄。今生已矣，再结他生，夫复谁尤？但恐妾之一死，漠漠无知，窃恐双郎多情多义，怜妾之受无辜，痛妾之遭荼毒，甘守孤单，则妾泉下之魂，岂能安乎？再四苦思，万不得已，而恳父母，收彩云

为义女，欲以代妾而奉箕帚。有如双郎，情不耐长，义难经久，以玉堂金马，而别牵绣幕红丝，则彩云易散，原不相妨。倘双郎情深义重，生死不移，始终如一，则妾一线未了之盟，愿托彩云而再续。若肯怜贱妾之死骨而推恩，则望勿以彩云之下体而见弃。代桃以李，是妾痴肠；落月存星，望郎刮目。不识双郎能如妾愿否？倘肯念旧日之鸠鹊巢，仍肯坦别来之金紫腹，则老父老母之半子，有所托矣。老父老母之半子既有托，则贱妾之衔结，定当有日。哀苦咽心，言不尽意，乞双郎垂谅，不宣。

双星读了一遍，早泪流满面。及再读一回，忽不禁哀哀而哭道："小姐呀，小姐呀！你不忍弃我双星之盟，甘心一死，则孤贞苦节，已自不磨。怎又看破我终身不娶，则知己之感，更自难忘。这还说是人情，怎么又虑及我之宗嗣危亡，怎么又请人代替，使我义不能辞！小姐呀，小姐呀！你之义胆，亦已倾吐尽矣！"因执书沉想道："我若全拒而不从，则负小姐之美意；我若一一而顺从，则我双星假公济私，将何以报答小姐？"又思量了半晌，忽自说道："我如今有主意了。"遂将书笼入袖中，竟走至楼下。

此时彩云，见双星持书痛哭，知双星已领会小姐之意，不怕他不来求我，便先上楼去了。江阁老见双星看完书入来，因问道："贤婿看小女这封书，果是真么？"双星道："小姐这封书，言言皆洒泪，字字有血痕。不独是真，而一片曲曲苦心，尽皆呕出矣，有谁能假？"江阁老道："既是这等，则小女续盟之议，不知状元以为何如？"双星道："蕊珠小姐既拼一死矣，身死则节著而名香矣，他何必虑？然犹千思百虑，念我双星如此，则言言金玉也。双星人非土木，焉敢不从！"江阁老道："状元既已俯从，便当选个黄道吉日，要请明结花烛矣。"双星道："明结花烛，乃令爱小姐之命，当敬从之，以尽小姐念我之心。然花烛之后，尚有从而未必尽从之微意，聊以表我双星不忘小姐之私，亦须请出二小姐来，细细面言明方好。"江阁老听了，因又着若霞去请。若霞请了，又来回复道："二小姐说，状元若不以大小姐之言为重，不愿结花烛则已；既不忘大小姐，而许结花烛，且请结过花烛以完大小姐之情案。若花烛之后，而状元别有所言，则其事不在大小姐，而在二小姐矣。可从则从，何必今日琐琐？"双星听了，点头道是，遂不敢复请矣。江阁老与夫人见婚盟已定，满心欢喜。遂同双星出到后厅，忙忙吩咐家人去打点结花烛之事。正是：

妙算已争先一着，巧谋偏占后三分。

其中默默机锋对，说与旁人都不闻。

江阁老见双星允从花烛，便着人选吉日，并打点诸事俱已齐备，只少一个贵重媒人。恰恰的礼部尚书林乔，是他同年好友，从京中出来拜他。前日报双状元封王之信也就是他。江阁老见他来拜，不胜欢喜，就与他说知双状元封王已归，今欲结亲之事，就留他为媒，林乔无不依允。

双星到了正日，暗自想道："彩云婢作夫人，若坐在他家，草草成婚，岂不道我轻薄？轻薄他不打紧，若论到轻薄他，即是轻薄了小姐，则此罪我双星当不起了。"因带了长班，急急走还大座船上，因将海上珍奇异宝，检选了数种，叫人先鼓乐喧天的送到江阁老府，以为聘礼。然后自穿了钦赐的一品服色，坐了显轿，衙役排列着银瓜状元的执事，一路灯火，吹吹打打而来，人人皆知是双状元到江太师府中去就亲，好不兴头。到了府门，早有媒人礼部尚书林乔代迎入去。到了厅上，江太师与江夫人，早已立在大厅上，铺毡结彩的等候。见双状元到了，忙叫众侍妾簇拥出二小姐来，同拜天地，同拜父母，又夫妻交拜。拜毕，然后拥入拂云楼上去，同饮合卺之卮。外面江太师自与林尚书同饮喜酒不提。

且说双星与彩云二人到了楼上，此时彩云已揭去盖头，四目相视，双星忙上前，又是一揖道："我双星向日为小姐抱病时，多蒙贤卿委曲周旋，得见小姐，以活余生，到今衔感，未敢去心，不料别来遭变，月缺花残，只道今生已矣，不意又蒙小姐苦心，巧借贤卿以续前盟。真可谓恩外之恩，爱中之爱矣。今又蒙不辜小姐之托，而殷勤作天台之待，双星虽草木，亦感春恩。但在此花烛洞房，而小姐芳魂，不知何处，生死关心，早已死灰槁木。若欲吹灯含笑，云雨交欢，实有所不忍，欲求贤卿相谅。"说罢，凄凄咽咽，苦不胜情。彩云自受了小姐之托，虽说为公，而一片私心，则未尝不想着偎偎倚倚，而窃双状元之恩爱。今情牵义绊，事已到手，忽见双状元此话，渐渐远了，未免惊疑。因笑嘻嘻答道："状元此话，就说差了。花是花，叶是叶，原要看得分明。事是事，心是心，不可认做一样。贱妾今日之事，虽是续先姐之盟，然先姐自是一人，贱妾又是一人。状元既不忘先姐，却也当思量怎生发付贱妾。不忍是心，花烛是事。状元昔日之心，既不忍负，则今日之花烛，又可虚度耶？状元风流人也，对妾纵不生怜，难道身坐此香温玉软中，竟忍心而不一相慰藉耶？"双星道："贤卿美情，固难发付，花烛良宵，固难虚度，但恨我双星一片欢情，已被小姐之冤恨沉沉销磨尽矣，岂复知人间还有风流乐事！芳卿纵是春风，恐亦不能活予枯木。"彩云复笑道："阳台云雨，一笑自生，但患襄王不入梦耳。状元岂能倦而不寝耶？且请少尽一卮，以速睡魔，周旋合卺。"因命侍儿捧觞以进。双星接卮在手，才吃得一口，忽突睁两眼，看看彩云，大声叹息道："天地耶，鬼神耶？何人欲之溺人如此耶？我双星之慕小姐，几不能生；小姐为我双星，已甘一死。恩如此，爱如此，自应生生世世为交颈鸳（鸯），为连理树。奈何遗骨未埋，啼痕尚在，早坐此花烛之下，而对芳卿之欢容笑口，饮合卺卮耶？使狗彘有知，岂食吾余？双星，双星，何不速傍烟销，早随灯灭，也免得出名教之丑，而辱我蕊珠小姐也！"哀声未绝，早涕泗滂沱，而东顾西盼，欲寻死路。彩云见双星情义激烈，因暗忖道："此事只宜缓图，不可急取。急则有变，缓则终须到手。"因急上前再三宽慰道："状元不必认真，适才之言，乃贱妾以试状元之心耳。状元以千秋才子，而独定情于先姐，先姐以绝代佳人，而一心誓守状元，此贱妾之深知也。贱妾何人，岂不自揣，焉敢昧心蒙面，而横据鹊巢，妄冀状元之分爱？不过奉先姐之遗命，欲以窃状元半子之名分，以奉两亲耳。今名分既已正矣，先姐之苦心，亦已遂矣。至于贱妾，娇非金屋，未免有玷玉堂，吐之弃之，悉听状元，贱妾何敢要求？"双星听了，方才破涕说道："贤卿若能怜念我双星至此，则贤卿不独是双星之笑己，竟是保全我双星名节之恩人矣。愿借此花烛之光，请与贤卿重订一盟，从此以至终身，但愿做堂上夫妻，闺中朋友，则情义两全矣。"彩云道："此非状元之创论，'琴瑟友之'，古人已先见之于诗矣。"双星听了，不觉失笑。二人说得投机，因再烧银烛，重饮合欢，直尽醉方止。彩云因命侍妾另设一榻，请状元对寝。正是：

情不贪淫何损义，义能婉转岂伤情。
漫言世事难周到，情义相安名教成。

到了次日，二人起来，双星梳洗，彩云整妆，说说笑笑，宛然与夫妻无疑。因三朝不出房，双星与彩云相对无事，因细问小姐别来行径。彩云说到小姐别后题诗相忆，双星看了，又感叹一回。彩云说到赫公子求亲，被袁空骗了，及打猎败露之事，双星

听见，又笑了一回。及彩云说到姚太监挟圣旨威逼之事，双星又恼怒了一回。彩云再说到小姐知事不免，情愿拼一死，又不欲父母闻知，日间不敢高声，只到深夜方哀哀痛哭之事，双星听了，早已柔肠寸断。彩云再说出小姐苦苦求父母收贱妾为义女，再三结贱妾为姊妹，欲以续状元之盟，又恐状元不允，挑灯滴泪写书之事，双星听不完，早已呜呜咽咽，又下哀猿之泪矣。哭罢，因又对彩云说道："贤卿之意，我岂不知？芳卿之美，我岂不爱？无奈一片痴情，已定于蕊珠小姐，欲遣去而别自寻欢，实所不能，亦所不忍！望贤卿鉴察此衷，百凡宽恕。"彩云道："望沾雨露，实草木之私情。要做梅花，只得耐雪霜之寒冷。小姐止念一盟，并无交接，尚赴义如饴，何况贱妾，明承花烛，已接宠光，纵枕席无缘，而朝朝暮暮之恩爱有加，胜于小姐多矣，安敢更怀不足！状元但请敦伦，勿以贱妾介意。"双星听了大喜道："得贤卿如此体谅，衔感不尽。"因欢欢喜喜过了三朝，同出来拜见父母。

江阁老与夫人，只认做他二人成了鸾交凤友，满心欢喜。双星因说道："小婿蒙岳父岳母生死成全，感激无已。不独半子承欢，而膝下之礼，誓当毕尽！但恨王命在身，离京日久，不敢再留，只得拜别尊颜，进京复命。稍有次第，即当请告归养，以报大恩，万望俯从。"江阁老道："别事可以强屈，朝廷之事，焉敢苦羁，一听荣行。但二小女与状元新婚燕尔，岂有遽别？事在倥偬，又不敢久留，莫若携之以奉衾裯，庶几两便。"双星道："小婿勉从花烛者，止不过欲借二小姐之半子，以尽大小姐之教，而破二大人之寂寞，非小婿之贪欢也。若携之而去，殊失本旨。况小婿复命之后，亦欲请旨省亲，奔波道路，更觉不宜。只合留之妆阁，俟小婿请告归来，再偕奉二大人为妙。"江阁老道："状元处之甚当。"遂设酒送行。又款留了一日，双星竟开船复命去了。正是：

　　来是念私情，去因复王命。
　　去来甜苦心，谁说又谁听。

双星进京复命，且按下不提。却说江夫人闲中，偶问及彩云，双星结亲情义何如，彩云方将双星苦守小姐之义，万万不肯交欢之事，细细说了一遍。夫人听了，虽感激其不忘小姐，却恐怕彩云之婚，又做了空帐，只得又细细与江阁老商量。江阁老听了，因惊怪道："此事甚是不妥，彩云既不曾与他粘体，他这一去，又不知何时重来。两头俱虚，实实没些把臂。他若推辞，反掌之事。"夫人道："若是如此，却将奈何？"江阁老道："我如今有个主意了。"夫人道："你有甚么主意？"江阁老道："我想鸠鹊争巢，利于先入。双婿既与彩云明偕花烛，名分已正，其余闺阁之私，不必管他。我总闲在此，何不拼些工夫，竟将彩云送至蜀中，交付双亲母做媳妇。既做了媳妇，双婿归来，纵不欢喜，却也不能又生别议。况又婿守义，谅不别娶。归来与二女朝朝暮暮，雨待云停，或者一时高兴，也不可知。若到此时，大女所托之事，岂不借此完了！"夫人听了，方大喜道："如此甚妙。但只愁你年老，恐辛苦去不得。"江阁老道："水有舟，旱有车马，或亦不妨。"夫人道："既如此，事不宜迟，须作速行之。"江阁老因吩咐家人，打点入蜀，只因这一入蜀，有分教：才突尔惊生，又不禁喜死。不知后事如何，且听下回分解。

第十六回　节孝难忘半就半推愁忤逆
死生说破大惊大喜快团圆

词云：

眼耳虽然称的当，若尽凭他，半是糊涂帐。花事喧传风雨葬，谁知原在枝头放。　　死去人儿何敢望，花烛之前，忽见他相傍。这喜陡从天上降，早惊破现团圆相。

寄调《蝶恋花》

话说江阁老算计定，要送二小姐入蜀，因命家人打点行装，备俱舟楫，择日长行。彩云与夫人作别而去，且按下不提。

却说双星进京复命，一路府县官知他是钦差，又是少年状元，无不加礼迎送，甚是风骚。双状元却一概辞免。一日行到了天津卫地方，双状元因念小姐死节于此，遂吩咐住船，叫手下在河边宽阔处，搭起一座篷厂来，请了十二个高僧，做佛事超荐江蕊珠小姐。道场完满，又亲制祭文，身穿素服，着人摆设祭礼，自到河边再三哭奠。因命礼生读祭文道：

惟某年某月某日，新科状元赐一品服奉使海外封王孝夫双星，谨以香烛遮馐之仪，致祭于大节烈受聘未婚双夫人江小姐之灵曰：呜呼！夫人何生之不辰耶？何有缘而又无缘耶？夫人钟山川之秀气，生台阁之名门，珠玉结胎，冰霜赋骨，闺才倾绝代，懿美冠当时。使皇天有知，后土不昧，先播淑风，早承圣命，则今日友配青宫，异日母仪天下，安可量耶？奈何父兮母兮误许书生，又恨贪兮贱兮未迎之子，适圣世之流采无方，忽一旦而宠诏自天，乃贞女之讲求有素，不终日而含笑入地，呜呼，痛哉！何能已也，不知其可也！夫人未尝蹈其辙，是谁之过欤？双星安敢辞其辜！至今夫人游魂已散，而姓字生香；双星热面虽存，而衣冠抱愧。百身莫赎，徒哀哀而问诸水浜；一死未偿，实局局而难容于世上。呜呼！

问盟则言犹在耳，问事则物是人非，问婚姻则水流花谢矣。有缘耶？无缘耶？夫人何生之不辰耶？呜呼哀哉？伏惟尚飨。

祭文读罢，双星涕泗交流，痛哭不已，见者无不垂泪。祭毕，双星随即起旱进京复命。

到了京中，次早五更入朝，进上各国表章，又将各国贡献的奇珍异宝，一同进上，天子亲自临轩，先看了双星的奏疏，知海外百余国，尽皆宾服，又各有进奉，龙颜大悦。因宣双星上殿，亲赐天语道："遐方恃远，久不来王。今日一旦输诚纳款，献宝称臣，实古所稀有。此皆尔才能应变之所致也，其功不小。"双星忙俯伏奏道："皇恩浩荡，圣德汪洋，四海皆望风而向化，微臣何功之有！"天子闻奏愈喜，因又说道："尔不辱君命，又有跋涉之劳，其功不可不赏。特赐尔为太子太傅，黼黻皇猷，佐朕之不逮。"双星连忙谢恩，谢毕，因又奏道："臣草莽蒙恩，叨居鼎甲，虽披沥肝胆，亦不能报皇恩于万一。但出使经年，寡母在堂，未免倚闾望切，乞陛下赐臣归里，少效乌鸟三年，再展终身之犬马，则感圣恩无尽矣。"天子听了大喜道："不尽孝焉能尽忠，准尔所奏。三年之后，速来就职可也。"赐黄金百镒，美锦百端。双星谢恩退出。百官闻知，尽来恭贺。

双星恐怕在京耽延，又生别议，遂连夜收拾，次早即辞朝出京，及屠附马闻知，再打点同公主入朝恳天子赐婚状元，而状元已离京远矣。无可奈何，只得罢了。正是：

夜静休将香饵投，鳌鱼早已脱金钩。

洋洋圉圉知何处，明月空教载满舟。

双星请告出京，且按下不提，却说江阁老同了彩云小姐并侍从，望四川而来，喜得一路平平安安，不日到了双流县，寻了寓处住下，随命家人到双家去报知。家人寻到了，因对门上人说道："我是浙江江阁老老爷家的家人，有事要禀见太夫人。"门上人见说是江小姐家里人，便不敢停留，即同他到厅来见夫人。江家人见了夫人，忙磕头禀道："小人是浙江江太师老爷家家人，双状元与家老爷是翁婿。前日双状元已在本府，与小夫人结过亲了。今状元爷进京复命，故家老爷亲送小夫人到此，拜见老夫人，今已到在寓处，故差小人来报知。"双夫人听了这番言语，竟不知这小夫人，又是谁人，心中疑惑，一时不好回言，只得起身入内，与小姐说知。小姐听了，又惊又喜华又狐疑，想道："终不成我父亲直送彩云到此。"因对双夫人说道："婆婆可叫来人见我。"双夫人忙着人去叫。江家人见叫他入内，只得低着头走进，到了内厅前檐下。小姐早远远看见是江安，忙叫一声："江安，你可知我小姐在此么？"那江安忽听见有人叫他名字，不知是谁，忙抬头往厅上一看，忽见蕊珠小姐，坐在双夫人旁边，再看是真，直吓得魂魄俱无。不禁大叫一声道："不好了！"就往外飞跑去了。小姐忙叫家人去赶转。家人因赶上扯住他道："小夫人叫你说话，为何乱跑？"江安见有人扯他，急得只是乱推乱挣道："爷爷饶了我罢！我一向听得人说，四川相近酆都城，有鬼，今果然有在你家。吓杀人也！吓杀人也！"双家人笑道："老兄不要慌，鬼在那里？"江安道："里面坐的小姐，岂不是鬼？"双家人道："老哥不要做梦了，小姐虽传说投河死了，却喜得救活在此，你不要着惊。"江安听了，又惊又喜道："果是真么？你不要哄我。"双家人道："我哄你做甚，快去见小姐！"江安方定了神，又跑进来，看着小姐，连连磕头道："原来小姐果然重生了，这喜是那里说起？"小姐道："且问你，老爷为何到此，夫人在家好么？"江安道："老爷与夫人身体虽喜康健，只因闻了小姐的死信，也哭坏了许多。老爷此来，是为二小姐与双状元已结过亲，因双状元进京，故送二小姐来侍奉老夫人。谁知无意中遇着小姐，真是喜耶！待小人快去报知老爷与二小姐，也使他们欢喜欢喜。"小姐听了，也不胜欢喜。因吩咐江安道："你先去报知也好，我这里随后就有轿马来接。"江安急急去了。小姐就与双夫人说明，忙差青云、野鹤，领着轿马人夫去迎请。

　　江阁老已有江安报知，喜个不了，巴不得立刻就来相见。及轿马到了，一刻也不停留，就同彩云上轿而来。小姐听见父亲到了，忙亲自走到仪门口，接了进来。到得厅上，先父女抱头大哭一场，又与彩云执手悲伤了一遍，然后欢欢喜喜说道："今生只道命苦，永无相见之期，谁知皇天垂佑，又得在此相逢，真人生侥幸也。"小姐先拜了父亲，就与彩云交拜。拜毕，方请双夫人带着双辰出来相见。相见过，彼此称谢。蕊珠小姐又与双夫人说明彩云小姐续盟之事，又叫彩云拜了婆婆，双夫人不胜之喜，因命备酒，与亲家洗尘，合家欢喜不过。正是：

当年拆散愁无奈，今日相逢喜可知。

好向灯前重细看，莫非还是梦中时。

大家吃完团圆喜酒，就请江阁老到东边厅里住下。彩云小姐遂请入后房，与蕊珠小姐同居，二人久不会面，今宵乍见，欢喜不过，就絮絮聒聒，说了一夜，说来说去，总说的是双状元有情有义，不忘小姐之事。蕊珠小姐听了，不胜感激，因暗暗想道："当日一见，就知双郎是个至诚君子，故赋诗寓意，而愿托终身。今果能死生不变，我蕊珠亦可谓之识人矣。但既见了我的书，肯与彩云续盟，为何又坐怀不乱？只这一句话，尚有三分可疑。"也不说破，故大家在闺中作乐，以待状元归来，再作道理。

过了月余，江阁老就要辞归，蕊珠小姐苦苦留住，那里肯放。又恐母亲在家悬望，遂打发野鹤，先去报喜，江阁老只得住下。又过不得月余，忽有报到，报双状元加了太子太傅之衔，钦赐荣归养亲，大家愈加欢喜。

江小姐闻知，因暗暗对双夫人说道："状元归时，望婆婆且莫说出媳妇在此，须这般这般，试他一试，方见他一片真心。"双夫人听了道："有理，有理，我依你行。"遂一一吩咐了家下人。

又过不得些时，果然状元奉旨驰驿而还。一路上好不兴头，十分荣耀。到了成都府，早有府官迎接，到了双流县，早有县官迎接。双夫人着双辰直迎至县城门外。双星迎接到家，先拜了祖先，然后拜见母亲道："孩儿只为贪名，冬温夏清之礼，与晨昏定省之仪皆失，望母亲恕孩儿之罪。"双夫人道："出身事主，光宗耀祖，此大孝也，何在朝夕。"兄弟双辰，又请哥哥对拜。拜毕，双夫人因又说道："浙江江亲家，远远送了媳妇来，实是一团美意。现住在东厅，你可快去拜见谢他。"双星道："江岳父待孩儿之心，实是天高地厚。但不该送此媳妇来，这媳妇之事，却非孩儿所愿，却怎生区处？"双夫人道："既来之，则安之，有话且拜见过再说。"

双星遂到东厅，来拜见江阁老道："小婿因归省心急，有失趋侍，少答勉劳，即当晨昏子舍，怎反劳岳父大人跋涉远道，叫小婿于心何安？"江阁老道："儿女情深，不来则事不了，故劳而不倦，状元宜念之。"说不完，彩云早也出来见了，见毕，双星因说道："事有根因，我双星与贤卿所续之盟，是为江非为双也。贤卿为何远迢迢到此？"彩云因答道："事难逆料，状元与贱妾所守之戒，是言死而非言生也，贱妾是以急忙忙而来。"

　　双星听了，一时摸不着头路。因是初见面，不好十分抢先，只得隐忍出来，又见母亲。双夫人因责备他道："你当先初出门时，你原说要寻一个媳妇，归来侍奉我。后秋试来家，你又说寻着了江家小姐，幸不辱命。今你又侥幸中了状元，江阁老又亲送女儿来与你做媳妇；自是一件完完全全的美事，为何你反不悦？莫非你道我做母亲的福薄，受不起你夫妻之拜么？"双星道："母亲不要错怪了孩儿，孩儿所说寻着了江家小姐，是大女蕊珠小姐，非二女彩云小姐也。"双夫人道："既是大小姐，为何江亲家又送二小姐来？"双星道："有个缘故，大小姐不幸遭变，为守孩儿之节死了，故岳父不欲寒此盟，又苦苦送二小姐来相续。"双夫人道："续盟之意，江亲家可曾与你说过？"双星道："已说过了。"双夫人道："你可曾应承？"双星道："孩儿原不欲应承，只因大小姐有遗书再三嘱托，孩儿不敢负他之情，故勉强应承了。"双夫人道："应承后可曾结亲？"双星道："亲虽权宜结了，孩儿因忘不得大小姐之义，却实实不曾同床。"双夫人道："你这就大差了。你虽属意大小姐，大小姐虽为你尽节，然今亦已死矣。你纵义不可忘，只合不忘于心，再没个身为朝廷臣子，而守匹夫不娶小节之理。江亲家以二小姐续盟，自是一团美意。你若必欲守义，就不该应承，就不该结亲；既已结亲，而又不与同床，你不负心固是矣，而此女则何辜？殊觉不情。况你在壮年，不遂家室，将何以报母？大差，大差！快从母命，待我与你再结花烛。"双星道："母亲之命，焉敢有违。但不必同床，却是孩儿报答蕊珠小姐之一点痴念，万万不可回也。"双夫人笑一笑道："我儿莫要说嘴，倘到其间，这点痴念，只怕又要回了，却将如何？"双星说到伤心，不觉凄然欲哭道："母亲，母亲，若要孩儿这点痴回时，除非蕊珠小姐再世重生，方才可也。"双夫人听了，又笑一笑道："若是这等说，我要回你的痴念头便容易了。"双星也只说母亲取笑，也不放在心上。

　　双夫人果然叫人捡了一个黄道吉日，满厅结彩铺毡，又命乐人鼓乐喧天，又命家人披红挂彩，又命礼生往来赞襄，十分丰盛热闹。到了黄昏，满厅上点得灯烛辉煌，礼生喝礼，先请了状元新郎出来，然后一阵侍妾簇拥着珠冠霞帔阁老小姐出来，同拜天地，又同拜母亲双夫人，又同拜泰山江阁老。拜毕，然后笙箫鼓乐，迎入洞房。正是：

白面乌纱正少年，琼姿玉貌果天然。

若非种下风流福，安得牵成萝茑缘！

　　状元与小姐到了房中，虽是对面而坐，同饮合欢，却面前摆着两席酒，相隔甚远。席上的锭盛糖果，又高高堆起，遮得严严，新人虽揭去盖头，却缨络垂垂，挂了一面，那里看得分明。况双星心下已明知是彩云小姐，又低着头不甚去看，那里知道是谁。左右侍妾，送上合卺酒来，默饮了数杯，俱不说话。又坐了半晌，将有请入鸳帏之意，双星方开口对着新人说道：“良宵花烛，前已结矣。合卺之卮，前已饮矣。今夕复举者，不过奉家慈之命，以尽贤卿远来之意。至于我双星感念令先姐之恩义，死生不变，此贤卿所深知，不待今日言矣。分榻而寝，前已有定例，不待今日又讲矣。夜漏已下。请贤卿自便，我双星要与令先姐结梦中之花烛矣。疏冷之罪，统容荆请。”说罢就要急走出房去。只见新人将双手分开面上的珠络，高声叫道：“双郎，双郎，你看我是那个！你果真为我蕊珠多情如此耶？你果真为我蕊珠守盟如此耶？我江蕊珠获此义夫，好侥幸耶！”双星突然听见蕊珠小姐说话，吃了一惊，再定睛一看，认得果是蕊珠小姐。这一喜非常，便不问是生是死，是真是假，忙走上前，一把抱定不放。道：“小姐呀，小姐呀！你撇得我双星好狠耶，你想得双星好苦耶！你今日在此，难道不曾死耶，你难道重生耶，莫非还是梦耶？快说个明白！”小姐道：“状元不须惊疑，妻已死矣，幸得有救，重生在此。”双星道：“果是真么？”小姐道：“若不是真，小妹缘何在此？”双星方大喜道：“贤妹果重生，只怕我双星又要喜死耶！贤妹呀，贤妹呀，且莫说你为我双星投河而死之大节，即遗书托令妹续盟这一段委曲深情，也感激不尽！”小姐道：“状元为我辞婚屠府，而甘受海上风涛之险，这且慢论，只舍妹续盟一段，而状元既念妻之情而不忍违，又守妾之义而断不染，真古今钟情人所未有，叫我小妹如何不私心喜而生敬！”双星道：“此一举，在贤妹可以表情，在愚兄可以明心，俱得矣。只可怜令妹，碌碌为人，而徒享虚名，毫无实际，他一副娇羞热面，也不知受了我双星多少抢白；他一片恳款真心，我双星竟不曾领受他半分。今日得与夫人相见，而再一回思，殊觉不情，不能无罪。明日还求贤妹，率我去负荆以请。”蕊珠小姐道：“这也不消了。舍妹前边的苦尽，后面自然甘来，何须性急？可趁此花烛，着人请来，当面讲明，使大家欢喜。”

侍妾才打帐去请，原来彩云此时正悄悄伏在房门外，听他二人说话，听到二人说他许多好处，再听见叫侍妾请他，不待请竟揭开房帏，笑嘻嘻走了入来。说道："二新人幸喜相逢，我小妹也只得要三曹对案了。状元疑小姐的手书是假，今请问小姐是假不是假？姐姐疑状元与妹子之花烛，未必无染，今请问状元是有染是无染？"双星与蕊珠小姐一齐笑道："手书固然是真，而续盟亦未尝假。从前虽说无染，而向后请将颜色染深些，以补不足，亦未为不可。二小姐何必这等着急？"彩云听了，也忍不住笑将起来。双星因命撤去套筵，重取芳樽美味，三人促膝而饮。细说从前许多情义，彼此快心。直饮到醉乡深处，方议定今宵巫峡行云，明夕阳台行雨，先送彩云到高唐等梦，然后双星携蕊珠小姐，同入温柔，以完满昔日之愿。正是：

> 人心乐处花疑笑，好事成时烛有光。
>
> 不识今宵鸳帐里，痴魂消出许多香。

到了次夜，蕊珠小姐了无妒意，立逼双郎与彩云践约。正是：

> 记得闻香甘咽唾，常羞对美苦流涎。
>
> 今宵得做鸳鸯梦，这段风流岂美仙。

双星闺中快乐，过了三朝，然后重率大小两个媳妇，拜见婆婆。双夫人见他一夫二妇，美美满满，如鱼水和谐，怎么不喜。又同拜见岳丈，江阁老更是欣然。大家欢欢喜喜，倏忽过了半年。

江阁老见住久，忽思量要回去。双星因与母亲商量道："两个媳妇，本该留在家中，侍奉母亲。但岳父母老年无子，教他独自回去，却于心不安。"双夫人道："江亲家将两个女儿嫁你，原图你作半子之靠，若一旦留下两个媳妇，岂不失他之望！况你自幼原过继与他为子，就不赘你为婿，也不该忘恩负义。何况招赘之后，又有许多恩义，怎生丢得下。你自同两个媳妇，去完你之事，不须虑我，我自有双辰侍奉。况双辰已列青衿，又定了亲事，自能料理家事。"双星听了，一时主张不定，转是两个媳妇不肯，道："岂有媳妇不事婆婆之理！既是叔叔料理得家事，何不连婆婆也接了同去，

只当随子赴任，庶几两便。"双夫人却不得媳妇之情，只得允了。便急急替双辰完了亲事，然后一同往浙，到了江府。

江夫人久已有野鹤报知，今日母子重逢，其乐非常。又见双星同双夫人俱来，知是长久之计，更加欢喜。从此两家合作一家，骨肉团圆，快乐无穷。后来双星的官，也做到侍郎，无忝父亲书香一脉。又勉励兄弟双辰，也成了进士。蕊珠与彩云各生一子，俱登科甲。江阁老夫妻，俱是双星做了半子送终。又以一子，继了江姓，双星恩义无亏，故至今相传，以为佳话。有诗为证：

> 眼昏好色见时亲，意乱贪花处处春。
> 惟有认真终不变，故今传作定情人。

附：

原　序

　　尝观《中庸》原天于性，孔子从欲于心，则似乎人身之喜、怒、哀、乐，一心一性尽之矣，何有于情。孰知宇宙中，在天有风有月，在地有山有水，在草木有花有柳，在鸟兽有禽有鱼，在居室有玉堂有金屋，在饮食有醇酒有肥甘，在四时有春夏秋冬，何一不含香吐色，何一不逞态作姿，以为动情之物。情一动于物，则昏而欲迷，荡而忘返，匪独情自受亏，并心性亦未免不为其所牵累。故欲收心正性，又不得不先定其情。虽然，情岂易定者耶？试思情之为情，虽非心而彷彿似心，近乎性而又流动非性。触物而起，一往而深，系之不住，推之不移，柔如水，痴如蝇，热如火，冷如冰。当其有，不知何生；及其无，又不知何灭，夫岂易定者耶！矧撼其定者，又不独风月，山水，花柳，禽鱼，种种之物而已。更有若蛾首蛾眉之人，花容月貌之人，粉白黛绿之人，则又情所最钟而过于百物者也。情既钟于是人，则情应定于是人矣。不知其人之美不一，则情之定于其人其美者亦不一。文君眉画远山，相如之情宜乎定矣，奈何一瞬忽又移于茂陵之女子？飞燕娇倚新妆，汉王之情宜乎定矣，奈何片晌而又移于偏宫之合德？此岂相如、汉王之情不定哉？亦文君、飞燕之人之美不足以定其情也。故班姬有纨扇之悲，唐诗有但保红颜之句。噫！此甚言情之不定而感深矣。然则情终不可定耶？非然也。风不波则水定，云不掩则月定。情有所驰者，情有所慕也。使其人之色香秀美，饱满其所慕，则又何驰？情有所移者，情有所贪也。使其人之姿态风华，餍饫其所贪，则又何移？不移不驰，则情在一人，而死生无二定矣。情定则如磁之吸铁，拆之不开；情定则如水之走下，阻之不隔。再欲其别生一念，另系一思，何可得也？虽然，难言也。眉不春山，则春山必饶黛色而销人魂；目不秋水，则秋水必余俏波而荡人魄；体态不花妍柳媚，则花柳必别弄芳菲而逗人心；言语不燕娇莺滑，则莺

中国禁书文库

定情人

二四四三

燕必更出新声而撩人意，将又使一片柔情，如落花飞絮，是谁之过欤？因知情不难于定，而难于得定情之人耳。此双星、江蕊珠所以称奇足贵也，惟其称奇足贵，而情定则由此而收心正性，以合于圣贤之大道不难矣。此书立言虽浅，而寓意殊深，故代为叙出。

素政堂主人题于天花藏

民间藏绣像珍惜秘本

第四篇

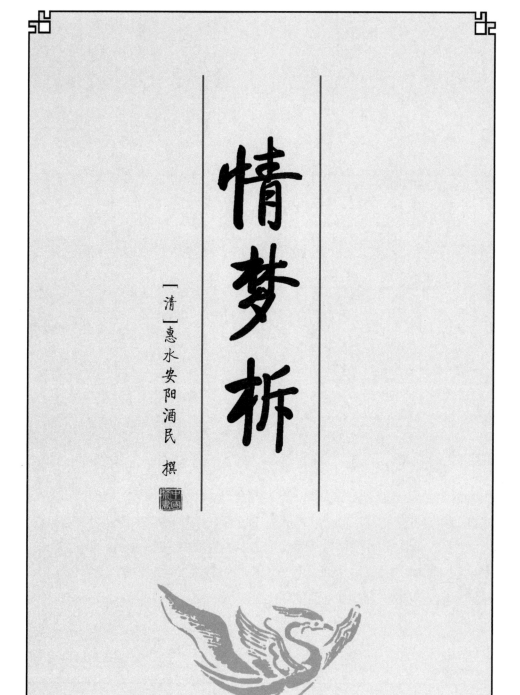

情梦柝

[清]惠水安阳酒民 撰

第一回 观胜会游憩梵宫 看娇娃奔驰城市

词曰：

> 韶光易老，莫辜负眼前花鸟。从来人算何时了，批古评今，感慨知多少？
>
> 贪财好色常颠倒，试看天报如誊稿。却教守拙偏酬巧，拈出新编，满砌生春草。

——右调寄《醉落魂》

这首诗，是说万事不由人计较，一生都是命安排。谁不愿玉食锦衣，娇妻美妾，哪晓得才出娘胎，苦乐穷通，已经停停安安注定，不容人矫揉造作。惟君子能造命，惟积德可回天。比如一棵树，培植得好，自然根枝茂盛，开花结果，生种不绝；若做宋人揠苗，非徒无益，反加害矣。昔王敦图贵而伏辜，季伦拥赀而致死，天子不能救倖臣之饿，谋臣不能保霸王之刎，莫非命也。就是有福气的，也要知止知足，不可享尽。玉树后庭花遽谢，馆娃宫里顿成灰。谁许你恣情酒色么？若依得人算，文王不因于羑里，孔明不悲于五丈原，邵康节老头儿用不着土馒头了。大抵乾坤似一间屋，日月像箸篮大两面镜，一天星斗，又如许多小镜，远近上下，处处挂着。人在中间像一个蜘蛛，这里牵丝结网，镜里也牵丝结网；这里捉缚蚊虫，镜里也捉缚蚊虫。闪过西边，东边的照着，藏在底下，上面的照着，才一举动，处处镜子里面，都替你记帐。真是毫发不爽，报应分明。故作善降百祥，作恶降百殃，如藤缠树一般。

在下今日却不说因果，类叹佛偈尼姑；也不说积德，类讲乡约里老，只说个心术。若说到心术，看官们又嫌头巾气，恐怕道隐衷，对着暗病，就要掩卷打盹了。不如原说个"情"字。心如种谷生出芽，是性；爱如风甘雨，怕烈日严霜，是情。今人争名夺利，恋酒贪花，哪一件不是情？但情之出于心，正者自享悠然之福；不正者就有揠苗之结局。若迷而不悟，任情做出，一如长夜漫漫，沉酣睡境，哪个肯与你做冤家，当头一喝，击柝数声，唤醒尘梦耶？此刻乐而不淫，怨而不怒，贞而不谅，哀而不伤，多情才子，具一副刚肠侠骨，持正无私；几个佳人，做一处守经行权，冰霜节操。其间又美恶相形、妍媸各别，以见心术之不可不端，所以名为《情梦柝》。绝古板的主意，绝风骚的文章，句句妖辞雅谑，一断幽情，令观者会心自远，听我说来。

　　崇祯年间，河南归德府鹿邑县地方，有一秀士，姓胡名玮，字楚卿，生得琼姿玉骨，可人如绿萼梅花；绣口锦心，饱学比青霜武库，十三岁入庠。父亲胡文彬，曾做嘉兴通判，官至礼部郎中，母黄氏，封诰命夫人，时已告老在家。一日，吴江县有一个同年，姓荆名锡仁来归德府做同知，晓得胡楚卿童年隽艾，托鹿邑知县作伐，愿纳为婿，就请到内衙读书。县尹将荆锡仁之意达于胡文彬。胡文彬大喜，茶过送出县尹，正要进来与夫人儿子商议，谁知胡楚卿在书房先已听得。见父亲送出知县，走至厅后，见一个管家对书童道："当初我随老爷在嘉兴做官，晓得下路女子，极有水色，但脚人的多，每到暑天，去了裹条，露出两只雪白的肥脚，拖着一双胡椒眼凉鞋，与男人一般。如今荆家小姐自然是美的，只怕那双脚与我的也差不多。"正在那里说笑，不料被楚卿听了，想金莲窄小三寸盈盈，许多佳趣俱在这双脚上，若大了，有什么趣？况且风俗如此，总是裹也未必小。不如向父亲说，回了他倒好。恰好胡文彬至里边，把上项事一五一十说着。夫人未及开口，楚卿接口道："虽承荆年伯美意，但结亲太早，进衙读书又晨昏远离膝下，况乡绅与现任公祖联姻，嫌疑未便，不如待孩儿明年赴过乡试，倘赖祖宗之荫，博得个鹿鸣宴，那时怕没有邻近名门，如今着什么紧？"老夫妻二人见他说得有志气，便也快活，就复拜县官，回绝荆二府。因此蹉跎，不曾与楚卿聘下一房媳妇。

　　不意十五岁上，父母相继而亡，辟踊痛哭，丧葬尽礼，忙了几个月。倏忽又是周年，挨到十七岁上，思量上无父母，又未娶妻，家人妇女无事进来，冷冷落落不像个人家。因与老管家商议，将伏侍老夫人两个大丫头都出配与人；把楼房暂典于族叔胡世赏，他现升户部员外，得价三百五十两。自己却移在庄上花园居住，只同一房伏侍家人，一个养娘，一个小厮，唤清书，年纪十五岁，五六口过活。当时三月天气和暖，想平日埋头读书，并未曾结识半个朋友，上年又有服，不曾去得乡试，如今总是闲在

家里，坐吃山空，也不济事，心上就要往外行动。便叫苍头唤两个老管家来，一个名周仁，是掌祖产的，一个名蔡德，是向来随任的，俱有妻室另居。一齐唤到，因对他两个道："老爷在日，有一门生俞彦伯，系陕西绥德府米脂县人，曾借我老爷银一百八十两，今现任汝宁府遂平知县。我如今一来历览风景，二来去讨这项银子，或者有赠，也不可知。前房屋典价银三百五十两，尚未曾动，周仁你与蔡德儿子蔡恩各分银一百六十两，买卖生息。尚存银三十两，我要做盘费。蔡德你同我去，一路照管，叫你老婆儿子暂住这庄上来，与我看守家内。"随即将银子交与两人。蔡德领命自去收拾行李起程。楚卿就唤清书、养娘整治行囊，择本月廿六日出门。

至期，蔡德及儿子蔡恩并老婆媳妇，清早都来了。楚卿交了什物锁钥，吩咐养娘，并在先服侍的一房家人看守门户。自与蔡德、清书觅牲口，装上行李遂往商水。一路问景观风，往商水，进项城，来到上祭界口，隔着遂平，只差九十里。此时已是四月初七日。那地方有一禅林，叫做白莲讲寺，真是有名的古刹。一路上听人传说明日去看盛会。天已将暮，三人下了饭店，问主人道："此去白莲寺，有多少路？"店主人道："这里到白莲寺，只有二十里。再去五里，就是上蔡城。相公若是便路，明日人山人海，何不也去走走，少不得我们都要去的。明日五更造饭，上午早到。"楚卿道："我便要去。"遂用了晚饭，自去安寝。

果然四更时分，就有人行动。楚卿起来，梳洗毕，吃了饭，唤牲口，装上行李，算还饭钱，店主人道："相公，请先行一步，舍下收拾随后就来。"遂辞主人出门，东方却才发白。一路上，男女络绎不绝。及至寺前，刚上午时候。只见山门口先歇下五乘幔轿。楚卿也要下驴，掌鞭道："相公，我们牲口是要趁客的，不如送你在饭店安歇，打发我先去罢。"楚卿道："也说得是。我在此游玩少不得吃些点心。"就在附近饭店住下，打发掌鞭去了。

三人吃了点心，吩咐店主照顾行李，三人同步至寺前。此时烧香游玩的已是挨挤不开，男女老幼，何止一万。三个不离左右，挨到山门，看那匾上写着四个大字是：白莲古刹。一路去只见：

> 先列两个哼哈菩萨，后塑四位魔体金刚。布袋佛张开笑口，常尊者按定神杵。炉烟飞翠，烛影摇红。正殿上金烁烁大佛三尊，两旁边花流流阿罗十

八罗汉。准提菩萨供高楼，千首观音藏宝阁。到讲堂钟声法鼓依稀响，二月春雷佛号梵音，仿佛洒半天风雨。老和尚喊破喉咙，小沙弥击翻金磬。斋堂里，饿僧吃面不怕烫痛嘴唇皮；香积厨，老道烧茶哪管焦破锅子底。孩儿们，玩的玩，跳的跳，手拿麻糖甘蔗；老人家，立的立，拜的拜，口念三世阿弥。还有轻薄少年，扯汗巾，挖屁股，乘机掉趣；又有风流子弟，染须毫，试粉壁，见景留题。那些妇女，老成的，说老公，骂媳妇，告陈亲眷；骚发的，穿僧房，入静室，引惹阇黎。还有口干的，借茶盅，拿盖子，呼汤呷水；尿急的，争茅坑，夺粪桶，哪管露出东西。

楚卿三人，挤入挤出，到处观看。到了下午时候，人也渐疏，转出山门，早来这几乘轿子，尚在那里。想道："定是大户人家女眷怕人多不雅，所以早来进香，如今必在静室，等人散方回去。我且在此看一看。"停了半个时辰，山门口一发清静，等得不耐烦要回去，只见一群妇女丫环、三四个尼姑，约二十余人，前面几个男子，先走来唤轿夫，遂将轿子乱摆开。胡楚卿定睛看时，中间几个珠翠满头，香风拂拂。一个年老的，约有五旬，先上轿；次后一个十二三岁的与一个垂髫的，合坐一轿；第三是一个三十岁上下的，艳丽非常，却也看得亲切。那些跟随妇女一挤齐来，只是不曾看着脚。这里看未完，那边又有一个上轿。楚卿立在西边，轿子却在东边，急站足看时，那女子转身，左脚已进轿内，右脚刚刚缩进，一只红绣鞋，小得可怜，面庞竟未曾看得，并不知有多少年纪。慌忙再看，后面只剩一顶空轿，等着个半老佳人在那里与尼姑说话。楚卿懊悔不及。那前面先上轿的三乘，已起身了。只见第四乘，尚等着后面，忽轿内一只纤纤玉手带着金镯，推起半边帘子，露出面来，似要说话光景，见了楚卿，却又缩进。看官你道什么缘故？原来是小姐见前面轿子已去，竟欲唤养娘催后面母亲起身，见有人看，忙缩进去，原是无心。

楚卿打个照面看着，惊喜道："天上有这样佳人，真是绝色，又且有情，推帘看我。"正在思想，那两乘轿都起身了。忽清书在旁道："相公，不知谁家小姐，如此标致，可惜后来不知嫁与何人享福？"楚卿道："你如何知她未嫁？"清书道："我明明见她是盘头女儿。"蔡德也接口道："其实还是一位小姐。"楚卿见二人都赞，不胜心痒，因说道："我等了半日，未曾看得亲切，料她必住城内。明日省走几里路也好，你两个可速速还了饭钱，搬行李进城安歇。我先去，偏要看她一看。好歹在县前等我。"说罢急急赶去。正是：他撇下半天手韵，我拾得万种思量。楚卿及赶上轿子，尾后半箭之地。路上也无心观看，及进了城，又行了三四条街，五乘轿子都立住脚，不知轿内说些什么，只见丫环妇女，分走开来，前面三乘轿子，望南去了，尼姑也去了。后面两乘，望西直去，原来是两处的。楚卿随着后边轿，也望西来。

走过县前，又过一条街，到了一个大墙门首，将轿子歇下，楚卿急挨上前。这些妇女掀开两处帘子，先走出一个老的，后走出一位小姐，果然体态轻盈，天姿国色，是个未笄女子。上阶时露出金莲半折，与丫环们说说笑笑，飘然似天仙的竟进去了，并不曾把楚卿相得一相。那楚卿乘兴而来，不觉扫兴而归。望北行了三五丈，又转身来，把墙门内仔细一看，痴心望再出来的景象，忽见门边有一条字，上写着："本宅收觅随任书童。"

楚卿那时已魂飞天外，见了此字，不觉欢喜，暗想道："我这样才子，不配得个佳人，也是枉然。况天下美女要比她，第二个再没有了。但不知内才如何耳？如今我又不岁考，总是出来游玩。就要往遂平讨银子，何不着蔡德先去。我趁此机会，明日扮作书童，做进身之策，得与小姐亲近，闻一闻香气，也是修来的。若再有才，我就与她吟诗答对起来。倘能够窃玉偷香，与她交亲，讲明成就了百年姻眷，岂不是一生受用？"你看楚卿一路胡思乱想，都是孩子气的主意；忽又跌足道："不妥！我如今已长大了，怎么扮作书童？"看官你道为何？原来人家公子，到八九岁，就有些气质，到十二三，竟妆出大人身分来。楚卿这几年，涉历丧葬，迎接宾客，岂不自认是一个顶天立地的丈夫，今要改扮小厮，恐怕长大不像样，所以跌足。却不曾想到，自己虽交十七岁，而身材尚小，还是十四五的光景，且身子又生得伶俐，要做尽可做得。

楚卿正在那里算策，却事有凑巧；只一个垂髫童子，远远而来。楚卿有意走到那童子身边，与他比了一比，自己尚矮他寸许，忙回头一相，见自己身躯比他小些，暗暗欢喜道："我如今若到他家问姓就有人认着我，不如叫蔡德去罢。"

欢喜无限，急急行来，却也作怪，寻不见县前，急到了官塘桥，自忖方才不曾有，必是行错了。急问人时，说是官塘桥，又问："到县前多少路？"那人道："里半进南门，再直走一里，左手转弯就是。"原来楚卿想扮书童思与小姐做亲的时节，不

觉出了神，错认向南而去，那楚卿原也不知。自己好笑起来，只得转身，走到南门，再问县前来。蔡德远远窥望，接着道："相公这时候才来！我们下处已等多时，日色晚了，可快些去罢。"楚卿一头笑，一头走，随蔡德到下处来。欲知后事，且听下回分解。

第二回 小秀才改扮书童 老婆子拿板券保

词曰：

才遇仙娘，见推帘轿里，有意咱行。春山云黛色，秋水撇晴光。花解语玉生香，想杀我刘郎。没奈何，乔妆剪发托入门墙。　痴情欲傍西厢，似云投楚峡，蝶向花房。琴挑心未逗，杼柜意先防。若个事，九回肠，与哪个商量。且学他登楼崔护，一试何妨？

——右调寄《意难忘》

话说胡楚卿随蔡德来到下处，清书笑脸迎问道："相公可曾看见么？"楚卿把眼色一丢道："胡说！"清书与蔡德会意，晓得店中杂闹，远方人看妇女不便，明日路上闲讲未迟，因此就闭了口。楚卿暗暗想道："我明日要做这勾当，蔡德是老成人，必然力阻。若叫他去访问，倒惹他疑心。不如写封书，设计打发他先到遂平，留清书在此，又好替我妆扮。"一夜无辞。

明早楚卿在床上唤蔡德道："我连日劳顿，昨又走急了几里路，身子疲倦得紧，意欲歇息两日，着你先到遂平何如？"蔡德道："许多路来了，何争这九十里，且到遂平安息，省得大家挂念。况在此是出银子买饭吃，到那里是吃自在饭，也好省些盘费。"楚卿道："你有所不知，我到遂平，俞老爷必定留入内衙，一来非酒即戏，二来客边不得舒畅，拘拘然有什好处？我如今用一个名帖，写一封书，你将家中带来套礼，再拿五两银子，随意买些礼物，预先投进，俞爷也好打点银子。我一到，盘桓两日就回，岂不两便？"蔡德道："不难，相公若要舒畅，同到遂平，城外寻一个寺院歇了，待老

仆把书札投进，只说相公路上有事耽搁，着我先来的。如此就是，何必在此远隔，教我放心不下？"楚卿道："我身子委实不快，若勉强上了牲口，弄出病来，什么要紧？若要你在此等三日两日，反耽搁日子。"店主人见楚卿要住，巴不得勾生意，便插口对蔡德道："老人家，你相公是少年公子，吃苦不得。急行一里，不如宽行十里。在此我自会服事，不须你费心。还依着相公，你先去。"蔡德见说话近理，只得先去吃饭。楚卿起来，写书帖，将箱内礼物交与蔡德，将身边银子称出五两余，与蔡德买些礼物。又另称五钱，与蔡德作盘费。蔡德吩咐清书小心服侍，三两日就来；叮嘱主人几句，出门去了。

楚卿哄蔡德起身，遂吃了饭，唤清书附耳道："如今有一事与你商议，切不可泄漏。到县前往直西去，右边一条巷内，黑枪篱大墙门，门级有一条字：'本宅收觅随任书童'。问他家姓什名谁，做什么官，往哪里去。见机说话，即刻就来。"清书道："相公问他收觅书童，敢是要卖我么？"楚卿道："为什么卖起你来？我有缘故，少不得对你说。"清书去了一个多时辰，就进来回复："我方才走过了他家墙门，到斜对门豆腐店，见一老婆子在那里，假说借坐等个朋友，那婆子叫我坐了，因问她前面大墙门里什样人家，要收觅书童到哪里去。那婆子笑嘻嘻道：'我晓得你来意了。他家姓沈，名大典，号长卿，一向做兵备官。旧年十二月上京复命，朝里见他能事，今福建沿海地方，倭寇作乱，钦差沈老爷去镇守。不日到家，就要上任。着人寄信归来，要讨书房童。他家极是好的，奶奶又贤惠，又无大公子差判，只有一位小姐，名唤若素，才貌双全，年纪才十六岁，要捡好女婿，未曾许人。你若要去，身价细丝银五两，老爷回来还要替你簇新做一身衣服，又有银子赚。是极好的，你不要错过了。'我见她说得好意，只得假应道：'我是不要去。有个亲眷托我，故此替他问一声。'那婆子道：'你亲眷在哪里？'我说就在西门外。婆子星飞舀一碗腐浆与我吃了，又说：'今日是好日，有朋友来寻你，我叫他坐在此等，你快去唤那亲眷来，到我这里吃了便饭，我同他进去，作成我吃一杯中人酒。'她就催我起身来了。相公你道她好笑么？只不知我的话可是这样说的？"楚卿拍掌得意道："妙！妙！有功，我几乎错了，还亏你提醒。"清书道："我一些缘故也不知？"楚卿掩上客房道："沈家小姐，就是昨日进城看的，果是绝色无双，却恨无门可入。见他字上要收书童，我痴心要趁此机会，改扮投进，看一看光景，图个缘法，却不曾想到受聘不受聘。若一时失检点进去，她已受过聘了，岂不是劳而无功？总得窃玉偷香，也是薄倖坏阴骘。你方才说未受聘，岂不是一喜？且有貌的未必有才。婆子说才貌双全，岂不是第二喜？况有婆子引进，故此得意。我如今就要做了。"清书见说，呆着半晌，道："相公主意差了，这个断使不得！"楚卿问："如何？"清书道："他是官宦人家，进时易，出时难，相公卖身进去，教我怎生来赎你？况家中偌大家私屋宇，如今蔡阿叔又往遂平，我在这里还是等着相公好，还是回去好？"楚卿道："你真痴子。我岂真卖身与他？我自有方法进去。若是有缘，说句知心话，订个终身之约，央媒娶她。若是无缘，十日五日，我就出来了。"清书笑道："如此还好。"楚卿道："拿你家中新做的衣服来，我穿一穿看。"清书即递过道："我嫌长，只怕相公嫌短。"楚卿穿起来，到也短俏俐随，脱下来付清书折好。只说剪指甲问主人借剪刀，进来掩上房门。日里店中喜无客，又兼清静，楚卿原是弱冠，未戴网巾，除下扳巾，叫清书周围挑下。清书停手道："相公如此走出去，店主人就要晓得了。"楚卿道："剪齐了，我原梳上戴巾出门。"两个弄了周时，把镜子一照，甚是得意，复梳上出来，对店主人道："我有个朋友在东门外，要去拜访他，住三日五日未可知。清书却要住在此间，这一间房，我有铺盖物件在里面，不许他人睡的。"主人道："盛价在此不妨，若恐年纪小，相公不放胆，有什么财物交我便了。"楚卿转身进房，将三十两头存剩的银子，称一两与清书，另去买布做衣服，将十两交与主人，余银自己带在身边。叫清书袖着梳镜衣服，别主人出门。店上买一双眉公蒲鞋，捡个冷落寺里无人处，梳下发来。脱去自己袍子，穿上清书衣服，换去朱履。清书把楚卿衣服等物收拾包作一包，跟楚卿出寺，道："相公是一个上等出色书童，只少一件不像。"楚卿忙问道："有什么不象？"清书道："若没有一条带子，只像个标致小官。"楚卿道："说得有理。"遂到店上买一条玄色丝带，忽想起此扇又说道："几乎弄出来。"就买一把素金扇子，换去自己紫檀骨书画名扇。一个蓝宝石小鱼扇坠，楚卿素爱的，仍解下系着，这个不妨。此时虽则日长，已是午后。楚卿道："忙不在一时，且到店上吃些点心。"吃完就把衣服零碎一包当在店上道："此物是我家相公的，今日没有银子在身边，我转来取赎。"

两个人商商议议到豆腐店来，婆子道："你朋友不曾来。你亲眷在哪里？"清书道：

"这位就是。"楚卿即上前作揖。婆子将楚卿一看，大喜道："两边造化。有这样标致小官，不消说老爷欢喜。我看你相貌，后来必然发迹。你可曾吃饭么？"楚卿道："吃过了。"老婆子道："我须问过你姓名根脚，方好领你进去。"楚卿道："我是归德府鹿邑县人，姓吴，自幼念书，因父母早亡，并无靠托，恐怕地方上出丑，到这边遂平寻一个亲戚，要央他访个乡宦人家去效劳，后来招赘一房妻子，算做成家。"因指着清书道："这位是我同乡，他如今现在遂平县俞老爷衙内做亲随，前日告假来游白莲寺，遇见了，多承他说俞老爷衙中人多，不如替你另访一家罢。不意中遇你老人家说起，故此引到这边。"婆子道："原来如此！只是立契，哪个做的保？"指清书道："这位又在隔县。"楚卿道："做保就烦你老人家。如今且不要立契，我进去试试起来，待老爷回来，立契未迟。"婆子想着不立契，没有中物到手，摇首道："这就不敢斗胆了。倘你后日三心两意，不别而行，反要诬你拐带东西，着在我身上，叫我哪里来寻你？"楚卿会意，假说解手，到背人处，取出银包，捡四五钱一块另包了，走来道："老人家，我是不比没来历的人，就是要立契，我会写会算，书束文彩，都替老爷心力。比别人身价不同，却要三十两银子，还要娶房好妻子。我还要到鹿邑寻个表叔来做保。如今老爷未回，奶奶怎肯出这许多？若老爷回来不肯，我就去了。况且做了文书，你就担干系，不做文书，后来我要去，由得你责备，他不肯出价，是无干系的。你的中物，我自然谢你。如今先有几钱银子在此，只要你引我进去，后来成事，还要重重谢你。不必问奶奶要中物。"遂将银子递去。那婆子见送银子，满面天花道："据你说来，甚是老实，但银子怎好受你。"楚卿道："些需只当茶意，谢在后边。"话未完，婆子老官叫做薄小澜，卖豆腐回来放下担。那婆子对他说着，老官欢喜，就要领楚卿去。婆子道："你不会说话，奶奶最喜欢我，还是我去。"遂领楚卿来到大墙门口。原来沈家虽有一二十房家人，却住在墙门里两边，从屋内这些男子，已随主人上京去了五六个。如今接他，又出门八九个，就有几个人，都在自己家里，只有一个贾门公在外。那婆子对他说了，门公道："你是相熟的，自进去罢。两位阿叔权在这边坐坐。"婆子去不多时，忙忙出来道："奶奶甚喜，叫你进去。"

看官，原来沈公子小，家时用不着书童，只有年纪大的一个，又随在京。今写字回家要收书童，说来的不是老，定是小识几个字的，定是髫鬌绊嘴皆看得过的，又一

字不识。正在心焦，今听说识字、标致，就叫唤进。楚卿随婆子转变抹角，走至楼下，请奶奶出来。楚卿远远看时，随着四五个丫环妇女，却不见小姐，只有一个十七八岁大丫头，倒有八九分颜色，不转睛把楚卿看。楚卿自忖这个可做红娘。夫人走到中间，楚卿上前，叩了四个头。夫人笑逐颜开道："就是你么，是哪里人，多少年纪，要多少银子？"婆子上前，细细代述一遍。夫人听说如今不要银子，等我老爷回来立契，多要几两定亲，一发欢喜道："就是成家的了，若说亲事，你这样人，要好的自然有。"就指旁边那个大丫环道："这是我小姐身边极得意的，后日就把她配你。"楚卿道："多谢奶奶。"因不见小姐，假意问道："书童初来，不知有几位公子小姐，也要叩个头。"奶奶道："公子小，只得五岁，一个小姐在房里，也不必了。方才薄妈妈说你姓吴，但不知叫什么名字？"楚卿道："我年纪小，尚未有名字。"奶奶道："既如此，你新来，我又欢喜，就叫喜新罢。"薄妈妈在旁道："奶奶取名甚好，后边还有喜兆呢。"楚卿见不意中美，暗自得意，对奶奶道："谢赐美名。"奶奶道："你亲眷在此，我叫送酒饭来吃。"遂唤一个老奶子，同薄妈妈送到外厢书房里来。楚卿谢了薄妈妈，向老奶子唱个喏，问："老亲娘高姓？"奶子道："先夫姓朱，我是奶奶房里管酒米的。"楚卿说："我远方孩子，无父母亲戚在这里的，你就是我父母亲生的一般，全仗你老人家照拂。"奶子见说得和气，念声："阿弥陀佛，折福，不消你忧虑。"说未完，只见起先奶奶指的大丫头，走到书房边来道："薄妈妈，奶奶叫你去唤老官来，陪新来的哥哥吃酒。"楚卿慌忙上前要唱诺，她头也不回进去了。原来因奶奶说要把她配与楚卿，有些怕羞。今奶奶叫她唤薄妈妈，她不得来，心上又要再看楚卿，已在门缝里张了一杯热茶时候，故此说声就走。朱妈妈道："方才是奶奶房里一位姐姐，老爷见她标致，取名衾儿，心上要纳为妾。夫人不肯，送在小姐身边。一手好针线，极聪明，又识字，肯许配你，是你的好造化。你今只依我们，称她衾姐罢了。"楚卿道："承指教。"又见一个四十五六的妇人，托六碗菜，又一个丫环，提两壶热酒出来。薄妈妈道："这是李婶婶；这是木蓝姐。"楚卿俱致意过。清书接酒菜摆在桌上。那三个妇人说一声，进去了。薄妈妈也去唤老官了。楚卿因对清书道："你今只称我吴家哥，坐次不可拘拘，露出马脚来。"清书道："晓得。只是一件，我还是日逐来探望你，还是不来好？楚卿道："如今我改扮了，饭店里是来不得的。这三两日，你也不必来；至四五日后，只到县后

冷净寺里，上下午来一次，与你打个暗号，若要会你，我画个黑墨圈在右边粉墙上，你就到这里边来寻我。"话未完，薄老官来。楚卿谢了一声，三个吃酒，讲些闲话。天色已晚，大家起身。清书到门口，觉得客边独自凄凉，掉下泪来。楚卿也觉惨然。薄老也作别去了。正是：

溷浊未分一共鲤，水清方见两般鱼。

楚卿独自转来。未知后事如何，且看下回分解。

第三回 楚卿假赠鹿葱簪 衾儿错认鸳鸯谱

词曰：

　　云鬓丝丝润，金莲步步娇。芙蓉如面柳如腰，一见一魂消。　　暗把金钗赠，频将细语挑。恨他心允话偏骄，不肯便相招。

——右调《巫山一段云》

　　却说胡楚卿送清书，别过薄老官，进墙门来，对贾门公道："贾老伯，明早奉揖罢。"贾门公道："如今是一家人了，不必费心。"走到书房门口，先前的李阿婶拿了粥，薄妈妈左手提灯，右手持一壶酒，过来道："奶奶晓得我老官会吃酒，又叫拿来与你们同吃，今既去了，你独吃罢。"楚卿道："我酒量浅，你两位都是老人家，就在此吃完何如？"两人是贪酒的，就坐下。楚卿道："我初来踏地，不知高低，托你们传送。明日我就好进来自取了。"李阿婶道："你不晓得，奶奶做人甚好，家教却甚严，男子汉非呼唤，不敢擅入。酒饭都是我们传出。"楚卿惊问道："若这等说，脸水茶汤，传不得许多？"李阿婶道："奶奶吩咐，厨灶在楼横头从屋里，不在正屋内。早上茶水，是拿了就走的，可从外衕转到灶边取。若午饭、夜饭，是要等候的。老爷不在家不许进来溷杂。就是丫头妇女，夜行以火。如在暗中行走，察知必加责罚。"楚卿道："原来如此。"正说间，朱妈妈拿一盆脸水来，正请坐着，又见门口灯影乱动。楚卿问道："外面还有人么？"朱妈妈叫道："衾姐姐，我们都在这里，为什么不进来？"外边说道："你来接了去。"朱妈妈起身，扯她进来道："你两个生成夫妻了。这床是要你铺的。"衾姐姐啐了一声，籁的一声把东西掷在旁边空桌上，夺了灯就走。原来是奶奶叫她同朱妈妈送出来的一条新席、一条新被。薄妈妈道："衾姐恁般害羞。"便拿来替楚

卿铺着。楚卿道："不敢劳，待我自己来。"妈妈道："我们老人家铺的利市。"那李阿婶已把酒吃完了，二人收拾碗盏，向楚卿说一声安寝罢，大家去了。薄妈妈也自回家。楚卿闭上书房，独自去睡。正是：

　　不施万丈深潭计，怎得骊龙颔下珠。

　　且说若素小姐，真是四德兼全，博通经史，虽具十分才貌，却素娴母训，不比那些女子，弄笔头，玩风月，要想西厢酬和、寺壁留题勾当的。是日下午在房中，一个丫头唤做采绿，笑嘻嘻走进来道："小姐，衮姐姐有老公了。"若素骂道："讲什么话！"采绿道："方才奶奶讨一个书童，姓吴，年十五岁，与小姐一样标致的。说不要银子，只要老爷回来，替他定一房亲。夫人欢喜，就说把衮姐姐配他。不是我说的。"若素道："因何不叫我看看？"采绿道："他也说要叩小姐头，夫人说不消了。如今现在外书房。"若素道："夫人好没主意，怎么才来，就轻易许他。"

　　点灯时分，衮儿送夜饭进房，若素故意道："春风满面，像有什么喜事？"衮儿涨红了脸，叫声："小姐，哪里说起？"若素道："方才闻得奶奶将你许配新进书童，有此话么？"衮儿道："奶奶是这样笑他，哪个当真。"若素问人物如何，衮儿道："平常。"若素道："你不中意么？"衮儿带笑道："什么中意不中意，只顾盘问，小姐少不得看见知道。但他在这里恐未必长久。"若素道："恐怕误了你，故此问你，他日我若见面，就晓得了。"说完各自收拾不提。正是：水流心不竞，云在意俱迟。

　　楚卿是夜，因两日费心，又吃几杯酒，一觉又是天明。朱妈妈来唤道："我领你到厨房认认，下次好自己取脸水。"遂打从厅后出角门，走过一条长街，转到厨下来。有几个养娘丫头，一一都问过。洗完脸，妈妈指道："这左手黑角门，是前楼奶奶卧房。从中间大天井进去，是后楼，做小姐卧房。如今奶奶尚未起，我带你里边穿出罢。"楚卿道："认认更好。"遂打从入黑角门内。走进前楼向左厢廊下，穿到女厅，再向左边小街，出外厅来。楚卿道："原来许多房屋。只是一件，我初来未曾做得梳匣，烦老亲娘悄悄替我向小姐房里随便哪个姐姐权借来一用，不必惊觉夫人惹厌我。我梳了头，就到街上去买。"朱妈妈道："这何难，我理会得。"去不多时，拿出一副来，镜梳俱全，一个小青瓶，朱妈妈道："这都是衮姐交我的。她说瓶里是小姐用的露油掉在这里，若用完了，叫我再取。若木梳没有银买，不必拿进去了。她自有用得。"楚卿道："我自有银。"朱妈妈去了。

楚卿将梳篦一看，虽是油透的，却收拾干净。云香犹滞，脂泽宛然，闻一闻道："衾姐姐，虽承你一腔深意，且不知何人消受着你。非是我薄情，若小姐有缘，你亦有缘；若小姐无缘，我岂肯为你羁绊，又岂肯沾污了你，作负心郎乎？"咨嗟一回，遂解髻拔下簪来，惊讶道："好不细心！幸昨日夫人不曾看见。哪有家贫卖身，插着紫金通气簪的？我今不如将此簪答赠衾姐厚意罢。"遂对镜梳完，吃了早饭，走到外边，对贾门公道："我到街上买件东西就来。"贾门公道："你自去。"

楚卿走到县前，只见清书隔着人，叫"相公那里去"。旁人都站着看，不知叫哪个，楚卿道："清兄弟听明白了，是叫我楚卿哥，听不明白，可是叫我相公么。"旁人都笑起来，楚卿扯了手臂就走，觉得袖里垒堆，问是什么，清书道："就是当在店上的梳包衣扇。昨日晚了取不及，刚才赎到手。"楚卿道："我正要去买副牙梳，送一位姐姐。"清书低低道："才去不知高低，就送这般物件？她若藏了还好，若就用时，可不惹人疑虑？"楚卿道："有理！不如取自己的去，还了她的罢。"遂买京帕一方、汗巾三条、泥金扇一柄，向清书物件身畔，取了梳镜，各心照别了。

楚卿回到书房，欲把扇子来写，抬头一看，虽有个砚台，却无笔墨，正在踌躇，看见朱妈妈手执个铜钥匙，递与楚卿道："奶奶吩咐，昨日原是暂时，你年纪小，怕你独自冷静，我们茶饭转出又不便叫你，今叫你到内厅背后老爷东书房住，只不要抽乱书籍并零碎物件。"楚卿道："如此甚好。"遂跟她到内书房来，开了锁，推开房门，见文具兼备，十分清雅。就往外厢取铺盖各项进来。遂将京帕一方、绿汗巾一条送朱妈妈："无以为敬，聊表寸意。"朱妈妈道："这是哪里说起？"再三不受。楚卿道："若不受，是不肯照顾我了。"朱妈妈见来意至诚，只说："帕子我老人家受了好包头，这汗巾送你衾姐罢。"楚卿道："怎说是我的衾姐，知道后来怎样的？"朱妈妈道："奶奶纵有推托，我少不得赞成。"楚卿道："衾姐心上，知是如何？她又未曾对我面说句话，我又不曾见她的面。"朱妈妈道："这个何难！我将你话对她说，她若情愿，我叫她送饭来你吃，就好看她说话了；她若不肯来，我偏叫她拿了茶，我拿了饭。她还不晓得你移在此间，待走过这里，我嗽一声，你却从背后走来，她就没处躲了。"楚卿道："妙甚！我还有东西送她。"朱妈妈道："如此，我只得受了。"

情梦柝

进去不多时，楚卿听得外边说话，"衾姐，我拿饭，你也把茶，大家送上进去。"咳嗽了一声。楚卿即从里边走出。朱妈妈道："我老人家颠倒，方才奶奶叫你搬进来，我又往外送去。"楚卿立在总路口，即唱下喏道："姐姐奉揖。"衾姐没处去，往外就走。朱妈妈扯住道："哪有这礼，别人与你见礼，你好不睬他的？"只得立住了。楚卿一头唱喏，偷眼觑她，果然庞儿俏，脚儿小，比若素小姐不差一二媚眼。衾儿含羞福了两福。楚卿道："小弟新来，只身无靠，全仗姐姐照拂！"衾儿不语。楚卿道："昨日奶奶的话，姐姐不必避嫌，未知老爷回来如何。如今是一家人，若姐姐不肯与我说话，固然是大家体统。姐姐后日自有胜我十倍的佳配，我是不中意的，但教我客路他乡，仰面看谁？"即向袖中取出桃红汗巾一条，金通气簪一支，递过去道："权为敬意。"朱妈妈替她接着，看道："哎呀！这是金的。"楚卿道："是紫金打就鹿葱花通气簪，将来暑月，送与姐姐通发。"朱妈妈道："戴这样簪儿，是个好人家子了。衾姐姐，在别人吴小官决不送她。在别人我也不叫他受。如今你两个，终久是夫妻，不要拂了他盛意。"衾儿在里边时，朱妈妈已对她说："吴小官见你不理他，道你看他不上。"如今又见送簪与她，只得向朱妈妈道："哪里有不说话的人，只因昨日奶奶偶然一句，原未必作准，你们都当真说起来，教我羞答答怎好开口？若疑我看不上吴家哥，是反说了。况此事要凭吴家哥本心，没有我作主。如今把这句话丢开，若要说照顾，这簪儿断不受。"楚卿道："姐姐若不肯受，我在此做什么？不是没饭吃来的，我就要去了。"衾儿见说起决绝话来，也就应道："我若受了你的，自古才郎薄倖，倘若你另有中意的去了，懊悔起来，还是我守着你，还是送簪还你？"楚卿见她说得斩钉截铁，只得诡一句道："不瞒两位说，我舍间原有些家私，因梦见一个神人，吩咐云：'才子与佳人，姻缘上蔡城'，故此我到这边。偶然说起投进这句话，对小姐也讲得的，哪希罕这一根簪儿，又不是聘礼，又不是下定，不过送与姐姐做些人事。就是姻缘成不成，也情愿送与姐姐插戴的，为何不受起来？况且梦中之话，我也不过试试耳，原不作准。方才姐姐讲把这句话丢开，极有主意的，但要姐姐早晚替我用情些就是了。"衾儿应道："如此我权收了。"放在荷包里，就去托饭，送转书房来。楚卿故意缩一步，避着朱妈妈，在门转角道："待我接着。"那衾儿肥白的一双纤手没处缩，被楚卿摸了一把，自己拿到书房。衾儿立在门首道："也要说过，我此身虽在大户人家，却礼法自守，夫人小姐家教又严，以后若要浆洗衣裳，或做鞋袜，要些长短，只央朱妈妈私对我说，自然尽

心的；若汤水茶饭，得空同着人送来，若不得空，要我一人送来，断不能够。莫道我无情也。"楚卿只得应道："多谢！但姐姐既蒙见爱，也不要说了尽绝话，倘我要些什么，若你独自不肯送来，难道转误我不成？"衾儿带着笑摇头道："未必。"走至转弯处，回头相一相，进去了。东边日出西边雨，莫道无情也有情。楚卿取梳镜，对朱妈妈道："我已买了，烦你带还衾姐，代谢一声。"欲知后事如何，再看下回分解。

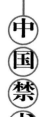

第四回　没奈何押盘随轿 有机变考古征诗

词曰：

才充学饱，绣阁里观风试考。诗成七步三篇早，暂入侯门，这个青衣少。

闺中斗捷炉烟袅，棋逢敌手真奇巧。英姿隽质偏怜小，鹤立鸡群，骨格非凡鸟。

——右调寄《醉落魂》

话说楚卿用过饭，想道："这妮子好刁蹬，好聪明。嗳，你有操守，我也有主意，只是枉了你一片真心，累你单相思了，但衾儿尚然如此，小姐家教一发不消说得，虽隔着一重楼，水中捞月，几时有个着落？我今且写一柄扇子，送与贾门公。"这是买路，少不得的写了一首唐诗，就去问他的号，叫做仰桥，后假个名人，书房里凑巧有印色图书，捡一城市山林图书，打在上面，袖出送他。贾仰桥欢喜道："我尚未做主人，怎反惠及佳扇。"谢了又谢，遂领他到从屋里，两边家人人家，赵钱孙李，周吴郑王，家家都去拜过。只见妇人多，男子少，也有留茶的，也有立着讲话的，直弄到晚。楚卿只管称阿姊阿叔、哥哥姐姐，一味的谦逊。那些见他又标致又活动，无一个不欢喜。且量他必然重用，俱奉承他。又有一个引他去洗澡，回到书房，只见灯火夜饭，俱已摆在那里，懊悔道："误了日间，与衾姐讲了这些话，是她送来的，也不可知。"吃完饭，睡不着，把灯逐部照检书籍，却是看过的。有一口大厨无锁，开看时，却是一部二十一史，想道：这书还好消闲。因捡后半部来看，烛完睡了。

明早楚卿起来到厨下，衾姐与朱妈妈正在灶前，即取一盆水与楚卿道："我昨晚送夜饭出来，不知你哪里去了？"楚卿忙问："你同哪个来的？"衾儿哄他道："我独自一

个先送灯来，后送饭来。"楚卿道："我因拜望墙门里这些人家，又洗个澡。以后再不出书房了。"衮儿掩口笑了一笑。待楚卿洗完，自己取盆，送水到小姐房里去了。楚卿出来，悔恨不迭，因此再不出书房，只把书来看。恐如昨夜烛尽，不得像意，到街上买了二三十支烛来。是晚，只见朱妈妈同一个蓦生送饭来。楚卿问："这位是哪个？"朱妈妈道："此是小姐乳母宋妈妈。"作揖过，见许多蜡烛，问要做什么？楚卿道："看书。"宋妈妈道："日里看也够了，怎么夜里还看？"楚卿道："这个书，不是宦家没有的。我上年只看过前半截，因父母亡后，不曾看得后截，故此要看完它。"宋妈妈道："这也难得。"是夜，衮儿独不出来。楚卿吃完了夜饭，蹑足楼下，隔子眼里望时，只见衮儿拿着灯在天人房门首，对着里边说话，恨不得叫她一声。只听得小姐在后楼呼唤衮儿，提灯去了，正是：

> 栏杆敲遍不应人，分明烛下问刀剪。

胡楚卿转来，勉强看几页书，一时无聊，遂题诗一首道：

> 朱门夜读漫焚膏，娇客何人识韦皋？
> 槐荫未擎鹓鹭足，藕丝先缚凤凰毛。
> 蓝桥路近人难到，巫峡云深梦尚高，
> 微服不知堪解珮，且凭名史伴闲劳。

题完，感慨一番，睡了。

连连几日，衮儿并不见出来。屈指一算，自四月初八日白莲寺遇见小姐，初九日到此，今日是十四日，已为她耽搁七日了。清书在店中盼望，不消说得。蔡德不见我去，岂不要转来寻我。况衮姐不知何故，这几日影也不见？此事料是无缘。正在那里呆想，忽见朱妈妈走来道："夫人唤你。"楚卿随至楼下。夫人道："侯老爷夫人十六日寿旦，明日要去送礼。你替我照这帐上，买了物件，备个礼帖，清早要送去的。"遂将银子单帐叫朱妈妈递与楚卿。

楚卿出来，做两次买着，放在书房里，一齐送进，存银开账，结算明白，递与夫

人。夫人见礼物买得又值又好，心里甚是欢喜，道："后来可托你照这单上，再添膝衣寿枕两行，后写沈门尤氏。"楚卿取帖写完送进。夫人看道："果然一笔好字，件件出人头地。你出去罢。"楚卿是日三次进去，并未曾见小姐，好不焦躁，夫人遂把帖子与小姐看，称赞喜新。宋妈妈在旁接口道："不但字写好，还买几斤蜡烛，夜里看书哩！"夫人道："不知看什么书，一发可敬。"

到十五清早，夫人叫粗用的挑了盘，唤喜新押着帖子随去。那侯家留饭。看官，你道楚卿几时惯得在沈家，是为小姐面上，没奈何，还是甘心的。到侯家与这些书房大叔、哥哥、弟弟起来，好不惭愧。又想道：不吃些亏，哪有妻子这般容易的。别了先回。少顷，挑盒的同着侯家一个阿婶拿帖来请夫人。楚卿打听得夫人说："我自然来领，小姐不来。"楚卿就是中了状元，也没有这般得意，肚里起稿子：夫人去后，只说讨针线闯进去，要叩小姐头，那时看她眉目说话，就有斟酌了，衾姐自然用情的。一夜不曾合眼，天明转睡着了。

朱妈妈送早饭来，叫醒道："我们今日都要跟奶奶去。昼饭我吩付衾姐送来你吃。"楚卿喜得在书房乱跳。少顷，只见丫头妇女同奶奶出来。衾姐在后望见楚卿，转闭角门进去了。楚卿正在疑惑，奶奶唤道："喜新，你随我轿去。"这一惊，却又半天起一个霹雳，一魂吊掉了，只得应一声，随在后面，肚里想道："千巴万巴，捉得这个空，又成画饼，不如回去索性大着胆，叫衾姐出来，说个明白，去了罢。"正待转身，却见卖玫瑰花的两篮，约有二三百朵。夫人连篮买着，叫喜新送回，唤宋妈妈送进去，与小姐打饼。

楚卿又如接着诏书赦了一样，急急走至前楼，只见角门紧闭，寂无人声。恨道："原来衾姐这般恶作！"又想道："我差矣！如今是夫人叫我送花回，谁敢说我不是？"竟大着胆，如奉圣旨一般，从外巷转入前楼黑角门来。幸喜并无人看见，又忖道："我今只管进去，若房里只有小姐衾姐，一发绝妙。"轻轻走到中间楼下，只见衾儿在那里替夫人锁房门，篮里放着炭。楚卿见了，欣欣道："好狠心姐姐，这几日，影也不见，害得我病出，尔何不来医我！"衾儿笑脸迎道："我又不曾咒你，我又不是郎中，怎么害得你病出，医得你病好？我特地送灯来，又独自送夜饭来，你不知哪里去了，我还来做甚？"遂伸手来接。楚卿见无人处，衾儿肯迎着笑语，喜出望外，却心在小姐身上，无心与她缠帐，说："夫人着我送花与小姐打饼，我要叩小姐的头。先替你戴两朵

去了。"衾儿道："谁要戴来！"接着两篮花就走。楚卿跟进，又见一个十五六岁的丫头在那里扇茶。楚卿心内忽转想：又是冤家了。只见衾儿走到后楼房里，对小姐道："奶奶着喜新送花来，要叫小姐头。"若素道："我正要认认他。"走出房来。楚卿定睛细看，比那远观，更是不同：

羞蛾淡淡，未经张敞之描；媚脸盈盈，欲叶襄王之梦。临风杨柳，应教不数蛮腰；绽露樱桃，何必浪开樊口。秋水为神，芙蓉为骨，比桃花浅些，比梨花艳些。

楚卿叩下头去，看见湘裙底下，一双小脚，一发出了神，就连叩了五个头。衾儿在旁笑起来。若素道："不消了。"细看楚卿时：

鬓挽乌丝，发披粉颈。丰姿潇洒，比玉树于宗之；风度翩跹，轶明珠于卫瓘。穿一件可体布袍，楚楚似王恭鹤氅；踏一双新兴蒲鞋，轩轩如叶县仙凫。腰间玄色丝条，足下松江暑袜。

若素问道："你是哪里人，为什么到此？"楚卿道："归德府鹿邑县人，因父母双亡，要寻一个得意妻子，故一路行来。"若素道："标致的，近处怕没有，特费许多路？"楚卿道："那得意的原是千中捡一，有才未必有貌，貌美未必有才。比如小姐一般，天下能有几个？"若素笑道："你这痴子好妄想！那佳人配的，第一要门楣宦族，第二要人物风流，第三要贫富倒也不论。第四极要紧的有才。焉肯来配到你？"楚卿道："小姐有所不知，论才学，喜新也将就来的；论门楣，喜新原是旧族；论人物，喜新也不为丑。"若素道："你既说有才，要配个佳人，我就问你，从来显不压弹筝之妇，金不移桑间之妻，乏容奇陋，还是老死绿窗，瞽目宿瘤，终身不嫁么。"楚卿道："陌上弹筝，罗敷处自有夫也；却金桑下，秋胡不认其妻也。那许妇乏容，是许允之见，如合卺之后，自悔不得；诸葛丑妇，是黄承彦备了妆资，送上门来，安可不受？闵王后宫数千，车载宿瘤者，盗名也。刘廷式娶瞽女，是父聘于未瞽之前，焉敢背命？今喜新一夫，一妇并未有，聘焉得不择乎？"衾儿在旁道："不要班门弄斧！小姐是才女，

何不试他一试?"若素初见楚卿,已有此意,今见衾儿说话合着机关,便把手中扇,叫衾儿付与楚卿道:"你既自夸有才,就将这画上意,吟首诗给我听。"楚卿看扇时,原来是月墙里画一个半截美人,伸手窗外折花,遂吟道:

> 绿窗深处锁婵娟,疑是飞琼滴洞天。
> 安得出墙花下立,藕丝裙底露金莲。

若素小姐听了起头两句已是点头,吟到后边两句,赞道:"好,果然好!"楚卿又吟道:

> 月眉云鬓束轻俏,仿佛临窗见半腰。
> 若个丹青何吝笔,最风流处未曾描。

若素听到第三句,赞道:"说出画工更挑剔。"听到末句,把衣袖掩着口笑起来,楚卿道:"莫非不通么?"

若素道:"太难为情些。"楚卿道:"还不尽那画工的意思。"楚卿又吟道:

> 香篝绿草日迟迟,妆罢何须更拂眉。
> 插得金钗嫌未媚,隔窗捡取梢花枝。

若素听了,又喜道:"果然捷才,愈出妙境,令人叹服!"楚卿做得高兴,又见小姐赞不住口,心中又思量吟一首打动她,看是如何。正回味其诗意,忽听得又吟道:

> 佳人孤零觉堪怜,为怎丹青笔不全。
> 再画阿侬窗外立,与他同结梦中缘。

若素听罢,脸晕红,微笑道:"文思甚佳,只是少年轻薄些。你出去罢。"楚卿道:"初舆折齿,不减风流,司马琴挑,终成佳话,一段幽情,都在诗上,小姐怎说轻薄?"若素道:"我也记不得许多,你把这扇子去题在上面。"楚卿道:"在这里写罢。"若素道："不雅，到外边去写。写完我叫采绿来取。"

楚卿只得走出来，想："小姐果是知音，但举止端重，吟得一句挑逗诗，她就红了脸，说我轻薄。若要月下谈心，花荫赴约，只怕是石沉大海了。也罢，或者是初遇不得不如此，自古道，一番生，两番熟，我今急急写完，送进去，不要待她来取，趁夫人未归再去鼓动她一番，难道是铁石心肠么。"遂自去写扇不题。

却说那若素见楚卿出去，对衾儿道："你好造化。我看喜新风流隽逸，是一个情种，嫁着这样人，你一生受用了。老夫人真好眼力。"衾儿道："小姐说得恁好。"话未完，楚卿送扇进来。若素道："写得这快！"遂立起身，走到房门口亲手接来，倚在门里，展开一看，却是一首楷书，一首行书，一首草书，一首隶书，写得龙蛇飞舞，丰致翩翩，赞道："不但诗亚汉唐，更且字迹钟王。"遂把诗笑盈盈念了一遍，对楚卿道："这第四首不该写在上边。"楚卿道："小姐这便叫做太难为情了。凡有才的，必然有情，可惜那画上美人不得真的，若比得琼枝，我喜新就日夜烧香拜她下来，与她吟风弄月，做一对好夫妻，怎肯当面错过。"若素见楚卿字字说得有情，把楚卿上下一相，却见他袖口露出一件宝玩来。只为这件，一个佳人来了，又牵出一段奇缘。未知露出是何物，且听下回分解。

第五回　题画扇当面挑情
换蓝鱼痴心解珮

词曰：

　　客路肯蹉跎，只为佳人俏一窝。牵惹少年肠欲断，弥陀。愿买真香供养它。　　凤眼按秋波，轻语声声带媚脥。待把心情相诉与，哥哥。忽遇虔婆急杀么。

——右调寄《南乡子》

　　话说若素小姐，见胡楚卿袖里露出一物，夺目可爱，问道："喜新，你袖中什么？把我一看。"看官你道什么，就是前日名扇上解下的扇坠，如今系在素金扇上。楚卿连扇递过，若素接来看时，却是蓝宝石碾成一个小鱼，不满寸许，鳞颊宛然，晶晶可玩，不忍释手。楚卿问道："此物小姐心爱么？"若素道："此物实实精雅。你肯卖我么？"楚卿道："宁送与小姐，断不卖的。"若素道："怎好要你送。也罢，我见你带上少个带钩，我换你的罢。"遂向腰间裙带上取下来，递与楚卿。原来是个水晶玦，上面碾成双凤连环，下边伸个如意头钩子，清可鉴发。楚卿得意道："好美器！宝鱼换水晶，小姐，这是如鱼得水了。"若素笑道："调得好，切当书袋。"楚卿道："还有一说，换便换了，这鱼是至宝，就兑一千金子也不卖的。今送与小姐，不要埋没我一生苦心。"若素道："虽是美玩，怎说起这样价钱来，必是你换的不值，心上不愿么。"楚卿道："是极情愿。但喜新这个宝鱼，要比做雍伯的双玉、温峤的镜台，聘一个才貌的佳人姻缘都在这个上。"

　　话才说到入港，忽闻背后嚷道："喜新，你怎么不知法度，闯到小姐绣房来！"惊得楚卿回头一看，却是宋妈妈送饭与小姐吃。楚卿正无言可答，只见若素道："奶奶着他送玫瑰花来。"宋妈妈道："原来如此。出去罢！"楚卿因假说道："我要问小姐，讨

两条线用。"若素就叫衾儿去拿线与他。正是：

> 白云本是无心物，又被清风引出来。

看官，你道楚卿要线做什么，原来是要哄宋妈妈先去的意思。那宋妈妈却说道："你要线，我叫送出来。今日无人在家，随我到厨下，带了饭出去。"楚卿没奈何，只得随到厨下，取了饭，仍进楼角门来。却见衾儿拿着线，走近前低低笑道："亏你的急智，说得好用心话儿，未得陇先望蜀了。"丢在盘子里就走。楚卿道："陇也未必成。"衾儿已走入中间隔子内。楚卿叫一声："姐姐，送些茶与我吃。"来到书房恨道："小姐虽被我看得个饱，可恶那婆子打断话头。饭呀，你再迟片刻，我就讨得小姐口气了。"正坐在那里对着饭自言自语，只见空里放下一壶茶来，耳边听见说："害相思的请茶。"楚卿这一惊非小，回转头来，却见衾儿立在身畔，口中说道："今番也还怪我。"楚卿喜出望外，急立起身，唱个喏下去，道："姐姐这次是破格爱着小生了。"抬起头来，衾儿已不见。原来衾儿见楚卿立起身来，恐怕去搂她，故此转身就走。楚卿急追出书房外，衾儿已进角门，望着楚卿笑一笑，把角门格的一声，反闩上去了。楚卿恨道："方才我怎么耳就聋了，眼就瞎了？这妮子说话句句爽利，作事节节乖巧，说她无情，是极有情的；说她有情，是第一无情的了。我也算是聪明的人，转被她弄得懵懵起来，若是别人岂不被她活活弄死？"正是：

> 风流肠肚不牵牢，只恐被伊牵惹断。

楚卿吃饭才完，贾门公走来道："吴小官，你乡里在外边叫你。"楚卿自忖必是蔡德回来，急出墙门。只见清书道："吴哥，我要远行，特来看你一看。"两人遂往县前走。清书问道："相公，事体如何？"楚卿道："功夫已做到六分，若一句话应承，就有十分了。一句不妥当，连前六分一厘也没相干了。"清书道："蔡德方才到来，着实埋怨我，今在冷净寺里等相公。"楚卿道："我这样一个身段怎好去见他！"清书道："俞老爷差人来接相公，现在下处，我不好对他说，单与蔡德相议，来寻相公。"楚卿道："我一发不去了。你只说相公不在这里，打发差人先回。叫蔡德好歹等我两三日，必有着落。"转身就走。清书只得去了。楚卿自回书房。

　　且说若素见宋妈妈逼出楚卿，肚里自揣：喜新来历有些奇怪，说话句句打在我身上；虽是个风流人物，我必定要问他个端的。便唤衾儿："你把这扇藏了，夫人看见不便。"正在思想，忽朱妈妈回来道："奶奶今日侯夫人留宿，叫我到家来说一声，传个诗题在此。我是原要去的。"若素接着，吩咐朱妈妈："你早些去罢。"将诗题一看，却是春闱题目，上限雨丝风片、烟波画船，韵脚溪西鸡齐啼，对衾儿道："这诗题，是仿牡丹亭上的两句。你拿出去，叫喜新再做一首来我看。"衾儿道："我不去。"若素道："为什么不去？"衾儿道："我只是不去。"若素道："这也奇怪，必有缘故。"衾儿道："我见他有些不老成。"若素笑道："这妮子好痴，那有才情的人怎肯古板。你难道不嫁他么？"遂唤来采绿送去。

　　却说采绿年纪虽是十五岁，生得肥肥白白，头发梳起，是个最聪明的，见楚卿貌美有才，小姐又赞他，心上倒有涎慕之意，只为夫人许了衾儿，晓得事不两全，只索罢了，却巴不能够与楚卿讲句话儿。如今叫她送诗题，好不欢喜，遂到书房来。只见楚卿如热石蚂蚁，在那里不住地走来走去。叫一声："吴家哥，你妻子在这里了，要也不要？"楚卿见她体态妖娆，言语反来挑拨，因笑道："姐姐，你见我夜来寂寞，肯来陪伴我作妻子么？"采绿道："啐，怎么将我做你妻子！你的妻子在我手里。"遂将诗题递与楚卿，假说道："夫人今日不归，传回的诗题，小姐说，你若做得好，把衾姐姐赏你，岂不是妻子在我这手里？"楚卿接了诗题一看，自忖道："这妮子，倒有风情可以买嘱。"因问道："姐姐芳名？"采绿道："我叫采绿。"楚卿道："衾姐会妆乔，我不喜她。若把你配我，我就做一首诗与你拿去。"采绿道："夫人作主，似难移易。"楚卿道："我只问夫人要你，难道她不肯？"采绿微笑道："不要嚼咀。快些写诗，与我拿去。"楚卿道："我心在你身上，哪里写得出来？"采绿道："前做几首，立刻就完；今这一首，就难起来？"楚卿道："日间有小姐知音在面前，动了诗兴，就一百首也容易。今天色已晚，写不及了。既然夫人不归，我明日送进来罢。且住，我有一物送你。"遂到床头取一条红纱汗巾出来，执在手里道："我要央你一件事。你对小姐说，喜新也要小姐诗看看，就求小姐写在我扇上。若小姐不肯，我当面也要求她。日间宋妈妈古怪，不许我进来；衾姐恶作，把中门关着。你明日见宋妈妈不在房里时，你就来开了中门，便是你夫妻之情了。"采绿啐了一声，把楚卿打个耳括子，抓了汗巾就走，道："晓得了。"正是：

事不作不休，东不着西不着。

采绿走进房，将楚卿的话，对小姐述了一遍。若素道："闺中字迹，可是与人看的？嗳，衾儿，我看喜新，不是个下人，有些跷蹊。"衾儿问道："何以见得？"若素道："你哪晓得，卫青厮役于平阳，金銮庸工于滕肆，法章灌园于太史。喜新此人，若无志气，就是个轻薄；若有志气，未必肯在此恋着你。"衾儿道："扯住不成？"若素道："老爷年老，公子又小，若肯在此，是个万幸。他若把你不在意中，哪里再寻出这样一个？我有道理，明日送诗来把话一试，就晓得了。"当夜无话。

到了次日巳牌时分，楚卿正在书房，只见采绿走来道："我昨日把你的话对小姐说，小姐道：'闺中字迹，不可与人。'黄昏在灯下做了一首，今早誊在花笺上，未知肯与你不肯与你。我偷她诗稿在此。"楚卿喜道："必定是你乖巧。"接来一看，只见上面写着：

春　闺

上限雨丝风片、烟波画船，韵限溪西鸡齐啼。

雨余芳草绿前溪，丝线慵拈绣阁西。

风影良缘成寡鹄，片时佳梦逐鸣鸡。

烟涵秦鬓修眉润，波曳湘裙俏步齐。

画鼓一声催去后，船船都是动人啼。

楚卿看完，大赞道："好一个有才情的女子。果然蕙心兰质，浓艳凄清，又如隔花唤郎，亲近不得，今日得窥其心迹，好侥幸也。"采绿道："莫讲闲话。宋妈妈正在厨下，小姐叫我去唤李阿婶。你可送诗进去。"

楚卿大喜，急急进去。若素正在窗外。楚卿亲手递去道："俚句在此，求小姐改正。"若素接来，只见上写道：

雨洗桃花嫁碧溪，丝添堤柳绿桥西。

风开帘幌嗔交蝶，片倚栏杆妒伏鸡。

烟袅薰笼衾独拥，波萦湘簟休谁齐。

画眉人去无消息，船望江平日泪啼。

若素看毕道："诗如五更杜宇，月下海棠。好情思，好风韵也。"楚卿道："小姐不必过奖，但求小姐佳句，也借一观，以开尘目。"若素道："女子诗词可是外人传得？况我并未曾做。"楚卿道："从来一唱一和，喜新虽不敢与小姐唱和，但教我下次做也无兴了。小姐决然做过，万祈不吝，题在喜新扇上，也不枉小姐指教一番。喜新是最知窍，决不与外人闻见的。"若素见说下次不做，心上爱他的诗，便沉吟道："且再处。我要问你，你既有此才，何不读书图个仕进？"楚卿道："书都读过，没什么奇书了。"若素道："既是饱学，何不去求功名，却在人门下？你若有志气，就在我这里读书。我对老爷说，另眼看你。"楚卿道："功名易，妻子难，若不聘个佳人，要功名何用？"若素道："衾儿甚有姿色，我把她配你。"楚卿道："小姐美意，自不敢却，但书中有女颜如玉，若单要标致如衾姐，没有才情如小姐的，喜新也不必在这里。"正说到要紧处，忽采绿入来道："快些打从角门出去！夫人进来了。"楚卿一头走，一头叮嘱道；"千万写扇子。"若素也急急吩咐道："夫人在家，断不可进来。"

楚卿未到角门，夫人走到左厢廊下，早已望见，唤住道："你进来做什么？"楚卿诨一句道："要问朱妈妈讨针线用。"夫人厉声道："朱妈妈昨日随我去，是你晓得，怎么支吾起来？"楚卿道："喜新不晓得她住在人家，故此来寻。因见楼下无人，就出来了。"夫人心上有些疑惑，因是新进，不好叱他，乃吩咐道："非呼唤不许至楼下。"楚卿道："晓得！"遂回书房闷坐不题。

却说若素因楚卿出去，心上避嫌，只做不知，不敢迎接母亲，故意等夫人进来，方去问候。问候完了，回到自己房里，想："喜新的话，明明是为着我。他又道功名易，妻子难，眼见得不是下人；衾儿决然绊他不住。喜新，喜新，你好痴算计，难道我就许你不成？"又想道："岂有此理！姻缘自有天定，我只守我女子之道罢了。虽然，我若太无情，只说我无眼力。他苦苦要我写扇，我只把唐诗写一首在上面，与他就是。"遂取扇写完，到黄昏时分，叫衾儿道："你明日清早，趁夫人未起，将扇送还喜新，对他说，婚姻不可妄想主意，要自己打定，志气不可隤颓，在此须守法度，你看他说什么话回复我。"衾儿道："早去就是。"明日起来，衾儿送扇出去。孰知事不凑巧，才出角门，而夫人竟知道了。衾儿大惊。未知衾儿如何回答，且看下回分解。

第六回　沈夫人打草惊蛇
俞县尹抃柯泣凤

诗曰：

一天骤雨乱萍踪，藕断丝连诉晓风。

幅素实堪书梦谱，怀衾谁许破愁胸。

遂平义重能操介，上蔡缘艰未割封。

好事多磨休燥急，且同阮籍哭途穷。

话说衾儿清早奉小姐之命，送扇还喜新，但知防近不防远，不知夫人已在天井里看金鱼，竟望厢廊就走，开角门要往书房来。那夫人昨日因喜新在里边出去，已存个防察念头，今见衾儿光景，遂赶上一步，喝住道："你做什么？快些走来？"不意衾儿开角门时性急了，拔闩甚响，楚卿在书房里听见，恐怕不是衾儿，定是采绿，赶来一望，只见衾儿向内走，却不知夫人立在转弯处，高叫一声"姐姐"。夫人探头一望，见是喜新，心中大怒，骂道："你这贱人好大胆！喜新才来，你就与他勾搭了。昨日他进来做什么？如今你出去做什么？从实供招！"衾儿道："他昨日何曾进来。"夫人一掌打去，衾儿急举手一按，不意袖里溜出扇子。衾儿急去拾着。夫人夺来看时，却是一柄金扇，小姐的字在上面，也不看诗句，又一掌道："罢了，罢了，我不在家，你引诱起小姐。朱妈妈快拿拶指来！若素这不长进的，快走出来！"那朱妈妈正在厨下催脸水，刚进角门，听得里边打骂，立住脚，隔子眼里一瞧，探知缘故，星飞趱进书房，对楚卿道："你们不知做了什么事，小姐写扇叫衾姐送你，被夫人搜着，如今小姐衾儿都要拶哩。你快些打点。"说话报个信，飞也进去了。

楚卿原是胆小，唤衾姐时，看见夫人，已是心中突突，及闻得里边闹嚷，虽听得不清，胆已惊碎。今见朱妈妈说小姐衾儿都要挦，一发吓坏，应声不出，想闺门如此，怎得小姐到手？就要见一面，讲一句话，今后断不能了。若不早走，决然连我被辱，不如去罢。急走出来，喜得门公不在，忙到冷寺前，要画圈时，又忘带墨，解下束腰带，抖一抖衣服，往里边来，只见东关西倒，哪里有一个和尚。也没有香积，寻着一个跎道人，问他借笔墨，说师父化缘出去，锁在房里。楚卿十分焦躁，忽见一个行灶在那里，又问要水，说没有水。只得吐些津沫，把指头调了灶烟，画在墙上，弄得两手漆黑，寻水净手，躺在里边，屈指算时已在沈家十日了，肚里又饿，不敢出去。

清书望见墙上有黑圈，进来寻着。楚卿道："你快去拿巾服木梳来。叫蔡德收拾行李，问店家取了十两头，算还饭钱。速速到这里，起身往城外吃饭。"不逾时，清书把巾服木梳取到，替楚卿改装，仍做起相公。蔡德已至，两边问了几句，楚卿道："出哪一门？"蔡德道："出西门。"楚卿道："如今从南门走罢。"遂出了南门。吃过饭，觅牲口上路，方才放心。一路上，三人各说些话。此时是四月十八，天气正长，到遂平未黑。下了牲口，竟报进衙门里来。俞彦伯迎入后堂，各叙寒温，茶罢饮酒，彦伯道："前日闻兄在上蔡，特差人迎候，不知台驾又往何处？"楚卿道："一言难尽，另日细谈。"彦伯晓得路途劳顿，遂收拾安置。

连接三五日，彦伯见楚卿长吁短叹，眉锁愁容，问道："吾兄有何心事，不妨与弟言之。"楚卿道："忝在世谊，但说无妨。"遂把前事细诉一番。彦伯笑道："原来有此韵事，且请开怀，弟当与足下谋之。"楚卿急问："吾兄有何良策？"彦伯道："长卿先父同年，那长卿的夫人，是上蔡尤工科长女，尤工科夫人是米脂县人，她到舅家时，弟自幼原认得，一来是年伯，二来是亲知，见与兄执柯，何如？"楚卿揖道："若是如此，德铭五内了。"彦伯笑道："才说做媒，就下礼来，若到洞房花烛，不要磕破了头。"大家笑了一回。明日，彦伯收拾礼物，往上蔡来。

再说沈夫人那日见了扇子，把衾儿打了两掌，叫朱妈妈唤小姐出来。若素在里边听得惊悔不迭，却有急智，对朱妈妈道："你且顺我的话就是。"遂走出来。夫人骂道："好个闺女！好一个千金小姐！"若素道："母亲不曾问得来历，实不干衾儿之事。孩儿素守母训，只因昨日朱妈妈传诗题回来，喜新在外看见，说我也会做诗，既小姐能诗，我有扇一柄，烦你央小姐题写在上面。朱妈妈只说孩儿会做，竟拿了进来，对孩儿说。孩儿想这喜新不过是书童，哪里会做诗？因叫朱妈妈对他说，你若果然做得好，小姐

中国禁书文库

情梦柝

就替你写了。原是哄他。不意朱妈妈出去，喜新的诗已写，就拿进来。孩儿看时，却做得好，因想父亲年老，若得喜新在此，甚可替父亲料理，不好哄他。又想闺中诗句，岂宜传出，故此写唐诗一首，叫衮儿送去，吩咐他下次不可传诗进来。不意母亲知道。其实衮儿无过。就是喜新昨日进来，方才母亲又看见，或者为讨扇子，亦未可知。喜新也没有差处，母亲不必过虑。"夫人听了，才把扇子上诗一看，却是杜甫七言《初夏》一律，后题《夏日偶书》又无图书名字，方息怒道："衮儿何不早对我说。且问你，喜新的诗呢？"若素道："在房中。"就叫采绿去取来。夫人看了，惊道："这也不信。朱妈妈你去唤他进来，我问他一问。"又向若素道："你的诗呢？"若素也叫采绿取来。夫人看完说道："虽是春闺，在妇人则此诗甚美，在女子还该清雅些。衮儿你同小姐进去罢。"

停了半日，朱妈妈进来道："喜新不知哪里去了，到处寻不见。"下午时分，夫人叫问豆腐店，也说不晓得，心上疑惑：难道闻我打衮儿，他就惊走？到书房看时，件件不动，桌上摊着几本书是二十一史；想此子颇奇。再看床上枕边一只黑漆小匣，开看却是一副牙梳，一瓶百花露油。大疑道："这是京里带来，若素梳头的。"匣下压着两幅诗：一幅就是《春闺诗》，一幅是《夜读有怀》。连看几遍，想此子也奇。遂拿了梳匣，到小姐房中，问："这瓶油，哪个送与喜新的？"衮儿道："并不曾有人出去，哪个送他？"若素道："他既有牙梳，岂没有油！"夫人道："喜新的诗，你见过一首，还是两首。"若素道："只见过春闺一首。"夫人遂把《夜读有怀》一首付与小姐看。若素看了，心中了然，故意道："据诗中意思，却是为衮儿。"夫人道："你有所不知，他第二句说'娇客何人识韦皋'，韦皋未遇时，为张延赏门胥，延赏恶而逐出，后韦皋持节代延赏。此句是喜新讥我不识人。'槐荫未擎鹓鹭足'，是言槐之下，未列着鹭序鹓班，喻未仕也。第四句是为婚姻而羁绊。第五、第六，是未成就的意思。第七句，'微服不知堪解珮'，昔郑交甫游汉皋，二女解珮，今变服而在门下，不知能遇否，则他非下人可知。末句'且凭青史伴闲劳'，古诗有'闲劳到底胜劳劳'之句，他明知是无书可读，闲在此间，借史以消遣，则其不为做书童而来可知。"若素道："如此看来，与康宣华学者之事一辙了。"夫人道："喜新不见回来，必是惊走了。他若恋着衮儿，必不去；若不独为衮儿，决不来。"若素道："来与不来，母亲何以处之？"夫人道："若不来，也罢了。若是来，我将衮儿配他，凭他去。就看他如何处置。"若素道："母亲高见极是。"

正说间，只见长接的家人回来说："老爷已回省下，着我先回，钦限紧急，五月不利出门，吩咐家人早速收拾，二十六到家，二十八就要起行。"合家大小，各去打点不提。只有若素、衮儿却放喜新不下。

到二十四日，俞彦伯备礼拜见沈夫人，夫人以母亲乡党，又系年侄，出来相见。茶罢，彦伯说起作伐之事。夫人道："本当从命，但一来老身只生此女，不舍远离；二来寒门并无白衣女婿；三来女婿必要见面，今行期迫促，不暇访察，就是拙夫回来也要老身作主，此行不过一二年之其俟。旋归领教罢。"彦伯见事不可挽，打一躬道："伯母以旋归为约，决不于福闽择婿了，小侄尚候归旌就是。"夫人道："盛仪断不敢领。只还要借重一事，前日有个姓吴的，也是鹿邑县人，投舍间作书童，取名喜新，老身爱他聪俊，许把小婢衮儿配他。不意那日衮儿出去开角门，喜新推角门进来，老身不知就里，疑心有私，责衮儿几下，他就惊走了，却见他两首诗，其实才堪驾海，志可凌云，决非下辈。他说有一个乡里，在尊府作仆，不知此人可曾到来？若在尊府，情愿将衮儿嫁他，听凭去就，也见老身怜才之意。"彦伯道："这个却未曾访问，或到敝衙，亦未可知，但有诗乞借一观。"夫人命朱妈妈取出，彦伯看了道："据这诗人品口气，决是个国器时髦，必是慕令爱才貌，做关文新句，岂肯为着尊婢，便做此游戏三昧。伯母既是怜才，还该斟酌，待小侄访的，回复何如？"夫人道："老身岂不明白！但此人头角未嵘，门楣未考，轻易允口，岂不令人见笑？这事断使不得。若访得着，只把衮儿与他便了，本当留饭，奈乏人奉陪，下程即着人送至尊舟。"彦伯道："不消费心。"料这事难成，只得做别出门，竟回遂平。

次日天明才到，楚卿急问道："消息如何？"彦伯道："一个就是到手。"楚卿道："原只要小姐一个。"彦伯道："这却尚远。"遂把上项事说一遍，楚卿顿足情急起来。彦伯道："她归期尚远，兄何不先娶衮儿，聊慰寂寞，俟来岁乡试中了，那时小弟从中竭力，亦未为迟。何必如此愁态！"楚卿道："人生在世，一夫一妇是个正理，不得已无子而娶妾。若薄倖而二色者，非君子也。况若素才貌双全，那一种端庄性格，更是稀有。小弟与她说到相关处，她也不叱，也不答，只涨红脸说道'你出去罢'。何等温柔！及宋妈妈怪弟闯入内室，她说奶奶着我送花来，何等回护！小弟假说要线，她即唤衮儿取线，何等聪慧而顺从！及夫人回来，小弟临出，叮嘱她写扇，她又急急吩咐夫人在家断不可进来，何等体谅！"说到此处，大哭起来，又道："小姐说闺中字迹，断不传人，却又不拒绝我，特地写着扇子，悄悄唤衾儿送出，又不知多少幽情谜语在上。今忽天各一方，教我怎撇得下！"竟哭个不止。彦伯道："不须过虑，好处还在后边。今兄且在此与弟盘桓数月，待过了新年，科考还家，免生烦恼。"楚卿道："虽承盛意，小弟在此，一发愁闷，不如回去，在路上无人处，待弟哭个爽利。明日断要奉别了。"

说未完，门役来报："外边有一起奸情事，绝美的一个妇人同两个花子解进来，请老爷升堂。"楚卿闻知，拭开眼泪，就出来看审。未知所审何如，且看下回分解。

第七回　守钱奴烧作烂虾蟆
滥淫妇断配群花子

词曰：

> 盈虚端不爽毫芒，逆取如何顺取强。
> 梅坞藏金多速祸，燕山蓄善自呈祥。
> 请看梓椟今谁在，试问铜陵音已亡。
> 天杀蠢人多富吝，任呼钱癖亦惭惶。

话说胡楚卿拭干眼泪，出来看审奸情。看官，丢开上文，待我说个来历。

遂平县东门外二十五里，地名灌村，有个财主，姓吴名履安，祖上原是巨富，未曾出仕，到他手里，更一钱不费。身上衣服，最少要着七八年，补孔三四层，还怕洗碎了，带龌龊穿着。帽子开花，常用旧布托里。一双鞋子，逢年朝月节，略套一套，即时藏起来，只用五六个钱买双蒲鞋拖着，恐擦坏袜子，布条沿了口，防走穿底，常攒些烂泥。这也罢了，若佃户种他田，升合不肯少，倘遇着水旱，别人家五分，他极少也要八分；这些佃户，欲不种，没有别姓田，只得种地。若说放债，一发加四加五，利尾算利，借了他的，无不被他剋剥；要到第二家去借，远近又被他盘穷，不得不上他的钩。及至奸巧的，要索性借他一百五十两逃往他方。他必要估绝你家产，合着一本利才借你，要多一厘也不肯。有几家盘不起，与他拼命的，他又算计好，总不放债，收拾起来，都积在几处典铺里。家中日用，豆腐也不容易吃一块。所以在他身上，又积几十万家私，真是一方之霸。却亏得一个娘子颜氏，原是宦族，能书能算。履安胸中浅浅，每事不敢与娘子争论。颜氏见丈夫财上刻毒，不时劝谕，哪里肯听。到三十五岁无子息，劝他娶妾，他不肯，说道："娶妾定是年少，就生下儿子，我年老死了，少不得连家私都带去嫁人。"颜氏没法，吃了长斋，瞒丈夫修桥造路，广行方便。一日，有母子两个大名府人，丈夫在下路生理，五六年不归，后来得了确信，家中适遇年荒，特与儿子去寻夫。路上遇着骗子，行李盘费俱拐去，一路行乞。颜氏赠银五钱、米五升。履安进门看见米袋问起缘故，而不知有银子，把米夺了进去，颜氏向头上拔下一根银簪与她母子去。一日雪天将晚，有两个花子在墙门口躲夜，履安叱逐。那花子寒苦哀叫，履安取棒打出，明早一个冻死路上。颜氏闻得，取银一两五钱，私唤管家买棺埋葬。诸事难尽述。到三十七岁，颜氏生一个儿子，取名欢郎，眉清目秀，颖异非常。到六岁从师上学，履安择一个欠债主顾，文理不通，上门揽馆。先生教了一年，反问他找几钱利尾，差六分银子，还留先生一部四书，方才把借批还他。颜氏查考学课，竟是空空，遂着管家另访一位宿儒，对他讲过，每年私赠束金二十两，履安聘金在外。那先生感激，晓夜研究，不三五年，欢郎天资聪明，已是五经通彻，青出于蓝。取名无欲，字子刚，至十五岁入泮。

履安不舍得破财择名门女，访一个殷实人家，结下一头亲事。亲翁姓贾，他却是扳仰富厚，又奉承子刚秀才。到十八岁做亲，借债嫁女，妆资倒赔五六百金。过门之后，无奈庄家人物貌不扬，态不妍，妆不新，步不俏。子刚风流年少，心上不悦，或住书房，或会考住朋友处，日远日疏。履安生了两个恶疮，昼夜呻吟，无处解说，道新妇命不好。连颜氏极明白的，也借口冷言冷语。可怜贾氏吞声忍气，上事公姑，下事夫主，中馈之暇，即勤女工，百般孝顺。子刚付之不理，暗中下了多少眼泪。娘家来领，又不许归宁，要她在家做生活。满腔恶气，又无处告诉，竟成郁症，茶饭渐减，自己取簪珥赎药。公姑又说她装模作样。过了弥月，将鸣呼了。忽一日，子刚要入城拜客，到房取新鞋袜，丫头无处觅着。贾氏在床上听得，遂个字挣出道："在……厢……厨……里。"子刚勉强揭开帐一看，问："病体如何？"贾氏道："相公问我一声，多谢你！我今命在旦夕，不能服侍你。婆婆年老，两年来衣服鞋袜都是我整理。我死之后，作速娶个贤慧夫人，不要牵肠挂肚。若肯垂怜，今日替我寄个信与父母，见一面而别，就是你大阴德。"说罢泪下如雨。子刚见遍体赢瘦，语语至诚，不觉也流泪。贾氏道："你若哭我，死也瞑目了。两年夫妇，虽不亲爱，却不曾伤我一句。但我自嫌丑拙，不能取悦于君。但生不能同衾，愿你百年之后，念花烛之情，与我合葬，得享你子孙一碗羹饭，我在九泉亦含笑矣。"话到伤心，一痛而死。子刚放声大哭道："决然合葬。"遂请丈人丈母来看了，棺衾厚殓埋葬，暂封祖墓。

过了月余，门上做媒不绝。子刚到处挨访，闻得个宦族井氏，容貌绝伦，年十九岁新寡。财礼百两，父亲只肯许三十两，私取贾氏首饰兑换凑数。娶过门来，艳冶动人，又带来一个丫头，十分得意。衽席之间，播弄得子刚魂都快活。井氏自恃色美，又夸名门，把公姑不在心上。一日间梳头裹足，并不管闲帐。公姑见儿子护短，又体惜她娇怯，奉承她是旧家小姐，就有不是处，亦甘忍而不知也，反说她命好，前夫受享她不起，我家有福得此好媳妇。

　　未及两月，有债户唤做任大者，曾借过田米六斗二升，其时价贵，作银一两起利。后任大远出，至第三年回家，履安利上加利，估他米二石一斗，壮猪一口，银二钱，又勒他写五钱欠票。至来年七月，履安哄他："还了我银子，与你重做交易，拨米两石借你。"任大听了，向一个朋友借他籴米银五钱，对他说；"我明日即取米还你。"持银送至吴家，履安收着道："今日没有工夫，明早送批到宅上还你。"任大回去，勉强脱衣服典当，买些酒肉，明日留了饭。到了次日，履安即到任大家中道："五钱头上让你加三算，还该利银一钱二分，一发清足，交付欠票。"任大要借米，只得机上剪布五尺，又凭他捉了一只大公鸡。履安道："实值一钱一分，还少一分。"见壁上挂着一本官历，取下道："这个作一分罢。我正要看看放债好日。"遂递还欠票，袖了历本，拿着鸡并布就走，任大道："少不得到宅挑米，我少停带来罢。"履安道："自己拿着不取，你是与我取笑，哪里真要借米。"如飞去了。任大急急写了借批，与两个儿子，扛着箩到他家里借米，回说出门讨债了。明日再去，等了半日，才走出道："你来做什么？"任大道："承许借米，特写约批在此。"履安摇首道："一两米银，讨了三四年才算明白，今谁要与你交易！"任大苦求一番，只是不允，想道："自己没有也罢了，转借的五钱来，教我哪有米还他？"只得又哀恳道："只借一石罢。"履安又不允，把手一摊，"但愿不愿由我，缠什么帐。"竟踱了进去。任大急得三神跳爆，气又气，饿又饿，骂道："没天理老乌龟，少不得天火烧！"履安听了，怒跑出来，未及开口，不提防任大恨极，就是一掌，力猛了些，家中一只恶犬正在那里吠生人，一跤跌去，正磕在狗头上，砍去两个牙齿。那狗被履安颈压翻仰，转身把爪一挖，履安一只右眼弄瞎了。履安眼痛，极喊一声，这狗认是捉住他，就是狠命一口，又将履安右耳咬了下来。任大见了，往外就走，跨出门槛，回头一望，不期一脚踏在空中，仰身跌倒阶沿石上，已磕伤头脑，血流满地。两个儿子大恨，拿两条扁担奔进去，把履安打得混身紫肿，救命连天。许多家人出来救住。看任大时，已呜呼了。闹动地方，都道履安打死人，个个恨入骨髓。三日前又唤子刚到颍上典中算帐未回，家里打得个雪片，仓里米挑尽，

不亦乐乎。媳妇躲到母家去了。这些人把尸骸扛到厅上，将履安解入城来。

看官，履安平日若有至爱朋友，自然替他出来周全，拼得几百银子，买嘱尸亲、地方、衙门上下，从直断也还问不到斗殴身死。无奈处处冤家，没人来解说。县官又闻里富，见没有官节，一夹打四十收监。反着人到监讲兑，履安哪肯招允。明日又一拶二十板，履安认了斗殴推跌身死。及子刚得信，连夜奔回，遂买嘱尸亲，到衙门用了二三千两银子，告了一张拦招，方才断了两下斗殴，自己失足，误跌身死。暂行保释，听候详宪发落，已是伏圊百日。

此时十月尽间，子刚与颜氏往庄上收租。履安因夹打重伤，在家养病，正在楼上。忽见前厅火起，刚下胡梯，楼上火起，不敢出前门，往后楼要去抢那放债帐目。不想库房火又起，急往后园门，门再拔不开。风高火燥，那火已飞到后槽，进退无路，只得钻在粪窖里，喜得两日前挑干了。谁知屋倒下来，飞下红炭烧着身上衣服，烫得浑身火泡，又钻不出，火气一炙闷死了。这些家人妇女，却个个走脱。子刚母子得信赶回，已是天晚，火势正焰，无法可救，急得乱跳。恰好是日井氏回来，只得宿夜船上。可怜几十万家私，在履安手中弄得尽成灰烬，只有二处典铺、一个缎铺并田地，不曾烧得。放债帐薄，并无片纸，人人称快。幸喜田产租薄并典中数目，子刚带在庄上，原算祖上遗下的。明早，子刚不知履安尸首在何处，打发井氏往庄上，自己权作家人，唤附近欠债人家，一概蠲免，着他同家人扒运瓦砾。炭石太多，有百余人直弄到第五日，在粪窖扒出尸首，遍体斑烂，火气入腹，像一个癞虾蟆。买棺盛殓埋葬，在庄上再起几间屋，重置一番家伙。自此以后，人人藉口谈论履安恶极。

子刚闻得，遂发狠要做挣气的事。算计后年科举，有服考不得，及至服满，又下不得秋闱，遂援例入监，把家事托几个管家执掌，竟坐监读书。井氏阻不住，一去数月。颜氏从子刚去后，见媳妇不肯做家，惟图安逸，未免说了几句，井氏回娘家去了，屡接不回。直至岁终，娘家也无盘盒，忽然送来。过了新春，子刚抵家，井氏床头告诉，意欲另居。子刚溺于私爱，想前贾氏，被父母憎嫌死了，今我在家日少，倘妻子气出病来，岂不悔之晚矣。遂托言在庠诸友会考作文不便，竟与井氏移居入城。原来城中，向有房屋一所祖遗做寓的。子刚带了丫头一个、炊爨老婆一个并跟随的书童，住在城内灵官庙前。墙门屋三间，原有老家人一房在内。

过了月余，子刚下乡探母，料理些家事，一去数日。原来井氏是最淫的妇人，前夫姓从，是个好后生。做亲未及一年，弄成怯症。谁知此病身虽瘦弱不堪，下边虚火愈炽，井氏全不体惜，夜无虚度。看看髓枯血竭，不几月而脚直了。公姑怜惜儿子，将柩停在厅左。到了三七，井氏孤零不过，将次傍晚，往孝堂中假哭两声。忽丈夫一个书童，年纪十六七，井氏平日看上的，走来道："奶奶，天晚了，进去罢。"井氏故意道："想是你要奸我么？"书童吓得转身就走。井氏唤住，附耳低声道："我怕鬼，今晚你来伴我。"书童笑允。黄昏进房，却是精力未足，不堪洪治鼓铸。至五七，公姑拜忏亡儿，井氏窥见个沙弥嫩白，到晚设计引入房来，岂期耳目众多，为阿姑知觉。拷问丫头，前情尽露。阿姑气忿不过，请她父母说知，殡过儿子，就把媳妇转嫁子刚。哪里晓得娶过门时，子刚是少年英俊，井氏美貌妖娆，衾枕之间曲尽绸缪，两下中意。及履安打死人，惊回数日，只在母家清净不过，思量要搭识个相知，又再没有，竟与厨下一个粗佣人，叫做汲三弄上了。后来子刚坐监，娘家屡接不回者，恋汲三也。谁知事无不破，一日被母亲见了，责逐汲三，叱回女儿，永不许见面，所以无盘无盒送来。

　　你想，井氏连出了几场丑，羞耻之心一发全没有了。今子刚家事在身，常常往乡探母，一去数日，井氏终朝起来，无一刻不想取乐，只得前门后门不住地倚望。原来她后门斜对灵官庙，庙门外左右一带杪拉木，有两个乞儿歇宿在内。一日下起暴雨，井氏在后门窥探，瞧见庙前一个乞儿，见街上无人，望东解手，露出阳物，十分雄伟，心上惊喜道："经历数个，俱不如他，作用决然不同。"左思右想，走了进来，又走了出去。只见雨止天晴，乞儿走来道："奶奶舍我赵大几个钱。"井氏正要搭腔，遂问道："你叫赵大么，这样一个人，为什么讨饭吃？"赵大道："奶奶，我也有二三千家私，只因爱赌穷了，没奈何做这事。"井氏道："你进来，我取钱与你，还有话对你说。"赵大跨入门内，井氏取出旧布裤一条，短夏布衫一件，又付一钱一百，道："央你一事。我相公结识个妇人，在北门内第三家，总不肯回来。你将这钱到浴堂洗个澡，着了这衣服，到黄昏人静，替我去问一声：'吴相公可在此？'他若说不在，你不要讲什么，转身就来回复我。若街上有人，你不要进来，虚掩着门等你，进来不要声唤，恐丫头听见，要对相公说道我察他的是非。"又领赵大走进一重门："你悄悄到这外厢来。"赵大道："晓得。"欢喜去了。黄昏时分，赵大到北门问时，那人家应道："不晓得什么吴相公。"

　　转回庙前，见街上无人。推门时，果然虚掩。挨到外厢是朝东屋，是夜四月念一，更余后，月色横空，走入侧门，看见四扇隔儿开着，里边是太师墙，窗边一张春凳，

井氏仰睡在那里，身上着一件短白罗衫，手执一把团扇掩着胸前，下边不着裤子，系一条纱裙，两腿擘开，把一只小脚，架在窗槛上，血滴红硃履尖尖动人。一只左脚曲起鞋跟，踏在凳角上，月下露出羊脂样白的腿儿，只一幅裙掩着羞羞半段，睡在凳下。赵大要缩出去，想道："好教我悄悄来的。"又见角门闭着，四顾无人，低低唤一声奶奶，不应，把金莲粉腿看了半日，不禁火炽。再唤一声奶奶，又不应，轻轻起其裙也不动，遂掀在半边，露出那含香豆蔻。赵大色胆如天，晚潜入花房，幸喜开门揖盗。未几，凳角一只脚已跷起来。又少顷，架在窗槛上的，一发缩起。赵大暗忖道想必有些醒了，但她睡梦中，未知认着哪一个，她若叫喊，我走了就是。遂放胆施展。却见井氏身如泛月扁舟，摇动半江春水，足似凌风双燕，颉颃一片秋云，娇啼媚喘，声息动人。赵大见其淫荡，唤她一声，井氏假意道："你怎么奸我？我要骂了。"赵大道："特来回复奶奶，因怜爱奶奶，月夜无聊，故此奉承。"井氏道："相公可在那里？"赵大道："他说不在。"井氏道："我方才睡着，不意被你所污。今相公既不顾我，与别人快活，我也凭你罢了。"赵大恣意奔突，两下十分得意。约赵大夜夜须来，启户而俟。到明日，把二两银与他道："你今不要讨饭了，将就做些生理，我逐渐接济你。"

却是只愁不做，不愁不破。赵大伙伴，叫做终三，赵大连日行踪甚是跷蹊，又见赵大穿着夏布衫，身边又有银子用，疑是哪里去偷来。到了二十三日，在梢拉木栅里，见井氏在后门里丢眼色，终三走进前一看，并无他人，只有赵大站在墙边，遂留心觉察，远远瞧着。到夜静无人，只见赵大溜进去了。终三守在庙口，到三更还不见出来，走去摸后门，却不曾上拴，潜踪而进，挨近右厢门首，只听得淫声浪语，妇人与赵大狠战。终三缩出后门，想道："不信世间有此贱妇！且待我设计制了赵大，也去试她一试。"赵大五更出来，直睡到上午。终三买两碗烧刀子，街上讨些骨头骨脑下酒的，来对赵大道："大哥，我连日身子不快，昨日路上拾得几分银子，今日特买酒来，要请你畅饮一杯。"赵大道："我怎好独扰你，我也去买一壶来。"就提瓦罐去打酒，又买只熟鸡回来，猜拳行令。终三是留心的，赵大是开怀的，直吃到晚，不觉大醉。终三又把他灌了几杯，眼见得醉翻了，行人将寂，妇人把后门不住门关。终三把赵大衣服脱下，穿在自己身上。等到街上无人，走过街来，见她后门虚掩，推开进去。井氏在黑暗中道："我等你好久。"遂曳着终三手，到厢房来。是夜点灯，桌上摆着酒肴。井氏定睛看地，吃了一惊，不是赵大。终三道："奶奶不必惊疑，我是赵大的伙伴。他今日醉了，恐负奶奶之约，特央我来的。我是惯走花街，只为嫖穷了，所以流落在此。"看

官，若是井氏有些廉耻，必竟推却一番。孰知她听说赵大央他来的，先被拿住禁头，开口不得。终三见不做声，吹息了灯，恣情苟合。

那赵大一觉醒来，已是五鼓，想道："我怎么醉了，有负那人。"遂急急扒起，却不见了衣服，又不见了终三，心慌性急，恐负井氏，不知什么时分，竟赤身挨入门来，走到右厢，只听得唧唧浓浓，淫声溢户，仔细一听，却是井氏与终三说话。赵大忿然大怒，欲上前争奸，却想井氏面上不好看，又不知几时先搭上的。按定心头，退出后门，走进庙来。只见两个公人，把手索颈上一套，唱道："贼精做得好事，速把平日一偷哪家，二偷哪家，直说出来！免你上吊！"看官，原来两个公差，因北门人家失了贼，县中缉捕，见昨日赵大买鸡，露出银子，就想这花子必定做贼，故此五更挨访，见他不在庙里，在人家后门出来，一发合着油瓶盖，故此扭住。赵大道："我不曾做贼。"公人打几拳道："还要赖，方才在这人家出来，不是窝主么？不吊不招？"赵大情极，又恨终三，只得直说道："不是贼，是听奸情。"正说时，有两个光棍，夜里赌钱输了，回来见公人锁了花子，立住脚看。赵大道："是我一个伙伴，奸淫这家奶奶。我去窃听，如今还在那里，却不干我事。"四人听了，牵赵大赶入屋来，只见妇人与终三赤身搂抱。内中一个光棍因赌钱输了，撞到床前，把衣被卷个精光，竟趁风打劫，跑出后门，寄在豆腐店里，招呼众人道："你们大家来看奸情。"此时街坊上，走的人多了，竟挤满房屋，只见公人将手索系着两个花子，妇人一丝不挂，蹲在半边，先前几个问她要银子。众人道："这样美妇人，这般身体伴着死花子，也是禽兽了。"井氏偷眼看终三时，浑身黑癞，两腿肉烂，悔恨不及，央求众人，愿出银两告饶。几个有年纪的道："她有丈夫，银子诈她不得的。但如此伤风败俗，必要解官发落为是，顾不得她丈夫体面。"众人道："有理。"遂唤出丫头，讨件衣服与她穿了，下边束着裙，不许她着裤子。此时，井氏身不由己，推的推，搡的搡，被众人推到衙上，复有两个恶少，挤入人丛，把井氏后边裙幅掀起，露出雪白屁股，解上堂来，引得合衙人拍掌大笑。

此时楚卿在衙内哭，听见审奸情亦出来看。当时俞彦伯升堂，欲解楚卿愁闷，把井氏捵起，要她将平生偷汉的事供出。井氏忍能不过，只得把和尚、汲三、赵大前后等情，尽招出来，引得堂上堂下人笑骂。两个花子道："不干小人事，都是她设计哄我们进去的。"彦伯道："这古今罕有。"抽签把两个花子，各责四十，枷号一月。正要把井氏发落，只见一个上前揖道："生员不幸断弦，续此贱妇，向因外出，适才回家，已知始末。此妇已非人类，焉可留于世上？不烦老父母费心，等生员杀了就是。"竟向袜

筒里抽出刀来。原来是吴子刚，彦伯向来是认得的，便急叫莫动手。子刚哪里肯听，竟奔井氏身畔来，把刀劈下。幸亏两个皂隶怜妇人标致，又见本官吩咐莫动手，把竹板一架，已削去半片竹片，仍复一刀。这边一个皂隶又把竹板一隔，重了一些，把他刀打在地下。彦伯喝众皂隶劝住，对子刚道："贤契侠肠如此，若在家里，杀了何妨。但经本县，自有国典，公堂之上，持刀杀人，反犯款了。本县自有处法，请付度外就是。"子刚道："生员必要杀她，待她出衙门便了。"遂抽刀，一揖而出。彦伯把井氏收监，出票去唤她父母。至晚，差人回复，他父母说我家没有这个不长进女儿，要杀要剐，任太爷尽情处死就是，没有人来认的。彦伯退堂与楚卿商议了，即唤几名皂隶，往四门选取少壮无妻花子数名，明日早堂听候。公差去了，彦伯退堂。

明早拿了十五六个花子到县，彦伯监中提出井氏，吩咐道："你这淫妇，太伤风化，父母不肯认，丈夫要杀你，我如今救你性命。你喜欢花子，今日凭你去随着几个罢了。"井氏哀求道："愿出家为尼。"彦伯道："守不定情，少不得迎奸卖俏，那清静佛场怎与你作淫秽风流院"又向花子道："你众乞儿造化，领出去讨饭供养她，两下受用，但不许在此境内，又不许恃强独占，并禁贩卖与人为娼，察出处死！"遂把井氏打四十，批下断单道：

> 审得井氏，淫妇中之最尤者。负鸡皮之质，不顾纲常；挟狐媚之肠，孰知廉耻？惟快意乎教曹，竟失身于乞丐。扰乃夫之志，杀死犹轻；施我法之仁，如从蕙典。薄杖四十，示辱鞋蒲。奈万人之共弃，为五党所不容。难作士民妻，鄙尔似乱交淫鹜；堪为花子妇，任伊掌野渡新航。逐出境外，禁入烟花。皐田巷口，叫数声奶奶与官人；东郭墙间，和几套哩哩莲花落。

唤吏役出一告示并审语粘在照壁，人人称快。众花子把井氏抱的抱，拖的拖，夺的夺，闹嚷嚷，个个兴头。看的男子妇人，塞满街道。楚卿直看她扛出西门，笑个不亦乐乎。

又住了两日，告别回家，彦伯苦留不住，赠银五百两，复致意道："深感失师之德，铭骨不忘，后日尚容补报。"楚卿逊谢一回，起身辞去。彦伯送出西门才别。未知别后如何，且看下回分解。

第八回 村学究山舍做歪诗 富监生茶坊传喜信

诗曰:

哲人日已远，斯文渐投地。

学穷如嵩林，纷纷起角利。

不识四书字，安解一经义。

骗得愚父兄，误却佳子弟。

鹤粮借养鹜，盐车负骐骥。

感慨灌花翁，击碎玉如意。

话说胡楚卿别了俞彦伯，一路行来，见个少年，也是一主一仆，好生面善。同行了三十里，齐到村店打中伙，那人先开口道："兄不是敝府口气，今往何处？"楚卿道："小弟原是鹿邑，有事来拜俞大尹的。"那人拱手道："失瞻了。小弟正要往归德。今兄也回府么？"楚卿道："如此同行了。请问尊姓？"那人道："小弟姓吴，字子刚，本县人。"楚卿就晓得前日县堂上要杀妻子的吴监生，所以有些认得。子刚道："兄尊姓大号，几时到这边？几时别俞大尹？"答道："小弟姓胡，字楚卿，在此数日了，今早才别的。"子刚肚里也晓得楚卿知道他的事。遂谦酌罢，仆从还了店帐，二人一路讲些闲话，不觉行到上蔡。楚卿叫蔡德去访沈家，就同子刚上了旧店。少顷，蔡德回复道："沈老爷已于二十八日赴任去了。再问豆腐店，他说你是哪里人，我说是鹿邑人，要访乡里姓吴的。他说喜新不知哪里去了，夫人小姐甚是念他，临行朱妈妈寄一封字在这里。她说若有喜新乡里来问，就千万央他寄与喜新。你今既是喜新乡里，我受人之托，把这封字寄你与他，也是你盛德，如此我拿回来了。"楚卿看封皮是二十七夜封寄，内写："撇下衾儿，若不图后会，便是无情也。"不写哪个名字，细认笔迹，乃是小姐的。把《春闺诗》出来一比，虽真草不同，而风雅无二。因想起小姐叹道："我的慧心小姐，口欲言而难言，心欲诉而难诉，书欲写而难写，名欲露而不敢露，待撇下而不忍撇下，故作此无始无终这几个字，藏着哑谜寄人推测，真好感伤也！"又下起泪来。子刚道："兄有何心事，尚有过于弟者？"楚卿道："此肠欲断，不能细谈，明日路上，大家一诉。"子刚遂唤主人设酒肴散闷。

明日途次，楚卿道："兄之事，弟未悉其始末，若不见弃，一谈何如？"子刚道："天涯知己，见笑何妨。"遂把父亲如何作家，如何死法，说一遍，道此一不幸也；弟原配贾氏，颇是贤慧，只因生得貌丑又老实，不肯妆饰，公姑又轻她母氏贫穷，弟恃着读了几句书，攒着家业，这样一个走出去，惹人谈笑，渐渐恼厌起来，也上制于公姑，下厌于小弟，只是亲操井臼，悦色和颜，一时不明，不去亲近，竟抑郁而死，此二不幸也。说到此处也哭起来。楚卿道："后来如何？"子刚道："三不幸就是前日娶那美色，不贤之妇做这事来。"楚卿道："今尊意如何？"子刚道："已勘破红尘，知天道报应不爽，酒色财气，不可认真。向有小典在京师，先父存日俱是三分息，今弟去算清前帐，以后一分五厘息了。更有贵府一只盐店，借银四百两，要去取讨，故此一发前去。"楚卿道："兄有此家私，令堂无人奉侍，还该娶一房才是。"子刚道："兄有所不知，弟幽冥之下，负了贾氏，不思娶了。"楚卿道："不孝有三，无后为大，哪有这个理？"子刚道："就是要娶，在本处亦无颜。待典中算帐回时，要在外郡置一住宅，同母亲移居，再作区处。"楚卿道："这也高见。"楚卿就把自己父母早亡，尚未受室，今在上蔡，前后事情，细说一遍。子刚道："如此看起来，弟与兄异途同辙了。但替兄想来，那老夫人说无白衣女婿，前科发的决然娶过，后科尚在来年。吾兄发愤，博得一个黄甲，那里肯与兄便罢，倘老儿古怪，小姐亲有水晶带玦、亲笔诗在此，只说她赖婚，约了三百六十个同年，共上一本，圣上作了主，夺也夺她过来。今日何须愁闷？"楚卿见说得有理，心上畅快道："有理，有理。"一路你作东，我作主，事事投机，遂成莫逆。

不觉来到鹿邑，正在分路处，楚卿道："小舍就在前面，若蒙不弃，屈驾光降，结个天涯知己何如？"子刚道："弟亦有此意。"遂同至楚卿家里，明日到了庄上，合家接见。楚卿打发蔡德妻子回去，就办三牲祭礼，与子刚结拜为昆仲，子刚年长为兄。楚

卿摆酒款待。盘桓几日，子刚道："贵处民风古朴，地土膏腴甚可卜筑。兄园左有隙地数亩，弟欲奉价，建造几间房屋，与兄居止相傍，未知否允？"楚卿道："但恐蛙步未足驻兄驹耳。弟若得与兄为邻，平生之大愿也。昔公瑾让舍而居，弟虽学不得古人，亦有楼屋一所，离此三里，暂典与寒族，以此就送兄居住，何以价为？"子刚道："若得如此，弟旋踪时，就变卖田产，同家母到宅了。"楚卿大喜。明日临行，子刚道："八月准到此处。兄若要问信，可到府前广货店汪景成家便知。他不时有人来住，弟亦必先有候书也。"两下依依而别。

楚卿把家料理一番，深信子刚之言，发愤读起书来，真个是足不窥园，身不出门，常读至四更，犹吟哦不罢转，为妻子面上，用了许多苦功。光阴梭掷，不觉重阳节近。管家周仁来到书房，见楚卿沉思默诵，把头在桌上不住地观。周仁连叫三四声，总不听见，直待拿朱墨来磨，再叫一声，方才看着。周仁道："相公如此用心，决然大发。但明日是个佳节，该出去散一散步。昨日闻得本府新学官到了，他是翰林降官，本学生员于本月二十一日都要拜见，况宗师已闻出京，相公也要打点去一见才是。"楚卿道："我服未满，到岁底去见未迟。不是你提起，我倒忘怀了。我原约一个朋友，明日可顺便到府前问信。过了明日，后日倒要入城，你去罢。"

初九日起来，下起细雨，至初十日晴了。楚卿同清书上了牲口出门，但见金风飒飒，衰柳凄凄，已是深秋气象了。想起上蔡归来，不觉四月有余，不胜感慨。行了三十余里，天气暴热，一片乌云西起，忽然下起雨来。只见路旁山上登高补数的，跑得好看。

正是：帽落孟嘉编箬笠，休官陶令觅簑衣。望见山坡下有个竹林，几间茅屋，楚卿急来躲雨。来到门前，下了牲口，进门看时，原来是个三官殿。正立在那里，却听得里边赞道："虽子建复生，不过于斯了。"楚卿因外边没有坐处，就踱进去，却是两间敞屋，半壁疏篱，几盆黄菊，倒也幽雅。有两个老年，一个二十来岁，身上都着了乌不三白不四道袍在那里饮酒，桌上五六个碗碟，已吃得精光，拿两幅字，侧头摆脑的不绝声称奖。忽见楚卿走进，大家立起身来，拱一拱道："请坐！"就掇一张板凳过来。楚卿道："小弟是偶然躲雨，请各尊便！"那一个道："小弟因昨日下雨，不能纪登高之胜，今特约两位知己，在此挈盒补数，限韵赋诗。但瓶之罄矣，不敢虚屈了。"楚卿道："既如此，小弟就在这边坐了。"只见那年少的，口里不住咿唔，把两间空地上

反叉着手，旋灯样走，似构思景象。楚卿道："想各位必有佳作，敢借一指教？"那年老有须的道："兄也晓得诗么？"楚卿道："虽不晓得，却也读得出来。"一个无须的道："这位姓高，是个宿儒，一个徽州大店里，请他教两个儿子。弟姓赵，在前村训蒙。我两家俱住此。因初八日，高先生放学回来，路上买了一只鹌鹑，约小弟昨日要来赏菊，就以'鹑'为韵。不意下雨，未曾一乐。这一位姓邳，是青年饱学，住在城内，就在城中处馆，昨日到这边岳家，要领夫人回去。所以弟两个，各出酒肴在此，屈他来到做一首，效金谷园故事。既兄晓得诗，必定是有意思的了。"遂递过姓高的诗来。楚卿看题目，是《雨中寻菊》，再看上面写着诗道：

> 七三涂猎捡之龙，樽也煮妻椒炒精。
> 菊箭倒风双袖酒，鸡糖溅雨一襟饧。
> 宾王昔日无三友，陶令今年有四甥。
> 乐矣归欤喤不见，问狸光惯瓮碴秤。

楚卿念了三遍，也不明白，只得问道："小弟学浅，不但不明其理，要求逐句讲教；连这'喤'字也不识。"高先生道："兄方才说识诗，故此与兄看。那个诗两字，原是句负不得的，非有十分大才，做来也不佳，所以古人说吟成五个字，捻断数根须。老夫前两日与赵先生限了韵，回去路上做些，今早才完了。不敢欺小弟，这几根须不曾动得分毫，今兄看不明白，要我讲说。孔子云'诲人不倦'，我若不肯，就是吝教了。这'喤'字，是筋娘切。在《海篇》上，夫喤者，喤唝也，喤唝者，吃物而唇动声也。第一句'三七猎捡之鹑'，前日弟解馆回来，以七分三厘银子，涂路上遇着个猎户，拿许多雉兔獐鸡，弟捡一只鹌鹑买了，是这个缘故；第二句，买到家里，捋去毛，先将水煮一滚，老妻见烧不烂，竟取起切碎，放些椒料炒着，精品不过，所以说'椒炒精'；第三句，要晓得未得菊，先插竹，昨日因虚了赵先生之约，到一个邻家赏菊，正在花下饮酒，忽然一阵风来，竹箭吹倒，划泼了半壶酒，老夫双只衣袖，沾得甚湿，故云'两袖酒'；'鸡糖溅雨'者，那些鸡一向躲在菊花下痾的粪，也有干的，也有白的，也有一样色烂如饧糖的，那急雨溅起来，急去收碗碟，看衣襟上溅满了，故云'一襟饧'；至第三联，是两个古典：昔日骆宾王寻菊，无三友者，当年不曾有赵先生、邳兄

与老夫三人也，当初陶渊明最爱菊花，为彭泽令。今人每以海棠比西施，老夫即以菊花比渊明，是巧于用古处。上年敝邻在朋友处分得一根回来，今年产了四芽，可是生了外甥一般？末两句是照应起两句赏了菊，吃了酒，乐而归去，还剩那鹁鹑在家，老夫回去，正要想喤唥喤唥的再吃些，不意不见了，问起拙荆，她道邻家有个狸猫，到舍偷吃，不管多少，一吃就精光，竟是吃惯了，如今把鹁肉藏在瓮里，将碌秤盖好，又恐扒开了，故云'问狸光惯瓮碌秤'。你说这诗好么？"楚卿笑道："果然妙。"那赵先生道："着实字字珠矶，岂特字字金声而已哉！"高先生道："赵先生佳作，一发与这位看见得，我们为师，俱有实际，不比那虚名专骗人家束修的。"赵先生对楚卿道："看诗有个看法，须要认题。高先生吃鹁肉，是做死的，我是做活的，不可一例看。"楚卿道："有理。"只见写着：

菊边歇下一只鹁，溅湿衣毛活似精。

赶他遢遢像赶鸭，吃他连喋如吃饧。

儿惊磕碰寻老子，婆见吱喳叫外甥。

十六双棋去得尽，刚刚剩得光棋秤。

楚卿看了好笑，只得赞道："妙！这位邳兄一发请教。"邳先生道："两位老生是前日做起，小弟是今早约来吃酒，方得做起，已有两句了。"递与楚卿道："小弟是不做鹁鹑，做鸡鹑了。"楚卿接来一看，只见道："花叶啄完光打精。"

楚卿见他年少，忍不住道："诗思甚佳，只怕鸡鹑未必做巢在菊花上。"邳先生笑道："兄只识得几个字，就要批评人？千家诗上，说得食阶墀鸟雀驯，鸟雀既驯，难道鸡鹑做不得巢？轻易批评人者，此亦妄人也已矣！"楚卿道："领教。"意欲别出。赵先生道："雨虽止了，地上犹湿。兄既晓得诗，也做两三句何如？"楚卿道："一首诗又不至耽搁功夫，要做何难？"三人便去拿纸笔墨砚，铺在桌上。

楚卿坐着，三人到背后，俱把眼瞅一瞅，做鬼脸笑，不以而知做些什么出来，在那里故意走开，让楚卿构思。孰知楚卿提起笔，不待思索，一挥而就。诗曰：

溪头雨暗下飞鹁，踏屎篱边致自精。

看去离被如中酒，食来清远胜含饧。

临波洛女窥行客，洒泪湘妃觅馆甥。

带湿折归敲一局，幽香染指拂揪秤。

楚卿立起身来道："呈丑!"高先生道："做不出么?"楚卿道："完了。"三人不信,走到近前一看,果有几行字在纸上,都说"这也奇!"念了两句,高先生对两个道:"亏他念到第三句,这'中酒'二字不通,哪有菊花会吃酒?"大家都笑。念完,再念一遍,觉得顺口不俗,且做得快,不像自己苦涩,有些嘴软起来。姓邳的道:"真是仙才! 兄在何处处馆!"楚卿道:"不处馆。"赵先生道:"兄该处一馆,若要美馆,有个舍亲,只有四个学生,馆欲与高先生差不多,足有八担大麦。"

只见清书进来道:"相公,路干了,早些去罢!"三个道:"原来还有尊价在外边。"楚卿遂拱手与三人作别。上了牲口,一路好笑不止。

明日到归德府,正欲进城,只见路旁茶馆内一人叫楚卿:"贤弟哪里去?"未知何人叫他,且听下回分解。

第九回 费功夫严于择婿 空跋涉只是投诗

诗曰：

> 学力文宗巨，君英糜士风。
>
> 才凭八句锦，缘结寸香红。
>
> 旧韵妆台杳，新题绣阁通。
>
> 夺标虽入手，犹奶未乘龙。

楚卿听得路旁楼上有人高唤，回头一看，却是吴子刚。下了牲口，子刚迎着道："一别五月，不胜梦想！"楚卿道："不见兄回，特来汪家问信。"两个上楼，各叙别后事情。子刚道："正要来报兄喜信，弟出京时，闻得福闽倭寇已平，北直山西一带流寇土贼猖獗，钦召沈长卿镇抚，特加一级。弟想这几个月，行了几千里路，上任未久，哪有功夫择婿？如今转来，家眷到任。贤弟来岁中了乡科，到京又是顺路，岂不是个喜信！"楚卿得意道："但愿如此！"子刚道："如今既相会过，不到府上了，即返汝宁，打点移居之事，约在来春二月到宅。"楚卿道："尚侯伯母鱼轩。"就同到子刚寓处住了。明日叮嘱而别，楚卿自回不题。

且说沈长卿奉差同夫人小姐，于四月二十八日起身，一路往九江进发，直到七月终，才到住所。沿海一带，关津严守，倭寇屡战不利，竟退去了。驰表进京，九月二十六日旨下，钦差镇抚冀州、真定、河间等处。自己走马上任，家眷陆续水路起程，十二月初六才到冀州，家眷正月十二方到。彼时流寇窃发，长卿传檄各地，百般严备。不意二月中，打破了沙河、广昌、长坦。长卿日夜设御，流寇方退，长卿遂回冀州。

时沈夫人见若素年长，欲择婿，即与长卿商议。长卿道："我久有此意，因宦途跋涉，只得丢下。今幸地方稍平，正该留心访择。"看官，你道显宦在私衙里刚说得一句话，就有奶娘婢子传与大叔，大叔传与书吏，一时传遍起来。那些公子乡绅，个人央媒说合。远近州县，每日有几个来说，你讲那个强，我说这个好。忙忙碌碌，迎宾送客，长卿竟没主意。倒是夫人说，门楼好不如对头好，效苏小妹故事，待女儿出题选诗择婿。长卿道："有理。"及至诗题一出，门上纷纷投诗不绝。一应着家人传进，并无可取，却是这个讨回音，那个问决绝，若素一概贴出。有几个央有才的代笔取中了，发贴请到后堂，不是年长，定是貌丑，或有俊雅的，当面再出题一试，竟终日不成只字，一概将原诗封还。如此月余，渐渐疏了。谁知：踏破铁鞋无觅处，得来全不费功夫。

再说楚卿当日别子刚回家，光阴迅速，不觉已过了残冬。至正月服满，见过府县学官，三月初，宗师科考归德，楚卿进考。正出场来，忽听得两三个少年秀才说，考一个科举易，做一个丈夫难。那个道："沈小姐比宗师转恶些。如今做身分，只怕再有两年，熬不过挨上门的日子。"又一个道："什么要紧？我们往来千余里，空费了盘缠，不曾吃得她一杯茶，待她白了头，与我什么相干？"大家都笑。楚卿心中疑惑，就问道："列位兄讲的什事，怎般好笑？"一个二十多岁、有几茎髭的道："冀州沈兵备有个小姐，带在任上，要自己捡老公，出题选诗，多少选过，并没中意的。小弟选中了，又嫌我这几茎髭，恐怕触痛了小姐樱唇，仍复回了。"楚卿忙问："如今有选中么？"答道："她到八十岁，也不要选中了。"旁边一个道："兄去自然中的。"走至分路口，遂一拱而别。

楚卿闻此信，又惊又喜，喜的是有择婿门路，方才说兄去自然中的，也虽奚落我却是不意中谶语。惊的是路远，恐怕去又有人取中了。来到下处，踌躇不决，又想道："我为她费过多少心，小姐在我面上又有情，我若不去，难道送上门来？不信我去恰恰有人选中了。"打定主意，遂急急回家，也不管有科举、没科举，仍唤蔡德，叫他妻子住在庄上，带些盘费，清书跟随，连夜赶来。不日已到冀州地面，逢人访问都说小姐眼力高，哪里有人选得中。有曾经贴出的发言道："哪里选什么诗？枉费多少路程辛苦。但见富家子弟往来一番，整个盘费使掉。必定她在家里或路上有个心上人，假以选诗为名，包你一来，诗不好也就中了。"

楚卿听了大喜，蔡德道："一路兆头甚好，真是相公缘分。"楚卿道："我也这般

想，小姐才学果高，哪里便中得我着？况人不可自夸，难道少年中没有高于我的，只取一个缘分罢了。年纪大者不来，娶过与聘过者不来，年少有才无盘费又不能来，有才有盘费的或无缘分选不中，故我打定主意，不以往返为远也。"三个说说讲讲，已到武邑。明日赶进冀州，寻下处歇宿。问于店主，店主道："以前乱选，每日投诗有上百，俱被贴出。后来每日还有几十，末后选几个进去，或老或丑，或当面复试不出，回了出去，一日只有几个。近来夫人新设一法，不用投诗，每日另换题目，求选者俱至迎宾馆，先将家世年貌名贴写定，管家传进，然后出题，恐两三人同谋代笔，却是一人另有一题，一个另设一桌，不许交头接耳，着管家监着，衙内却有点心茶果。香完不就，一概不收。或有完的，诗内再写现寓某处，以备邀请。如今或三两日，只有一个。"楚卿大喜。

明日早饭后，唤蔡德、清书跟着，备个红柬，进迎宾馆来。管家问道："相公还是考诗，还是拜见老爷？"楚卿道："考诗。"管家把楚卿一相，口中赞道："好！"即去拂桌摆椅，磨墨濡毫，道："相公这边请坐。"遂从袖中取出一幅格式米，上写道："十五岁以下，二十岁以上人，俱不入格。"楚卿看了，唤清书取一个红柬来，上写着：

河南归德府鹿邑县，胡玮字楚卿，年十八岁，面白，系生员。祖廷衡，官拜左谏议，父文彬，官至礼部郎中。

写完，管家道："相公少坐，即刻就来。"少顷，见一个披发童子，托一盏茶送上。清书在旁，掩口而笑。楚卿看见，想着上年自己扮书童在他家，今日他家书童来托茶，也忍笑不住。恐怕失仪，勉强按定。茶完，管家出来，手拿红柬，上写诗题：一个题是《花魂》，一个题是《鸟梦》，下边注着细字"韵不拘。"又见一个童子，拿安息香，把火点了两支，留一支不点，放在案上，取一支点的进去。楚卿问是何意，管家道："小姐吩咐，香完诗缴，又恐我们在外受贿作弊，不完报完，香完报不完，故同点两支，取一支进去。如里边将息，即着人出来缴诗，迟半刻，即不收。"楚卿问："留一支不点是何故？"管家道："小姐定例，点香一炷，要诗一首，题是两个，故香有两炷，逐首去缴。"楚卿又问："题是哪个出的，哪人写的？"管家道："题是小姐出的，以前老爷付书房写，如今三日五日也不能有两三个来考，不是自己写，就是侍女衾儿写的，

却是完不完要原贴缴进，不许人带去。"楚卿又问："衾儿会做诗么？"管家道："不会。"又问："衾儿曾嫁人否？"管家道："说来好笑。今年二月间，老爷要把她配与新来书记，衾儿抵死不肯。问起缘故，夫人道：'老爷未回时，曾有一个姓吴的鹿邑人来做书童，取名喜新。我见他伶俐，把衾儿口许他。后来不知什么缘故去了。想是看上了他，如今衾儿要守他。'老爷听了，要把衾儿拶起，衾儿直说：'喜新因奶奶亲口许了，曾央朱妈妈将紫金通气簪赠我永以为聘。今老爷若欲另许，宁死不辱。'老爷怒道：'你身子是我的，那由你作主？况如今喜新不知在哪里，你私自结识汉子，敢在我跟前强辨。'要打死。转是小姐说：'衾儿常在孩儿房里，并无瑕玷。但女子贞烈守志，虽是她空想痴念，也是好事。望爹爹恕她守一二年，若喜新不来，那时配人也未迟。'老爷就罢了。所以今年十九岁，尚未嫁人。不知喜新如今在何处？"问得楚卿咨嗟不已，对管家道："我回去替她访问。"管家道："相公讲话多时，香已半炷，请作诗罢。"楚卿道："作诗不妨，但要问你，小姐出了诗题，自己可有做么？"管家道："小姐或先做或后做，少不得送与夫人看。"楚卿道："既然小姐有做，何不劳你传一个韵来，待我和首。"管家道："小姐说限了韵，就拘拘了，不能尽人之才情，难以察人之品格，定人之穷通寿夭。"楚卿道："原来如此，高见！"暗想韵既不拘，我如今还做什么韵好？我是男家，她是女家，必定有些隐然意思才有趣。也罢，夫妇取阴阳和合之义，第一首取七阳韵，第二首就是一东罢。

　　正欲提笔起来，只见八色盛果并一壶细茶，托到中间一张桌上。童子斟了茶，对楚卿道："请相公便点。"楚卿本不吃，见他请，只得去领个情，却见色色精品，尝时物物可口，心上痴想：必是小姐衾儿两个亲手制的，竟这盘吃些，那盘吃些。旁边童子斟上茶，就饮了七八杯，竟忘了做诗了。香已将熄，管家又不来催，与一个同伴说："可惜这个人物光景弄不出。"转是清书性急起来，说："相公，我们多少路来，特为考诗。今香已将完，果子少吃些罢！"楚卿回头一看，只剩得半寸。刚立起身，只见内里走出一个人，说小姐催缴诗。见桌上衾儿，只字未动，口中道："像是没相干了。"楚卿急急提起笔来，信意挥一首。那人道："还好，待我先缴进去，再来取第二首。"楚卿见香尚有红星，说道："一发写去罢，省得走出走入。"又一挥而就，香柄上犹烟煤未绝。管家道："好捷才！"一发让相公旁边注了寓处。楚卿注了，对管家道："如今还是等回音，还是先回去？"管家道："要待小姐看过，并与夫人老爷，选中了，然后发

帖到寓来请。"楚卿遂起身回寓，正是：

不愿诗名满天下，但愿诗留女试官。

且说沈夫人当日，见送进考诗人年貌，就是俞彦伯所荐的人，想到许多路来必有才学，遂把帖送与小姐。小姐见了，对衾儿道："这人也是鹿邑，若取中了，就发了央他替你访喜新消息。"因把自己昨日做的两首诗题写出。一炷香将完，即着人去取诗。香已熄了，不见缴进，对衾儿道："此人必定也是蠢才。"衾儿道："两个题，原是两炷香，且把第二炷来点，或者第二首做得快些，也未可知。"刚才点上，只见外边传诗进来。若素看时，却是两个帖子，都写在上面，心上道："诗未知如何，却也敏捷。"只见得：

花　魂　　韵不拘

轻颦浅笑正含芳，欲枉东君费主张。
风细撒娇来绣榻，月明涵影到迥廊。
似怀吉士怜香句，若妒佳人借丽妆。
一自河阳分种后，多情犹是忆潘郎。

鸟　梦

翱翔求友类孤鸿，羽倦投林睡眼懵。
幽思不离花左右，痴情常绕树西东。
忽从金谷催诗遍，又向苏堤掠雨终。
必境未谐魂不扰，却教啼尽五更风。

若素连看三五遍，遂道："好诗！《花魂》喻我择婿之意；《鸟梦》寓己求聘之情，宛如清溪鲜碧，掩映丹霞；又如月下箜篌，幽情缕缕，令人怨，令人慕，虽司马风流，耆卿逸韵，不过是矣！"衾儿道："婢子虽不识诗，但见小姐末韵是'娘'字，这诗末韵是'郎'字，以才郎配女娘，不约而同，先是佳兆。"若素道："果有此奇特。你把

这诗送与奶奶看。"衾儿去一会儿，来对若素道："夫人见诗欢喜，老爷十分赞赏。恐怕人物平常，唤管家来问。"管家道："自从前到今日，不曾有这样丰采，若小姐欠半分，就也比他不过了。且初来与管家说了无数闲话，及送点心进去，想必饥了，只顾逐件的吃。直到香不上半寸，转是他的小厮催做，他就笔不停点，也不起稿，竟一挥而就。"若素道："如此便是捷才，与喜新仿佛的了，我的眼力不差。"衾儿道："老爷唤书房发帖去请了。"正是：

　　崔屏今中目，绣幌喜牵丝。

未知几时做亲，且看下回分解。

第十回 端阳哭别娘离女 秋夜欣逢弟会兄

诗曰：

鸦声报屋角，蒌田风波恶。

雌雄不同巢，骨内不同酿。

少者自南飞，老者住北落。

忽然变羽毛，相顾犹掠错。

川流朋尽期，惨泪终不涸。

万古别离情，茶若饮百药。

何处少年游，相逢楼上头。

把臂谈凤昔，金风动早秋。

同是百年偶，缘分南北州。

徘徊问征雁，乡书肯寄愁。

却说楚卿回至寓所，暗想，消息只在这个时辰。等了一会，心上活突起来，若这几刻上，把原诗封还跳破天也没用。竟如小儿思乳，老狐听冰，风吹草动，都认是衙里人来。急不过，叫蔡德去打听。不多时，只见蔡德手执一个红帖，领方才监场的管家，笑嘻嘻进来道："相公高中了！"楚卿听得"高中"两字，把一天愁撇下。那管家上前叩头，楚卿慌忙挽起。管家道："相公恭喜。家老爷说相公诗才第一，今日就要请进，恐非特诚，又无陪客。明日是月忌，请后日相会。方才差人到赵州，请俞爷来奉陪。"楚卿问："哪个俞爷？"管家道："就是遂平知县俞太爷，升在这里做同知。夫人说前日曾与相公说亲，故此特去请他来为媒。"楚卿大喜，就问："你姓什么？"管家

道："小的唤做郑忠？"楚卿叫蔡德折饭金五钱赏郑忠。郑忠谢去。楚卿看帖，是二十四日，祗聆大教。

挨过二十三，二十四清早，只见郑忠神色变沮，慌张走来道："相公，俺家老爷祸事到了。昨日五鼓报到，说沙河、广昌、长垣三处，被流贼打破失守，犯官拿解，牵连老爷说家老爷，拥兵不救，致失军机。下午又有报，说圣上已着锦衣卫来扭解了。老爷急了，恐家小不便，收拾细软，昨夜打发夫人小姐出城，暂避晋州听候消息。今早封门待罪，差小的报知相公，说事体重大，相见不便，亲事作准，相公不须别聘，俟进京辨白后，驰书到归德定局。如今拜上相公，暂回省下，勉力南场，不必在此耽搁。"说罢跑去。楚卿惊得如土人木偶，半字应答不出。转是蔡德赶上，附耳道："要寻问夫人小姐，可有着落。"郑忠亦低语道："如今我与你是一家人，说也无妨，大约候老爷进京消息，即要还汝宁料理银子，进京使用。"拱手去了。

蔡德回来说知，楚卿道："一天好事，又成画饼。如今没有计较，且待三老爷相会，你可到衙前候着。"上午时分，只听街上人声喧传，说圣上差锦衣卫到镇抚衙门。蔡德走来道："锦衣卫进衙门，读过诏书，将沈老爷就锁了。"楚卿计无所出，立在人丛中。少顷，各属官员都到晨边问候。直至下午，忽见唱道声来。众人分开，望见街上一官，正是俞彦伯。楚卿闪在半边，令蔡德至面前禀着，自己回寓。未及片刻，蔡德进来道："俞老爷问候过沈老爷，来拜相公，已到门前。"楚卿接入，先称贺过，复细述前事。彦伯道："事已至此，且请兄到弟任所，打听消息，再作商议。"楚卿道："弟匆匆而过，归心如箭，断不能崶拜了。"彦伯道："兄执意不去，此非久话之所，到弟舟中一叙如何？"楚卿道："这使得，请先行。"楚卿送出，遂唤一乘轿至彦伯船里来。彦伯备酒，细谈前后事情，复要楚卿写出诗来。赞道："果是高才，兄急欲回府，不知有正事？"楚卿遂将吴子刚相约同居事说着。彦伯道："此人原是汉子。兄既要回，且请放心，小弟打听沈年伯的信，着人达兄罢了。"楚卿谢别，来到下处，彦伯差人送贿金三十两，楚卿璧谢。明日闻长卿出城去了，只得自回鹿邑。正是：不如意事常八九，可与人言无二三。

且说长卿同锦衣卫官进京，圣上发三法司勘问。三个守官众口是一辞，俱说流寇来时，调兵民上城严守，已经八昼夜；沈镇抚救兵不至，内外无援，以致被他猖獗攻破，非干卑职失守之罪。沈长卿道："彼时被围，非止一处，犯官发一支兵守兵平、忻

州等处，一支保灵寿、新乐，自统一支巡缉易州、高阳一路。昼夜提防，衣不解带。及报马到时，急辙兵回，又恐本处失守，只得虚张旗帜，留兵一半，仰副将严备，自统精点二千，连夜到沙河时，贼已退去。再到开州，已是两日半，忽报长垣、蔚州已经打破掳掠去了。犯官远不济近，分身不得，望大人详察。"广昌守官道："定襄、乐平有救兵，所以守得；蔚州不救，所以失了。"长卿道："贼寇出没不常，蔚州路远调兵不及。"法司道："蔚州路远，以致攻破广昌也罢了。沙河、长垣路近，为何不救？我晓得是平日受贿则救，无贿就不救了。不用刑怎肯招？"遂叫夹起。长卿喊屈连天，夹得个发昏闷地。法司道："你不招么？"长卿道："易州围十四日而不破；垣曲、浑源、翼城三处比广昌更远，救兵亦未到，那地方官效力，俱不破。今长垣、沙河、广昌，乃守官贪生畏死，不肯血战，致有此失，岂关犯官怠惰之故？"法司道："一概发刑部审，俟太原关防文书到日再审。"

迟延数日，夫人将银子央人到各衙门打听关节。法司申奏，中间替他下一句：土贼到处窃发，救应不迭，实非误国。旨意下来，三处守官削职，沈大典赔偿三县钱粮一万七千三百余两，家产籍没，妻孥入官。又亏辛丑状元张以诚一本，说防御疏虞，止于材短，非畏敌之机、拥兵不救一例，圣恩尚宜矜赦。旨下：籍没概免，钱粮不赦，俟偿清释放。

长卿在狱见事颇定夺，虽无罪名，这项银子，却是难事。自己又不得出来，即差管家李茂、陆庆到晋州，一边送小姐回家，变卖产业；一边送夫人进京，到连襟朱祭酒家商议。

时五月初五日，夫人得了此信，对若素道："虽有生路，你父是个清官，哪里有许多银子？前日已在各衙门用去千金，今所存不上三千两，是连年的宦资，家中田产，是祖上遗下的，虽值几千，也缓不济急，哪里一时得尽变卖？"又低低对若素道："只有一种银子，你父对我说是祖公遗下的三千两，藏在房里左边第二柱下埋着；又我房里楼梯边夹墙板内，有扁匣一只，赤金二百两、明珠五颗，小锁锁着，要得托人，同陆庆送上来。只是你终身未了，兄弟又小，后来怎么过得日子？况你父在狱，未知何日出来，弄得人离家破，好不痛杀也！"母子两个大哭。李茂道："哭也无益，如今就有银子，也不好一时就完。奶奶到京，且把现在的银完了些。朱祭酒是大富，难道奶奶去借不得几千？老爷的同年故旧门生也不少，哪里不借得三千五千，倘有人见老爷

受此无辜，再上一本辨白，或者圣上赦免些，亦不可知。哪里就见得偿不起，何必这般悲泪？"夫人道："话虽近理，只是天气渐热，公子小，自然随我入京，小姐怎样独叫她回去？况十六七年未离娘畔，今日一旦南北分路，长途辛苦，教我如何割舍？"小姐哭道："父亲事大，孩儿事小，母亲只管吩咐孩儿回去，怎样就是。"夫人道："如今水路回去，是犯官家小，也没有阻节，但女子家不便，不若妆做公子，衾儿、采绿，一概男妆，只陆庆妻子与宋阿妈，两三个老妇人转不妨。你回去，把租税与管家算明，先计较二千上来要紧，其余将田产得价就卖。京中要银，我再着李茂去取。"陆庆便叫去船。初六日，夫人往北，若素往南，大家说声保重，路上小心就是，洒泪而别。正是：世上万般哀苦事，无过死别与生离。

　　若素同一干妇女坐了船，夜住晓行，望彰德、汤阴一路回来，及到河下，日已平西。若素遂与衾儿等仍改女妆上岸，来到门首，寂无人影，进了墙门，见第二重门上，两大条印封，封皮十字封着。陆庆急寻贾门公及两边从屋住的家人妇女都来，便道："小姐请在我们家里坐，外边人得知不便。"若素惊得魂不附体，即跟李茂妻子家里来。众人道："自三月二十四日，老爷拿问，我们闻得，日夜傍徨。后县官来说都爷有报，说老爷坐赃银一万七千三百两，家私籍没，妻孥入官，恐有疏失，钦差到来，地方官不便，竟同各官打入里边，只除卧房不曾进去，其余俱写上簿，将门重重封锁，还着总甲同我们巡更守护。个个吓坏，家里人已逃去六七房，只有我们几个，有丈夫儿子在京没处去。后来闻得圣上准一本，免了籍没入官，方才不要总甲并我们巡更。县官又来吩咐道，虽不籍没，尚有赃银，倘家眷亲丁回来，必要申明上司，方许入去。如今小姐还是怎般主意？"若素道："可笑我家赔偿银两，与他何预？又不是贪官污吏，什么赃银？"陆庆道："老爷打发小姐回来，原为住在远方不便，今既到家，随处可以栖身，家私什物料无人敢来擅取，但要银子进京，陆庆却不晓得，要小姐自出主意。"若素沉吟半晌，想房中那银子数目多，一时难取，夹墙里匣子，是易取的，趁今日无人知觉，且取出来再处，因叫陆庆："你且收拾行李停当，吃些夜饭再议。"到了黄昏，对陆庆道："老爷无积蓄，只有祖遗金子二百两。你取长梯来，叫李茂儿子拿了灯爬进去，我把钥匙与你，开到夫人房里，上楼梯边夹墙板内，有个圚匣你取来。"两个依计而行，一更将尽，果然取来。若素取匙开看，匣里另一锦囊，内有三寸长的小晶瓶，知是明珠，不取出来。对陆庆道："如今商议，我还是住在哪里好？"陆庆道："此处公人颇多，未免觉察，反生疑论。舅爷住在西门外十二里，落乡幽僻，且大户人家可以隐藏；二来我家租税俱在碧山庄，管家黄正，卖田粜米，交割又便。不如明晚唤一只小船，赶出水关，住在那里去。"若素道："这也有理。"是夜权宿李茂家，明日小姐吩咐众人道："你们放心，我自有主意。"晚上出城只得住舅家去了。正是：

屋漏更遭连夜雨，船迟又被打头风。

且说楚卿冀州回来，管家周仁接问一番，又说："相公去后，就报了科举，如今正宜用功，争得举人，婚姻更容易了。"楚卿依言，晨昏勤不辍。光阴如箭，不觉已是仲秋，遂往开封府应试。与蔡德道："吴相公是监生，必来应举，你可往贡院门首，帖着我的寓处，以便相会。"蔡德领命去了。

考过三场，甚是得意。到十六晚，月光初上，正在寓所，忽听得外边有人问道："店主人，你这里有个鹿邑胡相公么?"楚卿认得是子刚声音，急走出来，相见大喜，迎入里边。子刚道："本期二月到府，不期房业颇多，变易甚难，直到七月，终乃得妥。意欲即迁，又试期近，因与家母商议，不如俟场完，顺便寻贤弟一晤，至九月移居。适于县前见尊示，所以跟问到此。"楚卿道："今场事毕，弟正欲到贵宅，一者迎候伯母，二者访问沈氏消息，竟与兄同行何如?"子刚大喜道："若得贤弟到舍，待弟略尽地主之谊，便是大幸了。"当夜二人抵足，谈些场中文字，明日各自收拾，遂同往汝宁来。未知访得若素否，且听下回分解。

第十一回　丧良心酒鬼卖拐　报深恩美婢救主

诗曰：

眩吾心志乱吾踪，非为能言语不穷。

作事猖狂情愈放，攀花卤莽胆偏雄。

许多达士具沉溺，何况庸流属瞽聋。

禹恶疏夷诚圣鉴，不为酒闲几人同。

这诗是说那沉酣糟孽，多有误事。

若素当日挨出水关，到娘舅处，已是一更将尽。娘舅名尤尔锡，平生好酒，掇着盅子，天大事也忘怀了。若有人请他，吃到得意处，妻子的话，也藏不得；若要他心肝，也是肯的。终日醺醺，不晓得作家，父亲遗下产业，醉里糊涂，竟弄得差不多了。幸亏娘子卜氏，有些主意，职掌钱谷，将就存个体面，不致失了大家风范，却是烧香游玩，不由尔锡作主，凭她要去就去。是夜若素到时，尔锡正在醉乡深处，卜氏着人接上来，大家问候一番。明日尔锡看见，若素哭述事情，尔锡道："住在这里放心，但银子也要料理。"说完，自吃酒去了。

若素叫陆庆唤管家黄正来吩咐："将米麦一应粜去，人借去的尽力收来，田地有售主即卖。"如此两月余，凑集得一千七百余两，着黄正送到汝宁府一个通商绸缎店交兑，写了会票回来。再取黄金五十两、明珠二颗，修书叫陆庆连夜进京。

却说夫人自端阳别了若素，以妹夫朱祭酒家，说起要借银子，赔偿国课。祭酒道："如今哪得许多银子，不如我替你办一本再作主张。"遂同长卿一个门生，名吕德祖，做山东巡按，任满复命，各上一本。旨下说吕德祖妄谈国政，朱祭酒私党树议，俱坏

了官，应偿数目着法司追比不赦。吕德祖无奈，赠银子五百两回去。祭酒退闲在家，终日郁郁。尤夫人见累及二人，借银两字，竟不敢开口。其余亲戚，哪来肯来看顾？正是：世情看冷暖，人面逐高低。只得自己上过了二千三百两。倏忽已是中秋，陆庆到了，夫人接书，方晓得家中封锁之故，遂将明珠一颗、黄金二十两，送与阁老申时行，央他特上一本，内说："沈大典抚海有功，任劳茂著，今节制两省，材力不加，情有可原，若薄功而重罚，恐人臣俱自危也。"皇上准奏，恩免一半，只偿八千六百六十二两。

夫人大喜，存珠一颗，货与妹子，得银八百两，又金子兑银二百两，并会票银，做两次去完过二千八百两；连前已是五千一百两。夫人恐若素愁烦，差李茂报喜，并要金珠上来完局。

却说若素打发陆庆去后，只与衾儿、采绿、宋妈妈四人住在尤家，并无个男人商议。一日，舅母卜氏对若素道："我这里有个海神庙极灵，离此不上三里。十八日大朝生日，人人都去烧香，与你大家去走走。"是时若素心中纳闷，巴不得要散心闲步，又想海神既灵，正好去祈保父母，便应允了。

到十八日，卜氏唤几乘轿子，同着自己女儿，因衾儿脚小走不动，又是客边，也替她唤一乘，都乔妆打扮，至海神庙来。刚出轿，先有班富豪子弟，挨挤来看，饿眼如苍蝇见血。看得恶状，若素懊悔，只得低头随卜氏到殿烧香，虔诚祷祝，起来催卜氏回去。卜氏道："岂有就去的理？自然后殿两廊俱要游遍。"若素没奈何，打红了面皮，又无处躲，任凭这些人看。内中有一个麻胡子，头戴晋巾，身穿华服，竟阻住路口。卜氏年纪三十五六，原是最风月的，老着脸挨过去，被他挤了一把。卜氏大女儿是嫁过回娘家的，也被他腿上一捻。衾儿看意不过，又见小姐在后，料难饶过，只得骂了一声。那人把须一拂道："希罕看你。"若素转身就走，衾儿、采绿随了出来。卜氏与女儿乏趣，只得就缩转。及至上轿，又被他批长论短放肆看了个饱。一齐羞恨而回。

看官，你道这人是谁？原来是有名的库公子，字审文，父亲现行侍郎。他倚着宦势，自己又是举人，每逢月夕花朝，哪一处妇女不看过？家中大娘最妒，婢妾不放他近身。当日若素才出轿，他就访问轿夫，晓得是沈长卿小姐，尚未字人，避居尤尔锡家里，就想娶为侧室。长卿是个犯官，可以势压；尔锡是个酒鬼，可以利图。娘子虽

不贤，如今却趁会试，早些上京，娶到舟中，一路同去，好不受用。故此着实费精神细看，真是越看越标致，得意说不尽，回到家了，发了一个晚弟帖请尔锡明日饮酒。

汝锡见他来请，喜出望外，想道：只该用眷弟，今用晚弟何谦逊若此？明日连接三请，审文卑词足恭，迎接入厅，盛陈肴馔，并无他人，奏起家乐，俳优送戏目请点。尔锡踌躇不安道："既蒙佳款，又无别客，不如清淡为妙。"审文必定要做，只得点了三五出杂剧。戏完，审文道："此间饮酒不畅，移到园中赏桂罢。"尔锡告别，哪里肯放？到木樨轩，两人对坐，赌拳掷色。酒饮至九分，尔锡道："不知台兄何意，今日承此厚贶？"审文道："家父与令先大人，原系至交，但晚辈疏失耳。今蒙光降，蓬荜生辉。但不知令姐丈消息如何？"尔锡遂将前后事述过。审文道："一万几千银子，今甥在宅只处人二千金去，也干不得正经。晚辈有一个计较，未审台意如何，不敢启齿。"尔锡道："若有高见，舍亲举家有幸，何反太谦，必祈请教！"审文一揖道："不知进退，得罪休怪。晚辈年登三十，尚未有子。今会试入京，意欲再择高门匹配，倘生得一男半女，是二夫人之权，重于拙荆也。况两头住下，并无偏正之嫌。闻得令甥女贤淑，十分仰慕，若蒙俯命，令姐丈就是岳父，一应事情，俱在晚辈身上，到京力恳家严料理，实为两便，不识肯屈从否？"尔锡道："承台教，佩德不浅。家姐只生此女，极是钟爱，但舍甥女才貌兼备，智慧百出，只怕娇养惯了，素性执拗，不听小弟说。"审文道："现成做夫人，也不辱她。娘舅作主，就是令姐夫也怪不得，何况甥女？我晓得怕我谢媒礼薄，故此推托。"遂取出两个元宝，纳尔锡袖中道："权作赘仪，媒物在后。"尔锡见殷勤厚貌，已是过意不去，又见他先送银子，心内欢喜，不知有几百日好醉，假意辞道："待小弟回去商议从了，再领未迟。"审文道："有何商议，择一吉日行聘过来屈到舍间，饮喜酒就是了。"尔锡听说到"酒"字，肝肠俱酥了，半推半就，作别起身，到家竟不说起。

到九月初一日，审文送个甥婿帖来请酒。酒席却不设在大厅，竟设在花园里。审文与尔锡饮到中间。审文恐尔锡醉后失记，叫人托过两只盒来说道："礼金虽薄，却是甥婿到京，要替岳父料理，数目多在后边。今聘仪只三百两，一些回仪俱不要。只求一个庚帖就是百分盛意了。盒内另具媒仪六十两，彩缎四端，送与舅公收下。其令甥女妆奁，一概甥婿备办。初二日戌时下船，子时合卺，既同往京师，一应珠冠、衣饰，俱如娶正妻的礼，另送到宅。"看官，你道为何在家园行聘，又一些回仪不要？原来避

中国禁书文库

情梦柝

着娘子，外边这些吩咐过，不敢透风的。尔锡见不要他费半个闲钱，喜不自胜，假说没有这个理，再迟几日，待舍间薄治妆资几件方妙。审文道："断不劳费心，已检定出行吉期，深领厚意了，只求庚帖就是。"尔锡就胆大起来，竟说："这事不难，到舍写了庚帖，尊使带来。"遂开怀畅饮，不觉酩酊大醉。审文着两个家人送到家里。尔锡事在心头，收了银缎进去，封个犒金，对来人道："今日醉了，庚贴写不得，索性等小姐带来罢。"自己竟入房中鼾睡了。

且说卜氏见丈夫连日拿银进来，摸不着头脑，明日询问根由，尔锡唤若素来说道："我与你嫡亲骨血，凡事商量，汝父在刑部牢，少了银子焉得出头之日？况你终身未了。如今我择得一门好亲，又可救出汝父。"前将库公子事夸说一遍。若素道："多谢舅爷美意，自当从命。奈何终身大事，甥女不敢擅允。况父母为我择婿，费了多少心机，曾选过姓胡的，今颠沛流离，天涯远隔。从了舅爷，是大不孝了。还祈回绝库家！"尔锡道："昔缇萦代父上书，愿没入为婢，成千古佳话；今去做夫人兼救汝父而不肯，是忤逆了。况姓胡的，并未一面，又未曾行聘。今库举人财礼三百两，昨已受在这里，我自着人送上京去。一应衣饰，库家罢办过来，今晚准要下船，断不差你。"若素大哭道："舅父与母亲是同气连枝，怎全不顾我，也不早说一声，竟胡做起来？这断使不得！"尔锡吃了两席盛酒，又得了三百六十两银，哪里睬她，竟走出去，吩咐卜氏替她收拾。

若素哭得乱滚，要寻死路，衾儿哭个不止，卜氏百般劝解，只是不从，唤自己女儿陪伴若素。上午库家着四个人挑两担盘盒，并送两皮箱红锦衣服、金珠首饰来。卜氏拿到房中，百般夸美。若素见了，一发情极，竟在柱上要撞死，披头散发，乱颠号哭。卜氏没法，寻丈夫时，已往库家船上吃酒去了。

急得衾儿哭道："小姐且住了哭。我有个主意，向受厚恩，无以为报。今大相公做了主，库家宦势通神。轿子已将进门，我们女流，是个无脚蟹，必定躲不得。小姐有裁纸刀一把，待我带在身边，装作小姐，到他船里，勒死他，还敢来要人。"卜氏道："这也不是长策。"若素道："蒙你美情！还有高见，何必自戕性命？我看你丰姿窈窕，充得过一位夫人，他又不认得我，家中事体，你都晓得。你不若装作我顺从他，同到京中，救出老爷，你就是我重生父母了。"哭拜下去。若素说到此处又大哭起来，衾儿扶起。若素又拜卜氏道："全伏舅母做主。"此时卜氏心肠软了，说道："只怕他看破绽，又来要你。"

衾儿道："还有妙计，我去时，若见他像个人品，不来盘问也罢了；若鬼头鬼脑，不像做得事的，后来断不能救老爷，我将前日晋州下来的一副行头，带在包里，乘便扮做男子走出，这里不问他要人就够了，还敢来要小姐？只是我身边少盘费，小姐也要权避几时。"若素道："人生路不熟，况在舟中，如何走得，但是一件，倘或走或还，约在哪里相会？"衾儿道："若到京不必走了。若就有疑变，近处必要搜捕，不如往鹿邑替小姐访问。"正说到这句，尤家一个丫头进来道："京里有人到来。"若素叫宋妈妈唤他进来，却是李茂，把京中事情说了。若素喜道："你来得好。"也将自己的事说一遍，李茂咨嗟不已。若素取三两银子与他，吩咐道："你速回家探一探妻子，即刻就来，还要唤一只船到河下，要离了娶亲的大船，同我入京。"李茂去了。若素又对卜氏道："舅母厚恩，终身难报。三百两财礼，留与舅母买果子吃。只取六十两来，将三十两赠与衾儿，为我少代衣饰之资；余三十两，我自取作路费，也改男妆入京，省得在此露风声。"卜氏依了，取六十两交与若素。若素分一半与衾儿。衾儿道："十两足矣"。若素道："但愿你去做夫人，不愿你受辛苦。我后来再不漏你机关。"衾儿只得把银收下。

少顷，尔锡领轿进门，鼓乐喧天，花爆振耳。若素与衾儿抱头大哭。幸喜酒鬼烂醉，只问得妻子一声："事体如何？"卜氏道："已允了。"酒鬼大喜。两个伴娘要进房，卜氏道："且停在此。"伴娘就在外俟候。卜氏进房道："不必哭了，快些梳妆罢。"再了一会，却好李茂也到，遂替衾儿将男行头另锁一只皮箱内。衾儿要带裁纸刀，若素不肯与她，两个拜别。若素又叮嘱了几句，躲过一边。

伴娘进来伏侍上轿，宋阿奶、采绿并卜氏假哭几声，送出中门，衾儿放声大哭去了。若素即与采绿扮起男妆，将行李搬至舟中，拜别卜氏，从后门走了。正是：

劈破玉龙飞彩凤，顿开金锁走蛟龙。

衾儿此去不知充得过若素否，且听下回分解。

第十二回 有钱时醉汉偏醒 遇难处金蝉脱壳

诗曰：

性躁多应致蹶张，劝君何必苦争强。

楚猴秦鹿君踪灭，汉寝唐陵衰草黄。

斗智偏同蝼蚁合，奋身不异蝶蜂忙。

纵然锐气冲牛斗，松径竹流卧石羊。

当夜，若素小舟歇在尤家后门首私河里，娶亲的大船歇在南边官塘上，衾儿抬到舟中，还是黄昏。库公子心头如获珍宝一般，恐怕反悔，二来又怕大娘知风生事，就对水手道："吉时尚早，你们一边饮酒，一边放船。"众人乘着兴头，蓬大水阔，一溜风，顷刻行了二十多里。到了子时，审文唤伴娘扶新人出轿。灯烛辉煌，衾儿在珠冠下偷眼看时，吃了一惊，正是前日骂他的麻胡子，懊悔不曾带得裁纸刀来。见傧相掌礼，审文对拜，如夫妻礼数，扶到房舱，饮过合卺酒，坐在床上，审文喝退众人，闭上门儿，替她取下珠冠笑道："小姐，我与你好缘分也。"把烛一照，半晌道："呀！你不是小姐！"衾儿低头不答，审文高声吩咐："住了船。"挂起帐钩，审文双手捧住衾儿的脸，向火一照道："果然不是，掉包了！你好好对我直说！"衾儿道："你叫是就是，叫不是就不是，难道一个人变做两个人？"审文见她莺声娇吐，欲心火炽，解衣上床就亲了一个嘴，替衾儿脱起上服来道："我前日在庙中，见小姐是弱不胜衣龙长面，你是粉团面，你又骂我一声。我今且抱你泻泻火，偿了骂我的罪过。不怕小姐飞上天去！"把衣裳乱扯。衾儿听这话，已知难脱，只得骗他道："今早月信初来，请缓一日罢。"原来审文素爱洁净，最怕这事，听得手软了。却又扫兴不过，发狠起来，唤齐乐工、

轿夫、家人并女使，齐下了小船，赶回旧路。无奈逆风，行到尤家，已是半朝。

且说卜氏晓得丈夫不肯作家，藏起财礼银二百两，待他酒醒，把上项事对丈夫说知："如今若素存银四十两，送你买酒吃。她既走开。倘库家来追究，是赖得过的。"尔锡惊疑。

清早起来，夫妻正在计议，门外赶进三个妇女来，竟不开口，到处乱寻。卜氏明知缘故，却纵容她搜看，使她不疑，故意问道："你们内中两位，像是昨晚伴沈小姐去的，遗忘了什么，对我说，取去就是，何必这般光景？"那几个竟不回答，东逗西逗，到处张望。卜氏假怒道："人有内外，我又非下等人家，又不窝贼盗，一个外甥女，只为你家相公，救搭他父亲，昨日欢欢喜喜嫁去，原说不要资妆，想是托你们要捡几件好家伙拿去，也只该好好说，成什么体统！"酒鬼正待发挥，只见库公子领着一班人闯进门，高声叫唤："还我沈小姐来，不要开到吃官司出丑！"酒鬼迎出，拱一拱道："贤甥婿为何带许多人到舍间来？"库公子道："你掉包哄骗我银子，嫁差了人！"尔锡正色道："呀，费了多少心，劝得甥女嫁来，是十分好意，你只讨一个，诈我两个不成？"审文道："老实对你说，我十八日在海神庙中见过，所以认得。"尔锡吃惊道："从未出门，讲这谎话。"只见两个伴娘、一个家人妇女走出来道："并没有第二个。"卜氏也随出来探望，立在屏风后听见了，说道："前日海神庙烧香，他舅公在外饮酒不知，是老身同着自己女儿，并沈家朱家两个甥女四乘轿来。昨日嫁来是大姑娘小姐，想是你认错了。"审文道："那一位令甥女，是什么朱家，今在何处？"卜氏道："是二姑娘朱祭酒家的。五日前姑爷着人来领，同两个养娘丫头京中去了。她是受过聘有人家的。"审文不信道："她许多路，为何到这里？"卜氏道："自幼常住我家，今大姑娘住在他家，闻得沈甥女在我家，二姑娘着她来接沈甥女入京，并看看舅母，所以特地下来，已一个多月。前日因甥女要嫁与贤甥婿，她独自回去了。"审文反驳道："船里的既是沈小姐，为何前日烧香，却是青衣素妆，随在后边？"卜氏道："她是犯官之女，朝廷现追上万银子，隐居此间，就是衣饰，怎敢穿着？随在后边者，沈家甥女是本地人，朱家甥女远来，是让客也。若是他人，为何住在我家？若疑下人，为何把轿子抬着？"审文哑口无言，银子又悔不得，反请舅婆出来见礼，只得说一声："得罪了！"抬起头来，却是前日挤她一把的，满面羞惭，拱手而别。尔锡假意挽留，他哪里肯住。

来到小船，半疑半信，肚里也饥，身子也倦，再打发人四下细细访问，自己吃些

饭，在船中睡觉。至近午，众人来回复："从没有朱小姐来。"审文忿忿不服，竟到城内，对县官细诉，补一张状词，告他设美人局诓骗银子一千两。上蔡知县，好不奉承，即刻飞签拿究。审文出衙门，只见大船上水手来报道："昨夜相公下了小船，我们辛苦，都去睡觉，今早新人竟不见了，寻到尤家，他说不曾回去。特来报知。"

看官，你道什么缘故？衾儿见库公子忿忿下了船，暗想他方才的口所，不是个好人，我在此决然奚落，如今趁无人防备，走为上着。逐掩上房舱，箱内取出男行头来，将头发梳好，把网巾束着。那些船人辛苦了半夜，吃些酒都去睡了。却喜得没有丫头，你道为何，原来怕大娘识破，故此不敢带来，只带得一房男妇，是父亲寄书带上京的，又叫他随上两个伴婆，到尤家搜获去了，一时性急失于检点。衾儿见此机会，轻轻开了房舱，再开左边橱子，却是大河，开到右边，探头一望，却旁在塘岸边，上去就是，又喜寂无人影。转身到房，戴上帽子，绣鞋之外，重重缠了许多布。穿了鞋袜，脱去女服，着上男衣，取了自己带来的银两，并一个绣囊。正等要走，看见桌上珠冠簪珥，想道："我去了，这些船上人拿去，少不得推在我身上，不如自取，实受其名，也消释他亲我口嘴之恨。"遂折叠起来，藏在身边，吹息了烛，扣上舱门到外舱来。见许多果品摆着，恐怕路上饿，抽了些，把烛吹灭，遂开橱子，悄悄上岸走了。

库公子不知就里，今见水手来报，大惊失色，急急赶到大船上，见床边满身衣服都在，只不见了珠冠首饰，骇然道："不信脱精光了戴着珠翠，投河自尽？"又着人四下捞救，一边挨访。正是：分开两片顶阳骨，倾下半桶冰水来。

却说卜氏见库公子去后，夫妻欢喜无限。到了午后，只见两三人走来道："库相公可在这里？"门上人问道："不在这里。"那人道："你家小姐今早不见了，可曾回来？"尔锡道："小姐昨晚娶去，怎么就不见，敢是她要守着父母之命，不肯顺从，被你谋死么？"那几个吓得不顾命飞跑去了。

尔锡进来对卜氏说，卜氏肚里晓得，遂把衾儿与若素商量的话，对尔锡说了一遍。尔锡道："如今更好，他若问我要甥女，我正好问他讨命。"斟酌定了，再听消息。傍晚，门上报道："两三个公差在外。"尔锡出来相见，公差道："库公子告了状，今奉本县签在此。"尔锡看了签笑道："我正要去告人命，反来问我？今日晚了，在舍权宿，明早同进面审。倘原告逃躲，还要借重二位身上。"

到了明日，同差人入城写了状词，擎起鼓来见了县官，递上状词道：

告状生员尤尔锡，告为三斩事。举人库审文，虺蜴为心，雄狐成性，觑觎甥女冶姿。寄寓尔锡之家，并未有六礼通名，又素无庚谱媒约。今此初二夜，统枭劫入涂舟。系抢犯官沈长卿闺女，一斩；谋奸不从杀死，二斩；抛尸灭迹，三斩。请法签提上告。

县官看了，惊呆半晌，差别道："他告你设美人局，以假的哄骗他千金。你怎么反告这谎状？"尔锡道："老父母在上，不辨自明。库审文虑罪难逃，计希抵饰。若说娶为妻。他现有正室；若娶为妾，焉有两省镇抚，肯把闺女与人作妆？要抵赖不是抢，为何黑夜劫到舟中，不到家里，又不停泊，反望西急行二十五里？他说曾与婚姻，曾发聘礼，媒人是谁？庚帖在哪里？若诬生员哄骗，真的在何处？明明觑觎甥女美色，要明娶时，虑生员自然不允，故更深劫去；又恐生员告状，问他要人，反诬告一纸，是先发制人的意思。如今就算骗他，求老父母着库审文送假的来一审，泾渭立分。若没有假的，必定是藏匿不放，要强奸不从，逼死抛尸了，与他折辨了事。事干重大，求老父母执法。"知县听了，勉强道："请暂回，我拘审就是。"尔锡谢了出来，忻然回家。

这县官畏侍郎份上，不敢出牌，唤一紧身吏，抄出原状，并录尔锡一审口词，着他送至库公子船里来。审文找寻新人不着，未知生死，在那儿纳闷，忽见县吏递上一纸道："尤家告了相公，本官差来报到。"审文接来一看，惊得魂不附体，走投无路。吏书再把尔锡口供送看，一发惊呆，叹道："我怎么不上紧索了庚帖，这是大破绽了。"念来念去，念到"明明觑觎美色"，之后边"必定藏匿不放"两句道："我怎么当得起？如今新人不见，我哪辨得真假！"遂折茶仪二两与来人，再具书仪一封，着得力家人送与县官，说："老爷催大相公入京要紧，不及面别，沈小姐其实在船，因尤家没有妆奁，要呕出他聘金，故家相公告这一状，今尤家既以人命来告，我家相公焉肯放妻子到官之理？是呕不出聘金了，况人命真的假的，至亲何苦作恶。但尤家知相公去了，反要来刁蹬，求老爷调处。我家相公到京，决然我家老爷处力荐。你讨了回音，明日来赶船复我。"打发家人去后，库公子再着两个家人随路缉访新人消息，自己就唤水手开船，一溜烟走了。

这边尤尔锡差人打听晓得审文惊走，故意到县递一个催审禀单，又恐县中差人严缉，露出马脚，却不去上紧。县官受了审文之托，巴不能延下去，以此遂渐丢做冷局，落得大家心照。尤尔锡没奈何做了这番，只为这银子在家，担了许多干系，连日酒也不吃，自悔道："我若不贪这口黄汤，决不应承这亲事，决不容少年内眷去烧香；我若不醉，娘子亦不敢作此，以假易真。"又笑道："还好，我若清醒时，决没有这胆气，敢骗现任侍郎之子，岂不误了外甥性命？咳，可惜衾儿这丫头，累她担惊受怕，不知逃走何方，又吓得若素黑夜奔走。我的罪孽不浅，此心何安？娘子，我今誓不饮了。"卜氏问道："一醒若此，但愿你少吃些，有正经足矣。"尔锡道："不是这等说，酒以养性情，谁能全戒？在家无一，多饮几杯，有事即少饮此，若到人家，只饮数杯。"遂对天设下大誓来，又道："我父母许多家私，都被我花费了。何争这三百两银子。后来有什面目见姐姐？我如今还她四十两聘仪，只说我另赠她二百六十两，上京去探问姐夫，也是至亲之谊。"卜氏道："如此甚好。你肯回心，将现存产业还可做得起，我夫妻怎敢相欺？前日财礼，甥女只取三十两做盘费，又付三十两与衾儿折妆资，要我救她，余二百四十两俱送我。我见你终日昏昏，故不对你说，今你既有良心，可将二百四十两送入京中，说一时醉后误应承这事，库家恃强作事，幸喜甥女走脱，今将此银子上来替完钦件，如此就消释前怨了。"尔锡道："娘子之言有理。"遂收拾行李出门。按下不题。

再说衾儿当夜跨出舱口，上岸一想，这船是往京师的，若打船后去，反入城了，不如从船头一路去，又算定计道："还是私路无人追赶。"捡着无茅草的一步步行走。天色暗黑，不知什么所在，一步一跌，弄浑身汗出，气喘吁吁。约行了一二十里，天色微明，回头一看，这惊不小。原来是鞋弓袜小，路径高低，更兼足小，缠得垒堆，虽觉走得多了，离着大船不上二三里，那塘上平洋无树，旗杆犹望得见。衾儿慌了，低头乱走。半朝时分，见个老人家，背着包裹前来，像乡间人入城的。衾儿道："借问一声，要到鹿邑，打从哪里去？"老儿道："小官人，你问得差远，这里往鹿邑有好几百里，要从项城一路去。你年纪轻，无行李同伴，问这句话，像是从未出门，与哪个斗气，私自奔走么？"衾儿吃了一惊，改口道："不是这等说，昨日是出行好日，我家小厮同一个朋友先起身，我因舍间有事耽搁了，今早约在前面等，忘了地名，故此问你。"老儿指道："你若走官塘，向西去五里就是；若走内路，一直西去向北去三里，就是陈村大路了。"衾儿接口谢道："正是陈村。"遂别过而去。心中尚然突突忖道："若遇刁恶的，险些盘诘出来。如今直到陈村再处。"

到了上午时分，行过陈村，只往大路走。这些路上人见她标致，都来搭着说话，衮儿总不开口，又走得慢，也就罢了。挨至日中，脚又痛，肚里又饥，忽见路傍树下有块大石，遂走去坐着，把袖中果子，取出来吃，叹道："我记得八九岁时，父亲也是旧家门弟，只因与势宦争讼，弄得穷了。要央沈老爷说个分上，只说是同宗将我送他，虽然恩养，终是奴婢。后来父母双亡，有一哥哥，原是饱学，闻得他在京与人作幕，如今天涯海角，举目无亲，又不曾为非作歹，无依无靠，战战兢兢，如做贼的一般，是前世作什么孽障。"不觉泪下，忽想道："差了！路上人望见，倘或猜破，大为不便。"拭干了眼泪，正将要走，踌躇道："我如今脚又痛，两耳又是穿的，幸喜得路上俱是行客，无人留心细看。若到人家，眼睁睁来瞧看，岂非干系？况且已过午，又无行李，今夜要哪里借宿？"复悲泪起来，一时尿急，蹲在右边解了。立起身结裤带，触着包儿，笑道："啐，我好懵懂，从来有钱使得鬼推磨，身边有的是金银珠宝，我今再挨几里，或撞着尼庵，或见个单村独户贫老人家，只说等人不着，错过了宿店，多送他几钱银子，暂宿一宵；只说走不动，付儿两银子，央他买些行李，叫只船送到鹿邑。那胡楚卿既是才子，必定有名，自然访得着。纵然寻不出喜新，他在小姐面上，决无不睬之理。"正要转上大路，只见两匹骡子，坐着两位少爷，头戴方巾，身穿华服，美如冠玉；后边骡子背上坐一个书童，走近前来。衮儿见前面一人，十分面熟，那前面一人，也不转睛地相衮儿。走上一步，衮儿越想得像了，问道："尊兄贵处哪里？"那人拱手道："鹿邑。"衮儿道："呵哟，贵姓可是吴么？"那人扯住骡说："正是。兄有些面善。"衮儿道："兄上年可曾住在上蔡么？"那人跳下牲口，一揖道："曾住的。尊姓什么？"衮儿道："兄是这个别号，就是一家人，若非此别号，就面貌相同了。"那人见说话蹊跷，只得应道："正是。你且说尊姓。"衮儿道："小弟姓衮，曾与兄交易过一件鹿葱花金簪的。"那人仔细一相道："呀！"执着手，即把衮儿曳转一步，不曾想着她是小脚，即跌倒在地。那人急急扶起，对前面两个人道："你们先走一箭之远，我问几句话就来。"

看官，你道是谁，原来是胡楚卿。他自从八月十六日夜，在河南省中遇着吴子刚，两个同到遂平，拜见子刚母亲，款接数日，遂一边收拾家伙，一边访若素。却晓得她家封着墙门，并无消息，见室迩人遐，不胜浩叹。至九月初二日，子刚雇了两只大驳船，载着粗用家伙，一只大浪船坐着母亲并几房家人妇女，一只小浪船，自己与楚卿

坐着，初三吉日起身。因楚卿撇不下若素，再要逢人访问，故此与子刚另觅三个牲口，与清书从旱路再走一程。打发水路船只先行，约在汝阳驿下船。如今恰好遇着，楚卿道："姐姐想杀我了，今日天缘奇遇。"遂唱个喏下去，衾儿也鞠下腰去，道这一个揖："何不饶我罢，走得腰疼不过，又故意人前难我。"楚卿道："我忘怀了，得罪了。"遂搀衾儿并坐在路旁石上。看官，你想衾儿平素从不与楚卿着身，今日逃难一般，也不顾得。楚卿问缘何男妆至此，莫非前途有人，效红拂故事么？衾儿道："前途有人，转是好了。"遂把小姐与自己事情说一遍。楚卿感伤道："原来如此。今小姐在哪里？"衾儿道："也改男妆与李茂上京去了。"楚卿喜道："还好！姐姐如今意欲何往？"衾儿道："小姐选诗中了胡楚卿。我要到鹿邑访他来寻你。"楚卿假惊道："小姐选中他，我就没相干了。"衾儿道："彼时谁教你不来考？我问你，老实对我说，你究竟是什等人，到此何干？"楚卿道："我不过是平常人，到此访小姐信息。二来同一位朋友搬到我家去住。"衾儿见不说访她，就问："你可曾娶妻么？"楚卿哄道："娶了。"衾儿半晌失色，又问："因何这等速？"楚卿道："都似你与小姐，不要等白了头？我问你，如今寻我，是什么主意？"衾儿见话头说得远，假应道："要央你送我到京里去。"楚卿摇首道："我未必有这功夫。"衾儿着忙道："你不肯带我去么？"楚卿此时两只手，执着衾儿的左手，放在自己膝上，撇出她雪白的臂来笑道："岂有不带你去之理！我被你拿板惯了，只怕你仍旧拿板。"衾儿把臂一缩道："啐！青天白日，专讲鬼话。"楚卿道："不要说了。你不惯牲口，我扶你将就骑了几里，赶至前面下船去讲。"衾儿欢喜道："有船更妙！只是前面有位朋友，我与你怎样相呼，与他怎样相称？"楚卿低头想道："我叫你嫂嫂罢。"衾儿惊讶："这怎样说？"楚卿笑道："我与你还是兄妹相呼，前面朋友，我索性与他说明，自不来问你，你只称他吴相公便了。"说罢两人就起身来，衾儿道："你可要吃点心。"楚卿道："莫不是你饿了，前途去买吃。"衾儿道："我有，在这里。"遂于袖中取出果子。楚卿道："甚妙。"接来袖了两个，走到大路上，手招清书牵驴子来，对衾儿道："骡子大，恐怕你擘开了牡丹心，难嫁人，驴子小些，好乘坐。"衾儿低低笑道："活油嘴，未必嫁你！"楚卿道："果然未必。"清书已牵到，遂扶衾儿上驴。清书跟着，楚卿上驴先行，对子刚说其缘故。子刚称赞。

行了十余里，到汝阳驿河口，恰好船到。子刚道："兄与贵相知一处坐，小弟与家母同舟。"楚卿道："如此更妙，晚上再换罢。"各下了船，吃些酒饭。楚卿道："当初豆腐店寄的字，是哪个写的？"衾儿遂把夫人如何发怒，小姐如何回答，只因你逃走，怜念你，故小姐替我写这字，谁教你无情不来！楚卿道："原来如此！是我胆小走了。"衾儿笑道："如今还着你一纸在县。"楚卿道："哪有出首女婿不上门做亲的，如今老爷还出多少钱粮？小姐几时才得嫁？"衾儿道："还少三千五百二十两。完了银子，老爷出来，就嫁与胡楚卿去。那胡楚卿你认得他么？"楚卿道："有什么不认得，只是小姐要嫁我。"衾儿道："他是有名秀才，老爷中得诗的，怎么嫁到你？"楚卿道："他会做诗，我也会做诗，小姐也曾鉴赏过的。我替你老爷纳几千银子，小姐怕不是我的？"衾儿见话头甚大，问道："你说娶过了，难道再娶一个？你夫人肯容么？"楚卿道："一个是容的，两个就未必。我爱你家小姐，必定要娶的。"衾儿见不说要她，又问道："尊夫人是什么门楣，可是才貌双全么？"楚卿道："他父亲也做两省。若不是才貌双全，我也不娶了。"衾儿默然。楚卿暗笑，又问："姐姐，你今日若不遇我，宿在哪里？"衾儿遂将或住尼庵或寻贫老人家说一遍。楚卿道："果然高见！但今日该谢一谢，省得你几两银子买铺盖。就与我抵足罢了。"衾儿不语，楚卿道："姐姐心上不允么？"衾儿叹道："我也是名门旧族，只因父母好讼，以至颠沛。况你既有妻子，又要娶小姐，是个薄倖人，后来置我何地？我来错了！'抛下几点泪来，楚卿把袖替她拭着，笑道："这样不经哄的！当初我在你家，受你若干勒惜，今见略说几句，就哭起来？"衾儿听说是哄她，不哭了。

天色已晚，船俱停泊。大船上托过四盘果，又送十大色菜，点上两支红烛。两个妇女抱着两个大包，中间解出红毡棉被。又一个丫头，掇一只小皮箱，中间取出鲜明女衣，并一副首饰，低低对楚卿道："我家相公说，路途耳目不便，要谨慎些，鼓乐不唤了。今日是好日，请相公成婚。"衾儿踌躇不安，侧转身，正在没奈何之际，只见楚卿道："多谢你家相公，且拿回去，还有斟酌。"三个丫头妇女哪里肯？掩上窗门，都过去了。楚卿取梳匣出来道："姐姐请梳妆。你喜星照命，昨夜库公子不曾成亲，今晚我替你补数了。"衾儿道："我今日不是私奔，你又不是无家。今才到舟中，就成起亲来，后日被人谈论，你也做人不得，我也没体面了。"楚卿道："有理。教她取了方才的衣饰铺盖过去，只说你住在后舱，我住头舱，到家择日做亲可好？"衾儿道："一发差了，掩耳盗铃，无私有弊。若肯如此，当初你在我家，早已做了。"楚卿道："一日不见，如隔三秋，难道你这样秃情不肯了？一了相思怅，以慰两年渴望。"衾儿道：

"堂堂女子，决不干这勾当。如今吴老安人总是晓得的。也不必梳头，趁黑夜无人看见，待我过船去，换吴相公过来，吩咐他家人女使，勿露风与水手们，以避库家挨访。待到家做亲未迟。"楚卿一揖道："可敬！做得一位夫人。"遂与清书附耳低言，过大船去。少顷，开了两边榻子，子刚船头上来，衾儿从榻子过去。楚卿备述其事，子刚道："敬服！这女子果有烈气。"几日无话。

至初九日船到，已是黄昏。楚卿、子刚、蔡德等取灯先上岸，到了庄门首，听得里边喧闹，两扇庄门，打得粉碎。正在惊骇，只见三五声锣响，七八个大汉，棒头短棍飞奔进来。楚卿路熟，与清书黑暗里曳开侧门往园中就走。子刚被众人捉住，道："在这里！"未知为着何事，且听下回分解。

情梦柝

第十三回　贞旦烈掷簪断义
　　　　　负淑女二载幽期

词曰：

　　辟把佳期订，撇下闲愁闷。谁知变起恶姻缘，怨怨怨。怨着当初，乞婆
朱妈，劝奴亲近。　　惭愧金簪赠，羞杀新鸳枕。枉人一片至诚心，恨恨恨。
错到伊家，一时轻易，惹他身分。

——右调寄《醉花阴》

　　吴子刚被人捉住，楚卿远远听得，与清书没命地跑。只见蔡德到园中，高声乱唤：
"相公快来！恭喜了。"楚卿吓昏，不敢应，又听得唤道："你高中了，是报录的。"方
才把一天惊恐，变做极乐世界。原来里边的是头报，管家周仁正在厅上款待他。满家
欢喜，都接见过。楚卿与子刚附耳道："你捡要紧箱笼搬上来，其余家伙并尊价辈俱住
舟中。明日小弟另有主意。"子刚道："听凭贤弟。"遂将两乘轿，抬吴安人并衾儿上
来，到后房安置。自与子刚到花园里住。

　　明日起来，打发报录的去，就叫人将船中子刚的家伙，并僮仆妇女，一尽搬来。

　　那胡世赏儿子闻知楚卿中了，特来贺喜。茶罢，楚卿道："哥哥来得甚好，弟上年
之屋，原系暂典，不拘年限，弟于来岁春闱后，即欲毕婚，恐到其时，匆匆不暇，正
要面恳此事。"世赏之子见兄弟新中举人，无不奉承，答道："彼时家父原系暂住，今
同家母在京，总是空锁着。若贤弟要取赎，殊为两便，即当寻典契送还。"作别起身。

　　楚卿问周仁、蔡恩："我如今要银子入京，你两个把银帐算缴，两年租税一应收
拾，枭银要紧。"周仁道："前相公吩咐典屋银三百二十两，与蔡恩各分一半息生。我
两个不曾分。后俞老爷处银五百两，也是合伙的。三次塌货，转得些利息，共算本利

有一千二百余两。"楚卿道："你两个先取三百五十两，兑还典价，余俟进京缴用。"两人去了。

楚卿旧宅里住的男妇一二十人，俱来拜贺。楚卿请吴安人并衾儿，出与子刚各见礼过，家人都叩过头，吩咐叫衾儿为姑娘。只见衾儿打扮得娇娇滴滴，子刚私与楚卿道："此女端庄福相，吾兄好造化。"楚卿道："未知谁人造化。"衾儿走进屏门，唤丫头请楚卿说话，取二十两银子递与楚卿道："替我买绸做些衣服。"楚卿道："哪个要你买，你哪里有银子？"衾儿道："是小姐赠我的三十两。我首饰都有。"把库家船里事也说了。楚卿道："妙！你把银子收着。"楚卿出来，写帐付蔡德去买，一边着人打扫旧居。就对子刚道："这边屋小，两家住不下，若小弟独住旧宅，又冷静，况弟要先进京，不如唤尊使们俱住在这边，吾与兄住在前边，俟来春大造何如？"子刚道："甚妙！"两人遂到大宅拜过胡世赏之子，取出典契，吩咐搬运家伙，楚卿唤家人八个，另雇些车辆，再回庄来。

且说衾儿前日到吴安人船上，问起来，方晓得喜新就是胡楚卿，心上惊疑未定。及至到家，见没有妻子，又报了举人，心上暗喜："他果然哄我。幸我有些志气，若舟中与他苟合，岂不被他看轻！后日就娶我家小姐来，也未必把我做婢子。"遂与吴安人园中各处一步。才到房里，楚卿走进道："姐姐，你识字么？"衾儿笑道："不识。"楚卿道："不必太谦，我晓得你写算会的，只不会做诗。我今日事忙，要旧宅去料理，明早要搬家去。单帐在此，你替我把右厢房两间开了，照帐点了家伙，与家人搬运。"遂把钥匙递过。家人进来，楚卿自去。

衾儿开厢房，看见十二只大箱、二十只皮箱，又许多官箱拜匣，都是沉重封锁，铜锡器几担。心内得意道："我哪里晓得原是富贵之家。"正在交点，忽见蔡德走来道："姑娘，相公买绸缎在此。"只见两包，先打开一包看时，纸包上号写"天"字，包内大红云缎一匹、石青绸一匹、素绸二匹。衾儿看了，自忖道："这是做举人公服的。"再打开包纸上"地"字号看时，大红云缎、大红绉纱、燕青花绸各一匹，桃红、松花、桂黄、白花绸各二匹。衾儿欢喜道："这副衣裳，不要把我作妾了。"又见鸳鸯枕一对，笑道："光景就要做亲了。年少书生，偏是在行，岂不是风流才子。"到了下午搬完，楚卿回来对衾儿道："我要取帐去点，上楼一句要紧话，你又没有亲戚，我又没有亲人，别人又对他讲不得，明确就要作亲，虽不上轿，那新人的鞋子，忌用旧的。你在买来绸缎内，剪些下来，连夜做一双绣鞋要紧。"看官，你道此时衾儿见楚卿没有妻子，住在他家里，虽不曾做亲，却不比以前娇妆做势，像人家团圆媳妇一般，见得面，讲得话了。转是楚卿像道学先生，不但非礼勿言，连笑面孔都没有。衾儿此时听了涨红脸，半晌不做声，低了头反问道："你的鞋子呢？"楚卿道："我不用。"取单帐去了。衾儿只得带羞自去做鞋，不题。到鸡鸣时分，楚卿与子刚起来唤两乘轿子，与吴安人、衾儿两个坐着，灯笼火把，移居至旧宅来。

进了正厅，歇下轿，子刚在外，楚卿自领着衾儿等到里边。走进内厅，转过楼房，又到五六间一带大高楼下。楚卿先领到左边两间房中，对吴安人道："这是令郎的房。"许多箱笼摆满；又领到左边两间道："这是老伯母的房，今日暂与姐姐住着。我的家伙，都在楼上。"衾儿暗喜："好个旧家，与我老爷宅子一样，只是我的房在哪里？"有些疑惑。

少顷天明，想自己要做新人，出去不得。只见许多家人妇人来服侍，妆枕头，剥茶果。衾儿声也不敢喷。忽听得外边鼓乐喧天，楚卿拜天地祭祖宗，八儿个裁缝做衣服闹嚷嚷。到下午，子刚没情绪，强为欢笑而已。楚卿道："兄缘何有不悦之色？喜事到了。"子刚道："贤弟大登科后小登科，这才是喜。弟何喜之有？"楚卿道："今日正与兄毕婚，好事只在今晚。"子刚道："贤弟讲的什话？"楚卿道："岂敢谬言！当初沈夫人虽以此女口许小弟，其实小弟并无此心。不意此女认真，立志守节，不慕富贵，逃出虎口千里相寻，诚可嘉也！奈弟誓不二色，若娶此女，则置沈小姐于何地？即前日路旁喁喁，无非问其别后始末，并未敢言及于乱。弟彼时已具赠兄之心，后舟中与谈者，是恐赠兄之后不便相语，所以再问她小姐前后事情。承兄送下锦盖，弟微以言挑之，此女如金百炼，守正不阿，弟无福享此，诚兄之佳妇也。万勿固辞！"子刚正色道："贤弟差矣！沈小姐还是镜花水月，就娶得来，原是一家人，决无河东驱犊之辙。今弟尚有老母操家，贤弟蘋蘩无主，正宜暂主中馈，以慰先人，赠之心字，断勿启齿。况我誓不续娶，贤弟所知，若再言及，弟亦不敢居此矣！"楚卿道："呀，弟今日费一番心，唤吹手，做衣服，都为着兄来。若弟要纳一妾，何须用大红衣服？况虑兄客气一时，不及连兄的俱已做了。若兄执意不从，此女胡乱嫁与他人，一来误此女终身，二来兄要娶时，后日哪里再寻出这样一个？弟以为说兄易，说此女难，何期兄反作起难来？"子刚道："三军可夺帅，匹夫不可夺志，就是弟从了，此女也断然不从，不如不开口。"楚卿道："这个郦生，待小弟做为。"遂到前楼正中一间内，唤丫头请姑娘出来。丫头回道："不来。"楚卿晓得她害羞，对丫头道："有要紧话说。"又来回道："有话请进去说。"楚卿没奈何，要里边去，又恐人多不雅，对丫头道："你去说相公并无亲人，有要紧的话，对第二个说不得，必定要她来。"

少顷衾儿出来，楚卿望见，却缩到右边第三间下书房里来。衾儿怕人瞧见，巴不得够僻静些，遂走进第二间来，想道："必是新房子。"却摆着两口小橱，两边三四张椅子，光荡荡的。及走到第三间，抬头一看，只见两个竹书架堆满书籍，窗前一张小桌、一张醉翁椅，中间一张天然几、两把椅子，后边一张藤榻，帐子铺盖都没有，不像个新房，一发惊疑。楚卿丢个眼色，丫头去了。衾儿避嫌，却不与楚卿相近，转走到天然几里边立着。楚卿朝上作揖道："小弟得罪，赔礼了！"衾儿没头脑，只得还个福。却见唱到四个喏，忍不住道："你怎么呆起来。"楚卿道："今日这话，不得不说了。当初小弟偶游白莲寺，见了你家小姐，访问得才貌双全，尚未配人，一时痴念，要图百年姻眷，故改扮书童到你家。不意夫人将姐姐许我，多蒙暗中照顾，许多怜爱之情。彼时我也有意，若图得到手，小姐做个正，姐姐做个偏，是却不得的。谁料姐姐清白自守，不肯替我做个慈航宝筏。后来惊走，央俞县尹来说亲，夫人不从，只将姐姐许我。小弟抱恨，就丢此念。及到冀州考诗，小弟在宾馆中，问及姐姐，老苍头对我说，已晓得姐姐对老爷说明，为我守节，不胜感念。如今小姐未娶，若与你先做了亲，你家老爷得知，自然不肯把小姐嫁我，一也；二来娶了小姐，就要把你为妾，岂不辜负你？如今吴相公青年美貌，学富五车，我作主将你嫁与他，做个正室娘子，岂不胜十倍？待此说知。"衾儿道："做了举人，也要学些官体。小姐若娶得来，我自然让她为正，何必疑虑我不肯做妾？弯弯曲曲，说许多空头话。"趄身就走。楚卿把两手空里一拦道："我与你取笑来。吴相公我与他讲明了。"衾儿听了，柳眉竖起，脸晕桃花，又问道："果是真么？"楚卿道："讲了半日，这话可得假得？"衾儿一对金莲在地上乱跳，哭道："你这负心的汉！我要嫁人多时了，我为你担惊受辱，一块热肠，还指望天涯海角来寻你，谁料你这般这般铁心肠！这般短行！今日才中举人，就把我如此看待，我两年来睡里梦里，都把你牵肠挂肚，你何辜负我至此？"号啕大哭。楚卿不得已，老着脸低低说道："姐姐，不是我无情，若当初在你家里，你肯周全，前日在船里或容俯就，今日就说不得了。只为每每不能遂愿，我晓不是姻缘，故有此念头。"衾儿道："呸！原来没志气的，那拈花惹柳、无耻淫贱的，方是你妻子。"说罢只是痛哭。楚卿道："姐姐，你说我中了举人短行，我只不过是一个穷举人，就做了官，未必封赠到你。那子刚万贯家私，他是遂平县籍，或者中了，报在哪里，亦不可知，后日做了官，凤冠霞帔是你戴的，花朝月夕，夫唱妇随，岂不好？何情愿一暴十寒，看人眉眼？"衾儿道："哪稀罕凤冠霞帔？哪稀罕万贯家私？你若叫化，我随你去叫化，只恨你待我情薄！就杀我也不嫁别处。"楚卿道："姐姐，我待你也不薄，如今做许多衣服，又将花园一座、庄房一所、要造屋的隙地数亩，值六百余金，经帐俱已写就，替你折代妆奁，只首饰你说有在那里，不曾备得，也足以报你厚情了。何恨我薄情如此？"衾儿住了哭道："宝贝老虫，尿药不杀人，你主意真定了？"楚卿道："男子汉说话，哪有不决裂的！"衾儿道："既如此，萧郎陌路了，男女授受不亲，站在这里做什么？"楚卿喜道："有理！请息怒，就在这里坐。我催完衣服送来。"遂蹅到外边。

日已将晚，要开珠灯来挂，昨日的钥匙，却在衾儿身畔，欲唤丫头来取，又没有人在外，只得自己再进来，见书房门关着，叫一声："姐姐，我要钥匙。"门推不开，也不应，转到窗外槅子里望时，吃了一惊。只见衾儿立在天然几上，把汗巾扣在楼楹上，正想上吊。楚卿槅子里爬进道："姐姐，不要短见。"衾儿恐怕去抱她，自己从椅子上爬了下来，倚在书架，仍复大哭。楚卿开了房门，然后上去解着汗巾，又劝道："姐姐，我主意不差，我后日京里去了，你在家举目无亲，子刚又嫌疑不便，不要辜负你的好处。我要钥匙开灯。"衾儿一头哭，一边腰里取出钥匙，向楚卿对面掷去，几乎打着。又头上拔下紫金通气簪，掷在楚卿面前道："啐！我原来在梦里。"楚卿道："我当初原说送与姐姐做人事，不是聘仪，后在小姐房里出来，姐姐说我未得陇先望蜀了，我说陇也未必得，我原来讲开的，你自认错了。"楚卿地下拾起簪来，衾儿忽走近身劈手夺去，见桌上有端砚一方，将紫金通气簪放在花梨木天然几上乱捶。楚卿嚷道："簪子犹可，我这端砚价值两金。"衾儿将簪子用力拗折，却拗不折，复恨一声，掷在地下，望外就走。你道她往哪里去，且看下回分解。

第十四回　刚而正赠妇无淫
哄新郎一时逃走

诗曰：

　　婚姻天定莫能移，颠倒悲欢始信奇。

　　出汉只因怀国恨，入吴端为救时危。

　　冰霜自矢坚渠约，膏沐为容悦所知。

　　谁道痴情俱认错，赤绳各系已多时。

　　衾儿望外就走，楚卿道："去不得了！"衾儿见说，立住脚。楚卿道："说明了，你婆媳相见就不雅。这里还是我住处，我唤妇女点灯伏侍你梳妆。"衾儿只得又走退来，呜呜噎噎地哭道："亏得我没爹娘，好苦也！"楚卿听了不觉惨然，也下了几点英雄泪，勉强道："姐姐好在后边，转看我昔日之面罢！"遂唤几个妇女伴着，自己外边来。

　　问子刚时，众人说不见多时了。楚卿一面点灯，一面着人去寻。到了黄昏都回道："影也不见。"只有一个庄上人道："下午在花园到处观看，后来我见他头也不回望东直走，不知哪里去了。"楚卿心急，又着人四下再寻，自己复到书房探候时，见衾儿还在大哭。丫头道："拖她不肯起来。"楚卿因子刚不见，又不敢催。到了一更，酒筵摆列停妥，那掌灯的傧相不晓得，还催楚卿更衣，请新人出来行礼。楚卿道："不是我，替吴相公做亲，如今不知哪里去了。"这些众人方才晓得寻的是新官人，吹的也不吹，打的也不打，冷冷落落都没兴头起来。真是新郎逃走，从来未有之事。楚卿见众人面面相觑，寂然歇了鼓乐，急得个一佛出世，对众人道："你们只管吹打，我自有赏！"也是没奈何的。及到三鼓，四下的人陆续回复："到处寻不见。"楚卿无主意，在厅上如走马灯样转。忽见前厅五六个人，捧头棍子赶入，门外一人喊道："不要打！厅上已打碎了几件家伙。"许多吹手,吓得收拾乐器。再看外面两三个人如捉贼的快子,把子刚肩胛飞也进来。子刚还不住声喊:"莫打!莫打!"

看官,你道为何?原来子刚见楚卿要与他做亲,因想衾儿向日一片苦心,岂有夺人之爱,拆散姻缘的理?弃得一夜间步,他见我走出不回,自然自己成亲了。时月色甚明,秋收时节,路上又热闹,怕有人来寻,随大路而走,竟远八九里。正坐在大路口一块石上,见七八个汉子赶来,子刚躲在一边,让他过去。内中两三个问道:"大哥,可晓得胡楚卿讳明玮的住在哪里?"子刚道:"一直西去八九里大村上就是。"两三个道:"我是报录的,你领我去,我送你五钱银子一餐酒饭吃了。"子刚道:"三日前已报过了。"众人推了子刚,一头走,一头说道:"不是他。是一个遂平县人,移居在他家的。"子刚急问:"什么名字?""到了你自然晓得。"子刚道:"借住的人我认得,恐未必是这个。"众人道:"是姓口天的。"子刚道:"可是吴无欲么?"众人道:"正是。"子刚大喜,想要不回,恐怕他打坏了楚卿家伙,又少不得打发银子酒饭,不好连累楚卿,只得说道:"列位不必乱推,我脚走不动了,略缓些儿。只舍下就是。"众人大喜,齐齐揖道:"不识台颜,多有唐突,得罪了。恭喜高捷!"一发不由分说,竟把子刚扛了飞走。来到门首,子刚道:"这里就是。"众人方才放下子刚。子刚进来,叫住众人莫打。楚卿正要问,只见屏上高高贴起捷报:"贵府相公吴讳无欲,高中河南乡魁第五名。官报陆延光。"楚卿十分欢喜。

却说衾儿在房,众妇女再劝不从,只是哭。一个丫头奔进来说:"外边报录的又来了。"衾儿想着楚卿中了薄倖,一发放声大哭。只听得楚卿在楼下高叫道:"吴老伯母,令郎高中了,报录的在外边,到遂平报不着,特访到这里来。"又到书房门首道:"姐姐,恭喜了!子刚兄高中第五名,比我还前二名。我主意不差。如今是夫人了,难道别人敢夺你的?还怨我心肠不好,快些梳妆,不要错过吉时!"衾儿方住了哭,却睡在榻上不起来。楚卿吩咐妇女道:"你们不劝夫人起来,取板子来,都是一百!"众女使见主人拿出官势,遂扶的扶,抱的抱,衾儿也肯了。楚卿快活,自去前厅,安顿报录的酒饭。

大厅上请子刚夫妇花烛,子刚犹自谦让。楚卿道:"里边都说妥了,不须过逊。如今兄已高中,用不着衫了,方才小弟做的大红吉服,一发赠兄。"是夜作成子刚衾儿受用,不在话下。有词为证:

洞房饮散帘帏静，拥香衾欢心，金炉麝袅青烟。凤帐烛松红，报无限，任心乘酒兴。这欢娱渐入佳境，犹自怨怜允许道，秋宵不永。

表过不题。且说若素自九月初二夜与李茂下船，一心念着衾儿未知凶吉，终日纳闷。行至贺村驿，到小滩铺还有三十里，忽生起病来。李茂只得上岸，寻个尼庵，仍改女妆，上去赁寓，请医服药，直至十月中才好。又调理数日，遂谢别尼姑，一路出临清州，至杨村驿。若素对李茂道："舟中纳闷，此处离京师不远，你替我雇辆车儿去罢。"李茂道："车儿不打紧，只怕小姐太美，有人看见两耳，认出不便。"若素道："我自有法。"遂与采绿两个，把粉鬌和胭脂，调水搭了耳环眼里，及调好搭些干的，把镜一照，如生成一样。即时上了车儿，只捡僻静宽敞寓处宿歇。

明日行过萧家村地方，一时下起雨来。正要寻下处，见一个人家门首，挂着招牌，上写着："斯文下处"，傍边贴一条红纸细字："挑脚、经纪不寓。"若素同李茂进去，店主人见了道："好个精雅人物！请里面坐，已有三四个客在里面！"李茂道："俺相公要捡上等房，宁可多些房金。"主人道："既如此，随俺来！"进了中间一带，又穿过第三层客座，引到楼前右手两间侧厢屋内，中间一个天井，栽数盆残菊，两边帮着一个花篱。外边一间，铺两张板床，里边一间，粉壁上两三幅书画，香几竹榻，甚是幽雅。店主人道："何如？"若素道："不放外人混杂就是了。"采绿铺下行李，李茂与宋阿奶做房在外边。店主送饭来吃了，又送一壶茶来。

若素把壁上书画玩了一回，又伏在窗槛上看菊，饮几杯茶。只见对窗槅子内，一个秀士打扮，傍边立个垂髫童子，卷起帘儿，定睛一望道："好个美少年！"却见他不住地探头窥觑，若素避嫌，到榻边假寐。少顷，那童子送一壶茶来，年可十四五，比采绿转标致些，入到房中，把若素细看，问道："相公尊姓，贵处哪里？"采绿道："姓沈，上蔡人。"若素道："你店主人尊姓？"童子道："姓龚。"采绿斟上茶来，见是上好细茗。若素和采绿、宋妈妈各饮一杯，大家称赞这饭店果然不俗。忽听得对窗吟道："轻颦浅笑正含芳，欲托东君费主张……"若素大疑，再听去正是胡楚卿的《花魂诗》，又听再吟《鸟梦》，因对采绿道："原来胡楚卿在此。你到他书房里看看，高低问一声哪里人，在此做什？他问你，不可说我是小姐，切莫多言。"采绿领命，到前边来。虽是一样房，与这边不同，打从天井里到后边来。那窗内的人问道："可是要进来？"叫童子开了楼下角门，引采绿穿入书房。图书满架，笔砚精良，像久住的。那秀士立起身道："有什么话讲？权坐坐。你家相公高姓，到此贵干？"采绿道："姓沈，家老爷是两省镇抚，因地方官失守，圣上要家老爷赔补钱粮。今公子要上京看亲。"他又问："你相公多少年纪，可曾婚娶否？"采绿道："十八岁，尚未有聘。相公尊姓，这里是祖居么？"秀士道："我是河南登封人，姓秦。这里是舅家。你先去，我就来看你相公。"

采绿走来回复。若素道："既不是楚卿，为何诵他诗？好生疑惑。"只见秀士步来，接至房中，揖过就坐。两个举眼看时：

胜潘安，欺宋玉，温润比清，平原逊浊。一个儿不傅何郎之粉，已是娟娟。一个儿不薰荀令之香，天然馥馥。你看我，浑身娇怯，分明红拂窃符时；我看你，满面娇羞，快似木兰临戎日。

秦生道："不知台兄下榻，有失迎接。"若素道："幸获识荆，不胜荣幸！请教贵表。"秦生道："贱字惠卿。敢求台号。"若素原无准备，见他说个卿字，也随口道："贱字若卿。"惠卿道："弟虽寓居，但在舍亲处，理应是一主之谊。此间不便细谈，乞至敝书斋少叙何如？"若素本不与男子晋接，却见他文雅，心上又要问他诗的来历，因说道："只恐拜意不专。"两人推推让让，采绿跟着，转过厅厢来，蔡德在旁，又阻不得，暗想："秦相公这样文雅秀士，教我也是爱的，莫说是小姐，如今小姐到他书房，倘或你贪我爱，露出真情，做起那男女赴阳台的勾当，怎么处？"宋妈妈也替若素担着干系。你道若素与秦生两下何如，且听下回便见。

第十五回　错里错二美求婚 误中误终藏醋意

词曰：

自惜容光频对镜，不识相思，已解摽梅咏。错认才郎犹未聘，胡卢欲把婚姻订。

谜语津津未一允，香靥凝羞，似听将军令。可笑红颜多薄命，谁知两人同一病。

——右调《蝶恋花》

若素到秦蕙卿书房，见摆列古玩名器、锦衾锈褥，十分富饰。少顷茶来，一个大丫环体态轻盈，丰姿绰约，年可十七八，托八色果点，排在桌上，把若素细看时，蕙卿袖子一曳，两个会意，走出门外私语片时，又探头向若素一笑，进去。蕙卿走来陪若素吃茶，若素道："适才是尊婢么？好个女子！兄可曾娶否？"蕙卿也微笑道："尚未，方才是家舅母使女，名玉菱。"若素笑道："可知兄两下喁喁，大受用了。"蕙卿也微笑道："兄自多情。小弟其实冰清玉润。"若素道："如此光景，清字也难说。"两个笑了一番。点心毕，若素要逗出吟诗缘故，问道："兄既未娶，难禁寂寥，必有花间佳咏、月下微吟，敢请教一二。"蕙卿叹口气道："弟誓不做诗了。"若素急问其故，答云："先母早逝，遗弟兄妹二人，朝夕琢磨，颇知词赋。先父曾做嘉湖道，指望与愚弟妹各择佳偶。不意随父来京复命，家严病故，今权寓母舅处。四月间有客自赵州来，偶带两首诗在外边称道。"弟闻知借来与舍妹一看，舍妹道："这样才子，我若嫁得，就够了。"弟问这客人，说是鹿邑秀才胡楚卿做的，年纪十八，尚未有室，遂差人往鹿邑访他，说往遂平去了。舍妹深恨无缘，不胜怨慕。弟起个念头，不与舍妹毕婚，誓

不先娶。所以不敢作诗，恐增舍妹之感。明日再要遣人去访问。若素暗想道："我只说考中胡楚卿两首诗，已为终身可订，向来因父亲之事，付于风马。原来有名才子，天下的佳人都思量要配他。至于不远千里、费盘缠，几次差人访问。一处如此，焉知不处处如此？若别人占了先手，我倒落空了。"满肚子过不得起来。恰好蕙卿递过楚卿诗，若素心绪如麻，略一过目，放过半边不语。蕙卿道："这诗犹不中看么。"若素道："也没有什么好。这个人，兄不必寻他，他已与舍妹联姻了。这诗就是家父考中的。"蕙卿听了，半晌无言，又叹道："嗳，我空费许多心，又被高才捷足有福者占先。"若素又想，一时说了考诗，倘他妹子才貌拔萃，也选起诗来，楚卿踪迹未定，又来考中，岂不是更费周折？且试他一试，遂说道："令妹大才，不识咏雪之句，可以略窥否？"蕙卿道："只恐巴辞，不堪污目。"若素必要借看，蕙卿拜匣里捡出一幅花笺道："这就是舍妹和题。"接看时：

花　魂　　韵不拘

自怜薄命画楼东，一点幽情欲暗通。

爱月有时随瘦影，羞人着意隐芳丛。

低徊欲绝昏黄雨，冷落愁径槛外风。

若个怀春诸是主，好生无着只朦胧。

鸟　梦

历遍花堤又柳堤，憩寻芳树暮云低。

神童蝶花探香远，境与鸾孤觅偶齐。

华素梳翎餐桧露，渔矶卸迹啄花泥。

南枝一觉东方醒，爱惜春光漫漫啼。

若素读完，赞道："好诗，好诗！如子规声里，独立黄昏，凄情呜咽，不堪多读。有此才情，安肯与俗子相颉颃。"蕙卿道："兄与令妹原作，亦肯见教否？"若素思量我若不与他看，他只认妹妹才高，要私去争楚卿，也未可知。但他是说妹子的诗，我难道也说妹子的？遂道："舍妹诗不记得，弟俚句污耳何如？"蕙卿喜道："足徵雅爱，兄吟诗，待弟取花笺录出，好细细领教。"若素吟《花魂》道：

炎霜守遍历青阳，无限芳心托倩妆。

梁苑熹微亲辇跸，午桥依约袭衣裳。

空惭露挹何郎粉，谁解风生贺女香。

最是清明春光后，精神脉脉似青娘。

鸟 梦

偃息长林夜月低，酣然神往遍东西。

斜通岚径全无碍，直入云屏似有蹊。

花外忽惊红雨湿，巢边犹讶绿荫迷。

回翔几择丘隅止，不道依然素底楼。

若素见蕙卿笔走龙蛇，指纤腻玉，心中转念，可惜我有了楚卿，此生秀娟，诚佳士也。蕙卿写完，再读一遍，赞道："捧诵瑶章，视舍妹之作不啻天渊，见笑多矣！"童子摆上酒肴，若素告退。蕙卿道："天涯得晤，缘契三生，不须过逊。"两个坐下同饮，若素还吃得两三杯，蕙卿刚陪得半杯，桃花脸上更觉妩媚，若素几为心动。蕙卿开口说道："尊大人还挂多少钱粮？"若素道："尚有三千五百两。"蕙卿道："有一句话，不识仁兄肯俞否？弟为舍妹择婿，想世间才貌，孰有过于兄者？适间尊使说尚未婚聘，先父颇遗下些家私，仰扳足下，做一个藤萝附木如何？"若素心内好笑道："我是雌儿，自己婚姻尚在水中捞月，要你做什么？"因答道："虽感错爱，但家父在狱，不暇及此。"蕙卿又道："聘仪一些不要，情愿与舍妹多备妆奁。"点上灯来，童子唤采绿出去，与宋妈妈等饮酒，俱是盛馔。若素道："固承厚谊，但不告父母，非人子之道。待弟入京，对双亲致意，倘家严见允，自当领复。"蕙卿道："尊大人事，不必挂念，明日弟先赠五百金。俟兄回过尊亲，只取一物为信。三千两之数，到小弟这边来取，竟作舍妹妆资。何如？"若素自忖：教我怎生变作男子。答云："事虽兼美，但弟离于父母已久，倘在京曾与别姓议过亲，是有误台兄尊意了。断不敢擅专。"蕙卿又道："尊大人多事之时，人情势利，哪个就来议亲，吾兄不必固辞！明日弟另有主意。"

晚饭才完，只见大丫环玉菱抱出一副锦被，床上薰起香，似留宿的意思。若素谢别起身。蕙卿道："这边僻雅，仁兄只就此宿歇罢。"若素哪里肯？采绿恐露机关，推着背就走。蕙卿却不自己来扯，唤玉菱留着。玉菱即笑嘻嘻扯住，一把按在椅上。若素道："小弟素爱独睡，恐不便于兄。"蕙卿道："难道一世独睡不成？"玉菱目视蕙卿笑道："俺家相公，是要俺伴着睡的。"蕙卿把眼一瞧，摇首道："胡说！"看官，你道外人跟前怎讲这话？原来是他自与蕙卿两个取笑，许多妙在后边。蕙卿道："弟原宿内室，这只不过是闲时睡的。这位尊使，一发把铺盖取过来，隔壁一间睡就是。"若素方才放心。采绿同宋妈妈取行李过来，做一处铺着。童子道："你两个怎么一同睡？"宋妈妈道："是我的儿子。"采绿几乎笑倒，勉强忍住，故意道："倘夜间要小便，不曾问主人取个夜壶。"童子道："只有一个，是我家相公要用，不然，我到小姐房里，取个水马子来，又好备着你家相公大解。"宋妈妈道："我有随身小便的在此，将就合用罢。"蕙卿与若素听得，各自肚里暗笑。少顷，玉菱送脸水进来，若素一双手在盆里洗着，那玉菱不转睛地看。若素道："你伴自家相公进去，睡罢。"玉菱又笑起来。蕙卿道："什么规矩！你爱沈相公，不肯进去，今夜就伴沈相公睡。"玉菱没趣，飞也跑去了。蕙卿拱手道："本当奉陪，恐小弟秽体，不敢亵兄，明早奉候罢。"若素道："斗胆下榻了。"蕙卿进去，采绿闩上房门来，低低说道："小姐，秦相公没正经，我方才见玉菱姐立在外边，捧灯候他，两个扶着手进去。"若素道："舅母家里有这般标致丫头，遇着风流年少。两下怎不相爱？我们过路的管他们则甚。"

明日起来，天色已晴，蕙卿苦留不住，遂设一盛馔，采绿等另是一桌，用过起身。蕙卿着童子托出银五百两，对若素道："兄去意甚速，不敢久羁。昨夜进去对舍妹说，不胜喜悦。她道令妹考中胡楚卿的诗，昨日兄做两首，也就算舍妹考中了兄。这银子是舍妹赠兄一程之费。若得尊大人见允，缺少银两，都在弟身上。但要兄随意留下一物。"若素不受，蕙卿又道："舍妹也料兄不受，又想兄是风流才子，就亲事不肯俯谐，在难中也该相济。但兄决不比无情的，后来恝然别娶。"叫童子取若素行李来，把银子将她行李中乱塞。若素被他几句软麻绳话捆住了，无计可施，想道："也罢！我赠明珠一颗与他，譬如兑她的，消释他五百两罢了。"遂于胸前锦袋内取个包来，小晶瓶里捡明珠一颗，递与蕙卿道："无物相留，聊以此为记。"蕙卿接来一看，啧啧笑道："兄何欺我！此珠价值千金，轻留于此，是使我不疑，兄念头丢下了。"递还若素，看见包内光灿灿露出一个蓝宝石鱼，蕙卿把手捽出一看，喜道："此物足矣！"若素摇首道："这使不得，是一朋友寄在小弟处的。"蕙卿笑道："朋友寄的更妙，正要兄来取。"若素

道："有个缘故，这是一个才子，与楚卿不相上下的，也要聘一个才貌佳人，弟一时取笑留了他。他就要聘舍妹，但舍妹已许了楚卿，不可误他大事，正要觅访别人寄还，小弟时时慊慊于怀。今兄若留此物，后日他有话说，弟何以为情？"蕙卿道："弟已明白了，兄必欲得此物聘个心上人，不肯向别处念头。望兄进京与尊大人说明，到小弟处兑银，完了钦件，早早毕姻。那时或还盛朋，或去另聘，也凭兄了。"遂转身至于门边，将石鱼付与童子道："你送进去递与小姐，说是沈相公的聘物。"若素懊悔被他抢去，没奈何只得拜别。看官，你道为何？原来若素初时，不过孩子气，要换楚卿的鱼。后见楚卿说了两番话，又见了《夜读有怀》诗，心上就有这念头。后来选诗，考来考去，见没有中意的，一发想到喜新身上，所谓佳人自怜才子，巴不能够喜新来考中了，无奈他不来。及至考中楚卿，又念喜新情重，不忍辜负他，要思量寄还扇坠，却是女流，哪里遇着凑得巧？所以慊慊于心。是的真心事，对别人讲不得。

当时蕙卿送至中门，道："礼应送出，但弟有誓，舍妹亲事不妥，不出中门，得罪了。"又叮咛采绿道："若老爷之事妥当，你可催相公早来！"若素拱别出来，再上车了。李茂笑道："比相公初择婿更认真些，谁知做梦。"若素道："可惜他一片孝心在父母面上，替妹子竭力捐金，果是难得，连我也不安。"

明日到了彰义门外，若素是病起的人，是日风大，路上受些寒，在饭店住了一夜，觉得身子不快，对李茂道："性命要紧，安息一日，明早进京罢。"李茂道："此间店又僻静，路又不多，不如今日待我先进去，探个消息，赶出京门，明早同小姐进去罢。"若素道："这也有理。"李茂去不多时，又进客房对若素道："小姐，胡相公中了！方才出门，见卖乡试录，特买一张在此。这鹿邑胡玮中第七名，不是他是谁。"看下面却注沈氏，问李茂道："尚未行聘，怎么就注起沈氏？"李茂道："老爷考中了他，他胡相公就注在上面。"若素点头，吩咐李茂："明日早来。"自投店中歇息。正是：

才郎已入荷包里，只恐红裙剪绍多。

若素在店中，按下不题。未知衾儿嫁与子刚何如，且听下回分解。

第十六回　是不是两生叙旧　喜相逢熬煞春心

词曰：

> 缘不断，乔妆偶至京门畔。京门畔，忽逢情种，转睛偷看。　　当筵只把人埋怨，桩桩捻着陈供案。陈供案，一个个是，翠怖成算。
>
> ——右调寄《忆秦娥》

话说衾儿自嫁与子刚，到三朝出堂，楚卿拜见，两下并不开口。"楚卿虽是自己家里，足迹不入内门。衾儿见子刚家私富厚，又夫妻相爱，深感楚卿之德。见他婚姻未就，独立操家，要凑集银子上京，心上反过意不去，催促丈夫替他料理。子刚道："不烦你吩咐。"十一月间，楚卿备得银一千五百两，要上京去了。衾儿对子刚说了，私赠银六十两，唤了丫头，送出楚卿。子刚说道："本当同贤弟进京，但思来岁贤弟得意回时，恐房户狭小，今先要买木到庄上，造几间房屋，不能奉陪。有书一封、会票一纸在此，赠兄二千两，可到前门外程朝奉绸缎铺验收，门首有大顺号招牌为记。完过令岳之事，其婚姻之费，倘缺少时，一应向绸铺支用，待弟到与他总算。"楚卿辞道："弟有何德，承此厚惠，决不敢领。"子刚道："贤弟差矣！既系兄弟，即是一家事，些须周急，何必作此儿女态乎？"楚卿只得受了。子刚袖中又取出银子一封道："赆金百两，是敝房相赠的，收为路费，万勿推却！"楚卿暗揣衾儿委曲殷殷，也只得受了。

明日饯行，吴安人等出来，衾儿万福道："叔叔荣行，凡前日有犯处，幸勿介怀。"两边致谢了。楚卿作别起身，与蔡德、清书三个上骡轿，日夜趱行，望京城不远。是日风大，将近彰义门外，路旁见招牌写着"洁净寓处"，楚卿道："大家打个中火，饮些酒冲寒。"到里面捡个座席吃了，正要起身，见厢房里走出个标致小官，手执茶壶，到门首见了楚卿，不转睛地瞧，反缩进去。楚卿见十分面善，再想不出。又一个老妇人，在门内把头望外一探，原来是宋妈妈。看官，宋妈妈是楚卿的仇人，梦时都恨她的，怎不认得？因这一个认就触着，方才是采绿，小姐必定在这里。衾儿曾说小姐是男扮的，遂立起身问宋妈妈："你怎么在这里？"答云："我同相公进京。你是姓吴么？"楚卿道："正是。我去看看你相公。"暗想，我若认做胡楚卿，小姐必定避嫌，不肯与我说话，还须认做喜新方好。只见宋妈妈道："不必进去罢。"楚卿道："我乃是一家之人，认得你的，进去何妨？"竟不由宋妈妈作主，闯入里边，一路想道："她若肯认估生活上姐，我倒与她说个明白；她若乔装到底，我就盘诘她。"将近客房，只见采绿抢先一步，对若素道："相公，当初在我家里的吴喜新，今在这里。"楚卿在门外高声道："好巧！"只讲这两字，却不说破她。

只见若素出来，头戴着一片毡纯阳巾，身穿白缘领石青绸服，脚下京青布靴，扮做如献策阳平。若素把喜新一看，头戴飘摇巾，内穿荔枝色云缎袄，外披白绫绣花鹤氅，脚下大红绸履。分明是张生。看官，要晓得此处要把楚卿两字改做喜新，不然，若称楚卿，恐难明白。当时若素见喜新这般打扮，晓得他是有来历的，遂把手一拱，作揖起来。喜新就公然坐下，自思且看她开口何如。若素想道："他比前日模样，大不相同，倘识破了我，称我小姐起来，羞答答教我如何回答？不如我先开口，只做不认得。"因问道："足下从未识面，请教尊姓大名！"此时楚卿已打点在心，答云："小弟姓吴名无欲，字子刚，曾聘过沈镇抚字长卿的令爱，上年岳父只有一位小舅，不知兄什么称呼。"若素骇然，自忖并未曾与他订得一言，怎么说聘过，公然称起岳父小舅来？因答云："是家叔，小弟字若卿。"喜新道："足下决不是若卿，这句话有些破绽，是当面欺小弟了。焉有叔侄俱以卿字称呼？"看官，若素岂不明此理，只因前日与秦蕙卿凑便说这两字，今日也就顺口说出。岂知秦蕙卿是不来盘诘的，怎当得喜新是有心人，在他眼前弄起空头来，立时捉出白字，惊得置身无地，双脸通红，只得勉强说道："敝地风俗，如父叔辈，下边一字，用着溪桥卿甫，为子侄的，中间只改仰慕思承，小弟若字，亦是求及前人之意。"喜新微笑，若素见瞒过了，反诘道："舍妹并未闻与足下联婚，她是考诗选中新科举人胡楚卿的。"喜新立起身道："少待！"即跨出客房，高唤清书、蔡德，仍走到里边坐下。清书、蔡德走来，喜新道："今日不进京了，把行李、骡轿安顿着。"蔡德至，喜新道："舅爷在此，过来叩头！"若素又不好搀他，只说

一声："不消！"弄得立身不稳。喜新又吩咐："你速去捡上等果品、嘎酒的多买几色，要与舅父少叙。"指着采绿、宋妈妈道："这是小姐的乳母，这是小姐的书童，都要酒菜的。"打发去了，对若素道："方才说并未与弟联姻，已选中胡楚卿，令叔不曾提起，难道令妹无情，也不曾说着？楚卿只考得两首诗，小弟曾考过五六首。若要再考，做还他一二百首罢了。况楚卿并未有聘，令妹曾受过蓝宝石鱼一事，令妹又以水晶带钩答聘；还有最要紧的，令妹亲笔字一幅，寄豆腐店约弟到府的，现在亲笺《春闺诗》一首，这几桩证据，不怕她飞上天去，就是御状也要告来。况诗中有'风影良缘片时梦'两句，虽未曾与弟有染，私严俨然，人前辨白起来，只怕有口难分，胡楚卿就要退婚了。"若素被喜新说得浑身麻病，六神无主，强驳道："别的小弟不晓得，舍妹平素谨慎，哪里有《春闺诗》亲笔到兄手，这决不信！"喜新道："现在随身拜匣里，是个大执证，今日不与兄看。"蔡德送酒肴进来，若素只得放胆对坐而饮。宋妈妈也在隔壁另酌，清书拖采绿到自己客房同饮，杀猪叫也不肯，清书不知就里，认是小姐书童，爱他生得娇媚，竟抱了就走。若素怕露出机关，转唤进来："你在这里斟酒。"清书道："待我来斟。"喜新道："不用你，你出去！"两个饮了几杯，若素忍不住问道："舍妹《春闺诗》，曾与弟看过，兄既不肯与弟看，试诵与小弟一听，就知真假。"喜新诵一遍，若素见只字不差，十分骇然，勉强道："不是她的。"喜新道："大舅不知，令妹特唤衾儿送与小弟的。"看官，要晓得喜新不说采绿，反说衾儿者，因采绿在旁，替她留一地步，买她帮衬。喜新暗瞧，采绿媚眼传情，若素正无逃遁之际，忽触着"衾儿"两字，点头道："是了！衾儿偷出来私与兄的。还有一说，舍妹曾与弟道及许以衾儿奉配，待弟入京，对家叔说了，备妆资嫁你何如？"喜新道："大舅哄哪一个？弟当初改妆易服，到令叔处者，原为白莲寺见了令妹，访得才貌双全，尚未字人，故作勾当，要衾儿做什么？况令妹没有良心，既把衾儿许我，就不该卖与库公子银三百两。我如今只要令妹。"若素道："舍妹是家叔许与胡楚卿，断使不得！但衾儿之说，何以知之？"喜新见若素不肯饮，思理要灌醉她，好捉醉鱼！说道："大舅饮三杯，弟就报喜信。"若素勉强饮了一杯，苦苦告饶，喜新必要她吃，若素皱着眉，又饮半杯。两朵桃花上脸，巴不得就搂起来。说道："小弟为令妹，不知费了许多苦心。"遂把前后挨访事情并遇着衾儿，不要她为妻作妾，至于掷簪断义说一遍，"如此至情，大舅还说什么许与楚卿，断使不得，况金簪现被衾儿捶坏在此。"遂于腰间袋里取出，若素看见，咨

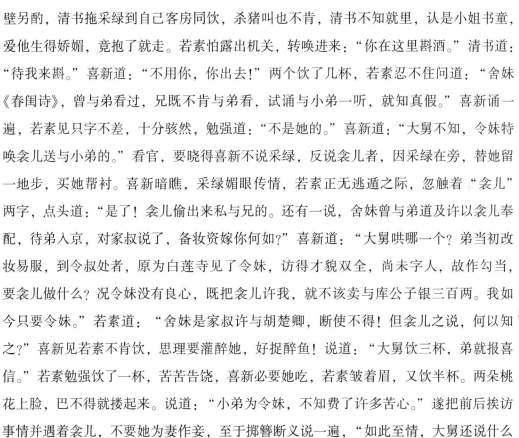

中国禁书文库

情梦柝

二五四一

嗟不已道："这是你无情！但衾儿今在哪里？"喜新故意道："嫁与胡楚卿了。"若素惊问："怎反嫁于胡楚卿？"喜新故意道："楚卿原是小弟朋友，小弟知他详细，他不晓得小弟上年在宅缘故。此人的性格风流，高才饱学，年纪相貌，与弟无二。同学中朋友，起我两个诨语，古胡与口吴，认得也模糊，一时辨不出的。但弟至诚有余，誓不二色；此人风月班头，平东魔帅，去冬娶一个才貌的妻室，前日见了衾儿有姿色，又说是她丈人家使女，要她做妾。小弟意思，送衾儿与他，就好娶得令妹，所以赔些妆奁，赠楚卿去了。且他家里还有几位通房姐姐。"若素急问道："他娶娘子是何人？"喜新道："沈廉使小姐。"若素大惊，暗想：我原在梦里！可知乡试录上是沈氏。看官，要晓得楚卿未娶，因何就注沈氏？只因心爱若素，长卿又在难中，未曾行聘，恐怕后来有变，故有延续机关，预先注著。此处说来凑巧，哄得若素耳。看官，再要识得此回。楚卿明白，若素已稳稳是自己妻子，无他变了，如今一番说话，无非调情试她心事，看她志量，又指望先与通情，略表渴想之情。彼时若素被喜新一席话弄得软了，见喜新认真为她，衾儿又不要，又有执证，恐后来费口，就要出丑，楚卿又未曾会面，订婚不过两首空诗，又娶过一妻一妾，竟有些向喜新了，说道："就是舍妹肯了，只怕家叔爱他是个新举人，你争他不过。"喜新笑道："一发差了，他是第七名，我是第五名，难道争他不过？"若素急取乡试录一看，果然第五名是未娶，见下面遂平籍，就问："为何不是鹿邑？"喜新道："彼时到贵宅，恐怕有人认得是遂平秀才，故此托言于远，只说有个亲眷在遂平。"若素暗喜："原来如此！"喜新见说到心服，思量逐步做上去，欺她三个女人，又无管家在此，就说道："九月初三日，遇见衾儿时，说小姐男妆，同宋妈妈、采绿上京，原来宋妈妈尚在此处。"指采绿道："这位却像采绿姐改妆的。"若素惊得汗流玉体，支吾道："舍妹先入京，这个是采绿同胞兄弟。宋妈妈因身子不快，故在此。小弟直到今日才到这里。"喜新道："不该得罪，说当初闻令妹选中楚卿，薄情于小弟，后闻衾儿说改扮上京，意欲赶至路上，拿住令妹诳头，要强她成亲，倘有推托，弟就压制她异言异服，变乱古制，不愁她不从。因衾儿嫁人，遂来迟了。"若素听了，心头似小鹿突突乱撞，想道："莫不是识破了我，故意来惊我，就要做这事么？"勉强道："舍妹身虽女子，言必以正，动必以礼，就是父母聘定，不到亲迎奠雁，宁死不辱。"喜新道："难道两心爱的，忍于反面，又无人知，后来少不得做夫妻，这一些情，就不通融起来么？"若素道："舍妹无书不读，先奸后娶，反要断离，她女流家，执了性声张起来，你是个举人，不但前程有碍，比平人罪加一等。就是改妆，也是路途不便，古今常事，有什讪头？"喜新听得："好厉害话，如此看来，谅她动也动不得？"若素因说"改妆"两字，忽想起秦小姐，喜孜孜道："兄饮几杯，弟与你一个安心丸。"

喜新见若素笑容可掬，认有俯就之意，不觉开怀，顷刻饮了十杯。若素道："兄的亲事，都在小弟身上。家叔肯许舍妹，无有不从；家叔若不允，还有一个才貌双全，胜舍妹十倍的，且嫁资丰厚，包与兄送上门罢了。"喜新道："天下没有这样骏子，现钟不撞去炼铜。"若素道："有个缘故：前日舍妹上京，其实男妆，到一个所在，有一美人，认舍妹是男子，必欲结婚，先送银子五百两，要舍妹一物为证，舍妹无计可却，以明珠一颗相赠，他不要，反夺了一件宝石鱼去，说留此为聘。舍妹意欲与小弟作伐，今见兄多情，让兄娶了如何？"喜新道："就是有貌，却是无才，况没凭据，哄哪一个？"若素便把美人之兄吟诗打动并慕楚卿，代妹择婿之意述一遍，于锦袋内取出一幅笺纸道："她和舍妹的《花魂》《鸟梦》诗，亲笔现在此。"喜新接来一看，喜出望外，又问道："令妹的诗并借我一观。"若素自思前日衾儿偷诗与他，尚如此认真，我如今怎好与他，因答道："不在小弟身畔，且又不记得了。"喜新哄道："大舅可谓有心术的了。既如此，不要讲闲话，且饮酒，弟暂住敝宿处来。"喜新遂转身，采绿、宋妈妈低低道："我两个人欲插一句话也不得，担尽干系，他是一个举人，我们是女流假妆的，倘要闹起来，怎敢与他争胜。幸亏小姐有才，抵辨得来。"若素道："我的胆也被他吓碎了。"适店小二送灯进房。

不多时，只见喜新三个走来，蔡德取一个褡膊，清书背一只挂箱，放在若素床上。喜新叫清书、蔡德出去，又唤宋妈妈掩上客房，身边又取出两大包，对若素道："弟本欲明春入京，只为姻事未谐，急欲料理令叔事，故特揭千金到此，弟去恐无头绪，不如大舅持往令婶睡眠，浼朱祭酒去纳转便，此处共银一千五百两，余银到京，小弟少不得一总送来。"若素道："岂有此理，舍妹姻事未妥，断不敢领。"喜新道："差矣！此银不领，则大舅前听说有美人的五百两之银，何以消释？就是令妹要嫁楚卿，难道再把这美人与他去？只不知尊管家在何处，明日银子要小心。"若素道："小管家明早就到。美人在弟身上，但银子兄须收回。"喜新又道："若再推却，我亦不要令妹了，何如？"若素听见说不要令妹两字，转说道："小弟决然与家叔力言，但恐美人与舍妹

未必两全耳。"喜新道："不必推却，只求周全美人；弟有本事，连令妹都是我的，没本事，决不怨令妹，这银子只算聘美人的，若执意而不从，必是大舅今日之言，俱是金蝉脱壳了，造言哄我，先要纽结到礼部衙门，告你赖婚。"若素听说要纽结到官，唯唯道："既如此，家叔之事紧急，只得承厚情了。"喜新又道："弟未尽兴，大舅再陪几杯。"

若素只得再饮一杯，喜新连饮了五六杯。店中桌子小，对面促膝坐着，喜新诈醉，把两只脚夹住若素的靴，故意不放，若素魂不附体，急立起身道："小弟病后，不能久坐，要得罪了！"喜新叫取饭来吃，各洗手脸，见若素玉手纤纤，故意到盆内执着道："大舅肤如凝脂，若令妹今日男妆在此，弟顾她不得了。"若素又不敢推脱，战战兢兢道："尊重些！"喜新放手笑道："这等害羞，不像个男子样。弟蒙大舅见面如故，深感盛情，叨陪抵足何如？"若素道："本不该辞，奈弟素爱独睡。"喜新笑道："这等讲话，一世不做亲了。"竟去卧在若素床上，翻身把枕头来枕，闻一闻道："这也奇，像女子枕的粉花，香得紧。小弟今晚有缘，要备受用了。"若素道："还请各便！"喜新不应，鼾声起来。看官，到此地位，只恐怕要落圈套，乔妆不得了。待下回分解。

第十七回　贴试录惊骇岳母
送灯笼急坏文人

词曰：

灯离离，烛离离。女婿乘龙订吉期，催妆已赋诗。　　九其仪，十其仪。
临上香车步又迟，堂前泣别时。

——右调《长相思》

喜新装醉卧榻上，侧耳听得采绿私语道："怎么处？与他和衣宿了罢！"若素道："岂有此理！唤店主另捡一个客房，我去罢。"喜新听得不妥，假醒翻身道："好醉，大舅睡了罢。"若素道："我身子不快，要自在些，故不敢同榻。"喜新道："既如此，我把铺盖来睡在此侧边床上何如？"若素沉吟一会儿，慨然道："如此甚好！"喜新得意，遂起身跨出客房，连唤清书不应，走去唤他，送铺盖来时，厢门紧闭，敲唤不应，原来若素哄他出去。喜新气不过，累清书打了一顿。看官，此处仍改喜新为楚卿了。

明日晨后，厢门尚自闭着，楚卿知事难谐，恐饿坏了若素，叩门道："宋妈妈与采绿听着，多拜上你家新改号相公，他昨日不肯通融，后来少得不与他算帐。闻古月胡相公也来替你料理，恐怕他下了先手，我如今只得进京去了。你若有情于我，可将昨日的待管家来，作速去完老爷大事。那蓝鱼之约，切切不可负心。若一周全，三个人面上都好，又免许多口舌，我去矣。"楚卿说了几句，想若素不但才情且有智慧，心上甚是敬服，遂一路来到前门外，寻着程朝奉安歇了。

明日，差蔡德到朱祭酒家探问消息，街上遇着一个胡子，各有些面善，拱一拱手，问起来，恰好是当日在冀州报信的郑忠。同到寓所，见过楚卿，把前后事述一遍，又说老爷看乡试录，知相公中了甚喜。望相公明春正月进京，不意如今就到了。前月尤

舅爷来，又完过一千两，如今只少三千三百两，夫人因小姐不到，心上焦闷，同舅爷回乡，不意昨日李茂同小姐到了，带银二千两，方才正要去对老爷说，遇见蔡哥，说相公在此，特来叩见。"楚卿道："我特因老爷事来，早至京师，要料理他出狱，待将小姐银子先完，其余所欠数目并应用使费，你明后日竟到这里来领，我预备在此。致意你家老爷！我本欲走来拜见，但思狱中相见不便，出来踵贺罢。"郑忠感谢。楚卿唤蔡德同至刑部牢，问候一番。

到十二月初二日，郑忠同李茂带着两个人，见楚卿道："老爷拜上相公，本不应来领银子，因承厚意，夫人又未能即到，欲乘岁底浚局，因此从权领去，事妥之后，即来补还。酬谢相公了。"楚卿道："既属至亲之情，理宜效力，何必说还！又何说此。"问郑忠："如今尚缺多少银两？"郑忠道："前日小姐所到之银，有两千两，止完过一千九百二十两，今尚未足。"楚卿听了，便兑一千三百八十两，外又另赠银三百两，恐有戥头银色使费之处。四人领银而去，完纳不提。钱可通神，生杀予夺，危者能安，死者令活。

且说夫人回到家中，见门封锁，竟打开进去："我是朝廷命妇，谁敢与我作对！勒指我未完圣上银粮么？"这些官府，晓得赦了一半，又完得差不多，都来省事。及至夫人取得书房银子到京，时若素已先到朱祭酒家里，钱粮俱完足了。母子相见大喜。

十二月初二日，刑部题疏，等朝廷旨下，却不比府县做事易，直至二十二日，长卿方得出狱。谢起各衙门，又是三两日，楚卿做亲眼见得来不及了。

次日，楚卿到朱祭酒家拜贺。两下致谢毕，老夫人在屏风后看见，欢喜无限。若素因在姨娘家里，不好出来，夫人进去，称赞楚卿风流俊秀。若素心上如小鹿般撞，想喜新缘何竟无消息？此时不来开口，楚卿决拔头走了，又不敢对父母说。转是夫人问起银子，若素叹道："父亲虽弄了出狱，只是孩儿身上大费周折。"夫人道："亏你哪里借来，还他就是。"若素道："肯要银子，有什难处，只今一家女儿，吃了两家茶，又没奈他何，找了一席酒。竟无主意在此。"夫人惊问道："你向有见识，为何做出没头脑事来？"若素将喜新当初到家缘故说一番：原来是吴子刚，前日又遇着衮儿，今中了举人，特送银入京，孩儿只为假装了遇着，苦却不得，被他逼受了一千五百两银子，这是一种费力处，只瞒起家中换鱼之事。又将秦小姐赠银求婚述了一遍，道："也有些难摆脱。"夫人急与长卿商议。长卿道："虽承吴子刚美情，但未曾会见我一面，又未

曾当面考诗，这婚姻争不出口的，既有秦小姐机会，倒可两全。"若素又将楚卿娶过沈廉使之女、更以衾儿为妾并库公子之事，亦陈述一番。长卿道："哪有什么沈廉使之女？这是谤辞；衾儿作妾，或者有之。若库家之事，得了他银子，倒要提防，吩咐家人并朱家人，只说我有两个女儿，你是第二个便了。那吴子刚少不得来会试，挨到其时，俟黄榜后定夺就是。"夫人道："这算甚长。"

到正月初六日，长卿住在朱家不便，另赁一寓，楚卿来贺节。茶饭后，夫人唤若素出来时，已起身去了。初八日，楚卿央程朝奉来说亲，沈家回说："妆奁未备，恐做起亲来，有妨书业，俟科场后择日罢。"楚卿无奈，只得丢下不题。

且说子刚，自楚卿别后，到庄上先起了几间从屋，前边又造门面数间。真是钱可通神。到正月初，因是遂平籍，赶至本县起文书，急急回家，往返已经半月。你想那衾儿是待雨娇花，子刚是青年久旷，半月在家，是夜夜成双的，忽离了多时，片刻难过，今才到家，又要远别，怎么舍得？撒娇撒痴对子刚道："夫人、小姐待我不薄，临行犹赠银三十两，今我在此，胡叔叔自然对他讲的，意欲同你上京，代他料理嫁妆，完我心念，不知你肯否？"子刚道："要去不难，但试期已迫，若水路同行，便误我大事。也罢，二月初间，归德府有程朝奉亲眷家小上去，我着个老管家，带两个使女，约会程家，合雇一只大船，同来罢。"衾儿大喜，收拾行李。子刚趁路先行，二月初一日到京。

楚卿接着，喜逐颜开，两个各叙别后事情。子刚道："吾兄又入情梦矣。"及三场考毕，大家得意。明日两人偶到东宣门游玩，遇见一个官长，仔细一看，却是俞彦伯。楚卿大喜，唤了一声，下马相见，原来是解花银来京，叙述一番，各说了下处。

明日，楚卿去拜彦伯，烦他催毕姻日子。彦伯道："自当效力。"两日后，彦伯来拜，说捡定三月初十。楚卿喜得手舞足蹈。

至二月终，楚卿先报会试中第十一名，子刚中第八名，两人得意，自不必说。子刚欲去拜见长卿，楚卿道："再迟几日不妨。"

那沈长卿正在家料理若素嫁资，忽报录的打进来，急问时，门上贴着捷报："贵府贤坦吴爷讳无欲，会试高中第八名，京报舍人王昌。"夫人闻得女婿中了，欢喜无限。出来看时，长卿说其缘故，两人惊议道："此事怎处？"到若素房中面面相觑道："楚卿中了，尚可分说，今子刚中了第八名，稳稳一个翰林，要弄到上本了。"若素道："只凭爹爹作主。"忽见李茂入来进禀道:"又一起报录的来了。"长卿急出去时,却是二报两幅并贴在中间,那头报的不见打发,又无酒饮,乱嚷起来,长卿与夫人商议道:"此事甚难决断。若认了,就要做亲了,胡家已与俞彦伯定过日子,明媒正娶,怎好退婚?若不认他,如今正在兴头,三百六十个同年,就要费口了。"听见外边两起报录的,见没人睬他,乱得发昏,转是若素道:"说不得了,且去招认他,吴子刚处尚未订吉期,他若争论,待孩儿再扮做公子,娶秦小姐来,与他说明,凭父亲嫁与那一个罢了。"长卿道:"我倒忘怀了,还好,还好。"遂吩咐李茂,打发赏使酒饭停妥出门。即唤郑忠等三四个家人,分头去置妆奁物件。长卿入内,宋妈妈走来道:"报录又到了。"长卿没好气:"不去理他!"无奈无家人在外,只得踱出去。刚跨出屏门,众人一齐拜贺,长卿道:"什么要紧?第三报了。"众人道:"我们是头报,怎说第三报?"长卿道:"你不见屏门上的?"众人也道:"你不看屏门上的?这是古月胡爷!"长卿急走去看时,却是胡楚卿中了第十一名,喜出望外,对众人道:"请坐了。"进去说与夫人、女儿知道,举家庆幸。一面打发报录不题。

初一日,子刚来拜,长卿不在家,传进一个门婿帖子,若素见了,又添一番愁绪。楚卿也来拜过。第二日,长卿去回拜,却不在寓所。初三殿试过,楚卿中二甲第二名,子刚中二甲第五名,又报到沈家来。子刚赴琼林宴,谢座师,连忙几日,总不曾遇见长卿。长卿吩咐家人去买序齿录,取来一看,又没主意起来,子刚下边也公然注着沈氏,想道:"此事必至大费唇舌了,不如趁他未开口,先将秦小姐事说明,应免吴、胡两下争着。"长卿遂往子刚寓处,他又出门拜客,不遇,急得眼睛火爆。

至初十日清早,子刚才接着,要拜见起来,长卿断然不肯,子刚移椅子下边坐了。长卿开口道:"老夫有一言,虽承原意,但小女之事,并无与新元公订盟,昨投帖并报录俱以婿称,甚为骇然,不知何据!"子刚道:"正要叩禀,敝房沈氏,去秋因库公子之难,蒙楚卿兄见赠,知是岳父远族,自幼抚养如子,不胜感德!因后父母俱亡,是小婿欲扳仰泰山之意。"长卿丢下一半鬼胎道:"原来如此。此女自幼聪明,老夫视如己子,今得配足下,不但大小女终身有托,老夫又得此佳婿,万幸也!"心中想道:"原来若素听错了,认楚卿娶了衾儿。"又一巡茶罢,长卿见子刚并不说起若素,心内想道:"他不提起,我要与说什么?"遂作别起身。

长卿到家,与夫人述其始末,夫人道:"如此就不费气力了。"忙忙备办嫁妆。但

未曾与若素说得，若素害羞，又不好去问。

当日楚卿吉期奠雁已毕，到晚上花轿到门，只听得花炮震天，鼓乐刮耳，一派灯光、塞满街道。家中大小个个传说，我们眼中作亲的，从未见此富饰。夫人欢喜，也忙里偷闲，捉空楼上一望，吃了一惊，只见灯上大字，都是"内翰吴"。急急下楼，到里边唤李茂去问，一边对长卿说知。李茂去问搯灯说："你们是哪一个吴家？"众人道："遂平吴子刚老爷家。"又急问轿上时，众人道："好笑，女婿家也不晓得！我们是前门外程朝奉家，系新科第八名进士吴子刚老爷下处来的。"看官，你道为何？原来程朝奉是个大徽商，在京城开三五处缎铺、典铺，专与豪宦往来。今子刚新中入翰林，又是房主，伏此扮头，连这三五处铺子，新置起"内翰吴"灯来。子刚又是好名的，因楚卿做亲，自己又买几十对灯，这些各典铺奉承他，都送灯来。所以二三百盏，大小都是"吴"字。楚卿自己竟不曾备得。那些搯灯、抬轿，也有典铺的，也有雇来的，只说他的兴头话，谁晓得内中缘故？李茂忙进来回复。长卿跳起来道："有这等事？跷蹊极了。"急急出来，唤郑忠请媒人俞老爷来。原来俞彦伯与吴子刚俱在前边，看新人起身，见郑忠来请，彦伯遂进厅揖毕。长卿开口道："当初蒙尊驾作伐，原说是鹿邑胡楚卿，为何灯轿俱是遂平吴子刚的？事关风化！"彦伯笑道："台台原来不知，楚卿与子刚结为兄弟，如今子刚移居楚卿宅上，所以长卿兄出来就寓在子刚典铺，楚卿只身，灯轿俱是子刚替他备的，方才奠雁的，难道不是楚卿么？"长卿听了释然，遂作别了，打发女儿上轿起身。未知若素心上如何发付喜新处？且看下回分解。

第十八回 戏新妇吉席自招磨 为情郎舟中多吃醋

词曰：

> 翠被香浓，笙歌乍歇，洞房佳景思量。止含羞解扣，欲上牙床。无端几句调情语，弄一天好事，幸张屠娘，啼泣论黄数点，急煞新郎。　　闻言非忍，恶口相伤，恨少年心性，忒觉猖狂。把千金一刻，看做平常。今宵轻恕风流过，恐伊家看惯行藏。且教先受波查，权硬着心肠。

> ——右调《高阳台》

当夜新人轿到寓所，傧相掌礼交拜，引入洞房。合卺酒毕，楚卿替她除下珠冠，若素偷眼一看，此惊非小，原来是喜新。暗想父母好糊涂，向说是胡楚卿，什么又是吴子刚；明日知道必有话说。又转念饭店住时，原对我说，有本事两个都是我的，想必他脚力大，楚卿不敢与他争，我女子在家，从来总是姻缘，只索凭他罢了。只见楚卿斯斯文文，在桌边作一个揖道："夫人，下官当初偶到上蔡，闻得夫人才貌无双，特央遂平县尹俞老爷说亲，令堂不允。后来考科举，传闻令尊大人选诗择婿，偶乘兴而来，不意选中。那时下官心上还有些疑惑，唯恐是个虚名，今日得觌芳容，果然王嫱再世，秦女重生，下官深幸了。但夫人大才，未经拭目。今夜花烛洞房，正《花魂》、《鸟梦》两诗会合之时，肯赐捧览，以慰鄙怀否？"若素听了一番话，又惕然道："这个是胡楚卿，喜新原对我说，年貌相同，一时难辨，今日果然。"答道："闺阁鄙词，不堪污目。"楚卿道："夫人才欺谢女，慧轶班姬，正宜夫唱妇随，何须过逊？"若素对楚卿道："替我唤采绿进来。"采绿进房，若素教她取拜匣开了，自己捡出《花魂》、《鸟梦》的诗，放在桌上。楚卿故意道："这位尊婢名采绿么？"答道："正是。"楚卿

打发出去，闭上房门，把诗在灯下细看。当时若素觑楚卿举止雍容，言词婉丽，暗喜道："比喜新更胜一筹，终身之幸。"看官，为何一人而前后不同起来？不知当初做书童时节，见了若素，虽是风流妩媚，未免心慌意乱，进退轻浮孩子气，鬼头鬼脑身段；及至京门外，店中相遇，虽则大模大样，却是言尖语辣，有凌逼的意思，若素满心提备，先带一分拒他的主意，却不曾有倚翠偎红的款致；今日中了进士，妻子已到手，大红袍、犀角带，心安意适，讲话也自在了，举动也官体了，所以若素一双俊眼，就似得胜于喜新意思起来，有小词曲附笑：

记得爹爹说与姐姐，胡郎俊哉，合卺之夕，灯儿下偷睛微觑，果然生得玉堂人物，大样官襄，顿教人喜逐颜开，去下疑胎。只恐他风流忒煞，不惟怜香惜玉，教我难挨。想一想倒有些愁来。

若素正在欢喜。楚卿看完诗，忽然点头道："意如月上海棠，韵似花堤莺啭，具此慧心，焉得无红叶传情、蓝桥密约之事乎？"若素听得悚然道："啊哟，此话何来？必须说个明白。"楚卿道："是尊婢衾儿对我讲的。她说当初吴子刚慕夫人才貌，扮做书童，投入贵府，曾与他联吟迭和。后来令堂知道，惊走了，不曾到手。下官所以疑到此处。或者衾儿瞒我，替夫人赖着些他话不可知。"若素哭起来，骂道："衾儿这贱丫头，彼时你看上了喜新，偷我的诗稿与他，你如今要独占乾坤，都要在我名下，谤我是非，我与你不得甘休！"又对楚卿道："如今衾儿在哪里？"楚卿道："在我家里。"若素道："这个亲做不成，我是路柳墙花，明日送我回去，叫衾儿来对明白，再作区处。"看官，你道楚卿心上，本是了了，无非调情取乐的意思，见若素认真起来，哭个不止，没奈何走近身边，陪着笑脸，将左手从后面搭在若素左肩上，把右手衣袖，替她试泪道："下官原是取笑，夫人请息怒！"若素把身躯一撇，推开楚卿手道："别事好取笑，这话可是取笑的？"只是哭。楚卿唱个喏道："赔礼了。"若素道："放屁！你什么人，敢强奸我？"楚卿道："低稳些，外人听见不雅！哪有丈夫强奸娘子的？"若素道："谁是你娘子？就弄得大家出丑。"楚卿道："不过取笑，衾儿并无此言，甚称夫人守礼。"若素听了，心上暗转道："如此吴子刚是个好人，我身子就无事了，只娶秦小姐与他便妥。"遂答应道："这是真么？"楚卿道："怎么不真？今番息怒了，请睡罢！"若素道："初相会，就如此恶取笑，必等衾儿来，当面一白。"楚卿道："素知夫人冰清玉润，今又见才貌出群，心中得意，故取笑一句，是我不是了，不必介怀！别样等到

衾儿，这个衾儿替不得你。"遂搂过来，若素皱着眉，含着羞，只得凭楚卿宽衣解带，抱上床来。正是：

娇姿未惯风和雨，吩咐才郎着意怜。

　　明日俞彦伯别去。却说库公子当日吓坏了，一边着人挨访，自己连夜入京，不敢对父亲说，后来挨访的回报，俱说远近并无踪迹，库公子听了，思量娇怯怯的女子，要走也没有这等快，必定自溺了。当时也就丢开。及至今日，自己不曾中，闻得沈家中了两个女婿，初十日才嫁去，心上疑惑起来，先着人到朱家一访，谁知沈长卿托过的，门公道："沈家有两个亲生小姐。"那人又问："你家小姐可曾到上蔡去么？"门公道："娘舅家里，常年去惯的。"及到沈家来访，正遇着李茂，遂问道："沈老爷共有几位小姐？"李茂见这人像官宦家的，有心应道："三位。"那人道："都嫁了不曾？"李茂道："大小姐嫁与遂平吴翰林，第二个是娘舅家里，嫁与库举人，第三个前日嫁与鹿邑胡翰林。"库公子得了此信，心上小鹿般突突道："一向长卿在刑部牢，不暇去探候，倘或问起女儿，怎么处？"只得与父亲商议，又替他题一本，是买好的意思。朝廷准下，改抚大同等处。长卿揣知其故，往库家致谢，回说不在家。长卿令李茂问门公道："我家小姐在此好否？老爷夫人因家中多事，未及问候。"谁知库家也预先嘱托门上，答道："你家小姐，另住在别宅，不曾进京。"李茂回复长卿。长卿一路好笑。

　　明日，库公子只得备一个门婿贴来拜见。长卿见了，茶罢，长卿恐库公子不安，先说道："二小姐虽非己出，原是远族侄女，因彼父母双亡，老妻抚如己子，书画诗词，色色精巧，两个小女不能如其一二。老夫素所钟爱，今幸配贤婿，所托得人矣！但老夫妆资未备，慊慊于衷耳。"审文肚中转念：还好，幸喜得是继女，因答道："原来不是岳父所出……"说未完，两个翰林齐到，三位姨丈会面，推让半日，倒是长卿道："依小女排行罢。"审文居右，楚卿居末，子刚居中。茶罢，沈长卿留酒，审文苦辞，说道："小婿别令爱多时，归心似箭，明日就要回乡，当回去料理行装。但岳母尚当拜见。"长卿假意道："老妻渴欲识贤婿一面，奈方才朱襟兄家请去了。"审文怕话出马脚，遂说道："后会有日。"作别出门而去。三个人笑得口合不拢。以后库家也不来，长卿也不去那里，想继女自不关切，这里也不去截树寻根，各自心照，乐得两边无事，闲话休提。

过了三日，楚卿对若素道："我如今要回乡祭祖。子刚连次催促，要与你面白娶还他美人之事。想起来，也该与他结局才好。"若素道："你去择一个日子，先打发人去下聘，一面告假回乡，顺路停妥此事罢。"楚卿暗喜，遂择四月初六日。若素令李茂持彩缎八表里盒、金钗数事，吩咐许多话，打发先行。

楚卿、子刚告过假，同夫人初二日起身，长卿因上告老表未下，对楚卿道："你同小女先行，我待旨下，同你丈母随后就到。"楚卿着蔡德先往张家湾，雇三只大座船，唤车辆搬运件物停妥。初二日清早，家人与若素一干先起身。程朝奉与楚卿、子刚饯别，直至上午起身，只得住在章义门外。

若素赶到大船宿歇。明日起身，不见楚卿到，叫两只船先开，留一只等候。是日早起，子刚与楚卿赶至通州，见前面四五乘车，送一个丽人来，原来是衾儿同几个家人使女轩然而至。子刚喜道："久望不到，正在悬望。我今回乡了，请到舟中细叙罢。"同至河口，子刚管家接着说："胡奶奶等不及，先开两只去了。"楚卿突然大笑道："甚好机会！"齐下船来，各见礼过。衾儿称贺一番，退入房舱，隔屏语道："等程家亲眷起身，二月初十日，忽京中写字回了，我就不作意上来，到后报中进士，有人说做翰林就不得出京。婆婆恐无人照顾，我又念着小姐，所以今日才来。"子刚道："小姐已做过亲，船在前面，如今又要替楚卿只娶一位。"衾儿问其故，楚卿遂把前后事情并假子刚名字说一遍。衾儿笑道："这番是得陇望蜀了。"楚卿道："总是我不该，全望嫂嫂遮盖！今日来得正好，真是一座解星。但目下千万吩咐水手，要离前船一二里，到初五日晨后，方可同歇。嫂嫂会我夫人，断不可说出以前缘故。"又叮嘱如此如此。衾儿道："待她上来，安可反欺小姐？"楚卿隔屏作两揖道："日间要瞒我夫人，夜间过船，又要求你尽情直说，方可解得争闹。"子刚笑道："何须着急？我两个自然依计而行。只要谢媒酒盛些罢了。"楚卿大喜，路上另觅一只小船，赶上大船来。未知如何用计娶得秦小姐否，且听下回分解。

词曰：

　　娇妻如花妃，欲了才郎债。谁知巧里弄元虚，悔，悔，悔！是我冤家，满腔贼智，把人瞒昧。　　思避黄莺喙，转入游蜂队，不曾识破这机关，耐，耐，耐！且待明朝，薄加闺罚，问他狂态。

——右调《醉花阴》

　　楚卿赶上大船，若素接着，总不说遇衾儿之事。初四日晚船到，李茂下来回复道："老仆二十八日到，秦相公因小姐不来，二十六日往故乡登封县去了。他原托过娘舅龚相公号拙庵的，说道：'倘沈公子若来，择了吉期，把妹子嫁去就是，不必等我。'老仆看他妆奁虽不是新的，却色色俱备，他家只等船到，木工、厨子都停妥在家了。他家又盘问老仆许多话，我都依着小姐的意回答。"若素道："秦相公不在家，一发好做了。"

　　明日扮起男妆，楚卿替他帮衬，蔡德、李茂着四个家人，又有毡单红帖跟随，去拜见舅公龚拙庵。若素秀美非常，周旋中规，欢喜无尽。三巡茶罢，送出门首，若素下船，与楚卿商议，楚卿道："明日把三只船，窗对窗，一顺儿并歇着。你做亲在头一只来，我坐中间一只，子刚在后一只。到半夜如此如此。你出窗到中间一只，我送子刚到头一只下舱去，就万无变局了。"若素大喜。

　　是夜被窝中，把娘子着实奉承，若素得意之极。楚卿向若素一揖道："夫人，秦小姐既如此标致，娶与我罢！"若素道："岂有此理！人如无信，不知其可也。"楚卿道："你何厚于子刚，反把胜你的美人送他？"若素笑道："谁教你当初不到我家来做书童！"

明日，若素仍扮做公子，令人送美酒上去。只见子刚船到了，依楚卿并歇着外边。报吴奶奶过来，若素问："哪个吴奶奶？"楚卿道："就是衾儿。初一日，你开船后才到的。"沈若素道："你原何不对我说？"楚卿道："我忘怀了。她如今也是夫人，你须宾客相待。"只见衾儿已进船舱，要拜见，若素把住她手，笑道："且慢着，我如今这光景，还是作揖，还是万福，一总明日罢。"大家坐定，楚卿回避在若素背后房舱门口，将袖子往外一拂，那些丫头妇女，俱退去了。衾儿问小姐为何这般打扮，若素道："你难道不晓得，我为你喜新的冤家，做这勾当。"衾儿道："喜新与我甚没相干。"楚卿在舱门口，对着衾儿跌足。若素道："喜新就是你吴子刚。"楚卿恐衾儿又据直说，在门里边作揖。衾儿道："为他做什？"若素道："只为你取我一幅诗稿与他，又约蓝鱼之事；后来饭店里，又挨送一千五百两银子，要我娶个美人。我上京男妆，因这里秦相公，赠银五百两，强我与妹子为婿，抢我的蓝鱼，没奈何。如今娶秦小姐与子刚。"衾儿见楚卿情极，故意瞧他笑道："我何曾取诗稿与他？就是娶秦小姐，都是胡爷计策，不干我家相公之事。"楚卿在门里边，只是作揖下去，竟不抬起头来。若素道："我为你吴爷，让我于你家相公娶着，故此我用个计策，报答厚情。"衾儿道："如此我就做妾了，断不容的！小姐还是与秦小姐说：'我是男妆，不好误你，莫娶罢。'"楚卿恨不得在门里下跪，衾儿眼觑着，勉强忍住了笑。若素道："你不容娶，就犯到'妒'字上边，非妇人之德了。"衾儿道："小姐只说自己话，不替别人揣度，假如娶与胡爷，小姐未必就肯。何不娶与胡爷么！"楚卿走过来，对若素一揖道："吴家嫂嫂既不容，后日少不得相争，累及秦小姐何安？今夫人又贤慧，不如娶与下官，多少安稳。"若素道："无耻，存些官体，哪个与你讲话！"衾儿道："不是我不肯，只恐胡爷弄空头，到其时溜下舱去，就与我相公有名无实，枉费一番心了。"楚卿听得这句话，在那里极杀。若素道："我家相公，不是这样人。"衾儿道："既如此，就娶到我船里，不要到这边两只船里。"若素道："你莫管，我两个已商量定了，你只依计而行。"

衾儿再要吓楚卿几句，只见涯上龚家差人来请沈相公，若素、衾儿同出舱头，别了上岸去。衾儿慢慢走到自己第三只船上。楚卿性急，舱内打从第二只先攒到第三只舱里，对子刚跌足道："谁知到了一个煞星。"如此如此，告诉一番。衾儿进来道："不要恼，我受你许多恶气，今日正要报仇！你一向冒名子刚，今日娶与我子刚便罢。"楚卿道："我待嫂不薄！"衾儿道："也不见得厚，还未到哭的地位。"楚卿真正要哭起

来，衾儿只是暗笑。子刚道："贤弟放心，有我在此。"楚卿道："只怕真要与我作对。"衾儿道："也难得，我家相公大份上，做便凭你去做就是！我方才不会说话，讨你的怪。到夜间我总不开口，与我家相公掩上舱门，自去睡觉，不管帐何如？"楚卿顿足道："一发不好了，我夫人不知就里，闹起来，岂不立时决绝，新人就要上岸去。"衾儿道："我总不管帐。"子刚道："不必再开口，取酒来吃罢。"楚卿只是千嫂嫂、万嫂嫂，要讨一个放心，衾儿终是不应。

忽见岸上搬下嫁妆来，连一连二，搬个不止。子刚道："贤弟好造化也！"楚卿叮叮咛咛，过船去了。若素下来，说是"大舅不在家，有要紧箱笼，请我上去，自己交点。"楚卿又下一句道："夫人，子刚又是富翁，衾儿心上，又无可无不可，把秦小姐娶与我，也好得些家私。"若素道："胡说！"楚卿不敢开口。

到了一更时分，若素上去奠雁亲迎，娶下船来，交拜已毕。三只大船却下岸排起来，大吹大擂，好不热闹。交拜已毕，花烛下，与秦小姐对坐，饮过合卺。你看我似蕊珠仙子，我看你似月里嫦娥。约到人静，若素替她除冠解带，一如楚卿做新郎方法，抱秦小姐上床，一发替她褪下凤鞋，在灯上喷喷道："好动人也！"把花烛移过屏后，自己卸下鞋抚，攒入翠帏，脱衣同睡。秦小姐身向里面，若素左臂枕着她的粉颈，把右手满身摹抚，鸡头新剥，腻滑如酥，鼻边抵觉鬓云气润，脂泽流香。想到，原来女子有这等好处，可知男子见了妇人，如吸云屏一般。我喜新今夜好受用也。思量要腾身去与她混混儿，像个新郎，又恨自己没有那活。延挨得不像样了，忽听得喇叭一声，远远船声渐近，傍到后边来，晓得外边关目到了，故意去褪秦小姐绫裤下来，那里也做势不肯。

只听得外边叫道："大相公，老爷到了，奉命往河涧去，要与相公说一句话，立刻就来。"若素又故意捧住秦小姐的脸儿，樱唇相接，鸡舌偷尝了一尝，披衣下床，穿上鞋袜，套上巾儿。开窗出去。那只官船，仍旧吹打，歇到左边。原来是子刚一只船，以前似远而近，后自近而远，做定关目的。若素攒到中间一只船舱里来。只见船头上两个人，一个到新人船上，走近房舱，跨入窗内，正是喜新，掩上榻子进去了。若素仍旧跨上新人船榻子边，细听半晌，不见动静，料想此时无变局，已入彀了。不觉自己兴动，到中间船上来，前舱后舱，寻楚卿不见，只听得左边船上，灯儿闪烁，舱里似有人说话，想道："方才望见在这只船上的，缘何去与衾儿说话？"开了中间榻子，遂到左边船上，把窗一叩，问："姐姐，我家相公在此么？"衾儿开了，接下去道："从没有来。"若素正要转身，只见房舱里灯下，见个戴方巾、穿石青袄的一影。若素立住足，转念道这没良心的，原来与衾儿有染，他见子刚去了，便撇着我，溜到这里来。看官，你道为何？原来日间楚卿穿的石青袄，却没有荔枝色袄，恐若素疑心，与子刚换穿了，攒下新人船里。那初六夜，虽有亮星，却无月色，若素只见个穿荔枝色袄的走下去，自然是子刚；到此见穿石青的在衾儿房里，怎地不疑？若素竟折转身来，也不问衾儿，望房舱里就走。那子刚见若素走来，晚上不便相见，便急速进去，把身儿背着。若素从后边一把曳转来，将右手在子刚面上一抹道："羞也不羞？"子刚掉转身来，若素一相，做声不得，急缩出，道："这什么人？"衾儿道："是我家相公。"若素急问："你吴子刚呢？"衾儿道："这就是吴子刚。"又问："我家相公呢？"衾儿道："住在新人船上。"若素急得发昏，那子刚走过来，深深揖道："嫂嫂见礼！"此时若素身披丈夫衣服，头戴方巾，竟忘怀了，也还起礼来，鞠下腰去，到半个喏光景，忽醒悟了，反立起来，羞赧不过，一手把着衾儿道："我不明白，你到我船上，细剖我听。"

来到中间船上，衾儿道："以前做书童的就是楚卿，以后考诗的就是喜新。子刚不过借名，原不曾有两个人。"遂把前后事情，细说了一遍。若素又好气，又好笑，恨道："这个巧风流惯掉谎的，把我似弄孩儿一般，竟替他做了两三年的梦！你既知道，因何不对我说？"衾儿道："我本要对小姐说，你自家忒认真，不曾醒得。无奈他千央万央，只得替他瞒着。今日也被我处得够了！小姐与我说话时，他在背后，揖也不知作了多少。"若素道："待我明日处他！你今夜陪我睡罢。"衾儿道："我要过去。"若素道："为何？"衾儿不作声。若素笑道："我晓得还有一个在那里陪你多时，不曾相见，正要与你讲讲。"遂问库公子至今一路事情，两个抵足细谈不题。

却说楚卿钻入新人舱里，解衣上床，侧身听邻船并无声息。喜道："夫人贤慧，此时决然知道，不见变局，像是青云得路了。"遂用些款款轻轻的工夫，受用了温香软玉，却不敢说话。将到天明，恐一时认出，难于收拾，黑早起来，到若素船上，唤丫头开了舱门，连唤不应，衾儿低低道："小姐也有些干系，不如起来，开了商议罢。"若素才开出门。楚卿即跑向床边，意思要赔礼，却见衾儿在内，急放不迭。若素道："啐！弄玄虚的捣什么鬼，做得好事呀！"楚卿道："我是好意，夫人没正经，得了喜新一千五百两银子，做出天大谎来，我替你去应急，转道我不好。"若素道："反说得有

趣，你既要如此，何不当初对我说明，为什藏头露尾，歪心肠儿？累我担着鬼胎，魂梦都不安！乃至做成，子刚替你受用。"楚卿道："当初在饭店时，我原要对你说个明白，谁叫你装什么腔儿，小弟舍妹哄我？到如今夫人是我楚卿的，秦小姐是你喜新的，原不曾在我面上用半分情儿。我如今替你周全了好事，不埋怨你就够了，又来怪我。"若素见他说得好笑，无言可对。衾儿有智在旁道："小姐，你乐得自在，何须争论。他丞相肚皮才子志量，必定与新人讲个明明白白了。你慢的梳起头来，吃些早饭，他自然去领新人过来拜见，你担什么干系？"楚卿又急道："嫂嫂，我请你不要开口罢。"就扯若素到半边，耳语道："她恨我如仇，你做夫人的度量大些，不要听她撺掇！"夫人道："哎哟，你不识好人！昨晚没有她劝解，说个详细，我闹起来，新夫人上岸多时了，还不来赔礼？"楚卿喜道："原来如此，假意难我。"果然向衾儿深深两揖，衾儿道："只怕还要谢媒人。"楚卿对若素也两揖。若素道："我容你娶妾，难道另外不该赔礼？"楚卿又是两揖。若素笑道："今日也够你了，如弄猢狲一般，饶你罢！姐姐，我与你梳头商量过去。"

只见新人唤丫头来请相公。看官，你道如何？原来秦小姐起来小解，丫头推开楄子，里面是绿纱窗，见罗帕上猩血点点，恐有余香染席，丫头们见了不雅，把流苏钩起，掀开锦衾一看，那床里边席下，似有垒起，取出时，却是一双藕色丝睡鞋，尖尖可爱，把自己足一试，宽窄无二，又是穿过的，惊疑道："昨日着人来访，说有两个翰林在此，都有家小，那位不消说是外姓，这位自然是姑娘了，焉有兄妹同床之理。"再把两头绣枕下一翻，又是一根金镂凤钗，想道事有可疑，暗想他莫不是娶过了，去冬在我家里，一时说了未娶，见我求婚，故此千推万阻，今日不得已，把我作妾么？遂急急梳洗，叫丫头请相公进来。看官，这个花心手，大家要弄出来，你道单是楚卿若素么？且看下回分解。

第二十回　醒尘梦轩庭合笑
联鸳被鱼水同谐

中国禁书文库

情梦柝

词曰：

　　守正行权终得意，个中心术如刀刺。老天酬报自分明，男守义，女守志，春生于夜双鸳被。　　说尽从前尘梦事，将来可作蓝鱼记。柝声欲起又呵呵，做也易，丢也易，是谁知已供新醉。

　　　　　　　　　　　　　　　——右调《天仙子》

　　楚卿见丫头来请，催促衾儿两个插戴停当，若素道："我羞答答难去，还亏姐姐傍人先往，略说个缘由，我随后就来。"衾儿过船，两人见礼，采绿道："这是吴老爷夫人。"两下坐定，衾儿道："妹妹，你生得如此绝世丰姿，怎教我姐姐不爱？正是赤绳系足，千里红牵，姻缘再强不得。但今日新郎，原十二分不肯允，闻是妹妹强他的。今新郎有些害羞，不敢相见，我特来说明。"秦小姐摸不着头绪，只见若素进房，衾儿道："新郎来了！"秦小姐抬头一看，却是一位女娘，面貌与新郎相似，两人万福过，急问道："莫不是姑娘么？"衾儿道："她原没有哥哥。"秦小姐吓得难开口，只见若素道："姐姐勿怪，向日在宅，为蒙令兄心托，不敢自负，故委曲周全，只是夜来得罪了。"衾儿遂将前后事情细述。秦小姐面上红了白，白了红，似有不悦。若素道："只为两个怜才，以致如此。当初千里相寻，如今送上门来，昨夜已曾到手了，难道转怪我。情愿让与姐姐为正，妹子只供中馈之职，再无悔心。"秦小姐见她说得谦和，况实是自己强做的，一时开不得口，但不知新郎人物如何，夜里又被此道了，竟无言可答。若素觑其心事，便教请老爷过船。

　　楚卿见说一个请，慌忙走来，若素叫行个夫妻之礼，两下定睛一看，楚卿喜从天降，秦小姐见年少风流，也心肯了。楚卿出去，衾儿三个同吃了饭，只见岸上两个丫头下来，若素认得一个是玉菱，指着一个垂髫的道："这个好像我见过的。"看她下边又是一双小脚，秦小姐笑道："今日我也要说明了，先父只生妹子一人，取名蕙娘，并无兄弟，父母亡后，与母舅相依。因负才貌，要亲眼择个良人，故唤老家人开一个饭店，以便简选，又恐旁观不雅，改做男妆，不意遇见姐姐，又幻中之幻。此女取名阿翠，即前日之书童也。今日看来，弄巧原也弄巧报应，总是姻缘，不必说了！"若素笑道："可知前日与这位大姐取笑，如今既说明，我家相公该上岸去拜舅公。"蕙娘道："正是！还有几个男妇要随我去的。"若素大喜。

　　若素即与楚卿商议，先央子刚去见龚拙庵，说其缘故。拙庵见生米煮成熟饭，也悔不得。子刚着人请楚卿上去拜见，拙庵见年少翰林，人才出众，反欢喜起来，留他饮酒，至晚方散。明日，拙庵送下八九房家人妇女，与外甥哭别，道："尊遗下二三万家私，都是蕙娘收拾。"一路上关津府县各处迎送，好不兴头。回到家中，与子刚母子相见，子刚迁到庄上居住，楚卿祭祖荣宗，不消说得。

　　过了三五日，沈长卿同老夫人也到了。子母丈婿，相叙一番，问起秦小姐事，方晓得就是楚卿娶的，大笑道："早知如此，何不当初说明，累老夫又与你丈母担了许多干系。"若素道："无非虑孩儿不肯的意思。"大家笑了一会，又与子刚、衾儿会过，住了两日，回上蔡去。

　　一日，采绿送茶到书房，嘻嘻地说道："老爷，我当初偷小姐的诗稿与你，媒人也不要一谢，竟忘记了？"楚卿心上明白，笑道："我捡个好日，把你配与清书。"采绿不悦，立在半边不做声，见楚卿仍旧磨墨做诗，不以为意，悻悻地进去了。楚卿暗想："这个妮子，记着我当初取笑的话，妄想我起来；秦小姐已出于勉强，只为她怜才念切，又夫人一时做了瞒天谎，算来无个结局，故不得已而为之，岂可人不知足？采绿这丫头，我若想到你，当初也不负衾儿了。"

　　一日，子刚来请，楚卿去时，却是衾儿的兄弟，向在京师户部主事门下作幕，会见俞彦伯得知缘故，特来看妹子。年纪二十四岁，一表非俗，饮酒中间，问及未娶，楚卿回来，遂将采绿送他。子刚、衾儿致谢不一。

　　楚卿立个规矩，两位夫人姊妹相呼，轮流陪宿。一日，楚卿偶然连宿在蕙娘房里，清早，若素走来道："妹妹，你只该与妙人玉菱姐睡，缘何伴着我相公。"蕙娘披衣起

来答道："体惜姐姐爱独睡。"两个大笑。八月初间，子刚造厅室完，请楚卿饮酒，楚卿醉归，歇了数日，子刚来对楚卿说，要与衾儿往遂平祭祖扫墓，兼探长卿。若素闻知，也要去。楚卿道："你难道独行？我也去探探岳父母。约齐子刚，各坐一只大船起身。"蕙娘道："你们都出门，叫我独在家里，何不带我走走？"若素道："妹妹肯去更妙！"遂同到上蔡。衾儿、子刚都上去拜见长卿夫妇，举家欢喜。

明日，子刚同衾儿往遂平，祭扫了祖父之墓，又哭祭贾氏道："夫人，我无欲一时不明，当初辜负了你。如今我已做官，虽家迁鹿邑，天年之后，决然与你合葬，不食前言。你在九泉相候就是。"衾儿也来奠过，赞子刚道："相公果是至诚君子，可以感化浇俗。"过了五六日，子刚回上蔡来。

楚卿到豆腐店，赏他十两银子，朱妈妈等皆有赏。是日九月初九，五乘轿跟着许多家人、妇女，齐到白莲寺游玩。登高的也不少，只见金刚台下草窠里，嗦嗦索索走出一个乞婆来：

> 看年纪，有三八，论人物，颇骚辣。两道柳眉儿，没黛扫；一双小脚儿，无罗袜。破缯儿，遮半头，鬈里歇；破衫儿，少袄襟，袖底豁；夏裙儿，四五片，火烧着；裹脚巾，两三年，未浆煤。

那乞婆不住地把子刚看。楚卿道："可惜这个妇人。"两人进寺去游玩。三位夫人到山门口，那乞婆也仔细来看，拖住楚卿一个家人，逐位地问，家人见她有姿色，便一五一十对她讲了。少停楚卿等出来，只见乞婆倒在地上乱哭，许多人围看，问她又不说，及望着子刚将近，分开众人，上前连叩七八个头，一把拖住道："老爷，你做了官了……"子刚未及问她，若素等都到，乞婆哭道："当初只知自己容貌超群，该图快乐，一时丧了廉耻。谁知我没福消受你。你如今做了官，娶了夫人，原是绝色，我在此悔之无及。我是你妻子，求老爷带我回去，情愿做奴婢服侍你，免得在此出丑罢。"子刚方才晓得，骂道："啐！留你贱淫妇性命，已是余生了，走开！"井氏只拖着不放，子刚喝一声："打下去！"那些家人好不多，三五掌打开了。井氏跑到前面，等子刚轿来，望礓磋上尽力把头一撞，脑盖粉碎，鲜血并流，已自死了。子刚住了轿，转怜她起来，下了几点泪，唤地方总甲挟平内取十两银子，着家人同买一口棺木，盛殓埋葬。

回至城中，说其始末，各人咨嗟不已。

　　明日别过岳父母，与楚卿等齐归鹿邑，一路上衰柳寒蝉，秋光满目，楚卿道："回来俗务羁缠，未曾与二位芳卿吟咏，今在舟中无事，即景联句何如？"若素道："甚妙！正合鄙怀，请相公起韵。"楚卿道：

> 唱随千里驾孤篷，胡
> 为予归宁路转东。素
> 且喜身从金马客，蕙
> 恍疑人坐水晶宫。胡
> 秋容两岸乘除韵，胡
> 野色回汀次第工。素

又笑对蕙娘，指着窗外远山道：

> 贤妹翠眉分远黛，素
> 才郎豪气贯长虹。蕙
> 几头霜叶飞黄蝶，蕙
> 橹畔寒葭响暮虫。胡
> 游兴欲踪苏太守，胡
> 幽情不减杜司空。素
> 功名到手方知幻，素
> 事业萦心便属惨。蕙
> 但愿升平宜尔室，蕙
> 四时佳兴与卿同。胡

联完，楚卿喜道："二卿果然妙才，勘破世俗。"取酒欢饮。

　　不日到了家中。至十一月里，楚卿庭前腊梅盛放，请子刚夫妇赏花。原来两边系是通家，每饮酒，俱是夫妇齐请，一边帘内，一边帘外，饮酒中间，说起告假限期将满，子刚又道："富贵如浮云，弟想一举成名，男儿愿足，何若待漏风霜？意欲往吏部，用几两银子，在林下做个闲人，不知贤弟高见何如？"楚卿道："弟正有此志，识见相同了。"子刚又道："世事如朝露，又如定盘星，老天算定，决不由人计较。弟当初嫌发妻貌丑，辜负她郁死。后来千选万选，娶个井氏，反弄出丑态。到前日白莲寺结局后，弟深自愧悔，誓不再娶。又蒙兄惠我沈夫人，岂不是一场大梦，被柝声唤醒！"楚卿道："弟当初要往遂平，不意在上蔡遇见我夫人，彼时弟如做梦一般，虚空妄想。谁知得了一个，又牵出一个，岂不是天定！"

若素在帘内对衾儿道："只难为我一边为着楚卿，一边为着喜新，后来又为秦家妹妹，忙碌碌替别人做梦。"衾儿道："胡爷是哄人班头，造梦的符使。我被他做了两年梦，直到我家相公做亲时方醒。"蕙娘道："岂但姐姐们，连我也走在梦里。"大家俱好笑起来。衾儿道："我们的梦倒都醒了，还有库公子如今还睡着哩。"帘外帘内，俱笑不止。宋妈妈在旁插嘴道："连老夫人与沈老爷都被胡爷弄在梦里，我们走来走去的，都是他梦中。"若素在帘内对着衾儿低低道："如今改他一个号，叫'梦卿'罢。"齐齐笑倒。

楚卿听见，喝道："倘外人传出，像什么样？"子刚道："正是大嫂爱兄处。说我不卿卿，谁复卿卿耳。"欢呼畅饮，日晚方散。

是夜，楚卿该宿在若素房里。因楚卿送调她的采绿，新讨的丫头，把香薰被不中用，埋怨楚卿，楚卿说她不贤，两边争个不止。蕙娘听得走过来，羞着楚卿道："好乏趣！这是我的新郎，与你什么相干？"大家笑起来。蕙娘曳了若素到自己房内，若素道："妹妹，楚卿不知好歹，这样天气，不是你伴着，就是我伴着，哪管得我两个寒热？我今夜在这里睡，待他也去受用一夜。"蕙娘道："妙！"遂唤丫头，闭上房门去睡。

楚卿吃着酒，瘟口气，先去睡了。一觉醒来，又冷又寂寞，转辗不安，披着衣去叩若素的房门，总不答应。楚卿唤阿翠开了，摸到床上，若素听得进来，悄悄攒到蕙娘一头，见两个侧身搂抱而睡，竟不睬他。楚卿往西边去摸，光荡荡一个枕儿，四只金莲缩起，卸下衣裳，往东挨入被里，冰冷冷的一个身躯，蕙娘打复到里床，若素又骂，竟压在两人身上。若素道："我两人正要好睡，这楚卿又来搅我做梦么？"楚卿道："我是你梦中人，若神女没有襄王，怎做得阳台风月？我来此，正是鱼水相投。"两个只得放下中间，楚卿将两只手臂，一边搂一个睡着。若素道："一晚就守不得，亏我两个怎样惯了。"楚卿道："我不是蕙娘的新郎，她独睡，埋怨我不得；你不会做却不在行，蕙娘要埋怨你，只得央着我；你独睡，一发埋怨我不得。只亏我两下周全耳。"若素笑道："当初偶然把水晶带钩，换你的蓝鱼，你说如鱼得水，又说要比做玉镜台，不意今日应着这句话，也是奇事。"蕙娘道："我的姻缘更奇，偶因过客传得相公两首诗，题下注着'韵不拘'，遂将《花魂》题用了《鸟梦》原韵，将《鸟梦》题随意作一首，不意暗合姐姐原韵。彼时妹子想来，是个奇遇，故此认真求配。谁知前日舟中，上半夜合了姐姐的韵，下半夜合了相公的韵。"语毕，三人大笑起来。蕙娘又道："当日见姐姐推三阻四，不得已抢了一个蓝鱼，又刚刚是相公聘物，岂不是天定么？"楚卿道："我这鱼，原是活宝，要找鱼儿，就是要把活水养着。只可惜不曾游入大海，成龙上天，却游在两条浜里，被你两人捉住。"若素、蕙娘一人一只手，两边乱打，楚卿两只手又被她两个粉颈压着，动弹不得，直至告饶，蕙娘道："姐姐，他自己说是鱼儿，笑我们是浜水儿，我两个莫叫他'梦卿'，叫他'梦虾'罢！"三人笑了更余。

以后，夫唱妇随，花前联句，月下拈题，诗难尽述。竟不去做官，爱享安闲富贵。后若素生一子一女，蕙娘生二子。楚卿将蕙娘次子绍秦氏世脉。衾儿生三子一女，两下结为婚姻。今两家子孙，俱已出仕。予过其居，蕙娘曾一见之，年虽望六，丰韵宛然，见案头有《宝鱼诗集》，因询其始末，传出佳话云：

> 何须书座与铭盘，试阅斯篇寓意端。
> 借得笑啼翻笔墨，引将尘迹指心肝。
> 终朝劳想皆情幻，举世贪嗔尽梦团。
> 满纸析声醒也未？劝君且向静中看。

鸳鸯配

［清］槜李烟水散人 撰

第一回　开贤馆二俊下帷
小戏谑一言成隙

词曰：

　　从来西子拟西湖，绘出米癫图。乱江深处莺声碎，人如蚁闹遍平芜。堪听画楼传曲，最怜红粉当垆。

　　孤山梅鹤只今无，犹有忆林逋。英雄不散金牌恨，千年逝水冷云孤。漫说当时兴废，但余烟柳模糊。

——右（上）调《风入松》

　　这一首词，前一半是说，杭州山水，洵为天下名区。后一半是说，宋高宗南渡偏安，一连把十二金牌，召回武穆，遂致二帝殂于沙漠，那锦绣中原，不能恢复。及传到理宗开庆元年，金国虽衰，元世祖忽必烈方起兵南下。那时，在朝专政，又有一个赛秦桧的奸相，叫做贾似道。真是权侔人主，势压王侯，在朝文武官员，那一个不趋迎谄媚，甘为鹰犬。只有一人，姓崔名信，表字立之，官拜龙图阁学士。做人直峻敢言，不阿权要，时人遂以包铁面为比。只是年近六旬，单生二女。当夫人李氏临产之时，有一同年，官居府尹，姓吕名时芳，馈送玉鸳鸯一对。此玉出在于阗，色夺鸡冠，鲜明润洁，价值二十万缗。才令人送进后堂，恰好李夫人一胞而举二女。崔立之大喜，以与玉鸳鸯相符。故长的叫做玉英，次的叫做玉瑞。

　　日月如梭，光阴似箭，二小姐倏忽长成一十七岁了。性资敏慧，态貌娉婷。不独描鸾刺凤件件皆能，兼又诗画琴棋无不通晓，真可比乔公二女，不数那赵家姊妹。那衙署虽则在城，但崔公颇有山水之癖，置一别墅，正靠西湖。四围翠竹成林，桃柳相间。内造楼房三带，备极轮奂之美。又有雕廊绣闼，曲折相通。崔公每日退朝闲暇，

便跨马出郊。纶巾羽衣，登楼宴坐。或时唤一小舟，同了几个门客，撑到湖心亭上，徘徊吟眺。就是李夫人与玉英玉瑞，也为城市喧嚣，一年倒有八个月住在湖上。只因西湖景致，果是名山秀水。春有柳浪莺声，夏则荷花曲港，秋取月光于顷，冬称浅港断桥相兼。梵刹相连，园亭接布。所以笙管时闻，游人不绝。曾有苏长公绝句一首，单把那西湖赞道：

> 山外青山楼外楼，西湖歌舞几时休？
>
> 暖风薰得游人醉，直把杭州作汴州。

一日，崔学士与贾平章议论不合，互相争执。崔学士遂出朝房，一直回到家里，与李夫人商议，要出一疏劾奏贾似道。李夫人再三劝道："贾似道做人奸险异常，兼以皇上十分信用。若是相公出本弹论不准，触怒圣衷，只怕贾似道阴谋陷害，取祸不小。"崔公愤然道："我岂不知似道奸险异常，只为我世受国恩，岂忍做那寒蝉给事，缄口不言。况今金虏未除，又值元兵侵犯，边疆危急，正国家多事之秋，我变何怕一死，坐视奸臣误国，决不学那些贪禄苟荣的一般尸位。"说罢，便走出外边书房，独坐沉吟。只见管门的把一个柬儿呈上。崔公展开视之，柬上写道："通家晚侄申云、荀文同顿首拜。"崔公放下名帖，忙令门公请进。

原来申生字起龙，荀生字绮若，俱是姑苏人氏。年方弱冠，才比子建，貌似潘安。因念帝都壮丽，兼与崔公累世通家，所以到杭州即便报刺进谒。当时相见毕，二生衣冠楚楚，举止从容，崔公不胜敬重，道："老夫只为国惊心，无一筹可展。今辱二位贤侄联骑过我，正好细细请教。若是乍到，未有寓所，敝园虽则荒冷，不妨暂住。"二生因以园傍西湖，欣然应允。唤过从者，把那行李运至。是夜，崔公就令家童打扫中堂西首两间书室，与二生安顿。那一时，正值二月下旬，苏公堤上，草嫩花香。二生每饭后，联袂出游，观玩景致。或至香刹寻僧，或诣青楼访妓。若是崔公闲暇在园，便与谈论朝务，所言皆是经济要略，深切利病，崔公每每叹服，固有相留之意。

一日，闲宴赏花。崔公与二生坐席才定，忽有一人，伟躯华服，自外趋至。二生慌忙起身，向前相见，要逊他首席。崔公道："此乃敝同年之子吕肇章。虽则齿序居长，然已向住敝衙已久，决无僭坐之理。"二生遂而依次坐下。须臾酒过数巡，崔公从

容问道："不知二位贤侄，尊公捐馆之后，曾有姻事否？"二生惨然改容道："侄辈俱因先父早亡，一寒如洗，是以蹉跎岁月，岂能议及姻亲。"崔公把手指了吕肇章，就向二生说道："老夫年将耳顺，做了伯道无儿。幸赖吕家年侄，向来相傍。只为他性资粗钝，文字里边不能进益。今观二位贤侄，他日必为伟器。若不弃嫌老夫，意欲屈二位在敝墅下帷。一则老夫便于朝夕晤言，以开茅塞。二则年侄肇章，得以共温经史，时聆切蹉之益。未审二位贤侄主意若何。"申生道："晚侄学疏才浅，正要请教吕兄。况以老伯厚爱相留，岂敢固却。"荀生道："侄辈幸蒙青眼，亦不忍遽尔言归。只是叨扰厚款，此心殊觉不安耳。"崔公听见二生应允，心下大喜。又宽慰道："二位贤侄有了这大才，真是干将莫邪，所向无敌。更望着意用功，以图高捷，不可因家事凋零，挫了迈往之志。"二生道："老伯所教极是。"当晚，饮至更余，沉醉尽欢而罢，各各安寝。

　　自此，二生闭户潜心经史，除会文访友之外，未尝轻易出门。只有吕肇章，做人放荡不羁，时时潜游妓馆，终日忘归。虽则资性愚陋，目不辨丁，却恃了宦家贵裔，坦然自满自足，不肯虚心下问。又值二生才高广学，未免有矜傲之色。所以同馆未几，意气颇不相入。是时春来夏去，端阳节近。二生读至午余，神思倦怠，一同步出馆外，徘徊于竹阴石畔。忽闻隔园楼上，箫声嘹亮。申生慨然道："小弟意欲即事为题，各吟一绝，不知荀兄亦有此兴否？"荀生笑道："小弟正有此意。就乞申兄首倡，弟当效颦，请。"申生即信口吟道：

> 片云拖雨过江城，倦倚朱栏眺晚晴。
> 自寓西湖肠已断，玉楼休度凤箫声。

荀生亦朗然吟道：

> 忽观榴花已盛开，伤心独自影徘徊。
> 欲知尽日垂帘意，为妒双飞燕子来。

荀生吟毕，又叹息道："小弟与申兄，学业虽就，怎奈书剑飘零，家无换石。已当

终军之岁，未操司马之琴。寂寞无聊，岂能堪此长日乎。"申生道："不待兄言，小弟已愁怀种种。自非苟兄相慰晨夕，弟已忧愤成疾久矣。"苟生道："我两人虽为异性，胜似同胞。他日乘车戴笠，决不忘今日之交情也。"言讫，便携手进内。取过花笺，各把绝句写出，贴于座右。只见吕肇章吃得半醉不醒，笑嘻嘻的踱进书房来。见了壁上笺诗，也勉强吟哦了一遍，拍手大声称赞道："好诗好诗，妙绝妙绝。二兄有此佳制，小弟也把枯肠搜索步韵。"申生仰首相视道："吕兄也要做诗么？奇了奇了。"苟生大笑道："若使吕兄做得诗来，如今遍地通是诗句了。"吕肇章听了，登时面色涨红，不觉发怒道："我老吕虽则不通，难道这一首绝句就料我做不出来。你两个纵是有才，怎么这般轻薄。"申生道："忝在相厚，不过取笑而已，吾兄何必动气。"苟生道："做得来做不来，与弟辈无甚干系。吕兄忒杀认真，绝无休休之量了。"二人你说一句，我说一句，半真半谑，气得吕肇章半句也说不出来，便悻悻走了出去。二生也不睬他，竟把房门掩闭。吕肇章一直趋出外厢，坐在椅上思忖了一回，转觉恼恨道："我为崔年伯厚情，款留在此读书。衙内若大若小，并无一个敢来欺慢我。谁想这申云、苟文两个寒酸畜生，自从到此，恃了才学，几番把我当面讥笑，难道我就真心让他不成。不若进去，再与他争论一番。"主意定了，刚欲起身，又立住道："我若与他口角相争，只怕崔年伯不知详细，反道我出言唐突，得罪于他。我且权时忍耐，慢慢的寻一个机会，在崔年伯面前，搬他一场是非，使这两个畜生存身不得，便可以出我这口恶气了。"主意已定，强把愁容按下，依旧满面堆笑，相与二生谈论，暗暗寻他不是。好在崔年伯面前毁谤他。

倏忽又是八月中秋，是晚崔公自有同僚公宴，二生也为节日，暂辍牙签，同往苏堤，闲步在柳荫之下，徘徊半晌，又走过断桥，席地而坐。谈笑多时，共联一绝道：

　　水色山光共悄然，（申生）

　　此身如在画图边，（苟生）

　　愿随西子湖头月，（申生）

　　飞入香闺伴绮筵。（苟生）

吟咏未息，背后一人大声赞道："好诗好诗，仆虽卤莽，愿与二君作竟日之谈，不识可乎？"申荀二生回首视之。只见那人，身躯壮伟，面红口方，昂昂然一个美男子也。那人飞来向前，欠身施礼。二生知其不凡，慌忙接礼，遂邀进园亭，分宾主坐定。那人先问了二生姓氏，二生答了，也就问他乡贯姓名。那人答道："小可乃湖广长沙府人，姓任名季良，自十三岁从父出游，飘荡江湖，今已一十二年矣。因慕武林湖山胜概，不远数百里而来。岂意邂逅间得闻佳句，小可虽非知音，然一睹清光，便知二君乃是当今名士。"申生道："足下既爱俚言，想必善于吟咏。倘有奚囊，愿乞见示。"任季良笑道："仆虽弓马熟娴，自幼废学。若要寻章摘句，其实不能。"荀生道："弟观足下，气宇不凡，决非庸庸禄禄之辈。况值年纪正少，何不发愤读书，以求精进。"任季良道："二君有所不知。方今豪杰纵横，四郊多垒，必须伊尹之才，才能拨乱为治。而况内有权臣，外无良将，只怕天下事纷纷攘攘，未有定局。一到了兵戈交战，那时靠不着这诗云子曰也者字面。仆虽狂言，幸勿见弃。"二生默然不答。任季良又说道："今晚乃中秋佳节，仆已命苍头备酒在寓，只是一人独酌，无以畅怀。若二位足下，不以武夫见鄙，容当携至高斋，同作一宵良晤，是一大快也。"申荀二生听了，欣然道："小弟已蒙崔老先生整备酒果，正欲屈留足下一醉，何必要把佳肴携至。"任季良道："同在客途，岂有相扰之理。"遂唤过从人，附耳说了数句。那从人去不多时，便把整治的鸡鹅鱼肉等物，并一坛美酒，陆续搬进。

　　当夜，万里无云，一轮皎洁。吕肇章自到朋友家赴席，只有申云、荀文、任季良三人同饮。呼卢行令，直到子夜而散。二生送任季良到湖边，但听得满湖画舫，笙歌婉转，欢笑之声不绝。真个是，中秋胜景，惟有西湖第一。此时，任季良已是醺然大醉，跄踉而去。当时月色倍明，二生依依不舍，靠在石栏赏玩，直到东方已白，方才就寝。未知此后任季良与二生有何话说？吕肇章如何生出是非？且听下文分解。

驾鸯配

第二回 玩联词满座叹赏
点龙睛灵画腾空

诗曰：

　　笔墨从来能变幻，幽情自古记春风。

　　世间奇事知多少？莫问真龙与画龙。

　　却说申云、荀文睡到次日饭后，起来梳洗毕，吃了早膳，二生同步出书斋，寻到任季良寓所，来拜季良。季良又置酒款待。自此，往来数次，遂成莫逆之交。忽一日，崔公因有小恙，告假在园，静养数日。适值有一个门生，送到菊花二十余种。崔公大喜，观玩多时，遂令家人备办酒席，遍请朝绅，并二生赴席赏菊。当日二生正在书房观书，闻说崔公着人来请，正欲打点赴席，忽见任季良慌忙趋至，慨然叹息道："小弟幸遇二君，将谓聚首数月，得以朝夕聆教。不料家父卧病金陵，昨有字来，召弟即日到彼。弟今方寸已乱矣，无缘再聆雅教。只是山川阻隔，世路艰难，此别之后，不知有重晤之日否。"二生听了，亦怅然道："小弟与兄，邂逅相逢，便成知己。正欲图暇请教，岂意尊公抱恙，遽尔言别。但不知吾兄可能暂停今晚，少尽祖道之欢么？"任季良坚执要行，二生送至湖上，又再三叮嘱道："近闻江总制召兵汉口，吾兄既通武艺韬略，俟尊公病痊之日，何不应慕辕门，以图凌烟勋业。"季良点头唯唯，各各交拜而别。二生回至园中，此时客已满座。崔公诘问道："二位贤侄，既知老夫今日邀请赏菊，为何不在书房，却到别处闲耍。"二生道："非也，因与故人言别，是以来迟耳。"吕肇章冷笑道："有什么故人，想是那个光棍。"申生应声道："他虽是个光棍，强如你这白丁。"崔公正色道："肇章虽则失言，起龙贤侄也不该这般相诮。"荀生笑道："这也不妨。岂不闻《卫风》有云，'善戏谑兮不为虐兮'。"满座宾闻之，俱各大笑。便

以巨杯斟满，把申起龙、吕肇章两个各敬了一杯。及饮至半酣，崔公道："赏无诗，岂不为花神所笑。望诸公勿吝珠玉，赐教一二。"众客道："弟辈才疏学浅，焉能成章，惟望申荀二兄赐教。"崔公就唤左右，取出文房四宝，送与二生道："列位诸公，要观二位贤侄大才，今日就把赏菊为题，联词一阕，幸勿推辞。"二生领命，展开花笺，提起笔来。申生居先，荀文继之，顷刻而成。

词曰：

　　淡烟疏柳，秋色盈篱，金卮在手。但取黄花，何必定逢重九。满堂共醉如云友，美声名望崇山斗。鼎钟勋业，林泉逸趣，惟公俱有。且漫把笙歌侑酒，一觞一咏，便开笑口。几下帘前，多少丹枫青竹？不须归去才消受，问渊明亦曾知否？良时难偶，莫索尘事，等闲白首。

——右（上）调《疏帘淡月》

　　二生写毕，双手递与崔公道："侄辈碌碌庸才，辄敢班门弄斧，幸惟老伯教诲一二。"崔公接来，一连看了两遍。莞然笑道："二位贤侄，矢口成章，真不亚于子建七步。但把老夫试谬誉了。"又传示合席，无不连声叹赏。既而换杯送酒，崔公笑向从宾客道："学生十世先祖，遗下顾恺之画龙一幅，相传以为灵迹，价值千金。今日幸逢四美毕具，兼以列位先生，俱能博识古物，当令小价张挂起来，以为列位先生赏鉴何如？"众宾客道："愿求一观。"崔公便令左右，捧过龙画，悬在堂中殿前。原来是一幅青龙，上边半遮云雾，鳞甲鲜明，须尾如动，单有双睛未点。合座宾客，看了半晌，莫不骇然称异，以为神笔。申生看了，啧啧赞赏道："神龙在天，能从笔底绘出，宛然如活，此真化工手段，的系虎头真迹无疑。只是双睛未点，不知何故，岂偶遗忘耶？"崔公笑道："贤侄你博览群书，怎不知传记上载。那虎头画龙寺壁，不肯点睛。人问其故，他道一经点睛便要飞去。"正在议论不绝，忽见一个管门的，慌忙走入来禀说："大门外有一道人，必要进来相见老爷。"崔公听了，厉声叱道："你这管门的好没分晓，今日我与众老爷在这里饮酒赏菊，那道人无非抄化斋粮，就当打发他去，何必进来禀报。"那管门的道："小的如此回他，他说有急事，必要亲见老爷。"话犹未毕，忽见那个道人已到阶下，闯入筵前。崔公举眼视之，那道人却是全真打扮。但见：

头顶箬冠，身披鹤氅，手挥一柄麈尾，腰缠素色丝绦。举止安闲，容仪脱俗。真个有仙风道骨，却疑是湘子纯阳。

崔公看了，只得回嗔作喜，问其来意。道人欣髯笑道："贫道来自钟南，并非沿门乞食之流。为慕老先生朝家柱石，辄敢斋戒请见。况值东离菊绽，贵客满堂，若不弃嫌贫道，容小黄冠野叟，杂在其中，更足以装点景色，未知老先生意下以为何如？"崔公听其谈吐如流，肃然起敬，便令坐于席末。那道人应声入座，略不谦逊。浮满大白，如灌满卮。又慢慢的饮了一会，日色将西，那道人遂立起身来，到堂中对着一幅画龙，定眼细看，连声叹赏道："奇哉奇哉，真是顾公神迹。贫道不见此画，忽已三百余年矣。"便向崔公说道："此画岁久成灵，已非尘世之物。若肯借以笔砚，贫道把那双睛一点，当使这画龙头尾俱动。"崔公听了，恶其谬妄。忙唤左右，即以笔砚授之。那道人不慌不忙，提起笔来，把这画龙双睛一点，急向众宾客道："请瞧请瞧。"众宾客俱起身近前熟视，果见双眸炯炯，鬓张尾摆，跃然如活，莫不相顾错愕。那道人又向崔公说道："笔墨有灵，将欲腾空飞去。异时公家有难，非此龙莫能救免。"停了一会，那道人又笑向崔公道："贫道不知进退，有一句话奏闻，未审可否。"崔公道："有何见谕，不妨细述。"那道人道："贫道意欲向老先生乞取此画，勿吝惜。"合席听见，无不哑然失笑。只见崔公徐徐答道："老丈既有仙姿，此画亦为神物。既然老丈见爱，自当奉赠，决不吝惜。"便唤从者把这幅画龙收起卷好了，递与道人。左右座客，莫不愕然惊骇，以为出于意料之外。独有申荀二生，神气自如，不以为异。那道人接了画轴，长揖而出。到得中庭，将画展开。倏忽之间，清风骤发，半天里乌云冉冉，只见一条青龙，长有数丈，腾云而起。那道人跨在龙背上，举手向崔公一拱，奄然而逝。须臾云开风息，残纸在窗。忽见空中坠下一纸，左右拾来呈上。崔公看看纸上写道：

　　画龙虽失，履险如平。
　　问我是谁？火龙真人。

崔公看毕，方才知是火龙下降。在座宾客，取那张纸一齐看了，个个咨嗟称异，又服崔公能识异人。崔公亦十分欣畅，更以巨杯劝酒。笑问二生道："贤侄博闻广览，曾知古来亦有此异事否？"申生答道："只有晋时雷焕，曾在丰成狱中，掘起干将、莫邪二剑，一赠张华，一以自佩，后来剑合龙津，化龙飞去。至于神画凌空，自古以来，窃恐未之有也。"崔公听了，愀然道："茂先剑去，身亦随丧。只怕老夫失此神画，将有祸临。奈何奈何。"荀生道："不然，茂先虽称博物，然谄事贾后，祸实自贻。至于老怕，朝家股肱，安危所系，自有鬼神护佑，可保无祸，何必以画去为念哉。"崔公闻言，点头称善。又饮几杯，时已寺钟初动，在座朝绅，俱要入城，起身告别。申荀二生亦已酩酊，辞归卧室。

话休絮繁，却说当时，有一个名士，姓谢名翔，表字皋羽。做人负奇乐善，临事不苟。至于诗词歌赋，信笔成章。一日游学至杭州，闻得姑苏时髦，只有申起龙、荀绮若二生，馆在崔龙图学士湖上别业。即时具柬到湖上拜访。二生亦素慕其名，倒履迎接。相见揖毕，分宾主坐定。及茶毕，谢翔道："小弟虽与二兄各居一方，向来企仰清标，今日幸获识荆，足慰饥渴之望。"二生道："必如谢兄，才学兼优，方副时名。至于弟辈，斗筲庸才，不足数也。今蒙谢兄过誉，能不自愧于心乎。"谢翔道："知己相逢，何必如此谦逊。小弟昨日闻元兵分道南侵，不知疆场消息如何？"二生道："疆场之变，虽有可为，奈秦史复出，其如国事何。"谢翔听说，低首叹息数次，又把六经子史与二生商榷一回，谢翔乃起身别去了。次日申荀二生，即往谢翔寓所回拜。谢翔道："小弟有一叶扁舟，已在江边等候。二兄若有游兴，何不与小弟偕住桐江，泊舟于钓台之下，扳今吊古，以作十日之欢何如？"二生欣然允诺。即日禀过崔公，遂与谢翔泛舟往桐江而去。未知二生何时回来？且听下回分解。

第三回 入书斋窥诗题和
赴池畔递柬传情

词曰：

深闺不让黄金屋，有女持身似美玉。休作寻常花柳看，婚姻有约归须速。诗词题和频相嘱，偷向白梅花下候。忽然不是阮郎来，别有姻缘乱衷曲。

右（上）调《玉楼春》

且不暇说申、荀二生，与谢翔同游相江。却说玉英、玉瑞二小姐，虽则刺绣深闺，平时也曾闻得二生才貌。只是内外各分，不敢潜行窥瞷。那一日，忽见书童报申、荀二相公，已向桐江泛棹去了。玉英即对李夫人道："孩儿许久不到园中，今喜二生远适，欲与妹妹步出外边，散心半晌，特来禀知。"李夫人点头依允，二小姐慌忙照镜理鬓，轻移莲步，先自桂香阁，转至牡丹亭。又到池边楼上，遥望西湖景色。此时正值秋末冬初，六桥烟树凄迷，湖上游人稀少，惟那山光苍翠，水色澄清。略略坐了一会，即便下楼。行过申生书馆，取匙开锁，进内细瞧。但见，琴书笔砚，铺设珍奇。又见壁上，粘着诗词一幅。玉英吟咏了数次，笑向玉瑞道："此生诗才隽逸，名不虚闻。"玉瑞亦笑道："草率成篇，岂云笔锦。据小妹看来，此诗未见其佳。"玉英听了，不以为然，只是称赏不置，吟哦不休。玉瑞道："既是姐姐见爱这一首诗，何不步韵和一首。"玉英便笑吟吟取出花笺，提笔写道：

帝里从来号锦城，一番佳气在初时。
断肠何与西湖事，好向花边听鸟声。

玉英题毕，玉瑞接来细看，连赞其妙。又令侍儿桂子，开入荀生卧房。只见几上瓶菊数枝，色犹鲜嫩。卧床左侧，挂起一幅西子晓妆图。玉瑞道："荀生书馆孤眠，偏挂这美人图画，不知风清月朗夜深时，亦尝动情而生愁闷乎？"玉英笑道："荀生自己愁闷，何必妹妹代他忧虑。"调笑未结，忽仰首看见，壁上也有诗笺一幅。玉瑞念了一遍，微微笑道："这首诗清新藻丽，幽恨无穷。如此佳作，方可谓雕龙绣虎。"玉英道："这诗亦平平，妹妹因何不识。况末后两句，好像那怀春女子的口气。谓之才人，我亦未信。"说罢，便走到架边，把他文章翻阅。只有玉瑞，看那壁上的诗，细细吟哦，若有所感。就向书内寻出残笺半幅，磨墨濡毫，次韵吟道：

> 湖上名花次一开，赏心尽可日徘徊。
>
> 双飞燕影何须妒，自有倾城书里来。

玉瑞题毕，玉英看了笑道："诗虽妙绝，忒觉爱了荀生。"玉瑞亦笑道："岂敢云爱，聊以效颦佳什。姐姐不要错认了。"正在喧哗笑语，忽闻外边传进，说老爷回来了。玉英、玉瑞听了，心内大惊，急急锁门，同时儿转身时内，却忘记了和韵的诗笺，俱放在两边几上。

过了旬余，申荀二生，俱在桐庐返棹。到得钱塘门外，天色薄暮。耳边只听得笙歌喧沸，急向江畔看时，只见湖边泊着楼船二只，船内美人数十，俱是浓妆艳束，美丽非常。原来是贾平章家眷游湖。二生意欲立住了脚，饱看一回，心中恐怕惹祸，只得勉强步归馆内。见了崔公，说出桐江景致。既尔吃完晚饭，怏怏不怡，各自进房就寝。只因二生年少风流，向来久旷色欲。今日见了舟中诸美，免不得心旌摇曳，春思顷牵。

且说荀生，这一夜展转无聊，不能睡去。次早起来，忽见棹上花笺，写有一首诗在上。荀生看了，诗意清新，字又端楷，竟不知是谁题和。也不与申生说知，藏在书匣。只见申生吃了早膳，不情不绪，掩上房门，和衣而睡。少顷，书童烹茶捧进。荀生探问道："前日我出外去，钥匙放你处，却是什么人开进门来，把我架上书籍都翻乱了。"书童只是摇头不应。被荀生再三盘诘，便笑嘻嘻的说道："想是我家二位小姐出来闲戏，把你的书籍翻乱了。"荀生又问道："你家小姐会写字么？"书童道："我家小

姐，诗也会吟，画也会画，如何不会写字。"荀生听了，料想这诗必是小姐题和，顿觉满怀欢喜。便把房门闭上，取出诗笺，一连念了二十余遍，慨然叹息道："小姐小姐，多承你错爱我，教我读书中举，自有倾城，却不想等到那时，只怕要索我于枯鱼之肆了。"沉吟半响，又想道："不知这一首诗是二位小姐共联的也，是那一位小姐独和的？既感盛情，为何不把芳名书上，使我朝朝暮暮，也好口诵心维。"自此，荀生时时爱慕小姐，如醉如痴，眠思坐想，不能放下，虽做下词儿四首，奈无便鸿可以寄进，又不见有个侍女出来，可以访问消息，传些言语。想了数日，茶饭懒食，不免生出木边目、心上田之病了。

忽一日，早起梳洗毕，心中闷闷，步出书房观玩景致，远远望见一个侍女，名唤桂子，年近二十，独自一个立在池畔折梅。荀生不胜欢喜，忙整衣冠，急急走到池畔，深深作下一揖，说道："姐姐，小生叫荀文，表字绮若，未审姐姐亦曾认识否？"桂子听了这话，掩口而笑："这也奇诧，你到我家读书已久，我如何不认得你，你今日为何又通起姓名来？"荀生道："敢问姐姐，还是那一位小姐的侍妾？"桂子道："我是二小姐的侍妾，你问我怎么？"荀生又作一揖道："姐姐，小生有句衷肠的话告诉姐姐，就要烦姐姐传与小姐。"桂子知他形状，知他是思慕小姐，"要我做个蜂媒蝶使。我今把些言语探他，看他说出什么说来？"因徐徐答道："相公你何不思男女各别，有什么话要说起来？独不怕我家老爷管家严肃。好意留你在此读书，你为何胡思乱想，要把什么衷肠话，叫我传与我家小姐。"荀生道："别无他话，只为前日小生远诣桐庐，忽蒙你家小姐光降，亲题翰墨。小生自怀寒素，不敢相留，特烦姐姐代为返璧。"说罢，便向袖中取出做下的词儿，付与桂子。桂子不知头脑，只道是小姐前日在书房所做的诗，遂把那词儿接来并拿所折的梅花，急忙走进内房，就把荀生所说的言语，一一对玉瑞小姐说了。一边遂把那一张字，送与玉瑞小姐。玉瑞小姐接来，展开一看，乃是《望江南》四阕，其词曰：

人何处？人在绿筠轩。临觑爱枕新样面，绣花欲刺并头莲，手彩何翩翩。
人何处？人在晚香亭。交甫未承亲解佩，阳春已见暗垂情，能不惜惺惺。
人难见，空忆碧窗纱。赠我恓惶惟有□，怜卿娇心必如花，室迩叹人遐。
人难见，空忆石榴裙。尝把相思只诉月，每寻幽梦杳无云，匆匆欲销魂。

玉瑞看了，微微笑道："那荀生好不痴也。我不过是偶然题和一章，你便要十分作诵也罢，为何甚要认真起来。我不免再做一诗，着桂子送去，以免他痴心妄想。"便援笔写道：

寒梅存素志，下里偶成吟。
寄语池边鹊，休灰万里心。

玉瑞小姐写了，将诗封好，就吩咐桂子道："你可悄悄拿这封诗，交与荀生，叫他安心读书，不要痴心妄想。"桂子将诗接了，就走出去。看见荀生独步回廊，正在自言自语。桂子走至近前，荀生忽然看见，含笑问道："姐姐复来，必有好音报我。"桂子道："我家二小姐写得几字儿在此，叫你安心读书，不要痴心妄想。"说罢，将诗递与荀生。荀生接来，拆开一看，方知前日的诗，是玉瑞小姐所和，不胜欢喜道："鰍生不才，蒙小姐这般钟爱，只是一片心起，已在香阁绣户，枉教我凌云万里，竟无鸿鹄之志矣。但不知姐姐可以方便小生，得与你家二小姐一会否？"桂子也不回言，转身含笑而去。荀生只得走进卧房，怏怏闷坐不题。

且说玉英小姐，自从和诗之后，只为年已及笄，似觉芳心微动。平日里每见书童叫茶，俱道是朝中士夫拜候申相公的，料他必是个饱学才子。虽不识面，未免有心于他。一日午间绣倦，悄悄的唤过侍女彩霞，低声问道："汝每日出去，可曾见那申、荀二生人材孰胜？"彩霞道："二生温存俊美，不相上下。若据彩霞看来，还是荀不如申。"玉英听说，不觉笑逐颜开，就向怀中取出一幅罗帕，递与彩霞道："你可瞒了夫人，为我悄悄拿出去，送与申郎，切不可令那荀生看见。"彩霞接了罗帕，点头答应，即时潜出府，打听得荀生自在前楼闲眺，急忙寻觅申生，原来掩门静卧。倾耳听时，只闻得申生口中朗声念道：

断肠何与西湖事，好向花边听鸟声。

彩霞笑道："真是腐儒，卧在床上，也要吟诗。"便即推门进去。申生看见彩霞，慌忙起来，向前施礼道："小生病余憔悴，有辱姐姐降临，必有所谕。"彩霞道："妾承小姐之命，特以罗帕赠君。"申生接帕细看，上有绝句一首道：

笔底阳春字字金，断肠可为欠知音。

濡毫只愧轻酬和，强把莺声学凤吟。

申生看毕，欣然色喜道："小生自见笺上和诗，特晓夜猜疑，不知是谁佳制，今日又辱小姐惠我瑶章，始知前日所作，出自小姐锦心绣口。只是鄙人旅况凄其，恹恹成病。还要题成一首俚语，重烦姐姐转达小姐妆次。"彩霞道："贱妾临行，小姐又再三嘱咐，不可与那荀相公得知。"申生道："这个不消叮咛，既承小姐垂怜，焉敢不为秘密。"遂吮毫展纸，顷刻题成一律云：

自寓名园已一年，春风掠鬓倍凄然。

花时不释穷途恨，月夕徒成伴月眠。

为我和诗颐我绪，感卿佳句感卿怜。

只今更起相思梦，怕听三更泣杜鹃。

申生题完，将诗封好，付与彩霞。彩霞接诗，又向申生道："郎君日用所需，有不能惬意，可为妾言，自当奉上。"申生再三致谢，又嘱咐见小姐婉转代言。彩霞一一领诺，即入内去，回复玉英小姐，接下不题。

却说吕肇章之父吕时芳，原籍长洲人氏，官居府尹，削职在家。因为崔公生有二女，十分才貌，希图亲事，特令吕肇章到杭参谒，并叫他假馆读书，以求亲幸。因此一住三年，不曾回去。此时，吕时芳料想崔公不能推却，遂修书一封，遣人投递。崔公接书拆看，只见书上写道：

年家盟弟吕时芳顿首拜：

恭候台禧

自违台范，瞬息之间，已三年矣。每于风翻，询知起居怡畅。而圣明有柱石之倚，朝野市河清之颂。弟虽窜伏林泉，慰可知己。第思昔人，尝有千里命驾。而况长安咫尺，竟不及暂蹑双凫，以候颜色。耿耿之思不竭，诵来菽而神驰。今所幸，小儿假馆贵衙，侍奉左右，想必时承规诲，学业稍充。惟是年逾弱冠，犹虚射雀。窃不自揣，意欲仰求令爱。倘不弃小儿愚昧，得以坦腹乔门，则弟也佩恩于不朽矣。为此，专价先陈，尚容倩柯纳彩。临楮眷眷，不胜翘首企望之至。

崔公看毕，退入后衙，将书递与夫人观看，就与夫人商议。李夫人道："女大当嫁，我也向有此心。但只吕郎才貌不佳，恐难匹配。今吕公既有书来，为之奈何？"崔公道："为今之计，只以玉英许之。"李夫人亦已许允。只有玉英小姐，闻知此信，忧愁不解，日夜怀烦，乃呼彩霞，来约申生，要与他私会。未知后事如何？且听下回分解。

第四回　怜才双赠玉鸳鸯
恨奸独自草奏章

词曰：

铁诞人妖不足云，为编佳话待知音。

情贞始见风流种，槛折方知忠爱心。

俊杰偏钟山水秀，姻缘总属雪兰吟。

当时奸相成何事，空使千秋叹恨深。

话说玉英小姐，要会申生，又遣彩霞出来相约。一径走到书斋，只见房门锁闭，不知申生往哪里去了。彩霞随即转身进内。刚过牡丹亭，遇着桂子，正与荀生交头细语，便把身儿闪在树后，看他两个唧唧哝哝，话了一会。荀生就把桂子，双手搂住，亲了一嘴。桂子道："我出来许久，如今我要进去，回复我家小姐，你快快放手，不要恃强奸淫，若不放手，我就叫唤起来，坏了你的行止。"荀生再三哀恳道："姐姐不要高声叫唤，小生旅馆孤眠，欲火难禁，万望姐姐垂怜则个。"桂子听了，微微而笑，心内爱他标致，巴不得与他亲热，只是半推半就，被荀生乘势推在芳草之上，急忙卸下裤儿，露出那白松松双股，一霎时云雨起来。桂子把背儿靠着桃树，任从荀生闪闪烁烁，把一株树枝摇动，竟落了满身花片，弄得桂子，娇声宛转，发乱钗横。有顷，淫精狼藉，方才罢战，两人十分爽快。桂子慌忙起身，整好鬘发，穿好裤儿。荀生又把桂子搂住不放。桂子笑对荀生道："我好意为你做个蜂媒蝶使，倒被你这般歪缠。只是所言的事，你须牢记在心，断不可失约。"荀生笑嘻嘻的，连声应诺。桂子道："我家小姐，在内悬望已久，你今放我去回复罢。"荀生闻言，方才放手，遂作揖称谢，桂子连忙答礼。荀生就转过竹屏，踱出书斋去了。桂子刚欲走进后轩，彩霞方才闪在树后，

偷看明白，就从桂子背后突出，一把拖住道："我的乖肉，瞒了老娘，做得好风流事儿。"桂子回头，见是彩霞，羞得满面通红。停了半晌，就拍手笑道："罢了，罢了，我的丑态，通被你这小贼妇在背地里瞧破了。"两个又恣意谑了一会。彩霞自向玉英绣房回话。玉英听说申生不在馆中，心下闷闷不悦，就提起笔来，题诗一绝道：

剪剪春风乱拂衣，无端愁压黛眉低。

夕阳几度凭花立，惆怅流莺别处啼。

且按下玉英小姐闷闷不悦，却说玉瑞小姐。自寄诗之后，曾在花下窥见苟生潇洒，心下十分着意。那一日，因吕公寄书来求亲事，恐怕父亲不好推辞，将己许他。"我想吕生如此庸劣，岂可相从。"故遣桂子出来，也是暗约苟生夜深人静，来绿筠轩相会。适值申生同他的表兄叫做元尔湛，从游会稽未返。所以苟生乘着花底无人，便把桂子抱住求合。那桂子，年已及时，曾经崔公幸过，因此略无推却，草草成欢。既而趋步进房，把话回复。是夜，正值望后第四日，到了二更时候，月色溶溶，明朗如昼。玉瑞小姐，浓妆艳服，悄悄的潜步出房，先令桂子开了角门等候，自己煮茗焚香，坐在绿筠轩内。

不多时，苟生巾履翩翩，丰神旖旎，随着桂子飘然而至。玉瑞小姐，一见含羞，忙以纨扇遮面。苟生含笑向前，深深地施礼道："小生风尘下士，流寓名园，虽有窃玉之心，实无栖巢之貌，何幸小姐不以碔砆见鄙。前此瑶章，已经剖腹珍藏，今夜得挹花容，尤为万幸。"玉瑞小姐闻言，逡巡答道："贱妾生长深闺，言不及外。自值郎君下榻敝园，门多长者之车，因知名下定无虚士，所以趁此良宵，邀君一叙，实欲评章风月，幸勿疑妾有他心也。"苟生道："小生年登二十，尚属孤鸾。比闻小姐，亦未许配，窃不自量，意欲倩媒作伐，登门纳聘，未知小姐果肯属意于鄙人乎？"玉瑞道："郎君之言，妾所愿也。妾自幼时，严君有紫玉鸳鸯二枚，一与家姊，一与妾佩。今夜即以此玉鸳鸯赠君，佩带在身，如与妾伴。自今夜，妾与君许盟之后，弱体便为君有。君必须勉力图之，毋负妾意可也。"言讫，便把玉鸳鸯解下，着桂子递与苟生。苟生接来，把玉鸳鸯细细观玩，不胜欢喜道："感承小姐厚爱，使鄙人没齿难忘。只恐崔公老伯，或以小生寒陋，不肯许诺，如之奈何？"玉瑞道："君乃丈夫，岂不能谋一姻事。

况闻女子之道，衣不见里，出必遮面，未有暮夜私行，无故与人相会。今妾重君才貌，辄敢逾礼行权。妾思一言既定，生死不移。若使既见君子而不能定情，则妾乃淫奔之女耳，君亦何所取焉。"荀生道："如此议论，只见小姐厚爱小生，出自肺腑。只是盟言虽订，纳彩难期。当此孤馆凄凉，小姐将无见怜小生否？"玉瑞变色道："君既读书，必知钻穴之羞。妾虽愚昧，曾歌多露之咏。伏望郎君，以礼自持，无及于乱。"就叫桂子，吩咐道："夜已深矣，汝可为我送荀相公出去。"言讫，遂转身徐步，玉佩珊珊，自进内房去了。荀生魂断意失，只得闷闷回馆就寝。过了数日，吕家来使，几次促发写书。崔公已与夫人计议定了，便把长女玉英许诺一事，就写书交与来使，回复吕公。

那一日，申生才自会稽回来。刚进园中书房，彩霞慌忙趋至，就在袖中取出绝句一首，交与申生。申生展开吟咏数次，茫然不解其意。因问彩霞道："你家小姐，寄此诗来，是为何而作？方才遣你拿这诗来，还有什么话说否？"彩霞道："诗中之语，贱妾何由得知。惟是前日晚间，小姐欲出来与朗君一会，遣妾来相约，不料郎君已远出在外，致小姐至今怏怏耳。"申生听罢，方知错过机会，追悔不及，惟有浩叹而已。又过了两日，已是黄昏时候，彩霞蓦地走进，以寸柬递与申生道："贱妾有事，不得暂停。小姐之意，都这在柬上。"遂疾趋而去。申生接来，展开视之。只见那柬上写道：

前日捧览瑶章，倍深企美。虽君子有董贾之才，鄙人无崔莺之貌。然而，不待冰言，寸已心属。奈何严君昧昧，许配豚夫。终身失所，惆怅何言。翌日，老母欲往天竺酬香，妾以卧病弱留在室。君可潜出书帏，密图一晤，幸无愆约，是荷是祈。

申生看毕，又恨又喜。是夜，展转踟蹰，至晓不寐。到了次日，早饭后，打听老夫人果然乘着肩舆，合家众婢妇随着，由孤山，一路直往天竺去了。俄而日已当午，不见彩霞出来。申生心下狐疑，远远步至花荫探望。忽闻东首有人，低低唤道："申相公，我家小姐在此，速急过来相会。"申生抬眼一看，原来就是彩霞，立在竹屏之内。只因老夫人虑着小姐出来闲耍，已把角门封锁。

当下申生飞步近前，窥见玉英小姐，不长不短，袅袅婷婷，闪在彩霞背后，便深深一揖道："小生自蒙小姐赐和佳章，朝夕在心，无由得近妆次。固知锁尾之质，原难作配仙姿，然心小姐华情，或可侥幸万一。岂料骤许吕家，使小生心断意绝，只在早晚，便要辞谢而去矣。昨日蒙小姐赐下一柬，约小生今日潜出来会，小姐必欲面言，未审有何见谕？"玉英闻言，娇羞满面，低声答道："妾自郎君下帷以来，希慕才情，辄以诗章见和，将图仰托终身，岂知事变忽起。然使吕家姻聘果谐，贱妾惟有死而已，决不事奉羔儿，以贻君子愧哂。记得妾在襁褓，合便一个紫玉鸳鸯，迄今十有六载，未尝顷刻不佩。今特解以相赠，聊托鄙私。设或天从人愿，此玉鸳鸯便为媒妁。即至分离各处，使郎君见这玉鸳鸯，如见妾容，更有俚语数章，少舒怅怏之况。自兹以后，郎君宜珍重，无以贱妾为深念。"言讫，双眉锁绿，容色惨然。申生接过玉鸳鸯并诗稿，再欲启口，忽见荀生同着吕肇章，打从他边远远步至。遂不得意谈，闷闷而退。当夜更阑，独坐灯下悄然，就取出诗稿，展开吟咏，乃是七言三绝，其首章云：

其一

花如红雨点苍苔，无限幽思扑梦来。
岂为春归慵刺绣，可知妾意是怜才。

其二

一见新诗增怅慕，为郎憔悴为郎吟。
玉鸳须向胸前佩，休把相思别用心。

其三

默默无言倚绣床，断肠不是为春狂。
两行新泪夫人识，谱入花笺诉与郎。

申生挑灯朗咏，每读一过，则抚掌称妙，又复叹息数声。自此以后，踏草无心，看花有泪，而昼夜功课，全然荒废矣。

忽一日傍晚，崔公自朝回园中，忽唤二生商议道："如今元将史天泽，同着伯颜领

兵数万，入寇襄阳。知府吕文焕，告急文书雪片相似，叵耐贾似道欺君逆上，不以奏闻。那些文武官员，俱是贪禄畏祸，并无一人出奏。我想襄阳一失，则荆州诸路，急切难保。那时江山摇动，只怕天下事不可料矣。念老夫世受国恩，岂忍与误国之贼并

立朝端。故今日老夫欲相烦二位贤侄，为我起一疏稿，明日早朝，拼得碎首金阶，劾奏贾似道。只是贾贼罪恶多端，贤侄须要为我一笔写尽。”二生因各有心事，精神恍

惚，踌躇半晌，方才答道："老伯忠君爱国之心，足贯天日。只是贾似道势焰方隆，朝野侧目，老伯还宜徐徐观望，不可直言取祸。"崔公闻言，艴然变色道："汝辈枉了读书，全不知事君之义。待我今晚自草奏章，也不敢重烦二位大笔。"即拂袖而起。踱进里边，即去草疏稿了。二生满面惶恐，各归书馆不题。

且说那一年，正值理宗晏驾，度宗即位，改元咸淳。因为群臣称颂贾似道功道，加禄千石，赐他十日一朝。因此贾似道就在湖畔，靠着苏堤，建造一所绝大园房，又令人遍选民间美丽处子，十五岁以上，二十岁以下者，以为姬妾。似道每日只在园中，拥着群姬，斗草寻花，饮酒取乐，不以国事为念。

一日饭后，正在半闲堂与门客谢延用、沈子良投壶闲耍，忽见心腹贾平慌忙趋进道："老太师还在这里取乐，今早有一件天大的事儿，可曾闻否?"似道闻说，大惊失色。未知贾平所说是甚么事？且听下回人分解。

第五回 奸臣蠹国害忠良 兽友设计偷罗帕

诗曰：

> 陆行多虎狼，舟行慎风波。
>
> 不如沽浊酒，醉作田舍歌。

却说贾似道，与门客谢延用、沈子良正在投壶，忽见贾平来报，今早有一件大事到了。似道惊问道："有甚么大事？可是襄阳被围十分危急，又来催取援兵么？"贾平道："这也还是小事。今早卑职进朝，忽闻龙图阁学士崔信，竟把太师着实弹了一本。幸喜接本太监，看见本上是太师尊讳，不敢进呈圣上，将来付与卑职。卑职为此急来报知太师。太师必须把那崔信，着实重处才是。"谢延用道："太师爷丹心为国，功比伊周，不知还有什么过失，可以弹论。"沈子良道："那老崔敢于劾奏太师，真是丧心病狂，不知死活的人了。"贾平就将那本章呈上，似道连忙接来，展开看道：

龙图阁学士臣崔信谨奏，为奸相欺君误国事：臣闻，图治之主，惟忠臣无谠言；而明哲之君，首欲辨人邪正。是故，得人则治，失人则乱。殷相傅说，而高宗中兴；秦任李斯，而胡亥覆灭。虽一邦一邑，犹必择选司牧，而况相天子治天下。安危所系，民命所关，胡可不辨其所用之人为君子小人者乎。臣窃按，贾似道，量同斗，性比豺狼。穷奢极欲，剥百姓之脂膏；误国欺君，固一身之宠禄。是真小人之尤而为陕民之贼也。先帝误用以为宰辅臣，每望谏官必为弹劾，岂知表里为奸，并无一人敢奏。及先帝殡天，臣又望陛下即位必能首正其罪。孰意毒雾可以迷天，阴霾尚能蔽日。而宠用倍加，赐

以十日一朝，岂真有伊吕之功，而陛下遂托为社稷之臣耶。夫谏官虽知，而畏祸不言；陛下不察，而仍前误用。是使贾似道无伏诛之日，而忠臣解体，苍生倒悬，天下事尚有可为者哉。臣不暇远述往代之政，始以本朝之事言之。在昔，神宗皇帝，当天下太平无事，而用一王安石，举行新法，遂酿成靖康之祸。及高宗皇帝中兴，以张、韩、刘、岳为将，中原有可复之机，而误信一秦桧，罢战议和，遂致当时有小朝廷之叹。况今国势凌夷，十倍于昔，而贾似道之奸邪，又非特王安石、秦桧之比，陛下何为不一省察，而循二圣之辙乎。臣窃谓，陛下若不斩贾似道，天下安危未可知也。臣闻襄阳被围，今已二载矣。刺史吕文焕，闭城固守以待援兵，凡斋表三上，而贾似道置之不以奏闻，岂为陛下曾一言之耶。宜兴贼首刘新，聚众数万，劫掠州县，臣每至政事堂，力劝贾似道发兵剿捕，而贾似道俯首不应，陛下亦尝闻之耶？循州诸郡，久旱不雨，百姓饥寒，饿莩载道，未审贾似道肯为陛下剀切细言？又曾议赈议赦耶？昔汉文帝昌盛之时，贾谊犹言可为痛哭流涕，况今烽烟不息，国势乖张，虽卧薪尝胆，犹恐不足以图治，而加以贾似道凶邪，方泄泄然引用群奸，事皆蒙蔽。此愚臣之所以推心泣血而寤寐不安者也。臣非不知，今日言之于前，明日伏首于后。然臣年已六十有奇，死何足惜。所惜万民涂炭，社稷将危，而不忍陛下以尧舜之资，为奸臣所惑。辄敢昧死上陈，伏乞圣明，鉴谅刍荛，即将贾似道磔之于市，然后发兵援救襄阳，庶几民患可除，国势可振。于是斩臣之首以谢似道，则虽死犹如生矣。臣无任泣血瞻天之至。

贾似道看毕，气得手脚冰冷，坐在椅上，半日不动。沈子良道："太师爷不须发怒，只消沈某一计，总教崔信自送其躯，而不敢怨及太师，却不是好。"贾似道欣然问道："汝有何计？幸即为我言之。"沈子良道："崔信本内，是说太师爷不顾襄阳危急。太师爷何不就出一疏，奏闻圣上，保荐崔信可救襄阳。闻得总制江臣，向与崔信不睦，太师爷再遣一人，密嘱江臣，叫他不要受崔信节制，临期按兵不动，不要助战。那时崔信孤军深入，无人接应，必然丧师损将。纵不阵亡，亦可治以失机之罪，却不是使崔信自送其躯，而不敢怨及太师的么？"贾似道听了，拍手大笑道："妙计，妙计。子良兄真是陈平得生，诸葛再世，我当急急行之。"就唤谢延用写下表章，明日早朝，奏

闻圣上。正是：

　　　　乱曲直言须受祸，奸臣蠹国必去贤。

　　且把贾似道上表，保荐崔信领兵援救襄阳，按下不题。再说荀生，自与玉瑞小姐许约之后，正欲央媒求聘，忽见崔公要他代做弹章，劾奏贾似道，因所对不合，被崔公面叱数句，他心下怏怏不安。当晚就对申生道："小弟幸与仁兄偕至西湖，同窗二载，不忍分离。但因近来思归甚切，更闻家叔暴亡，心甚不安。只在明早，就欲一辞归去。如吾兄在此，崔老伯相待如初，不妨留下。设或不然，亦宜速退吴门，勿至被他所薄。"申生道："仁兄所言甚善。在小弟，欲去之心久矣。所以逗留于此者，偶有一事耳。"荀生亦不及详问，归到卧内，修书一缄，辞谢崔公。又题诗一律，以别玉瑞小姐。其诗道：

　　　　珍重佳人赠玉鸳，难寻冰人更凄然。
　　　　落花已把愁心惹，芳草还将归思牵。
　　　　宿世有缘期再遇，此生不遂只孤眠。
　　　　从今一别西湖水，肠断春风只有怜。

　　荀生题诗方毕，正值桂子出来，荀生就令桂子持进。送与玉瑞小姐。是夜，长吁短叹，不能合眼。及至天晓，急忙起身，收拾行李，适值崔公连日在朝，不及面别。申生一直送荀生到江头，牵袂依依，叮嘱保重，荀生就向姑苏而去。申生见荀生去了，不胜怅怏，回至园中不题。

　　却说吕肇章，见父亲写字，遣人来求亲，听得崔公许了亲事，又闻是大小姐玉英，美艳非常，心下暗暗欢喜。忽见荀生一旦辞别而去，转觉十分快畅。因想道："荀文去了，申云那厮实为可恶。莫如生得一计，一发弄他去了，才泄我恨。"正在踌躇，遂行至园中。忽闻申生在房内，吟哦之声不绝，便悄悄的躲在窗外，向内一张。只见申生手内捻一罗帕，上有草字数行，一连吟咏了四五遍，又微微叹息，就把来放袖中，竟自上床而睡。吕肇章心下大疑道："看了这个罗帕，其中必有跷蹊。怪道那厮，半月以来，不尴不尬，学业全抛，原来却有这个缘故。只是那个罗帕，用什么法取来一看。"低头沉想了一回，忽然醒起道："必须如此如此，方中我计。"遂推门进去，唤起申生，假意寒温道："我看仁兄，迩来尊容消瘦，情绪全无，想必是为着功名，未得到手。只是春光几何，须要及时行乐。此去岳墓东首，有一个园亭，尽堪消遣。明日待弟备着一个小束，屈仁兄到彼，以散闷怀，未审仁兄允否？"申生道："既承兄雅意，明日小弟必然领情。但我睡兴方浓，兄且出去。"遂又掩门而卧。

到了次日，早膳方毕，吕肇章便来邀往。申生笑道："难道今日真个相扰么？吕肇章道："不过取笑而已，惶恐惶恐。"遂一齐步出孤山，行至岳坟左首，向一个竹扉进去，不见有什么月榭花亭，只有一个女子，倚门站着。原来这里是一个妓家。怎见得，有前贤《忆秦娥》词为证：

驾鸯配

> 香馥馥，樽前有个人如玉。人如玉，翠翘金凤，内家妆束。娇羞惯把眉
> 儿蹙，逢人便唱相思曲。相思曲，一声声是，怨红愁绿。

那个妓女，唤做凤娘。抹着满面脂粉，穿着遍体绫罗，略有三分姿色。一见申生，便既出门迎接。吕肇章道："这位相公，便是我日常说的姑苏申起龙，是当今第一个有名声的才子。"凤娘听说，满面堆笑，请申生到厅上，重新见礼道："向来久慕申相公大名，不得面会，不意申相公今日到来，贱妾多多失敬了。"又向吕肇章说道："多亏大爷帮衬，才得申相公脚踏贱地，光辉下妾。"说罢，一同坐下，侍女献上茶来。三人吃毕，吕肇章问道："近来姐姐做什么技艺？"凤娘笑道："近来有一只私情歌儿，编得甚好，不如唱与两位听听，以解寂寞。"申生道："这也使得。"凤娘便按板唱道：

> 郎情重，姐意焦，不得和谐鸾凤交。姐在帘内立，郎在帘外招。郎便道：
> 姐呀，我为你行思坐想，我为你意惹魂飘；害得我茶饭不知滋味，害得我遍
> 身欲火如烧。你不要推三阻四，只管约今夜明朝，空教我，一月如捱一岁长，
> 纵有那柳嫩花鲜嫩待瞧。姐便道：郎呀，你有我心终到手，我有你心非一遭。
> 不是我言而无信，只为着路阻蓝桥。你且坚心守，免使别人嘲。到其间，终
> 有一日相会面，管和你合欢床上话通宵。

凤娘唱毕，申生低头凝想，忽然长叹。吕肇章看着凤娘，丢了一个眼色。凤娘点头会意。吕肇章道："姐姐不要做此冷淡生活，快把酒肴出来，幸屈申兄在此，我们今日须要喝一个尽兴的。"遂即申生首坐，自己对坐，凤娘打横里。捧出时蔬美品，摆满一桌。凤娘捧起巨杯，殷勤劝酒。申生怏怏不怡，再三辞道："小生实为心绪不佳，无劳贤卿固劝。"吕肇章笑道："当此春光明媚，正宜醒豁胸襟。小弟虽然粗俗可厌，试看那柳眼桃腮，比着凤娘，果是一般风韵。仁兄还该放宽心绪，借景寻欢，畅饮几杯。"申生道："既承吕兄曲劝，小弟怎好固辞。只是默饮无味，可把色子拿过来，买快饮酒，倒觉有兴。"凤娘听说，慌忙就把骰盆送至申生面前。申生拈起色子，先把吕肇章买过，次及凤娘，一连输了二十余杯，便觉醺然酩酊，坐立不定，走到床上，倒头而睡。原来申生酒量虽宽，只因心上有事，又兼吕肇章先与凤娘相约，做成圈套，所以买那隔年醇酒，顷刻灌醉。凤娘捱在申生身边，假意肉麻，伸手摸那腰里，果然摸着罗帕一方，等得申生鼾鼾睡熟，凤娘便即轻轻解下，递与吕肇章。吕肇章接来仔细一看，不觉面皮红涨，怒气冲天。原来诗尾写着"贱妾玉英书赠"六字，便与凤娘别道："多感厚情，改日再当重谢。他若醒来，寻起罗帕，你只推不知便了。"遂怒悻悻一直奔回园内。恰值崔公自朝房回，而带忧容，坐在侧边轩里。吕肇章就将罗帕，双手递去。崔公接在手中，从头念了一遍，面容顿改。遂慌忙问道："此罗帕从何而来？"吕肇章便把前事，细陈始末。因劝道："此事未知真假，老年伯还要息怒，细细查实。只是这样轻薄不情之辈，原不该留他住下。"崔公闻言，也不回答，就怒悻悻如飞的趋到后堂。未知崔公将玉英小姐如何处置？做出什么模样来？且听下回分解。

第六回 凤娘妓馆赠金钗
申云酒楼逢侠客

诗曰：

客中逢剧孟，回醉酒家楼。

伏剑别君去，前途无限愁。

话说崔公，一时怒气塞胸，走入后堂，把那罗帕，向李夫人面前一掷，厉声骂道："你这老淫妇，管得好女儿。"遂直挺挺坐在椅上，只是咬牙切齿，双手摩腹。李夫人苍卒不知头脑，惊得心定口呆。及将罗帕拾起细看，方知这个缘故，一时亦气得手脚冰冷。正在没做理会处，忽闻外边一片声喧嚷道："崔公在那里？圣上有旨宣召。"崔公听说，便把罗帕劈手夺来，放在袖中，指着李夫人道："你好好教那不肖女速急就死，不许停刻。待我面圣回来，再和你这老淫妇说话。"言讫，遂忙趋出，同着使臣扬鞭驱马，迅速入朝。那时，圣驾已退入后宫去了。只殿堂候官过来禀道："太师爷同着各位老爷，俱在政事堂，专候老爷相见。"崔公便又趋到政事堂上，与众官一一相见毕，就问道："顷闻皇上召崔某，不知有何圣谕？为何崔某入朝，又不得面驾？"贾似道道："只为襄阳被围，十分危迫。学生日夜焦思，并无一人可掌理兵事。想起老先生，尽忠为国，兼有折冲御侮之才。为此出疏保荐，已蒙圣上票准，降旨宣召。伏乞老先生，为国分忧，莫辞艰险，速急一行。"崔公闻说，奋然道："某闻主忧臣辱，主辱臣死。今当国家多难，正臣子尽瘁之日，纵使肝脑涂地，所不辞也。今晚暂归敝廨，明日即便起程。"御史李琪道："老先生识见高明，岂不闻为国忘家，为君忘身。又道是救兵如救火，那襄阳被围，朝夕待援，真有燃眉之急。因此，下官与各位先生，已预先备酒关外，特为老先生饯行。国家安危，在此一举。老先生还宜即刻束装，不便回衙了。"崔公道："所论极是，下官就在今晚发符，知会各营将士。二鼓取齐，三鼓发兵便了。"说罢，起身告别。众官一同送崔公至关外，把酒作饯道："老先生练达兵机，□颇管测，只待凯旋之日，再当奉贺诣教。"既而众官饯行毕，各各回去。本府知府宋汝贤，独来饯送，回避左右，低低说道："老先生亦知此行，果系出自宸衷么？那贾公名为荐举，其实阴谋陷害。所以逼勒老先生起程，不容少缓。若老先生提兵到襄阳，须要出奇制敌，计出万全，不宜造次轻举，堕入群奸局内。"崔公道："谨领贤府大教，下官当书之于绅。但贾贼设谋害我之意，下官岂不知之。只是捐躯赴难，亦臣子之分所当为，我何畏哉。"言讫便向袖中取出罗帕道："下官又值家门不幸，有此丑事，那兽衿申云，就重烦贤府，即刻拘审下狱，勿使漏网。设或下官侥幸生还，容当造谢。"宋汝贤闻说，慌忙打恭道："军情紧急，不敢久谈，所谕之事，无不领教。"遂起身作别而去。崔公取过笔砚，写书寄与夫人道：

我以襄阳被围，奉旨往救。皇天祐我，决得生还。衙中诸事，想卿自能料理，无须细嘱。第恨申云，兽心凉德，毁我家风。吾已面托府尊宁汝贤，拘审定罪。其不肖女，权时宽责，俟我班师，再当究实处置。吕肇章年侄，亦宜作速遣回。唯要照管门户，弗致再有意外之事。那时虎儿出柙，莫怪我见罪也。匆匆草付，余不尽言。此嘱。

崔公写毕，登时缄封，付与家人崔义持归，寄达夫人不题。

再说凤娘，初时原受吕肇章嘱托。以后看见申生俊雅风流，顿生怜慕。又见吕肇章看了罗帕，登时发怒，不别而行，意不知是何缘故，心内十分惶惑，便把申生轻轻推醒。申生开眼一看，日已过午，不觉大笑道："为何饮酒不多，便是这般沉醉。"就问："吕肇章怎么不见？"凤娘叹息道："吕肇章心怀不仁，郎君还在醉梦里。"申生听说大惊道："这是那里说起？"凤娘便把灌酒窃帕之事，细细述了一遍。申生听罢，抚髀叹道："罢罢罢，我倒中了那厮的奸计了。"心下是想道："那厮得了诗帕，必然送与崔老伯，若不速行，祸必至矣。"遂沉吟了一会，叹息了一会，一时踌躇不定。凤娘问道："细观郎君，忧疑不决，必有所怀，何不明言，与妾商之。"申生就把心事，细细说出道："为此，小生惟恐祸临，将欲远避他方。只是缺少盘缠，无从措办。"凤娘道：

"据妾遇见，亦以郎君速行为上。若无盘缠，妾有私蓄数金，并金钗一枝，愿以相赠。"说罢，就把数金并金钗拿出，赠与申生。申生接来，急忙拜谢道："小生偶与贤卿一面之识，就蒙钟爱，异日定当图报。"遂即趋步出门。忽听得背后有人唤道："申相公且慢行，等我一等。"申生回头看时，是崔义赶来。就问道："你来怎么？"崔义跑得气喘吁吁，说道："小人是因小姐特着彩霞出来，致小人传语相公，作速远行，不宜再至。寄来书一封，吩咐到前途拆看。"申生接书，急雇了牲口，连夜赶至临平。是夜宿于旅邸，取出小姐书来，拆开细看。只见书上写道：

　　妾晌家君报信云，已面嘱府尊，只在早晚，便欲执君下狱。妾之死生，不足虑。君宜微服远避，弗致缧绁遭殃。幸甚，幸甚。惟恐穷途乏用，特令价驰奉金簪一件，少助路费。欲成一诗寄慰，仓卒不能。止有半律奉览，惟君垂谅，不宣。

　　一片相思化作愁，贞心难息谤悠悠。

　　青山只阻寻君梦，碧水何能洗妾羞。

申生看毕，不觉泪流满面，喟然叹道："小姐小姐，你为我，这样用心。只可怜，自今一别，再无会面之日了。正欲展开再读，适值灯尽油干。唯闻窗外雨骤风狂，疏疏滴响，浩叹一声，只得和衣假寐。俄而鸡声三唱，冒雨登途。因为风雨所阻，在路耽阁，行了八日，始抵金阊，将欲潜访荀生，拟议避迹之所，不料荀生，半月前已往靖江去了。左思右想，无路可投。忽然记起表兄元尔湛，向在镇江行医，不若到彼，再作区处。主意定了，遂买舟而往。及到镇江，寻访数日，并不见元尔湛医寓在那里。

忽一日，城外闲行，劈头遇着元尔湛，惊问道："贤弟自在临安肄业，为何今日来到此处？"申生道："路次不及细谈，此间有一酒楼，屈兄上去，从容奉告。"遂一同步到楼上。只见那间酒楼，正靠大江，纱窗朱槛，潇洒洁净，两个就对面坐下。申生把那前后事情，备细说了一遍。元尔湛闻言，再三安慰道："诗帕虽则可疑，奸情未有实迹，就拿到官司，亦可致辨。今贤弟既然远来，敝寓近在金坛，不妨到彼处暂住，幸乞放心。"此时店小二已把酒肴陆续捧上，两个就临窗对饮。不多时，只见一个彪形大汉，踱上楼来。那人生得如何？但见：

七尺躯威仪凛凛，两道眉气色堂堂。须髯如戟，面阔耳长。头戴蓝巾，身穿白裕。若不是黄衫豪客，必然是刺虎周郎。

那人上楼，四围一看，只见临水座位，众人坐满，便焦躁道："你们通是这般坐定了，教俺坐在那里?"申生看他气宇不凡，料非寻常之辈，便起身拱手道："足下尊意想要靠窗而坐，小弟这里只有两人，何妨共棹一谈。"那人笑道："也好，也好。把我这个卤汉，配你两个酸儒，倒也使得。"遂把一张交椅，向南打横坐下。店小二就捧起一壶酒，两碗鱼肉上来。那人道："鱼肉骨多，俺不耐烦吃他。有大块肉多拿两碗上来。"店小二又把牛肉羊肉猪肉一齐捧上。那人就把巨杯斟满，一连吃了二十余杯。拿起双箸，把三四碗肉顷刻吃完。一眼觑见申生那边剩有余肉，又拿过来，一顿吃尽。把须髯一拂，大声笑道："俺食量颇宽，二兄休要见哂。"申生道："细观足下，气概不群，仆辈区区，幸逢联席。只今南北交兵，疆场多故。试论天下大势，后来究竟如何?"那人道："莫怪北边侵犯，南朝自无人物。他交兵的只管交兵，俺吃酒的只管吃酒，干我甚事。说他怎么。"元尔湛道："足下虎头凤眼，相貌惊人，何不效力戎行，以取斗大金印。"那人道："胜则招忌，败则受诛，俺怎受得这些腌臜之气，要这金印何用。"申生道："足下议论慷慨，使人听之，爽然自失。仆愿闻足下高姓大名，志之不朽。"那人道："兄辈只晓得几句正心诚意，俺只晓得一对拳头舞弄，但取异时相识，何须道姓通名。"便站起身来，靠在槛上，向着申生、尔湛笑道："两兄可晓得这浮云流水么，那浮云暗暗，都是古来这些英雄的浩然之气。那江水滔滔，都是古来这些英雄不得志于时的泪血流成。"说罢，又抚掌大笑，连饮数杯。饮罢，就在腰间取出银子，唤起店小二道："俺与你纹银一锭，连这两位的酒资俱在里边，多也罢了，少也罢了。"遂举手向申生、元尔湛一拱，竟自下楼而去。元尔湛道："贤弟，此人何如?"申生道："弟细观此人，即孟轲所谓狂者，子长所谓侠士也。"只有那满座饮酒的，也有骇他食量忒宽，也有厌他狂妄太过，也有羡他轻财不吝，也有爱他议论精奇，彼此互谈，纷纷不一。此时日已过西，元尔湛多饮了几杯，颓然欲醉，遂扶在申生肩上，缓步下楼。是夜，两人在客店投宿。次日早起，申生同元尔湛就往到金坛寓所来。原来尔湛并无妻小，只有一童一仆，房室数间，清幽僻静。申生住下，最便读书。只是一心念着玉英小姐，朝思暮想，寝食俱忘，而容颜渐瘦，不觉恹恹成疾。尔湛观他形状，

为他候脉下药，慢慢调理。又知他得病因由，再三安慰，不在话下。

　　再说崔公，当夜点兵前发，名虽一万，实不上五千，又都是些疲癃老弱之卒，惨然叹道："如此将士，岂堪临阵。我固知贾贼设谋陷害，置我死地。但我崔信一身不足惜，却不坏了国家的大事。我想这贾贼误国欺君，日甚一日，将来事势，不知何状。"忽又慨然道："昔日马伏波，愿在沙场战死，以马革裹尸。我今为国从征，只宜奋力杀贼，何必虑着寡不敌众，以慢淡心。"遂昼夜驱兵，兼程而进。不满旬日，已到襄阳，离城尚有四十余里，崔公就令军士安下营寨，先着一个探子，前去探听元兵虚实。探子领命，去不多时，只见慌忙走来，回报说："前面不远，俱是敌军守住，约有十万之众。只在早晚，就要破襄阳了。"崔公听说，便即传令，聚集将士商议道："贼势浩大，襄阳危在顷刻。我欲进兵交战，不知你等众将，有何高见？"只见先锋苏有爵挺身向前，备陈破敌之策。要知苏有爵说出什么破敌之策"且听下回分解。

第七回 襄阳城火龙援难　阮家庄太公留宾

诗曰：

　　杀气横空万马来，悲风起处角心哀。

　　年来战血山花染，冷落铜驼没草莱。

　　却说崔公，唤集诸众，商议进兵之策。先锋苏有爵向前道："某闻，将在谋而不在勇，必须知彼知己，谋而后动，方能取胜。目今彼众我寡，若与交战，其势必败。若坚垒不出，又失千里救援之意。据愚意，须在树林密处，多设旗识，使彼不能知我虚实。更得一人潜入城内，约吕刺史里应外合，然后明公在中，某与将军汪宪分为左右二翼，三路夹攻，则一战可胜，而敌军可破矣。某见如此，未识明公钧意还是如何？"崔公听说大喜道："将军所言，正合吾意。必须如此，方能胜敌。"遂令传示各营，俱要依计而行。将军汪宪大呼道："明公不可听那先锋之言，元将智勇俱备，况有十万之众。我军带甲之士，不满五千。若与彼争衡，譬如邹人敌楚，不战而自溃矣。为今之计，还是深沟高垒，坚守为上。"崔公揣知将士，皆怀寡不敌众之见，各无战意。遂扬言道："本督年已六旬，岂不知生死而乐于战斗哉，顾以君命难违，国恩宜报，即使血溅野草，尸枕荒郊，亦其分也。况乘天子威灵，以正伐邪，以天讨逆，纵使彼众我寡，何足为惧。尔等正宜奋勇争先，以图克捷，封妻荫子，书名竹帛，在此一时，何乃畏避偷安，以挫锐气。设或尔等有异心，何不斩我之首级，献到彼营请赏。若欲本督听从尔等，固守不战，是同为叛逆，本督决不为也。"于是诸将俱踊跃应命，刻期整备交战。

却说元将伯颜，足智多谋，有万夫不当之勇。同着史天泽，提兵十万，夹攻襄阳。只因城内粮草甚广，又值刺史吕文焕，率领将士，昼夜防守，十分严紧，所以围困半年，不能攻破。忽一日，正在营中商议攻城之策，早有细作来报道："启禀元帅，南朝特遣龙图阁学士崔信做了总督，领兵一万，已到丁家洲了，不日就来交战，元帅须要准备。"伯颜听说，急忙聚集众将道："闻得宋兵将近，汝等诸将，谁肯为我出战，以破其锋？"一人应声出道："小将愿往。"伯颜视之，乃虎卫将军张汝彪也。便叮咛道："我闻崔信，虽系文官，悉知他做人忠直果敢。他若督兵，必然号令严肃，将士效力，汝不可将他藐视轻敌，务要用心交战。倘能得胜回来，自当重赏。"张汝彪欣然应诺，即将本部人马，直到阵前搦战。宋朝阵上，旗门开处，一将当先，鼓勇而出，乃左将军史文奇也。张汝彪见了，更不通名打话，举枪直刺。史文奇急忙跃马，挺刀相迎。两个抖擞精力，一来一往，直斗至三十余合，不分胜负。正在战酣之中，忽闻炮声连响，城内吕文焕早已开城，领众杀出。张汝彪疾忙拨马回身，就与吕文焕交锋。未及一合，左边汪宪，右边苏有爵，两军一同杀到。张汝彪措手不迭，被苏有爵大喝一声，把枪刺落马下。崔公看元兵已败，便驱动后军，乘势掩杀。忽见前面尘埃起处，伯颜自统着大军接应。时已天色傍晚，不敢恋战，各自鸣金，收军回营。伯颜败了一阵，又损了一员骁将，心下闷闷不悦。忙请史天泽入营商议道："我与公自从提兵到此，所向无敌，未尝少有所挫，不意今且反为崔信所败。明日战时，必须用计，方能擒了崔信，未审公有何高见？"史天泽道："我方才差人打听，已悉知崔信虚实。他兵卒不满五千，明日出战之时，吾军须要分为二路，公统大兵自与崔信交锋，某以一军，伏在城外，截住吕文焕，则彼兵里外不能相应，而崔信必为成擒矣。"伯颜听说，抚掌称善，依计而行。

且说崔公，当晚胜了一阵，召集众将道："今日此胜，皆赖汝将士之力，自当计功加赏。但不可以一胜而有怠心。今有总制江臣，驻兵汉口，我已差人，连夜驰檄，约他明日领兵前来策应。你等明日务宜鼓勇争前，以差克敌。"诸将皆喏喏，应声而退。到了次日，已牌时分，江臣遣人来报，说总制已于四鼓发兵，只在日中准到。崔公大喜道："江臣若来，吾破贼必矣。"即传令诸将，拔寨而起。遂驱兵前进，离襄阳数里。

驾鸯配

伯颜大军已至，两阵对峙。苏有爵当先骤马，元将帖木不花挺枪出迎。战未上十合，元兵漫山遍野鼓噪而来，竟把宋兵围在垓心。苏有爵、汪宪紧紧保着崔公，左冲右突，不能得出。因至日中，仍不见江总制策兵接应。但闻伯颜传令道："不可走了崔信。"崔公回顾左右，将士止剩二百余骑，怎当得四面矢如雨点。仰天大呼道："陛下为奸臣所误，非由老臣不能尽力之故也。"遂执剑在手，将欲自刎。只见狂风骤发，乌云蔽天，云端里露出青龙一条，背上骑着一位真人，手挥宝剑飞下来。只在崔公头上，左盘右旋。俄而风威愈疾，走石飞沙，暴雷一声，大雨如注，平地水长数尺。元兵无不惊慌退后，自相践踏而死者，不计其数。过了一个时辰，云收雨歇，月色微明。崔公举眼四围一望，见元兵早已退远，左右并无一骑。只听得胡笳互动，四边刀兵之声不绝，竟不知从那一条路去，可以脱离襄阳，又无人可问。正在踌躇，忽闻空中有人唤道："龙图公何不由东北而往。"崔公遂把袍盔弃下，扬鞭骤马，只捡东北大路而行，果无伏兵拦阻。行至次日辰时，人倦马乏，前阻大江，四面并无烟火。正不知此处是何地名，又饥又渴，只得系马垂杨，坐在崖上。远远望见，芦苇深处，撑出一只小船。船上坐着一个钓翁，口中唱道：

> 锦绣山河半已虚，纷纷世局更何如？
>
> 从今买个沙棠艇，闲泛秋江学钓鱼。

崔公听毕，急忙向前问道："我乃远方过客，只因避乱迷路，不知这里是何地名，何处可有饭店？望乞老爷一一指示。"钓翁道："这里是均州地界，远近数里，并无饭店招寓客商，唯向西去，三里之处，有一阮家庄，庄上有一个阮太公，做人仁慈宽惠，乐善好施。若是客官迷路受饥，须要到阮家庄相告，那阮太公自然置饭相待，指点客官路程。"崔公听说，谢了钓翁，遂策马向西。行不数里，果见一所高大庄舍，门外绿槐数株，群犬绕溪而吠。将及到门，有一老者，手携竹杖，启扉而出。崔公看见，跨下雕鞍，向前施礼。老者慌忙答礼。举目向崔公仔细一看，便俯伏在地道："果是崔大人降临，望恕阮某失迎之罪。"崔公连忙扶起道："老丈可是阮太公么？"老者点头答应道是，延入草堂，即时唤过从者，捧出酒肴，请崔公上坐，亲自执壶送酒。崔公正在饥渴之际，也不暇谦让，连忙举杯执箸，吃了一回，乃从容问道："下官败阵而走，行了一夜，方到贵庄，不知老丈何以预知崔某？又不知尊庖为何备成如此盛馔？"太公道："昨夜阮某睡至三鼓，梦见一个真人，骑在青龙背上，对阮某说道：'明早有一个崔龙图战败，到这庄来，汝宜预备酒肴，不可怠慢。'为此，老拙登门而看。一见贵人风度，料想必是大人了。只是朝中多少勋卫将官，受了国家爵禄，怎不遣他出征剿寇，大人年齿既尊，又是文职，反要提兵救援，这是为何？"崔公便把为着贾似道专权误国、抗疏劾奏、反被贾似道陷害的事，细细陈了始末。太公闻说，抚然叹息道："大人既与权臣作对，今又战败失机，若到长安，必然被权臣所害。不若就在敝庄暂住几时，未知大人意下如何？"崔公闻言，欣然致谢。自此，就在阮家庄住下。

且说将军汪宪，乘着风雨骤至，弃了崔公，纵马突围而走。心中想道："我今战败而逃，难以回去。闻得崔爷向贾太师有隙，不如乘此机会，先去报知太师，只说崔公不信忠言，以致丧败。那时贾太师听我这话，必然欢喜，却不是个免罪的妙策。"主意已定，星夜赶到临安，进入相府，哀声哭禀道："俱是崔龙图不听小将之言，致有丧师之事。"贾似道听说崔信战败，心下大喜，忙与谢延用商议道："崔信拒谏丧师，自然死罪难免。我闻他单生二女，年已及笋，美艳绝世，意欲遣人夺取为妾，惟恐朝绅物议，不识汝意以为可否？"谢延用道："罪人妻女，原应入官为婢，况以太师爷的威令，这些朝绅，谁敢议论。只是事不宜迟，明日就该劫以归第。"贾似道大悦，重重赏了汪宪，准备次日行事。汪宪此时，不惟免罪，而反得了许多赏赐，满怀欢喜。步出府门，遇着一个相识的朋友，叫做毕宗义，乃是崔公衙役。见了汪宪，愕然惊问道："汪将爷已归，必然得胜了，为何龙图崔老爷尚无音信？"汪宪道："你还未知，崔老爷已在襄阳战败，丧了一万军马，亏我力战得脱，先来报知太师。太师说，崔信丧师辱命，自然死罪难免。罪人妻女，例应入官为婢，议在明日，就要来拿两个小姐并夫人，归到相府了。"毕宗义闻言，不觉大惊。慌忙别了汪宪，赶到西湖园内，请见夫人，报知其事。夫人与玉英、玉瑞听闻此信，吓得魂不附体，一堆哭倒。官家崔义，再三劝慰道："奶奶、小姐，哭也无益。依着小人愚见，三十六着，走者上着。"李夫人听了，拭泪

道："这两个小姐，从幼不出闺门，今教他出头露脸，走出他乡，这也无可奈何。但未知何处可以潜迹？"崔义道："老爷的同年吕老爷，住在常州府靖江县内，前日曾有书来，要与老爷联姻。就是吕相公，也在我家读书二载，今奶奶、小姐忽遭此难，必须避到彼处，那吕老爷怕不隐护照管么。"李夫人闻说，寻思半晌，无计可施，只得依允着。就去雇下船只，李夫人与二位小姐，收拾细软什物，只带了彩霞、桂子，当晚悄悄下船，向常州靖江县而去。未知此去。吕时芳果可曾留否？欲知后来端的，且听下回分解。

第八回 投香刹错认苟文
闻美艳计劫玉英

诗曰：

推窗何所见？所见惟竹杯。

侧耳何所闻？唯闻鸟雀音。

终岁终交游，犹秘自搜寻。

开讲莫草草，须议古人心。

遇奸辄唾骂，遇贤若盍簪。

更遇香艳事，如听司马琴。

莫言我居僻，我居趣自寻。

却说李夫人，带玉英、玉瑞并侍女彩霞、桂子，同管家崔义，当晚一齐下船。不则一日，过了苏州，将到无锡。只因天色已暮，就在一个村内停泊。到了黄昏时候，忽闻四野喊声大举，满村男妇，俱纷纷然携老扶幼，趋出荒效躲避。崔义大惊道："夫人小姐，速速上岸，有强人来了。"话犹未绝，一声炮响，贼船已至。李夫人与玉英彩霞在前，玉瑞与桂子落后几步，被贼把玉瑞、桂子拿住，拖了下船。火光之下，远远望见，舱内坐着一个穿红袍的，大声喝道："我已吩咐不许掳掠妇女，怎么故违吾令。"那贼曰："他是个宦家女子，若拿到寨中，怕他家里不来持钱取赎。"穿红的又喝道："既如此，放在前舱，不许罗唣。"众贼一哄上崖，俱是红布包头，手持枪斧，合村约有五千余家，沿门抢劫，直至更余，满载而去。

原来那伙强徒，乃是宜兴巨寇，刘新部下。自常州一带，以至吴江等处，无不受其荼毒。话休絮繁，李夫人与玉英小姐，等得贼去下船，见玉瑞与桂子被贼拿去，放

声大哭，彩霞亦觉感伤不已。次日饭后，方开船前进。及到了靖江县内，先着崔义上岸，问至吕衙，快入通报。那吕时芳自从吕肇章归后，悉知罗帕之故，已把姻事搁起。当日又闻崔公战败，贾似道拟他死罪，要拿他妻女入官为婢，所以李夫人同小姐避难而来，要在吕家潜迹。吕时芳心下转觉不快，便着家人回答道："家老爷与夫人俱不在宅，我们不敢主意，烦乞官家致意奶奶，不便留住赠饭了。"崔义急忙到船回复，夫人泣然流泪道："既是吕公托辞回却，致我进退两难，如何是好？"崔义道："小人闻得，离县数里，有一个尼庵，十分幽僻，不若夫人小姐暂到庵内避迹几时，另为区处。"李夫人点头道："事已至此，只得依汝。"遂算还船钱，起身上岸，一路问到尼庵门首。敲门数下，早有老尼启扉延入。献茶已毕，备问来意，李夫人就述避难借居一事。老尼道："出家人以慈悲为本，既是夫人小姐遭难而来，安有不留之理。但敝庵有一檀越，是本城乡绅江部制的公子，叫做江仲宣，不时在庵随喜，倘或见了小姐这般美貌，未免生起祸端，不若夫人再往别处去罢。"夫人沉吟半晌道："宝庵静室，决非一间，老身与小女，自当闭户潜踪，料想无事。

正在谈论，忽见一个小尼走进来，连声催道："荀相公唤茶要紧。"你道那荀相公是谁？原来就是荀绮若，自与申生别后，回到苏州，便为江总制延请，到家做了西席。只因江公子花柳情深，文章意浅，那江老夫人，又严于训子，事在两难，只得托言庵内清幽，可以肄业。其实便那江仲宣出外游玩。当下，老尼送茶出去，荀生笑道："忽闻殿上有女菩萨的声音，不是挂幡，定来斋佛，这是老姑姑的生意人进门了。"老尼道："相公竟猜不着，乃是崔龙图老爷的夫人、小姐，避难到此。"荀生闻说，急问道："当真是崔小姐么？"老尼道："岂有不真之理。只是小尼一时失口，还望相公遮隐，切不可与那江大爷说知。"荀生应诺，心下暗想："二小姐玉瑞必然同来，我的姻事，却在此处。"便笑道："小生向在崔衙读收，曾与二小姐会面，蒙以玉鸳鸯为订，必做夫妻。今避难而来，可谓天从人愿。烦乞姑姑，就把玉鸳鸯带去，瞒着夫人，悄悄递与小姐，约在晚间一会。好事若成，必当重谢。"老尼听了，满口应允道："这是好事，愿当效力，怎敢望谢。"却不知二小姐可有第二个小姐，竟把玉鸳鸯送与玉英。玉英又错听了，荀生误做申生。接过玉鸳鸯，不胜欢喜道："谁想申郎在此读书。正要与他一会，以决终身之事。"遂与彩霞商议，直等老夫人睡熟，便悄然启户趋出外厢。此时，荀生正在倚栏专等。远远望见小姐出来，走到跟前，深深一揖。玉英抬头把荀生仔细一看，觉道面容差异，吃了一惊，转身就走。唤过彩霞道："那人素昧平生，为何冒做申欺郎哄我。"彩霞道："此即申相公同伴读书荀生。"那玉英听说，便把玉鸳鸯丢在地上，拖着彩霞，急急进户，闭了房门而睡。荀生拾起玉鸳鸯，连声嗟异道："奇哉奇哉，为何见我，反把玉鸳鸯掷下，竟自转身进去？"左思右想，不解其故，闷闷不乐。只因两个小姐是同胞生的，所以面容相似，竟使荀生识认不同。到了次日，方欲进见李夫人，启问被祸之故，不料那年正值大比，本县置酒作饯，促赴公车。荀生惟恐误过选场，忙把行李收拾，同了一班社友，即日便往临安应试。

却说江公子，名虽读书，其实不通文墨，所以临试之期，推病不往，且等荀生起程之后，便即出来闲耍。一日，自言自语，坐在厅上，闷闷不悦。家童得财道："大爷今日为何眉头不展，面带忧容？"江公子道："我要娶一个绝色美妾，嘱托媒婆，为何多时不来回话？因此这几日心内不悦。"得财道："小人昨日，奉着妈妈之命，把那灯油送与庵内老尼，只见殿后立着一个美艳佳人，真有沉鱼落雁之容，闭月羞花之貌。小人就问那老尼，这女子是什么人？那老尼支吾说道，是个宦家小姐。我想大爷既慕娇色，何不将此美人娶来，朝朝寻欢，夜夜取乐，岂不更胜于问柳寻花。嘱托媒婆，四方寻觅，终不得一绝色美人，得以寻欢恣意乎。"江公子听了，心喜发狂，不禁手舞足蹈起来。便道："若果能得了此绝世美人为妻，我便重重赏你。既然是宦家小姐，恐有了对头。倘去求亲，万一不许，如之奈何？"得财道："此却不难，那前日小人遇见之时，看他行容羞涩，唯恐人知，又不见了一个男人出入，内中或恐是避难到此。公子若嘱媒求音，诚恐见拒。依小人主意，不若选一二十个雄壮人丁，扮为强盗，明火执杖，直入内室，抢出美人，另预办几只小船，泊在江中俟候，待抢了来时，放在船中，载回家中，人鬼不觉。未知公子意下如何？"公子闻子大喜道："此计大妙。"即刻整备不题。

却说崔公家中，藏有一幅画龙，前日书斋饮酒，被一个道人点了眼睛，化为真龙腾空而去。前日崔公襄阳战败，正在危急，忽见真人骑一条青龙，救出重围。兹知江公子要谋劫玉英，真人知玉英已经许了申生，恐江公子劫去，为他所辱，玉英必然身死。于是化为道人，向尼庵而来，向老尼道："老道在临安，闻崔公出兵救援襄阳。前日兵败，龙图公逃往他方。又闻贾似道要论龙图公死罪，妻子没官为婢，即要取小姐入相府，老夫人及小姐逃往他处避祸。老道四面寻访，不知下落。近闻夫人舟泊苏州，

老夫人及小姐寓在宝刹，特来化他一斋，并要面见说话。"老尼只得进房，报知李夫人。李夫人不胜惊异，就叫老尼备斋，款待道人，自即移走出房，与那道人相见。见他头戴黄冠，身穿羽衣，举止安闲，丰神脱俗。有顷，吃斋已结，道人取出琴弦一根，送与李夫人道："令爱小姐，若遇灾难到时，只取清水一盏，把那琴弦放在水内，自然免祸。牢记，牢记。"遂抽身作谢而去。

是夜，夫人小姐，在房中挑灯对坐。夫人泣向玉英道："你爹爹战败襄阳，未知生死若何。你妹子陷于贼营，料必多凶少吉。日间那个道人，又说你就有一场灾难，教我做娘的怎生放心得下。"玉英听说，止不住两泪交流。彩霞劝道："吉人自有天相，夫人小姐还要宽心保重。"时已更余，忽闻纱窗撬响。侧耳听时，又若数人，疾步而至。夫人大惊，忙着彩霞唤向老尼。只见一人，身长躯伟，手执木棍，破窗而入，竟把小姐负在背上，开了房门，急急而去。夫人见了，连忙大声喊叫，旁有数人，持枪走过，大喝道："你若再大声喊叫，我就一枪了。"及至众尼一齐起来，出外看时，只见二十余人，明火执杖，劫了小姐，奔到江边，下船而去。原来江总制家，离庵只有数里，所以得财用计行劫。

江公子点着巨烛，坐在外厢等候。俄而得财悄悄报入，说美人已经劫来，船已到了。江公子闻说，不胜欢喜。踱来踱去，身乱发狂，连声吩咐："快着两个侍女，扶他上岸，不要把那美人惊坏了。"不多时，两三个妇女，扶着玉英而至。但见，泪点盈盈，鬓鬟云乱，常服悴容，自然艳丽。江公子满面堆笑，近前深深一揖，道："美人但请放心，不消忧虑，我大爷极是一个风流知趣的，与你今夜欢会，夙缘非浅。"玉英大哭骂道："汝等夜深行劫宦家闺女，真盗贼之辈也，我今有死而已，汝何必多言。"江公子笑道："汝今已到我家，只怕插翅也难飞去，快快顺从为妙。"玉英厉声叱道："我乃宦家之女，决不肯被你狗彘所污。"江公子不由分说，向前搂抱，玉英忽然想起那道人所赠琴弦，带在臂上，便道："我今已至此，自然从汝，何消强逼，汝有清水，可拿一盏来我吃。"江公子闻言欢喜，便唤婢女，把水拿至。玉英急忙解下琴弦，入放盏内。就觉宛转活动，顷刻间化成一龙，足有一丈余长，张口伸爪，向着江公子一跳。江公子吓得魂不附体，翻身一交，跌在地上。众婢女大惊失色，转身就跑。口里乱嚷道："不好了，那个女娘，想是一个龙精了。"随把江公子扶进房内，倒在床心，面色已是蜡黄，不省人事。停了一会，那龙依旧变做琴弦。玉英暗暗祝谢龙神，取来仍系

于臂。自后，江公子一病月余不能全愈，再不敢谈着玉英二字矣。

话休絮烦，且说申生，自住表兄元尔湛寓内，倏忽半年，闻得朝廷开科取士，遂与元尔湛作别。想起荀生馆在靖江，便由靖江而去。将欲会了荀生，同他到临安应试。一夜，泊舟江畔，将至三鼓，忽闻连珠炮响，舟子大呼道："相公快些起身，贼船将近了。"申生梦中惊起，只闻喊痛一声，那舟子已是连中数箭，立身不住，跌在水里去了。急得手忙脚乱，遍处寻衣，贼已走进舱内，取出麻索，竟把申生捆做一团。当夜约有五十余船，俱被群盗拿住，一同解往贼营。到得岸边，只见旗帜鲜明，刀枪密布，大小船只，远泊数里。俄而鼓声三响，就把所拿众人，陆续解进。那个贼首，叫做刘新，生得身长七尺，腰阔数围，面黑眼圆，力能搏虎。手下还有两个结义弟兄，同为寨主。聚众数万，官兵屡讨，不能平定。

当下，刘新坐在中军帐内，唤过众人，一一审究。若有金银货物的，给付令旗，发还船只。若没有买命钱的，喝叫左右，推出枭首。一连斩了六个，次及申生，战兢伏在阶下，自料必死。刘新大喝道："有何财帛？从实招称。"申生哀告道："小生一个穷儒，寓往靖江亲友那里，有什么财帛，伏乞大王饶恕，恩感二天。"刘新闻言，便叫"推出辕门，斩讫报来。"申生闭目待刃，未知能留得命否？且听下回分解。

第九回　绿林寨中逢故友
　　　　　龙虎榜上两同登

诗曰：

东陵巨寇勇莫比，提刀杀人心便喜。

其中亦有豪侠儿，有眼能青为知己。

今日相逢能解厄，当时犹幸曾相识。

羡尔春风得意时，今朝看花马蹄疾。

　　却说刘新左右，把申生推出辕门，正要斩首，急有一人，近前视之，忙大呼道："此我故人也，不可动手。"遂亲手解开绑缚。申生开眼把那人一看，面虽识熟，竟不知是何名姓。那人就扶申生进帐内，对着刘新道："此位乃是姑苏申起龙，当今名士也。向与小弟莫逆至交。"刘新慌忙出座，与申生施礼道："弟之友，即我之友，适间冒犯受惊，幸乞恕罪。"申生亦拜谢道："感承二位不杀之恩，自当生死衔结。只是小生不知进退，反有一言唐突。那些过往客商，取其财帛则可，若戕其性命，似觉死非其罪。还乞二位暂宽一面之网，以广天地好生之德。"刘新听罢，大笑道："我每不知为着什么话了，杀人心下便喜。既承申兄相劝，今后敢不领教。"便唤左右，把阶下三十余人，俱给与令旗，发还船只，着他回去。申生亦起身作别道："小生为着试期已促，不敢久留，就此告辞，尚容后谢。"那人抵死留住道："小弟敝营，就在咫尺，正欲与申兄促膝细谈，岂有遽别之理。"遂辞了刘新，邀至后边寨内，分宾主坐定。唤茶两次，那人走入寨后去了。一会便出来，对申生道："拙荆仰慕大名，亦欲拜见。"遂有群婢，簇拥着一个妇人，步出中堂。生得轻盈窈窕，年纪约有二十余岁，向着申生，徐徐施礼。申生忙忙答礼。礼毕，那妇人退入寨后，随后摆开椅桌，罗列珍馐，极其

丰盛。申生再三谢道："萍水相逢，谬叨厚爱，但足下虽极面善，竟忘记了尊姓大号，幸乞赐闻，以便铭之肺腑。"那人笑道："原来仁兄如此健忘。小弟即长沙府任季良也。曩岁西湖，曾与仁兄并苟兄绮若，杯酒订盟，盘桓数日，仁兄岂忘之耶。"申生愕然醒起，离席而谢道："原来就是季良兄，小弟殊为失敬，负罪不浅。"季良道："只因到迟，有累仁兄受了惊，恐还是小弟之罪。"两人抚掌大笑，遂令左右，斟酒送席，尽欢而饮。申生道："小弟有书箧在船，未审尊从曾为检点否？"季良道："小弟已令小校取入舍内矣。"两个把盏酬酢，直至更余，方才罢饮。次日早起，申生又欲告别，任季良固留不放道："小弟必要屈留今日，以罄余惊。只在明辰，便当遣舟，奉送仁兄起程。"遂拉了申生，向那茂林幽竹之处，徘徊闲眺。既而左右无人，申生从容问道："小弟细观足下，武艺超群，人材出众，若肯为国驰驱，挥戈退虏，则肘后金印，定为君有。今日足下啸聚山林，名居盗跖，非大丈夫之所为也。小弟恃在至契，辄敢进以药石之言，惟君急宜醒悟，不可久留于此。"任季良喟然而叹道："小弟只为父死报仇，手伤二命，惟恐官司追捕，勉强避踪此地。若朝廷假以自新之路，小弟当稽首辕门，将功赎罪。至于结义刘兄，实非小弟之本心也。"申生道："小弟到长安，倘或朝绅议剿议抚，定当为兄周旋走□相报。"任季良闻言，欠身下拜道："仁兄肯为小弟如此周旋，感恩不浅。"两个又把闲话谈论了多时，方回寨内。当晚，少不得置酒款待，不消细叙。

到了次日，早膳已毕，任季良取出行李，付还申生道："仁兄宜仔细检点，倘有遗失，小弟当查奉还。"申生笑道："小弟乃彻骨穷儒，惟此古书数箧，破衣两件，破被一条，何须查检。但简内有诗笺二幅，最为要紧，不知有在否？"遂启简一看，只见玉英秘寄之书，半律诗后，又续写四句道：

命薄可怜重遇难，魂惊空忆故园秋。
云笺虽见人难见，未续新诗泪已流。

申生看毕，愕然惊异道："敢问季良兄，此诗还是何人续咏？"任季良道："仁兄不消疑问，寨内有一个崔小姐，正欲出来见兄。"申生听说，转觉惊讶不已。少顷，只见崔小姐玉瑞，云鬓不整，绿惨遥山，徐步而出。见了申生，未及开口，先已泪如雨下，

呜咽多时。方把避难中途，被劫入寨之事，备细告诉一遍。申生便向季良道："仁兄既肯伏义，遇少艾而无邪心，较之鲁男子柳下惠，尤觉过之。只是老夫人与大小姐，既在靖江，吾兄何不将船送去，免二小姐之虑，释老夫人之忧。则崔公或在或亡，均为感激无穷矣。"任季良道："小弟在一月前，亲到吕衙访问，他道崔夫人已别住他处去了。小弟又向城外城内，细细访觅，竟无消耗而回，非小弟之不肯用心也。"申生又向玉瑞劝慰道："小姐，既有任兄保护，权在这里，暂免愁烦。"俟小生入试之后，便当寻觅尊慈与令姊消息。那时即便遣人驰报，迎请小姐回去。后会有期，幸惟珍重。"言讫，遂起身作别。玉瑞又说道："申君既去应试，必然遇着那荀……"刚说到一个荀字，就住了口，不觉桃脸晕红，泪珠滚下，竟不及终语而退。申生又到前寨，谢别刘新。任季良命小校捧过白银四锭，赠为路费，直送至十里之处，方才转去。

且说申生在船，一路晓风夕月，止有万虑千愁。到得临安，刚欲进城，只见城门左首壁上，粘着一纸道：

> 姑苏荀绮若，寓在吴山脚下张凤溪纸铺内。如申起龙到时，幸即过寓一晤。

申生看毕，大喜道："原来绮若兄已先到此了。"即时造寓相见，握手就坐，备叙寒温。遂在荀生寓内歇下。每日间惟把经史温习，准备入场。及至试期，两人一同进场。第一策是问战守孰便。第二策是问保国安民之略。第三策是问星辰愆度、风雨不时、灾变何由得弭？边壤日削，屡战不胜，兵势何由得强？咨尔多士，各述所见，以抒朕忧。当时二生坐位，同在一处。荀生就密问申生道："仁兄主意，还以战守何先？"申生道："能守然后能战，在我有自强之术，方可出兵制敌。若不审己量力，而轻易进师，鲜有不败者矣，故二者之间，须以守为主，而战次之。"荀生又问道："第二策保国安民之略，与第三策大意如何？"申生道："保国在于强兵，安民在于用贤。崇德省愆则天变可弭，信赏必罚，则兵势可强。"荀生闻说，点头称善，遂各凝神抒思，把三个策题，信笔挥就。约有五六千言，俱切当时利病。二生出场，暗暗得意，以为必中无疑。及至揭晓，申生名登榜首，荀生中在第三。二生向阙谢恩。皇上见二生少年才高，龙颜大喜，亲赐御酒三杯。及至谢恩之后，只得要去拜见贾似道。贾似道看见二

生，才貌双全，欣然留酒，同授翰林院学士。一时朝野咸称得贤之庆。

一日，二生泛舟湖上，置酒方饮。申生微叹一声，忽然下泪。荀生愕然惊讶道："年兄荣中状元，不日锦衣荣归故里，正在极欢之际，为何悲惨异常？"申生叹道："小弟有一腔心事，自来未曾与仁兄细话。只因曩岁假馆在崔公园里，崔公有女名唤玉英，曾把玉鸳鸯一枚，与小弟订成伉俪。不料崔公战败襄阳，存亡未卜。夫人与小姐避难，远窜他乡，信息全无。今日玉鸳鸯虽存，斯人何处？每一念及，不觉五内如剪。"荀生道："原来是为此事。年兄不消忧虑，前日小弟授经江氏，寓在尼庵。忽值崔老夫人与玉英小姐向庵避难，小弟因试期已迫，不及问候寒暄。老年兄既有此事，必须亲到彼处，托媒议姻，则老夫人必不推却，而玉鸳鸯之盟可践矣。"申生听说，大喜道："既是夫人与小姐避难尼庵，小弟只在早晚间，便告假还乡，去议亲了。"言讫，荀生想着玉瑞小姐，杳无音信，亦愀然不乐，微微叹息道："年兄的玉鸳鸯，已有下落。只是小弟的玉鸳鸯，徒抱睹物怀人之感。"申生慌忙诘问其故，荀生就把次小姐玉瑞，亦以玉鸳鸯相订，并前后事情，细细说了一遍。申生大笑道："原来年兄也有玉鸳鸯相订之事，尤为奇异了。只是小弟为着吾兄，直向虎穴龙潭，死里逃生，方得玉瑞小姐的一个实信了。"荀生听说，就问："玉瑞小姐，如今在哪里？"申生便把自己舟中被劫，乃至贼营，会着任季良，以至续诗半律，方遇玉瑞小姐的事，一一细说。荀生大喜道："既然如此，只在明日，小弟与吾兄一同告假回去，兄往靖江，小弟即写书求恳任季良便了。"说罢，各各欢喜，遂呼酒畅饮，直至夕阳西下，沉醉而回。

且说贾似道，有女琼娥，年已二十，未曾招婿。那一日，看见申荀二生，风流年少。一中状元，一中探花，心下十分爱羡，将欲选择一个，招为女婿，又难于去取。因想道："申荀二生，人物文章，难分高下。况姻缘之事，亦非偶然。今将二位名姓，书在纸上，分作两阄，置签筒内，向天祝告，用手将阄拈起，拈着者即系姻缘注定，就招为女婿。"主意定了，遂作两阄，置于筒下，向天拜祝告，以凭天配合姻缘之故。祝毕，拈起一阄，展开看时，乃是探花荀文也。似道意决，就着官媒，速至探花寓所，议说小姐姻事，立等回话。官媒不敢迟延，即来见荀生，备说："贾相府招亲，莫大之喜，望乞探花爷就把丝鞭受下。"荀生固辞道："下官未遇时，已曾议婚崔氏，岂可停妻再娶，万难从命。"官媒往返数次，荀生只是固辞。贾似道大怒道："这个小畜生，恁般无状，必须设计摆布他，方消我恨。"遂与心腹贾平计议。贾平道："欲要害他，

何难之有。近闻得剧寇刘新，势甚猖厥，只消用着前番害那崔信的故事，便可以送他的性命了。"贾似道闻言大喜道："此计甚妙，适值荀生告假回乡，似道遂不准告假，奏他有才可用，教皇上令他领兵二千，前往宜兴剿寇，即时起身，不得迟延。"皇上准奏。一闻诏下，虽不晓得军旅，然以小姐之故，欣然即行。申生已准告假回籍，将往靖江。临歧握手，再三叮嘱道："我观任季良，甚有投降之意。只是刘新恃强好勇，未即向善。手下又有一个祝千斤，名唤祝万龄，惯使双斧，真有万夫不当之勇。兄若出兵交战，切宜谨慎，须与任季良暗通消息，约定里应外合，方能取胜。小弟到彼，若会了夫人小姐，同返敝居，候年兄凯音也。"荀生唯唯，领教而别，遂引兵前进，宜兴剿寇。未知后来端的，且听下回分解。

第十回 代回书令使通诚 征巨寇延医进鸩

诗曰：

> 天意全佳偶，情深事亦奇。
> 春风双看杏，绣幕共牵丝。
> 合浦珠仍还，延津剑岂离。
> 从来多异迹，休把画龙疑。

话说宜兴巨寇刘新，正与任季良、祝万龄坐在前营计议，忽见细作来报说："朝廷差着新科探花荀文，领兵五千，前来搦战。"刘新闻报，即与任季良、祝万龄商议道："官兵既至，必须整备交战，未审二生贤弟，计将安全。"任季良答道："我闻荀绮若延对策中深知时务，颇达兵机。况以新进书生，骤领将权，必有材智过人，所以朝廷择用。今既率兵而来，必有扫巢履穴之计。我这里军兵，名虽一万，善战者能有几人。若使沿门抢略，是其所长；临阵援戈，是其所短。据着小弟愚见，还是坚守营寨，以观动静，此为上计。"言未毕，祝万龄高声道："二哥之言，何其懦也。我军深谙水性，行船如履平地。那些官兵，平时渡水，尚有覆溺之虞。况在红涛白浪之中，岂能操戈取胜乎。兼且我军熟知地理，胜则可以合围攻击，若不幸而败，亦足以凭水依山，守险抗拒。况那荀探花乃是白面书生，但知玩弄笔墨，岂识兵家妙算。只凭我这一双巨斧，必要杀他片甲不回。图主定霸，在此一举，二哥何故欲坚守营寨而不敢以战乎。"任季良道："不然，我辈所以结义聚众，只为着滥官污吏所迫至此。今堂堂大宋，虽则疆场未清，智勇之将，不计其数。带甲之士，尚有五十余万。设或抗讳不服，一旦四面合攻，则吾辈死无噍类矣。还是坚守营寨，审时度制，徐图归顺，方为上策。"刘新

道：“二位贤弟，欲战欲守，不消争论，愚兄自有主张。”遂唤众贼，分头埋伏，自与祝万龄，领军向前迎战，单着任季良保守营寨。任季良见众人出战去了，闷闷不悦，退出后营。只见小校领着一人进来，悄悄禀道：“荀探花老爷有书呈上。”季良拆书看时，上面写道：

　　襄自西湖一晤，至今时切瞻思。将谓足下，凤起龙骧，图功细柳。不意，以起牧之材，投附鼠窃之辈，陷身匪义，窃为足下羞之。今以圣怒赫然，诏予征剿。惟乞足下，谕以皇威，倒戈归顺，则可以反辱为荣，保全首领。设或狂悖如故，亦乞足下率众内应，以图自全之谋。功成之日，弟即回朝保奏，定当授官行赏，决不有负足下为国之心也。比闻崔小姐，向在营内。倘蒙力为庇护，弗致美璧生瑕，尤见足下高主，而鄙人亦佩德无穷矣。专此布达，幸孰思之，并望速裁回翰，不宣。

任季良看毕，急着其妻并此书带往玉瑞，令代回书。玉瑞见说荀生已中探花，心下十分欢喜。将书看了一遍，遂提起笔来，代任季良写回书，以达荀生道：

　　两年迢隔，每嗟客路风尘，一片相思时在。西湖夕月自闻，台台看花杏苑，殊慰下怀。弟因鼠迹萑苻，无由晋贺。讵意朝廷□□□今白羽麾兵，某敢不稽颡辕门，倒戈请罪。所恨犀谋不恂，主有难专。然某所以苟全性命，树帜潢□者，实有所不得已也。顷承翰诲眷眷，愧感交并，祸福之机，递顺之理，某已知之稔矣，容当从中取事，以报知爱之恩。崔小姐向在敝营，自有寒荆伴慰。先此布复，尚图临期驰报，不宣。

玉瑞小姐写讫，就拿出来，递与任季良观看。季良看了一遍，又叫玉瑞代他缄封。玉瑞又将寸楮，略草数行，咐寄荀生道：

　　妾虽身陷贼巢，幸藉任君庇护，得以保全身躯。只是一腔幽悒，难禁万种闲愁，而弱质恹恹，不胜憔悴矣。恭喜郎君高掇巍科，更获分符阃外。伏

惟临战谨慎，以图奏捷回朝，俾妾早离虎穴，得与母姊相会，皆出于郎君厚渥之所赐也。兹以便中，八行相嘱，惟君垂念，无任神驰。

玉瑞又写讫，即将回书封做一处，付与来使，回报苟生。苟生从头至尾，看了一遍，心下大喜道："若得任季良在内相助，乌合草寇，可以一战而破矣。又将小姐之事，展开细阅。只见中军官慌忙禀道："贼船鼓噪而来，老爷须要急急调将迎敌。"苟生闻言，便遣先锋褚明，提着双刀，应声而出。但听得喊杀连天，鼓声乱响。俄而哨兵忙来报道："贼船千艘，四周合击，前军已败矣。老爷火速进兵救应。"苟生大惊，急忙披挂铠甲，率起众将，向前开弓乱射。贼人应弦而倒，落水死者，不计其数。刚把前军救出，不提防祝万龄反从后面杀来，仍把官军团团围住。矢已射尽，贼船愈多。正在危急之际，忽见风云骤起，露出一条龙，鳞甲纯青，垂下尾来，竟把刘新的船，搅翻在水。众贼吃了一惊，忙把刘新救时，已被官兵鼓勇杀出。任季良惟恐众贼追赶，急忙鸣金收军。苟生回营，清点将士，损折三百余人，心中闷闷不悦。自此，两边困住，一边数日。忽见哨兵来报，说任季良使至。苟生叫他进来，使者将书呈上。苟生接书，拆开看云：

前晚战后，刘新因以惊堕水中，陡染狂疾，不见愈可。日来遍处寻医，未获延至。台台可于近地，觅一医生，着他携了药草，内带砒礵悄然直至后营，密与某相会，自有妙计。至嘱至嘱，勿误是幸。

苟生览讫，唤过来使道："你可回去，拜上你老爷，说书中所言之事，各已悉知，不日即来复命。如今不便回书了。"遂叫左右，取出白金十两，赏与来使，打发他去了，就欲遣人延访医士，忽报金坛元尔湛特来拜谒。

原来元尔湛打听申生已中状元，直到苏州称贺。恰值申生密往靖江去了，不及相遇，故行访至营中，寻问申生所在。苟生闻说尔湛至，便大喜道："尔湛兄若来，吾事必济矣。"遂请入营见。行礼毕，苟生就备告任季良暗请医生，用毒刘新之意，并许以重谢。元尔湛听说，欣然请行。遂携了药囊，闯进后营，正与任季良遇着。任季良附耳低言道："先生若到前营，看过刘新脉后，只说病已十分危急，非药石可医，待他恳乞再三，方可服药，须把砒礵预先杂在药内，又要哄他直交半夜方可煎服。倘或要留先生住下，先生佯为许允，待至黄昏左近，就着人相送，决不致有累先生也。"元尔湛一一领诺，就去前营看病进药，依计而行，不必细谈。

只说到了半夜之后，祝万龄疾趋到后营报进道："大哥服药，七窍流血，已经身死，二哥为何熟睡不起，却不误了军情重务。"任季良听说，佯作吃惊道："这是什么缘故？若是七窍流血，毕竟是服了毒药，那个医生如今在那里？"祝万龄道："遍处寻觅，皆不见了，不知去向何方。"任季良道："那个医生如此，必是奸细无疑了。"说罢，便放声大哭。哭了半晌，乃徐徐说道："只今兵临寨下，胜负未决，必须设谋定计，杀退官军，方可议举丧事，未知三弟主意，还是如何？"祝万龄点头应道："二哥所见极明，只是大哥既死，须把目前约束，更要整齐一番。"任季良道："愚兄正有此意。明日午前，待愚兄治水酒一杯，屈三弟到后营，料理诸务，并议退兵之策。幸祈早至，得以细谈为妙。"祝万龄听了，满口应允。任季良心内暗暗欢喜，就同祝万龄到前营，见了刘新尸首，又大哭一场。连忙备办棺椁衣衾，把刘新收拾殡殓停当，暂安在营内。到了次日，季良一面准备酒肴，一面选下勇士二百人，各带利器，埋伏在后堂。"待吾与祝万龄饮酒到中间，掷盏为号，众人一齐杀出，把祝万龄登时砍死，不可有误。"众人领命，就去埋伏。将近日中，祝万龄只带二十余人，欣然赴席。既而酒行数巡，任季良道："刘兄既死，我等益觉势孤。今早荀探花出示，招抚我们，我想起来，不如乘此机会，解甲投降。则荀探花必然欢喜，出疏保荐。凭着你我武艺高强，当此用兵征战之时，何患富贵不至，又何必栖踪水浒，做此悖乱之事哉。"祝万龄道："二哥但知其一，不知其二。只今奸佞满朝，寇兵不息。眼见得天下已非赵氏之物了。你我正该协力同心，共图大业。他日事成，可以南面为主。若事不成，亦可以全军归附，不失茅土之封，岂可信那招降哄诱之说，自投于罗网也。"任季良变色道："你若不听我言，只怕利刃临头，那时悔便晚了。"遂把酒盏向地一掷，厉声唤道："左右何在。"屏后二百名勇士，提枪挺剑，一齐杀出。祝万龄看见势头不好，亦拔剑而起，向前斫伤数人。怎奈寡不敌众，竟被乱枪搠死。手内跟随二十余人，慌忙回去，报知祝万龄之侄祝云。祝云闻报大怒，登时率领众贼，杀进后营。任季良正欲持枪出迎，恰值荀生大军已至。祝云抵敌不住，落荒而走，被任季良疾忙追上。轻舒猿臂，活捉回营。其余众贼，一一就擒。任季良唤集本营人马，向着荀生，拜伏在地，愿听招安。

荀生把任季良双手扶起道："我悉知任兄，忠义人也。今日谋诛二贼，上免圣上之忧，下除一方之害，功劳非小。小弟不日班师献俘，定在御前保荐。"季良鞠躬致谢道："小将何功之有，全赖荀爷洪福，得以去暗投明。所谓生我者父母，知我者鲍子也。"荀生又问道："那崔小姐却在何处？"任季良道："就在后轩，专等荀爷相见。"荀生慌忙踱进后轩，玉瑞小姐敛衽向前。施礼方比，玉瑞愁容满面，低声诉道："贱妾不幸，家破人亡，乃至避难中途，又遭掳掠。如非任君仗义扶持，妾已作泉下人矣。但不知老母家姊飘泊何方？今日贱妾虽遇郎君，尚觉归身无地。"荀生道："小姐不须忧虑。下官前日在靖江，备闻尊堂与令姊，避迹尼庵。近日，状元申起龙告假荣归，已经到彼处探候，想必挈载回苏。故今日下官愚见，即欲重烦任兄尊阃，同着小姐，先往敝居住下，俟下官把那贼情处分明白，候着申兄返棹，便即一同回到苏州，再与小姐相会便了。"玉瑞称谢，荀生就解开衣襟，取出玉鸳鸯道："别后事难多端，幸喜玉鸳鸯无恙，今送还小姐，先代聘仪。"玉瑞把玉鸳鸯收了，荀生遂命军校，整备船只，先把玉瑞送往姑苏。次日升帐，把那投降众贼，一一发放。说道："愿为民者归乡耕种，愿为兵者编入部伍。又将祝万龄部下，抗剿诸贼，裁其巨魁，宥其羽翼。只见帐前，又有二十作人，高声叫冤道："老爷，某等俱非强盗，实系良民，被贼劫财，擒缚在此。伏乞老爷释放回乡，公候万代。"荀生举眼观看，二十余人内，有一人神气超然，须髯如雪，低着头不发一语。荀生心下大惊道："那人莫非是崔老伯否？为何容貌相像得紧。"就叫左右，把二十余人带起，候明日再审释放。未知荀生看见那人，果是崔信否？欲知端的，下回便见。

第十一回 看灵画路逢玉英 逞侠气智劫仲宣

诗曰：

> 悲欢离合，纷纭反复，从来世事无凭。风流佳遇，到底让多情。每美画
> 龙神迹，向闲窗几日才成。停毫处，持杯独酌，侧耳听啼莺。
>
> ——右（上）调《满庭芳》

却说荀生，见帐前二十余人呼冤求释，内有老者，与崔信相像，心下可疑，就叫把众人带起。到了一更时分，荀生密着任季良，把那老者悄悄唤至。季良去不多时，就引至帐前。那老者一见荀生，便称贺道："恭喜贤侄，高步青云。只是别来许久，还认得老夫么？"荀生仔细一看，慌忙下拜道："原来果是老伯。日间小侄无状，殊为得罪。"便令左右取出酒肴，请崔公上坐。饮了数杯，荀生从容问道："老伯试把别后事情，备为小侄言之。"崔公就把如何出征，如何战败，以至青龙援难，避在阮家庄上的事，细细陈了始末。荀生道："老伯既在阮家庄，为何又陷入祝万龄的贼营？"崔公道："一言难尽。老夫自住阮家庄上，不及半年，适值均州被元兵攻破，本地盗贼蜂起。因想同年故友，惟与吕时芳最相契厚，遂别了阮太公，直到靖江造谒。谁想那吕时芳是个趋时附势的小人，看见老夫如此狼狈，竟闭门不见。那时老夫进退两难，寄居僧寺。近闻贤侄高捷，特欲到苏州，以图一晤。不料行至中途，竟遭了祝万龄之难。"说罢，容色凄惨，喟然叹道："老夫既受此迍邅，想起寒荆小女，亦必为那奸贼所害。"荀生道："老伯去后家事，小侄一二相闻，容当细禀。"遂把贾似道欲夺二位小姐为妾，直至夫人知风远避，前前后后，始末根由，说了一遍。崔公听了这些话，又惊又喜。荀生道："小侄欲于明日就同老伯至苏州，会了令爱玉瑞小姐，然后等那申兄到来，一同进京，劾奏贾似道。一则为老伯辨冤，二则为朝廷除害，未审老伯以为可否？"崔公点

头称善。时元尔湛自进鸩刘新之后，尚在营中，遂令前往靖江，接候申生消息，即日同了崔公，班师回苏州不题。

　　且说申生，自与荀生别后，换了衣巾，只带一僮一仆，不则一日，已到靖江。访至尼庵，谒见老尼，就请出崔老夫人相见。夫人知是申生，急忙移步出来，见礼，问安已毕。申生开口就问："大小姐安否？"夫人闻言，扑簌簌泪流满面，哽咽不能出声。悲啼半响，方才答道："小女不幸，前日被强人劫去了。"申生听说，大惊道："难道当真么？"忍不住眼眶泪下，忙以袖拭。李夫人道："老身晚年运蹇，祸事接踵，不知别后郎君近状若如？"申生道："小侄侥幸，忝中状元。因晤荀绮若，方知伯母与小姐寓在尼庵，所以特来问候。谁想令爱又遭此变，使人闻之，殊为骇恨。"李夫人听说申生已占元魁，欣然称贺。既而申生又向李夫人道："前岁小侄，住在贵衙读书，隔看花屏，曾与大小姐一面，多蒙大小姐不弃，赠以罗帕一方，玉鸳鸯一枚。那罗帕，前日被吕肇章窃去，送与老伯，认作奸情，致使小侄闻风惊窜。今玉鸳鸯佩带在此，请乞伯母权且收下，小侄决不以一官为念，情愿到处寻觅小姐。倘或必不能遇，誓毕此生，决不婚娶。"李夫人起身作谢道："难得郎君这般厚爱，只因小女薄福，所以有此变事耳。"老尼在旁，听见申生乃是新科状元，急忙整理蔬果，殷勤款待。当晚无话，到了次日，申生就去拜见本县大尹，诉说小姐被劫情由。大尹闻说，就签了一张揖捕批文，差人缉获。申生告辞大尹，刚出县署，但闻路旁人声喧沸，俱道王家园内，有一个道人，持着龙画一轴，头尾俱会活动。申生闻言，也就随了众人，步至王家园。只见那些看的男子妇女，来来往往，挨肩擦背，足有千数。申生向人丛里错进观看，见厅上挂着龙画，鳞甲纯青，头尾活动，原来是即虎头真迹，崔公之故物也。申生观看多时，自向园中闲步。忽有二乘女轿，后面跟着后生男汉二十余人，一直抬进园来。这些看画的人，乱纷纷站在两旁，让那女轿入厅。申生料想，这轿内女子，必是宦家内眷，挨身偷视。俄而轿帘卷起，一个女子移步出来。申生凝眸熟视，但见那女子，玉惨花愁，泪痕盈颊。原来不是别人，乃是大小姐玉英也。申生看了，故意高声说道："我申起龙，自姑苏来至此，何幸得遇这样灵画。"玉英转眸一看，认是申生，面色登时凄然，如雨泪下。申生意欲近前说话，怎奈豪奴狠仆，登时催唤上轿。玉英亦无心观画，竟上轿如飞而去。申生观望半响，不觉自断意迷，魂魄俱丧。及向旁人讯问，旁人说是江衙内眷。申生即时进见县尊，要他出牌拘究。谁想那时轻文重武，江总制统辖精兵数万，威势赫然，所以县官畏惧，只管推托，不行牌拘究。申生左思右想，无计可施。一日，立在尼庵门首，面带忧容，踌躇叹息。忽见路旁走过一人，高声问道："借问足下，有何心事，这般双眉紧蹙，慨叹连声？某乃天下有心人也。设有冤仰不白之事，何不语我。"申生闻言，向头看时，觉得那人有些面熟，急忙邀入庵中，分宾主而坐。遂问道："小弟细观足下尊容，十分面熟，似曾在这里会过？小弟一时想不出来，望足下指示明白。"那人笑道："原来吾兄是忘记了，俺是前日镇江酒楼上那个粗汉。敢问吾兄尊姓大名，到此有何贵干？何不为俺言之。"申生闻言笑道："前日小弟在镇江酒楼上，闻足下议论慷慨，十分敬服。今小弟忘记尊容，获罪多矣。小弟姓申名云，姑苏人氏。为着一件贱事，所以逗留在此。方才在门首沉吟，思想无计可施。即蒙足下问及，容当细述。"那人道："原来就是新科状元，失敬了。俺乃澄江陆佩玄的便是。千金赠客，略不皱眉。四壁萧然，岂知贫窘。今日虽然幸会，或有可以效力之处，愿乞细谈，不要藏头露尾。"申生闻言，便将前事始末，细说一遍。"今小姐被江仲宣藏锢在家，县尊畏他威势，不敢拘究。小弟无奈他何，只是忧闷叹息而已。"陆佩玄听说，呵呵大笑道："这些小事，何足介怀。只在明早，小弟包你珠还合浦，剑起延津。"申生说道："今承足下仗义相扶，使小弟感戴不浅。只是江仲宣恃着父擅兵权，横行无忌，那县令尚然畏惧，何独足下视之如此之轻。"陆佩玄笑道："这厮乃是小人得志，作事轻狂。在他人视之，以为节制千里，惧其威势。在我视之，直比那城狐社鼠，何足道哉。"说罢，也不告辞，竟抽身而出。申生见他去了，半信半疑，踌躇不定。到了次早，忽闻叩门甚急。申生开门出视，只见壮士二十余人，带着骏马一匹，女轿二顶，陆佩玄毡巾白毡，腰剑而来。向着申生说道："小舟已在江口俟候，速速请崔老夫人登轿，状元亦即乘此骏马，作速下船。俺到江仲宣处，接了小姐，倾刻就来也。"言讫，叫人抬了一顶女轿，飞奔而去。申生就请夫人上轿，崔义同着彩霞，运出箱笼之物，交付众人挑去。一路直赶到江边，果然泊着大船一只，快船二只。众人下船，不上半个时辰，只见一顶女轿在前，陆佩玄一手掣剑，一手扭着江公子随及，飞奔而来。到了江畔，忙叫小姐出轿下船，陆佩玄始把江公子的衣袂放松，大喝一声道："饶你这条狗命罢了，今后万不可胡行做事。若再如此，你认得我老陆的这一口利剑吗？"江公子吓得面色如灰，不敢多言，脱身就走去了。小姐在船中与夫人相见，母子分外欢喜，就向前与申生施礼礼毕，忽见陆佩玄进入船舱，遂与玉英施礼，笑对申生道："小姐已

至，不幸辱命。那鱼肉酒果之物，已备在船中，作速开船去罢。"言讫就走过快船，一直护送到苏州，竟不别而行。原来陆佩玄假以晋谒公子为由，等得江公子出来相见，便一把扭住，拔剑欲杀。说："你快把玉英小姐送出来还我，我便饶你性命，若道半个不字，把你登时砍死。"此时江家童仆虽众，只是恐怕害了主人性命，不敢动手。登时就把玉英小姐送出，陆佩玄又恐有变，直令江公子送至江边，方才放手。乃是曹孟达、齐桓公的故智。

话休絮烦，且说申生，船到苏州城外，忽闻岸上有人问道："船内可是状元申爷否？"申生推窗看时，乃是表兄元尔湛。忙叫家人，请他下船相见。元尔湛道："愚兄因荀绮若老爷之命，特到靖江探望贤弟，不料到庵寻问老尼，老尼云已起程回苏去了。因此速急赶来，却在此处遇着。"申生道："表兄既会荀绮若，必知他近来出兵消息，还是胜负如何？"元尔湛道："皆赖任季良之力，贼已平了。就把自己用药，暗害刘新，季良设计砍死万龄，前后事情，说了一遍。申生道："既是如此，平贼之功。吾兄与有力焉。"元尔湛道："更有一桩奇事。绮若因为剿贼，反得遇着崔老先生，只今俱在荀宅，专等会了贤弟，绮若就要班师入朝。"申生与李夫人、小姐，闻说崔公无恙，俱各十分欢喜。遂即进了阊门，就到荀绮若宅内。众人相会，悲喜交集。这一会，真个是夫妻离而复合，姊妹分而再逢。各把别后愁肠，细细诉说。无不伤前时之厄难，喜此际之团圆。正是：

今宵快把银缸照，犹恐相逢似梦中。

荀绮若见众人一齐聚集，就吩咐家人整办庆喜筵席，众人又说些闲话。不多时，筵席齐备，里边只有李夫人与玉英、玉瑞三人，共席饮酒。前厅崔公、元尔湛、任季良同着申起龙、荀绮若，共是五个。叙次坐下，饮了数杯。崔公见今日一家完聚，不胜欢喜，遂令掷色猜拳，开怀畅饮。直至夜深，尽醉而散。未知后来玉英、玉瑞与申、荀二生如何配合？且听下回分解。

第十二回 上奏疏下诏褒封
隐桐庐霞笺祝寿

诗曰：

> 记当年，住西湖，各遇娉婷。互赠瑶章，顾盼多情。须待玉堂金马，才配绝世倾城。喜知音，望桐庐，携手偕行。欣羡丹砂，服食长生。纵有金鱼紫绶，何如卸鞚埋名。

——右（上）调《金人捧玉盘》

却说崔公与众人饮醉而寝，次日早起，崔公暗与李夫人商议道："我们一门完聚，皆出于二位贤侄之力，我今意欲央烦元尔湛、任季良作伐，把玉英、玉瑞配与申、荀二生，即日完了姻事，未审夫人以为可否？"李夫人闻说，欣然色喜道："深悔曩岁西湖，不曾招赘二生。今喜二生俱已成名，正所谓郄家快婿，何不可之有。"崔公意决，遂与元尔湛、任季良商议，当日成亲。元、任二人即通知二生。二生闻言，暗暗欢喜。荀生就进入内厅，向着崔公说道："深感老伯不弃寒微，故使侄辈东床袒腹。侄辈不胜欢喜。但只是国贼未除，侄又班师在即。据着愚意，欲与申兄同往临安，连名劾奏贾似道，老伯随后也上一本，备说贾似道拨付弱兵，江臣失朝不赴，以致寡不敌众，丧师害将，有误国家大事。侄料想这本一上，圣明必有定夺，那时从容议亲，未为晚也。"崔公大喜道："贤侄所言，深为有理。"遂唤申生进来，把绮若所言，述了一遍。"未知贤侄你心下若何？"申生道："忠义之心，人皆有之。小侄岂有独让荀兄专美。"三人议定，遂收拾停当。到了次日下船，不则一日，遂到了武林。恰值贾似道为恶多端，已被言官弹论，皇上累诏切责。贾似道惟恐祸及，只得上疏，愿亲督将士，往救

襄阳去了。荀生知了这个消息，便与催公计议，连夜草成疏章，次日早朝上奏。那疏内大意："首言扫清巨寇，或抚或剿，俱已处置停当；中间备说贾似道奸邪误国，陷害忠良，并以崔公带入；末后便把任季良荐举，说他解甲投降，剿贼有功，武艺高强，可充将帅之任。不多时，只见圣旨赐下，把荀文加升三级，崔信仍授龙图阁学士，任季良除为忠义郎，其余有功将佐，赏赉有差。众人受了封赏，同向午门拜谢圣恩。事毕，崔公便与申起龙、荀绮若俱往西湖园内，收葺亭轩。李夫人与二位小姐，依旧在园住下。崔公就叫人择吉〔日〕，命二生与二女成亲。

却说吕时芳，探知崔公已复原职，备下一副礼物，十分丰盛，央着族兄吕源，同了吕肇章，直到临安致贺，并议行聘日期。崔公着人回复道："老爷偶着正事，不便相见，若说姻亲，大小姐近已许下新科状元申爷了，承贶厚仪，一概返璧。"吕肇章造门数次，请求一见，崔公终不肯见。吕肇章竟受了一场没趣，闷闷而去。过了两日，已是吉期，元尔湛、任季良做了媒约，唤齐傧相，整备花烛之筵。申起龙、荀绮若冠带巍峨，玉英、玉瑞凤冠霞帔，打扮得好像天仙玉女一般。大吹大擂，两对夫妻同拜了天地，又拜了崔公与李夫人，又各各交拜。拜毕，然后迎入洞房。申生房在后堂左边，荀生房在后堂右边。各各坐床撒帐，合卺饮酒。直个是才子佳人，一双两好。而锦帐风流佳话，自不待言矣。

次日，任季良为着鄂州军士谋反，奉诏领兵出征。元尔湛要往金坛，二人各各起身辞别，二生置酒饯行，送出园扉。只见崔公骤马而回，面容失色。申、荀二生见了，从容询问，崔公道："适才报至，说贾似道战败于丁家洲，襄阳已破。那些元兵，顺流而下，攻城夺邑，势如破竹。眼见得国家大事已去，怎生得好。"二生道："贾似道既已战败，还是阵亡，还是逃往别处？朝中大臣，有什么议论？"崔公道："朝中大臣闻贾似道战败，反而上疏，说他专权欺君，卖国召兵，当置于典刑。圣上览疏，犹豫不决。众言官又上疏，论贾似道罪恶多端，毒国害民，作速枭首，以伸国法。圣上见奏疏叠至，皆言贾似道罪恶难容，遂下召放贾似道于犹州，籍其家。"二生听了，叹道："似道不诛，国法何在乎。"又过了数日，崔公自朝中回，对二生道："今早报至，说贾似道放置犹州，一路被监押官郑虎臣窘辱备至，及行至漳州木绵巷，已被郑虎臣所杀

了。"二生道："国贼被诛，少慰神人之愤。怎奈王室如毁，吾辈将来，尚不知作何结果。"正在共谈时事，忽报谢翱来拜。二生急忙整衣出迎，延进坐定，彼此叙了寒暄，谢翱道："自向钓台一别，瞬息二年，恭喜二位台兄，名魁金榜，入赘乔门。使晚弟殊为仰羡。但今朝政日非，外寇不息。贾似道既败于襄阳，江臣又殂于汉口。主少国危，灾眚屡见，不知二位台兄将来出处？或挂梅福之冠，或羡常山之舌。请为晚弟备细言之。"申生道："昨日妻父退朝，谈及襄阳已破，使弟为国兴悲，岂能裁以去就。"荀生道："弟虽酷慕知情之风，然既食君禄，怎能忍然便去。设或事势必危，当采西山之薇耳。"谢翱道："晚弟诊观天象，中原帝星不明。当此民心已离，国事已去，二位台兄，官居翰苑，乃是闲散之职，纵使谢事而归，未为不忠也。钓台左首，富春山下，弟有茅屋二十余间，尽可栖足，可不携细君，浩然长往。洋洋涧水，足以供吾辈啸歌之乐也。请自尊裁，毋贻伊戚。"二生俯首沉吟，徐徐答道："容与妻父商之，再当报命。"

是夜便以谢翱所言，述告崔公。崔公首肯道："我亦正有此意。二位贤婿，作速上表辞官，先携小女，并你岳母，就往桐庐住下。老夫世受国恩，当此患难之际，怎敢贪恋性命，做那忘君背国之人。且再匡扶幼主，以待文相国出征消息。"二生进内，就着玉英、玉瑞整备行装。次日遣人约定谢翱，买舟同往。辞朝之后，拜别崔公，带领玉英、玉瑞并李夫人，以至彩霞、桂子及众婢仆，开船挂帆而往。不则一日，到了桐庐。那富春山下，谢翱果有精舍一所。只见花屏竹榭，草阁梧轩，处处幽雅。二生与玉英、玉瑞各各欢喜道："当此山深路僻，足回俗子之车，而评月咏花，不失我辈山林经济。"原来谢翱并无妻小，朝吴暮越，踪迹不定，所以将此园房，让与二生居住。

一日，柳烟拖绿，红杏初开，二生请出老夫人，并与玉英玉瑞，开宴赏花饮酒。中间谈起旧事，玉英道："我与汝分离复合，皆由画龙之力，那道人所赠琴弦，到今犹在，必须着焚香燃烛，礼谢一番，然后放入中流以纵其变化之质。"玉瑞笑道："画龙之力，固不可忘，那玉鸳鸯之功，为何抛却。"二生俱笑道："非画龙不能免难，非玉鸳鸯无以订姻，彼此均有大功，永宜镂刻肺腑。"四人正在纷纭谈笑，忽见一个道人打从竹边走至，羽衣蹁跹，丰神超尘。二生举眼观之，乃是崔公当日赏菊筵前乞取龙画的那个火龙真人也。二生连忙与老夫人、玉英、玉瑞俱叩头拜谢。真人道："今日你们

一家完聚，画龙酬德，可谓尽矣。但不知琴弦何在？宜以还我。"玉英慌忙取出，递与真人。真人就将琴弦展开，顷刻化成一龙，跨上龙背，竟腾空冉冉而去。众人仰首遥瞻，不胜嗟异。

忽报崔公已归，急忙向前迎接，进入草堂，各各相见，问安已毕，二生问道："近闻张世杰、陆秀夫二公扶着幼帝，领兵泛海交战，毕竟胜负若何？"崔公欷歔泣下，不胜悲怆道；"天意绝宋，不可为也。张世杰泛舟与元兵交战，世杰兵溃，又遇暴风疾雨，幼帝所乘之舟，已将覆没。陆秀夫恐幼帝为元兵所辱，竟抱帝赴海死之。张世杰见天意绝宋，不可挽回，亦赴海死。"说罢，崔公与二生皆感悼不已。自此，崔公只与二婿，盘桓于竹林松径，绝口谈世事。元朝访求故老，遣着使臣，赍诏三聘，俱以病辞。那一年，崔公七旬华诞，二生备办祝庆筵席。红烛辉煌，香烟缭绕。请出崔公与老夫人，并坐堂上。先是申生、玉英捧觞祝寿，次及荀生、玉瑞，以至彩霞、桂子。一家童仆，各拜寿已毕，于是开延列坐，水陆备陈，饮至半酣，忽闻门外，马嘶人喧，崔义进来禀说，任参戎与陆千户二位老爷，特来拜望。崔公就与二生，整理衣冠，鞠躬迎进。原来，梅勒即是任季良，同山即是陆佩玄。请入草堂相见，揖毕，整杯而坐。崔公道："恭喜二位台兄，分符两制，遂使民安盗息，阖境肃清，老朽藉以安卧林泉，受惠不浅。"申生向着佩玄说道："向日靖江，深感大德，愚夫妇至今铭刻不忘，谁想台翁已做了开国勋臣，督兵敌地，尚未晋贺，反辱先施，殊为抱罪。"荀生亦向季良谢道："曩岁若非台兄覆庇，拙荆安得保全。及在西湖话别之后，吾兄往救鄂州，传闻战败师丧，使弟每为扼腕，岂意吉人自有天相，竟获万里封侯，荣及故人，倍胜慰羡。"季良道："荷蒙兄翁荐拔，得授一官，以后战败难归，投在元戎幕下，徼幸成功，滥叨斯任。岂若崔老先生，与二位台兄优游林下，以享竹坞花园之乐，自是物外散仙，非弟辈鄙夫俗吏所敢望也。"佩玄回顾几上，焚香点烛，便笑道："为何烛火煌煌？可有什么喜庆之事？"崔公道："今日乃是老夫贱诞，两个小婿，必要学那些祝寿俗套。所愧虚生于世，自觉汗颜耳。"申生道："幸值二位驾临，即以妻父寿酒，屈作一宵清话，万勿见却为祈。"任季良道："弟愿借霞觞，奉祝南山之寿。"既而筵席方开，持觞送酒。适元尔湛自金坛来，谢翱亦自天台至，作揖就席，无不欣幸，以为良晤。刻烛雄谈，直至子夜而罢。

自后七年，崔公与李夫人相继病亡，申、荀二生不回原籍，就买宅于桐庐县内，与玉英、玉瑞二夫人，优游安享，寿俱至七十余岁而卒。荀生止获二女，长适士人俞元，次适进士崔玉振。申生生有二子，长讳肯构，次讳肯堂，俱成进士，为元名儒，然皆是二女所生，人咸以为玉鸳鸯之瑞云。后人有诗赞道：

　　西湖流寓似飘篷，文既相如貌亦同。

　　玉鸳作缘成巧合，画龙为护定奇功。

　　从来班马才原并，每美何韩事偶逢。

　　何日桐庐山下过，欲将茅草觅幽踪。